READER'S DIGEST
AUSWAHLBÜCHER

Die Kurzfassungen in diesem Buch erscheinen
mit Genehmigung der Autoren und Verleger

4081 (276)
Printed in Germany
ISBN: 978-3-89915-438-2

www.readersdigest.de

READER'S DIGEST AUSWAHLBÜCHER

Reader's Digest
DEUTSCHLAND · SCHWEIZ · ÖSTERREICH

INHALT

Seite 6

Virginia verbringt die Sommerferien mit ihrer Familie auf einer schottischen Insel. Kurz vor der Abreise sinkt vor der Küste ein Boot, und Virginia versorgt die mittellosen Schiffbrüchigen Nathan und Livia mit dem Notwendigsten. Als sie mit ihrer Familie nach England zurückkehrt, folgt ihr der undurchsichtige Nathan. Virginia fasst Vertrauen zu ihm, doch dann geschieht das Unfassbare: ihre siebenjährige Tochter verschwindet spurlos.

Seite 208

21. September 1957. Das berühmte deutsche Segelschulschiff *Pamir* befindet sich schwer beladen auf der Heimreise von Buenos Aires nach Hamburg, als per Funk eine Warnung vor einem verheerenden Hurrikan eingeht. Der Sturm wird die Route der *Pamir* kreuzen. Ihr Kapitän unternimmt seltsamerweise nichts, um das drohende Unheil abzuwenden. Und so beginnt ein Kampf mit den Elementen – ein Kampf, den die Seeleute verlieren müssen.

Seite 354

Detective Harry Bosch kehrt in den Polizeidienst von Los Angeles zurück und erhält den Auftrag, ein 17 Jahre altes Verbrechen auzufklären. Moderne DNA-Tests könnten den Mörder einer schwarzen Schülerin endlich überführen. Die Spur weist in die Neonazi-Szene: War also Rassismus das Motiv? Je tiefer Bosch in der Vergangenheit gräbt, desto mehr befällt ihn der Verdacht, dass damals Leute aus den eigenen Reihen ihre Hände im Spiel hatten.

Seite 512

Eleni arbeitet als einfaches Zimmermädchen auf der griechischen Urlauberinsel Naxos. Als sie eines Morgens beim Aufräumen eines Hotelzimmers eine Schachfigur umstößt, ist plötzlich nichts mehr, wie es war. Sie kann das geheimnisvolle Spiel der Könige nicht vergessen. Mit ihrer Leidenschaft für Schach riskiert sie bald ihre Ehe, ihren guten Ruf, ihr ganzes bisheriges Leben …

Charlotte Link
Das Echo der Schuld

In einer beschaulichen englischen Kleinstadt verschwinden mehrere kleine Mädchen - die Eltern befürchten das Schlimmste. Wem gelingt es, so mühelos das Vertrauen der Kinder zu gewinnen?

Erster Teil

Sonntag, 6. August 2006

Rachel Cunningham sah den Mann, als sie von der Hauptstraße in die kleine Sackgasse abbog, an deren Ende sich die Kirche befand. Er trug eine Zeitung unter dem Arm, hielt sich im Schatten eines Baumes auf und schaute sich ein wenig teilnahmslos in der Gegend um. Hätte er nicht am vergangenen Sonntag an genau derselben Stelle gestanden, er wäre Rachel wohl kaum aufgefallen. So aber dachte sie: Komisch. Schon wieder der!

Aus der Kirche konnte sie das Dröhnen der Orgel und den Gesang der Gemeinde hören. Gut, dort war die Messe noch in vollem Gang. Ihr blieb also noch Zeit, bis der Kindergottesdienst anfing. Donald, ein netter junger Theologiestudent, war damit betraut. Rachel schwärmte ein bisschen für Don, wie die Kinder ihn nannten, deshalb war sie gern etwas zu früh dran, um einen Platz in der ersten Reihe zu ergattern. Don hielt seine Gottesdienste im Gemeindehaus ab. Wenn man ganz vorn saß, kam man öfter dran, hatte Rachel herausgefunden, und man durfte mehr Aufgaben übernehmen: die Tafel sauber wischen, zum Beispiel, oder helfen, den Diaprojektor zu bedienen. Angesichts ihrer Verliebtheit war Rachel ziemlich begierig auf derartige Bevorzugungen. Ihre Freundin Julia behauptete allerdings, mit ihren acht Jahren sei Rachel viel zu jung für einen erwachsenen Mann und wisse noch gar nichts von der wahren Liebe.

Als ob Julia dies beurteilen könnte!, dachte Rachel.

Rachel ging jeden Sonntag in den Kindergottesdienst, außer wenn ihre Eltern etwas gemeinsam mit den Kindern geplant hatten. Nächsten Sonntag zum Beispiel, da hatte Mums Schwester Geburtstag, und sie würden schon früh am Morgen zu ihr fahren. Rachel seufzte. Kein Don. Und danach würden sie gleich in die Ferien aufbrechen. Für fast zwei Wochen. In irgendein blödes Ferienhäuschen auf der Insel Jersey.

„Hallo!“, sagte der fremde Mann, als sie an ihm vorüberging. „Na, was hat dir denn die Laune verhagelt?“

Rachel zuckte zusammen. Sie hätte nicht gedacht, dass sich die missmutigen Gedanken so deutlich auf ihrem Gesicht abzeichneten. „Ach, nichts“, sagte sie und merkte, dass sie ein bisschen rot wurde.

Der Mann lächelte. Er sah nett aus. „Schon gut. Fremden soll man sich ja nicht gleich anvertrauen. Sag mal, gehst du in die Kirche? Da bist du nämlich ein wenig spät dran.“

„Ich gehe in den Kindergottesdienst“, erwiderte Rachel, „und der fängt erst an, wenn die Kirche aus ist.“

„Hm, ja. Verstehe. Den veranstaltet doch … na, wie heißt er …?“

„Donald.“

„Donald. Richtig. Alter Bekannter von mir. Wir hatten ein paarmal miteinander zu tun … Ich bin Pfarrer, weißt du. In London.“

Rachel überlegte, ob es in Ordnung war, dass sie hier stand und mit einem wildfremden Mann redete. Ihre Eltern sagten immer, sie solle sich von Fremden nicht ansprechen lassen. Andererseits wirkte dieser Mann so nett.

„Weißt du“, sagte der Mann, „offen gestanden habe ich gehofft, jemanden aus dem Kindergottesdienst zu treffen. Und zwar jemanden, der mir helfen kann. Du siehst mir sehr aufgeweckt aus. Meinst du, dass du ein Geheimnis für dich behalten kannst?“

Und ob Rachel das konnte. Julia hatte ihr schon viele Geheimnisse anvertraut, und sie hatte sich noch nie verplappert. „Klar kann ich das“, erwiderte sie.

„Es ist nämlich so, dass ich meinen alten Freund Donald gern überraschen würde“, sagte der Mann. „Er hat keine Ahnung, dass ich wieder in der Gegend bin. Ich war lange in Indien. Kennst du Indien?“

Rachel wusste, dass das ein Land in weiter Ferne war. „Ich war da noch nicht“, sagte sie.

„Aber es würde dich doch interessieren, Bilder von dort zu sehen, oder? Von den Kindern in ihren Dörfern. Wie sie leben und spielen und wo sie zur Schule gehen. Na, wäre das nicht spannend?“

„Doch. Ja.“

„Siehst du. Und ich habe ganz viele Dias von Indien. Die würde ich gern in eurem Kindergottesdienst zeigen. Aber ich brauche jemanden, der mir hilft, die Kästen mit den Dias hineinzutragen und die Leinwand aufzuhängen. Glaubst du, dass du das könntest?“

Das hörte sich genau nach einer Aufgabe an, wie Rachel sie liebte. Sie stellte sich vor, wie Don staunen würde, wenn sie mit seinem alten Freund ankam und dann mit ihm Dias von jenem fernen Land zeigte. Julia würde platzen vor Neid! „Das könnte ich! Auf jeden Fall! Wo sind denn die Dias?“

„Halt“, bremste der Mann. „Die habe ich noch nicht dabei. Ich wusste ja nicht, dass ich hier eine so begabte, hilfsbereite Person wie dich treffen würde. Ich dachte an den nächsten Sonntag?“

Rachel wurde schwach vor Schreck. Ausgerechnet der nächste Sonntag! Den sie bei ihrer Tante in Downham Market verbringen würde. „Oh, das ist ja furchtbar! Da bin ich nicht hier! Meine Eltern …“

„Dann muss ich doch versuchen, jemand anders zu finden“, meinte der Mann.

Das war eine schier unerträgliche Vorstellung. „Bitte“, flehte Rachel, „können Sie nicht noch …“, sie rechnete hastig nach, „… noch drei Wochen warten? Wir fahren nämlich in die Ferien. Aber wenn wir zurück sind, würde ich auf jeden Fall mitmachen! Ganz sicher!“

„Hm“, überlegte der Mann. „Das dauert aber noch ganz schön lange. Glaubst du wirklich, du kannst das Geheimnis so lange für dich behalten?“

„Ganz bestimmt. Ich sage niemandem etwas! Ehrenwort!“

„Du dürftest Donald nichts erzählen, denn den will ich ja überraschen. Und deiner Mum und deinem Dad auch nichts. Meinst du, das geht?“

„Ich sage meiner Mum und meinem Dad sowieso nichts“, behauptete Rachel, „die interessieren sich auch gar nicht für mich.“

Das stimmte nicht ganz, das wusste sie. Aber seit drei Jahren, seitdem ihre kleine Schwester Sue auf der Welt war, war alles anders geworden. Früher war sie der Mittelpunkt der Welt für Mum und Dad gewesen. Jetzt drehte sich alles um den winzigen Quälgeist, der ständig beaufsichtigt werden musste.

„Und deiner besten Freundin?“, vergewisserte sich der Mann. „Der sagst du auch nichts?“

„Nein. Ich schwöre es!“

„Gut. Gut, ich glaube dir. Pass auf, wir treffen uns dann am Sonntag in drei Wochen unweit meiner Wohnung. Wir fahren zu mir, und du hilfst mir, die Sachen ins Auto zu laden. Du wohnst in King’s Lynn?“

„Ja. Hier in Gaywood.“

„Okay. Dann kennst du sicher das Chapman’s Close?“

Das kannte sie. Ein Neubaugebiet mit noch nicht fertiggestellten Mehrfamilienhäusern. Das Chapman’s Close endete in einem Feldweg. Eine ziemlich einsame Gegend. Rachel und Julia fuhren dort manchmal mit ihren Fahrrädern herum. „Ich weiß, wo das ist“, sagte sie.

„Sonntag in drei Wochen? Um Viertel nach elf?“

„Ja. Ich bin ganz bestimmt da!“

„Allein?“

„Natürlich. Wirklich, Sie können sich auf mich verlassen.“

„Ich weiß“, sagte er und lächelte wieder sein sympathisches Lächeln, „du bist ein großes, vernünftiges Mädchen.“

Rachel verabschiedete sich von ihm und ging dann weiter in Richtung Gemeindehaus. Mit stolzgeschwellter Brust. *Ein großes, vernünftiges Mädchen.* Noch drei lange Wochen. Sie konnte es kaum abwarten.

Montag, 7. August

Am Montag, dem 7. August, verschwand Liz Albys einziges Kind. Es war ein wolkenloser Sommertag, so heiß, dass man hätte meinen können, man wäre in Italien oder Spanien, aber keinesfalls in England. Obwohl sich Liz schon immer über die abfälligen Bemerkungen das englische Wetter betreffend geärgert hatte. So schlecht war es nämlich gar nicht, die Leute klebten einfach nur an ihren Klischeevorstellungen. In Liz’ Heimat, in East Anglia, konnte man im Juli und August ganz schön ins Schwitzen geraten. Liz mochte Norfolk, wenn es ihr auch nicht immer leichtfiel, ihr Leben überhaupt zu mögen. Schon gar nicht, seitdem Sarah vor viereinhalb Jahren zur Welt gekommen war.

Es war tragisch, mit 18 schwanger zu werden, und zwar aus purer Dummheit, weil man einem Typen vertraut hatte, der verkündete, er „werde schon aufpassen“. Mike Rapling hatte offensichtlich keine Ahnung vom Aufpassen gehabt, denn schon Liz’ erste sexuelle Begegnung mit ihm hatte sich als Volltreffer erwiesen. Später hatte Mike noch herumgeschimpft und behauptet, er sei hereingelegt worden, Liz habe ihn in eine Ehe nötigen wollen, aber er werde den Teufel tun, sich in seinem jugendlichen Alter bereits in Ketten legen zu lassen.

Liz hatte Ströme von Tränen vergossen. „Und was ist mit meinen Ketten? Ich habe jetzt das Kind am Hals, und mein Leben ist zerstört!“

Erwartungsgemäß hatte Mike dies nicht besonders gekümmert. Er weigerte sich rundweg, Liz zu heiraten. Wenigstens zahlte er halbwegs regelmäßig Unterhalt, hatte aber nach zwei oder drei kurzen Besuchen jedes Interesse an seiner Tochter verloren.

Es war keineswegs so, dass Liz ein Interesse an Sarah gehabt hätte, aber ihr blieb nichts übrig, als sich irgendwie um das Kind zu kümmern. Sie hatte gehofft, ihre Mutter, bei der sie noch immer lebte, würde ihr helfen, aber Betsy Alby war so schockiert von der Tatsache, dass in Zukunft ein Baby in der winzigen Sozialwohnung im trostlosesten Viertel von King's Lynn herumschreien würde, dass sie ihrer Tochter unmissverständlich klarmachte, *sie* werde sich dieses Problems keinesfalls annehmen.

Sie hatte nicht die geringsten Anzeichen großmütterlicher Gefühle gezeigt. Eisern blieb sie bei ihrer Drohung, sie werde sich „dieses Balg nicht ein einziges Mal aufs Auge drücken lassen!“. Zwar saß sie den ganzen Tag in der Wohnung vor dem Fernseher, aß Kartoffelchips und begann in den Nachmittagsstunden mit dem Konsum von billigem Schnaps, aber selbst wenn Liz einkaufen ging, durfte sie ihre Tochter nicht zurücklassen. Es konnte für Liz keinen Zweifel geben: Dieses Ergebnis einer leichtsinnigen verliebten Aprilnacht badete sie vollkommen allein aus.

Manchmal war sie nahe daran zu verzweifeln. Dann wieder riss sie sich zusammen und schwor sich, sie würde sich nicht ihr Leben zerstören lassen. Sie war jung und attraktiv. Irgendwo musste es doch einen Mann geben, der sich trotz der Last, die sie mit sich herumtrug, ein gemeinsames Leben mit ihr vorstellen konnte.

Dieser Augusttag versprach schon am frühen Morgen besonders herrlich zu werden. Sie nahm sich vor, diesen Tag am Strand von Hunstanton zu verbringen, sich zu sonnen, zu baden und ein wenig ihre ausgesprochen hübsche Figur zur Schau zu stellen, in der Hoffnung, jemand wäre so fasziniert davon, dass er das viereinhalbjährige, missmutige Geschöpf an ihrer Seite nicht mehr als Hinderungsgrund für eine Beziehung betrachtete.

Liz und Sarah fuhren mit dem Bus. Es dauerte eine gute Stunde, bis sie in Hunstanton ankamen, aber Liz war so erwartungsvoll und gut gelaunt, dass ihr das nichts ausmachte. Mit jeder Meile, die sie zurücklegten, meinte sie, das Meer stärker riechen zu können. Und als es dann plötzlich vor ihren Augen auftauchte, so weit und glitzernd in der Sonne, fühlte sie eine jähe, tiefe Freude, und für einen Moment waren ihr nur ihre Jugend bewusst und die Tatsache, dass das Leben vor ihr lag, und sie vergaß die quengelnde Last an ihrer Seite.

Sarah brachte sich jedoch recht rasch in Erinnerung. Der Bus fuhr auf den großen Parkplatz von New Hunstanton, dem Strandbad mit all seinen Imbissbuden, Karussells und Eisverkäufern, und schon begann Sarah beim Anblick der hölzernen Pferdchen zu kreischen, auf denen man sich für den Preis von einem Pfund ein paar Runden lang im Kreis drehen konnte.

„Nein“, sagte Liz, die keine Lust hatte, ihr spärliches Geld für derartigen Blödsinn zum Fenster hinauszuwerfen, „vergiss es! Wenn ich dir eine Runde erlaube, willst du noch eine und dann noch eine, und am Ende heulst du trotzdem. Wir suchen uns jetzt einen schönen Platz.“

Es war Ferienzeit, und schon strömten sowohl Einheimische als auch Touristen in Scharen zum Strand. Liz wollte möglichst rasch ihre Utensilien weiträumig ausbreiten und sich nicht plötzlich auf engstem Raum, zwischen zwei Großfamilien eingequetscht, wiederfinden. Doch Sarah stemmte beide Füße in den Sand. „Mama … ich will Karussell!“, heulte sie.

Liz trug in der einen Hand ihre Badetasche, den Korb mit einer Mineralwasserflasche und ein paar belegten Broten darin und die kleine Schaufel, mit der Sarah buddeln und graben sollte, und mit der anderen versuchte sie, ihre sich heftig sträubende Tochter vorwärtszuziehen. „Komm, wir bauen eine tolle Burg!“, versuchte sie sie zu locken.

„Karussell!“, schrie Sarah.

„Nachher vielleicht“, sagte Liz. „Komm, Sarah, sei lieb!“

Sarah dachte nicht daran, lieb zu sein. Sie schrie und tobte und ließ sich nur unter heftigster Gegenwehr vorwärtsziehen. Liz war im Nu schweißgebadet, ihre gute Laune war verflogen. Dieser verfluchte Mike hatte ihr Leben tatsächlich zerstört. Klar, dass sie keinen Kerl mehr fand. Wer sie so erlebte wie jetzt, machte natürlich einen riesengroßen Bogen um sie.

Die Badetasche rutschte ihr aus der Hand, ein freundlicher Herr hob sie ihr auf, und sie hatte dabei den Eindruck, dass er sie mitleidig ansah. Als Nächstes fiel die Sandschaufel zu Boden, und diesmal war es eine ältere Dame, die sie ihr reichte.

Irgendwann hatten sie eine Stelle erreicht, die Liz geeignet erschien, den Tag dort zu verbringen. Sie breitete ihr Handtuch und das von Sarah aus und machte sich daran, eine Sandburg zu bauen – damit Sarah endlich Ruhe gäbe. Tatsächlich hörte die Kleine auf zu schreien und beteiligte sich eifrig am Bauen. Liz atmete auf.

Sie zog ihren neuen Bikini an und wusste, dass sie großartig aussah.

Sarah baute noch immer mit Hingabe an ihrer Burg. Liz streckte sich auf ihrem Handtuch aus und schloss die Augen.

Sie hatte wohl eine ganze Weile geschlafen, denn als sie sich aufsetzte und um sich blickte, merkte sie, dass die Sonne schon sehr hoch stand und es auf Mittag zugehen musste. Der Strand wimmelte von Menschen. Kinder schrien und lachten, das Meer plätscherte leise.

Liz wandte sich um und sah, dass Sarah ebenfalls eingeschlafen war. Offenbar hatten ihr Geschrei und das Bauen der Burg sie ermüdet, denn sie lag zusammengerollt auf ihrem Badetuch und atmete tief und gleichmäßig. Gott sei Dank, dachte Liz.

Sie merkte, dass sie Hunger bekommen hatte und dass sie keine Lust auf ihre eigenen Brote mit der faden Margarine verspürte. Gleich bei der Bushaltestelle gab es einen Imbissstand, an dem man besonders köstliche Baguettebrötchen kaufen konnte. Dazu eine schöne eiskalte Cola anstelle des warmen Mineralwassers in ihrem Korb … Liz stand auf und kramte ihren Geldbeutel hervor. Kurz betrachtete sie ihr schlafendes Kind. Wenn sie Sarah jetzt aufweckte und mitnahm, würde diese wieder das Karussell mit den Pferden entdecken und nur unter Geschrei zur Rückkehr an den Strandplatz zu nötigen sein.

Wenn ich mich beeile, dachte Liz, dann bin ich gleich wieder zurück, und sie merkt überhaupt nichts. So tief, wie sie schläft … Es waren so viele Menschen ringsum – was sollte passieren? Selbst wenn Sarah aufwachte und zum Wasser ging, konnte sie kaum vor den Augen so vieler Leute ertrinken. Ich bin ja in spätestens zehn Minuten zurück, dachte Liz und ging los.

Die Strecke war länger, als sie angenommen hatte, offenbar waren sie und Sarah am Morgen doch ein ganzes Stück den Strand entlanggegangen. Aber es war schön sich zu bewegen, und sie registrierte genau, dass ihr viele Männerblicke folgten. Sie hatte eben eine tolle Figur, trotz der Geburt des Kindes, und der Bikini war einfach perfekt für sie. Niemand, der sie so sah, konnte ahnen, dass es ein schreiendes Anhängsel in ihrem Leben gab. Sie war einfach eine junge Frau, 23 Jahre alt, attraktiv und begehrenswert.

Am Imbissstand hatte sie Pech: eine Handballmannschaft drängelte sich dort. Die meisten der jungen Männer waren sich noch nicht im Klaren darüber, was sie eigentlich bestellen wollten, und überlegten lautstark hin und her. Ein paar von ihnen flirteten heftig mit Liz, worauf diese voller Freude einging. Wie herrlich war es, zwischen attraktiven Männern zu stehen und zu spüren, welche Anziehungskraft man auf sie ausübte. Sie überlegte gerade fieberhaft, wie sie das Problem Sarah lösen sollte, falls sich einer der Jungs mit ihr verabreden wollte, da beendete der Trainer der Mannschaft das Geturtel und scheuchte seine Truppe weiter. Liz konnte endlich ihre Baguettes und ihre Cola kaufen.

Als sie sich auf den Rückweg machte, stellte sie fest, dass 25 Minuten seit ihrem Aufbruch vergangen waren. *Mist!* Bis sie zurückkehrte, würde es mehr als eine halbe Stunde sein. So lange hatte sie keinesfalls fort sein wollen. Sie betete, dass Sarah nicht aufgewacht war und heulend zwischen den fremden Menschen umherirrte. Sie konnte sich die vorwurfsvollen Blicke der anderen vorstellen. Natürlich, eine gute Mutter tat so etwas nicht, ließ ihr Kind nicht unbeaufsichtigt zurück, um sich selbst irgendwelche Wünsche zu erfüllen. Eine gute Mutter hatte überhaupt keine Wünsche mehr. Sie lebte ausschließlich für ihr Kind und dessen Wohlergehen.

Jetzt schlenderte sie nicht mehr unter bewundernden Männerblicken dahin, jetzt rannte sie. Wieder und wieder fragte sie sich, wie sie sich in der Länge des Wegs so hatte verschätzen können!

Da war ihr Badetuch. Ihre Tasche. Die Schaufel. Die Burg, die Sarah gebaut hatte. Sarahs Badetuch, das hellblaue mit den gelben Schmetterlingen darauf. Aber keine Sarah!

Liz blieb schwer atmend stehen und sah sich hektisch um. Hier hatte sie doch gelegen, fest schlafend, eben noch.

Nicht eben. Vor etwa vierzig Minuten. Vierzig Minuten!

Natürlich konnte sie nicht weit sein. Sie war aufgewacht, hatte Angst bekommen, weil Mama nicht da war, und lief jetzt irgendwo im näheren Umkreis umher. Wenn es nur nicht so voll wäre! Es wimmelte von Menschen. Wie sollte sie ein so kleines Kind zwischen den vielen Beinen entdecken?

Sie legte die Brötchen und die Flasche auf ihr Badetuch, den Geldbeutel behielt sie in der Hand. Ihr war übel. Wo, verdammt, war die Kleine?

In ihrer Not wandte sie sich an eine Frau, die gleich neben ihr lag, ziemlich dick war und vier Kinder hatte, die um sie herumkrakeelten. „Entschuldigen Sie, haben Sie vielleicht meine Tochter gesehen? So groß etwa“, sie deutete mit der Hand Sarahs Größe an, „dunkle Haare, dunkle Augen … Sie trägt blaue Shorts und ein gestreiftes T-Shirt …“

Die Dicke starrte sie an. „Das Kind, das hier geschlafen hat?“

„Ja. Ja, genau. Sie schlief tief und fest, und ich … ich habe nur ganz schnell etwas zu essen besorgt, und jetzt komme ich wieder und …“

Es war offensichtlich, dass die Dicke ihr Verhalten missbilligte. „Sie haben die Kleine allein gelassen und sind bis nach vorn zu den Buden gegangen?“

„Ich war ja sofort wieder da“, log Liz. Vierzig Minuten!, hämmerte es in ihrem Kopf.

„Zuletzt habe ich sie gesehen, wie sie da schlief. Dann habe ich nicht mehr auf sie geachtet, weil meinem Denis schlecht wurde. Zu viel Sonne.“

Denis kauerte im Sand und sah in der Tat bleich und jämmerlich aus. Aber er war wenigstens *da*.

„Sie kann ja nicht weit sein", sagte Liz, um sich selbst Mut zuzusprechen.

Die Dicke wandte sich an eine Bekannte, die ein Handtuch weiter im Sand saß. „Hast du die kleine Dunkelhaarige gesehen, die hier schlief? Die Mutter war vorn bei den Buden, und nun ist das Kind verschwunden!"

Natürlich musste auch die Bekannte ihrer Empörung über Liz' Fehlverhalten Ausdruck verleihen. „*Bis da vorn?* Also, so lange würde ich mein Kind nicht allein lassen!"

Blöde Kuh, dachte Liz inbrünstig. Tatsächlich hatte einfach niemand auf Sarah geachtet. Die Dicke nicht, ihre Bekannte nicht, und auch sonst niemand von den Leuten ringsum, die Liz in wachsender Panik fragte. Sie zog immer größere Kreise, und es wurde immer unwahrscheinlicher, dass sie auf jemanden stieß, der ihr etwas über den Verbleib der Kleinen sagen konnte. Sie lief ans Wasser hinunter, aber auch dort fand sich keine Spur von Sarah.

Sie konnte nicht ertrunken sein. Vor den Augen so vieler Menschen ertrank kein Kind. Oder doch?

Noch einmal keimte Hoffnung in ihr, als ihr der Gedanke kam, Sarah könnte sich auf eigene Faust auf den Weg zu dem Karussell mit den Pferden gemacht haben. Schließlich war sie ganz verrückt danach gewesen. Also lief Liz erneut den Weg bis zur Bushaltestelle und sah tatsächlich etliche Kinder am Karussell, aber Sarah war nicht darunter. Sie fragte den Besitzer. „Sie fällt auf. Sie hat lange schwarze Haare, sehr dunkle Augen. Sie trägt blaue Shorts und ein gestreiftes T-Shirt!"

Der Besitzer des Karussells dachte nach. „Nein", sagte er dann, „nein, ein solches Kind war hier heute nicht. Da bin ich mir ziemlich sicher."

Sie lief zurück. Unterwegs begann sie zu weinen. Sie war in einen Albtraum geraten. Sie hatte völlig verantwortungslos gehandelt, und nun wurde sie auf bitterste Weise dafür bestraft.

Sarah war nicht am Strandplatz, als Liz erneut dort ankam. Der Anblick ihres kleinen Badetuchs tat Liz plötzlich so weh, dass die Tränen erneut hervorschossen.

Die dicke Frau, die noch immer die Stellung hielt, musterte sie nun mitleidig. „Keine Spur?", fragte sie.

„Nein", sagte Liz weinend, „keine Spur."

„Warum haben Sie mich denn nur nicht gleich angesprochen? Ich hätte doch aufgepasst, während Sie das Essen holten!"

Ja, warum hatte sie das nicht getan? Liz konnte sich selbst nicht verstehen. „Ich weiß nicht“, murmelte sie, „ich weiß nicht …“

„Sie müssen die Polizei verständigen“, mischte sich die Bekannte der Dicken ein. Sie wirkte durchaus betroffen. „Und die Badeaufsicht. Vielleicht …“ Sie wagte offenbar nicht, den Satz auszusprechen.

Liz blitzte sie böse an. „Wie soll denn ein Kind hier ertrinken? Es sind mindestens hundert Menschen im Wasser! Ich meine, ein schreiendes, strampelndes Kind würde doch irgendjemandem auffallen!“

Die Dicke legte ihr die Hand auf den Arm. Ihr Mitleid schien sehr aufrichtig. „Trotzdem. Sie gehen jetzt zur Badeaufsicht. Dort wird man wissen, was als Nächstes zu tun ist. Vielleicht kann man Ihre Tochter auch ausrufen. Es ist bestimmt nicht das erste Mal, dass ein Kind und seine Eltern sich hier in diesem Gewühl verlieren. Lassen Sie den Kopf nicht hängen!“

Die freundlichen Worte der anderen ließen Liz’ Selbstbeherrschung endgültig zusammenbrechen. Sie schluchzte nun haltlos und ließ sich in den Sand fallen. Für den Moment hatte sie jegliche Energie verlassen.

Die dicke Frau seufzte, beugte sich zu ihr und nahm ihre Hand. „Kommen Sie. Ich begleite Sie. Elli kann auf meine Kinder aufpassen. Sie sind ja völlig fertig. Jetzt geben Sie doch nicht alle Hoffnung auf!“

Willenlos ließ sich Liz mitziehen. Sie hatte in diesem Moment das nicht erklärbare Gefühl, dass sie Sarah nicht wiedersehen würde.

Mittwoch, 16. August

Als er ihr sagte, dass sie am nächsten Tag mit ablaufendem Wasser ablegen und weitersegeln würden, wusste sie nicht, ob sie sich freuen oder traurig sein sollte. Die Hebriden waren nicht der Ort, an dem sie noch wochenlang hätte verweilen wollen, das Klima machte ihr zu schaffen, und ihr fehlten die Farben des Sommers. Selbst der August war hier auf der Isle of Skye ziemlich kühl und windig, es regnete häufig, und dann verschmolzen Meer und Himmel in einem bleiernen Grau, und die Gischt, die bei Sturm an der Hafenmauer von Portree emporschwappte und in der Luft zerstob, hinterließ einen kalten Hauch auf den Lippen. Irgendwo war es Sommer, gab es einen satten, behäbigen August mit reifem Obst, warmen Nächten, Sternschnuppen und späten Rosen. Sie musste immer an das Gefühl von warmem Gras unter nackten Füßen denken. Manchmal trieb ihr die Sehnsucht danach die Tränen in die Augen.

Weitersegeln hieß, irgendwann in wärmere Gefilde zu kommen. Sie wollten hinunter zu den Kanaren, dort Proviant fassen und anschließend die Überquerung des Atlantiks in Angriff nehmen. Nathan plante, den Winter in der Karibik zu verbringen, und dass er nun zum Aufbruch drängte, hing damit zusammen, dass er dort vor Beginn der Hurrikan-Saison eintreffen wollte. Sie hingegen hatte Angst, Europa zu verlassen, schauderte vor der Aussicht, tage- und wochenlang auf dem Atlantik herumzutreiben.

Sie hatten eine knappe Woche auf Skye verbracht, und sie hatte gerade begonnen, sich trotz des schlechten Wetters ein wenig an die Insel zu gewöhnen. Das war es, was sie traurig machte beim Gedanken an die Abreise. Was sie betraf, krankte dieses ganze Projekt der Weltumsegelung an ihrem Bedürfnis nach einem sicheren Zuhause, einem unverrückbaren Lebensmittelpunkt. Sie sehnte sich danach, täglich in demselben Supermarkt einzukaufen, vertraute Spazierwege zu haben, geselligen Umgang mit immer denselben Freunden und Bekannten zu pflegen. Das Gleichmaß der Dinge war ihr wichtig. Seitdem sie es verloren hatte, war ihr bewusst geworden, wie sehr.

Da sie nicht den ganzen Tag auf der in der Bucht von Portree ankernden *Dandelion* verbringen konnte, hatte sie in den sechs Tagen ein wenig gejobbt. Eigentlich hatten sie und Nathan vereinbart, dass jeder von ihnen versuchen würde, in den jeweiligen Häfen eine Arbeit zu finden, denn in ihrer Reisekasse herrschte chronische Ebbe. Alles, was sie besaßen, hatte Nathan in den Kauf des Schiffes gesteckt. Aber aus irgendeinem Grund schien Nathan von der Dringlichkeit des Geldverdienens nicht überzeugt zu sein. „Skye bedeutet eine ungeheure Inspiration für mich", hatte er erklärt, „die muss ich nutzen!"

Das Wetter, so hatte er behauptet, sei genau das, was er suchte. Vier bis fünf Windstärken aus Nordwest, Wolken, die über die Berge der Insel jagten. Regen, der auf das Ölzeug prasselte, das er trug. Jeden Tag hatte er sie mit dem Beiboot an Land gerudert, war dann selbst wieder zum Schiff zurückgekehrt, hatte die Insel halb umrundet und sich in seine Lieblingsbucht bei Loch Harport verzogen. Was er dort über Stunden tat, wusste sie nicht. Er gab, wie üblich, nichts von sich preis.

Und manchmal, wenn sie am späten Nachmittag mit dem Bus nach Portree zurückkehrte, fragte sie sich, ob sie ihn vorfinden würde. Oder ob er einfach davongesegelt war, für immer, ohne sie. Sie wusste nie genau, ob sie diese Vorstellung erschreckte oder ob irgendetwas in ihr fast wünschte, es möge passieren.

Sie hatte einen Job im Ferienhaus einer englischen Familie gefunden, in Dunvegan, ein ganzes Stück von der Inselhauptstadt Portree entfernt, aber mit dem Bus recht gut zu erreichen. Die Familie hatte einen Zettel im Gemischtwarenladen am Hafen ausgehängt, auf dem sie für die Dauer ihres Ferienaufenthalts eine Hilfe für Haus und Garten suchte. Sie hatte sich sofort gemeldet. Nathan war dagegen gewesen, denn er meinte, der Job einer Putzfrau sei nun wirklich unter ihrem Niveau, aber da ihm auch nichts Besseres einfiel, wie sie zu Geld kommen sollten, hatte er schließlich zugestimmt.

Das Haus, etwas außerhalb von Dunvegan gelegen, mit einem herrlichen Blick über die Bucht, war geräumig und gemütlich, und sie hatte sich dort ziemlich wohlgefühlt. Nette Menschen, mit denen man plaudern konnte, leichte Arbeit, auch im Garten, der sehr groß war und ihr gut gefiel. Das Wetter war wirklich schlecht gewesen – es regnete in diesem Sommer hier oben ganz besonders viel, wie die Einheimischen betonten –, und sie hatte die ganze Zeit über nicht recht verstehen können, weshalb man seine Ferien in diesem Teil der Erde verbrachte, aber sie hatte sofort gemerkt, dass es für sie einen Unterschied machte, festen Boden unter den Füßen zu haben, einen Garten, der von einer Mauer begrenzt wurde, einen Kamin, eine Ordnung in allen Dingen. Es ging ihr besser als in all der Zeit zuvor.

Bis zum Spätnachmittag, wenn sie zurückkehrte auf das Schiff. Es war das Schiff. Es waren nicht die Hebriden, es würde auch nicht besser werden in der Südsee an weißen Sandstränden unter Palmen. Sie war nicht für das Nomadenleben geboren. Sie hasste Häfen. Sie hasste schwankende Bohlen unter den Füßen. Sie hasste die ewige Feuchtigkeit. Die Enge. Sie hasste es, kein Zuhause zu haben.

Morgen würden sie auslaufen.

Donnerstag, 17. August

Nathan hatte es sich im Cockpit der *Dandelion* gemütlich gemacht, eng an die Wand der Kajüte geschmiegt. Halb zehn Uhr am Abend. Die teure Thermounterwäsche, die er trug, bewährte sich hier oben im Norden – selbst im August. Die kühle nächtliche Seeluft spürte er nur an der Nasenspitze und auf den Wangen. Nachdem sein Ärger abgeflaut war, begann er sich nun ein wenig besser zu fühlen.

Er war wütend auf Livia gewesen und, was noch schwerer wog, wütend auf sich selbst, weil er ihr wieder einmal nachgegeben hatte. Er gab oft nach, einfach nur, um sich ihre tränenreichen Monologe zu ersparen. Er hatte vorgehabt, am frühen Morgen um sechs Uhr aus dem Hafen von Portree auszulaufen, um die Passage des Sound of Harris auf jeden Fall bei Tageslicht zu segeln. Livia, die, seitdem sie auf Skye angelegt hatten, über das schlechte Wetter auf der Insel jammerte, hatte nun begonnen, mit der gleichen Intensität über die Abreise zu klagen, obwohl diese ihr eigentlich hätte gelegen kommen müssen. Nathan vermutete oft, dass es ihr einfach nur um das Lamentieren ging. Sie war nicht zufrieden, wenn sie sich nicht über irgendetwas beschweren konnte.

Schließlich hatte sie behauptet, sie habe den Leuten in Dunvegan, bei denen sie seit einer Woche putzte, versprochen, noch einmal zu erscheinen, und sie könne nun unmöglich einfach verschwinden. Also hatte er die Abreise zähneknirschend auf den späten Nachmittag verschoben. Er hatte sich ins „Pier Hotel" verzogen, ein Pub, in dem sich vorwiegend Fischer und Hafenarbeiter herumtrieben, und in einer Zeitschrift gelesen, die er sich am Hafen gekauft hatte. Ziemlich spät erst bemerkte er, dass er eine völlig veraltete Ausgabe erwischt hatte, vom Februar dieses Jahres. Nichts von dem, was er dort geschrieben fand, war noch aktuell. Ob das hier jemanden störte? Auf den Hebriden tickten die Uhren schon ein wenig anders, das Leben folgte einem Rhythmus, der sich von dem der übrigen Welt unterschied. Die ganze Zeit über hatte er sich gefragt, wie Menschen so leben konnten. Er hatte sich viele Notizen dazu gemacht. Es war faszinierend, fand er, in das Leben anderer Menschen hineinzublicken.

Gegen fünf Uhr am Nachmittag waren sie endlich aufgebrochen.

Seit dem Vortag meldeten die BBC im Radio und der Luftdruck auf dem Schiffsbarometer endlich eine stabile Hochdrucklage. Die große Genua hatte er aus dem Segelsack geholt und angeschlagen, um wenigstens zwei Knoten aus dem Schiff zu holen, während er den Kurs querab vom Leuchtfeuer von Rodel auf der Karte absteckte. Vielleicht schafften sie es noch, mit ein wenig Tageslicht die Meerenge zu passieren.

Kurz vor neun Uhr hatte die kritischste Passage hinter ihnen gelegen. Livia war längst nach unten in die Kajüte verschwunden. Sie hatte behauptet, müde zu sein und Kopfschmerzen zu haben. Er war nicht traurig gewesen. Ihr ewig waidwunder Blick ging ihm entsetzlich auf die Nerven.

Vom Atlantik her stand eine alte Dünung aus Westen, sie befanden sich jetzt bereits im Gezeitenstrom, der gegen ihren Kurs stand. Egal, dachte er, ein Knoten Strömung gegen mich, zwei Knoten Fahrt macht das Schiff, bleibt noch ein Knoten übrig, der uns nach Südwesten trägt.

Vielleicht würde er gleich durchsegeln bis zunächst hinunter nach La Coruña. Er hatte keine Lust mehr auf Verzögerungen. Weg von Europa. Endlich freie Fahrt über den Atlantik. Die Karibik. Weiße Strände, Sonne, Palmen. Ihn hatte die fast mystische Stimmung auf Skye in Regen und Nebel zutiefst fasziniert, aber für den Winter konnte er sich ein Leben in der Wärme auch gut vorstellen. Sehr gut sogar.

Er saß im Cockpit und hing seinen Gedanken nach. Er sah die Lichter ganz deutlich. Sie näherten sich von achtern, zwei grüne Lichter, ein rotes und ein weißes darüber. Offensichtlich zwei Frachter, die denselben Kurs fuhren wie er selbst. Er war überzeugt, dass man ihn sehen konnte; er hatte seine Navigationsleuchten eingeschaltet, und der Radarreflektor oben am Mast würde ein deutliches Echo geben. Er musste sich um nichts kümmern. Nachdem er den Sound of Harris verlassen hatte, hatte er den Autopiloten aktiviert, der nun leise schnurrend seinen Dienst tat.

Er fühlte, wie seine Glieder immer schwerer wurden. Das lange, zornige Warten heute auf den Aufbruch, die schwierige Passage bei verdämmerndem Licht – das alles hatte ihn Kraft gekostet. Sein Kopf sank auf die Brust. Von einem Moment zum anderen fiel er in einen kurzen Schlaf, der, wie er später rekonstruierte, wohl nur wenige Minuten gedauert hatte. Dennoch entscheidende Minuten.

Er wachte so plötzlich auf, wie er eingeschlafen war. Ein eigentümliches, lautes Geräusch musste ihn geweckt haben, das an einen riesigen Hammer erinnerte, der krachend auf eine Stahlplatte schlug. Er blickte auf, sah, dass die Genua nur noch von der Dünung des Atlantiks bewegt wurde. Der Wind war völlig abgeflaut.

Dieses Geräusch ... der Hammer, der auf Stahl schlug ... Die Lichter, dachte er. Im selben Moment sah er sie wieder, es waren nur noch drei Lichter, ein rotes, ein grünes und darüber ein weißes, und sie waren höchstens noch eine halbe Seemeile von der *Dandelion* entfernt. Sie bewegten sich direkt auf sie zu.

Er sprang auf, und es schoss ihm durch den Kopf: Verdammt noch mal, sehen die uns denn nicht? Er hastete zum Steuerrad, schaltete den Autopiloten aus. Er musste sofort den Motor starten und die *Dandelion*, so rasch er konnte, wenigstens hundert Meter weiter nach backbord steuern, andernfalls würde es zur Kollision kommen. Verflucht, er hätte nicht einschlafen dürfen.

Warum sprang der Motor nicht an? Nicht einmal der Anlasser drehte sich. Er versuchte es noch einmal … und noch einmal … Nichts geschah.

Wie die Front eines Hochhauses baute sich der Bug eines großen Schiffes vor ihm auf, um ein Vielfaches größer als die *Dandelion*, und er näherte sich in erschreckend schneller Fahrt. Es war klar, dass von der *Dandelion* in zwei oder drei Minuten nur noch ein Haufen Schrott übrig sein würde.

Im Niedergang tauchte Livias Kopf auf. Er sah wirre Haare, angstvoll weit aufgerissene Augen. Die Motorengeräusche des riesigen Frachters veranstalteten inzwischen einen höllischen Lärm. „Nathan!“, schrie sie und starrte auf das immer näher kommende Unheil.

Mit einer einzigen Bewegung riss er die Rettungsinsel unter dem Steuersitz hervor. „Runter vom Schiff!“, brüllte er. „Hörst du nicht, sofort runter vom Schiff!“ Livia rührte sich nicht. Er packte sie an den Armen, zerrte sie die Stufen hinauf und stieß sie mit aller Kraft über Bord. Schleuderte die Rettungsinsel hinterher und sprang dann, in der letzten Sekunde, selbst.

Das Wasser war eiskalt, empfing ihn mit grausam schmerzenden Nadelstichen. Prustend und keuchend tauchte er wieder aus den Wellen auf. Zum Glück trug er, wie stets an Bord, seine Schwimmweste.

Das Geräusch des auf Stahl schlagenden Hammers war nun genau über ihm. Eine riesige Welle erfasste ihn, schleuderte ihn mehrere Meter weit zur Seite. Die stählerne Wand des Schiffes, fast zum Greifen nah, zog wie in Zeitlupe an ihm vorbei. Die *Dandelion* wurde vom Bug des Frachters frontal getroffen und sofort unter Wasser gedrückt.

Ihm kamen die Tränen – ihm! Er weinte nie. Er hätte nicht gedacht, dass er noch einmal weinen würde. Zuletzt war es ihm als kleinem Jungen passiert, als sie den Sarg mit seiner Mutter darin an ihm vorbeitrugen. Aber diese Hinrichtung zu erleben war zu schlimm. Er trieb im kalten Wasser des Nordmeers, und vor seinen Augen wurde vernichtet, woran sein Herz hing. Und was seine Existenz war.

Die Rettungsinsel, die sich im Wasser entfaltet hatte, musste ebenfalls von der Bugwelle des Frachters erwischt worden sein. Im Schraubenwasser des Schiffs drehte sie sich mit aufgerissener Plane einige Meter von ihm entfernt. Daneben konnte er Livia erkennen. Sie war direkt aus ihrem Bett gekommen, trug daher keine Schwimmweste. Er rief nach ihr, aber sie reagierte nicht. Mit ein paar kräftigen Schwimmstößen war er neben ihr. „Schwimm, Livia“, drängte er, „wir müssen in die Rettungsinsel!“

Sie machte keinerlei Anstalten, sich in Richtung Insel zu bewegen. Zwar hielt sie sich mit matten, mechanischen Bewegungen über Wasser, aber ihre Augen waren weit aufgerissen und starr, und sie schien in diesem Moment nicht ansprechbar zu sein. Nathan drehte sich auf den Rücken, packte Livia unter beiden Armen und zog sie mit sich zur Insel. Er keuchte, schluckte immer wieder Wasser. Wenigstens leistete Livia keinerlei Widerstand. Er ließ sie für einen Moment los, zog sich langsam und mühevoll auf die Insel hinauf, wandte sich dann um und zerrte Livia ebenfalls hinauf. Als er sie in Sicherheit gehievt hatte, brach er völlig erschöpft zusammen.

Erst nach einer ganzen Weile konnte er wieder einen klaren Gedanken fassen. Sie hatten es geschafft. Sie waren nicht in die Tiefe gerissen worden. Trotz allem gelang es ihm, für ein paar Sekunden Dankbarkeit zu empfinden. Beide hatten sie überlebt, dabei war ihr Leben praktisch keinen Pfifferling mehr wert. Sie besaßen nichts mehr als das, was sie auf dem Leib trugen: *sie* einen hellblauen Schlafanzug, *er* zumindest noch seine Jeans, Unterwäsche, einen Wollpullover und ein Paar Socken. Seine Schuhe hatte er verloren, als er über Bord gehechtet war. Und eine Rettungsinsel, dachte er mit einem Anflug von Sarkasmus, eine Rettungsinsel besitzen wir auch noch.

Noch immer war die Nacht klar, blitzten hier und da die Sterne am Himmel. Teilnahmslos starrte er über das dunkle Wasser. Für den Moment weigerte sich sein Verstand weiterzudenken. Sowohl was die Vergangenheit als auch was die Zukunft betraf. In ihm war nur Leere, eine tief erschöpfte, fast barmherzige Leere.

Samstag, 19. August

Virginia Quentin hörte in den frühen Morgenstunden des 19. August von dem Schiffsunglück, das sich in der Nacht von Donnerstag auf Freitag ereignet hatte. Es gab einen kleinen Radiosender auf den Inseln, der Meldungen verbreitete, die hauptsächlich für die Inselbewohner interessant waren. Dabei ging es in erster Linie um das Wetter, dem hier oben, wo viele Menschen vom Fischfang lebten, eine entscheidende Bedeutung zukam. Natürlich wurden auch manchmal Katastrophen gemeldet; es hatte Fischer gegeben, die nicht zurückgekehrt waren, und wilde, kalte Winterstürme.

Sie war in aller Frühe aufgestanden und zu ihrem Lauf über die Hochebene am Meer aufgebrochen. Sie liebte die Stille und Klarheit der ersten

Morgenstunden; auch daheim in Norfolk joggte sie frühmorgens, aber hier oben auf Skye war es ein ganz besonderes Erlebnis. Ein Glas mit eiskaltem Champagner konnte ihrer Ansicht nach nicht so belebend sein wie das Atmen des Windes, der über das Meer gestrichen kam.

Sie lief in langen, federnden Schritten, brachte ihren Körper und ihre Atmung in einen vollkommenen Gleichklang. Das Laufen am Morgen gehörte ihr ganz allein und war ihre Kraftquelle für den folgenden Tag.

Daheim duschte sie und setzte sich dann an den Tisch im Wohnzimmer und trank ihren Kaffee mit viel heißer Milch, hörte Radio dabei, fühlte Kraft und Ruhe in ihrem Körper und sagte sich, dass ihre Ehe mit Frederic zwar in mancher Hinsicht langweilig sein mochte, ihr aber zwei wundervolle Geschenke eingebracht hatte: ihre siebenjährige Tochter Kim und dieses Häuschen in Dunvegan.

Sie hatte das Radio nur als Hintergrundgeräusch wahrgenommen, aber sie horchte auf, als der Sprecher von dem Unglück berichtete, das einem deutschen Ehepaar zugestoßen war. Mitten in der Nacht waren sie von einem Frachter buchstäblich überrollt worden, nachdem offensichtlich eine Verkettung unglücklicher Geschehnisse ein Ausweichmanöver verhindert hatte. Von dem kleinen Segelschiff gab es keine Spur mehr, seine Einzelteile ruhten auf dem Grund des Meeres. Den Namen des Frachters, der das Unglück verursacht hatte, oder auch nur seine Nationalität kannte niemand. Der Skipper des Segelschiffs konnte keine Angaben zu seiner Position zum Zeitpunkt des Unglücks machen. Fischer hatten die im Wasser treibende Rettungsinsel gesichtet und das Ehepaar aufgenommen. Die junge Frau, so wurde berichtet, stehe unter Schock. Beide seien unterkühlt, nachdem sie fast zwölf Stunden in der Rettungsinsel hatten ausharren müssen. Man hatte sie zu einem Arzt gebracht. Seit dem gestrigen Tag seien sie in einem *Bed and Breakfast*-Hotel nahe Portree untergebracht.

„Also, das werden doch nicht ...“, sagte Virginia zu sich selbst, sprach den Satz aber nicht zu Ende. Wie viele deutsche Ehepaare, die in einem Segelboot auf Weltreise waren, gab es derzeit auf den Hebriden?

Sie vernahm Frederics Schritte auf der Treppe, stand automatisch auf, holte eine zweite Tasse, füllte sie mit Kaffee und Milch. In den Ferien leisteten sie sich den Luxus, den Morgen mit Geplauder zu vertrödeln. Sie gingen vorsichtig miteinander um und mieden ihre Beziehung als Gesprächsthema, ohne dass es dafür einen ersichtlichen Grund gegeben hätte.

Frederic kam zur Tür herein. Daheim sah sie ihn fast nur in Anzug und Krawatte, aber sie mochte es besonders, wenn er so aussah wie jetzt, in

Jeans und grauem Rollkragenpullover, ausgeschlafen und entspannt, ohne den etwas verbissenen Zug um den Mund, den er sonst oft trug, weil ihn sein Beruf und all seine Karrierepläne stets etwas überanstrengten.

„Guten Morgen", sagte er und fügte, obwohl die Antwort klar war, die Frage hinzu: „Du bist schon gelaufen heute früh?"

„Es war wunderbar. Wie leben andere Menschen, ohne sich richtig zu bewegen?" Sie reichte ihm seine Kaffeetasse, er setzte sich und nahm den ersten Schluck.

„Nur noch heute", sagte er, „dann müssen wir zurück. Oder möchtest du mit Kim noch ein wenig bleiben?"

Es waren immerhin noch zwei Wochen, bis die Schule begann. Und sie liebte es, hier oben zu sein. Auch Kim liebte es. Dennoch schüttelte Virginia den Kopf. „Wir kommen mit. Glaubst du etwa, ich lasse dich allein?"

Er lächelte. Er war so oder so viel allein, zumindest war er ohne seine Familie. Er verließ das Haus morgens um halb acht. Oft kam er nicht vor zehn oder halb elf am Abend zurück. Tagelang hielt er sich in London auf, wo sich seine Bank befand. In Norfolk war er eigentlich nur, wenn es die politische Arbeit in seinem Wahlkreis erforderte. Seine Tochter sah er manchmal die ganze Woche über nicht. Seine Frau im Vorbeigehen oder abends, wenn sie auf ihn gewartet hatte und noch zehn Minuten mit ihm plauderte, ehe er todmüde ins Bett fiel.

Es war nicht so, dass er diesen Zustand besonders geschätzt hätte. Und bis vor zwei Jahren war es auch ganz anders gewesen. Da hatten Virginia und Kim noch bei ihm in London gelebt, und er hatte sich viel mehr als Teil einer Familie gefühlt als derzeit. Nicht dass Virginia die elegante Wohnung in South Kensington häufig verlassen hatte, um etwas mit ihm zu unternehmen. Er kannte sie nur als einen Menschen, der zum Rückzug neigte, dazu, sich gegen die Außenwelt abzuschirmen. Nach seinem Eindruck hatte es etwas mit der Melancholie zu tun, die fast immer über ihr lag. Sie hatte diese Krankheit – Frederic bezeichnete es insgeheim als *Krankheit* – offensichtlich besser im Griff, wenn sie allein war. Dass sie schließlich beschlossen hatte, in das ziemlich düstere, alte Herrenhaus der Quentins in Norfolk umzuziehen, war ihm geradezu folgerichtig erschienen, hatte aber in der speziellen Art von Familienleben resultiert, das sie nun führten.

Sie hatte ihm gegenüber Platz genommen. Ihre Wangen waren noch rosig von der frischen, kühlen Morgenluft. „Du erinnerst dich bestimmt an diese junge Frau aus Deutschland, die uns hier in der letzten Woche ein bisschen in Haus und Garten geholfen hat", sagte sie. „Livia. So hieß sie."

Er nickte. Eine farblose Frau, unauffällig und verhuscht. „Ja. Ich erinnere mich. Die sind doch jetzt weitergezogen, oder?"

„Am Donnerstagabend wollten sie auslaufen. Und eben habe ich im Radio gehört, dass man ein deutsches Ehepaar aus dem Meer gefischt hat. Ihr Schiff ist von einem Frachter gerammt worden und gesunken."

„Guter Gott. Dann haben sie aber Glück, dass sie mit dem Leben davongekommen sind. Und du meinst, dass es sich um diese Livia handelt?"

„Sie haben im Radio keinen Namen genannt. Aber ich denke, sie könnten es sein. Der Zeitablauf würde stimmen."

„Na ja – wollten sie nicht die Welt umsegeln? Damit dürfte es ja nun vorbei sein."

„Livia hatte erzählt, dass sie alles, was sie hatten, verkauft haben für das Schiff. Das bedeutet, sie dürften kaum mehr etwas besitzen als die Kleider, die sie am Leib tragen."

„Dann waren sie hoffentlich gut versichert. Wenn ein Frachter über das Schiff gerollt ist, dann besteht es nur noch aus Einzelteilen."

Virginia nickte. „Sie sind in Portree in einem Bed and Breakfast vorläufig untergebracht. Ich dachte, ich schaue mal nach ihnen. Sicher können sie ein wenig Aufmunterung gebrauchen."

Plötzlich beschlich ihn ein mulmiges Gefühl. „Ich weiß nicht", meinte er, „vielleicht solltest du sie nicht aufsuchen."

„Warum nicht?"

„Weil ... weißt du, vielleicht waren sie *nicht* versichert, und ..." Er ließ den Satz in der Schwebe.

Sie sah ihn verständnislos an. „Ja und?"

„Bei der Versicherung sparen die Leute. Das ist immer so. Die Pflichtversicherung, die für die Schäden aufkommt, die sie anderen zufügen, schließen sie natürlich ab, aber dann hoffen sie, dass ihnen selbst nichts passiert, und schenken sich den Rest. Dieses Ehepaar steht jetzt womöglich vor dem Nichts. Vielleicht haben sie keinen einzigen Penny mehr, kein Haus, nichts. Sie werden einen Schadensersatzprozess anstrengen, aber ..."

„Man weiß offenbar nicht mal den Namen des Frachters", sagte Virginia, „und auch nicht seine Nationalität."

Er seufzte. „Siehst du. Noch schlimmer. Die wissen nicht einmal, gegen wen sie klagen können. Also, falls die überhaupt je entschädigt werden, kann das Jahre dauern."

Virginia begriff immer noch nicht. „Ja, aber weshalb darf ich sie dann nicht besuchen?“

„Weil … weil du dann oder besser gesagt: *wir* dann womöglich ihr einziger Strohhalm sind. Ehe du dich's versiehst, haben wir sie am Hals. Die werden jetzt nach allem und jedem greifen, was Hilfe verspricht.“

„Die haben bestimmt Verwandte, die sich um sie kümmern werden. Drüben in Deutschland. Ich möchte ja Livia nur ein wenig trösten. Ich mochte sie.“

„Sei vorsichtig“, warnte er.

„Morgen reisen wir ohnehin ab.“

„Ja, aber die werden auch nicht hierbleiben.“

„Eben. Sie werden nach Deutschland zurückkehren.“

„Falls sie dort noch irgendeine Bleibe haben. Oder finden.“

Virginia lachte. „Du bist ein so hoffnungsloser Schwarzmaler! Ich denke, es gehört sich einfach, dass ich Livia aufsuche. Vielleicht kann ich ihr auch etwas zum Anziehen von mir mitbringen. Wir haben ungefähr dieselbe Größe.“

Er würde sie nicht hindern können, das spürte er. Vielleicht stellte er sich auch wirklich gar zu pessimistisch an. Er wusste, dass er eine ausgeprägte Neigung hatte, die Welt schlecht zu sehen, ohne sie allerdings deswegen zu fürchten. Er verstand es durchaus, den Stier bei den Hörnern zu packen. Aber dazu musste man auch genau wissen, wo sich die Hörner befanden. Virginia machte sich da womöglich manchmal etwas vor. Egal. In einem Punkt hatte sie schließlich Recht: Morgen reisten sie ohnehin ab.

Es war nicht schwierig herauszufinden, wo man das deutsche Ehepaar untergebracht hatte. Der Schiffsuntergang war in aller Munde. Virginia fragte beim Gemischtwarenhändler am Hafen von Portree, und der konnte ihr auch sofort die gewünschte Auskunft geben. „Bei den O'Brians sind sie! Guter Gott, was für ein Pech, oder? Mrs O'Brian war vorhin hier, um einzukaufen, und sie erzählte, die junge Frau stehe völlig unter Schock. Stellen Sie sich mal vor, die besitzt auf der ganzen Welt nichts mehr als ihren Schlafanzug! Das ist doch wirklich verdammt hart!“

Wenige Minuten später parkte Virginia ihren Wagen vor dem malerischen Backsteinhaus der O'Brians mit der rot lackierten Haustür. Mrs O'Brian war eine leidenschaftliche Gärtnerin. Selbst unter den schwierigen klimatischen Bedingungen der Hebriden hatte sie es geschafft, einen üppigen Blumengarten vor ihr Haus zu zaubern. Virginia ging zwischen rostfarbenen Astern und leuchtend bunten Gladiolen entlang. Der Herbst kündigte sein Kommen unübersehbar an. Hier oben brach er früh an.

Auf Virginias mehrfaches Klopfen an der Tür reagierte niemand, und so öffnete sie sie schließlich selbst und trat in den schmalen Hausflur. Dies war auf der Insel durchaus üblich. Man kannte einander gut genug, und nachdem schon Frederics Vater mit seiner Familie in den Ferien hierhergekommen war, galt die Familie Quentin als dazugehörig.

„Mrs O'Brian!", rief Virginia halblaut, aber sie bekam keine Antwort. Sie sah, dass die Küchentür am Ende des Ganges geschlossen war; vielleicht hielt sich Mrs O'Brian dort auf und konnte sie nicht hören.

Aber als sie zögernd in die geräumige Küche trat, war es nicht die Hausfrau, die sie dort antraf. Dafür saß Livia am Tisch, vor sich eine große Tasse und ein Stövchen mit einer Kanne darauf. Die Tasse war leer, aber sie dachte offenbar nicht daran, sich etwas nachzuschenken. Teilnahmslos starrte sie auf die Tischplatte. Sie hob zwar den Kopf, als Virginia eintrat, aber in ihren Augen war keine Regung zu entdecken.

„Livia!", sagte Virginia erschüttert. „Mein Gott, ich habe gehört, was Ihnen und Ihrem Mann zugestoßen ist! Da dachte ich ..." Sie sprach nicht weiter, sondern ging stattdessen auf Livia zu und nahm sie in die Arme. „Ich musste einfach nach Ihnen sehen!"

Durch das Fenster konnte sie Mrs O'Brian entdecken, die im Garten Wäsche aufhängte. Hoffentlich ließ sie sich noch eine Weile Zeit damit. Es war ihr lieber, mit Livia allein zu sein.

Sie setzte sich ihr gegenüber und betrachtete sie. Livia trug einen Morgenmantel, der offenbar Mrs O'Brian gehörte; er war mit einem grellfarbenen Schottenmuster bedruckt und viel zu kurz. Mrs O'Brian war ziemlich klein, während Livia groß, aber sehr mager war.

„Ich habe Ihnen etwas zum Anziehen mitgebracht", sagte Virginia, „die Tasche ist draußen im Auto. Wir haben ja ungefähr die gleiche Größe. Die Sachen von Mrs O'Brian sind Ihnen jedenfalls eindeutig zu kurz."

Livia öffnete endlich den Mund. „Danke."

„Das ist doch selbstverständlich. Ist der Tee in Ordnung? Dann sollten Sie noch etwas trinken. Das ist jetzt wichtig."

Virginia wusste nicht genau, weshalb sie das sagte, aber heißer Tee erschien ihr in komplizierten Lebenssituationen immer wichtig. Sie holte auch für sich einen Becher, schenkte ihnen beiden ein, rührte ein wenig Zucker hinein. Livia war wie erstarrt. Im Augenblick schien man jeden Handgriff für sie tun zu müssen. „Möchten Sie darüber sprechen?", fragte Virginia.

Livia wirkte unschlüssig. „Es … es war so … schrecklich“, brachte sie nach einer Weile hervor. „Das … Wasser … Es war so kalt.“

„Ja. Ja, das kann ich mir vorstellen. Es tut mir so entsetzlich leid, dass Ihnen das passieren musste. Sie konnten … nichts retten?“

„Nichts. Gar nichts.“

„Aber Ihr Leben. Und das ist das Wichtigste.“

Livia nickte, aber sie wirkte dabei nicht überzeugt. „Wir … haben nichts mehr.“

Virginia wiederholte: „Sie haben Ihr Leben!“ Doch gleichzeitig dachte sie, dass sich dies leicht dahinsagen ließ. Hätte sie selbst all ihr irdisches Hab und Gut verloren, könnte man sie mit dem Hinweis aufs nackte Überleben womöglich auch nicht trösten. Frederic fiel ihr ein, und sie fragte vorsichtig: „Waren Sie … sind Sie versichert?“

Livia schüttelte langsam den Kopf. „Nicht … was unseren eigenen Schaden betrifft.“ Sie sprach schleppend. Und plötzlich schaute sie an sich herab, an dem hässlichen grellfarbenen Bademantel, und Tränen schossen ihr in die Augen. „Ich hasse dieses Ding! Es ist so scheußlich! Ich hasse es, so etwas tragen zu müssen!“

Virginia wusste, dass es derzeit größere Probleme für Livia gab als die Kleiderfrage, aber sie verstand den Ausbruch dennoch. Der unschöne Bademantel stand für den ganzen gewaltigen Verlust, den sie erlitten hatte.

„Ich hole Ihnen gleich meine Sachen“, sagte Virginia und wollte aufstehen, aber Livia rief fast panisch: „Nicht! Gehen Sie nicht weg!“

Virginia setzte sich wieder. „Okay. Ich kann die Tasche auch nachher holen.“ Sie sah sich um. „Wo ist denn eigentlich Ihr Mann?“

„Oben. In unserem Zimmer. Er telefoniert mit einem Anwalt in Deutschland. Aber … wie will er jemanden verklagen? Wir wissen doch gar nicht, wer es war!“

„Vielleicht lässt sich das ja noch herausfinden. Sicher weiß die Küstenwache, wer hier zu welcher Zeit vorbeischippert …“

Livia unterbrach sie mit leiser Stimme: „Wir können nicht einmal das hier bezahlen.“ Sie machte eine Kopfbewegung zum Fenster, in Richtung Mrs O’Brian. „Die möchte doch irgendwann Geld für das Zimmer. Und unser Essen. Und das Telefon. Ich meine“, sie begann schon wieder zu weinen, „ich habe Nathan gesagt, er soll nicht telefonieren, aber schon seit einer Stunde telefoniert er mit Gott und der Welt, und dann auch noch ins Ausland! Das ist doch verrückt! Mrs O’Brian wird uns doch nichts schenken. Aber wir haben kein Geld! Absolut kein Geld!“

„Sie haben kein Bankkonto mehr in Deutschland?“

„Nathan hat alles aufgelöst. Er nannte das ‚die totale Freiheit‘. Ohne Geld zu sein und sich in den verschiedenen Häfen mit Gelegenheitsjobs durchzubringen. Er hat das Haus verkauft, das in seinem baufälligen Zustand aber nicht allzu viel eingebracht hat. Er hat die Konten geleert und dann das Schiff gekauft. Ich habe wenigstens noch durchgesetzt, dass wir eine Krankenversicherung für Auslandsreisen abschließen. Aber ansonsten … Als finanzielle Reserve haben wir nur den Schmuck mitgenommen, den ich von meiner Mutter geerbt hatte. Aber der liegt jetzt auf dem Meeresgrund.“

Virginia dachte, dass Frederic an diesem Morgen tatsächlich eine gewisse Hellsichtigkeit bewiesen hatte, als er von der Versicherungsfrage gesprochen hatte. Sie überlegte. „Haben Sie gar keine Verwandten? Eltern, Geschwister? Irgendjemand, der Ihnen unter die Arme greifen könnte?“

Livia schüttelte den Kopf. „Nathan hat seine Eltern ganz früh verloren. Angehörige gab es keine. Er ist in verschiedenen Heimen aufgewachsen. Und bei mir war nur noch mein Vater am Leben. Er ist dann vergangenes Jahr im September gestorben.“ Sie lächelte ein wenig, es war ein trauriges, bitteres Lächeln. „Damit fing ja das Unglück auch irgendwie an …“

Virginia setzte an zu fragen, was genau sie damit meinte, doch da wurde die Küchentür geöffnet, und ein Mann trat ein. Sie dachte sofort, dass es Nathan sein musste. Er war tief gebräunt, wenn auch ein fahler Ton auf seiner Haut lag, der darauf hinwies, dass es diesem Mann nicht so gut ging, wie man auf den allerersten Blick meinen mochte. Er war groß, schlank und muskulös. Der typische Seefahrer. Bis auf das Gesicht.

Eher ein Intellektueller, dachte sie.

„Livia, ich …“, begann er, dann sah er, dass Besuch da war. „Entschuldige“, fuhr er auf Englisch fort, „ich dachte, du bist allein.“

„Nathan, das ist Virginia Quentin“, sagte Livia, „die Dame, in deren Ferienhaus ich in der letzten Woche ausgeholfen habe. Virginia, das ist mein Mann Nathan.“

„Nathan Moor“, sagte Nathan und reichte Virginia die Hand. „Meine Frau hat viel von Ihnen erzählt.“

„Es tut mir sehr leid, was geschehen ist“, sagte Virginia, „wirklich, das ist ein schreckliches Unglück.“

„Ja, das ist es“, stimmte Nathan zu. Er wirkte angeschlagen, aber nicht so am Boden zerstört wie seine Frau.

„Was sagt der Anwalt?“, fragte Livia ihren Mann, aber sie machte nicht den Eindruck, als interessiere sie die Antwort wirklich.

„Er sagt, dass es schwierig werden wird“, antwortete Nathan. „Vor allem wenn es uns nicht gelingt herauszufinden, welcher Frachter uns gerammt hat. Und dann müssen wir es noch beweisen.“

„Wie soll das denn gehen?“

„Ich werde versuchen, einen Weg zu finden. Aber gib mir ein bisschen Zeit. Ich bin auch erst gestern aus dem Wasser gefischt worden. Ich brauche einen Moment, um den Schock zu verarbeiten.“ Er klang latent gereizt.

„Wenn ich irgendwie helfen kann …“, bot Virginia an.

„Das ist nett, sehr nett“, sagte Nathan, „ich wüsste jedoch nicht …“ Er hob in einer hilflosen Geste beide Hände.

„Nathan, wir können hier nicht einfach wohnen bleiben“, drängte Livia. „Mrs O'Brian wird Geld dafür haben wollen, und …“

„Das müssen wir vielleicht nicht gerade jetzt besprechen!“, fuhr er sie an. Virginia hatte plötzlich den Eindruck, dass sie störte. Seine desolate finanzielle Situation mochte Nathan sicher nicht vor einer Fremden offenlegen. Sie erhob sich. „Ich muss sowieso noch einiges erledigen. Livia, ich bringe Ihnen rasch die Kleidung, dann bin ich weg.“

Auf dem Weg hinaus zu ihrem Auto kam ihr ein Einfall. Zwar war sie ziemlich sicher, dass Frederic nichts davon halten würde – aber sie beschloss, Frederic für den Moment beiseitezuschieben.

„Mir ist da gerade ein Gedanke gekommen“, sagte sie, als sie in die Küche zurückkehrte. „Wissen Sie, mein Mann und ich reisen morgen ab. Nach Hause. Unser Haus drüben in Dunvegan steht dann leer. Warum wohnen Sie nicht dort, solange Sie hierbleiben und Ihre … Ihre Angelegenheiten regeln müssen?“

„Das können wir nicht annehmen“, erwiderte Nathan, „und wir können tatsächlich nichts zahlen.“

„Ich weiß. Aber Sie könnten sich im Gegenzug ein wenig um Haus und Garten kümmern. Wir fänden es sehr beruhigend, wenn jemand dort wohnt.“

Er lächelte. „Das ist sehr freundlich, Mrs Quentin. Aber im Grunde sind wir Ihnen wildfremd, gestrandete Schiffbrüchige … Fremde soll man nicht einlassen, das wissen Sie bestimmt.“

Sie ging auf seinen scherzhaften Ton nicht ein. „Überlegen Sie es sich. Zumindest Ihre Frau, Mr Moor, ist mir nicht fremd. Aber es ist natürlich allein Ihre Entscheidung.“

Sie stellte die Tasche mit den Kleidungsstücken neben den Tisch. „Wie gesagt, morgen sind wir weg“, wiederholte sie. „Sie müssten nur vorher wegen des Schlüssels vorbeikommen.“

Sie strich Livia über den Arm und nickte Nathan kurz zu, dann verließ sie die Küche. Sie hatte gesehen, dass Mrs O'Brian auf das Haus zukam, und aus irgendeinem Grund hatte sie gerade keine Lust auf eine Begegnung. Vielleicht weil sie sich plötzlich große Sorgen machte. Natürlich würden die Moors auf ihr Angebot eingehen, sie hatten gar keine Wahl.

Ehe du dich's versiehst, haben wir sie am Hals, hatte Frederic gesagt.

Sie musste ihm beibringen, dass es nun tatsächlich so gekommen war.

Obwohl – konnte es ihn wirklich stören? Sie würden in Norfolk sein und ihren ganz normalen Alltag leben. Die Moors würden hier oben auf der Insel bleiben, eine Woche oder zwei vielleicht, und sehen, ob sie ihre desolate Situation klären konnten. Das war alles. Kein Grund für Frederic, sich aufzuregen. Dennoch hatte sie das sichere Gefühl, dass einiger Ärger auf sie zukam.

FREDERIC QUENTIN galt in seinem Freundes- und Bekanntenkreis als freundlich, aber schweigsam und manchmal sogar als ein wenig verschlossen, als ein Mann, der sich vorwiegend um seinen Beruf kümmerte und nicht allzu viel Zeit und Energie in sein Privatleben investierte. Wenige vermochten sich vorzustellen, dass er über sich, seine Frau und ihre Beziehung zueinander überhaupt je nachdachte. Doch tatsächlich stellte er dann und wann Überlegungen an, und es war keineswegs so, dass ihn sein Familienleben nicht interessierte.

Er wusste, dass er viel zu wenig Zeit mit seiner Frau und seiner Tochter verbrachte, und manchmal nahm er sich vor, sich mehr darum zu kümmern, dass Virginia nicht so häufig allein war, auch wenn sie selbst diesen Umstand offenbar als nicht unangenehm empfand. Es konnte nicht normal sein, wenn eine Frau vorwiegend in Gesellschaft ihrer siebenjährigen Tochter lebte, in der Einsamkeit eines viel zu großen Landhauses, das wiederum in einem riesigen Park lag. Ferndale House, der Landsitz der Quentins in Norfolk, war sehr düster, und er war kaum der richtige Ort für eine 36-jährige Frau, die eigentlich mitten im Leben hätte stehen sollen.

Frederic dachte sich oft, dass er mehr Zeit und Energie darauf verwenden müsste herauszufinden, was seine Frau häufig so bedrückt erscheinen ließ. Gespräche hätten ihr vielleicht geholfen, aber er war nicht sehr geübt darin, die komplizierte Seelenlage eines anderen Menschen zu ergründen. Und außerdem: Gerade jetzt hatte er einfach so schrecklich wenig Zeit.

Denn Frederic Quentin war entschlossen, sich ins Unterhaus wählen zu lassen, und er wusste, dass er gute Chancen hatte. Die kleine, feine Privatbank, die sein Urgroßvater gegründet hatte und die er selbst heute mit großem Erfolg führte, sicherte ihm neben beträchtlichem Wohlstand auch den Kontakt zu einflussreichen Persönlichkeiten des Landes. Die Harold Quentin & Co. galt als beste Adresse für die Mitglieder der *upper class*, der Oberschicht, und Frederic Quentin hatte es immer verstanden, für seine Kunden nicht nur der zuverlässige, umsichtige Bankier zu sein, sondern auch der Freund, der an Golfturnieren und Segelausflügen teilnahm, der Kontakte genau dort pflegte, wo sie ihm nützlich sein konnten. Er hatte sich ein erstklassiges Sprungbrett ins Parlament gebaut. Mit 44 Jahren war er dicht davor, sein Ziel zu verwirklichen.

Als Virginia ihm beim Mittagessen erzählte, dass sie dem schiffbrüchigen deutschen Ehepaar angeboten hatte, sich in ihrem Ferienhaus einzuquartieren, wollte er sie schon verärgert fragen, was sie sich dabei denke, so einfach über ein Haus zu verfügen, das schließlich nicht ihr allein gehörte. Aber er schluckte seine Verärgerung mit einiger Mühe hinunter. Frauen, die zu viel allein sind, tun seltsame Dinge, dachte er resigniert. „Sei trotzdem vorsichtig", sagte er.

Sie sah ihn an. „Das sind nette Menschen. Wirklich."

„Du kennst sie doch gar nicht."

„Ich habe durchaus ein bisschen Menschenkenntnis."

Er seufzte. „Das bestreite ich doch auch gar nicht. Aber … aus ihrer Situation heraus können die sich zu Zecken entwickeln. Egal wie nett sie sind. Diesen Gedanken solltest du zumindest im Kopf behalten."

Er hatte den Eindruck, dass auch sie seufzte. „Sie ziehen – vielleicht – morgen hier ein. Wir reisen zum selben Zeitpunkt ab. Ich kann einfach das Problem nicht erkennen."

„Ist das Schiff von den Leuten für immer weg?", erkundigte sich Kim, die etwas unlustig in ihrem Spinat stocherte.

„Für immer", sagte Frederic. „Die sind arm wie Kirchenmäuse."

„Wie Kirchenmäuse?", wunderte sich Kim.

„Das ist nur so ein Ausdruck", erklärte Virginia. „Er soll besagen, dass diese Leute nichts mehr haben auf der Welt."

„Oh, sie haben aber doch noch etwas", sagte Frederic spitz, „und zwar eine kostenlose, unbefristete Unterkunft. Ich würde sagen, das ist gar nicht so schlecht!"

„Unbefristet! Wer sagt das denn? Lediglich solange sie hier sein müssen, um ihre Angelegenheiten zu klären, werden sie …"

„Virginia“, unterbrach Frederic, „manchmal bist du wirklich ein bisschen naiv. Hast du mit ihnen einen Termin vereinbart, wann sie hier wieder ausziehen müssen? Ihnen ein Datum genannt?“

„Natürlich nicht. Ich habe …“

„Dann ist ihr Aufenthalt in unserem Haus unbefristet. Und was die Klärung ihrer Angelegenheiten betrifft: Da gibt es nichts zu klären. Darin besteht ja ihr Schlamassel. Was das angeht, ist es gleichgültig, ob sie die Insel heute oder morgen oder in drei Monaten verlassen.“

Sie erwiderte nichts. Er fragte sich, ob sie ihn für kaltherzig hielt.

„Im Übrigen“, fügte er hinzu, „habt ihr auch schon das Problem gelöst, wovon sie eigentlich leben wollen? Deine neuen Freunde? Ich meine, sie haben nun ein Dach über dem Kopf, aber sie müssen ja auch irgendetwas essen oder trinken. Du solltest dich also darauf gefasst machen, dass sie dich um Geld anpumpen werden. Sie haben gar keine andere Möglichkeit.“

„Es wird uns nicht ruinieren, ihnen ein bisschen Geld zu leihen“, sagte Virginia, „ich bin sicher, sie werden alles daransetzen, uns …“ Sie sprach den Satz nicht zu Ende. Ein Klopfen an der Haustür hatte sie unterbrochen.

„Das könnten sie sein“, sagte sie, „sie müssen ja den Schlüssel abholen.“

Frederic legte seine Gabel zur Seite und lehnte sich zurück. „Irgendwie habe ich keinen Appetit mehr“, meinte er.

Es waren tatsächlich Nathan und Livia, die vor der Tür standen. Livia sah viel besser aus als am Morgen. Sie trug Jeans und ein Sweatshirt von Virginia und hatte sich die Haare gewaschen und gekämmt. Sie wirkte noch immer verzweifelt, aber nicht mehr so völlig verloren. In der Hand hielt sie die Reisetasche, die Virginia mit Kleidungsstücken vollgepackt hatte.

„Sie sollen das alles behalten“, sagte Virginia, „nicht gleich wieder zurückgeben!“

Livia errötete tief und stierte auf den Boden.

„Es ist uns wirklich sehr unangenehm“, sagte Nathan, „aber … nun, wir wollten die Sachen nicht zurückgeben. Wir haben sie mitgebracht, weil … Ich meine, wäre es möglich, dass wir heute bereits hier einziehen? Es ist unverschämt von uns, wir ruinieren Ihnen womöglich den letzten Ferientag, aber das Problem ist, dass wir Mrs O’Brian einfach nicht bezahlen können, und eine weitere Nacht bei ihr …“ Er hob hilflos die Hände.

Virginia empfand es beinahe als eine Schicksalsironie mitzuerleben, wie schnell all die düsteren Prophezeiungen Frederics eintrafen. Nun standen Nathan und Livia mit ihrem wenigen Hab und Gut vor der Tür – und wie hätte sie sie fortschicken sollen? „Selbstverständlich können Sie heute schon einziehen“, sagte sie, „wie dumm von mir, dass ich nicht gleich daran gedacht habe …“ Sie hatte natürlich daran gedacht, es Frederics wegen jedoch für besser gehalten, den Einzug der Fremden auf die Zeit nach ihrer eigenen Abreise zu legen.

Nathan schien ihre Gedanken lesen zu können. „Ist denn Ihr Mann auch damit einverstanden?“, fragte er.

„Machen Sie sich da keine Sorgen“, wich sie aus, hatte aber das Gefühl, dass der Fremde längst wusste, dass es vonseiten Mr Quentins Schwierigkeiten gab.

Virginia ergriff Livias Arm und zog sie rasch ins Haus herein. „Ich zeige Ihnen jetzt erst einmal Ihr Zimmer“, sagte sie.

Es gab ein geräumiges Gästezimmer im ersten Stock, aber es lag gleich neben Frederics und Virginias Schlafzimmer, und auch das Bad musste man sich teilen. Virginia konnte sich Frederics Gemaule nur zu gut vorstellen. Sie fühlte sich, als sei sie unversehens zwischen zwei Mühlsteine geraten. Nur ein halber Tag und eine Nacht, dachte sie, wäre die Zeit bloß erst vorüber!

Sie merkte, dass sie Kopfschmerzen bekam, als sie hinunterging, um Frederic davon in Kenntnis zu setzen, dass die beiden Fremden soeben im Stockwerk über ihm einzogen. Erwartungsgemäß reagierte er aggressiv.

„Das kann doch nicht wahr sein! Du hast sie wirklich hereingelassen? Und sie nisten sich gerade neben unserem Schlafzimmer ein?“

„Was hätte ich denn tun sollen? Frederic, diese Menschen …“

Er war aufgestanden und ging im Zimmer auf und ab. „Diese Menschen gehen uns nichts an! Ich finde es lobenswert, dass du offenbar deinen Hang zum Samaritertum entdeckt hast, aber du siehst jetzt, wohin das führt. Die Dinge entgleiten dir ja bereits. Und ich kann dir nur vorhersagen, dass es immer schlimmer werden wird!“

„Ich finde, wir sollten nicht …“, begann Virginia, führte den Satz aber nicht zu Ende. Denn Nathan betrat, gefolgt von Livia, das Wohnzimmer.

Es war von der ersten Sekunde an klar, dass Frederic und Nathan einander nicht leiden konnten. Wären sie sich unter normalen Umständen begegnet, wäre jeder nach einem kurzen, kühlen Gruß seines Wegs gezogen. So aber mussten sie sich die Hand reichen und es irgendwie miteinander aushalten.

„Es tut mir sehr leid für Sie, Mr Moor“, sagte Frederic höflich, „und für Sie natürlich auch, Mrs Moor.“

„Danke“, flüsterte Livia.

„Eine Verkettung sehr unglücklicher Umstände“, sagte Nathan, „die uns tragischerweise in eine absolute Katastrophe geführt hat. Es ist ein äußerst seltsames Gefühl, plötzlich ohne den geringsten irdischen Besitz auf dieser Welt zu stehen.“

„Um Situationen wie diese zu vermeiden, wurde das Versicherungswesen erfunden“, entgegnete Frederic, immer noch in seiner höflichsten Tonlage, aber sein Ärger war nur allzu deutlich spürbar.

Virginia hielt den Atem an. In Nathans Augen meinte sie kurz aufflackernden Hass zu entdecken, aber er hatte sich unter Kontrolle. „Da haben Sie völlig Recht“, sagte er ebenso höflich wie zuvor Frederic, „und Sie können mir glauben, dass ich es mir bis an mein Lebensende nicht verzeihen werde, an dieser Stelle gespart zu haben. Es war leichtsinnig und verantwortungslos. Ich habe ein solches Unglück nicht einkalkuliert.“

„Dass so etwas geschehen kann, übersteigt ja auch jedes normale Vorstellungsvermögen“, sagte Virginia rasch. Sie hoffte, dass Frederic nicht länger auf der Versicherungsfrage herumreiten würde.

„Wie sehen denn Ihre nächsten Schritte aus, Mr Moor?“, fragte Frederic. „Ich vermute, Sie werden nicht ewig hier auf Skye herumsitzen wollen?“ Der unausgesprochene Nachsatz *und sich durchschnorren wollen* stand mit schmerzhafter Deutlichkeit im Raum.

„Wir haben noch nicht allzu viel klären können“, antwortete Nathan, „aber das Wichtigste wäre, die Identität des Frachters, der uns überrollte, herauszufinden. Nur dann haben wir eine vage Hoffnung auf Schadensersatz.“

„Den Frachter zu finden dürfte sich als höchst schwierig erweisen“, meinte Frederic. „Ich rate Ihnen, Ihre Zeit nicht hier auf der Insel zu verschwenden. Es löst keines Ihrer Probleme. Sie sollten so rasch wie möglich nach Deutschland zurückkehren und zusehen, wieder in Ihrem alten Leben Fuß zu fassen. Es muss schließlich noch irgendwelche Verbindungen geben. Zu Ihrem früheren Beruf, beispielsweise. Als was haben Sie gearbeitet?“

Er verhört ihn regelrecht, dachte Virginia mit wachsendem Unbehagen. Sie spürte, dass auch Livia den Atem anhielt.

„Ich bin Schriftsteller“, sagte Nathan.

Frederic wirkte überrascht. „Schriftsteller? Und was haben Sie veröffentlicht?“

So kannst du nicht mit ihm sprechen, dachte Virginia.

„Mr Quentin“, sagte Nathan, „Ihre Frau war so liebenswürdig, uns eine Unterkunft in diesem Haus anzubieten. Ich kann mich inzwischen allerdings nicht mehr des Eindrucks erwehren, dass dies nicht in Ihrem Sinn ist. Warum sagen Sie dann nicht einfach, dass wir gehen sollen? Es gibt kaum etwas, was wir packen müssten. In drei Minuten wären wir verschwunden.“

Virginia wusste, dass es Frederic mit jeder Faser danach verlangte, die Fremden wieder loszuwerden, aber dass ihn sein gutes Benehmen daran hindern würde, seine Frau derart bloßzustellen. „Wenn meine Frau Ihnen eine Unterkunft in diesem Haus angeboten hat“, sagte er, „dann steht Ihnen diese Unterkunft selbstverständlich zu. Bitte betrachten Sie sich als unsere Gäste.“

„Das ist sehr freundlich von Ihnen“, erwiderte Nathan.

Wenn Blicke töten könnten, dachte Virginia, wäre keiner von beiden jetzt noch am Leben. Da sie Skye so sehr liebte, hatte sie noch nie zuvor die Abreise von dort herbeigesehnt, sie – im Gegenteil – stets gefürchtet.

Jetzt hoffte sie von ganzem Herzen, die nächsten zwanzig Stunden wären bereits vorüber und sie befänden sich schon auf der Brücke, die nach Lochalsh auf dem Festland führte.

Dienstag, 22. August

Liz Albys Leben war seit dem Verschwinden ihrer Tochter zum Spießrutenlaufen geworden. Jeder in der Nachbarschaft wusste Bescheid, nachdem Sarahs Foto in der Zeitung gewesen war und die Polizei in einem Pressebericht um die Mithilfe der Bevölkerung gebeten hatte. Man hatte die Umstände des Verschwindens der Kleinen einigermaßen taktvoll mit einer kurzen Abwesenheit der Mutter beschrieben, aber Liz spürte genau, mit wie viel Verachtung über sie getuschelt wurde. Eine kurze Abwesenheit der Mutter an einem überfüllten Strand war gegenüber einem vierjährigen Kind nicht verzeihbar.

Mehr als früher senkte man jetzt die Stimme, wenn sie in die Nähe kam, und dennoch schienen die wenigen Satzfetzen, die sie auffing, überlaut in ihren Ohren zu dröhnen. *Das musste irgendwann so kommen … Übernahm nie Verantwortung für die arme Kleine …*

Wie gemein sie doch sind, dachte Liz dann, wie bösartig und gemein! Auch ihnen hätte das passieren können!

Eine innere Stimme sagte ihr jedoch, dass dies eben nicht jedem passierte. Ein vierjähriges Mädchen am Meer … eine Mutter, die vierzig Minuten lang nicht bei dem Kind war … Vierzig Minuten.

In den endlosen Gesprächen mit der Polizei hatte Liz immer versucht, sich um diese vierzig Minuten herumzumogeln, aber es ließ sich nicht leugnen, dass der Weg von ihrem Liegeplatz bis zur Imbissbude recht weit war. Jedenfalls hatte sich das Bild der leichtfertigen, pflichtvergessenen Mutter schließlich auch bei den Polizisten verfestigt.

„Haben Sie Ihre Tochter denn oft allein gelassen?", hatte einer der ermittelnden Beamten mit unüberhörbarer Verurteilung in der Stimme gefragt.

Liz hatte mit den Tränen gekämpft. Es war so ungerecht! Natürlich, Sarah war ihr alles andere als willkommen gewesen, und sicher war sie oft ungeduldig mit der Kleinen umgegangen. Aber sie hatte sich um sie gekümmert. Sie hatte sie nie zuvor unbeaufsichtigt irgendwo abgestellt, und gerade das wurde jetzt von allen offenbar angezweifelt. Einmal! Ein einziges Mal! Und ausgerechnet da musste sie spurlos verschwinden!

Die Küstenwache hatte die Umgebung abgesucht und nichts gefunden. Es hatte Befragungen unter den Urlaubern am Strand gegeben, aber niemand hatte ein kleines Kind allein am Wasser gesehen. Spürhunde durchkämmten tagelang das Gebiet um den Strand, ohne auf eine Spur zu stoßen. Als hätte der Erdboden Sarah verschluckt, einfach so.

Liz war nicht dumm, sie begriff durchaus, dass auch sie einen Platz unter den Verdächtigen bei der Polizei einnahm. Und natürlich geriet auch Mike Rapling, der Kindsvater, ins Visier der Polizei.

„Es gibt Väter, die entführen ihre Kinder, weil sie darunter leiden, zu wenig Umgang mit ihnen zu haben", hatte eine Beamtin gesagt, mit der Liz am zweiten Tag nach Sarahs Verschwinden gesprochen hatte.

Da jedoch hatte Liz zum ersten Mal seit dem Unglück gelacht, wenn es auch kein freudiges Lachen gewesen war. „Also, das können Sie bei Mike vergessen! Der hat Sarah vielleicht viermal in ihrem Leben gesehen, und das auch nur, weil ich ihm mit ihr die Bude eingerannt habe. Der hätte sie jedes Wochenende haben können, ich habe ihn angefleht darum. Der hatte aber absolut keinen Bock auf sein Kind."

Mike wurde dennoch überprüft, hatte jedoch für die fraglichen Stunden ein unbestreitbares Alibi: Er hatte auf einer Polizeiwache gesessen, weil er mit einem enorm hohen Promillewert im Blut aus dem Straßenverkehr gezogen worden war.

Inzwischen waren zwei Wochen seit Sarahs Verschwinden vergangen, und Liz hatte in der Zeit fünf Kilo an Gewicht verloren und kaum eine

Nacht geschlafen. Sie quälte sich mit Selbstvorwürfen und fragte sich, wo ihr Kind sich aufhalten mochte und ob es vielleicht voller Angst und Verzweiflung nach ihr suchte.

Wenn sie wiederkommt, schwor sie sich, werde ich alles anders machen. Ich werde nett zu ihr sein. Ich werde ihr hübsche Kleider kaufen. Ich werde mit ihr nach Hunstanton fahren, und sie darf ganz viele Runden auf dem Karussell drehen. Ich werde sie nie mehr unbeaufsichtigt lassen!

Heute fuhr Liz noch einmal allein nach Hunstanton hinaus. Sie ging den ganzen Strand ab in der Hoffnung, wenigstens noch Überreste von der Burg zu finden, die Sarah mit ihr zusammen gebaut hatte. Aber der Wind hatte den kleinen Sandhügel abgetragen. Liz stand da, blickte starr über den Strand und betrachtete fast teilnahmslos das Meer, das an diesem Tag so grau und düster war wie der Himmel darüber.

Als sie nach Hause kam, sah sie bereits von Weitem, dass ein Polizeiauto gleich vor der Haustür ihres Wohnblocks parkte. Sie rannte die letzten Meter, von Hoffnung ergriffen. Vielleicht hatten sie sie gebracht. Vielleicht saß sie schon oben in der Wohnung und schob sich gerade ein paar Schokoladenkekse in den Mund oder knuddelte ihre Barbiepuppe.

Sie jagte die Treppen hinauf, immer zwei Stufen auf einmal nehmend. Sie brauchte zwei Anläufe, ehe sie den Schlüssel ins Türschloss gesteckt hatte, so sehr zitterten ihre Finger. Vor der Geräuschkulisse des Fernsehapparats hörte sie die Stimme ihrer Mutter: „Ich glaube, da kommt sie jetzt."

Es waren zwei Polizeibeamte, die aus dem Wohnzimmer zu ihr in den Flur traten; irgendetwas schnürte ihr die Kehle zu, die Mienen der beiden Beamten gefielen ihr nicht. Dieser Ausdruck … er machte ihr Angst.

„Miss Alby", sagte einer der Männer und räusperte sich dann.

Sie blickte um sich. „Wo ist sie? Wo ist Sarah?"

Der andere Beamte ergriff nun das Wort. „Miss Alby, wir wollten Sie bitten, uns zu begleiten …"

Entgeistert sah sie ihn an. „Begleiten?", fragte sie schwerfällig. „Wohin begleiten?"

„Miss Alby, ich möchte Sie ausdrücklich darauf hinweisen, dass es sich nicht um Ihre Tochter handeln muss", sagte der Beamte. „Aber heute Vormittag wurde die Leiche eines Kindes entdeckt. Der Beschreibung nach könnte es Sarah sein, aber natürlich wissen wir das nicht genau. Das Aussehen der Toten hat sehr gelitten, daher wollen wir es Ihnen ersparen, sie zu identifizieren. Aber wir würden Ihnen gern die Kleidungsstücke zeigen."

Zu dem Gefühl, ersticken zu müssen, gesellte sich nun auch noch heftiger

Schwindel. „Wie …“ Ihre Stimme klang, als käme sie von weit her. „Wie … ist denn dieses Kind gestorben? Ist es … ertrunken?“

„Wir wissen noch nichts Genaues. Es scheint sich jedoch um ein Gewaltverbrechen zu handeln.“ Die Blicke beider Männer waren jetzt voller Besorgnis. „Miss Alby, möchten Sie ein Glas Wasser?“

Sie wusste, dass sie weiß wie Papier geworden sein musste, sie konnte es fühlen. „Nein“, krächzte sie.

„Glauben Sie, dass Sie es schaffen?“

Sie nickte. Es war sowieso nicht Sarah. Es ging nur darum, sich in dieser Frage Gewissheit zu verschaffen. Die armen Eltern von dem Kind, dachte sie und hatte noch immer den Eindruck, dass der Boden unter ihren Füßen schwankte, wie schrecklich für sie! Ein Gewaltverbrechen!

„Wir können gehen“, sagte sie.

Donnerstag, 24. August

Ferndale House war seit Generationen im Besitz der Familie Quentin, aber es war mehr als hundert Jahre her, dass Menschen dort wirklich gewohnt, ihren Lebensmittelpunkt in dem geräumigen Haus in East Anglia gehabt hatten. Später war es nur noch als Ferienhaus genutzt worden. Das lag vor allem natürlich daran, dass sich die Harold Quentin & Co., die Bank, von der die Quentins lebten, in London befand und es daher niemandem eingefallen wäre, sich viele Autostunden von der englischen Hauptstadt entfernt niederzulassen.

Zum anderen war Ferndale House auch nicht gerade einladend. Dunkelbraun gebeizte Holzdecken drückten auf alle Räume und fanden ihr Pendant in den Fußböden aus schwarzem Marmor. Die Fenster waren so klein, dass sie kaum Tageslicht einließen, und zudem waren die Bäume, die ein Gärtner einst dicht an die Hausmauern gepflanzt hatte, inzwischen zu hohen Ungetümen mit weit ausladenden Kronen geworden, die jeden Sonnenstrahl abfingen, der sich in eines der Zimmer hätte verirren können.

Zu Frederic Quentins Erstaunen schien sich Virginia an dem Lichtmangel in ihrem selbst gewählten Zuhause nicht zu stören. Als sie zwei Jahre zuvor immer drängender dafür plädiert hatte, von London dorthin zu ziehen, hatte er vorgeschlagen, doch wenigstens die Bäume, die direkt am Haus standen, fällen zu lassen, um nicht in dem Gefühl leben zu müssen, nach und nach von dem Wald überwuchert und verschlungen zu werden.

„Nein“, hatte Virginia gesagt, „es gefällt mir, wie es ist.“

Es gab kein Personal im Haus. Seit fast 15 Jahren wurde das Anwesen von einem Verwalterehepaar versorgt, das in einem kleinen Häuschen gleich an der Grundstückseinfahrt lebte, zehn Minuten zu Fuß vom Haupthaus entfernt. Grace und Jack Walker waren beide schon fast sechzig Jahre alt, sehr zurückhaltende, bescheidene und fleißige Leute. Jack unternahm noch gelegentlich Fahrten für Trickle & Son, ein Transportunternehmen, bei dem er früher fest angestellt gewesen war. Ansonsten kümmerte er sich darum, dass regelmäßig die Gärtner bestellt wurden, um den Park in Ordnung zu halten, und dass Schäden am Haus oder an der hohen Grundstücksmauer rasch repariert wurden. Vieles davon erledigte er selbst, andernfalls wusste er, wen man zu Hilfe holen musste. Grace putzte im Haupthaus, zumindest in dem Teil, der von der Familie Quentin bewohnt wurde. Ein ganzer Flügel stand leer, weil Virginia fand, es ergebe keinen Sinn, jeden Tag in fünf Salons spazieren zu gehen und abends zu grübeln, in welchem von vier Esszimmern man sein Dinner einnehmen wollte. Also hatte sie den größeren Teil des Hauses abgeriegelt, und nur einmal im Monat zog Grace dort mit einer Putzkolonne durch. Die Quentins bewohnten den Westteil: mit einer schönen, großen Küche, in der Virginia selbst kochte, einem Wohnzimmer, einer Bibliothek, die bei gesellschaftlichen Anlässen als Esszimmer diente, und vier Schlafzimmern. Von der Küche aus konnte man direkt nach draußen in den Park gelangen. Dort, auf einem der wenigen sonnigen Flecken, stand Kims Schaukel. Es war eine überschaubare kleine, dämmrige Welt.

Jeder Tag glich dem vorangegangenen. Wenn es irgendwo Gefahren gab, so spielten sie sich anderswo ab, weit weg, jenseits der Mauern, die den Park umschlossen. Es war das Leben, das Virginia Quentin für sich gewählt hatte.

Am Morgen des 24. August machte sich Frederic für eine Reise nach London fertig. Es war ein Donnerstag, was als Aufbruchstermin ungewöhnlich war, aber er hatte an zwei wichtigen Einladungen am Wochenende und am darauffolgenden Montag, auf den in diesem Jahr der *Summer Bank Holiday,* ein Feiertag, fiel, teilzunehmen.

Virginia fühlte sich ausgeruht und war gut gelaunt. Sie freute sich auf den September, der nun bald beginnen würde. Sie mochte die Zeit, wenn der Sommer langsam Abschied nahm und man schon wieder an Herbstfeuer, an lange Spaziergänge über neblige Felder dachte und an lange Abende am brennenden Kamin, wenn draußen der Sturm um das Haus heulte. Der Herbst war ihre liebste Jahreszeit.

Kim schlief noch. Virginia war bereits ihre übliche Strecke gelaufen und hatte sich besonders beeilt, um anschließend mit Frederic zum Abschied in Ruhe frühstücken zu können. Sie hatte ihm einen großen Teller gebratenen Speck und Eier hingestellt, dazu eine Tasse mit starkem Kaffee. In der Küche war es warm. Frederic las die Zeitung, Virginia rührte in ihrer Kaffeetasse. Wie nahezu immer herrschte eine friedliche, freundliche Stimmung zwischen ihnen. Es kam kaum je vor, dass sie stritten. Seit sie einander kannten, war ihre heftigste Auseinandersetzung im Grunde die vom vergangenen Wochenende gewesen, als Virginia die Schiffbrüchigen ins Haus geholt hatte. Virginia überlegte gerade, ob man mit Frederic überhaupt richtig streiten konnte, da unterbrach er die Stille.

„Schrecklich", sagte er, „hier steht, dass ein kleines Mädchen aus King's Lynn umgebracht worden ist."

Virginia schrak aus ihren Gedanken auf. „Ein kleines Mädchen? Von wem? Von ihren Eltern?"

„Nein, von einem Unbekannten. Sie wurde offenbar am Strand von Hunstanton entführt, als ihre Mutter nicht aufpasste."

„Wann ist das passiert?"

„Als wir noch auf Skye waren. Die Kleine war vier Jahre alt."

„Wie furchtbar! Sagt dir der Name der Leute etwas?"

Frederic schüttelte den Kopf. „Sarah Alby hieß das Kind."

Virginia überlegte. „Nein. Den Namen Alby kenne ich nicht."

„Sie ist vor über zwei Wochen in Hunstanton verschwunden. Jetzt, am Dienstag, haben sie sie in der Nähe von Castle Rising gefunden. Sexuell missbraucht und ermordet."

Das war unfassbar. Sie starrte ihren Mann an. „Sexuell missbraucht? Ein vierjähriges Kind?"

„Wer so veranlagt ist, vergeht sich sogar an Babys", sagte Frederic. „Scheußliche Typen."

„Weiß man, wer es war?"

„Nein. Laut Zeitungsbericht gibt es nicht einmal eine brauchbare Spur."

„Ich werde Kim sagen, dass sie nur noch in Sichtweite des Hauses spielen darf", sagte Virginia. „Jedenfalls so lange, bis sie den Kerl geschnappt haben."

„Mach dir nicht zu viele Sorgen. Ich glaube nicht, dass so jemand in ein fremdes Grundstück eindringt. Der hat sich die Kleine an einem belebten Badestrand geschnappt. Offensichtlich streift er nicht durch die Wälder, sondern hält inmitten von Menschenmengen Ausschau nach Opfern."

Virginia fröstelte. „*Er hält Ausschau nach Opfern …* Das klingt, als glaubtest du, er tut es wieder?“

Frederic legte die Zeitung zur Seite. „Glaubst du das nicht? Wenn du sagst, du wirst nun verstärkt auf Kim aufpassen?“

Er hatte Recht. Sie glaubte es auch. Weil es sich offenbar um einen Triebtäter handelte. Und weil man von Triebtätern wusste, dass ihre Perversion immer neue Nahrung brauchte. „Ich hoffe, sie kriegen ihn bald“, sagte sie inbrünstig, „und sperren ihn dann lebenslang weg!“

„Heutzutage wird leider kaum noch jemand lebenslang weggesperrt“, meinte Frederic, „irgendeinen verständnisvollen Psychologen, der ihm nach ein paar Jahren vollständige Heilung bescheinigt, findet so einer immer.“ Er wollte aufstehen, überlegte es sich jedoch anders. „Es gibt da noch etwas …“, sagte er.

„Ja?“

„Ich …“, es bereitete ihm Schwierigkeiten, sein Anliegen zu formulieren, „du weißt, dass ich einen Sitz im Unterhaus anstrebe und dass ich gute Chancen habe. Es macht jedoch keinen besonders positiven Eindruck, dass ich immer und überall allein auftrete. Man weiß, dass ich verheiratet bin, und man fragt sich, weshalb man meine Frau nie zu Gesicht bekommt.“

„Aber …“

„Das führt rasch zu Spekulationen über den Zustand unserer Ehe. Man glaubt, dass vielleicht irgendetwas zwischen uns nicht in Ordnung ist.“

„Wir haben ein siebenjähriges Kind!“

„Aber wir sind nicht gerade unvermögend. Jedem ist klar, dass wir uns einen Babysitter leisten könnten. Man würde es für eine Ausrede halten, wenn ich sage, du musst wegen des Kindes daheimbleiben.“ Er überlegte kurz und fügte dann hinzu: „Man hält es bereits für eine Ausrede.“

„Ach ja? Das weißt du?“

„Es wurde mir zugetragen, ja.“

Sie sah ihn nicht an. „Man hat dir vonseiten deiner Partei angedeutet, dass man deine Chancen schwinden sieht, wenn über dich das Gerücht entsteht, deine Ehe sei nicht in Ordnung?“

„Das ist bei den Konservativen nun einmal so.“ Er stand nun doch auf, er hatte sich erregt, was er unbedingt hatte vermeiden wollen. „Verstehst du, ein Sitz im Unterhaus … das ist nicht irgendetwas. Man bekommt den nicht gerade nachgeworfen.“

„Eine intakte Traumfamilie zu haben ist also die Voraussetzung?“

Er empfand ihren Spott als völlig unangebracht und verstand auch nicht die plötzliche Aggression, die von ihr ausging. „Virginia, wo liegt das Problem? Schließlich sind wir nun einmal eine intakte Familie. Wir beide führen eine harmonische Ehe. Du bist eine attraktive, intelligente Frau. Warum darf ich dich nicht vorzeigen?"

Sie stand ebenfalls auf. Sie hatte plötzlich keine Lust mehr auf ihren Kaffee. „Müssen wir das jetzt besprechen? Zehn Minuten bevor du das Haus für fast eine Woche verlässt? Ich finde, der Zeitpunkt ist einfach … Ich fühle mich überrumpelt. Ich kann nicht in Ruhe nachdenken und nicht in Ruhe mit dir reden!"

Er seufzte. „Das ist genau der Punkt", sagte er, „wir können nicht in Ruhe reden. Wir sind viel zu viel voneinander getrennt. Das ist auf die Dauer nicht gut für uns."

„Dass wir so viel voneinander getrennt sind, liegt nicht an mir!"

„Aber auch nicht allein an mir. Du wusstest von Anfang an, dass die Bank mich immer wieder nach London zwingt. Trotzdem wolltest du, dass wir unseren Hauptwohnsitz hier auf dem Land haben. Ich habe dir damals erklärt, dass dies einige Unruhe in unser Leben bringen würde."

„Wirklich unruhig ist es deshalb, weil du dich der Politik verschrieben hast."

Da hatte sie Recht, das wusste er. „Ich kann nun einmal nicht anders", sagte er hilflos.

„Ich habe dir nie einen Vorwurf gemacht."

„Dafür war ich dir immer dankbar. Aber … ich brauche mehr. Ich brauche deine Unterstützung. Ich brauche dich."

Er konnte geradezu spüren, dass sie am liebsten durch die Wand entwichen wäre. Sie wollte dieses Gespräch nicht.

„Ich muss los", sagte er. „Jack kann jeden Moment hier sein."

Jack würde ihn zur Bahnstation in King's Lynn bringen. Oft fuhr Frederic auch mit dem Wagen nach London, aber heute wollte er noch etliche Akten durcharbeiten.

„Vielleicht denkst du ein bisschen darüber nach", bat er, „in Ruhe, mir zuliebe. Und ich möchte, dass du weißt …" Er zögerte kurz. Er war nicht sehr geübt darin, Gefühle zum Ausdruck zu bringen. „Du sollst wissen, dass ich dich liebe. Immer. Ganz gleich, wie du am Ende auf meine Bitte reagieren wirst."

Sie nickte. Aber er erkannte Verärgerung in ihren Augen. Durch seinen letzten Satz fühlte sie sich noch stärker unter Druck gesetzt. Egal, dachte er, ich habe gesagt, was ich denke. Draußen konnte er einen Wagen heranfahren hören. Jack kam, ihn abzuholen.

Er überlegte, auf Virginia zuzutreten und ihr einen Kuss zu geben, was er sonst immer tat, wenn er sich von ihr verabschiedete, aber irgendetwas hielt ihn diesmal zurück. Wahrscheinlich der Ausdruck, der noch immer aus ihren Augen sprach. „Bis bald“, sagte er.

„Bis bald“, erwiderte sie.

Samstag, 26. August

Am Wochenende kehrte der Sommer noch einmal nach East Anglia zurück. Es wurde so heiß, dass die Menschen ans Meer und in die Schwimmbäder strömten. Der Himmel war von einem überirdischen Blau. Es war wie ein letztes, wunderbares Abschiedsgeschenk. Für die folgende Woche kündigten die Meteorologen Regen und Kälte an.

Virginia fuhr Kim am Samstagnachmittag zu einer Schulfreundin, die ihren Geburtstag mit einer Übernachtungsparty feierte. Sie hatte fast die ganze Klasse eingeladen, mit der Auflage, einen Schlafsack mitzubringen. Erst am Sonntag sollte alles mittags mit einem großen Pizzaessen enden.

Die Mütter, die gerade ihre Kinder ablieferten, sprachen über das Verbrechen an der kleinen Sarah Alby, das die ganze Gegend erschüttert hatte. Eine der Frauen kannte jemanden, der Sarahs Mutter kannte.

„Ziemlich asoziale Verhältnisse“, berichtete sie. „Und ich habe auch gehört, dass die Mutter ihr Kind ziemlich lange am Strand allein gelassen hat. Wenn ich mir das vorstelle … ein vierjähriges Kind!“

Alle waren sich einig in ihrer Entrüstung. Virginia, die sich wie immer in solchen Situationen sehr zurückhielt, konnte es zwar ebenfalls nicht nachvollziehen, dass man sein Kind unbeaufsichtigt am Strand ließ, aber irgendwie stieß sie die Selbstgerechtigkeit der anderen ab.

„Ach, Mrs Quentin“, sagte nun eine von ihnen, „ich habe ein Interview mit Ihrem Mann in der *Times* gelesen. Er strebt einen Sitz im Unterhaus an?“

Alle wandten sich Virginia zu. Sie hasste es, angestarrt zu werden. „Ja“, sagte sie nur.

„Das wird ja dann auch für Sie eine anstrengende Zeit“, meinte eine andere, „so etwas involviert ja doch immer die ganze Familie.“

Virginia kam sich vor wie ein in die Enge getriebenes Tier. „Ich lasse das auf mich zukommen“, entgegnete sie.

„Ich bin froh, dass mein Mann keinerlei Ambitionen in dieser Richtung hegt“, sagte eine der Mütter, „mir ist mein ruhiges Familienleben heilig.“

Virginia hatte das Gefühl, das allgemeine Stimmengewirr schlüge über ihr zusammen und ersticke sie. „Ich muss gehen“, sagte sie hastig, „ich habe noch Gäste heute Abend und eine Menge vorzubereiten.“

Sie verabschiedete sich von Kim, die aber schon so intensiv mit den anderen Kindern beschäftigt war, dass sie ihrer Mutter nur noch flüchtig zuwinkte. Während Virginia den Garten verließ, hatte sie das sichere Gefühl, dass alle hinter ihr herblickten und dass man, kaum dass sie außer Hörweite war, über sie zu tuscheln begann. Ihr Aufbruch war fast panisch gewesen, das hatten die anderen spüren können. Mist, dachte sie draußen, als sie ihr Auto erreicht hatte, warum kann ich es nur so schlecht verbergen?

Während sie losfuhr, überlegte sie, dass diese Anfälle von Panik nur in der Gesellschaft anderer Menschen auftraten, speziell in Situationen, in denen sie plötzlich Mittelpunkt der allgemeinen Aufmerksamkeit war. Ihre Atmung wurde dann hektisch, und ihr Hals schien sich zu verengen. Dann konnte sie nur noch an Flucht denken. Fantastisch, dachte sie, als Begleiterin für die politische Karriere eines Mannes eigne ich mich wirklich hervorragend. Panikattacken sind genau das, was man dabei am besten brauchen kann.

Als sie in das Tor zu Ferndale House einbog, konnte sie leichter atmen. Es war wieder ihre eigene Welt, in die sie zurückkehrte, das abgeschiedene Haus, der weitläufige Park, weit und breit kein Mensch außer dem Verwalterehepaar. Wenn sie hier war, zusammen mit Kim, spürte sie so wenig von irgendeiner Panik, dass sie das Problem völlig vergessen konnte.

Sie würde es sich gemütlich machen, noch ein wenig die samtige Luft genießen. Es war kurz nach sechs, nicht zu früh für einen Drink. Sie beschloss, sich etwas Süßes mit viel Eis zu mixen und sich dann auf die Terrasse hinter der Küche zu setzen und den Tag ausklingen zu lassen.

Als sie in der Küche stand und etwas Blue Curaçao mit Zitronensaft in einem Glas mischte, schaltete sie gewohnheitsmäßig den kleinen Fernseher an, der auf der Anrichte stand. Es lief eine Sendung über Eltern, die ein Kind verloren hatten.

Wie sich herausstellte, war Liz Alby, die Mutter der ermordeten vierjährigen Sarah, Gast in der Sendung. Virginia sah eine sehr junge Frau, fast ein junges Mädchen noch, sehr attraktiv, sehr verstört. Sie vermittelte den Anschein, als begreife sie noch gar nicht genau, was eigentlich geschehen war.

Der Moderator fragte sie in einer ausgesprochen indiskreten Weise aus. „Ist es nicht so, dass man nun jede Auseinandersetzung bereut, die man jemals mit seinem Kind hatte? Drängen sich Ihnen nicht Bilder auf – Ihre kleine Sarah, wie sie weint, weil Mama schimpft? Oder keine Zeit für sie hat?“

Es war deutlich zu sehen, dass diese Fragen Liz Alby wie Messerstiche trafen.

„Das kann er doch nicht machen!“, rief Virginia vor ihrem Fernseher.

„Ich muss immer an das Karussell denken“, sagte Liz leise.

Der Moderator sah sie mitfühlend und zugleich aufmunternd an. „Erzählen Sie uns davon, Liz“, bat er.

„An dem Tag, an dem … an dem Sarah verschwand“, begann Liz stockend, „wir waren ja in Hunstanton. Am Strand. Es gibt dort ein Karussell, und meine Tochter bettelte, damit fahren zu dürfen. Sie … weinte, als ich Nein sagte.“

„Sie sagten Nein, weil Sie meinten, keine Zeit zu haben? Oder weil es zu teuer war? Oder warum?“

„Das geht dich einen Scheißdreck an!“, sagte Virginia wütend.

„Ich … ich weiß auch nicht genau“, sagte Liz, „es war … alles zusammen. Aber jetzt muss ich mich ständig fragen, warum ich ihr nicht ein paar Runden spendiert habe. Warum ich ihr nicht noch … eine letzte Freude gemacht habe.“ Liz senkte den Kopf und fing an zu weinen. Die Kamera fuhr gnadenlos dicht an ihr gequältes Gesicht heran.

„Das ist zum Kotzen!“, schimpfte Virginia und schaltete den Fernseher ab. In die plötzliche Stille hinein vernahm sie ein Klopfen an der Haustür.

Sie hoffte, dass es Grace oder Jack wären. Bloß kein Besuch! Es war ihr Abend. Seufzend stellte sie ihr Glas ab.

Es war Nathan Moor, der vor ihr stand, und sie war so überrascht, dass sie im ersten Moment kein Wort hervorbrachte. Auch Nathan war zusammengezuckt, als sich die Tür öffnete. „Oh“, sagte er schließlich, „ich dachte schon, es sei niemand da. Ich habe schon eine ganze Weile geklopft.“

„Ich habe es nicht gehört“, meinte Virginia, als sie endlich wieder sprechen konnte. „Der Fernseher lief.“

„Ich störe wohl gerade …“

„Nein. Nein, ich wollte … ich habe sowieso gerade abgeschaltet.“

„Ich hätte anrufen sollen, aber …“ Er ließ den Satz unvollendet, sodass Virginia nicht erfuhr, was ihn an dem Anruf gehindert hatte.

„Entschuldigen Sie“, sagte sie, „aber ich bin ziemlich überrascht. Ich dachte, Sie seien noch auf Skye.“

„Das ist eine längere Geschichte“, erwiderte Nathan, und Virginia begriff endlich, dass sie ihn eigentlich hereinbitten sollte.

„Kommen Sie. Wir setzen uns auf die Terrasse. Ich habe mir gerade etwas zum Trinken gemacht. Möchten Sie auch?“

„Nur ein Wasser bitte“, sagte er und folgte ihr.

Als sie auf der Terrasse saßen, fragte sie: „Wo ist eigentlich Ihre Frau?“

„Im Krankenhaus“, sagte Nathan, „und das ist auch der Grund, weshalb wir Skye verlassen haben. In den Arzt dort hatte ich in diesem Fall nicht allzu viel Vertrauen.“

„Was hat sie?“

„Das ist schwer zu sagen. Vermutlich einen Schock wegen des Unglücks. Oder eine schwere Depression, ich weiß es nicht. Sie hörte plötzlich auf zu sprechen. Sie aß und trank nicht mehr. Sie schien in eine eigene Welt abzugleiten, in der ich sie nicht mehr erreichen konnte. Am Mittwoch wurde mir klar, dass sie verhungern und verdursten würde, wenn ich nichts unternahm. Deshalb haben wir am Donnerstag in aller Frühe Dunvegan verlassen.“

„Und jetzt ist sie hier in King’s Lynn im Krankenhaus?“ Virginias innere Stimme fragte, weshalb er nicht mit seiner Frau nach Deutschland zurückgekehrt war, aber mit dieser Stimme mochte sie jetzt nicht diskutieren. Sie dachte, wie gut es doch war, dass Frederic diesen Moment nicht miterlebte.

„Seit Freitag früh, ja. Sie wird dort erst einmal etwas aufgepäppelt. Sie ernähren sie künstlich, weil sie nach wie vor alles verweigert.“

„Wie entsetzlich! Ich werde sie gleich morgen besuchen.“

„Sie reagiert auf nichts und niemanden. Aber ich fände es trotzdem schön, wenn Sie hingingen. Sie mag Sie sehr, Virginia.“

Sie musste die Frage stellen: „Wie … haben Sie uns gefunden? Und weshalb …“

Er erriet, was sie hatte fragen wollen. „Weshalb wir hierhergekommen sind? Virginia, ich hoffe, Sie fangen nicht an, sich von uns verfolgt zu fühlen. Die schlichte Wahrheit ist, dass für eine Reise nach Deutschland das Geld nicht gereicht hätte. Sie waren ja so nett, uns etwas zu leihen, und ich konnte damit gerade noch die Bahnfahrt bis hierher bezahlen. Freitag früh kamen wir hier an. Ich habe die letzte Nacht in einer wirklich schaurigen Unterkunft nahe dem Krankenhaus geschlafen, aber damit waren meine finanziellen Reserven endgültig aufgebraucht. Ich habe nichts mehr. Absolut nichts mehr.“

„Wie …?"

„Richtig. In einer der Schubladen dort in Ihrem Ferienhaus lag ein an Sie gerichtetes Schreiben, auf dem diese Adresse hier stand. Sie haben den Umschlag wohl irgendwann einmal mitgenommen. Und da dachte ich …"

Virginia merkte, dass sie leises Kopfweh bekam. Was vor allem mit Frederic zusammenhing.

Wie sie schon auf Skye bemerkt hatte, verfügte Nathan über eine feine Intuition. „Ihr Mann wird nicht begeistert sein, mich hier anzutreffen, nicht wahr?", fragte er.

„Er ist in London. Aber er kommt nächste Woche zurück."

„Er mag uns nicht", sagte Nathan, „er misstraut uns. Und jetzt kreuzen wir auch hier noch auf … Virginia, das Schlimme ist, ich habe keine Wahl. Sonst wäre ich nie auf die Idee gekommen, Sie zu belästigen. Aber ich … wir stehen vor dem Nichts. Dieses Wasser hier", er deutete auf das Glas vor ihm, „ist das Erste, was ich heute zu mir nehme. Die Nacht werde ich vermutlich auf einer Parkbank zubringen müssen. Keine Ahnung, was werden soll. Und Sie sind der einzige Mensch, den ich in diesem Land kenne."

Ihr fiel etwas ein, was Frederic gesagt hatte, als sie auf der Rückfahrt von Skye waren und es noch einmal zu einer Diskussion wegen der beiden Deutschen gekommen war. „Die könnten sich jederzeit an die deutsche Botschaft in London wenden. Die helfen in solchen Fällen. Es gibt überhaupt keinen Grund, weshalb die sich an uns festbeißen müssen!"

Jetzt wäre der Moment gewesen, genau dies Nathan Moor nahezulegen. Sie wusste später nie zu sagen, warum sie das nicht getan hatte. Manchmal überlegte sie, ob es an ihrem inneren Alleinsein gelegen hatte. Und an der Art, wie Nathan sie anschaute. Sein Blick zeigte keine Neugier. Sondern ein warmes, intensives Interesse.

„Also, so warm sind die Nächte nicht mehr, dass Sie sie auf einer Parkbank zubringen sollten", sagte sie in einem munteren Ton, der ihre Beklommenheit verbergen sollte. „Ich darf Ihnen unser Gästezimmer anbieten? Und jetzt werde ich ein Abendessen machen, damit Sie nicht auch noch halb verhungert im Krankenhaus landen wie Ihre Frau."

„Ich helfe Ihnen", sagte er und erhob sich.

Als sie, von ihm gefolgt, in die Küche trat, hatte sie das mulmige Gefühl, dass sie dabei war, sich in ein Problem zu verstricken, dessen Eigendynamik sie vielleicht nicht mehr würde aufhalten können. Seltsamerweise aber trauerte sie nicht im Geringsten ihrem einsamen Samstagabend hinterher.

Sonntag, 27. August

Bis zum Beginn der diesjährigen Schulferien hatten die Cunninghams ihre Tochter Rachel zum Kindergottesdienst gebracht, aber in diesem Sommer hatte sie durchgesetzt, allein gehen zu dürfen. Schließlich war sie schon acht Jahre alt. Claire Cunningham war über die neue Selbstständigkeit ihrer Tochter nicht allzu glücklich gewesen, aber Robert hatte ihr erklärt, dass gewisse Abnabelungsprozesse wichtig für Kinder seien und nicht unterbunden werden sollten.

Am heutigen Sonntag war es noch einmal sehr heiß geworden, und Robert hatte gesagt, er wolle mit Rachels kleiner Schwester Sue ans Meer fahren. „Möchtest du nicht mitkommen, Rachel? Das ist wahrscheinlich die letzte Gelegenheit in diesem Jahr, um im Meer zu baden!"

Rachel hatte jedoch nachdrücklich den Kopf geschüttelt. Claire registrierte es etwas bekümmert. Seitdem Sue auf der Welt war, weigerte sich Rachel häufig, an gemeinsamen Familienunternehmungen teilzunehmen. Vom ersten Augenblick an war sie mit ihrer kleinen Schwester nicht zurechtgekommen. Sie war eifersüchtig auf die Zuwendung, die das kleine Mädchen von den Eltern bekam.

Nachdem Robert mit Sue das Haus in Richtung Strand verlassen hatte, machte sich eine wieder recht gut gelaunte Rachel auf den Weg zum Kindergottesdienst.

„Du strahlst ja so", stellte Claire fest.

Rachel nickte. „Heute kommt …" Sie biss sich auf die Lippen.

„Wer kommt heute?", fragte Claire zerstreut.

„Ach, so ein Pfarrer", sagte Rachel rasch. „Ein Pfarrer aus London kommt und zeigt uns Dias über Indien!" Sie gab ihrer Mutter einen Kuss. „Bis später, Mummy!"

Claire atmete tief durch. Sie arbeitete freiberuflich als Journalistin und musste am heutigen Sonntag eine Theaterkritik über ein Stück schreiben, das sie sich am Vorabend im Auftrag der *Lynn News* angesehen hatte. Sie setzte sich an ihren Schreibtisch und war entschlossen, die in diesem Haus so selten herrschende völlige Ruhe bis zur letzten Minute auszunutzen.

Sie wusste, dass sie etwa anderthalb Stunden hatte: Um Viertel vor eins würde Rachel zurück sein.

Über der Arbeit merkte Claire kaum, wie die Zeit verging. Schließlich tippte sie das letzte Wort in den Computer und lehnte sich seufzend zurück. Sie sah auf die Uhr und stieß einen Laut des Erstaunens aus: Es war ein Uhr! Und Rachel war noch nicht daheim. Sie trödelte für gewöhnlich nicht herum. Und wenn sie nach dem Kindergottesdienst noch etwas bei Julia blieb, was gelegentlich vorkam, rief Julias Mutter an.

Sollte man das heute vergessen haben?

Claire, auf einmal von starker Unruhe gepackt, lief ins Wohnzimmer hinunter, wo das Telefon stand, und wählte Julias Nummer. Zu ihrer Erleichterung meldete sich Julias Mutter fast sofort.

„Hallo“, sagte Claire, „hier ist Claire Cunningham. Ich wollte mich nur vergewissern, dass Rachel bei Ihnen ist. Sie soll doch bitte gleich …“

„Aber Rachel ist nicht hier“, unterbrach Julias Mutter.

Claire schluckte trocken. „Nein? Und Julia?“

„Julia war heute überhaupt nicht im Kindergottesdienst. Sie klagt über Halsschmerzen.“

„Es ist … es ist nur … Rachel ist noch nicht zu Hause. Es ist ein Uhr!“

„Es ist so schönes Wetter“, meinte Julias Mutter beruhigend, „vielleicht hat irgendeine der abholenden Mütter den Kindern ein Eis spendiert. Und die sitzen jetzt zufrieden in der Sonne und vergessen ganz, dass daheim jemand wartet.“

„Das könnte sein.“ Aber Claire glaubte es nicht. Rachel war sehr zuverlässig. Sie kam praktisch nie zu spät.

„Ich werde mal zur Kirche gehen und nachsehen“, sagte sie. Sie legte den Hörer auf, ohne sich zu verabschieden. Sie hatte Angst. Furchtbare Angst.

Sie nahm nichts mit als den Haustürschlüssel und rannte auf die Straße hinaus. Weit und breit keine Spur von Rachel. Im Laufschritt legte sie den Weg zur Kirche zurück. In dem angrenzenden Gemeindehaus fand immer der Kindergottesdienst statt. Als sie dort jedoch ankam, war die Tür schon fest verschlossen und ringsum war kein Mensch zu sehen. Der gepflasterte Platz vor der Kirche lag still und ausgestorben in der heißen Mittagssonne.

„Das kann doch nicht wahr sein“, flüsterte sie, „lieber Gott, bitte lass sie mich schnell finden. Ganz schnell!“

Sie überlegte, wie der Mann hieß, der die Veranstaltung für die Kinder leitete. Rachels großer Schwarm. Don natürlich, aber wie mit Nachnamen?

Bleib ruhig jetzt, Claire, ermahnte sie sich und versuchte tief durchzuatmen, bleib ruhig und denke nach. Du musst die Nerven behalten. Vielleicht wusste Julias Mutter Dons Nachnamen und wie man ihn erreichen konnte.

Fünf Minuten später stand sie vor Julias Elternhaus. Sie war gerannt, ihr Atem ging keuchend.

Julias Mutter öffnete und erkannte sofort, dass Claire ihre Tochter offensichtlich nicht gefunden hatte. „Kommen Sie herein", sagte sie, „bei der Kirche keine Spur von ihr?"

„Nichts. Da ist kein Mensch mehr."

„Nun machen Sie sich nicht allzu viele Gedanken", sagte Julias Mutter, „bestimmt gibt es eine ganz vernünftige Erklärung."

„Ich möchte den Lehrer anrufen", erwiderte Claire. „Don. Wissen Sie, wie er heißt? Oder haben Sie eine Telefonnummer?"

„Donald Asher. Und die Nummer habe ich auch. Kommen Sie, rufen Sie gleich von uns aus an."

Zwei Minuten später hatte Claire Donald Asher am Apparat. Was sie erfuhr, ließ ihre Knie weich werden.

„Rachel war heute gar nicht da", sagte er, „und ihre Freundin Julia auch nicht. Aber es fehlten etliche Kinder. Bei dem schönen Wetter fand ich das nicht ungewöhnlich und dachte mir nichts weiter."

„Sie war nicht da?", flüsterte Claire. „Aber sie ist pünktlich daheim weggegangen."

Es war deutlich, dass diese Information Donald nun auch bestürzte, aber er versuchte, die verzweifelte Mutter zu beruhigen. „Vielleicht hatten sie und Julia einfach keine Lust und sind stattdessen …"

„Julia liegt mit Halsschmerzen im Bett", unterbrach ihn Claire. „Sie und Rachel waren heute überhaupt nicht zusammen."

Claire kannte ihre Tochter. Rachel saß nicht einfach in einem Park und träumte. Hätte sie aus irgendeinem Grund plötzlich beschlossen, heute nicht in die Sonntagsstunde zu gehen, dann wäre sie nach Hause gekommen. Sie legte den Hörer auf, ohne sich von Donald zu verabschieden, und wandte sich wieder an Julias Mutter. „Darf ich bitte rasch meinen Mann anrufen? Er ist mit Sue am Strand, und …"

„Selbstverständlich." Julias Mutter war inzwischen ebenfalls blass bis in die Lippen.

Claire erreichte Robert auf seinem Handy. „Robert, bitte komm sofort heim! Rachel ist verschwunden."

„Verschwunden? Was heißt das?"

„Verschwunden heißt verschwunden! Sie ist nicht da!" Trotz ihrer heftigen

Bemühung, die Beherrschung zu wahren, brach Claire in Tränen aus. „Bitte komm sofort! Bitte!“

Er sagte noch irgendetwas, aber das hörte sie schon nicht mehr. Der Hörer entglitt ihren zitternden Fingern.

NATHAN MOOR tauchte am Sonntag erst um halb zwei Uhr mittags in der Küche auf. Virginia saß dort am Tisch, löffelte einen Joghurt und blätterte in einem Magazin. Sie hatte drei Stunden zuvor mit Frederic telefoniert, der von einem Dinner am Vorabend erzählt hatte und von den wichtigen Leuten, die er dort getroffen hatte. „Und wie war dein Samstag?“, hatte er dann gefragt.

Sie hatte mit leichter Stimme geantwortet: „Ruhig. Kim ist bei einer Übernachtungsparty. Ich war endlich mal ganz allein. Ich fand das schön.“

Er hatte gelacht. „Ich kenne niemanden, der so gern allein ist wie du!“

Es war von vornherein klar gewesen, dass sie ihm nichts von Nathan Moors Auftauchen berichten würde. Es hätte Streit bedeutet, und Frederic hätte darauf verwiesen, dass er genau diese Entwicklung prophezeit hatte. Und wenn er gar erfahren hätte, dass Nathan sogar schon im Gästezimmer schlief … Virginia hatte nicht die geringste Lust auf eine Auseinandersetzung. Sie sagte sich, dass sie letztlich Frederics Nerven schonte, wenn sie schwieg. Bis er am kommenden Mittwoch zurückkäme, wäre Nathan Moor längst fort, und er brauchte nie etwas von dessen Besuch zu erfahren.

„Guten Morgen“, sagte Nathan, und sie musste lachen.

„Es ist halb zwei! Sie haben ewig geschlafen!“

„O Gott! Schon halb zwei?“ Er warf einen Blick auf die Küchenuhr. „Tatsächlich. Ich glaube, das liegt an der Reise mit Livia hierher. Die hat mich so geschwächt. Ich war todmüde.“

„Möchten Sie einen Kaffee?“

„Gern.“ Er setzte sich an den Tisch und sah zu, wie sie Kaffeepulver in den Filter löffelte und die Maschine anschaltete. Am Vorabend war es genauso gewesen. Sie hatte gekocht, er hatte am Tisch gesessen und zugesehen, aber das hatte sie nicht gestört. Er hatte von seinem Schiff erzählt und dabei eine Menge Fachausdrücke verwendet, die sie nicht kannte.

Als sie zu essen begannen, hatte sie nach dem gefragt, was sie wirklich interessierte. „Sie sagten, Sie seien Schriftsteller. Was schreiben Sie denn?“

„Kriminalromane.“

„Oh …? Wirklich? Das finde ich … ich lese sehr gern Kriminalromane.“

Er hatte von seinem Teller aufgesehen. „Sie kochen sehr gut, Virginia. Ich habe lange nichts mehr gegessen, was mir so geschmeckt hat."

„Das liegt nur daran, dass Sie halb verhungert sind. Im Moment würde Ihnen alles schmecken."

„Nein. Das glaube ich nicht." Abrupt wechselte er wieder das Thema. „Viele Menschen lesen gern Kriminalromane. Zum Glück für mich."

„Dann sind Sie ein erfolgreicher Schriftsteller?"

„Das kann man so sagen. Ja."

„Aber Sie werden nicht ins Englische übersetzt?"

„Leider nicht. Und Deutsch können Sie wohl nicht lesen?"

„Nein." Sie lachte. „Nicht ein einziges Wort."

Sie wollte etwas fragen und überlegte noch, wie sie ihre Frage formulieren sollte, da hatte er in seiner beunruhigend hellsichtigen Art schon wieder erraten, worüber sie nachdachte. „Sie denken, als erfolgreicher Schriftsteller könnte ich jetzt doch nicht so völlig pleite sein, nicht?"

Sie hatte verlegen die Schultern gezuckt. „Na ja, ich …"

„Wissen Sie … ich bin leider nicht der Mensch, der sich großartige Gedanken um die Zukunft macht. Was ich verdiente, gab ich aus. Das Geld kam und ging. Und das, was wir dann noch hatten, haben wir in den Kauf des Schiffs gesteckt, das jetzt irgendwo auf dem Meeresgrund liegt."

„Diese Weltumsegelung …"

„… sollte in ein Buchprojekt münden."

„Aber Ihre Bücher sind in Deutschland doch lieferbar? Dann …"

Er war so freundlich, ihr auch diese etwas unangenehme Frage abzunehmen. „Dann bekomme ich auch wieder Geld, ja. Virginia, es ist ja nicht so, dass ich für alle Zeiten am Ende bin. Aber wir haben im Moment kein Haus, keine Wohnung, keine Möbel. Und völlig leer geräumte Bankkonten. Die werden sich wieder füllen, aber nicht von heute auf morgen."

Völlig leer geräumte Bankkonten … Sie konnte sich vorstellen, was Frederic zu einer so leichtsinnigen Verhaltensweise gesagt hätte. Nathan war nach dem Essen gleich schlafen gegangen. Sie hatte ihm ansehen können, wie müde er war. Jetzt, etwa fünfzehn Stunden später, war er ein völlig neuer Mensch. Ausgeruht und entspannt. „Ich habe lange nicht mehr so tief geschlafen", sagte er nun, „eigentlich seit dem Unglück nicht mehr."

Sie stellte eine Tasse mit Kaffee vor ihn hin, setzte sich ihm gegenüber. „Ich freue mich, dass es Ihnen besser geht. Werden Sie heute Livia besuchen?"

„Ich gehe nachher zu ihr, ja. Mögen Sie mitkommen?"

„Ich muss meine Tochter von einer Geburtstagsfeier abholen“, sagte Virginia bedauernd, „ich dachte, ich besuche Livia vielleicht morgen.“

„Schön. Das wird sie freuen.“ Er sah sich in der Küche um. „Was machen Sie hier so den ganzen Tag, Virginia? Noch dazu, wenn Ihr Mann nicht da ist? Sie sind eine fantastische Köchin, wie ich Ihnen gestern schon sagte, aber Sie verbringen doch sicher nicht all Ihre Zeit hier in der Küche?“

Die Frage überraschte sie. Sie überlegte kurz, ob sie sie als zu indiskret empfand. In Nathans Augen las sie freundliches Interesse.

„Nicht hier in der Küche, nein. Aber ich bin viel daheim. Im Haus, im Park. Ich bin gern hier.“

„Zusammen mit Ihrer Tochter.“

„Ja. Kim braucht mich. Gerade weil ihr Vater so selten zu Hause ist.“

„Ihr Mann ist Politiker?“

Sie war erstaunt, dass er das wusste. „Er engagiert sich in der Politik. Woher …?“

„Im Zug hierher las ich etwas über ihn in der Zeitung. Er strebt einen Sitz im Unterhaus an.“

„Er könnte es schaffen.“

„Dann sind Sie aber noch viel mehr allein.“

„Ich fühle mich nicht allein.“

„In der fast ausschließlichen Gesellschaft eines siebenjährigen Kindes fühlen Sie sich nicht allein?“

„Nein.“ Sie hatte plötzlich das Gefühl, sich zu verteidigen.

„Ihre Tochter wird irgendwann eigene Wege gehen. Dann sind Sie immer häufiger ganz allein in diesem großen Haus. Umgeben von diesen riesigen, mächtigen Bäumen, die fast die Sicht auf den Himmel nehmen.“

Sie lachte unecht. „Jetzt übertreiben Sie aber. Nathan, ich …“ Ihr Hals begann schon wieder eng zu werden. Wie am Vortag zwischen all den anderen Müttern. Er kam zu nah. Er kam viel zu nah.

Er kramte in seiner Hosentasche und zog ein Foto hervor. „Das fand ich gestern Abend. In der untersten Kommodenschublade im Gästezimmer. Da sind eine Menge Fotos in Briefumschlägen untergebracht.“

Sie brauchte einen Moment, um die lässige Gleichmütigkeit zu verdauen, mit der er das sagte. „Schauen Sie in fremden Häusern immer in Schubladen?“, fragte sie schließlich.

Er ging darauf nicht ein, sondern betrachtete das Bild. „Das sind Sie“, sagte er, „vor … vielleicht fünfzehn Jahren? Mit Anfang zwanzig, würde ich schätzen.“ Er reichte ihr das Foto. Es zeigte eine junge Frau in wadenlangem Zigeunerrock, einem T-Shirt mit Fransen an Saum und Ärmeln dazu. Die taillenlangen Haare fielen ihr offen über die Brust. Sie lachte. Sie war barfuß. Sie saß auf der Spanischen Treppe in Rom zwischen hundert anderen Menschen. In ihren Augen war ein erregtes, freudiges Funkeln.

„Dreiundzwanzig“, sagte sie, „dreiundzwanzig bin ich auf diesem Foto.“

„Rom“, sagte er. „Rom im Sommer.“

„Im Frühling.“ Sie musste schlucken. Sie wollte nicht an Rom denken. Sie wollte, dass Nathan sofort verschwand und sie in Ruhe ließ. Sie schob ihren Stuhl zurück. „Nathan …“

Er beugte sich über den Tisch, nahm ihr sanft das Foto aus den Händen. „Ich muss es immer wieder ansehen“, sagte er. „Und seit gestern Abend kann ich mir nur immer wieder eine einzige Frage stellen: Wohin ist diese wilde, lebendige Frau verschwunden? Und warum?“

Virginia war entrüstet, aber so richtig wollte es ihrer Entrüstung nicht gelingen, sich in echte Wut zu verwandeln. Er ging eindeutig zu weit. Er stöberte in Schränken herum, die ihn nichts angingen. Und stellte Fragen, die vielleicht ein enger, langjähriger Freund hätte stellen dürfen – niemals jedoch ein Fremder. Lächelnd und gleichmütig verletzte er ihre Grenzen.

Und das alles, weil sie ganz offensichtlich am Anfang zu weich gewesen war. Hatte Frederic einen so viel besseren Instinkt als sie? Sie kannte Frederic als einen ebenfalls hilfsbereiten Menschen, im Fall des deutschen Ehepaars jedoch war er von Anfang an zurückhaltend, später sogar ablehnend gewesen. Und offenbar hatte er damit richtig gelegen.

Sie anwortete Nathan nicht. Stand stattdessen auf und erklärte, Kim jetzt von der Geburtstagsparty abholen zu müssen. Er lächelte. Sie hätte ihm am liebsten gesagt, er solle verschwinden, aber aus irgendeinem Grund kamen ihr diese Worte nicht über die Lippen. Also ging sie zu ihrem Auto und ließ ihn auch noch allein in ihrem Haus zurück, als wäre er ein Mensch, dem sie bedingungslos vertraute.

Dass er ausgerechnet das Foto aus Rom gefunden hatte, war natürlich nichts als ein dummer Zufall, aber es hatte sie erschüttert. Sie hatte gar nicht mehr gewusst, wo sich ihre Bilder von früher eigentlich befanden. Im Wohnzimmer hatte sie eine lange Reihe ledergebundener Fotoalben stehen. Auf dem ersten Album stand: *Hochzeit Frederic/Virginia 1997*. Mit der Hochzeit begann die Serie. Aus der Zeit davor gab es keine Alben. Offiziell auch keine Bilder. Wenn irgend möglich nicht mal eine Erinnerung.

Sie war viel zu früh losgefahren, nur um Nathan zu entgehen. Um halb vier sollten die Kinder abgeholt werden, und es würde nur Verärgerung auslösen, wenn sie allzu zeitig hineinplatzte. Also hielt sie irgendwo an und zog sich Zigaretten aus einem Automaten. Sie hatte seit Ewigkeiten nicht mehr geraucht – seit sie Frederic kannte, genau genommen, denn er mochte es nicht, wenn Frauen rauchten –, aber plötzlich verspürte sie ein ungeheures Bedürfnis nach einer Zigarette. Im Wagen war es ihr zu heiß, und so ging sie auf der Straße auf und ab und rauchte hektisch. Eine schmuddlige Gegend, trostlose Wohnblocks. Alles sonntäglich ausgestorben.

Die Frage, die Nathan ihr zuletzt gestellt hatte, dröhnte plötzlich wieder in ihrem Kopf. Wohin ist diese wilde, lebendige Frau verschwunden? Und warum?

Die verschwundene Frau hatte geraucht. Sie hatte sich in Vierteln herumgetrieben, in die sich ein anständiges Mädchen keinesfalls begeben sollte. Sie hatte manchmal zu viel Alkohol erwischt, und es war vorgekommen, dass sie in fremden Betten neben fremden Männern aufwachte. Die verschwundene Frau war außerordentlich lebensgierig gewesen und hatte dabei allzu oft jede Vorsicht außer Acht gelassen. Jede andere Lebensform hätte sie als *tot sein* empfunden.

Virginia warf die Zigarette auf den Asphalt, trat sie so gründlich aus, als wollte sie eigentlich etwas löschen, was in ihrem Kopf zu brennen begann.

Trotz der Hitze setzte sie sich ins Auto, schloss sogar Türen und Fenster. Sie verschränkte ihre Arme auf dem Lenkrad, ließ ihren Kopf darauf sinken. Sie wollte weinen, aber es gelang ihr nicht.

SIE HATTE so lange Zeit im Auto gesessen, dass sie nun sogar ihre Tochter zu spät abholte. Alle anderen Gäste waren schon weg, das Geburtstagskind und Kim schaukelten friedlich im Garten nebeneinander. Als die Kleine begriff, dass nun auch der letzte Gast gehen sollte, fing sie zu weinen an.

„Es ist immer schwierig für ein Kind, wenn ein so schönes Fest vorüber ist", sagte die Mutter. „Was meinen Sie, Mrs Quentin, könnte Kim nicht noch bis morgen bleiben? Dann könnten die beiden Mädchen noch miteinander spielen. Schließlich bricht jetzt die letzte Ferienwoche an."

In ihrer augenblicklichen Situation war der Vorschlag Virginia gar nicht recht. Noch immer saß Nathan Moor bei ihr zu Hause herum, und sie hatte keine Ahnung, wann er zu gehen beabsichtigte. Sie mochte nicht länger mit ihm allein sein, und die Anwesenheit der kleinen Kim hätte sie als außerordentlich entspannend empfunden. Aber das konnte sie der anderen Mutter natürlich nicht sagen, und ihr fiel auch keine Ausrede ein. Zudem würde sich zwangsläufig ein anderes Problem ergeben, wenn sie Kim mitnahm: Sie konnte dann nicht länger vor Frederic geheim halten, dass Nathan bei ihr Aufnahme gefunden hatte.

Sie vereinbarten, dass Kim am nächsten Abend geholt werden sollte, und beide Mädchen brachen in ein Freudengeheul aus.

Nach Hause zurückgekehrt, traf sie Nathan auf der Terrasse an, wo er im Liegestuhl lag und in einem Buch blätterte.

„Da sind Sie ja“, sagte er. „Sie waren lange weg. Ich fing schon an, mir Sorgen zu machen.“

„Wie spät ist es denn?“, fragte Virginia.

„Gleich halb fünf.“ Er erhob sich von seinem Liegestuhl und kam auf sie zu. „Sie haben geraucht“, stellte er fest.

Irgendwie empfand sie auch diese Bemerkung schon wieder als aufdringlich. Daher überging sie seine Feststellung und sagte: „Kim wollte noch ein bisschen bei ihrer Freundin bleiben. Sie übernachtet jetzt noch einmal dort.“

Nathan nickte. „Ich würde gerne Livia im Krankenhaus besuchen“, sagte er, „würden Sie mir Ihren Wagen leihen? Als ich hierherkam, bin ich zu Fuß gegangen, aber ich muss zugeben, das schaffe ich nicht jeden Tag.“

Sie reichte ihm ihren Autoschlüssel, wissend, dass Frederic sich erneut die Haare raufen würde. Als ahnte er, was sie dachte, sagte Nathan: „Ihr Mann hat übrigens angerufen.“

„Frederic?“ Sie bekam einen Riesenschrecken. Frederic rief an und hatte Nathan Moor am Apparat! „Sie haben mit Frederic gesprochen?“

Er hob abwehrend beide Hände und grinste. „Wo denken Sie hin! Nein! Ich gehe doch nicht an fremde Telefone. Der Anrufbeantworter lief, und man konnte mithören.“

Ihr fielen jede Menge Steine vom Herzen. „Gut. Dann rufe ich ihn gleich zurück.“

„Oder möchten Sie mich zu Livia begleiten?“

„Nein.“ Es wäre durchaus sinnvoll gewesen, dies zu tun, zumal sie unerwarteten Freiraum durch Kims Abwesenheit hatte, aber sie mochte die Vorstellung nicht, mit ihm im Auto zu sitzen. Sie mochte überhaupt keine Nähe zu ihm.

„Okay. Dann bis später!“ Er wandte sich zum Gehen. Er sah sehr lässig aus in seiner fleckigen Jeans, ein ebenfalls nicht ganz sauberes weißes T-Shirt darüber. Nicht gerade korrekt gekleidet für einen Krankenhausbesuch. Was ihm, wie ihn Virginia einschätzte, egal war.

SIE ERREICHTE Frederic sofort, und zu ihrer Erleichterung musste sie weder lügen noch bestimmte Dinge verschweigen, denn er fragte mit keinem Wort nach ihrem bisherigen Tagesablauf. Stattdessen hatte er Neuigkeiten vorzubringen, und die sprudelte er auch gleich hervor. „Virginia, Liebste, bist du mir böse, wenn ich ein paar Tage länger in London bleibe? Ich habe einige äußerst wichtige Leute kennen gelernt, die sehr viel Interesse an mir zeigen. Ich müsste an zwei Abendessen teilnehmen, und …"

Sie war verständnisvoll wie immer: „Natürlich bleibst du länger. Das ist gar kein Problem. Ich komme hier gut zurecht."

„Ja, dann würde es bis Freitag dauern …" Er zögerte. „Also, die zwei Abendessen sind am Dienstag und am Mittwoch. Am Freitag findet eine Dinnerparty statt bei Sir James Woodward."

Der Name sagte ihr nichts. Aber all ihre Alarmsignale leuchteten auf.

„Sir Woodward sitzt im Unterhaus. Er ist einer der einflussreichsten Männer dort", erläuterte Frederic. „Bei ihm zu einer Dinnerparty eingeladen zu sein, das ist das Wichtigste, was passieren kann, und …"

Es war immer alles so unendlich wichtig. Und sie wusste genau, was er wollte. „Nein, Frederic", sagte sie.

„Schatz, Virginia, nur dieses eine Mal! Es geht einfach nicht, dass ich ohne meine Frau dort erscheine. Ich muss schon viel zu oft Erklärungen abgeben und habe langsam das Gefühl, dass mir keiner mehr glaubt."

„Dann erfinden wir doch einfach einen Beruf, dem ich nachgehe. Eine berufstätige Frau kann nicht zwischen London und King's Lynn hin- und herjetten, so wie es die politischen Ambitionen ihres Mannes gerade erfordern!"

„Das habe ich dir doch schon so oft erklärt. In … diesen Kreisen engagieren sich auch die berufstätigen Frauen für die Karrieren ihrer Männer. Man trennt das nicht so: hier sein Job, dort ihrer."

„Verstehe. Sein Job ist *ihr* Job."

„Virginia …"

„Das Frauenbild ist ein bisschen vorsintflutlich, oder?"

„In der konservativen Partei …"

„Könnte es sein, dass du in der falschen Partei bist?", schnauzte sie ihn an.

Er seufzte tief, aber es war kein resigniertes Seufzen. In diesem Seufzer klang großer Ärger. „Darüber möchte ich jetzt nicht diskutieren", sagte er. „Ich bin in genau der Partei, mit deren Wertvorstellungen ich mich identifizieren kann. Wenn du nicht immer nur über dich und deine Befindlichkeiten nachdenken würdest, wärst du vielleicht auch einmal stolz auf mich oder würdest sogar versuchen, mich zu unterstützen."

Vom Nacken her stiegen Schmerzen hoch. Feine, leise Nadelstiche. Sie würde heftiges Kopfweh bekommen. „Frederic –"

Er ließ sie nicht ausreden. Er war wütend und frustriert. „Ausgerechnet du kommst daher und redest von einem *vorsintflutlichen Frauenbild*! Ich meine, wenn du tatsächlich einem Beruf nachgingest und eine tolle Karriere hinlegen würdest, dann würde ich mir das vielleicht noch sagen lassen. Aber du hast ja nie nach deinem Studium wirklich gearbeitet. Was machst du denn schon den ganzen Tag? Du ziehst unsere Tochter groß und gehst joggen. Das ist alles. Also tu doch nicht so großartig emanzipiert!"

Der Schmerz wurde stärker. Eigentlich hätte sie jetzt sofort eine Tablette nehmen müssen, um das Schlimmste vielleicht noch zu verhindern. Doch sie stand wie festgewurzelt und hörte fassungslos seiner Wut zu.

Sie schwiegen beide einen Moment. Frederic atmete tief durch. „Ich möchte nicht mit dir streiten", sagte er ruhiger, „und es tut mir leid, wenn ich dich verletzt habe. Aber ich bestehe darauf, dass du am Freitag an dieser Dinnerparty teilnimmst. Bitte komm nach London."

„Kim …"

„Kim wohnt von Freitag auf Samstag bei den Walkers. Sie mag Grace und Jack sehr, und beide werden sie gnadenlos verwöhnen. Das ist gar kein Problem. Virginia, Himmel noch mal, es geht um *eine* Nacht!"

Es ging um so viel mehr. Aber wie sollte sie ihm das erklären? „Ich habe schreckliches Kopfweh", sagte sie endlich, „ich muss unbedingt eine Tablette nehmen."

„Wir telefonieren morgen wieder", entgegnete Frederic und legte auf.

Kein Abschiedsgruß, kein *Ich liebe dich*. Er war wirklich böse auf sie.

Die Schmerzen begannen sich wellenförmig in ihrem Kopf auszubreiten. Sie schlich ins Bad, kramte im Schrank nach den Tabletten. Als sie ans Waschbecken trat, um Wasser in ein Glas laufen zu lassen, sah sie ihr Bild im Spiegel. Sie war kreidebleich, ihre Lippen waren grau.

Mein Mann hat mich gebeten, ihn zu einer für ihn wichtigen Dinnerparty zu begleiten. Daraufhin bekam ich migräneartige Kopfschmerzen und sah innerhalb weniger Minuten aus wie eine Schwerkranke.

Wären das die Worte, mit denen sie einem Psychotherapeuten ihr Problem schildern würde? War sie reif für eine Therapie?

Sie schluckte zwei Pillen, taumelte dann ins Wohnzimmer und streckte sich auf dem Sofa aus. Es wäre besser gewesen, ins Schlafzimmer zu gehen, sich in ihr Bett zu legen und die Fensterläden zu schließen, aber sie tat es nicht, weil Nathan Moor dann, wenn er zurückkehrte, unweigerlich sofort erkennen würde, dass irgendetwas mit ihr nicht stimmte. Er blickte ohnehin schon viel zu tief in sie hinein, sprach Dinge an, über die sie nicht reden wollte. Nicht auszudenken, wenn er sie so am Boden zerstört vorfand.

Sie merkte allerdings bald, dass es ihr kaum gelingen würde, ihm vorzuspielen, alles wäre in Ordnung. Die Schmerzen tobten in ihrem Kopf, schienen eher schlimmer als besser zu werden. Außerdem wuchs mit jeder Minute ihre Verzweiflung, das Gefühl, auf schreckliche Art zu versagen, ein Mensch ohne echten Wert zu sein. *Was machst du schon den ganzen Tag? Du ziehst unsere Tochter groß und gehst joggen!*

Irgendwann kamen die Tränen. Der Schmerz ergoss sich in heftigem Schluchzen über die Kissen, auf denen sie lag.

Sie wusste nicht, wie lange sie so gelegen und geweint hatte, aber plötzlich vernahm sie draußen den Motor ihres heimkehrenden Wagens. Nathan Moor kam zurück. Sie setzte sich rasch auf und unterdrückte dabei einen Schmerzenslaut: In ihrem Kopf schienen überall lange Nadeln zu stecken, die sich in ihr Gehirn bohrten.

Er kam durch die Küche herein und stand gleich darauf im Wohnzimmer. Er sah gut aus, fröhlich und entspannt. Entweder, dachte Virginia, es geht Livia besser, oder es ist ihm egal, wie es ihr geht. Oder er war gar nicht bei ihr.

„Sie sitzen hier drinnen?", fragte er erstaunt. „Draußen ist ein herrlicher Abend, und …" Er sprach nicht weiter. Im Dämmerlicht des Zimmers hatte er ihr Gesicht nicht gleich deutlich gesehen, aber nun begriff er, dass irgendetwas nicht in Ordnung war. „Virginia!" Überrascht merkte sie, dass er erschrocken klang. So, als wäre er tatsächlich fähig, sich Gedanken um sie zu machen. „Was ist denn los? Es geht Ihnen nicht gut, oder?" Er betrachtete sie schärfer. „Sie haben geweint", stellte er fest.

Sie wischte sich über die Augen, als könnte sie jetzt noch etwas verbergen. „Ich habe schreckliche Kopfschmerzen", sagte sie.

„Migräne?"

„So ähnlich. Das passiert mir manchmal. Und ich", sie versuchte ein Lächeln zustande zu bringen, von dem sie spürte, dass es jämmerlich ausfiel, „ich war wieder einmal zu blöd, meine Tablette rechtzeitig zu nehmen."

Er musterte sie besorgt. „Bei welchen Gelegenheiten bekommen Sie diese Schmerzen?"

„Meistens bei Wetterwechsel. Ab morgen soll es ja kühl werden. Vielleicht liegt es daran."

„Vielleicht." Er wirkte nicht sehr überzeugt. Und lieferte ihr gleich wieder eine Kostprobe seiner eigenartigen Hellsichtigkeit, indem er fragte: „Haben Sie Ihren Mann zurückgerufen?"

„Meine Kopfschmerzen haben nichts mit meinem Mann zu tun."

„Sind die Schmerzen aus dem Nacken gekommen?"

„Ja."

„Darf ich?" Ohne ihre Antwort abzuwarten, trat er hinter das Sofa, beugte sich über sie und begann ihren Nacken und ihre Schultern zu massieren. Seine Hände fühlten sich kräftig an, aber seine Bewegungen waren sanft und geübt. Er schien die Punkte genau zu kennen, die er berühren musste, und er wusste, auf welche Weise dies zu geschehen hatte. Und in Virginias angespanntem Rücken, in ihrem völlig verkrampften Hals schien sich tatsächlich etwas zu lösen.

„Haben Sie das gelernt?", fragte sie.

„Nein. Ich folge nur meinem Instinkt. Wird der Schmerz besser?"

Sie war tief erstaunt. „Ja. Er wird tatsächlich besser."

Er machte weiter. „Ihre Muskeln fühlen sich schon viel weicher an. Was hat Sie so angespannt, Virginia? Was hat Sie derartig verkrampft?"

Er presste auf eine Stelle an ihrem Hals, und diesmal tat es richtig weh. „Das war der härteste Knoten", sagte er, „der Punkt, dessentwegen Sie geweint haben." Er strich nun sehr sanft und vorsichtig über dieselbe Stelle, und Virginia merkte, wie seltsame, leise Schauer über ihre Kopfhaut liefen und über das Rückgrat hinunterrannen. Etwas löste sich. Mehr als nur die Verkrampfung der Muskeln wie zuvor. Irgendetwas anderes … in ihr … Zu ihrem Entsetzen stiegen ihr schon wieder die Tränen in die Augen.

Nicht, dachte sie panisch, nicht jetzt! Aber es war zu spät und unaufhaltsam. Die Tränen strömten hervor, noch heftiger als zuvor. Sie krümmte sich auf dem Sofa zusammen, geschüttelt von ihrem Weinen, aber sie merkte, dass Nathan Moor neben sie glitt und sie plötzlich in den Armen hielt.

„Alles in Ordnung", sagte er beruhigend, „alles ist gut. Weinen Sie, Virginia. Weinen Sie, solange Sie mögen. Es ist wichtig, dass wir weinen können." Er strich ihr sanft über die Haare. Es ging in diesem Moment eine große Kraft und zugleich Zartheit von ihm aus.

„Es tut mir so leid!", stieß Virginia hervor.

„Aber nicht doch. Was denn? Was tut Ihnen leid, Virginia?"

Sie hob den Kopf, starrte ihn aus verweinten Augen an. „Michael", sagte sie, und im nächsten Moment dachte sie voller Schrecken: Wieso habe ich das gesagt? Wieso habe ich Michaels Namen genannt?

Er hörte nicht auf, ihre Haare zu streicheln. „Wer ist Michael, Virginia?“

Sie wand sich aus seinen Armen, sprang auf die Füße. Sie rannte in die Küche hinüber und erreichte im letzten Moment das Spülbecken.

Er war ihr nachgekommen. Er hielt ihren Kopf und strich wieder und wieder ihre Haare zurück, damit sie nicht schmutzig würden, während sie sich erbrach, als könnte sie nie wieder damit aufhören.

Als der Brechreiz endlich versiegte und sie sich aufrichtete, mit zitternden Beinen, wusste sie, dass sie ihm von Michael erzählen würde.

Michael

Als sie sieben gewesen waren, hatten sie sich geschworen, einander zu heiraten. Etwas anderes wäre gar nicht infrage gekommen, denn sie liebten einander so sehr, dass es unvorstellbar schien, je einen anderen zu lieben.

Mit zwölf Jahren erneuerten sie ihren Schwur, ernster und feierlicher als zuvor, denn inzwischen hatte man ihnen erklärt, dass Cousin und Cousine einander nicht heiraten sollten, und nun witterten sie, dass man ihnen Steine in den Weg legen würde, was die ganze Angelegenheit noch viel romantischer machte. Sie konnten Stunden damit verbringen, sich ihr Leben als Ausgestoßene auszumalen, in den schaurigsten Farben, denn das Schöne bei alldem war ja die sichere Gewissheit, dass sie trotz allem niemals *allein* sein würden. Sie hatten einander, für immer und ewig. Was konnte ihnen geschehen?

Sie waren im selben Jahr, im Abstand von wenigen Monaten, geboren worden. Ihre Mütter waren Schwestern, eng miteinander verbunden. Es war ihnen geglückt, mit ihren Ehemännern in zwei nebeneinanderliegende Häuser in London zu ziehen, und nun hatten sie es auch noch geschafft, ihre Kinder altersmäßig dicht beieinander zu platzieren. Sie hatten gehofft, dass Michael und Virginia wie Geschwister aufwachsen würden, und dazu gehörte auch, dass sie geschwisterliche Gefühle füreinander entwickelten. Die maßlose Liebe zwischen den beiden hatte niemand erwartet, und manchmal kam sie den beiden Schwestern fast ein wenig bedrohlich vor.

Es war eine wundervolle Kindheit, die Virginia und Michael teilten. Sie gingen gemeinsam in die Schule, machten ihre Hausaufgaben zusammen und beschützten einander vor größeren, stärkeren Kindern. Genau genommen beschützte Virginia Michael. Sie war viel selbstbewusster, lauter und unerschrockener als ihr etwas zarter Cousin.

Sie gingen durch dick und dünn. In den Sommerferien fuhren sie mit ihren Eltern zu den Großeltern ans Meer nach Cornwall, und diese Wochen in völliger Freiheit waren es, worauf sie das ganze Jahr über hinfieberten. Die Großeltern hatten ein kleines Häuschen inmitten eines verwilderten Gartens, und wenn man über den hinteren Zaun kletterte und einen kleinen Pfad zwischen Ginsterbüschen entlanglief, gelangte man an den Strand: eine kleine Bucht, in der sich stets nur wenige Menschen aufhielten.

Es war in einer sternklaren Sommernacht in dieser verschwiegenen Bucht, als Michael Virginia zum ersten Mal küsste. Auf die Art küsste, wie es in Büchern beschrieben wurde, nicht unschuldig und geschwisterlich, wie es natürlich schon tausendmal geschehen war. Michael war vier Wochen zuvor 14 geworden, Virginia bereits im Februar.

Es war Virginias erster richtiger Kuss. Als er vorüber war, wusste sie, dass Michael nicht der Mann war, der in ihr die Gefühle zu wecken verstand, die sich in diesem Augenblick hätten einstellen müssen. Sie liebte ihn von ganzem Herzen. Aber ihr Körper vermochte nicht auf ihn zu reagieren.

Von da an war nichts mehr wie vorher. Sie sprachen nicht darüber, aber sie spürten es beide. In stillschweigender Übereinstimmung wurde das Thema Heirat nun nicht mehr erwähnt. Und auch sonst begannen sie in dem Herbst, der jenem entscheidenden Sommer folgte, getrennte Wege zu gehen. Michael blieb der introvertierte, scheue Junge, der er immer gewesen war, vertieft in eine eigene Welt, die vornehmlich aus Büchern und Musik bestand. Virginia entdeckte das Leben draußen. Sie schminkte sich, trug kurze Röcke, war bald Teil einer fröhlichen, lärmenden Clique, die durch die Pubs und Diskotheken Londons zog. Sie hatte den ganzen Winter über viel Spaß, schlief zu wenig, ließ in der Schule nach, hatte aber Verabredungen und Verehrer ohne Ende.

An einem nebligen Januartag erschien Michael bei ihr in ihrem Zimmer und berichtete, dass seine Eltern sich scheiden ließen. „Mein Vater hat eine andere Frau kennen gelernt. Schon letztes Jahr im Oktober. Meine Mutter hat nur noch geweint seitdem. Die Neue ist Amerikanerin, und Dad will mit ihr nach San Francisco ziehen."

Virginia fragte sich, wie man einen so lieben Jungen wie Michael und eine so nette Frau wie seine Mutter einfach verlassen konnte, aber offenbar gab es andere Kriterien, die das Verhalten mancher Männer bestimmten.

Sie litt ein wenig mit Michael, der durch ein elendes Frühjahr ging, in dem er im Wesentlichen versuchen musste, seine weinende, völlig verzweifelte

Mutter zu trösten. Aber Virginia litt nicht zu sehr, denn ihr eigenes Leben ging weiter, randvoll mit Erlebnissen und Ereignissen.

Unterdessen zog Michaels Vater endgültig daheim aus, und schließlich ging auch die Scheidung über die Bühne, gegen die sich zu wehren Michaels mittlerweile schwer depressive Mutter nicht mehr die Kraft fand. Zuletzt war Michaels Mutter seelisch so schwer erkrankt, dass Michael immer mehr zu einer Art Krankenpfleger für sie wurde. Als sie nach zwei Jahren an Herzversagen starb, dessen Ursache auf eine Überdosis an Medikamenten zurückzuführen war, wusste der knapp 18-jährige Michael über lange Zeit nicht, womit er die plötzliche Leere in seinem Alltag füllen sollte. Es war die Zeit, in der seine eigenen Depressionen geboren wurden.

Der einzige Mensch, der ihm blieb, war Virginia, die Gefährtin seiner Kinderjahre. Diese hatte sich gerade mit einem zwanzig Jahre älteren, sehr reichen Kanadier verlobt und war mit ihm nach Vancouver gegangen, flüchtete jedoch ein Jahr später kurz vor der geplanten Hochzeit vor seinen Gewalttätigkeiten zurück nach England. Es ging ihr nach dieser Erfahrung psychisch ebenfalls nicht gut. Auch sie suchte nach einem Halt, und es war fast unausweichlich, dass sie und Michael nun mit ausgestreckten Armen aufeinander zugingen. Angeschlagen, wie sie waren, fanden sie in die Vertrautheit zurück, die sich in langen Jahren zwischen ihnen aufgebaut hatte. Als sich Virginia in Cambridge für ein Studium der Literaturwissenschaften einschrieb, war es sofort klar, dass auch Michael dorthin kommen würde. Er wollte Geschichte studieren und später eine Professur anstreben.

Sie hausten in einer winzigen Wohnung, hatten viele Freunde und führten ein geselliges Leben. In Virginias Schlepptau verlor auch Michael etwas von seinem Hang zur Eigenbrötlerei, wurde offener und fröhlicher. Virginia gewann sehr schnell ihre alte Lebhaftigkeit und Leichtigkeit zurück. Sie feierte und trank ein wenig zu viel und schlief zu wenig, und gelegentlich flirtete sie auf Partys mit anderen Männern, was zu heftigen Auseinandersetzungen mit Michael führte. Soweit Michael überhaupt in der Lage war zu streiten. Er jammerte und klagte, und Virginia wurde aggressiv. Denn letztlich war sie ihm treu. Sie fühlte sich bei ihm geborgen, und über eine gewisse Zeit mochte sie diese Geborgenheit auch nicht zugunsten irgendeines schnellen Verhältnisses aufgeben.

Und dann traf sie Andrew Stewart, und genau wie in jenem Sommer viele Jahre zuvor, als ihre wunderbare Kindheit mit Michael plötzlich geendet hatte, veränderte sich auch diesmal ihr Leben wieder völlig.

Sie war ihrer großen Liebe begegnet.

Es WAR so dunkel im Zimmer geworden, dass sie einander nur noch schattenhaft erkennen konnten. Draußen vor den Fenstern rauschte der Regen. Der angekündigte Wetterumschwung war eingetreten. Der Sommer hatte seinen Abschied genommen.

Nachdem sie sich wieder und wieder übergeben hatte, war sie ins Bad gegangen, hatte sich das Gesicht gewaschen und sich minutenlang die Zähne geschrubbt. Noch immer war ihr das bleiche Gesicht mit den weit aufgerissenen Augen im Spiegel wie das einer Fremden erschienen.

Was geschieht mit mir? Es war doch alles in Ordnung!

Aber eigentlich war nichts in Ordnung gewesen, das wusste sie, doch was immer in ihr an Unbewältigtem geschlummert hatte, sie hatte es unter Kontrolle gehabt. Irgendwie war es ihr seit Jahren gelungen, nicht mehr an Michael zu denken. Überhaupt an etwas zu denken, was vor ihrer Zeit mit Frederic Quentin lag. Seitdem jedoch die beiden Deutschen aufgekreuzt waren, besonders Nathan …

Sie hätte auf Frederic hören und die Finger von den beiden lassen sollen. Doch das allein, so viel war klar, hätte ihre Probleme nicht gelöst. Denn nicht nur Nathan Moor war es, der ihr Schwierigkeiten machte. Ihre Kopfschmerzen, ihr Zusammenbruch waren von Frederic ausgelöst worden. Frederic in seiner Geduld, in seiner Wertschätzung all dessen, was sie tat oder nicht tat, war unverzichtbarer Teil ihres Verdrängungsprogramms gewesen. Dass er plötzlich Forderungen stellte, dass er ärgerlich wurde, hatte das Gerüst ins Wanken gebracht.

Sie war in die Küche zurückgegangen, aber Nathan war nicht mehr dort gewesen. Sie hatte ihn im Wohnzimmer angetroffen, wo er sich gerade einen Sherry einschenkte.

„Geht es Ihnen besser?“, fragte er, und Virginia nickte, wehrte aber ab, als er ihr ebenfalls einen Sherry anbieten wollte. „Nein danke. Ich fürchte, das schafft mein Magen noch nicht.“

„Sie wollten mir von Michael erzählen“, sagte er sachlich.

Sie hatte sich auf das Sofa gesetzt und die Beine hochgezogen. Er wählte einen Sessel ihr gegenüber, sodass der breite hölzerne Couchtisch zwischen ihnen stand. Zuerst hatte sie nicht gewusst, wie sie anfangen sollte, und fast hätte sie ihn gebeten, das alles zu vergessen und so zu tun, als hätte er den Namen *Michael* nie gehört.

Nathan neigte sich vor und sah sie eindringlich an. „Ich glaube, Sie müssen da etwas loswerden“, sagte er ernst, „oder Sie werden krank. Was immer es mit Michael auf sich hat, es quält Sie und es beherrscht Ihr Leben.

Sie müssen nicht *mir* davon erzählen, wenn Sie nicht wollen. Aber dann sollten Sie sich einen Therapeuten suchen und mit ihm darüber sprechen. Allein kommen Sie mit dieser Sache nicht mehr zurecht."

Sie hob abwehrend beide Hände. „Nein. Ich brauche keinen Therapeuten. Im Grunde ist alles in Ordnung, es ist nur …"

„Michael", unterbrach er mit sanfter Stimme, „es ist nur Michael, nicht wahr? Was ist mit Michael? *Wer ist Michael?*"

Er hatte ihr einen Einstieg geboten, den sie annehmen konnte. Er wollte wissen, wer Michael war. Sie konnte mit ihrer Kindheit beginnen, mit ihrer und Michaels Kindheit. Das war harmlos, das barg noch keine Gefahren. Sie hatte zu reden begonnen, stockend zunächst, gequält, aber dann immer fließender und freier. Die einsetzende Dunkelheit half ihr und auch die Tatsache, dass Nathan der Versuchung widerstand, eine Lampe einzuschalten. Irgendwann war der Regen sanftes Hintergrundgeräusch ihrer eigenen Stimme. Sie konnte von Dingen sprechen, die sie noch nie zuvor einem anderen Menschen anvertraut hatte: von ihrer wilden, freien Jugend, ihrer Lebensgier, ihrem Leichtsinn, ihrer Neugier. Nathan unterbrach sie nicht, aber sie konnte spüren, dass er sehr genau zuhörte.

Sie brach ab, als Andrew Stewart auftauchte. Sie wusste selbst nicht, weshalb sie den harten Einschnitt an dieser Stelle vornahm. Vielleicht war es einfach ein Gefühl. Mit Andrew Stewart war sie erwachsen geworden.

„Wie alt waren Sie, als Sie Stewart kennen lernten?", fragte Nathan. Es war das erste Mal, dass er sein Schweigen brach.

„Zweiundzwanzig", sagte sie, „ich war zweiundzwanzig Jahre alt."

„Eine zweiundzwanzigjährige Studentin, die schon eine Menge vom Leben ausprobiert hatte. Nicht wahr?"

Sie nickte, obwohl er das nicht sehen konnte.

Er schien es zu ahnen. „Das Mädchen, das Sie beschrieben haben", sagte er, „dieses Mädchen passt zu der Fotografie. Wie schön Sie waren, Virginia. Und wie unglaublich lebendig!"

„Ja", sagte sie. „Lebendig. Wenn ich heute an diese Zeit denke, ist es das, was ich am allerstärksten empfinde: Leben. Ich habe so ungeheuer intensiv gelebt."

„Andrew Stewart war auch Student?"

„Nein. Er war bereits fertiger Rechtsanwalt. Er fing gerade an, in einer sehr renommierten Kanzlei in Cambridge zu arbeiten. Wir trafen uns bei der Promotionsfeier einer Freundin von ihm, die wiederum mit einem Freund von Michael bekannt war. Ich war aber allein dorthin gegangen, weil Michael die Grippe hatte. Wir kamen ins Gespräch und … alles änderte sich."

Sie hörte, dass Nathan aufstand. Er knipste die kleine Lampe an, die am Fenster stand. Das Licht flammte so plötzlich auf, dass Virginia für einen Moment geblendet die Augen schloss, aber es war ein weicher, gedämpfter Schein, den sie nicht als unangenehm empfand.

„Wir müssen ja nicht ohne Licht hier sitzen", sagte Nathan. Groß und dunkel stand er vor dem Fenster. Ein Fremder. Ein völlig Fremder.

Warum erzähle ich diesem Mann so viel von mir?

Er kam ein paar Schritte näher, setzte sich aber nicht mehr hin. „Und es war Liebe auf den ersten Blick?", fragte er.

Sie nickte. „Was mich betrifft – ja."

„Und für ihn war das anders?"

„Nein. Aber … es änderte sich später."

„Haben Sie Michael von Andrew erzählt? Sich von ihm getrennt?"

„Nein. Michael erfuhr nichts. Ich trennte mich auch nicht von ihm. Es blieb alles, wie es war zwischen uns. Nur dass ich …"

„Nur dass Sie ein Verhältnis nebenher hatten!"

„Ja."

„Seltsam. Bei einer Liebe auf den ersten Blick? Warum diese Heimlichtuerei? War Andrew Stewart damit einverstanden, dass Sie weiterhin mit Ihrem Freund zusammenlebten?"

Auf einmal fühlte sie sich in die Enge getrieben. „Was wollen Sie hören?"

Er hob abwehrend beide Hände. „Nichts. Nichts, was Sie nicht sagen wollen."

Sie hatte einen Fehler gemacht, als sie mit ihm zu reden begann. Sie hatte einen Fehler gemacht, als sie sich nach dem Schiffsunglück um die beiden Deutschen kümmerte. Sie machte seit Tagen nur noch Fehler. „Ich glaube, ich möchte jetzt schlafen gehen", sagte sie, „ich bin sehr müde."

Ohne ihm eine gute Nacht zu wünschen, verließ sie den Raum. Draußen auf der Treppe fasste sie sich erneut an beide Schläfen, hinter denen es leise pochte. Hoffentlich kehrten die Kopfschmerzen nicht zurück. Es reichte, dass allzu viele Bilder und Erinnerungen wiederkamen.

Das alles war so lange verschüttet gewesen. Vielleicht sollte sie nicht weiter daran rühren. Nie hatte sie einem Menschen von jener Zeit erzählt.

Warum ausgerechnet diesem Fremden?

Montag, 28. August

Als Virginia am nächsten Morgen nach einer Nacht voll böser Träume die Treppe herunterkam, klingelte das Telefon. Es war noch nicht einmal halb acht, und für gewöhnlich rief niemand um diese Zeit an. Für einen Moment schwebte sie in der Versuchung, das Läuten zu ignorieren. Es war Bank Holiday, ein Feiertag, und es gehörte sich nicht, um diese Zeit bei anderen Menschen anzurufen. Allerdings war sie fast sicher, dass Frederic sie zu erreichen versuchte. Sie lief ins Wohnzimmer und nahm den Hörer ab. „Ja?", sagte sie.

„Ich bin es, Frederic. Ich hoffe, ich habe dich nicht geweckt?"

„Nein. Ich bin gerade aufgestanden."

„Hast du dein Kopfweh gestern noch in den Griff bekommen?"

„Nein."

Er schwieg einen Moment. „Das tut mir leid", sagte er dann. „Ich wollte natürlich nicht, dass du dich quälst."

„Ist schon gut. Es ist jetzt vorbei."

„Virginia …", es fiel ihm sichtlich schwer, ihr schon wieder zuzusetzen, „… hast du noch einmal über meine Bitte von gestern nachgedacht?"

„Es ging mir wirklich nicht gut", sagte sie, „ich habe eigentlich nicht nachdenken können."

Er seufzte. „Es fällt mir ziemlich schwer zu verstehen, weshalb das alles überhaupt eine Frage ist, die intensives Nachdenken erfordert."

Sie wollte nicht aggressiv werden, aber es war schon wieder Schärfe in ihrer Stimme, als sie sagte: „Und mir fällt es schwer zu verstehen, weshalb du deine Karriere nicht allein machen kannst!"

Sie wusste, dass er nun auch den Hörer hätte auflegen können, aber in einer betont ruhigen Weise, der man seine mühsame Beherrschtheit anmerkte, erwiderte er: „Lass uns nicht streiten. Ich denke, ich habe dir ausführlich erklärt, weshalb ich dich brauche. Warum versuchst du es nicht wenigstens einmal? Alles, was du tun musst, ist, ein hübsches Kleid in den Koffer zu packen und dich in den Zug nach London zu setzen. Wir gehen zusammen zu der Party, und ich verspreche dir, dass ich dich, wenn du es dann tatsächlich ganz schrecklich findest, nie mehr um einen derartigen Gefallen bitte."

Er machte das geschickt, das musste sie zugeben. „Ich denke darüber nach", meinte sie, „das verspreche ich dir. Wirklich. Ich überlege es mir."

Er war mit dieser Antwort natürlich nicht glücklich, schien aber zu begreifen, dass er im Moment nicht mehr bekommen würde.

„Gib mir Bescheid, wie du dich entschieden hast“, sagte er und legte auf.

Sie ging in die Küche. Der Duft von frischem Kaffee und gebratenen Eiern mit Speck wehte ihr entgegen. Nathan stand an der Anrichte, ließ gerade zwei Brotscheiben aus dem Toaster springen und legte sie in den Brotkorb. „Guten Morgen“, sagte er, „schon wach?“

„Schon ist gut.“ Etwas missmutig sah sie zu, mit welcher Unbefangenheit er in ihrer Küche hantierte. Er trug Jeans und ein T-Shirt, das zu eng war für seine breiten Schultern und muskulösen Arme, und als sie genauer hinsah, entdeckte sie, dass es ein T-Shirt war, das Frederic gehörte, der weniger athletisch war. Für Nathan war es einfach eine Nummer zu klein.

„Sie sollten T-Shirts in Ihrer Größe tragen“, sagte sie.

„Was?“ Er blickte an sich hinunter. „Ach so. Das gehört nicht mir. Ich fand es in Ihrer Wäschekammer auf einem Stapel Bügelwäsche. Meine Sachen sind verschwitzt, und da dachte ich … Ich hoffe, es stört Sie nicht?“

„Nein. Nein, ist schon okay.“ Die Wäschekammer befand sich im Keller. Wieso war er bis in den Keller hinuntergegangen? Wieso streifte er überhaupt derart unbekümmert im Haus herum?

„Ich wollte heute früh eigentlich joggen“, sagte sie, „aber ich habe glatt verschlafen. Das passiert mir sonst nie.“

„Sie haben sich emotional gestern Abend sehr verausgabt. Kein Wunder, dass Sie müde waren. Kommen Sie. Ein heißer Kaffee ist genau das, was Sie jetzt brauchen. Und ein Toastbrot mit Rührei.“

Sorgfältig richtete er ihr Frühstück auf einem Teller an. Erstaunt, wie angenehm das Gefühl war, umsorgt zu werden, ließ sie sich auf einen Stuhl am Tisch sinken und nahm den ersten Schluck Kaffee.

„Ich habe Sie das gestern gar nicht gefragt – wie geht es Livia?“

„Nicht besser, nicht schlechter.“ Die Antwort klang wie ein Schulterzucken. Ziemlich gleichgültig.

„Sie waren aber bei ihr?“, hakte sie nach.

Er sah sie amüsiert an. Inzwischen hatte er ihr gegenüber am Tisch Platz genommen und sich auch einen Kaffee eingeschenkt. „Weshalb sollte ich nicht bei ihr gewesen sein? Deswegen hatte ich mir schließlich Ihr Auto ausgeliehen!“

Sie kam sich albern vor. „Ich dachte nur … Sie wirkten so ausgeglichen. Ich glaube, wenn mein Mann mit einem schweren Schock im Krankenhaus läge, wäre ich ziemlich bedrückt.“

„Das würde aber an der Situation nichts ändern."

„Nein. Natürlich nicht." Betont gleichmütig fügte sie hinzu: „Was sagen eigentlich die Ärzte? Wann wird es Ihrer Frau besser gehen?"

Diesmal zuckte er wirklich die Schultern. „Da hält man sich mit den Prognosen ziemlich zurück. Denen ist es ja erst einmal wichtig, sie körperlich wieder aufzubauen. Für die Psyche wird man dann wohl eine andere Art von Klinik brauchen."

„Meinen Sie, sie muss in eine psychiatrische Klinik?"

„Vielleicht. Sie war psychisch schon immer ziemlich labil. Diese Geschichte nun ist natürlich eine Katastrophe für sie."

Virginia überlegte krampfhaft, wie sie das Thema „Rückkehr nach Deutschland" am besten anschneiden könnte, vielleicht mit einer Frage nach guten deutschen Kliniken. Doch während sie noch nachdachte, sagte er auf einmal unvermittelt: „Hier in der Gegend ist schon wieder ein kleines Mädchen verschwunden. Ich hatte den Fernseher an, während ich das Frühstück machte. Sie berichteten über ein Kind, das kürzlich hier in der Gegend gekidnappt und wenig später ermordet aufgefunden wurde. Und seit gestern wird schon wieder eines vermisst."

„Das ist ja entsetzlich!" Sie starrte ihn an, vergaß völlig ihre Absicht, ihn auf irgendeine Weise hinauszukomplimentieren. „Ein Mädchen aus King's Lynn?"

„Ja. Sie nannten den Namen, aber ich weiß ihn nicht mehr. Sie wollte zum Kindergottesdienst gehen, kam dort aber nie an."

„Wie furchtbar! Wie furchtbar für die Eltern!"

„Wann holen Sie Ihre Tochter ab?"

„Heute Abend. Ich dürfte Kim eigentlich keinen Moment mehr aus den Augen lassen."

„Bei der anderen Familie und in Gesellschaft eines weiteren Kindes wird ihr schon nichts passieren", sagte Nathan beruhigend, „und hier bei Ihnen auch nicht. Aber sie sollte alleine keine längeren Wege unternehmen."

„Auf keinen Fall." Sie schob ihren Teller weg. „Nathan, Ihr Rührei schmeckt fantastisch, aber ich fürchte, ich kann im Moment nichts mehr essen. Ich …"

Er sah sie besorgt an. „Ich hätte jetzt nicht davon anfangen sollen."

„Ich hätte doch sowieso davon gehört."

„Was tun Sie heute Morgen? Was tun Sie an so einem kühlen, verregneten Morgen?"

„Ich weiß es nicht. Heute Nachmittag werde ich auf jeden Fall nach King's Lynn fahren. Ich werde Livia besuchen. Und dann Kim abholen."

Er nickte. „Ein guter Plan.“

Sie hielt sich an ihrer Kaffeetasse fest. Der Wetterumschwung deprimierte sie, auf einmal kam ihr das Haus düster und kalt vor.

Nathan neigte sich vor. In seinen Augen standen Anteilnahme und aufrichtiges Interesse. „Es geht Ihnen nicht gut, nicht wahr?“

Sie atmete tief. „Doch. Ich habe nur ein paar Probleme, das ist alles.“

„Ein paar Probleme? Die müssen schwerwiegend sein, sonst würden Sie nicht so traurig aussehen.“

Etwas gereizt gab sie zurück: „Es sind meine Probleme!“

„Pardon!“ Er lehnte sich wieder zurück. „Ich möchte nicht zudringlich erscheinen.“

„Schon gut. Es ist nur …“ Sie stockte schon wieder. Er hatte das Wort *zudringlich* in den Mund genommen. Das war eine Steilvorlage. *Jetzt sag es ihm! Sag ihm, dass er hier nicht ewig bleiben kann. Dass er endlich seine Heimreise organisieren muss.* Er unterbrach ihre Gedanken, noch ehe es ihr gelungen war, die Sätze auszusprechen.

„Wissen Sie, worüber ich seit gestern Abend nachdenke?“, fragte er. „Ich überlege immerzu, was damals geschehen ist. Denn irgendetwas muss geschehen sein, nicht wahr? Weshalb konnten Sie Michael, den ewigen Jammerlappen, nicht verlassen? Warum hielten Sie Ihre Beziehung zu Andrew Stewart geheim? Und warum … sind Sie heute mit Frederic Quentin verheiratet? Und nicht mit Andrew Stewart?“

ETWA sechs Wochen nach ihrer ersten Begegnung erfuhr Virginia, dass Andrew Stewart verheiratet war. Es war Dezember, kurz vor Weihnachten, und er hatte sie eingeladen, mit ihm über ein verlängertes Wochenende in das Ferienhaus eines Freundes in Northumberland zu fahren. Virginia hatte sich für dieses Wochenende eigentlich vorgenommen, ein ernstes Gespräch mit Michael zu führen, ihm von Andrew und ihrer Beziehung zu erzählen und sich dann offiziell von ihm zu trennen. Sie hatte diese Aussprache wochenlang vor sich hergeschoben; sie lag ihr schwer im Magen, und als Andrew von der gemeinsamen Reise sprach, war sie froh, erneut einen Aufschub gewonnen zu haben.

Sie erzählte Michael etwas von einem Wellness-Wochenende, das sie gemeinsam mit einer Freundin geplant habe. Sie kam sich ziemlich schäbig vor und schwor sich, dieses Lügenspiel nicht länger zu spielen.

Das Haus in Northumberland lag sehr einsam. Virginia, die das quirlige Studentenleben von Cambridge gewohnt war, hätte nie geglaubt, dass sie sich im kargen, menschenleeren Norden Englands so wohlfühlen könnte. Sie vermisste nichts – keine Partys, keine neuen, aufregenden Menschen, weder Glitzer noch Glamour. Es ging nur um das Zusammensein mit Andrew, in langen, dunklen Dezembernächten voller Zärtlichkeit und an kurzen, verregneten Tagen, die verzaubert schienen.

Einmal dachte sie an Michael an ihrem letzten Morgen in Northumberland. Sie saß im Schlafanzug vor dem Kamin im Wohnzimmer und trank einen Becher Kaffee, während draußen ein paar Schneeflocken fielen. Aus dem Radio erklang Weihnachtsmusik. Andrew lag auf dem Sofa und bemerkte plötzlich, dass sie minutenlang abwesend aus dem Fenster stierte.

„Was ist los?“, fragte er. „Du bist auf einmal ganz weit weg.“

Sie wandte sich um. „Ich musste gerade an Michael denken“, sagte sie, „und daran, dass ich ihm noch vor Weihnachten alles über uns erzählen will. Es fällt mir nicht leicht, weißt du. Und mir graut bei der Vorstellung, dass er Weihnachten ganz allein verbringen muss. Aber ich möchte Weihnachten auf jeden Fall mit dir verbringen. Nicht mehr mit ihm.“

Andrew sagte nichts. Er stand von seinem Sofa auf, trat vor den Kamin, legte ein neues Scheit ins Feuer.

Virginia stellte ihren Kaffeebecher ab. „Andrew, was ist los?“

Er sah sie nicht an. „Wegen Weihnachten …“, sagte er. „Schatz, Virginia, es wird nicht gehen, dass wir zusammen feiern.“

„Warum denn nicht?“

Er holte tief Luft. „Wegen Susan“, sagte er, „meiner Frau. Sie trifft am 23. Dezember in Cambridge ein.“

Tiefes Schweigen folgte seinen Worten, aber in dieser Stille dröhnte die ganze Ungeheuerlichkeit dessen, was er gesagt hatte.

„Wie bitte?“, fragte Virginia nach einer Weile, ebenso fassungslos wie ungläubig.

Andrew wandte sich endlich zu ihr um und schaffte es, ihr in die Augen zu blicken. „Es tut mir leid, Virginia. Ich hätte es dir längst sagen sollen. Ich bin verheiratet.“

„Aber …“

„Ich war in den letzten Wochen ständig drauf und dran, es dir zu sagen. Aber nachdem ich die richtige Gelegenheit am Anfang versäumt hatte, erschien plötzlich jeder Moment unseres Zusammenseins irgendwie unpassend. Ich war zu feige, Virginia.“

„Deine Frau …“

„… lebt im Moment noch in London. Sie ist dort Lehrerin an einer

Schule. Ich bekam die Chance, in Cambridge Partner in einer großen Kanzlei zu werden, und ich musste diese Gelegenheit ergreifen. Im nächsten September will Susan an eine Schule in Cambridge wechseln."

Virginia war wie vor den Kopf geschlagen. „Ich kann es kaum glauben", flüsterte sie.

Andrew war mit zwei Schritten bei ihr, kauerte sich neben sie und ergriff ihre Hände. „Virginia, ich spreche mit Susan", sagte er. „Ich werde ihr von dir erzählen. Ich werde ... alles in Ordnung bringen."

„Was heißt das – in Ordnung bringen?"

„Ich werde sie um die Scheidung bitten", sagte Andrew.

Später dachte Virginia oft, dass sie sich genauso verhalten hatte wie manche Frauen, von denen sie gehört und gelesen und die sie verachtet hatte. Frauen, die sich hinhalten und immer wieder vertrösten ließen.

Tatsächlich nämlich geschah zunächst nichts. Virginia feierte Weihnachten mit Michael, Andrew mit Susan, und es fanden keinerlei Aussprachen statt. Virginia mochte Michael nicht gestehen, dass sie sich mit einem verheirateten Mann eingelassen hatte und nun darauf warten musste, dass er sich aus seiner Ehe löste, und so sagte sie vorläufig überhaupt nichts. Was bedeutete, dass alles weiterlief wie bisher: Susan Stewart reiste Anfang Januar nach London zurück, und Virginia und Andrew nahmen ihre geheimen Treffen wieder auf.

Virginia hatte gehofft, er werde ihr zu ihrem Geburtstag Anfang Februar die Aussprache mit Susan gewissermaßen zum Geschenk machen, aber auch diese Vorstellung zerschlug sich. Stattdessen versprach er, er werde mit ihr im Frühling nach Rom fahren. Virginia freute sich, aber sie dachte, dass es nicht das war, was sie beide weiterbringen würde.

Sie war in der „Ewigen Stadt" noch nie gewesen und verliebte sich auf den allerersten Blick. Das pulsierende Leben, die strahlende Sonne, das Wandern über einen Boden, der von Geschichte getränkt war, gaben ihr ein andauerndes Leichtigkeitsgefühl, so als habe sie Sekt getrunken. Als sie über die Engelsbrücke auf die Engelsburg zugingen, musste sie einen Moment stehen bleiben und tief atmen, sich fast vergewissern, dass sie nicht träumte. Es kam jedoch gerade auf dieser Brücke zu einem seltsamen Erlebnis: Von einer Sekunde zur anderen überfiel sie ein panikähnliches Gefühl, sie atmete ein zweites und ein drittes Mal tief durch, nun jedoch, weil ihre Brust auf einmal eng zu werden schien.

„Was ist los?", fragte Andrew. „Du bist ja ganz blass!"

„Ich weiß auch nicht ... Ich hatte auf einmal so ein Gefühl ... als ob ..."

„Ja?“, fragte er, als sie nicht weitersprach.

„Es ist so albern.“ Sie strich sich mit der Hand über die Stirn. Sie war schweißnass. „Ich glaubte plötzlich zu wissen, dass das alles bald vorbei ist. Dass ich zum letzten Mal glücklich bin.“

„Was soll bald vorbei sein?“

„Die Leichtigkeit. Ich habe mich lange nicht mehr so leicht gefühlt wie hier in dieser Stadt. In diesem Frühling. Mit dir. Mir kommt das vor wie der Höhepunkt meines Lebens. Danach wird es abwärtsgehen.“

„O Gott, mein Liebes, das sind aber verrückte Einbildungen!“ Er nahm sie in die Arme. Sie presste ihr Gesicht gegen seine Schulter und lauschte seiner tröstenden Stimme. „Du bist gerade erst dreiundzwanzig Jahre alt! Da beginnt das Leben noch lange nicht abwärtszugehen. Auf dich warten noch so viele wunderbare Momente. Du wirst sehen.“

Am Abend gingen sie zur Spanischen Treppe. Da es bis tief in die Nacht hinein sommerlich warm war, hielten sich unzählige Menschen dort auf. Es machte Spaß, einfach auf den Stufen zu sitzen und alles zu beobachten, was ringsum geschah. Andrew machte Fotos von Virginia. Auf allen Bildern hatte sie glücklich funkelnde Augen.

Nie mehr vorher oder nachher würde es Fotos geben, die sie so strahlend zeigten. Das Glück endete am Tag ihrer Abreise.

Es war früher Morgen, erstes Tageslicht sickerte durch die Ritzen der hölzernen Fensterläden vor ihrem Zimmer. Leise noch und zaghaft erwachte Rom draußen zum Leben. Virginia und Andrew liebten einander mit der Intensität und Hingabe, die das Bewusstsein des nahenden Abschieds in ihnen weckte.

Danach, an diesem letzten Morgen, eng an Andrew geschmiegt, dachte sie plötzlich: Es kann so nicht weitergehen. Es ist unwürdig und schrecklich. Sie richtete sich auf. „Andrew, bitte, es kann nicht immer so bleiben wie jetzt“, sagte sie.

Andrew sah sie an. „Was meinst du?“

„Na, alles. Die Lügen. Die Heimlichkeiten. Unser häufiges Getrenntsein. Unsere Liebesstunden in irgendwelchen Hotels.“

Er seufzte, setzte sich ebenfalls auf. Virginia spürte eine leise Beklemmung in ihrer Brust, ähnlich dem Gefühl, das sie auf der Engelsbrücke befallen hatte. Irgendetwas stimmte nicht. Andrew wirkte so gequält.

„Andrew“, fragte sie leise, „du wirst doch bald mit Susan sprechen? Es kann doch nicht ewig so weitergehen.“

Er blickte an ihr vorbei in irgendeine Ecke des Zimmers. „Ich wollte es dir schon die ganze Zeit erzählen“, sagte er so leise wie sie zuvor, „aber mir fehlten die Worte. Mir fehlte der Mut.“

Ihr wurde kalt. „Was? Was wolltest du erzählen?“

„Es hat sich etwas geändert. Es ist … ich kann nicht mit Susan sprechen. Nicht mehr.“

„Warum nicht?“

„Weil …“ Er konnte ihr nicht in die Augen sehen. „Susan erwartet ein Kind.“

JANIE BROWN hasste den Mittagsschlaf, zu dem sie während ihrer Schulferien jeden Tag nach dem Essen verdonnert wurde. Aber Mum bestand auf dieser halben Stunde Ruhe, ganz gleich wie oft Janie versicherte, kein bisschen müde zu sein. Einmal, während einer ihrer heftigen Diskussionen über dieses Thema, hatte Mum gesagt: „Ich brauche einfach ein wenig Zeit für mich!“ Mum musste viel arbeiten. Sie hatte einen Job in einer Wäscherei, wo sie die Wäsche anderer Leute wusch und bügelte, und sie war immer fix und fertig. Normalerweise blieb sie während ihrer Mittagspause im Betrieb, aber wenn Janie Ferien hatte und nicht in der Schule essen konnte, kam sie nach Hause geeilt, um rasch irgendetwas zu kochen.

Um zwei Uhr musste sie wieder weg und kam dann erst abends zurück. Janie wusste, dass man Mum „alleinerziehend“ nannte. Mrs Ashkin, die im Haus zwei Etagen unter ihnen wohnte, hatte zu ihrer Nachbarin gesagt, Janies Vater sei unbekannt. Janie hatte sich immer nach einem Vater gesehnt. Daddys waren etwas ganz Tolles. Die Woche über mussten sie arbeiten, verdienten das Geld und sorgten so dafür, dass die Mütter daheimbleiben und sich um ihre Kinder kümmern konnten. An den Wochenenden gingen sie mit den Kindern zum Schwimmen oder unternahmen Fahrradtouren. Oft waren sie genau für die Unternehmungen zu haben, vor denen die Mütter warnten. Zum Beispiel im Schlauchboot einen Nebenfluss des Great Ouse entlangzuschippern. Das hatte der Vater von Katie Mills mit fünf Kindern an Bord getan, und Janie hatte es kaum fassen können, dass sie dabei sein durfte.

Janie konnte sich absolut nicht vorstellen, dass ihre Mutter jemals so etwas tun würde. Mum mit ihrer Nervosität und ihrem ständigen Kopfweh … Mum mochte es nicht einmal, wenn Janie am Samstag eine Freundin zu sich einlud. Und nicht einmal an ihrem Geburtstag im September durfte Janie eine richtige Party veranstalten.

„Du kannst ein Mädchen mitbringen“, sagte Mum immer wieder, „und ich gebe dir etwas Geld, damit du für euch beide ein Stück Kuchen kaufen kannst."

Das war alles. Und bald war es ja wieder so weit. Heute war der 28. August. Am nächsten Freitag begann schon der September. Und am 17. September war ihr, Janies, neunter Geburtstag. Ein Sonntag in diesem Jahr. Wie wundervoll wäre es, wenn sie alle ihre Freundinnen einladen könnte! Auf kleinen Einladungskärtchen mit vorgedrucktem Text.

Janie hatte sich die Karten im Schreibwarenladen schon ausgesucht. Sie waren lindgrün und mit vielen kleinen Glückskäfern und Kleeblättern bedruckt. Sie wusste auch schon ganz genau, wer alles eine solche Einladung bekommen sollte, sie hatte sich eine Liste gemacht, die sie in ihrer Schreibtischschublade verwahrte. Sie hatte geplant, welchen Kuchen es geben sollte und welche Spiele sie spielen würden. Es war alles perfekt. Nur – Mum würde nicht mitmachen. Das wusste sie.

Janie musste an den Mann denken, den sie am vergangenen Freitag getroffen hatte. Im Schreibwarenladen, als sie sehnsüchtig vor den Einladungskarten gestanden hatte. Er hatte sie angesprochen. War so richtig nett gewesen. Und sie hatte das Gefühl gehabt, dass er sie wirklich verstand.

„Aber das ist doch ganz natürlich, dass du eine Geburtstagsparty veranstalten möchtest", hatte er gesagt. „Jedes kleine Mädchen, das ich kenne, möchte das! Und diese Einladungskarten hast du dir ausgesucht? Ich muss sagen, die sind wirklich wunderhübsch!" Er hatte so freundlich ausgesehen. Nett und warmherzig und verständnisvoll. „Ich würde gern die Party für dich ausrichten!", hatte der Mann gesagt. „Weißt du, dass ich der beste Kindergeburtstagsveranstalter der Welt bin? Ich habe schon so viele gefeiert, dass man mich getrost einen Experten nennen kann!"

„Aber meine Mum wird das nicht erlauben", hatte sie eingewandt. „Sie sagt, unsere Wohnung ist zu klein für so etwas. Meine Mum hat nur ganz wenig Geld, wissen Sie. Deshalb hat sie immer solche Angst, dass etwas herunterfällt und zerbricht!"

Der Mann hatte das völlig verstanden. „Das ist doch ganz klar. Vielleicht ist eure Wohnung deshalb nicht der richtige Ort für eine solche Party!"

Und dann hatte er den verlockenden Vorschlag gemacht: „Warum lädst du deine Freunde nicht zu mir ein? Ich habe ein großes Haus mit einem Garten. Wenn das Wetter schön ist, feiern wir draußen. Sollte es regnen, nun, dann kümmert uns das auch nicht. Es gibt einen riesigen Hobbyraum im Keller, der eignet sich ganz großartig!"

Das klang natürlich alles zu schön, um wahr zu sein. Der Mann hatte sie dann gleich in seinem Auto mitnehmen wollen, um ihr sein tolles Haus zu zeigen, aber sie hatte Angst gehabt, zu spät zum Mittagessen zu kommen. Mum hasste Unpünktlichkeit. Sie verhängte dann immer gleich ziemlich drastische Strafen.

Doch dann sein Angebot: „Es ist ja noch Zeit bis zu deinem Geburtstag! Du kannst es dir überlegen. Aber du solltest dir wirklich vorher mein Haus ansehen, damit wir genau planen können, wie wir es machen. Pass auf, ich sage dir etwas: Normalerweise bin ich jeden Montag hier und kaufe mir meine Motorradzeitschrift. Heute ist eine Ausnahme. Und ich mache deinetwegen noch eine weitere Ausnahme: Ich komme morgen wieder her. Um die gleiche Zeit. Wie ist es? Kannst du?"

Von wenigen Gelegenheiten abgesehen, arbeitete Mum auch samstags. „Schon, ja. Aber nicht um diese Zeit. Da muss ich immer zum Essen!"

Er war wirklich nett gewesen. „Weißt du, was die Zeit angeht, so ist mir das eigentlich egal. Um wie viel Uhr kannst du denn?"

Sie hatte überlegt. „Um Viertel nach zwei. Da könnte ich hier sein."

„Viertel nach zwei passt mir großartig", hatte der Mann versichert. „Ich werde hier warten."

„Das ist sehr nett von Ihnen", hatte sie gemurmelt.

Er hatte gelächelt. „Du bist ein besonders hübsches Mädchen, Janie. Und dazu intelligent und freundlich. Wenn ich dir einen Gefallen tun kann, so ist mir das ein Vergnügen." Er hatte kurz überlegt und dann hinzugefügt: „Weißt du, Janie, ich denke, unser Plan sollte vorläufig unser Geheimnis bleiben. Ich könnte mir denken, dass deine Mum ärgerlich wird, wenn sie erfährt, dass du ganz ohne sie woanders eine Party feiern möchtest!"

Das konnte sie sich auch denken. Nur allzu gut. „Aber sie wird es doch merken, wenn ich an meinem Geburtstag weggehe!"

„Klar würde sie das merken. Und kurz vorher sagen wir es ihr auch. Aber dann sollte schon alles perfekt sein. Vielleicht sollten wir schon den Partykeller geschmückt oder im Garten Lampions aufgehängt haben. Wenn sie hört und womöglich sogar sieht, wie viel Mühe wir uns gegeben haben, wird sie bestimmt toll finden, was wir vorhaben!"

Er kannte Mum nicht. Janie konnte sich nicht erinnern, dass ihre Mutter jemals irgendetwas toll gefunden hatte. Aber vielleicht war es einen Versuch wert.

„Und du solltest auch mit deinen Freundinnen noch nicht darüber sprechen", fuhr der Mann fort, „denn nachher wird das womöglich alles nichts, und dann stehst du blamiert da."

„Warum sollte es nichts werden?“, hatte sie ganz erschrocken gefragt.

„Nun ja – wenn vielleicht doch noch ein Einwand von deiner Mum kommt.“

„Da haben Sie Recht.“

„Versprochen?“, fragte er. „Kein Wort zu niemandem?“

„Kein Wort“, hatte sie feierlich gesagt.

Er hatte ihr übers Haar gestrichen. „Wir feiern den schönsten Geburtstag deines Lebens, Janie“, hatte er gesagt.

Und dann das Furchtbare vorgestern, am Samstag: Mum, die schon am frühen Morgen ganz blass gewesen war, hatte sich gleich nach dem Mittagessen übergeben müssen. Sie hatte gesagt, ihr sei sterbenselend, sie könne beim besten Willen nicht in die Wäscherei gehen. Janie hatte sich Sorgen um ihre Mum gemacht, aber fast noch mehr war sie wegen des fremden Mannes beunruhigt gewesen. Um Viertel nach zwei würde er auf sie warten. Sie hatte Mum gefragt, ob sie ihre Freundin Alice besuchen dürfe, das wäre noch eine Chance gewesen. Aber Mum war sehr ärgerlich geworden. „Einmal bin ich krank! Einmal könnte ich deine Fürsorge gebrauchen! Und da willst du weg! Sehr nett von dir, das muss ich schon sagen!“

Also war Janie geblieben, hatte ihrer Mutter am späteren Nachmittag Tee gekocht und einen geriebenen Apfel serviert und war so unglücklich gewesen wie schon lange nicht mehr. Sicher war der Mann nun sauer auf sie und würde sich nicht mehr blicken lassen.

Am nächsten Tag war Mum wieder gesund gewesen, aber am Sonntag hatte es ja keinen Sinn, den Laden aufzusuchen, und Janie hatte unglücklich zu Hause herumgegammelt. Sie konnte nur beten, dass er tatsächlich am Montag da sein würde. Um seine Motorradzeitschrift zu kaufen.

Mum war zum Glück nicht wieder krank geworden. Und trotz des Bank Holiday ging sie zur Arbeit. Ihre Chefin zahlte doppelten Stundenlohn, wenn man den Feiertag ignorierte, und Mum hatte am Morgen erklärt, sie könne jedes zusätzliche Pfund gebrauchen.

Mit klopfendem Herzen warf Janie die Bettdecke zur Seite, sobald Mums Schritte im Treppenhaus verhallt waren. Sollte sie wirklich …? Es war nicht leicht, etwas zu tun, wovon sie so genau wusste, dass Mum es nicht billigen würde. Aber dann dachte sie wieder an die grünen Einladungskärtchen mit den Glückskäfern darauf. An Lampions im Garten und an gemeinsames Würstchengrillen. Sie musste es tun. Sie *musste* einfach.

Ihr Herz klopfte noch mehr, als sie die Wohnung verließ. Sie wusste, warum: Sie hatte schreckliche Angst, er könnte nicht da sein.

Es war kurz vor halb drei Uhr am Nachmittag, als Virginia ihren Wagen am Tuesday Market Place im Zentrum von King's Lynn parkte. Obwohl es noch immer heftig regnete, fühlte sie sich besser als an den Tagen zuvor. Sie nahm an, es könnte damit zusammenhängen, dass sie begonnen hatte, über Michael zu sprechen. Jahrelang hatte sie sich verboten, an ihn auch nur zu denken, und nun verbrachte sie Stunden damit, einem wildfremden Mann alles über ihn zu erzählen. Und über sich und ihrer beider gemeinsame Geschichte. Aber nicht wirklich alles. Sie war fest entschlossen: alles würde Nathan Moor nicht erfahren.

Sie wollte Livia im Krankenhaus besuchen und dann Kim abholen, aber zuvor … Was sie hierher auf den Marktplatz geführt hatte, war ein tollkühner Entschluss, den sie erst kurz vor ihrem Aufbruch gefasst hatte: Sie wollte sich ein neues Kleid kaufen, heute Abend Frederic anrufen und ihm sagen, dass er am Freitag in London mit ihr rechnen durfte.

Ihr Mut verursachte ihr heftiges Herzklopfen. Sie verließ das Auto und hastete über den Platz. Auf halbem Weg zu der kleinen, feinen Boutique hinter dem Marktplatz hielt sie inne und beschloss, in dem Schreibwarenladen, an dem sie gerade vorbeikam, nach ein paar Illustrierten für Livia zu schauen.

Im Laden befanden sich erstaunlich viele Menschen, die wahrscheinlich gar nicht alle etwas kaufen wollten, sondern nur Schutz vor dem Regen suchten. Dem Inhaber, einem grauhaarigen Mann mit Nickelbrille, war das wohl auch klar, denn er blickte ziemlich missmutig drein.

Der Laden führte auch internationale Presse, und Virginia entdeckte zwei deutsche Magazine, die Livia sicherlich erfreuen würden. Falls sie sie überhaupt wahrnahm. Wenn Nathans Aussage stimmte, gelang es derzeit niemandem, zu ihr durchzudringen.

Sie suchte noch ein Malbuch für Kim aus, drängte sich zwischen den Herumstehenden zur Kasse und kramte nach ihrem Geldbeutel. Sie zuckte zusammen, als der Ladeninhaber plötzlich brüllte: „Jetzt reicht's mir aber! Noch mal sag ich es nicht! Nimmst du gefälligst deine Pfoten da weg?"

Alle drehten sich um, erschrocken über den Wutausbruch. Ganz hinten im Laden stand ein kleines Mädchen im blauen Regencape vor dem Regal mit Karten aller Art: Geburtstagskarten, Beileidskarten, Einladungskarten. Die Kleine wurde puterrot und kämpfte sichtlich mit den Tränen.

„Grapscht dauernd die Karten für die Kindergeburtstage an!", rief der Ladeninhaber. „Ich hab sie schon mal verwarnt! Hör mal, kleine Lady, entweder du kaufst die Karten jetzt, oder du hörst auf, mit deinen Fettfingern Flecken darauf zu machen! Sonst kannst du was erleben!"

„Es ist doch noch ein Kind!“, meinte Virginia beschwichtigend.

Ihr Gegenüber starrte sie entrüstet an. „Die sind aber die Schlimmsten. Die Kinder! Die machen alles kaputt! Sie würden nicht glauben, was ich hier manchmal entdecke, wenn irgendeine Schülerhorde durchmarschiert ist.“

Sie konnte ihn verstehen. Aber das kleine Mädchen, dem jetzt die Tränen über die Wangen liefen, war ganz sicher die falsche Adresse für seinen Zorn. Es sah nicht aus wie jemand, der mutwillig Dinge zerstörte.

Virginia bezahlte ihre Zeitschriften und verließ den Laden. Jetzt gab es keine Ausrede mehr: Jetzt würde sie das Kleid kaufen.

Ehe sie wieder von ihrer Angst überwältigt werden konnte, rannte sie, die Tüte mit den Zeitschriften schützend über den Kopf haltend, zu der Boutique hinüber. Wie immer fand sie eine reiche Auswahl an Cocktailkleidern vor. Sie entschied sich für ein dunkelblaues, das vorn hochgeschlossen war und hinten einen sehr attraktiven Rückenausschnitt hatte. Sehr elegant, dachte sie, und ironisch fügte sie hinzu: Und konservativ genug für den Anlass und die Umgebung!

Es war inzwischen Viertel nach drei. Sie würde nun ins Krankenhaus zu Livia fahren.

Livia Moor war in einem Zimmer mit zwei anderen Frauen untergebracht. Ihr Bett stand direkt am Fenster, und sie lag völlig regungslos, mit abgewandtem Gesicht darin.

„Livia“, sagte Virginia leise, „können Sie mich hören? Ich bin es, Virginia!“ Sie war entsetzt, wie schlecht die junge Frau aussah. Ihre Wangen waren eingefallen und fahl. Ihre Hände, die auf der weißen Bettdecke lagen, zuckten ständig ganz schwach hin und her.

Livia öffnete die Augen, als Virginia sie ansprach, aber sie wandte nicht den Blick zu ihr hin. Sie schien aus dem Fenster in den Regen zu starren, aber man hatte nicht den Eindruck, dass sie das Wetter dabei wahrnahm.

„Livia, ich habe Ihnen etwas zu lesen mitgebracht.“ Virginia zog die Zeitschriften aus der nassen Tüte, aber ihr war klar, dass Livia sie nicht ansehen würde. „Ich dachte mir, Sie langweilen sich hier bestimmt sehr …“

Livia rührte sich nicht. Nur ihre Hände zuckten unablässig.

„Die gehört doch in die Psychiatrie!“, murmelte eine der Frauen hinter Virginia. „Ich frage mich, was die hier soll!“

„In erster Linie muss sie aufgepäppelt werden“, erwiderte Virginia. Sie hätte die beiden Weiber gern ignoriert, fand aber, dass man Livia zuliebe um ein wenig Verständnis werben musste.

„Die hat sich noch nicht einmal gemuckst, seitdem sie hier ist“, sagte die andere Frau, „und sie wackelt ständig mit den Händen! Man wird ganz nervös vom Zugucken!“

Virginia wandte sich wieder zu Livia, strich ihr sanft über die Haare. „Es kommt alles in Ordnung“, sagte sie leise.

Sie hoffte, dass Livia hören und begreifen konnte, was sie sagte. „Nathan wohnt im Moment bei uns“, erklärte sie. Sie sagte absichtlich *uns*, damit Livia nicht auf falsche Gedanken kam.

Virginia saß noch eine Weile neben ihr, aber schließlich schloss Livia ihre Augen wieder.

Als Virginia aufstand, fragte eine der Zimmergenossinnen neugierig: „Stimmt es, dass sie beinahe ertrunken wäre? Oben vor den Hebriden?“

„Ihr Schiff ist mit einem Frachter kollidiert“, bestätigte Virginia.

„Sie hat ja einen unheimlich gut aussehenden Mann“, meinte die andere, „Teufel noch mal, als der gestern hier hereinkam, habe ich mir nur noch gewünscht, zwanzig Jahre jünger zu sein! Der hat einen Sex-Appeal …“ Beide Frauen kicherten anzüglich.

Virginia murmelte einen kurzen Gruß und verließ rasch das Zimmer. Die Begegnung mit Livia hatte sie erschüttert, das Gerede ihrer beiden gewöhnlichen Zimmergenossinnen sie aufgewühlt. Sie blieb stehen, lehnte sich mit dem Rücken an die Wand, atmete tief. War Nathan Moor ein Mann, der auf Frauen so intensiv wirkte, dass sie sich in infantil kichernde Geschöpfe verwandelten? *Hat er auf mich auch diese Wirkung?*

Sie hatte natürlich längst realisiert, wie gut er aussah. Das hatte sie schon in Mrs O’Brians gemütlicher Küche auf Skye getan. Er war zur Tür hereingekommen, und obwohl er, genau wie seine bleiche, zittrige Frau, nur einen Tag zuvor knapp dem Tod von der Schippe gesprungen war, hatte er ein unerschütterliches Selbstbewusstsein ausgestrahlt. Ihr fiel das Bild vom frühen Morgen des heutigen Tages ein: Nathan in Frederics T-Shirt, die breiten Schultern, die kaum Platz in dem Hemd fanden. *Ich sollte mich nicht so lange mit ihm zusammen allein in einem Haus aufhalten.*

Es war gut, dass Kim heute zurückkehrte. Es war sogar gut, dass sie, Virginia, am Freitag nach London fahren würde, so elend es ihr noch immer bei der Vorstellung wurde. Ob er dann gehen würde?

Sie beschloss, noch an diesem Abend mit Nathan darüber zu sprechen. Wenn er Livias wegen weiterhin in King’s Lynn bleiben wollte, musste er in ein Hotel gehen. Und wovon sollte er das bezahlen? Notfalls musste sie ihm eben noch einmal etwas leihen. Aber konnte er nicht seinen Verleger um Geld bitten?

Er dürfte mich gar nicht in die Situation bringen, ihn mehr oder weniger hinauskomplimentieren zu müssen. Wenn ich ihm sage, dass ich zu Frederic fahre, müsste er von sich aus sofort sagen, dass auch er spätestens am Freitag mein Haus verlassen wird. Aus gutem Grund beschlich sie jedoch die Ahnung, dass er das nicht tun würde. Wie hatte ihn Frederic genannt? Eine Zecke. Ein böses Wort. Zecken wurde man nicht einfach los.

Jetzt ist Schluss, befahl sie sich und reihte sich in den Verkehr ein, es ist nicht fair, so über einen anderen Menschen zu denken!

Sie dachte daran, wie er ihr zugehört hatte. Am Vortag und auch heute wieder den ganzen Vormittag über. Konzentriert, keine Sekunde abschweifend. Warum tat er das?

Er will mich. Das ist die Antwort. Er will mich. Der Gedanke erschreckte sie so, dass sie mitten im fließenden Verkehr fast abrupt auf die Bremse getreten wäre.

Als sie in die Gaywood Road einbog, die zu dem kleinen Vorort führte, in dem sich Kim seit Samstag aufhielt, hätte sie plötzlich fast wieder eine Vollbremsung hingelegt. An der Ecke befand sich ein kleiner Coffeeshop, und gerade als sie vorbeikam, ging ein Mann über den gepflasterten Vorplatz. Virginia sah ihn nur von hinten, aber sie meinte plötzlich, die hochgewachsene Gestalt mit den dunklen Haaren und den breiten Schultern in dem zu engen T-Shirt unter Tausenden heraus erkennen zu können: Nathan Moor. Es musste Nathan sein. Was tat er hier? Wie war er von Ferndale ohne Auto in die Stadt gekommen? Und weshalb?

Sie stand kurz in der Versuchung, in den Parkplatz einzubiegen, der sich gleich hinter dem Coffeeshop befand, ihr Auto abzustellen und nachzusehen, ob es sich bei dem Mann wirklich um Nathan handelte. Aber dann überlegte sie, dass dies ein peinliches Zusammentreffen geben könnte. Sie hatte kein Recht, ihn zu kontrollieren oder Rechenschaft über seinen Tagesablauf zu verlangen.

Sie würde einfach heute Abend beiläufig erwähnen, dass sie glaubte, ihn in der Stadt gesehen zu haben. Entweder er bot ihr eine plausible Erklärung, oder er stritt es ab. Vielleicht war es ihm auch einfach peinlich, fröhlich irgendwo einen Kaffee zu trinken, anstatt am Krankenbett seiner Frau zu wachen. Es zog ihn deutlich nicht allzu sehr zu ihr hin.

Und auch seine Ehe geht mich überhaupt nichts an, dachte Virginia. Am Ende war er es vielleicht gar nicht gewesen. Schon jetzt war sie sich da keineswegs mehr sicher.

Dienstag, 29. August

Als drei Polizeibeamte am Dienstag früh um Viertel nach sieben an der Haustür klingelten, wusste Claire Cunningham natürlich sofort, dass dies in einem Zusammenhang mit Rachel stand. Die Mienen der drei Männer verhießen nichts Gutes, dennoch klammerte sich Claire ein paar wenige Sekunden lang an die aberwitzige Hoffnung, man werde ihr nun mitteilen, die Kleine sei gefunden worden, sie habe sich verlaufen gehabt, sei aber wohlauf.

Claire hatte zwei Tage und zwei Nächte nicht geschlafen. Der Regen des gestrigen Tages hatte sie in eine solche Panik gestürzt, dass zweimal der Arzt hatte kommen und ihr eine Spritze geben müssen.

„Siehst du den Regen?", hatte sie geschrien. Sie war auf die Knie gesunken, hatte mit den Fäusten auf den Boden geschlagen, den körperlichen Schmerz suchend, um für Sekunden Linderung in ihrer inneren Qual zu finden. „Mein Kind ist da draußen! Mein Kind ist da draußen im Regen!"

Und nun standen die drei Polizeibeamten im Wohnzimmer, und es war ihnen anzusehen, dass sie ihren Beruf in diesem Moment hassten.

Einer der Beamten räusperte sich. „Wir wissen nicht, ob es sich um Ihre Tochter handelt, das muss ich gleich vorwegschicken, aber … ein Jogger hat heute früh die Leiche eines Kindes gefunden." Der Beamte schaffte es, mit Claire und Robert zu reden, ohne sie beide anzusehen. „Es könnte … Es könnte sein, dass es Rachel ist."

Claire hatte von Situationen gelesen, die so waren wie die, die ihr gerade widerfuhr. Erst letzte Woche hatte sie eine Talkshow gesehen, in der die Mutter der kürzlich getöteten Sarah Alby über die Tragödie berichtete, in die sich ihr Leben unvermittelt verwandelt hatte. Immer hatte sie sich dabei gefragt, wie ein Mensch dies ertragen und danach weiterleben konnte.

Und nun erlebte sie selbst den Moment, von dem sie geglaubt hatte, er sei nicht zu ertragen. Und ertrug ihn. Betäubt und in einer eigenartigen Distanz zu sich selbst. Sie war Teil des Geschehens und zugleich Beobachterin.

Sie hörte Robert fragen: „Wo … wurde dieses Kind …?"

„Ganz nah bei Schloss Sandringham. Fast unmittelbar neben den Parkanlagen", sagte einer der beiden anderen Beamten.

„Sandringham … ist aber ziemlich weit entfernt von uns“, sagte Robert.

„Es muss sich nicht um Ihre Tochter handeln“, betonte der erste Beamte erneut. „Es wäre hilfreich, wenn Sie beide, oder einer von Ihnen, mit uns kommen und sich das Kind ansehen würden.“

Claire hatte das Gefühl, immer weiter zurückzutreten, aus immer größerer Distanz die kleine Gruppe zu beobachten. „Wie wurde das Kind getötet?“, hörte sie sich fragen.

„Die Spuren weisen darauf hin, dass es erdrosselt wurde.“

„Ich komme mit“, erklärte Robert. „Claire, du bleibst hier.“ Er blickte die Beamten an. „Könnte einer von Ihnen bei meiner Frau bleiben, bis ich wieder da bin?“

„Selbstverständlich.“

Er sah zu Claire hin.

„Komm bald wieder“, bat sie. Er würde ein anderer Mann sein, wenn er zurückkam, das war ihr klar. Und sie eine andere Frau.

Sie wusste, es war Rachel, die man ihm zeigen würde.

Die Wochen, die der Reise nach Rom folgten, waren für Virginia quälend und trostlos. Tag für Tag ging sie zur Uni, aber die Vorlesungen glitten an ihren Ohren vorüber, ohne dass sie wahrgenommen hätte, worum es eigentlich ging. Sie zog sich ans Flussufer zurück, starrte in die Fluten und versuchte, Andrew Stewart aus ihren Gedanken zu verdrängen. Er war ihre große Liebe gewesen. Sie wusste nicht, was schwerer wog: die Tatsache, dass sie ihn verloren hatte, oder der Umstand, von ihm betrogen worden zu sein. Sie dachte an das herrliche lange Wochenende in Northumberland. Kurz danach hatte er mit Susan ein Kind gezeugt. Wann immer ihr diese Erkenntnis kam, erfüllten sie Fassungslosigkeit und Schmerz.

Michael gegenüber verhielt sie sich gereizt und launisch. Er reagierte auf seine Art: geduldig und traurig. Er würde sich nie gegen irgendetwas wehren, was von ihr kam. Er lebte in der Angst, sie zu verlieren, und er wollte nichts tun, was sie hätte dazu bringen können, ihn zu verlassen.

Im Spätsommer begann er, erstmals wieder seit ihrer beider Kindheit, von Heirat zu sprechen. Eines Abends hatte er Virginia bei einem Spaziergang durch die Gärten des King’s College begleitet. Es war ein herrlicher Abend, das rote Licht der Abendsonne tauchte den Himmel und die Mauern des Colleges in einen kupferfarbenen Schein.

Virginia war in sich gekehrt wie in all den letzten Monaten. Sie vergaß fast, dass Michael neben ihr stand, und sie zuckte zusammen, als er sie plötzlich ansprach. Sie standen gerade auf einer Brücke, lehnten sich an das Geländer und sahen dem unter ihnen dahintanzenden Wasser zu.

„Möchtest du meine Frau werden?", fragte Michael ebenso unvermittelt wie feierlich.

Sie starrte ihn fast entsetzt an. „Was?"

Er lächelte verlegen. „Ich war vielleicht ein bisschen zu direkt, aber … na ja, wir wollten das doch schon immer, und …"

„Michael …"

„Ich weiß", sagte er. „Ich bin vielleicht nicht der Mann, den du dir immer erträumt hast, aber … ich meine, dieser Kanadier, mit dem du verlobt warst, war vielleicht viel aufregender …"

An den hatte sie schon gar nicht mehr gedacht. Und Michael meinte, sie grüble noch immer über ihn nach.

„Aber er hatte doch eindeutig seine Schattenseiten", fuhr Michael fort. „Er hat dich misshandelt und ständig getrunken … Und so etwas würde dir mit mir nicht passieren."

Sie sah ihn an. Nein, dachte sie, das Schlimme ist nur, dass mir mit dir überhaupt nichts passieren würde.

„Weißt du", sagte Michael, „ich fange ja im nächsten Jahr an zu arbeiten, und dann möchte ich schnell ein Heim für uns schaffen. Ich dachte an ein Häuschen mit einem Garten. Dann hätten auch …" Er stockte.

„Was?", fragte Virginia.

„Dann hätten unsere Kinder Platz zum Spielen", sagte Michael. Er räusperte sich. „Ich will dich ja nicht drängen, Virginia, aber ich hätte so gern Kinder. Ich liebe Kinder. Ich würde es genießen, eine richtige Familie zu haben. Was meinst du?"

Das ging ihr alles viel zu schnell. Heiraten, in ein Haus umziehen, Kinder bekommen. Das alles mit einem Mann, der ihr vertraut war, den sie mochte, der aber nicht im Entferntesten in ihr auslösen konnte, was Andrew in ihr auslöste. Ihre Augen füllten sich mit Tränen. Sie wandte das Gesicht ab, damit Michael es nicht bemerkte.

Er war jedoch feinfühlig genug, um zu spüren, dass sie alles andere als glücklich war. Unbeholfen strich er ihr über den Arm. „Es tut mir leid. Ich habe dich vielleicht zu sehr überfallen mit alldem."

Ein paar Tage nach diesem Abend traf Virginia mitten in Cambridge Andrew auf der Straße. Er war in Begleitung einer attraktiven blonden Frau, die einen gewaltigen Neunmonatsbauch vor sich herschob. Susan.

Andrew erstarrte sekundenlang, als er Virginias ansichtig wurde, dann sah er zur Seite und ging rasch weiter. Virginia war so schockiert, dass sie mit weichen Knien die Straße überquerte, im nächstbesten Café untertauchte und auf einen Stuhl sank. Bei dem Gedanken an den erschrockenen Ausdruck in Andrews Augen begannen ihre Wangen vor Scham zu brennen. Mit diesem Mann hatte sie sich eine Zukunft erträumt. Von diesem Mann hatte sie sich belügen und monatelang hinhalten lassen. Und nun musste sie es ertragen, dass er auf der Straße vorgab, sie nicht zu kennen.

Am Abend erklärte sie Michael, dass sie bereit sei, mit ihm in ein Haus zu ziehen. Sie stellte nur eine Bedingung: Es dürfe nicht in Cambridge sein.

Sie hatte keine Lust, bei ihrem nächsten Gang zum Supermarkt Andrew, Susan und einem schreienden Baby im Kinderwagen zu begegnen.

Sie zogen nach St Ives. Nah genug, um in Cambridge arbeiten zu können, und weit genug, um Andrew und seiner jungen Familie nicht bei jeder Gelegenheit über den Weg zu laufen. Sie hatten nicht viel Geld, und das Häuschen in St Ives war sehr klein, aber es war doch ihr erstes richtiges gemeinsames Zuhause. Da das Haus am Hang gebaut war, bestand der vordere Teil des Gartens aus einem Steilhang, an dessen rechter Seite entlang man über eine Treppe nach oben zur Haustür gelangen konnte. Auf der anderen Seite befand sich eine Auffahrt, die zur Garage führte. Da Virginia und Michael zunächst kein Auto besaßen, funktionierten sie die Garage zur Gartenhütte um, und bald war sie mit allerlei Geräten, Terrakottatöpfen und Kästen voller Saatgut gefüllt. Virginia widmete sich dem Garten mit einer Hingabe, die sie selbst erstaunte. Das Werkeln in der frischen Luft, die Freude, dem Wachsen und Blühen ringsum zuzuschauen, halfen ihr, mit dem Schmerz um ihre verlorene Liebe fertig zu werden. Es ging ihr schrittweise immer besser.

Zum ersten Mal seit Jahren nahm ihr Leben eine friedliche Gangart an. Problematisch blieb Michael. Er hatte das Thema „Heiraten" eine Weile nicht mehr angeschnitten, mit Anbruch des neuen Jahres aber umso heftiger wieder damit begonnen. Familie, Kinder – er schien um kaum sonst etwas zu kreisen.

„Ich will jetzt kein Kind!", sagte Virginia dann stets genervt. Es folgten fruchtlose Diskussionen, die manchmal im Streit, manchmal in gekränktem Schweigen endeten.

Als im Nachbarhaus eine junge Familie einzog, begann sich Michael eng mit diesen Leuten anzufreunden. Besonders der siebenjährige Sohn Tommi hatte es ihm angetan.

„So einen Jungen möchte ich auch einmal haben“, sagte er oft zu Virginia, bis diese ihn eines Tages entnervt anschnauzte: „Jetzt lass mich endlich damit in Ruhe!“

Für eine Weile sagte er nichts mehr, aber das Thema stand auch unausgesprochen ständig zwischen ihnen.

Tommi, der Nachbarsjunge, war bald täglich bei ihnen zu Gast. Abends, wenn sie beide aus Cambridge zurückkehrten, stand er häufig schon vor der Haustür und wartete. „Michael!“, schrie er dann. „Michael!“ Und Michael lief hin zu ihm, hob ihn hoch und wirbelte ihn durch die Luft. Er nahm ihn mit in die Küche, wo er ihm beim Kochen helfen durfte, oder er sah mit ihm fern oder ließ ihn an seinem Computer spielen. Als Michael im Sommer genug Geld gespart hatte, um sich ein Auto kaufen zu können, wollte Tommi sich nur noch damit beschäftigen. Stundenlang hockten er und Michael in dem Wagen, Tommi auf dem Fahrersitz, mit leuchtenden Augen. Manchmal ließ Michael sogar den Motor laufen. Tommi tat so, als wäre er ein berühmter Rennfahrer, der gerade alle Konkurrenten weit hinter sich ließ.

Eines Tages sagte Michael: „Es wäre gut, wenn wir die Garage frei räumen und den Wagen darin parken könnten. Tommi ist verrückt nach dem Auto, und ich habe Angst, dass er sich irgendwann einmal hineinsetzt, wenn ich nicht da bin, und die Handbremse löst. Bei dieser Steillage würde er zwangsläufig auf die Straße rollen.“

Virginia hatte die Garage inzwischen vollkommen mit ihren Gartenutensilien okkupiert. „Das geht nicht. Ich weiß nicht, wohin ich mit meinen Sachen soll!“

Wie immer mochte er es nicht riskieren, mit ihr in Streit zu geraten. „Okay. Wir müssen dann aber darauf achten, dass das Auto immer abgeschlossen ist. Dann kann nichts passieren.“

„Alles klar“, sagte Virginia friedlich, „ich passe auf. Versprochen.“

Michael lächelte. „Es ist schön, hier mit dir zu leben“, sagte er.

Sie sah ihn an und dachte: Wie du mich langweilst!

„Ja“, sagte Virginia, „so war das. Wir lebten dort in St Ives in einer kleinbürgerlichen Idylle, in der Michael sich sehr wohlzufühlen begann – sieht man davon ab, dass er mit seinen Heiratswünschen bei mir auf Granit biss und dass ich mich seiner Hoffnung auf ein gemeinsames Kind beharrlich widersetzte. Ich dachte viel an Andrew, vergrub mich in der Gartenarbeit und hatte ein chronisch schlechtes Gewissen.“

Sie saßen in der Küche, tranken Kaffee. Es war noch früh am Morgen, und obwohl es aufgehört hatte zu regnen, herrschte eine herbstliche Atmosphäre. Virginia, die schon um sechs Uhr morgens ihre Runde durch den Park gejoggt war, überlegte, ob sie die Heizung im Haus anschalten sollte. Dabei haben wir immer noch August, dachte sie.

Nathan war erschienen, als sie gerade das Kaffeepulver in die Maschine füllte, und sie war erstaunt gewesen, wie sehr sie sich darüber freute. Normalerweise hatte sie nichts dagegen, morgens allein in der Küche zu sitzen und ihren Gedanken nachzuhängen, aber etwas begann sich in ihr zu verändern in den letzten Tagen. Nicht unbedingt zum Guten, wie sie fand. Sie wurde unruhiger. Ertrug das Alleinsein schlechter. Fühlte sich gepeinigt von alten Bildern und Erinnerungen.

Natürlich wusste sie, woran das lag. Sie hielt Michael nicht länger in sich verschlossen. Und Tommi. Den kleinen Jungen, den Michael so sehr geliebt hatte. Sie hatte begonnen sich zu öffnen, und nun drängte die Flut stärker und gewaltsamer nach draußen, als sie das geahnt hatte.

Sie hatte nicht mehr von Michael sprechen wollen, aber während sie und Nathan so dasaßen in diesen kühlen, trüben Morgenstunden, hatte sie es doch getan. Sie hatte weitererzählt, einmal mehr verwundert, weshalb sie ausgerechnet diesem Fremden so viel Vertrauen entgegenbrachte.

„Irgendwie hatte die Situation damals Ähnlichkeit mit Ihrer heutigen Situation“, sagte Nathan nun.

„Wie meinen Sie das?“, fragte sie überrascht.

„Na ja, ein bisschen kommen Sie mir heute so vor wie die Virginia vor ungefähr zwölf Jahren. Nicht wirklich glücklich in der Beziehung, die Sie führen, aber sehr geborgen, sehr beruhigt. Trotzdem … ist es nicht das, was Sie suchen.“

Sie fingerte an ihrer Tasse herum. Hatte er Recht?

Die Küchentür ging auf und Kim kam herein. Sie trug ihren Schlafanzug, war barfuß und hatte das Telefon in der Hand. „Daddy ist am Telefon!“, verkündete sie.

Virginia hatte das Läuten überhört. „Hallo, Frederic?“, fragte sie.

„Guten Morgen.“ Frederics Stimme klang kühl. „Ich hoffe, du hast gut geschlafen?“

„Ja. So einigermaßen.“

„Ich wollte dich gestern Abend nicht weiter bedrängen, deshalb habe ich mich nicht mehr gemeldet.“

„Frederic, ich …“

„Kim hat mir gerade etwas sehr Seltsames erzählt", fuhr Frederic fort. „Stimmt es, dass dieser Moor aus Deutschland bei euch wohnt?"

Es war klar gewesen, dass Kim plappern würde. Virginia hatte nur gehofft, dass es nicht so schnell geschehen würde. „Ja", sagte sie, „übergangsweise. Er …"

„Seit wann?"

Sie mochte ihren Mann nicht anlügen. Nicht wegen Nathan und vor allem nicht in dessen Gegenwart. „Seit Samstag."

„Seit Samstag? Und du sagst mir kein Wort?"

„Ich weiß ja, wie du dazu stehst."

„Was ist mit seiner Frau?"

„Die liegt hier in King's Lynn im Krankenhaus. Sie wird wegen ihres Schocks behandelt. Das war oben auf Skye nicht möglich."

„Aha. Und in Deutschland ist das auch nicht möglich?"

Was sollte sie dazu sagen? Sie verstand es schließlich selbst nicht.

„Ich wollte dir eigentlich etwas sehr Schönes mitteilen", sagte sie hastig. „Ich habe mir gestern Mittag ein neues Kleid gekauft. Weil ich beschlossen habe, dich am Freitag zu der Party zu begleiten."

Nun herrschte erst einmal Schweigen in der Leitung. Nach etlichen Sekunden fragte Frederic zutiefst überrascht: „Wirklich?"

„Ja. Und ich …" Sie überlegte kurz, ob sie sich noch weiter nach vorn wagen sollte, aber auf einmal war ihr klar, dass nun alles schnell gehen musste: Sie musste schnell bei Frederic sein. „Ich komme bereits am Donnerstag, wenn dir das recht ist. Übermorgen also schon. Ich denke, das wird weniger stressig, als wenn ich mich am Freitag erst auf den Weg mache."

Wiederum hatte sie ihn so sehr erstaunt, dass er nicht sofort reagieren konnte. Als er dann jedoch zu sprechen begann, klang seine Stimme so erfreut, dass sich Virginia beinahe schämte. Es ging um eine Lappalie, und ihr Mann konnte sein Glück kaum fassen.

„He", sagte er leise, „du glaubst nicht, wie sehr ich mich freue."

„Ich mich auch, Frederic", log sie. Sie wich Nathans Blick aus. Er merkte genau, wie angespannt und unecht sie klang.

„Du kommst mit dem Zug?"

„Ja. Ich werde dir die Zeiten noch durchgeben."

„Wie wunderbar, dass du schon einen Tag früher kommst! Wir werden irgendwohin gehen, nur wir beide. Wir haben seit Ewigkeiten nicht mehr getanzt."

„Das ist … das ist eine gute Idee." Sie hoffte, er würde aufhören, Pläne zu schmieden. Sie wollte nicht schon wieder Kopfschmerzen bekommen.

„Kim bleibt bei Grace?", erkundigte er sich.

„Ich habe mit Grace noch nicht gesprochen, aber das wird kein Problem sein. Grace ist ja verrückt nach der Kleinen."

„Dann kann nichts mehr dazwischenkommen", sagte Frederic. Es klang beschwörend.

Bis ich am Donnerstag in London aus dem Zug steige, dachte Virginia, wird er nervös sein. Ihr Hals fühlte sich eng an. „Ich melde mich", sagte sie hastig.

„Virginia", begann Frederic, aber er sprach den Satz nicht zu Ende. „Ach, nichts", sagte er dann nur. „Pass auf dich auf. Ich liebe dich."

Sie wusste, dass er nach Nathan Moor hatte fragen wollen. Wie sie es anstellen würde, ihn bis Donnerstag aus dem Haus zu komplimentieren. Aber offenbar erschien ihm das Thema zu heikel. Zudem sagt er sich wohl, dass ich schon nicht so wahnsinnig sein kann, ihn hier wohnen zu lassen, während ich fort bin, dachte sie, während sie das Telefonat beendete.

„Ich darf zu Grace und Jack?", rief Kim und fing an, auf einem Bein zu hüpfen. „Stimmt das, Mum?"

„Wenn die beiden es erlauben – ja."

Kim jubelte. Grace backte immer Kuchen, und Kim durfte viel mehr fernsehen als daheim. Sie war erst ein- oder zweimal über Nacht dort gewesen und hatte es toll gefunden.

„Sie fahren übermorgen nach London?", fragte Nathan jetzt.

„Ja." Sie holte tief Luft. „Das bedeutet, Sie müssen sich ein anderes Quartier suchen, Nathan. Ab Donnerstag."

„Klar", sagte er, „ab Donnerstag."

Sie sahen einander an. Seine Augen teilten ihr etwas mit, was ihr plötzlich das Rot in die Wangen trieb. Ihr wurde heiß am ganzen Körper; sie strich sich mit einer hilflosen Geste die Haare aus der Stirn. Er hatte etwas an sich, was sie in Worten kaum ausdrücken konnte. Vielleicht war es die Intensität, die in allem lag, was er tat, in jedem Blick, in jedem Wort.

„Mum, darf ich gleich zu Grace gehen und sie fragen?", drängelte Kim.

Virginia lächelte. „Geh nur. Aber sag ihr, dass ich nachher auch noch einmal mit ihr spreche. Und zieh dir vorher etwas an!"

Kim sauste nach oben in ihr Zimmer.

„Sie wollen wirklich nach London fahren?", fragte Nathan.

„Ja." Sie bemühte sich um eine feste Stimme und einen klaren Blick und hatte dabei den Eindruck, dass ihr beides nicht sonderlich gut gelang. „Ich begleite meinen Mann zu einer Party."

„Wie schön! Sie freuen sich bestimmt darauf?"

„Natürlich. Warum sollte ich das nicht tun?" Sie hatte plötzlich schreckliche Sehnsucht nach einer Zigarette. Nach etwas, woran sie sich festhalten konnte, etwas, was ihr Ruhe gab.

Es wunderte sie nicht einmal sehr, als Nathan ein zerknautschtes Päckchen Zigaretten aus seiner Hosentasche kramte und es ihr hinhielt. „Nehmen Sie. Es hilft manchmal."

Sie zog eine Zigarette heraus und ließ sich von Nathan Feuer geben. Als seine Finger ihre berührten, lief eine Gänsehaut ihren Arm hinauf.

„Woher haben Sie plötzlich Zigaretten?", fragte sie.

„Gestern in King's Lynn gekauft", erwiderte er gleichmütig.

Sie hatte völlig vergessen, ihn zu fragen, ob er am Vortag in jenem Café gewesen war. Sie hatten am gestrigen Abend zusammen gekocht und gegessen und dann mit Kim am Küchentisch gesessen und Spiele gespielt, und es hatte eine so fröhliche, ausgelassene Stimmung geherrscht, dass sich Virginia nicht mehr erinnert hatte, wie konsterniert sie gewesen war.

„Ich habe Sie gestern vor einem Café in der Stadt gesehen", sagte sie, „und mich sehr gewundert. Sie hatten gar nicht erwähnt, dass Sie …"

Er lächelte. „Ich wusste nicht, dass ich so etwas ankündigen muss."

Sie nahm einen hastigen Zug von ihrer Zigarette. „Das müssen Sie natürlich nicht. Ich war auch einfach nur … überrascht."

„Ich langweilte mich", erklärte Nathan, „und beschloss, mich für zwei Stunden in ein Café zu setzen und Zeitung zu lesen."

„Ein weiter Weg ohne Auto."

„Ich bin gut zu Fuß." Er zündete sich ebenfalls eine Zigarette an. Übergangslos sagte er: „Ich werde jetzt in mein Zimmer gehen und noch etwas arbeiten."

„Schreiben?"

„Das ist mein Job. Und ich fürchte, ich muss langsam wieder ans Geldverdienen denken."

„Woran schreiben Sie gerade?"

„Ich beschreibe eine Weltreise."

„Aber …"

„Ich glaube, sie wird mit einem Schiffsuntergang beginnen. Manchmal ist der Verlauf von Weltreisen etwas … eigenwillig."

„Aber Sie werden die Reise doch gar nicht fortsetzen können."

Er sah an ihr vorbei ins Leere. „Nicht so, wie ich sie geplant hatte, nein. Es wird eine andere Reise werden – eine ganz andere."

„Vielleicht lese ich dieses Buch ja irgendwann einmal", sagte Virginia.

„Vielleicht."

„ICH HABE es vor einer halben Stunde im Radio gehört", sagte Grace, „es ist einfach entsetzlich!" Sie stand in ihrer gemütlichen, kleinen Küche mit den geblümten Vorhängen an den Fenstern und dem alten Sofa in der Ecke, auf dem eine dicke Katze lag und schlief. Von Jack konnte man nur die Beine sehen. Er lag auf dem Rücken unter der altmodischen Spüle und schimpfte leise vor sich hin.

„Ich weiß nicht, was du da immer reinschmeißt, Grace", erklang es etwas dumpf. „Mindestens einmal die Woche liege ich hier und schraube die verdammten Rohre auseinander, nur weil du mal wieder alles verstopft hast!"

„Die Rohre sind einfach zu alt", sagte Grace. „Ich traue mich schon fast gar nicht mehr, überhaupt noch zu spülen."

„Grace sagt, ich kann bei ihr bleiben, Mummy", sagte Kim, die vor dem Sofa kauerte und der Katze beim Schlafen zusah.

„Ist das wirklich in Ordnung, Grace?", fragte Virginia. „Es wäre nur von Donnerstagmittag bis Samstagabend."

„Das ist doch gar keine Frage", sagte Grace, „Sie wissen doch, wie gern Jack und ich die Kleine haben!"

Von Jack kam ein zustimmendes Brummen.

Virginia senkte die Stimme. „Nach dem, was Sie mir gerade erzählt haben, Grace, wäre es mir lieb, wenn Sie Kim nicht aus den Augen ließen. Nicht einmal innerhalb des Parks sollte sie sich weit von Ihrem Haus entfernen."

Grace hatte es vor einer halben Stunde im Radio gehört: Das vermisste Mädchen, Rachel Cunningham, war tot unmittelbar hinter den Parkanlagen von Schloss Sandringham aufgefunden worden. Ermordet. Die Polizei gab noch keine Auskunft darüber, ob sie missbraucht worden war.

„Vermutet man, dass es derselbe Täter war wie bei Sarah Alby?", fragte Virginia. Noch immer sprach sie mit leiser Stimme. Aber Kim hatte jetzt begonnen, der schnurrenden Katze den Bauch zu kraulen, und war völlig abgelenkt.

„Die sind noch sehr zurückhaltend", sagte Grace, „aber zwei kleine Mädchen aus King's Lynn innerhalb weniger Tage – das gibt schon zu denken. Wenn Rachel Cunningham auch missbraucht wurde, dann glaube ich schon, dass hier irgendein perverser Verbrecher sein Unwesen treibt!"

Virginia wusste, dass Grace und Jack Kim wie ihren Augapfel hüten würden, aber sie waren beide nicht mehr die Jüngsten, und Kim war ein lebhafter Wirbelwind. Sie war es gewohnt, in dem riesigen Park umherzustreifen und in dichten Büschen Höhlen für ihre Puppen zu bauen. Der Park war von einer Mauer umgeben, die jedoch absolut nicht geeignet war, jemanden am Darübersteigen zu hindern. Kim brauchte nur ein Stück vom Verwalterhaus entfernt einem Menschen zu begegnen, der es nicht gut mit ihr meinte, und Grace und Jack würden nichts davon mitbekommen.

Ausgerechnet jetzt wollte ihre Mutter nach London.

Nein, sie wollte nicht. Ihr wurde, im Gegenteil, fast schlecht, wenn sie daran dachte. Sollte sie Frederic anrufen? Ihm von dem zweiten Mordfall erzählen und ihn bitten, auf ihre Anwesenheit zu verzichten? Er würde es nicht verstehen. Weil er, genau wie sie, das Verwalterehepaar kannte. Weil er wusste, dass nicht einmal die eigene Mutter so fürsorglich auf Kim achten konnte, wie es diese beiden Leute tun würden.

Grace schien zu ahnen, was in Virginia vorging, und legte ihr beruhigend die Hand auf den Arm. „Machen Sie sich keine Sorgen, Mrs Quentin. Jack und ich werden Kim nicht aus den Augen lassen."

Jack kroch ächzend unter der Spüle hervor. „Also wirklich, Mrs Quentin, wir wollen doch selber um Gottes willen nicht, dass etwas passiert! Ich sage Ihnen, wenn so ein perverser Typ sich hier im Park blicken lässt, dem jage ich eine Ladung Schrot in den Hintern!"

Kim streichelte die Katze. Es war ein Bild des Friedens in dieser behaglichen Küche. Virginia wusste, sie brauchte keine Angst um Kim zu haben. Und sie würde keinen nachvollziehbaren Grund finden, die London-Reise wieder abzusagen. Am Donnerstag, dem 31. August, um 16.15 Uhr würde Frederic sie am King's-Cross-Bahnhof in London abholen.

Ihr war plötzlich so sehr zum Weinen zumute, dass sie sich hastig von den Walkers verabschiedete, Kim an der Hand nahm und fast fluchtartig das kleine Haus verließ.

Mittwoch, 30. August

Liz Alby fragte sich, ob es ein Fehler gewesen war, sich krankschreiben zu lassen. Der Arzt, der ihre Geschichte kannte, hatte ihr keinerlei Schwierigkeiten gemacht. „Sie brauchen etwas Zeit, dieses furchtbare Geschehen zu verarbeiten", hatte er gesagt, „und ich denke, es ist in Ordnung, vorläufig nicht zur Arbeit zu gehen. Allerdings sollten Sie auch nicht zu viel daheim herumsitzen und grübeln.“

Sie fehlte ihr. Sarah fehlte ihr, in jedem Moment eines langen, langen Tages. Könnte ich nur mit irgendjemandem sprechen, dachte Liz, einfach nur sprechen. Über das, was war, und über die vielen Fehler, die ich gemacht habe.

An diesem Morgen nun, an dem sie überlegte, ob sie nicht doch ihren Platz an der Kasse in der Drogerie wieder einnehmen und sich damit ablenken sollte, kam ihr noch ein anderer Einfall. Voller Entsetzen hatte sie am Vortag von der Ermordung der kleinen Rachel Cunningham aus King's Lynn gehört, jetzt am Morgen darüber in den Zeitungen, die sie sich gleich geholt hatte, gelesen. Rachels Mutter, dachte Liz, weiß genau, wie man sich fühlt. Wenn ich mit ihr reden könnte …

Der Gedanke fraß sich fest. Zwar wusste sie, dass es wohl zu früh war, Mrs Cunningham, die knapp 24 Stunden zuvor von der Ermordung ihrer Tochter erfahren hatte, zu kontaktieren, aber sie fürchtete, dass es später nicht mehr so einfach sein würde. Über die Cunninghams würde nun das geballte Medieninteresse hereinbrechen.

Sie holte das Telefonbuch und verzog sich mit dem Apparat in das kleine Zimmer ihres toten Kindes. Sie wusste aus der Zeitung, dass Rachels Vater Robert hieß. Im Telefonbuch fand sie einen R. CUNNINGHAM und einen CUNNINGHAM, ROBERT und versuchte es bei Letzterem. Ihre Hände waren eiskalt.

Es läutete ziemlich lange, und Liz wollte schon aufgeben, da meldete sich eine Männerstimme. „Hallo? Wer ist da?“

„Hier spricht Liz Alby.“ Sie wartete, ließ ihm Zeit zu begreifen, mit wem er redete.

„Oh“, sagte er schließlich, „Mrs Alby …“

Sie nahm ihren Mut zusammen. „Ich spreche doch mit dem Vater von … von Rachel Cunningham?“

Sein Misstrauen war noch nicht zerstreut. „Sie sind wirklich Liz Alby? Oder sind Sie von der Presse?“

„Nein, nein. Ich bin wirklich Liz Alby. Ich … wollte Ihnen sagen, wie … wie sehr ich mit Ihnen fühle. Es tut mir so leid um Ihre Tochter.“

„Danke“, sagte er.

„Ich weiß, was Sie empfinden. Das hilft Ihnen nicht, schon klar, aber ich wollte es Ihnen trotzdem sagen.“

Seine Stimme klang unendlich müde. „Es hilft schon, Mrs Alby. Auf eine bestimmte Weise hilft es.“

„Man ist so fassungslos. Und man kann gar nichts Richtiges mehr tun. Mir geht es jedenfalls so. Ich kann den ganzen Tag über nichts tun."

„Wir sind auch fassungslos", sagte Robert Cunningham. Nach einer kurzen Pause fügte er hinzu: „Meine Frau ist krank. Sie muss starke Beruhigungsmittel bekommen."

„Das ist schrecklich … Ich wollte Ihnen noch sagen, falls Sie oder Ihre Frau einmal reden wollen … ich meine, mit jemandem, der das Gleiche erlebt hat … ich würde das jederzeit tun. Sie können mich immer anrufen."

„Das ist sehr freundlich von Ihnen, Mrs Alby."

Liz gab ihm ihre Telefonnummer. Sie hatte den Eindruck, dass seine Stimme brach, als er sich verabschiedete.

FREDERIC QUENTIN kehrte am späten Nachmittag nach einer Reihe von Terminen in seine Wohnung zurück. Er war müde, aber es war alles zu seiner Zufriedenheit verlaufen. Überhaupt schien das Glück derzeit auf seiner Seite zu stehen. Was er auch anfasste, funktionierte, und was seine politischen Bestrebungen anging, kamen immer neue, vielversprechende Menschen und Gelegenheiten auf ihn zu.

Er sah auf seine Uhr. Es war erst halb sechs, und er pflegte nie vor sechs Uhr alkoholische Getränke zu sich zu nehmen, aber er beschloss, heute eine Ausnahme zu machen. Schließlich hatte er etwas zu feiern. Er hatte fast nicht zu hoffen gewagt, dass Virginia tatsächlich nach London kommen würde. Seit sie ihm am gestrigen Morgen telefonisch mitgeteilt hatte, sie werde ihn zu der Party am Freitag begleiten, schwankte er zwischen Euphorie und der bohrenden Sorge, sie könnte es sich anders überlegen.

Er hatte sie am Dienstagabend wieder angerufen und auch heute früh. Sie hatten am Telefon über dies und das gesprochen, und ganz am Ende hatte er jedes Mal gesagt: „Ich freue mich so, dass du kommst!"

„Ich freue mich auch", hatte sie erwidert. Es klang nie überzeugend, aber sie schien guten Willens zu sein, ein wenig Gefallen an dem bevorstehenden Ereignis zu finden. Dann hatte sie ihm erzählt, dass ein weiteres Kind aus King's Lynn ermordet aufgefunden worden war.

„Das ist schon das zweite, Frederic! Ich frage mich wirklich, ob es gut ist, Kim gerade jetzt allein zu lassen!"

Ihm war himmelangst geworden. „Virginia, du weißt, wie sehr die Walkers unsere Kim mögen. Sie lassen sie bestimmt keinen Moment aus den Augen."

Er hörte sie seufzen. „Ist es so unverständlich, dass ich mich sorge?"

„Nein. Aber in diesem Fall sorgst du dich umsonst. Glaube mir."

„Ich werde kommen, Frederic", sagte sie leise, „ich habe es dir versprochen."

Janie hätte am liebsten den ganzen Tag nur geweint. Bis um fünf Uhr hatte sie sich am Montag in dem Schreibwarenladen herumgedrückt, und der fremde Mann hatte sich nicht blicken lassen. Sie war von dem Ladenbesitzer böse angefahren worden, weil sie die Einladungskarten angefasst hatte, dabei war sie ganz vorsichtig gewesen. Der Laden war voller Menschen gewesen, die Schutz vor dem Regen gesucht hatten. Es hatte wirklich in Strömen gegossen, und Janies ganze Hoffnung war, dass der Mann bei einem so scheußlichen Wetter einfach nicht hatte vor die Tür gehen wollen. Als sie gegen fünf Uhr noch immer vor den Karten gestanden und mit den Tränen gekämpft hatte, war dem Ladenbesitzer der Kragen geplatzt. „Hör mal, mein Fräulein, mir reicht's jetzt!", sagte er gereizt. „Entweder du kaufst jetzt etwas, oder du verschwindest. Aber ein bisschen plötzlich!"

Sie hatte ihr ganzes Taschengeld mitgebracht, insgesamt ein knappes Pfund, und das reichte gerade für fünf Karten. Zu Hause hatte sie die Karten ganz hinten in ihre Schreibtischschublade gelegt, aber sie musste sie immer wieder hervorholen und ansehen. Die Verlockung, die ihr der fremde Mann geboten hatte, war zu groß, sie konnte die Hoffnung, ihr Traum würde sich erfüllen, noch nicht aufgeben. Also war sie auch am Dienstag zu dem Laden gelaufen, und auch heute, am Mittwoch, war sie dort gewesen, aber wiederum vergeblich. Eigentlich konnte sie nur auf den nächsten Montag hoffen. Das war dann schon der 4. September. Knapp zwei Wochen später hatte sie bereits Geburtstag.

Selbst ihrer Mutter, die stets in ihre eigenen Gedanken versunken war, fiel beim Abendessen auf, dass mit ihrer Tochter etwas nicht stimmte. „Was ist los?", fragte sie. „Du siehst ja aus wie drei Tage Regenwetter!"

„Hm", machte Janie. Sie überlegte, ob sie einen Vorstoß wagen sollte. „Ich habe ja bald Geburtstag", sagte sie.

„Ich weiß", sagte Doris, „und wenn du jetzt mit irgendwelchen überspannten Wünschen kommst, muss ich dir leider gleich sagen: Schlag sie dir aus dem Kopf! Das Geld reicht mal wieder vorn und hinten nicht."

„Oh – ich habe eigentlich nur einen einzigen Wunsch, aber es ist nicht direkt ein Geschenk … also keines, das du im Laden kaufen kannst."

„Da bin ich aber gespannt."

„Ich würde so gern eine Party feiern, Mum. Meine Freunde einladen –"

„Und du meinst, dieses Geschenk kostet kein Geld? Wenn du jede Menge Kinder einlädst und ich sie durchfüttern muss?"

„Wir könnten den Kuchen doch selber backen."

„Janie!" Doris legte für eine Sekunde den Kopf in den Nacken und schloss die Augen. Sie sah so müde und abgekämpft aus, dass es Janie plötzlich ganz klar wurde: Es nützte nichts. Sie konnte bitten und betteln, soviel sie wollte. Mum würde es nicht erlauben. Mum hatte vielleicht wirklich nicht die Kraft dafür.

Doris öffnete die Augen wieder und sah ihre kleine Tochter an. „Janie, es tut mir leid, aber ich schaffe das nicht", sagte sie leise. „Es tut mir wirklich leid. Dein Geburtstag ist ein ganz besonderer Tag, auch für mich. Aber ich schaffe es nicht. Ich bin zu müde."

Sie sah so traurig und erschöpft aus, dass sich Janie zu versichern beeilte: „Das macht nichts, Mummy. Ehrlich, es ist nicht so schlimm."

Doris wandte sich wieder ihrem Sandwich zu. Das Gespräch war nicht zu Janies Gunsten verlaufen, und dennoch schöpfte sie Hoffnung. Mum hatte so traurig ausgesehen, dass Janie den Eindruck hatte, sie litt wirklich darunter, ihrer Tochter deren sehnsüchtigen Wunsch nicht erfüllen zu können. Und das wiederum bedeutete, dass sie vielleicht nichts dagegen haben würde, wenn Janie die Party im Garten des fremden Mannes feierte.

Wichtig war es jetzt umso mehr, den geheimnisvollen Fremden wiederzufinden. Den ganzen Abend über zerbrach sich Janie den Kopf, wie sie es anstellen konnte, ihn noch einmal zu treffen.

Donnerstag, 31. August

Er war eine halbe Stunde zu früh am King's-Cross-Bahnhof. Weil er noch so viel Zeit hatte bis zur Ankunft des Zuges, trank er einen Kaffee in einem Stehimbiss und beobachtete die Menschen, die an ihm vorüberströmten. Er mochte Bahnhöfe. Und Flughäfen. Er mochte Orte, die einen Aufbruch und Bewegung signalisierten. Er befand sich selbst im Aufbruch, wollte vorankommen im Leben, wollte weiterkommen.

Er sah auf seine Uhr. Noch zehn Minuten bis zur Ankunft des Zuges. Er machte sich langsam auf den Weg zum Bahnsteig.

Es war auch ein Bahnhof gewesen, auf dem er Virginia zum ersten Mal gesehen hatte. Allerdings nicht King's Cross, sondern Liverpool Street.

Beide hatten sie auf den Zug nach Cambridgeshire und Norfolk gewartet. Während er an jenem Dezemberabend frierend am Bahnhof stand, die kalten Hände tief in seine Manteltaschen vergraben, hatte er sehr ernsthaft darüber nachgedacht, ob es vielleicht sinnvoll wäre, Ferndale House zu verkaufen. Er selbst würde nie dort leben wollen, nicht einmal seine Urlaube verbrachte er in dem düsteren Gemäuer.

Virginia hatte ein paar Schritte von ihm entfernt gewartet. Eine junge blonde Frau, sehr schmal und blass, gehüllt in einen schwarzen Wintermantel, in den sie sich tief hineinkuschelte. Die Traurigkeit auf ihrem Gesicht hatte ihn fasziniert. Er hatte sich dabei ertappt, dass er immer wieder zu ihr hinübersah und dass er ihr am liebsten noch seinen Mantel angeboten hätte, da sie so sehr zu frieren schien. Als der Zug endlich kam, war er ihr wie zufällig in dasselbe Abteil gefolgt und hatte sich bemüht, mit ihr ins Gespräch zu kommen.

Im September des darauffolgenden Jahres hatten sie geheiratet.

Er blickte auf seine Uhr. Jede Sekunde musste der Zug eintreffen. Er hatte wirklich ein wenig Herzklopfen, genau wie damals, an jenem dunklen Dezembertag. Er wusste, dass er Virginia nach neun Jahren Ehe noch ebenso unvermindert liebte wie am Anfang, vielleicht sogar noch mehr.

Zwanzig Minuten später war er völlig ratlos. Der Zug war fast auf die Minute pünktlich eingetroffen, Scharen von Reisenden waren aus den geöffneten Türen geströmt. Da Frederic nicht wusste, in welchem Wagen Virginia saß, hatte er sich so positioniert, dass er einen guten Überblick gewann; er konnte sich nicht vorstellen, sie zu übersehen. Er wartete und wartete. Zwischendurch versuchte er, sie auf ihrem Handy anzurufen, aber es war nur die Mailbox zu hören. *Hier spricht Virginia Quentin. Bitte hinterlassen Sie mir eine Nachricht …*

Als sich der Bahnsteig so weit gelichtet hatte, dass er nicht mehr fürchten musste, im Gewühl an ihr vorüberzulaufen, begann er am Zug entlangzugehen. Niemand stieg mehr aus. Nirgendwo eine Spur von Virginia.

Was war geschehen? *Wo war Virginia?* Die Furcht, die sich tief in seinem Innern zu regen begann, war nicht neu. Er kannte seine Frau nur zu gut. Ihm war klar, wie nervös ihre Zusage sie gemacht haben musste. Hatte sie in letzter Sekunde noch einen Rückzieher gemacht? Konnte es sein, dass sie in King's Lynn gar nicht eingestiegen war?

Auf jeden Fall war sie ganz offensichtlich in London nicht ausgestiegen. Er versuchte es immer wieder auf ihrem Handy, geriet aber unweigerlich an die Mailbox. Schließlich hinterließ er eine Nachricht. „Virginia, ich bin es, Frederic. Ich stehe hier am King's-Cross-Bahnhof. Es ist zwanzig vor fünf. Wo steckst du? Melde dich doch bitte!"

Nach einigem Zögern wählte er schließlich die Nummer von Ferndale. Zögernd deshalb, weil er größte Angst hatte, sie könnte sich dort tatsächlich melden. Das hieße, dass sie ihre Pläne geändert hatte, dass sie nicht kommen würde. Aber auch dort sprang nur der Anrufbeantworter an.

Frederic suchte eine Fahrplananzeige auf und fand heraus, dass der nächste Zug aus King's Lynn um 17.50 Uhr eintraf. Ohne sich große Hoffnungen zu machen, beschloss er, diesen noch abzuwarten. Es war inzwischen kurz nach fünf. Um halb sechs hielt er es nicht mehr aus und rief bei den Walkers an. Jack meldete sich nach dem dritten Klingeln. „Ferndale House", sagte er wie immer anstelle seines Namens. Frederic wusste, dass er sehr stolz war, auf einem so alten Landsitz arbeiten zu können.

„Jack, hier ist Frederic Quentin. Ich stehe gerade am King's-Cross-Bahnhof in London und …", er lachte verlegen, „und warte vergeblich auf meine Frau. Sie ist nicht in dem Zug gewesen, den wir vereinbart hatten. Und …"

„Nicht?", fragte Jack überrascht.

„Nein. Und da wollte ich fragen … sie wollte ja Kim zu Ihnen bringen. Hat sie das getan?"

„Ja. Heute Mittag schon. Wie vereinbart."

Diese Auskunft beruhigte Frederic zumindest ein wenig. Zu irgendeinem Zeitpunkt heute hatte Virginia wenigstens vorgehabt, tatsächlich nach London zu reisen.

„Haben Sie sie zum Bahnhof gebracht?", erkundigte er sich.

„Das wollte sie nicht." Jack klang ein wenig gekränkt. „Ich habe es natürlich angeboten. Aber sie wollte ihren kleinen Wagen nehmen und ihn dann dort stehen lassen."

„Ich würde gern kurz mit Kim sprechen", sagte Frederic.

„Sie ist mit Grace draußen. Beeren pflücken. Ich schau mal, ob sie in der Nähe sind."

Frederic konnte hören, dass der Hörer abgelegt wurde. Kurz darauf vernahm er Kims aufgeregte Stimme: „Daddy! Wir haben ganz viele Brombeeren gepflückt! Sie sind riesig und ganz süß!"

„Wie schön, mein Schatz."

„Kommst du bald? Dann zeige ich dir, wo sie wachsen."

„Ich komme bald", versprach er. Dann fügte er hinzu: „Sag mal, Mummy hat dir doch gesagt, dass sie zu mir nach London kommen will, oder?"

„Ja. Und dass ihr beide am Samstag wiederkommt."

„Hm. Sie hat gar nichts davon erwähnt, dass sie es sich vielleicht anders überlegt hat?"

„Nein. Wo ist Mummy denn?"

Im Hintergrund konnte er nun Grace und Jack hören. „Was heißt das?", fragte Grace gerade. „Sie ist nicht in London angekommen?"

„Es heißt, was es heißt", brummte Jack. „Wahrscheinlich ist sie in den falschen Zug gestiegen."

Grace hatte Kim offenbar den Hörer aus der Hand genommen, denn nun erklang ihre Stimme: „Mr Quentin, mir gefällt das gar nicht. Soll ich nicht mal zum Haus hinübergehen und nachsehen? Vielleicht … ist Ihre Frau irgendwie unglücklich gestürzt und kann sich nicht melden oder so etwas!"

An etwas Derartiges hatte er noch gar nicht gedacht. „Okay, Grace, das ist nett. Sie rufen mich dann zurück, ja? Ich bin auf meinem Handy erreichbar." Er ließ sich noch einmal Kim geben, verabschiedete sich von ihr und beendete dann das Gespräch. Es war fast Viertel vor sechs. Noch knapp zehn Minuten, bis der nächste Zug eintraf. Weshalb nur glaubte er nicht, dass Virginia darin sein würde?

Der Zug erreichte den Bahnhof mit zwanzigminütiger Verspätung. Noch während Frederic am Bahnsteig wartete und alle Reisenden musterte, rief Grace zurück. „Niemand da, Sir", berichtete sie, „und das Auto ist auch weg. Sieht so aus, als wäre Mrs Quentin wirklich abgereist. Es war alles gut verschlossen, Fenster und Türen, auch die Läden hat sie zugemacht."

Er empfand eine seltsame Mischung aus Erleichterung und Besorgnis. Erleichterung, weil Virginia offenbar tatsächlich abgereist war, weil sie loyal zu ihrem Versprechen gestanden hatte – oder zumindest hatte stehen wollen. Denn irgendetwas war schiefgegangen. Sie war spurlos verschwunden. Die Besorgnis begann seine Erleichterung zu verdrängen.

Was war passiert? Und welche Rolle, dachte er plötzlich, spielt Nathan Moor bei Virginias Verschwinden?

Um neun Uhr abends hielt er es nicht mehr aus. Er hatte noch einen dritten Zug aus King's Lynn abgewartet und war schließlich direkt vom Bahnhof in seine Wohnung zurückgekehrt, in der vagen Hoffnung, Virginia könnte auf irgendwelchen abenteuerlichen Umwegen inzwischen dort gelandet sein, aber natürlich war alles still und leer.

Wieder und wieder rief er ihr Handy an. Noch zweimal sprach er auf die Mailbox. Schließlich wurde ihm klar, dass er verrückt werden würde, wenn er bis zum nächsten Morgen nur in der Wohnung auf und ab ging.

Wo war Virginia zuletzt gesehen worden? In Ferndale, am Mittag, als sie Kim bei den Walkers ablieferte. Und genau dort wollte er hin.

Um kurz nach zehn steuerte Frederic den gemieteten Wagen auf die M 11 Richtung Norfolk. Immer intensiver kreisten seine Gedanken um Nathan Moor. Er vermutete, dass Virginia ihn auf ihrem Weg zum Bahnhof im Auto dabeigehabt hatte. Wie anders hätte er von Ferndale in die Stadt kommen sollen? Sie hatte ihn mitgenommen, wahrscheinlich in der Absicht, ihn zu dem Krankenhaus zu fahren, in dem seine Frau lag. War er dort angekommen?

Er würde am nächsten Morgen als Erstes Livia Moor aufsuchen müssen. Vielleicht hatte sie eine Ahnung, wo ihr Mann abgeblieben war. Und wenn nicht? Wenn sie auch nichts mehr von ihm gehört hatte?

Frederic bildete sich ein, eine recht gute Menschenkenntnis zu besitzen, und eines war ihm an jenem letzten Urlaubstag, den er erzwungenermaßen gemeinsam mit den Moors in seinem Haus in Dunvegan verbracht hatte, klar geworden: Nathan Moor hatte nicht die geringsten Gefühle für seine Frau übrig. In die Klinik nach King's Lynn hatte er sie nur gebracht, da war sich Frederic sicher, um sich erneut an Virginia heranzuschleichen. Wobei ihm auch noch das Glück zu Hilfe gekommen war, dass ihr Mann verreist war. *Was wollte er von ihr?*

Freitag, 1. September

Es war kurz nach Mitternacht, als er in die Auffahrt zu Ferndale House einbog. Mit steifen Gliedern kroch er aus dem kleinen Leihwagen. Er entsicherte die Alarmanlage, dann schloss er die Haustür auf, schaltete die Lichter ein und ging in die Küche. Der Raum war sauber aufgeräumt.

Er ging ins Wohnzimmer hinüber und schenkte sich einen doppelten Chevas ein. Trank ihn in einem Zug. Für gewöhnlich löste er seine Probleme nicht mit Alkohol, aber im Augenblick hatte er das Gefühl, etwas zu brauchen, um nicht völlig durchzudrehen.

Das Glas in der Hand, streifte er durch das Haus. Es war alles wie immer, nirgendwo der kleinste Hinweis, was mit Virginia passiert sein konnte. Im Schlafzimmer waren die Betten gemacht. Er öffnete den Kleiderschrank, aber er hatte zu wenig Überblick über die Sachen seiner Frau, als dass er hätte sagen können, ob etwas fehlte. Ihm fiel nur auf, dass der kleine rote Reisekoffer, der immer zwischen Schrank und Wand stand, verschwunden war. Sie hatte gepackt. Sie hatte mit einem Koffer dieses Haus verlassen.

Nach einigem Zögern betrat er auch das Gästezimmer. Hier musste Nathan Moor gewohnt haben. Aber auch das Zimmer gab keinen Aufschluss. Das Bett war gemacht, der Schrank leer. Es gab nichts, was auf Moors Anwesenheit hinwies.

Frederic verließ das Zimmer wieder, ging ins Schlafzimmer hinüber, zog sich mit langsamen Bewegungen aus. In der Spiegeltür des Schranks sah er einen müden Mann, der grau und ausgebrannt wirkte. In seinen Augen standen Furcht und Verwirrung. Noch nie hatte ihn etwas derart aus der Ruhe gebracht wie Virginias Verschwinden. Er schlüpfte in seinen Bademantel. Unmöglich, sich ins Bett zu legen und zu schlafen, er würde kein Auge zutun. So früh wie möglich wollte er Livia Moor aufsuchen. Zuvor musste er seine Sekretärin in London anrufen; es waren für den Vormittag etliche Termine abzusagen. Was aus dem wichtigen Abendessen werden sollte, wusste er nicht. Ruhelos wanderte er wieder ins Wohnzimmer hinunter. Auf dem Sofa lagen ein paar Zeitungen der letzten Tage. Ganz oben die von gestern. Er griff danach. Die Morde an den zwei kleinen Mädchen beherrschten die Schlagzeilen auf den ersten Seiten. WAS GEDENKT DIE POLIZEI ZU TUN?, wurde gefragt, und im Nachfolgenden mutmaßte der Verfasser des Artikels, dass es sich bei beiden Verbrechen aller Wahrscheinlichkeit nach um denselben Täter handelte. Beide Kinder, die vierjährige Sarah Alby und die achtjährige Rachel Cunningham, stammten aus King's Lynn.

Um sich abzulenken, vertiefte Frederic sich in die Zeitungen, las sie von der ersten bis zur letzten Seite, selbst den Sportteil, der ihn gewöhnlich nicht besonders interessierte. Als allererstes graues Tageslicht zwischen den Vorhängen hindurch ins Zimmer sickerte, sank sein Kopf zurück auf die Sofalehne, und er schlief zutiefst erschöpft ein.

IHR GEDÄCHTNIS war jetzt wieder klar, aber Livia wusste nicht, ob sie diesen Umstand begrüßen sollte. Eigentlich wäre es ihr lieber gewesen, sich nicht so genau zu erinnern. Immer wieder stand ihr die Szene vor Augen, als Nathan sie über die Reling der *Dandelion* gestoßen hatte: über ihr der dunkle Nachthimmel, unter ihr die schwarzen Wellen des Meeres. Nathan, der brüllte: „Runter vom Schiff! Spring!“ Sie hatte das Gefühl gehabt, in den Tod zu springen. Und irgendwie wurde sie das Gefühl, vom Tod bereits umarmt worden zu sein, nicht los. Er war immer noch da, dicht neben ihr.

Am frühen Morgen war der Arzt bei ihr gewesen und hatte ihr erklärt, dass man sie an diesem Tag entlassen würde.

„Körperlich sind Sie wiederhergestellt“, hatte er gesagt, „mehr können wir jetzt nicht für Sie tun. Sie sollten sich aber unbedingt in psychotherapeutische Behandlung begeben. Mit einem Schock ist nicht zu spaßen."

Entlassen! Das stellte sich der Arzt so einfach vor. Sie musste warten, bis Nathan vorbeikam, und nachdem er sich am Vortag nicht hatte blicken lassen, stieg von Minute zu Minute ihre Angst, er werde auch heute nicht auftauchen. Dann stand sie da, ohne Geld und ohne eine Ahnung, wohin sie gehen sollte.

Sie packte ihre wenigen Habseligkeiten in die Segeltuchtasche, die Nathan im Schrank verstaut hatte, als er sie hier ablieferte. Noch immer klaffte eine riesige Lücke in ihrer Erinnerung an die vergangenen zwei Wochen: Sie wusste nicht, was auf Skye geschehen war, was Nathan veranlasst hatte, sie in ein Krankenhaus zu bringen. Auch von der Reise nach Norfolk und von der Aufnahme im Krankenhaus existierten für sie keine Bilder. Ihr abgemagerter Körper zeigte ihr jedoch, dass es womöglich unumgänglich für Nathan gewesen war, sie in eine Klinik zu bringen.

Im Schwesternzimmer war man erstaunt, dass sie so früh gehen wollte, aber sie behauptete, ihr Mann erwarte sie unten in der Eingangshalle.

In einer Ecke der Halle entdeckte Livia einen öffentlichen Fernsprecher, daneben lagen glücklicherweise auch etliche Telefonbücher. Sie stellte ihre Tasche ab, zog das erste Telefonbuch heran. Ihr war immer noch schwindlig, bei der kleinsten Bewegung brach ihr der Schweiß aus.

Noch während sie entsetzt feststellte, dass es zahlreiche Quentins in King's Lynn und Umgebung gab, nahm sie aus den Augenwinkeln wahr, dass sich die automatische Schiebetür der Eingangshalle öffnete. Der Mann, der in Jeans und Pullover, ungekämmt und unrasiert, das Krankenhaus betrat, kam ihr sofort bekannt vor, aber ihr Gehirn brauchte ein paar Momente, um sich zu erinnern. Aber dann begriff sie und versuchte, hinter dem Mann herzulaufen, der die Fahrstühle ansteuerte. „Mr Quentin!", rief sie. „Mr Quentin, warten Sie!" Der Schwindel, der sie überfiel, war so heftig, dass sie sich an einer der Säulen in der Halle festhalten musste.

Gott sei Dank hatte er sie gehört. Er drehte sich um und kam dann mit raschen Schritten auf sie zu. „Mrs Moor!", sagte er überrascht. Er sah sie fassungslos an. „Lieber Himmel, Sie …" Er sprach nicht weiter. Sie wusste, dass sie zum Gotterbarmen aussah, sie konnte es in seinen Augen lesen.

„Wo ist Ihr Mann?", fragte er.

Sie schüttelte den Kopf. „Ich weiß es nicht. Ist er … ist er denn nicht bei Ihnen? Er sagte, dass er … bei Ihnen wohnt."

„Das ist alles etwas kompliziert", sagte Frederic.

Sie war dankbar, dass er ihren Arm fasste, denn sie war dicht daran, einfach umzufallen.

„Hören Sie, ich glaube, wir sollten nach oben gehen und einen Arzt …"

„Nein!" Sie schüttelte den Kopf. „Ich will hier weg! Der Arzt hat gesagt, dass ich gehen darf. Bitte helfen Sie mir, dass ich …"

„Okay, okay", sagte er beschwichtigend, „es war nur ein Vorschlag. Wir verlassen jetzt das Krankenhaus, in Ordnung? Haben Sie Gepäck?"

Sie wies zu der Telefonzelle, wo ihre Tasche stand. „Ja. Diese Tasche."

Er hielt weiterhin ihren Arm fest, als er mit ihr die Halle durchquerte und die Tasche hochnahm. „Ich fürchte, in einem Café kippen Sie mir um", sagte er. „Ich denke, wir fahren nach Ferndale. Zu mir nach Hause. Sind Sie einverstanden?"

„Mein Mann ist also nicht da?", vergewisserte sie sich. „Er ist nicht bei Ihnen daheim?"

Frederics Lippen pressten sich zu einem Strich zusammen. Livia erkannte, dass er wütend war. Sehr wütend. „Nein", sagte er, „er ist nicht da. Ich hatte gehofft, von Ihnen zu erfahren, wo er sein könnte."

Eineinhalb Stunden später war Livia nur noch ratlos. Körperlich ging es ihr besser, der schreckliche Schwindel war abgeflaut, der Schweiß auf ihrer Haut getrocknet. Sie saß am Tisch in der Küche von Ferndale House und trank ihre dritte Tasse Kaffee. Frederic hatte ihr ein Brot getoastet, an dem sie mit winzigen Bissen herumkaute. Frederic hatte sich nicht gesetzt, er war, seine Kaffeetasse in der Hand, auf und ab gegangen. Er hatte ihr erzählt, wie er vergeblich in London am Bahnhof auf Virginia gewartet hatte.

„Ich verstehe das alles nicht", sagte Livia hilflos, „ich denke dauernd über den letzten Besuch meines Mannes im Krankenhaus nach. Das war vorgestern. Ich erinnere mich, dass er zum Schluss versprach, am nächsten Tag wiederzukommen. Aber das tat er nicht."

„Fällt Ihnen sonst noch irgendetwas ein?", fragte Frederic. Sie konnte spüren, dass er sie am liebsten geschüttelt hätte, um den Fluss ihrer Erinnerungen anzukurbeln. Er hat Angst, dachte sie, er hat Angst um Virginia.

„Er sagte, dass ich am Freitag entlassen würde, und ich fragte, wohin wir dann gehen sollten. Er meinte, wir könnten für eine Weile hier wohnen … bei Ihnen." Sie wagte nicht, ihn anzusehen. Es war demütigend. „Er hatte sich das Auto Ihrer Frau geliehen", fuhr sie fort, „ja, das erwähnte er noch."

„Er hat sich hier richtig heimisch gefühlt", sagte Frederic zynisch, „wie schön!"

Sie legte das Brot auf den Teller zurück. „Es tut mir leid", flüsterte sie.

Frederics Stimme nahm einen versöhnlicheren Klang an. „Sie können für das alles überhaupt nichts, Livia“, sagte er, „entschuldigen Sie, wenn mein Ton grob war. Es ist nur … ich mache mir größte Sorgen. Es passt nicht zu Virginia, einfach unterzutauchen und sich nicht mehr zu melden. Nicht einmal bei den Walkers hat sie angerufen, um sich nach Kim zu erkundigen.“ Er stellte seine Tasse ab und sah Livia eindringlich an. „Ich muss wissen, was mit Ihrem Mann los ist, Livia. Etwas stimmt doch hier nicht. Ihr Mann ist angeblich ein bekannter Schriftsteller. Trotzdem besitzt er keinen Penny. Sie beide sind deutsche Staatsbürger. Ihre Botschaft hier in England würde sofort für Sie sorgen, in erster Linie für Ihre Heimreise. Trotzdem kommt Ihr Mann nicht auf die Idee, sich dorthin zu wenden. Stattdessen klebt er wie eine Klette an meiner Familie. Meine Frau packt ihren Koffer für eine Reise zu mir nach London, kauft das Bahnticket und ist nun spurlos verschwunden. Mit ihr Ihr Mann Nathan Moor und das Auto. Livia, *was zum Teufel geht hier vor*?“ Er war sehr laut geworden.

Livia zuckte zusammen. „Ich weiß es nicht“, sagte sie.

„Sie sind seine Frau. Sie müssen ihn kennen.“ Seine Lippen waren schmal und weiß vor Wut. „Sie können mir Informationen über ihn geben. Und zwar solche, die mir vielleicht dabei helfen, etwas über den Verbleib meiner Frau herauszufinden. Sie werden mir alles sagen, was Sie wissen. Das sind Sie Virginia schuldig nach allem, was sie für Sie getan hat!“

Sie begann zu zittern. „Er … er ist kein schlechter Mensch. Er würde Virginia nichts antun …“

Frederic lehnte sich noch weiter vor. „Aber?“

Ihre Stimme war nun kaum noch hörbar. „Aber es stimmt manches nicht, was er …“

„Was stimmt nicht?“

Sie fing an zu weinen. „Es stimmt nicht, dass er Schriftsteller ist. Das heißt, er schreibt schon, aber … aber es ist noch nie etwas veröffentlicht worden. Noch … noch nicht eine einzige Zeile.“

„Habe ich es mir doch gedacht. Wovon haben Sie gelebt?“

„Von … von meinem Vater. Ich habe ihn versorgt. Dafür wohnten wir bei ihm und lebten von seiner Pension. Nathan schrieb, ich kümmerte mich um Haus und Garten.“

Frederic nickte grimmig. „Der Bestsellerautor! Ich hatte sofort ein dummes Gefühl. Ich wusste, dass mit diesem Mann etwas nicht in Ordnung ist.“

Zweiter Teil

Freitag, 1. September

Sie waren schon zwei Stunden gefahren, als sie merkte, wie hungrig sie war. Beim Aufwachen in den dunklen, kalten Morgenstunden hatte sie geglaubt, nie mehr wieder einen Bissen essen zu können. Jeder Knochen in ihrem Körper schmerzte. Eine feuchte Kälte herrschte um sie herum, und trotz der Finsternis konnte sie erkennen, dass sich undurchdringlicher Nebel auf die Erde gesenkt hatte. Um im Auto zu übernachten, hatte sie gedacht, bin ich offenbar schon zu alt.

Sie hatten sich am Rand einer einsamen Landstraße befunden, die sich durch den Norden Englands schlängelte, ein Stück bereits hinter Newcastle. Es konnte nicht mehr weit sein bis zur schottischen Grenze. Aber irgendwann am gestrigen Abend waren sie einfach zu erschöpft gewesen, um weiterzufahren. Virginia hätte sich gern ein Bed and Breakfast gesucht, um dort die Nacht zu verbringen, aber Nathan hatte gemeint, man könne genauso gut im Wagen schlafen. Sie vermutete, dass er es als peinlich empfunden hätte, auch die Übernachtung von ihr bezahlen zu lassen. Sie hatte an den Tankstellen bezahlt und war auch für das Abendessen aufgekommen, das sie in einem kleinen Gemischtwarenladen in einem Dorf erstanden hatten. Virginia hatte sich auf die Kühlerhaube des Autos gesetzt, ihr Sandwich gekaut und ihren Blick über die Weite der nordischen Landschaft gleiten lassen. Zu ihrem eigenen Erstaunen war sie von einem schon lange nicht mehr gekannten Gefühl des Friedens erfüllt gewesen. Sie atmete tief die frische, klare Luft ein und empfand die Momente, in denen sich die Dunkelheit um sie herum auszubreiten begann, als magisch.

Jetzt, an diesem nebligen Morgen, hätte Virginia heulen mögen. Sie sehnte sich nach einer heißen Dusche, nach ihrer Zahnbürste und mehr als nach allem anderen nach einer Tasse heißem Kaffee.

Sie musterte Nathan von der Seite. Wenn ihm das verkrampfte Schlafen ebenfalls in den Knochen steckte, so merkte man ihm das zumindest nicht an. Er sah eigentlich nicht anders aus als am Abend zuvor. Er blickte konzentriert geradeaus, orientierte sich im dichten Nebel an dem Grasstreifen links des Straßenrandes. Dieses schmale, nasse Asphaltband, das sich durch die gottverlassene Heide- und Moorlandschaft schlängelte ... Wo zum Teufel sollte sie hier einen Kaffee herbekommen?

„Ich brauche irgendetwas zum Essen und zum Trinken“, sagte sie schließlich.

Er wandte den Blick nicht von der Straße. „Wir kommen bald auf eine Autobahn. Dort finden wir sicher eine Möglichkeit, etwas zu frühstücken.“

Sie rieb sich den Nacken. „Ich bin völlig verspannt. Mir geht es nicht gut, Nathan. Ich weiß auf einmal nicht mehr, ob es richtig ist, was ich hier tue.“

„Wusstest du jemals, ob es richtig ist? Gestern hatte ich den Eindruck, es ginge für den Moment nur darum, dich in Sicherheit zu bringen. Dich zu retten. Du warst kurz vorm Durchdrehen.“

„Ja“, sie starrte in den Nebel hinaus, „ja, das war ich wohl.“

Sie sah sich wieder auf ihrem Bett im Schlafzimmer liegen, daheim in Ferndale. Unter sich begraben das neue Kleid, das sie gerade hatte zusammenlegen und in den Koffer packen wollen. Sie hatte das Kleid auf dem Bett ausgebreitet, die Ärmel gefaltet – und konnte plötzlich nicht weitermachen. Sie wusste, sie würde es nicht schaffen, in den Zug nach London zu steigen. Sie konnte einfach nicht als die perfekte Gattin eines aufstrebenden Politikers zu dieser Party gehen.

Als Nathan schließlich nach ihr sah, lag sie auf dem Bett, und Tränen liefen ihr über das Gesicht. „Ich kann nicht“, flüsterte sie, „ich kann nicht.“

Undeutlich erinnerte sie sich jetzt, dass er sie hochgezogen und in die Arme genommen hatte. Es war schön gewesen, den Kopf an seine Schulter zu legen. Aber zugleich hatte sie heftiger zu weinen begonnen.

„Ich kann nicht“, hatte sie wiederholt, „ich kann nicht.“

Seine Stimme war dicht an ihrem Ohr gewesen. „Dann tu es nicht!“

Sie konnte nichts erwidern. Sie konnte nur weinen.

„Wo ist die wilde, starke Frau geblieben?“, fragte er leise. „Die Frau, die nichts tat, was sie nicht wollte?“

Sie weinte weiter. Es waren die Tränen von Jahren, die aus ihr herausströmten.

„Was möchtest du, Virginia? Wohin möchtest du gehen?“

Sie hatte darüber zuvor nicht nachgedacht. Es war nur plötzlich klar gewesen, wohin sie nicht gehen konnte. Nach London. In das Leben an Frederics Seite. Sie hatte den Kopf gehoben. „Nach Skye“, sagte sie, „ich möchte nach Skye.“

„Okay“, sagte er ruhig, „dann lass uns aufbrechen.“

Vor lauter Erstaunen waren ihre Tränen versiegt. „Das geht doch nicht!“

„Und warum nicht?“, hatte er nur gefragt, und ihr war keine Antwort eingefallen.

„Für dich war es ja die perfekte Lösung aller Probleme“, sagte sie nun gereizt. „Ich meine, dass ich nicht nach London wollte.“

Er zuckte die Schultern. „Du lagst auf deinem Bett und weintest. Ich habe nichts dazu beigetragen. Du wolltest nach Skye, und nun fahren wir dorthin.“

Urplötzlich verrauchte ihr Zorn. „Ich müsste Kim anrufen“, sagte sie.

„Tu es.“

Sie betrachtete das Handy vor ihr auf der Ablage. Es war ausgeschaltet. Sie konnte sich denken, dass Frederic sie seit dem gestrigen Nachmittag, seit der Ankunft des Zuges in London, im Minutentakt zu erreichen versuchte. Sicherlich hatte er auch schon mit den Walkers gesprochen und auch mit Kim. Ihre Tochter wusste also, dass ihre Mutter verschwunden war.

„Was soll ich Kim denn sagen? Dass ich mit dir nach Skye fahre?“

„Das würde ich nicht sagen“, meinte Nathan, „denn dann macht sich dein Mann auf den Weg. Es sei denn, du möchtest das.“

„Nein.“ Fröstelnd hob sie die Schultern. „Nein. Frederic kann ich wahrscheinlich sowieso nie wieder unter die Augen treten.“ Ihr wurde schlecht, wenn sie sich vorstellte, was er gerade über sie denken mochte.

Sie erreichten tatsächlich die Autobahn Richtung Glasgow und kamen endlich schneller voran. „Heute Abend sind wir auf Skye“, meinte Nathan.

Er hatte versprochen, bei der nächsten Raststätte anzuhalten. Virginia, die sich verzehrte bei der Vorstellung, Kim könnte voller Angst rätseln, wo Mummy abgeblieben war, schaltete schließlich doch ihr Handy ein. Wie sie erwartet hatte, sprang ihr auf dem Display die Nachricht entgegen, dass sie 24 unbeantwortete Anrufe bekommen hatte und ihre Mailbox abfragen solle. Dies würde sie jedoch auf keinen Fall tun. Sie möchte nicht einmal Frederics Stimme hören. Stattdessen wählte sie die Nummer der Walkers.

Grace meldete sich beim zweiten Klingeln. „Ja?“

„Grace? Hier ist Virginia Quentin. Ich …“

Sie kam nicht weiter. Grace unterbrach sie sofort: „Mrs Quentin! Meine Güte! Wir haben uns ja alle solche Sorgen gemacht! Wo sind Sie?“

„Das spielt jetzt keine Rolle. Ich möchte Kim sprechen. Ist sie da?“

„Ja, aber …“

„Ich möchte sie sprechen. Bitte sofort.“

„Mr Quentin ist aus London gekommen“, sagte Grace, „er ist drüben im Haupthaus. Es geht ihm richtig schlecht. Er …“

Virginia legte eine Schärfe in ihre Stimme, die sie Grace gegenüber noch nie gezeigt hatte. „Ich möchte jetzt Kim sprechen. Nichts weiter.“

„Wie Sie wollen“, sagte Grace spitz. Gleich darauf erklang Kims Stimme. „Mummy! Wo bist du denn? Daddy ist hier. Er sucht dich.“

„Kim, Kleines, mir geht es gut. Du musst dir keine Sorgen machen, hörst du? Es ist alles in Ordnung. Ich habe nur meine Pläne geändert.“

„Du willst nicht mehr zu Daddy nach London?“

„Nein. Es ist … es ist etwas dazwischen gekommen. Ich bin woandershin gereist. Aber ich komme bald wieder zu dir.“

„Wenn am Montag die Schule anfängt, bist du dann da?“

„Ich versuche es, ja?“

„Kann ich so lange bei Grace und Jack bleiben?“

Virginia dankte dem Schicksal dafür, dass Kim die beiden älteren Leute so liebte. „Natürlich kannst du das. Sei brav und tu alles, was Grace und Jack sagen, ja? Und lauf nicht weit vom Haus weg, hörst du? Auch nicht im Park!“

Kim seufzte. „Das sagt Grace auch dauernd! Ich hab's schon kapiert, Mummy. Ich bin wirklich kein Baby mehr!“

„Ich weiß. Und ich bin sehr stolz auf dich. Ich ruf dich wieder an, ja? Auf Wiedersehen, und ich liebe dich!“

Sie unterbrach die Verbindung sofort, um Grace nicht die Gelegenheit zu geben, sich den Hörer zu schnappen und weiterzulamentieren.

„Fühlst du dich besser?“, fragte Nathan.

Sie nickte. „Ja. Wenigstens nicht mehr ganz so schäbig wie zuvor. Obwohl … Frederic ist nach Hause gekommen. Er muss ziemlich aufgelöst sein.“

„Das war zu erwarten“, sagte Nathan nur. Er wies nach vorn. „Eine Raststätte. Nun bekommst du endlich deinen Kaffee.“

NACH zwei Bechern heißem Kaffee und einer großen Portion Rührei mit Toastbrot fühlte sich Virginia um Lichtjahre besser. Die Raststätte war sauber, gepflegt, und Virginia hatte sich im Waschraum Gesicht und Hände gewaschen. Jetzt regten sich ihre Lebensgeister wieder, und langsam kehrte das Gefühl vom vergangenen Abend zurück: ein Gefühl von Freiheit, von Abenteuer, von Leichtigkeit. Sie merkte, dass sie zu lächeln begann.

Nathan zog die Augenbrauen hoch. „Was geht in dir vor?“, fragte er. „Du siehst ein bisschen wie eine Katze aus, die schnurrt.“

„Ich sollte mich schämen“, sagte Virginia, „ich habe meinen Mann versetzt, bin einfach weggelaufen … und fühle mich gut. Ja“, sie hielt einen Moment inne, „ich fühle mich wirklich gut. Findest du das bedenklich?“

Statt einer Antwort fragte er zurück: „Und was ist dieses gute Gefühl? Wie würdest du es definieren?“

Sie brauchte nicht zu überlegen. „Freiheit. Ich weiß, dass ich mich rücksichtslos verhalte, aber ich könnte jetzt nicht umkehren. Um keinen Preis.“

„Dann kehre auch nicht um“, sagte er.

Sie nickte. Sie sah ihn über den Rand ihres Kaffeebechers an. Sie wusste, dass ihre Augen zu glitzern begonnen hatten. Draußen fing es an zu regnen.

„Es ist fast wie …“, begann sie und hielt dann inne. „Fast so, wie es war, bevor Tommi starb.“

Michael

Der 25. März des Jahres 1995 war ein besonders warmer, sehr sonniger Frühlingstag. Ein Samstag. In Virginias Garten blühten Krokusse und Osterglocken. Michael war an diesem Morgen ziemlich verkatert, ein Zustand, der bei ihm höchst selten vorkam. Am Vorabend war er in seinem Fitnessstudio in St Ives gewesen, und einer seiner Freunde dort hatte Geburtstag gehabt und etliche Runden in einer Kneipe ausgegeben. Michael, der mit dem Fahrrad unterwegs gewesen war, sagte, es wundere ihn, dass er überhaupt noch in der Lage gewesen sei, die Pedale zu bewegen.

„Ich glaube, ich brauche ein Aspirin“, sagte Michael und holte sich ein Glas Wasser und eine Tablette aus der Küche. Als er ins Wohnzimmer zurückkehrte, ließ er sich in einen Sessel fallen und jammerte über seine Kopfschmerzen. Virginia wusste, dass man sich mit einem handfesten Kater wirklich scheußlich fühlen konnte, dennoch hatte sie nach kürzester Zeit das Gefühl, seinem Lamentieren nicht länger zuhören zu können. Seine ewigen Klagen zerrten an ihren Nerven.

Sie verabschiedete sich möglichst rasch in den Garten. Es lag noch genug altes Laub vom Herbst auf dem Rasen, das dringend zusammengerecht werden musste. Virginia war froh, sich beschäftigen zu können.

Später, viel später, als sie und Michael wieder und wieder die Abläufe dieses Vormittags durchgingen und sich fragten, wie das Furchtbare hatte geschehen können, war es für sie vor allem so unerklärlich, wie sie Tommi nicht hatten bemerken können. Normalerweise rief und winkte er, wenn er das Grundstück betrat. Hatte er das diesmal nicht getan? Oder war sie so sehr in Gedanken versunken gewesen, dass sie nicht einmal eine Bombe bemerkt hätte, die neben ihr einschlug?

Michael hatte jedenfalls nichts merken können, denn er hatte sich schließlich auf dem Sofa im Wohnzimmer ausgestreckt und vor sich hin gedöst.

Tommi musste gegen elf Uhr gekommen sein. Er hatte seiner Mutter Bescheid gesagt, und da diese wusste, dass er bei den Nachbarn ein gern gesehener Gast war, hatte sie ohne Bedenken zugestimmt. Ohne dass Michael und Virginia ihn wahrnahmen, musste er dann sofort versucht haben, in das am Steilhang geparkte Auto zu steigen, und es tatsächlich unverschlossen vorgefunden haben. Er hatte sich hinter das Steuer gesetzt und die Handbremse gelöst. Der Wagen war vermutlich sofort ins Rollen geraten.

Virginia, die hinten im Garten gerade damit begonnen hatte, das Laub in Plastiksäcke zu füllen, hörte die Geräusche von der Straße alle auf einmal: quietschende Bremsen, das heftige Krachen von Metall. Sie richtete sich auf und dachte: Ein Unfall! Direkt vor unserem Haus!

Sie lief um das Haus herum und schaute den Abhang hinunter auf die Straße. Es war einer jener Momente, in denen sich das Gehirn nicht bereit zeigt, sofort alle Zusammenhänge zu begreifen. Virginia sah, dass ihr Auto nicht mehr in der Auffahrt parkte. Völlig verloren lag die Fahrertür unten am Fuß des Steilhangs, direkt an dem dicken Pfosten, der das Grundstück begrenzte und an dem sie offenbar hängen geblieben und abgerissen war. Auf der Straße standen kreuz und quer drei Autos. Eines der Autos – diese Erkenntnis grub sich ganz langsam ihren Weg in Virginias betäubtes Gehirn – war ihres.

„Was ist passiert?“ Michael tauchte neben ihr auf. Sein Blick schnellte zur Straße. „Was … wie kommt unser Auto …?“ Er sah Virginia an, und gleichzeitig riefen beide: „Tommi!“

Nebeneinander rannten sie die Auffahrt hinunter. Sie sahen Tommi, der regungslos auf der Straße lag. Ein Mann, der aus einer Wunde am Kopf blutete, beugte sich über ihn und versuchte hektisch, den Puls des Kindes zu ertasten. In einem schwarzen Rover, der mit der Nase zu Tommis Elternhaus gedreht stand, saß eine blonde Frau am Steuer und starrte aus weit aufgerissenen Augen auf ihr Armaturenbrett. Sie schien sich in einem Schockzustand zu befinden.

Der Mann mit der Kopfwunde blickte auf. „Da ist noch ein Puls. Ich kann ihn spüren!“

Virginia sank neben Tommi auf die Knie. Der Junge lag mit dem Gesicht nach unten auf dem Asphalt, aber sie wagte nicht, ihn umzudrehen, aus Angst, er könnte innere Verletzungen erlitten haben. „Tommi", flüsterte sie, „Tommi!"

„Er schoss rückwärts aus der Einfahrt", sagte der Mann, „ich … ich bremste wie verrückt, aber … es ging alles so schnell …"

Virginia fuhr Michael an: „Los, beeil dich! Ruf einen Krankenwagen!"

Der totenbleiche Michael setzte sich in Bewegung. „Ich … bin voll mit dem Wagen zusammengestoßen, und er ist rausgeschleudert worden", sagte der Mann. Es schien ihm wichtig zu reden, obwohl Virginia dies alles im Moment nicht hören wollte. Sie wollte nur, dass Tommi sich umdrehte. Aber der Junge rührte sich nicht.

Der Mann redete noch immer. „… und dann kam die Frau da in dem Rover. Die fuhr viel zu schnell. Und die hat ihn erfasst …"

„Tommi", flüsterte Virginia, „Tommi, sag doch etwas!"

„Da liegt ja auch die Tür von dem Auto!", sagte der Mann. „Der Junge hat die nicht richtig zugemacht. Deshalb ist er rausgeflogen!"

Sie nahm eine Bewegung im Garten von Tommis Eltern wahr. Tommis Mutter kam auf die Straße gestürzt. Sie schrie irgendetwas, aber Virginia konnte sie nicht verstehen. Michael tauchte soeben wieder neben ihr auf.

„Der Krankenwagen ist gleich da." Er war so weiß im Gesicht, wie es Virginia noch nie bei einem Menschen gesehen hatte. Er schüttelte immer wieder den Kopf. „Gott, großer Gott", flüsterte er, „ich habe das Auto nicht abgeschlossen! Ich hätte schwören können … aber ich muss es vergessen haben! O Gott, wie konnte mir das passieren?" Er starrte sie mit einem Ausdruck furchtbarster Verzweiflung in den Augen an.

Sie meinte in diesem Moment beinahe zusehen zu können, wie etwas in seiner Seele zerbrach.

SIE KAMEN gegen fünf Uhr am Nachmittag in Kyle of Lochalsh an, einem kleinen Dorf, von dessen Hafen aus man früher die Fähre nach Skye genommen hatte. Inzwischen gab es außerdem die Brücke, die sich in eindrucksvollem Bogen über den Loch Alsh hinüber zur Insel spannte. Skye lag zum Greifen nah vor ihnen, ragte aus einem schiefergrauen, stürmisch bewegten Meer empor. Der Gipfel des höchsten Berges verschwand in den schwarzen Wolken, die der Wind über den Himmel jagte. Gelegentlich riss er Lücken in die wild bewegte Masse, dann blitzte ein Stück leuchtend blauer Himmel auf, und gleißendes Sonnenlicht fiel theatralisch zur Erde hinab, verwandelte die bleierne Farbe des Meeres in glitzerndes Silber.

Sie saßen im Auto auf einem Parkplatz. Virginia presste ihr Gesicht gegen die Fensterscheibe. Wie immer, wenn sie hierherkam, wurde sie von der Schönheit der Landschaft förmlich aufgesogen. Stets hatte sie das Gefühl, mit dem Wasser, dem Himmel, dem Licht verschmelzen zu müssen, weil sie anders nicht genug davon bekommen konnte. Es war ein Nachhausekommen, es war die Rückkehr an einen Ort, von dem sie oft schon gedacht hatte, er müsse ihr seit vielen Leben vertraut sein.

„Meinst du, wir können jetzt die Brücke in Angriff nehmen?“, fragte Nathan.

Sie schüttelte den Kopf. Sie war es gewesen, die gebeten hatte, noch eine Weile am Festland zu warten, ehe sie hinüber nach Skye fuhren. Sie hatte keinen Grund genannt, aber zu spüren gemeint, dass Nathan verstand, was in ihr vorging. Sie hatte das Gefühl, dass etwas Unwiderrufliches geschah, wenn sie die Insel betrat. Fast zwei Tage waren sie unterwegs gewesen, durch England und Schottland gefahren, und doch war es noch immer so, als könnte sie jeden Moment umkehren. Zurück nach Ferndale, zurück in ihr altes Leben. Sie müsste eine Menge Erklärungen abgeben, sich von Frederic mit Fragen und Vorwürfen bombardieren lassen, vermutlich auch einer entrüsteten Grace und einem verständnislosen Jack irgendetwas erklären – aber sie hatte sich dennoch bislang nicht wirklich von ihnen allen entfernt. Frederic gegenüber würde sie das alles letztlich auf ihre Panik vor dem bevorstehenden wichtigen Abend zurückführen. Aber wenn sie das Festland verließ, wenn sie gemeinsam mit Nathan die Insel betrat, schnitt sie das Band durch. Danach, das spürte sie, war eine einfache Rückkehr nicht mehr möglich. „Ich kann noch nicht“, sagte sie.

„Okay“, erwiderte Nathan.

Sie mochte seine Art. Er schien immer sehr genau zu begreifen, wann sie keine Erklärungen abgeben wollte, und er nahm sich dann sofort zurück.

Und er konnte lange und schweigend zuhören. Fast die ganze Fahrt über hatte sie von Michael und Tommi erzählt. Es war eigenartig gewesen, durch die einsame, manchmal sehr karge Landschaft zu fahren und die alten Geschichten auferstehen zu lassen, befreiend und zugleich traurig.

„Tommi … hat den Unfall nicht überlebt?“, fragte Nathan.

„Nein. Das heißt, zunächst schon. Er lebte noch, als sie ihn ins Krankenhaus brachten. Aber er wachte nicht mehr aus dem Koma auf. Die Ärzte erklärten, er werde, selbst wenn er mit dem Leben davonkommen sollte, wohl für immer geschädigt bleiben. Trotzdem hofften und beteten seine Eltern, er möge nicht sterben.“

„Das ist verständlich. Wie ging es Michael in jener Zeit?"

„Ganz furchtbar. An jenem Freitag, der dem schrecklichen Unglück vorausging, war er in Cambridge gewesen. Mit dem Auto. Er hatte den Wagen am späten Nachmittag in unserer Auffahrt geparkt. Und offenbar nicht abgeschlossen. Er gab ausschließlich sich selbst die Schuld an dem Unfall, und natürlich kam er damit überhaupt nicht zurecht. Er ging jeden Tag zu Tommi ins Krankenhaus, wachte, weinte und betete an seinem Bett. Er schlief kaum noch und magerte ab."

„Gabst auch du ihm die Schuld?", fragte Nathan.

Sie sah leer an ihm vorbei in die Ferne. „Es war ein Unglück", sagte sie, „ein tragisches Unglück. Ich glaube, dass niemanden die Schuld trifft."

„Diese Sichtweise konntest du Michael aber wohl nicht vermitteln?"

„Nein. Wir redeten ständig und immer wieder über das alles, aber er blieb dabei, dass er praktisch ein Verbrechen begangen hätte. Und dann, am 11. April, starb Tommi. Von da an wurde alles noch schlimmer."

Sie musste an die Beerdigung des Jungen denken. Michael war wie erstarrt gewesen. Er hatte schlimmer ausgesehen als die verzweifelten Eltern.

„Michael versuchte irgendwie sein normales Leben weiterzuführen, aber das gelang ihm von Tag zu Tag schlechter. An manchen Tagen ging er gar nicht mehr zur Arbeit, saß daheim im Wohnzimmer und starrte die Wände an. Es war, als wollte er auch nicht mehr leben, weil Tommi hatte sterben müssen."

„Hast du überlegt, ihn zu verlassen?"

„Ständig. Jeden Tag. Aber mir war klar, dass er dann untergehen würde. Ich fing langsam an, selbst durchzudrehen. Ich fühlte mich plötzlich an Michael gefesselt, obwohl ich ja, bevor der Unfall geschah, in Gedanken schon ständig unsere Trennung durchgespielt hatte. Es war eine Zeit, die ich … die ich nie wieder erleben möchte." Sie sah Nathan an. „Und dann beendete er selbst die Qual unseres Zusammenseins. Als ich von einem Wochenende zurückkehrte, das ich bei einer Freundin in London verbracht hatte, war er weg. Mit ihm zwei Koffer und die meisten seiner Klamotten. Auf dem Wohnzimmertisch lag ein Abschiedsbrief an mich. Er schilderte darin die Verzweiflung, in der er seit Tommis Tod lebte, er rollte noch einmal das ganze Ausmaß seiner Schuld auf. Er warf sich ja nicht nur vor, das Auto nicht abgeschlossen zu haben, er klagte sich auch für seine Zuneigung zu Tommi an. Damit erst habe er ihn an sich gebunden, ihn zu einem Dauergast bei uns gemacht. Nur so habe das alles passieren können … Und dann, zum Schluss, gab er mich gewissermaßen frei."

„Wohin ging er?"

Sie zuckte die Schultern. „Das wusste er wohl selbst noch nicht. Ich denke, ihm schwebte eine Art Nomadendasein vor. Er hoffte, zumindest ein gelegentliches Vergessen zu finden, wenn er nur ständig in Bewegung bliebe. Ich solle ihn nicht suchen, schrieb er. Ich solle mein eigenes Leben führen, frei von ihm."

„Hast du ihn denn je gesucht?", fragte Nathan.

„Nein."

„Dann hast du keine Ahnung, was aus ihm geworden ist?"

Sie schüttelte den Kopf. „Ich habe nie wieder von ihm gehört."

Er sah sie an. „Was ich nicht verstehe, ist … weshalb hat *dich* das alles so traurig gemacht? Ich meine, sicher ist dir der Tod des kleinen Jungen nahegegangen. Auch Michaels Schicksal lässt dich natürlich nicht ungerührt. Vielleicht plagen dich auch dann und wann Schuldgefühle, weil du nicht nach ihm gesucht, weil du ihn letztlich nicht gerettet hast. Aber das alles reicht mir nicht aus, dich zu erklären. Was hat dich in die Dunkelheit von Ferndale gejagt, Virginia? Wovor versteckst du dich unter den Bäumen dort? Was quält dich so, dass du nicht leben magst?"

Sie starrte zum Horizont. Anstelle einer Antwort nickte sie Nathan zu. „Lass uns jetzt über die Brücke fahren", sagte sie.

Samstag, 2. September

Seit Stunden schon starrte er den Telefonapparat an, zuerst hoffnungsvoll, später zunehmend zermürbt, müde und frustriert. Er glaubte schließlich nicht mehr, dass sich Virginia noch einmal melden würde. Seit ihm Jack von dem Anruf berichtet hatte, saß er vor dem Apparat im Wohnzimmer der Walkers und hoffte, er würde noch einmal die Gelegenheit bekommen, mit Virginia zu sprechen. Er war sich fast sicher, dass sie nicht im Haupthaus anrufen würde, denn es ging ihr offenbar ausschließlich um eine Kontaktaufnahme mit Kim, und solange sie diese bei den Walkers wusste, würden die ihre Anlaufstelle sein.

Warum nur?, fragte er sich schon die ganze Zeit, warum nur? Was ist denn bloß geschehen? Was habe ich ihr getan? Lag es an dem Fest? Hatte er sie derart überfahren, hatte sie sich so sehr unter Druck gefühlt, dass sie nur noch davonlaufen konnte?

Er hatte in London bei den Gastgebern des festlichen Abends angerufen und sich und seine Frau entschuldigt. Sie sei sehr heftig erkrankt, er könne sie im Moment nicht allein lassen. Auf der anderen Seite reagierte man sehr höflich, aber er hatte den Eindruck, dass man ihm nicht glaubte. Dann telefonierte er mit einem Parteifreund, um ihn ebenfalls davon in Kenntnis zu setzen, dass er nicht da sein würde.

„Das ist ganz und gar ungünstig", hatte der Freund gesagt, „ausgerechnet diesen Abend abzusagen!"

„Ich weiß. Ich habe es mir nicht ausgesucht."

„Du musst wissen, was du tust."

Ja, dachte er nun, ich muss wissen, was ich tue. Und es verantworten.

Die Zeiger der Standuhr in der Ecke verrieten, dass es schon halb eins in der Nacht war. Er saß nun schon über fünfzehn Stunden in diesem Zimmer. Grace hatte ihm Essen angeboten, aber er hatte keinen Hunger, nahm nur dankend den Kaffee, den sie ihm brachte.

Sie würde nicht mehr anrufen. Er hätte nach London fahren und an der Party teilnehmen sollen, anstatt hier herumzusitzen und auf etwas zu warten, was nicht geschah.

Er erschrak, als hinter ihm ein Niesen erklang. Es kam von Grace, die gerade im Morgenmantel das Zimmer betrat. „Sie sind ja immer noch hier, mein Gott! Sie sehen todmüde aus, Sir, wenn ich das so sagen darf." Sie nieste erneut. „Himmel! Ich glaube, ich bekomme eine Erkältung!"

Er rieb sich mit beiden Händen die brennenden Augen. „Oh, Grace! Ich glaube, ich kann kaum noch geradeaus gucken. Wie geht es Kim? Schläft sie?"

„Wie ein Murmeltier. Sir, Sie sollten jetzt auch ins Bett gehen."

Er wusste, dass sie Recht hatte, und stand auf. „Ich gehe hinüber. Wenn sie doch noch anruft …"

„Dann sage ich Bescheid. Jetzt versuchen Sie mal, ein bisschen zu schlafen, Sir."

Sie begleitete ihn zur Haustür, drückte ihm Jacks Taschenlampe in die Hand, damit er seinen Weg durch den Park fand. Er atmete tief. Die frische, kühle Luft tat ihm gut, das Gehen auch.

Am Haus schloss er leise die Tür auf und trat ein. Er wollte Livia nicht wecken, die ihren Schlaf ganz sicher auch brauchte. Doch als er das Licht im Flur anschaltete, sah er sie auf der Treppe sitzen. Sie trug ein Nachthemd von Virginia, das er ihr gegeben hatte, und hatte sich in eine grüne Wolldecke gehüllt. Sie war weiß wie die Wand.

„Livia! Sie sitzen hier im Dunkeln?"

„Ich konnte nicht schlafen. Ich habe nur nachgedacht. Wie es passieren konnte, dass ich jetzt hier sitze." Sie machte eine Handbewegung, die den Flur, das Haus meinte. „In einem geliehenen Nachthemd mit einer geliehenen Decke um die Schultern. Wissen Sie, was mir vorhin einfiel? Ich besitze nicht einmal mehr einen Pass. Keinen Führerschein. Absolut nichts."

„In all diesen Angelegenheiten würde Ihnen die deutsche Botschaft weiterhelfen."

„Ich weiß." Nach einem kurzen Zögern fügte sie hinzu: „Sie … hat nicht noch einmal angerufen, nicht wahr?"

„Nein. Ich vermute, sie konnte sich ausrechnen, dass ich vor dem Telefon sitze wie ein Hund vor dem Knochen. Und mit mir will sie offenbar unter keinen Umständen ein Wort wechseln." Er überlegte. „Sowohl Grace Walker als auch Kim waren absolut sicher, dass Virginia aus einem Auto heraus telefonierte. Und sie machte laut Grace nicht den Eindruck, als wäre sie verstört oder verzweifelt. Es war wohl nicht so, dass sie gegen ihren Willen in diesem Auto saß."

„Hatten Sie das erwartet?"

„Es war Teil meiner Überlegungen, ja. Dass Nathan Moor sie …"

„Dass er sie verschleppt hat? Aber warum sollte Nathan Virginia entführen?"

„Um Geld zu bekommen?"

„Nein!" Sie schüttelte mit Entschiedenheit den Kopf. „So ist er nicht. Er ist nicht kriminell. Er erzählt Geschichten, die nicht stimmen, er biegt sich die Wirklichkeit so lange zurecht, bis sie für ihn passt, aber er ist kein Verbrecher. Wenn Virginia jetzt mit ihm zusammen ist, dann ist sie das freiwillig. Daran gibt es für mich keinen Zweifel."

Sowenig Frederic die Vorstellung gefallen hatte, dass Virginia entführt worden war, so unangenehm und beängstigend erschien ihm auch der Gedanke, dass Virginia aus freien Stücken mit Nathan Moor durchgebrannt war. Diese Möglichkeit barg Bilder in sich, die er in seinen schlimmsten Träumen nicht sehen wollte.

Liz Albys Telefon klingelte am frühen Morgen und riss sie aus einem unruhigen Schlaf. Sie hatte von Sarah geträumt. Es war kein schöner Traum gewesen, denn Sarah schrie und quengelte und versuchte ständig, auf das Dach eines hohen Hauses zu klettern. Sie hangelte sich an einem Balkongitter entlang. Liz stand unten und wusste, dass es eine Frage der Zeit war, bis ihr Kind abstürzen würde. Dann erwachte sie und begriff, dass das Telefon läutete. Sie blickte unverwandt auf die Uhr neben ihrem Bett. Halb sieben. Wer rief so früh an?

Liz setzte sich auf, knipste das Licht an, nahm den Hörer ab.

Die Stimme am anderen Ende klang vollkommen kraftlos. „Mrs Alby? Hier ist Claire Cunningham."

Liz brauchte eine Sekunde, dann begriff sie. „Oh", sagte sie überrascht, „Mrs Cunningham!"

„Ich weiß, es ist eine unmögliche Uhrzeit", sagte Claire. Sie sprach ein wenig schleppend.

„Ich war schon wach", behauptete Liz.

„Mein Mann ist endlich eingeschlafen", sagte Claire, „er hat seit … seit er …" Sie holte tief Luft. „Seit er Rachel identifiziert hat, konnte er nicht mehr richtig schlafen. Jetzt schläft er ganz tief."

„Ich verstehe."

„Aber ich werde fast verrückt. Ich muss immerzu reden."

„Das ging mir in den ersten Tagen ganz genauso", sagte Liz.

„Mein Mann hat mir erzählt, dass Sie angerufen haben", sagte Claire, „und dass Sie angeboten haben, mit mir zu sprechen. Ich weiß, ich sollte trotzdem nicht um halb sieben …"

„Nein, wirklich, machen Sie sich keine Gedanken. Ich bin froh, dass Sie mich anrufen. Ich … brauche auch jemanden zum Reden."

„Könnten wir uns vielleicht einmal treffen?", fragte Claire schüchtern. „Ich weiß nicht, ob Sie Zeit haben, aber …"

„Ich habe Zeit. Wollen wir gleich etwas ausmachen? Heute Vormittag?"

„Das wäre wunderbar!" Claire klang erleichtert. „Vielleicht irgendwo in der Innenstadt. Ich könnte mit dem Bus dorthin kommen. Ich kann nicht Auto fahren, weil ich so viele Tabletten nehme."

Sie einigten sich auf ein Café am Marktplatz um elf Uhr.

„Ich habe Sie im Fernsehen gesehen", sagte Claire, „ich werde Sie erkennen." Zögernd fügte sie hinzu: „Sie taten mir so entsetzlich leid damals. Ich ahnte nicht, dass ich selbst so bald darauf …" Sie verstummte. Betäubt von der Wucht des Schmerzes, der sich kaum aushalten ließ.

Der Wind, der sie am Vorabend in Kyle of Lochalsh begrüßt hatte, war über Nacht zum Sturm geworden. Frisch und kalt kam er über das Meer gejagt, fegte heulend über die Insel.

Virginia erwachte vom Pfeifen und Toben um sie herum und wunderte sich, dass sie trotz allem so tief und fest geschlafen hatte. Wahrscheinlich hatte die lange Autofahrt sie völlig erschöpft. Die Müdigkeit war am gestrigen Abend jäh über sie hergefallen. Ganz plötzlich hatte sie alle Energie verlassen. Sie hatte das Haus aufgeschlossen, war hinauf in ihr Zimmer geschlichen, hatte es gerade noch geschafft, sich das Bett zu beziehen, ihre Zähne zu putzen, in einen Schlafanzug zu schlüpfen. Dann lag sie schon zwischen den weichen Kissen und sank in einen tiefen, traumlosen Schlaf.

Es war sieben Uhr, der Tag brach gerade an. Sie sprang aus dem Bett, fröstelte in der kalten Luft. Sie hatte nicht mehr die Kraft gehabt, die Heizung im Haus anzuschalten, hatte sich sofort unter die Bettdecken geflüchtet. Rasch zog sie ihren warmen Wollpullover über den Schlafanzug. Sie brauchte einen Kaffee. Nathan schlief sicher noch.

Als sie jedoch ins Wohnzimmer trat, stand er dort bereits am Fenster. Er trug Jeans, dazu einen Rollkragenpullover von Frederic, der ihm wie üblich an den Schultern zu eng war. Es roch nach Kaffee im Zimmer. Nathan hatte einen Becher in der Hand. Er wandte sich nicht um, aber er hatte ihr Kommen offenbar bemerkt, denn er sagte: „Hast du das Licht draußen gesehen? Den Sturm? Die Wolken? Es ist unglaublich."

Sie nickte, obwohl er das nicht sehen konnte. „Ein fantastischer Tag. Solche Tage machen mir immer wieder klar, weshalb ich den Norden so liebe."

Er drehte sich um, sah sie an. „Ich auch", sagte er, „ich liebe den Norden auch mehr als den Süden."

Sie wusste nicht, weshalb sie plötzlich Herzklopfen bekam. „Ich dachte immer, ich sei die Einzige mit dieser Vorliebe."

„Nein. Bist du nicht."

„Ich liebe auch den Herbst mehr als den Frühling."

„Ich auch." Er trat einen Schritt näher an sie heran. „Was ist es, wonach du dich in Wahrheit sehnst?", fragte er leise.

„In Wahrheit?"

„Du liebst das, was rau ist, kalt, herausfordernd. Du liebst alles, was dich spüren lässt, dass du lebst. Du sehnst dich so sehr nach dem Leben, Virginia. Sosehr man sich nur sehnen kann, wenn man in einem alten Gemäuer sitzt, umgeben von hohen Bäumen, die Sonne und Wind und die ganze Welt draußen fernhalten."

Sie merkte zu ihrem Entsetzen, dass ihr die Tränen in die Augen stiegen. *Um Gottes willen, jetzt nicht heulen!* Welche Saite hatte er angeschlagen mit seinen Worten? Sie holte tief Luft. „Ich wollte eigentlich nur einen Kaffee haben", sagte sie.

Er stellte seinen Becher auf den Tisch, trat noch einen Schritt näher. „Und was noch? Was wolltest du noch?"

Verwirrt blickte sie an ihm vorbei.

„Was wolltest du noch? Weshalb bist du mit mir nach Skye gefahren?"

„Ich weiß es nicht."

„Doch. Du weißt es", beharrte er und trat noch näher. Er stand jetzt dicht vor ihr. Sie roch die Seife, mit der er sich gewaschen hatte. Sein lächelnder Mund war zum Greifen nah. Sein Atem streifte ihre Wange. Und zu ihrer Verwunderung verspürte sie nicht das Bedürfnis, zurückzuweichen.

Sie liebten sich den ganzen Tag über. Am Mittag verließen sie für zwei Stunden das Bett und liefen an den Strand. Sie rannten Hand in Hand am Wasser des Dunvegan-Fjords entlang, schmeckten Salzwasser auf den Lippen, rochen den Seetang. Sie waren die einzigen Menschen weit und breit. Die Möwen um sie herum wetteiferten in ihrem Kreischen mit dem Tosen des Sturmes, breiteten weit die Flügel aus und ließen sich in wilden Achterbahnflügen durch die Luft tragen.

Sie liefen, bis ihre Lungen schmerzten, dann kehrten sie eng umschlungen zum Haus zurück und gingen wieder ins Bett. Sie machten weiter, wo sie aufgehört hatten, zärtlicher jetzt als am frühen Morgen, ruhiger, geduldiger. Seit den Tagen mit Andrew hatte sich Virginia nicht mehr zu einem Mann so stark und unvermeidlich hingezogen gefühlt wie zu Nathan. Weil er da ist, dachte sie verwundert, nur weil er da ist, verändert sich alles.

Es war fast sechs Uhr am Abend, als sie feststellten, dass sie Hunger hatten. Sie zogen sich an, stiegen die steile Treppe hinunter und inspizierten die Speisekammer. Zum Glück gab es etliche Konserven, und es fanden sich auch einige Flaschen Wein. Sie stellten einen Weißwein kalt, dann machte sich Virginia an die Zubereitung des Essens, während Nathan Holz aus dem Garten holte und den Kamin im Wohnzimmer in Gang setzte. Virginia stand am Herd und blickte mit glänzenden Augen hinaus in den stürmischen Septemberabend, der ein unglaubliches Wechselspiel aus wolkenverhangener Düsternis und goldfarbenem Licht bot. Sie dachte auf einmal: Dies hier festhalten. Diese Stunden und Tage auf Skye. Zusammen mit diesem Mann. Nur ein bisschen noch, ein bisschen noch festhalten!

Im nächsten Moment wurde ihr bewusst, dass sie mit diesen Gedanken instinktiv zum Ausdruck brachte, wie abgegrenzt von der Welt draußen sich ihr Glück auf der Insel abspielte. Was immer zwischen ihnen noch geschehen würde, es konnte nur mit Problemen behaftet sein.

Im Kamin brannte ein warmes, knisterndes Feuer, und jenseits der Fenster senkte sich langsam die Dunkelheit über das Land. Virginia und Nathan saßen direkt vor den Flammen auf dem Fußboden, verzehrten ihre einfache Mahlzeit, tranken den Wein, sahen einander immer wieder an, verwundert und bezaubert. Sie waren fassungslos über die Intensität der Leidenschaft, mit der sie sich konfrontiert gesehen hatten, nachdem das Festland hinter ihnen geblieben war und sie das Gefühl gehabt hatten, plötzlich in eine andere Wirklichkeit geraten zu sein.

„Wir werden zurückmüssen“, sagte Virginia nach einer Weile. „Skye und dieses Haus hier, das wird nicht für ewig sein.“

„Ich weiß“, sagte Nathan.

Sie schüttelte den Kopf, nicht ablehnend, nur erstaunt. „Ich habe Frederic noch nie zuvor betrogen.“

„Kommt es dir wie ein Betrug vor?“

„Dir nicht?“

Er überlegte. „Es geschah so zwangsläufig. Wir hätten nichts dagegen tun können. Seit ich das Bild von dir gesehen hatte, du weißt, das alte Foto, das dich in Rom zeigt, wusste ich …“

„Was? Dass du mit mir schlafen wolltest?“

Er lachte. „Dass ich diese Frau wiederfinden wollte. Und jetzt ist sie da.“

Sie nahm einen weiteren Schluck Wein, sah in die Flammen. „Was empfindest du, wenn du an Livia denkst?“

„Offen gestanden habe ich bislang nicht an sie gedacht. Hast du etwa den ganzen Tag über an Frederic gedacht?“ Er sah sie so entsetzt an, dass sie nun auch lachen musste. „Nein. Nein, wirklich nicht. Aber ich denke jetzt an ihn. Ich frage mich, was ich ihm sagen werde.“

„Am besten die Wahrheit.“

„Wirst du Livia die Wahrheit sagen?“

„Ja.“

„Was wirst du sagen?“

„Dass ich dich liebe. Dass ich sie nie geliebt habe.“

Sie schluckte. „Ich glaube, ich habe Frederic auch nie geliebt“, sagte sie leise. Sie seufzte tief. „Er war da, als ich einen Menschen brauchte. An einem sehr einsamen und traurigen Punkt meines Lebens war er da. Nach Tommis Tod und als Michael sozusagen bei Nacht und Nebel verschwunden war. Er war verständnisvoll, fürsorglich. Er war wie ein Hafen, in den ich flüchten konnte. Aber ich liebte ihn nicht. Und deshalb wohl konnte ich auch nicht wirklich aus der Starre auftauchen, in die mich Tommis Tod gestürzt hatte. Ich war immer noch einsam, nur spürte ich es nicht mehr so stark." Sie sah Nathan an. „Glaubst du, dass das so ist? Dass wir an der Seite eines Menschen, den wir nicht lieben, einsam bleiben?"

„Zumindest dann, wenn wir vorher schon einsam waren, ja."

„Ich war wie tot vor Einsamkeit", sagte Virginia, „es wurde erst nach Kims Geburt etwas besser. Aber sie ist ein Kind. Sie konnte mir nie ein Partner sein."

Zärtlich strich er ihr mit dem Finger über die Wange. Sie hatte in den letzten Stunden gemerkt, wie sehr sie die Sanftheit seiner großen, kräftigen Hände liebte. „Aber jetzt bin ich da", flüsterte er.

Sonntag, 3. September

Er fragte sich, weshalb er nicht früher darauf gekommen war. Er hatte in der Nacht von Samstag auf Sonntag zum ersten Mal seit jenem alles verändernden Donnerstag tief geschlafen – die Erschöpfung war so groß geworden, dass ihn selbst Angst und Unruhe nicht länger wach zu halten vermochten. Als er die Augen öffnete, war es schon hell draußen, und ein dünner Regen sprühte gegen die Fensterscheibe seines Schlafzimmers. Er setzte sich auf und dachte: Skye. Was, wenn sie nach Skye gefahren ist?

Virginia liebte die Insel, und sie liebte das kleine Haus dort.

Frederic stand auf, zog seinen Morgenmantel an. Den Samstag hatte er zwischen Wut, Verzweiflung und schließlich in einer Art Resignation verbracht. Am Vormittag war er auf seinem Posten am Telefon der Walkers gewesen, aber schließlich hatte er sich derartig geschämt, dass er das Verwalterhaus verlassen hatte und mit Kim in den Tierpark gefahren war. Das Kind spürte, dass etwas nicht stimmte, obwohl sämtliche Erwachsenen ständig versicherten, es sei alles in Ordnung.

„Möchtest du mit zu mir nach Hause kommen?", hatte er Kim danach gefragt, und obwohl Kim so gern bei den Walkers war, hatte sie erfreut genickt. Zurück in Ferndale, hatte er dennoch als Erstes bei den Walkers gefragt, ob Virginia angerufen hätte. Beide, Jack und Grace, hatten ihn bekümmert angeblickt. Grace' Erkältung war offensichtlich schlimmer geworden, sie hatte gerötete Augen und trug einen Schal um den Hals.

„Nein, Sir", sagte sie, „es hat niemand angerufen."

Es war jetzt kurz nach acht Uhr. Er würde sofort in Dunvegan anrufen. Er ging ins Wohnzimmer, schloss die Tür hinter sich.

Während er das Telefon läuten ließ, starrte er in den Regen hinaus. Er war völlig perplex, als sich nach dem vierten Läuten eine Stimme meldete. „Ja? Hallo?“ Es war Virginia.

Er brauchte einen Moment, sich zu fassen. „Virginia?“, fragte er dann. „Ich bin es. Frederic.“

„Ich weiß“, sagte sie.

Er räusperte sich. „Erstaunlich, dass du ans Telefon gegangen bist.“

„Ich kann ja nicht ewig weglaufen.“

„Du bist also auf Skye?“ Diese Frage war nicht besonders intelligent, aber Virginia tat so, als sei sie zumindest berechtigt.

„Ja, ich bin auf Skye. Du weißt ja, wie sehr ich die Insel liebe. Wie geht es Kim?“

„Gut. Sie schläft hier bei mir. Grace ist ziemlich erkältet …“

Er hörte, dass sie seufzte.

Er musste die nächste Frage stellen, obwohl ihm heiß wurde beim Gedanken an die Antwort. „Ist … ist Nathan Moor bei dir?“

„Ja.“ Keine weitere Erklärung. Einfach nur *ja*. Als sei es das Normalste von der Welt, dass sie mit einem anderen Mann durchbrannte und ihre Familie im Ungewissen ließ.

„Warum, Virginia? Warum? Ich verstehe es nicht!“

„Was meinst du? Warum Nathan Moor? Warum Skye? Warum jetzt?“

„Alles. Ich vermute, das hängt alles zusammen.“

Von der anderen Seite folgte ein langes Schweigen. „Du hast Recht, es hängt alles zusammen“, sagte sie schließlich. „Ich wollte nicht nach London kommen.“

Fast hätte er gestöhnt. „Aber warum? Eine Dinnerparty! Eine lächerliche, einfache, normale Dinnerparty! Guter Gott, Virginia!“

„Es ging eben nicht.“

„Aber das hättest du mir sagen müssen. Ich habe Stunde um Stunde am Bahnhof gewartet. Wir waren alle krank vor Sorge! Virginia, das passt doch nicht zu dir! Ich habe dich noch nie so … egoistisch erlebt!“

Sie erwiderte nichts. Wenigstens versuchte sie sich nicht zu rechtfertigen.

Es wurde nicht leichter, nach Nathan Moors Rolle in dem Drama zu fragen, aber es blieb Frederic nichts anderes übrig. „War es seine Idee? Hat Nathan Moor dich überredet …“

„Nein. Mich musste niemand überreden. Ich wollte weg. Er hat mir nur dabei geholfen."

Aggressiv fragte er: „Was ist zwischen dir und Nathan Moor?"

Wieder schwieg sie.

Er merkte, dass eine kalte Angst, gemischt mit ebenso viel Wut, in ihm hochkroch. „Was ist zwischen dir und Nathan Moor?", wiederholte er. „Verdammt, Virginia, sei bitte ehrlich! Das ist das Mindeste, was du mir schuldest."

„Ich liebe ihn", sagte sie.

Ihm blieb fast die Luft weg. „Du haust mit ihm nach Dunvegan ab, in *unser* Haus, und dann sagst du mir am Telefon so einfach, dass du ihn liebst?"

„Du hast gefragt. Und du hast Recht, du verdienst Ehrlichkeit."

Ihm war schwindlig, und er hatte das Gefühl, als bewege er sich durch einen bösen Traum. „Seit wann? Seit wann läuft das zwischen euch? Seitdem er hier in Ferndale aufgekreuzt ist?"

Sie klang gequält. „Begriffen habe ich es erst hier auf Skye. Aber ich glaube … verliebt in ihn habe ich mich in der ersten Sekunde. Auch hier auf Skye. Damals gleich nach dem Schiffsunglück."

Frederic meinte alle Zimmerwände auf sich zukommen zu sehen. „Deshalb also. Deshalb deine plötzlich so überaus wohltätige Ader."

„Du bist verletzt, und ich kann verstehen, dass …"

„Ach ja? Du kannst verstehen, dass ich verletzt bin? Wie ginge es denn dir in der umgekehrten Situation? Wenn ich einfach verschwunden wäre und dir bald darauf lapidar mitteilen würde, dass ich mich in jemand anders verliebt habe?"

„Es wäre entsetzlich. Aber … ich kann nichts dafür, Frederic. Es ist passiert."

„Du weißt, dass du auf einen Betrüger und Hochstapler hereingefallen bist?", fragte er kalt. „Hat er dir inzwischen gestanden, dass er überhaupt kein Schriftsteller ist, der berühmte Bestsellerautor? Oder prahlt er noch immer mit seinen großartigen Erfolgen?"

„Ich weiß nicht, was du meinst."

„Vielleicht solltest du dich mal mit Livia unterhalten. Denn falls du es vergessen hast: Dein neuer Liebhaber ist auch noch verheiratet. Aber das stört dich vermutlich nicht weiter. Schließlich bist du auch verheiratet, und das war für dich gar kein Hinderungsgrund, in sein Bett zu springen."

Sie schwieg.

„Tatsache ist, nicht ein einziges Buch wurde je von ihm veröffentlicht.

Es gibt keinen Verleger, der sein wirres Geschreibsel zu drucken bereit ist. Nathan Moor hat sich während der letzten zwölf Jahre ausschließlich bei seinem Schwiegervater durchgeschnorrt."

„Was soll ich dazu sagen?", fragte sie hilflos.

„Willst du das von mir wissen?", schrie er. Dann knallte er den Hörer auf die Gabel.

Er starrte das Telefon an, als könnte ihm der Apparat irgendeine Erklärung für die Ungeheuerlichkeiten geben, die er gehört hatte. Er ließ sich auf das Sofa fallen, stützte den Kopf in die Hände.

Kim würde bald wach werden. Und Livia auch. Sollte er ihr sagen, was geschehen war? Aber er verspürte nicht die geringste Lust, mit diesem Trauerkloß zusammenzusitzen und plötzlich in einem gemeinsamen Schicksal vereint zu sein. Zwei Gehörnte, die darauf warteten, dass ihre treulosen Ehepartner irgendwann zurückkehrten.

Ich fahre nach London zurück, beschloss er, ich setze mich nicht hierher und stehe zu ihrem Empfang bereit, wenn sie auf einmal genug bekommt von ihrem neuen Lover. Oder wenn sie sich erinnert, dass sie ein Kind hat, für das sie verantwortlich ist. Dann kann sie auf mich warten.

ES WAR auf den Tag genau eine Woche her, seit Rachel verschwunden war. Am Sonntag, dem 27. August, hatte sie sich auf den Weg zur Kirche gemacht, und dann war sie nicht mehr aufgetaucht, und Robert hatte bei der Polizei ihre Leiche identifizieren müssen.

Vor einer Woche. Es war, als läge eine Unendlichkeit dazwischen.

In all der Qual der vergangenen Tage erschien Claire Cunningham dieser Sonntagmorgen als besonders quälend. Der Ablauf der Stunden, wie er sich genau sieben Tage zuvor gestaltet hatte, stand ihr ständig vor Augen.

Um diese Zeit bin ich aufgestanden. Jetzt war ich in der Küche und bereitete das Frühstück vor. Ungefähr jetzt tauchte Rachel in der Küche auf. In ihrem hellblauen Schlafanzug.

Sie hatte diesen letzten Morgen mit Rachel auch Liz Alby bei der gestrigen Begegnung in dem kleinen Café am Marktplatz geschildert.

Liz ihrerseits hatte nicht aufhören können, sich wegen des Karussells anzuklagen. „Wenn ich wenigstens wüsste, dass Sarah in ihren letzten Stunden glücklich gewesen ist. Wissen Sie, Claire, wenn ich sie vor mir sehen könnte, wie sie auf dem Karussell sitzt und laut schreit vor Glück, und ihre Haare fliegen im Wind. Es wäre leichter." Dann war sie in Tränen ausgebrochen.

Claire hätte ebenfalls gern geweint, aber sie konnte nicht. Sie saß nur wie erstarrt da, rührte mit mechanischen Bewegungen in ihrer Teetasse. Sie wusste, dass Ströme von Tränen darauf warteten, endlich aus ihr herausbrechen zu können, aber seit sie die Gewissheit hatte, dass Rachel nicht mehr wiederkommen würde, war es ihr nicht gelungen zu weinen.

Mit schleppenden Schritten bewegte sie sich von der Küche hinüber ins Esszimmer. Ein behaglicher Raum mit einem großen hölzernen Tisch, an dem Rachel oft gesessen und gemalt hatte. So würde es nie wieder sein.

Heute war der Tisch leer. Weder Claire noch Robert verspürten Hunger. Sue war noch immer in Downham Market bei ihrer Tante. Sie mussten sie jetzt bald zurückholen.

Als es leise an der Haustür klopfte, wandte sich Claire von dem Zimmer, zwischen dessen Wänden so unendlich viele Erinnerungen hingen, ab und trat in den Flur hinaus.

Es war der Pfarrer ihrer Gemeinde, der sie besuchen kam, Ken Jordan. Er blickte sie etwas unsicher an. „Wenn ich ungelegen komme, dann sagen Sie es bitte“, bat er. „Ich möchte Ihnen keinesfalls lästig fallen. Aber ich dachte … da es heute genau eine Woche her ist, seit …“

„Müssten Sie nicht in der Kirche sein?“, fragte Claire.

Er lächelte. „Ich habe noch etwas Zeit.“

Sie bat ihn ins Wohnzimmer. „Bitte nehmen Sie doch Platz.“

Er setzte sich auf das Sofa. Er sah eigentlich gar nicht wie ein Pfarrer aus, fand sie. Jeans, anthrazitgrauer Rolli, farblich passendes Jackett. Er war noch ziemlich jung.

„Rachel ist sehr gern sonntags in den Kindergottesdienst gegangen“, sagte sie, „sie mochte Donald Asher so gern. Am meisten liebte sie es, wenn er Gitarre spielte und die Kinder dazu sangen.“

Er lächelte. „Ja, Don kommt bei den Kindern gut an. Er hat eine intuitive Art im Umgang mit ihnen.“

„Ich habe gestern die Mutter von … von dem anderen Mädchen getroffen“, sagte Claire. Sie wusste selbst nicht, weshalb sie ihm das erzählte. Vielleicht, weil er eine vertrauenerweckende Ausstrahlung hatte. „Liz Alby. Die Mutter von Sarah Alby.“

„Ja. Ich weiß. Ein ebenso entsetzlicher Fall.“

„Sie macht sich schlimme Vorwürfe. Sie hat Sarah kurz vor … vor deren Verschwinden nicht erlaubt, Karussell zu fahren, obwohl die es sich so sehr gewünscht hat. Sie haben wohl gestritten deswegen. Das geht ihr jetzt sehr nach. Ich kann das verstehen. Den ganzen Morgen schon …“ Sie biss sich auf die Lippen.

Er sah sie freundlich und verständnisvoll an. „Ja?"

„Den ganzen Morgen schon überlege ich, wie meine … letzten Stunden mit Rachel waren. Ich halte mich immer daran fest, dass sie sich so sehr auf den Kindergottesdienst freute an jenem Morgen", sagte sie, „sie war ganz erwartungsvoll, wissen Sie. Wegen dieses Londoner Pfarrers, der irgendwelche Dias zeigen wollte. Sie konnte es gar nicht erwarten."

„Welcher Pfarrer?", fragte Ken.

Sie sah auf, bemerkte, dass er die Stirn runzelte. „Es sollte doch irgendein Pfarrer aus London kommen", erklärte sie, „und Dias zeigen. Über … über Indien, glaube ich. Rachel war sehr gespannt darauf."

„Das ist seltsam", meinte Ken, „von einem solchen Projekt ist mir absolut nichts bekannt. Weder war ein anderer Pfarrer eingeplant noch ein Diavortrag. Für gewöhnlich spricht Don solche Dinge mit mir ab."

„Aber Rachel hat ganz bestimmt davon geredet. Praktisch im Weggehen noch hat sie mir davon erzählt. Rachel hat sich für alles interessiert, wissen Sie. Es gab nichts, was ihr gleichgültig gewesen wäre."

Nun begann sie doch leise zu weinen. Es war jedoch nicht der erlösende Tränenstrom, es waren nur ein paar kleine, zaghafte Tränen.

„Claire, es ist jetzt vielleicht nicht der richtige Moment, aber Sie sollten dieser Sache nachgehen", sagte Ken. Er blickte sehr nachdenklich drein. „Ich bin fast überzeugt, dass nichts in dieser Art geplant war. Mag sein, dass das alles einen ganz harmlosen Hintergrund hat, aber man sollte es nicht auf sich beruhen lassen."

Sie hob den Kopf. Die Tränen waren schon wieder versiegt. Die Zeit des Weinens war noch fern. „Das ist doch jetzt nicht mehr wichtig", sagte sie.

Ken neigte sich vor. „Doch, Claire, das ist es. Denn diese Geschichte könnte in einem Zusammenhang mit Rachels Tod stehen. Als Erstes werde ich mit Don sprechen. Und wir müssen die Polizei informieren. Claire, Sie wollen doch auch, dass der Kerl gefasst wird, der Rachel und Ihnen so unvorstellbar Schreckliches angetan hat?!"

ER HATTE es Kim freigestellt, ob sie unter Livias Aufsicht in ihrem Elternhaus bleiben oder wieder zu Jack und Grace übersiedeln wollte, und Kim hatte sich für die ihr vertrauten Walkers entschieden. Er hatte sie am Mittag dort abgeliefert und angesichts von Grace' heftiger Erkältung ein ziemlich schlechtes Gewissen verspürt, aber in ihrer netten Art hatte sie ihm dies sofort auszureden versucht.

„Wirklich, Sir, Kim ist wie unser Enkelkind, und ein Enkelkind kann zu seiner Großmutter, auch wenn die ein bisschen Schnupfen hat. Machen Sie sich nur keine Sorgen."

„Ich muss leider nach London zurück …"

„Natürlich."

„Morgen beginnt die Schule wieder …"

„Wir werden sie hinfahren und abholen. Das ist kein Problem. Zerbrechen Sie sich nicht den Kopf. Passen Sie vor allem auf sich selbst auf, Sir."

Mit seinem Leihwagen trat er den Rückweg nach London an. Um vier war er in seiner Wohnung, wo er sich sofort einen großen Whisky einschenkte und in einem Zug austrank. Der Alkohol verscheuchte die allerquälendsten Bilder in seinem Gehirn, die Bilder, die Virginia in leidenschaftlicher Umarmung mit Nathan Moor zeigten, aber er vermochte nicht das Vergessen zu bringen, das sich Frederic ersehnte. Plötzlich fühlte er sich von dem kindischen Wunsch beseelt, Unfrieden und Beunruhigung in den satten Liebesrausch zu bringen, der sich da oben in seinem Haus auf Skye abspielte. Er ging ans Telefon und gab ein Telegramm auf: BIN WIEDER IN LONDON + TERMINLICHE GRÜNDE + KIM BEI GRACE, DIE KRANK IST + MORGEN SCHULANFANG + DEIN KIND BRAUCHT DICH + FREDERIC

Er verachtete sich ein wenig, fand aber, dass er keineswegs die Unwahrheit sagte und dass es durchaus angebracht war, Virginia an ihre Mutterpflichten zu erinnern. Es war ohnehin mehr als befremdlich, dass sie sogar ihr Kind vergessen hatte. Was hatte Nathan Moor mit ihr gemacht? Was gab er ihr? Was sah sie in ihm?

Es war zum Wahnsinnigwerden. Er wusste, dass der Kerl nicht in Ordnung war, er wusste es einfach, und er war überzeugt, dass diese Einschätzung nicht mit seiner Eifersucht zusammenhing. Abgesehen davon hatte er genügend Hinweise von Livia erhalten.

Livia. Er fand die Vorstellung, dass sie nun ganz allein in Ferndale wohnte, nicht besonders beruhigend, obwohl sie nicht im Mindesten der Typ war, der mit dem Silber durchbrennen würde. Er hätte sie nicht so einfach wegschicken können. Grace gegenüber hatte er sie als eine Urlaubsbekanntschaft bezeichnet, die sich einige Zeit in England aufhalten würde. Grace war zu höflich, näher nachzufragen, aber sicherlich gingen ihr die verschiedensten Gedanken durch den Kopf. Von Kim wusste sie bestimmt längst, dass auch Nathan in Ferndale logiert hatte. Durch das urplötzliche Verschwinden Virginias mochte sie am Ende sogar Schlüsse ziehen, die durchaus in die Nähe der Wahrheit kamen.

Es war fünf Uhr am Nachmittag, als Ken Jordan an der Haustür der Familie Lewis klingelte. Er kannte Margaret und Steve Lewis, Julias Eltern, recht gut; sie waren aktive Mitglieder der Gemeinde und verzichteten kaum einen Sonntag auf den Kirchenbesuch. Er wusste, dass Julia eng mit Rachel Cunningham befreundet gewesen war. So verwunderte es ihn nicht, dass Margaret Lewis verweinte Augen hatte, als sie ihm öffnete.

„Ich hoffe, ich komme nicht völlig ungelegen“, sagte Ken, „aber es ist sehr wichtig.“

Sie ließ ihn eintreten. „Nein, im Gegenteil, ich bin froh, Sie zu sehen, Herr Pfarrer. Ich muss heute den ganzen Tag weinen. Vielleicht weil es genau vor einer Woche war, als ...“ Ihre Stimme versagte.

„Wir alle können es nicht fassen“, sagte Ken.

„Wer tut so etwas? Wer tut etwas so Furchtbares?“

„Derjenige muss krank sein“, sagte Ken. „Ein schwer kranker Mensch.“

Er folgte ihr ins Wohnzimmer. An dem kleinen, runden Tisch im Erker saß Steve Lewis vor einer Tasse Tee. Er erhob sich. „Herr Pfarrer! Wie schön, dass Sie uns besuchen. Setzen Sie sich bitte.“

Ken nahm Platz, und Margaret brachte eine weitere Tasse und schenkte ihm Tee ein. „Vor allen Dingen möchte ich mit Julia sprechen“, sagte Ken, „aber zuvor eine Frage an Sie: Hat Julia vor dem Kindergottesdienst in der letzten Woche etwas von einem geplanten Diavortrag erwähnt? Den ein Pfarrer aus London halten sollte?“

Margaret und Steve sahen ihn verwirrt an. „Nein. Sie hat nichts dergleichen erwähnt.“

„Ich war heute früh bei Rachels Mutter“, sagte Ken. Kurz berichtete er, was Claire erzählt hatte. „Heute am frühen Nachmittag erreichte ich endlich Donald Asher. Ihm war nichts von einem Diavortrag bekannt. Er hat keine Ahnung, was Rachel gemeint haben könnte. Und nun denke ich, dass es vielleicht einen Zusammenhang gibt zwischen Rachels Verschwinden und diesem eigenartigen Gerede von einem ominösen Pfarrer aus London, den weder Asher noch ich kennen.“

„In der Tat ist das seltsam“, stimmte Steve zu.

„Ich hole Julia“, sagte Margaret.

Julia kam aus ihrem Zimmer herunter. Sie sah furchtbar blass aus. Ken Jordan hatte den Eindruck, dass sie fast noch unter Schock stand. Er lächelte sie an. „Nur eine kurze Frage, Julia. Du hast Rachel sehr lieb gehabt, nicht?“

Julia nickte heftig. „Sie war meine beste Freundin.“

„Dann hat Rachel dir bestimmt auch von dem Diavortrag erzählt? Den ein Pfarrer aus London bei euch im Kindergottesdienst halten wollte?“

Julias Augen weiteten sich. Ein Flackern huschte durch ihren Blick.

Volltreffer, dachte Ken. „Sie hat dir davon erzählt?“, hakte er nach.

Julia schwieg. Sie starrte auf ihre Fußspitzen.

„Julia, wenn du etwas weißt, musst du es sagen“, mahnte Steve.

Mit kaum hörbarer Piepsstimme sagte Julia: „Ich habe Rachel versprochen, mit niemandem über den Pfarrer aus London zu sprechen.“

„Aber weißt du, ich bin sicher, dass Rachel nun nichts mehr dagegen hat, wenn du dein Versprechen brichst“, sagte Ken. „Vielleicht ist jemand sehr böse zu ihr gewesen. Sie würde wollen, dass dieser Mensch bestraft wird.“

„Der … der Mann hat Rachel gesagt, dass er uns Bilder zeigt. Diabilder. Über die Kinder in Indien.“

Alle hielten den Atem an. „Welcher Mann?“, fragte Ken.

Endlich hob Julia den Blick. „Der Mann vor der Kirche.“

„Hast du ihn auch gesehen?“, fragte Margaret. Sie hatte hektische rote Flecken im Gesicht bekommen. „Oder mit ihm geredet?“

„Nein.“

„Rachel hat ihn allein getroffen?“

„Ja. An einem Sonntag bevor … das passiert ist. Vor ein paar Wochen schon. Als sie zum Kindergottesdienst wollte. Er war auf der Straße vor der Kirche. Er hat sie gefragt, ob sie ihm vielleicht helfen könnte …“

„Und dann?“

Julia schluckte. „Dann hat er gesagt, dass er ein Pfarrer aus London ist und ganz tolle Bilder bei uns im Kindergottesdienst zeigen will. Über Kinder in Indien. Aber es soll eine Überraschung sein, und er muss sich darauf verlassen, dass Rachel keinem etwas erzählt.“

„Hm“, machte Ken, „und Rachel wollte natürlich alles richtig machen und kein Spielverderber sein?“

Julia senkte den Kopf. „Sie hat es dann trotzdem mir erzählt. Als sie aus den Ferien zurückkam. An dem Samstag bevor … sie verschwunden ist.“

„Wollte sie den fremden Mann noch mal treffen?“

„Ja. Er hat gesagt, er braucht eine Assistentin. Und das soll sie sein. Und sie soll ihn vor dem Kindergottesdienst im Chapman’s Close treffen. Er zeigt ihr dann, was sie genau machen muss, und nimmt sie im Auto mit zum Kindergottesdienst.“

Margaret schloss für Sekunden die Augen. Steve atmete tief.

„Chapman’s Close“, sagte Ken. Eine Straße, an deren Anfang sich ein paar Wohnhäuser befanden. Weiter hinten gab es dann nur noch Wiesen, und am Ende ging sie in einen Feldweg über. Wenn ein Mann dort ein kleines Mädchen in sein Auto steigen ließ, konnte er ziemlich sicher sein, dass ihn niemand dabei beobachtete. „Wir werden das der Polizei melden müssen“, sagte er zu Steve und Margaret, „und vermutlich werden die auch noch einmal mit Julia sprechen wollen. Es tut mir leid, aber …“

„Das ist völlig in Ordnung“, stimmte Steve rasch zu, „wir möchten doch auch, dass der Typ gefasst wird.“

Ken wandte sich noch einmal an Julia. „Hat Rachel dir erzählt, wie der Mann aussah?“

Julia nickte. „Ganz toll, hat sie gesagt. Wie einer aus dem Film.“

Ken, Steve und Margaret sahen einander an. Das konnte stimmen oder auch nicht. Vermutlich hatte Rachel die ganze Geschichte etwas aufgebauscht und aus ihrem Mörder einen Mister Universum gemacht, dachte Ken. Trotzdem würde er, Sonntag hin oder her, sofort von daheim bei der Polizei anrufen. Vielleicht konnten die aus dem dürftigen Material mehr machen, als er vermutete.

DER HIMMEL über Skye war von einem stählernen, kalten, unverschleierten Blau. Der Sturm hatte im Lauf des Tages die letzten Wolken verblasen. Die Luft war klar wie ein Diamant. Das Meer spiegelte den Himmel, trug dicke weiße Schaumkronen auf seinen aufgewühlten Wellen.

Virginia war allein zu einem Spaziergang aufgebrochen. Sie wollte ein paar Stunden für sich sein, und Nathan hatte dieses Bedürfnis bei ihr gespürt, ohne dass sie es hätte in Worte fassen müssen. Er hatte erklärt, etwas Holz zu hacken, damit sie genügend Nachschub für den Kamin hatten. Sie hatte ihm einen dankbaren Blick zugeworfen, und er hatte gelächelt.

Sie war über eine Stunde am Meer entlanggelaufen, ohne einem Menschen zu begegnen, sie hatte sich völlig frei allen ihren Gedanken überlassen können. Irgendwann hatte sie angefangen, diese Gedanken zu ordnen.

Ich liebe Nathan. Diese Liebe hat irgendetwas in mir verändert. Ich habe das Gefühl, nach langen Jahren wieder zu leben. Ich habe ihm Dinge von mir erzählt, die niemand sonst weiß, auch nicht Frederic.

Ich werde ihm von meiner Schuld erzählen.

Ich möchte nicht wieder zurück in mein altes Leben. Ich werde alles umstürzen. Ich werde Frederic verlassen. Ferndale. Vielleicht sogar England. Alles, alles hat sich verändert.

Der Stand der Sonne sagte ihr, dass es besser wäre, an den Heimweg zu denken, wenn sie nicht von der Dunkelheit überrascht werden wollte. Der Wind wehte ihr ins Gesicht, als sie umkehrte. Skye würde sie auch verlieren. Egal. Sie und Nathan würden sich ein neues Skye suchen. Solange sie zusammen waren, war alles in Ordnung.

Warum nur hatte sie sich so tot gefühlt an Frederics Seite? Weil sie sich von seiner Zuneigung, seiner aufrichtigen Liebe manchmal wie erschlagen gefühlt hatte? Weil sie oft wie erstickt gewesen war von ihrem Schuldgefühl ihm gegenüber? Vielleicht hatte sie immer gewusst, dass sie ihm eines Tages davonlaufen würde.

Und nie, nicht in ihren kühnsten Gedanken, hatte sie die Möglichkeit erwogen, ihm *alles* über sich, über ihr Leben, über ihre Schuld zu erzählen. Er wusste, dass sie einige Jahre mit ihrem Cousin zusammen in einer eheähnlichen Beziehung gelebt hatte, er wusste von dem tragischen Tod des kleinen Tommi und von Michaels Verschwinden bei Nacht und Nebel. Aber mehr wusste er nicht. Er kannte nicht ihre wilden Londoner Jahre, er wusste nichts über Andrew. Nie wäre es ihr in den Sinn gekommen, dies alles ihm gegenüber zu erwähnen. Vielleicht hatte es einfach an seiner Art gelegen. Er war so konservativ, so angepasst an Recht und Ordnung, hielt sich immer an die Regeln, nach denen man Dinge tun durfte oder nicht.

Und sie würde ihm auch nicht erzählen, was da noch gewesen war. Zwischen ihr und Michael. Nicht einmal Nathan hatte sie bislang davon berichtet. Aber sie wusste, dass sie es tun würde. Nathan würde alles über sie erfahren.

Weil Nathan nicht feige ist, dachte sie, nicht zu feige, auch die hässlichen Farben im Bild einer Frau zu ertragen.

Sie würde Kim den Vater nehmen. Sie würde die sichere Welt, in der ihr Kind bislang aufgewachsen war, einstürzen lassen. Zweifellos lud sie eine große Schuld auf sich. Sie betrog nicht nur Frederic, sie betrog auch Kim. Vielleicht musste sie irgendwann dafür bezahlen. Sie konnte dennoch den Weg nicht verlassen, den sie eingeschlagen hatte.

Schon von Weitem sah sie den Rauch aus dem Schornstein des Cottage steigen, sah den Lichtschein hinter den Fenstern. Sie beschleunigte ihre Schritte. Sie wollte zu ihm.

Er kniete im Wohnzimmer neben dem Kamin, schichtete gerade die Holzscheite, die er gehackt hatte, an der Wand entlang auf.

„Virginia!“ Er stand auf, trat auf sie zu und vergrub seine Nase an ihrem Hals. „Du riechst wunderbar. Nach Meer. Nach Wind. Nach allem, was ich liebe.“

Sie sah ihn an. Sie wusste, dass ihre Augen idiotischerweise verklärt leuchteten, aber sie konnte es nicht ändern.

„Irgendwie“, sagte er, „habe ich nicht so große Lust, heute Abend schon wieder eine Konserve aufzumachen. Wie wäre es, wenn wir in ein Pub gingen? Ich habe riesigen Appetit auf Bohnen, Lammkoteletts und ein dunkles Bier!“

Sie erschrak. „Ich glaube, ich habe hier auch eine Dose Bohnen“, sagte sie hastig und machte schon einen Schritt in Richtung Küche.

Nathan hielt sie am Arm fest. „Darum geht es doch gar nicht. Ich möchte mit dir ausgehen.“

„Ich finde das keine gute Idee“, meinte sie unglücklich.

Er lächelte nun nicht mehr. „Aha“, sagte er, „ich werde versteckt, nicht wahr? Man würde uns sehen, wenn wir irgendwo essen gehen. Du bist bekannt auf der Insel. Es würde Gerede und Getuschel geben. Stimmt's?“

Langsam streifte sie ihre Jacke ab, hängte sie über eine Stuhllehne. „Nathan, es geht doch nicht darum, dass ich dich auf Dauer verstecken will. Oder unsere Beziehung. Im Gegenteil. Aber müssen wir das Frederic antun? Zu diesem Zeitpunkt? Hier auf der Insel? Es ist sein Haus. Er wird immer wieder herkommen. Müssen wir ihn so bloßstellen?“

Er zuckte die Schultern. „Du bist sehr besorgt um ihn.“

„Er hat mir doch nichts getan. Es gibt absolut nichts, was ich ihm vorwerfen könnte. Ich tue ihm schon so sehr weh. Muss ich es noch schlimmer machen, indem ich ihn dem Getuschel der Menschen auf Skye aussetze?“

Er war verärgert, aber sie hatte den Eindruck, dass es ihm nicht wirklich darum ging, unbedingt in einem Restaurant zu essen. Das Ganze war eher eine Machtprobe. Er verlor sie, und das machte ihn wütend.

Besänftigend strich sie über seinen Arm. „He“, sagte sie leise, „lass uns nicht streiten, okay? Lass uns ein Glas Wein trinken und dann …“

Er schüttelte ihre Hand ab. „Auf dem Tisch liegt ein Telegramm für dich“, sagte er mürrisch.

„Ein Telegramm? Von wem?“

„Keine Ahnung. Glaubst du, ich lese Post, die für dich bestimmt ist?“

Sie nahm den braunen Umschlag vom Tisch. Das Kuvert war nicht zugeklebt, die Lasche nur eingesteckt.

„Ach du lieber Gott“, sagte sie leise, nachdem sie fertig gelesen hatte.

Nathan sah sie fragend an. „Und? Von wem ist es?“

„Von Frederic. Aus London.“ Sie las vor: „BIN WIEDER IN LONDON + TERMINLICHE GRÜNDE + KIM BEI GRACE, DIE KRANK IST + MORGEN SCHULANFANG + DEIN KIND BRAUCHT DICH + FREDERIC“.

„Sehr wirkungsvoll“, sagte Nathan, „er benutzt das Kind, um dich aus meinen Armen zu reißen. Ich frage mich nur, was er sich davon verspricht? Auf diese Weise würde ich eine Frau nicht zurückgewinnen wollen.“

„Ich glaube, das denkt er sich so auch nicht. Er musste tatsächlich nach London, Grace ist wahrscheinlich wirklich krank, und es ist auch nicht zu leugnen, dass morgen die Schule beginnt.“ Virginia biss sich auf die Lippen. „Ich fürchte, Nathan, ich muss zurück.“

„Er hat dich ganz gut im Griff, muss ich sagen.“

„Kim ist erst sieben. Und wenn Grace tatsächlich krank ist …“

„Dann ist immer noch ihr Mann da.“

„Aber der ist vielleicht überfordert. Nathan, ich habe ein Kind. Ich kann nicht einfach …“

„Dass du ein Kind hast, wusstest du auch am Donnerstag, als du dich zu dieser Flucht entschlossen hast.“

Plötzlich ebenfalls wütend, fuhr sie ihn an: „Was soll ich denn tun? Du hast es leichter. Du hast viel weniger zurückgelassen!“

„Oh – eine kranke Ehefrau immerhin auch.“

„Die ist dir doch völlig egal. Erzähl mir doch nicht, dass du dich in Gewissensbissen windest, seit du das erste Mal mit mir geschlafen hast!“

„Keineswegs. Aber so einfach, wie du es darstellst, ist es auch wieder nicht. Ich mache mir durchaus Gedanken um Livia, aber ich finde nicht, dass das ein Thema ist, mit dem ich dich behelligen sollte. Ich habe meine Lebensumstände und meine Vergangenheit, du ebenso. Jeder von uns muss selbst herausfinden, wie er damit umgeht.“

„Ich will dich nicht mit Frederic behelligen, aber …“

„Genau das tust du. Wegen Frederic dürfen wir diese Hütte hier praktisch nicht verlassen. Wenn Frederic ein Telegramm schickt, möchtest du im nächsten Moment abreisen.“

Sie merkte, dass sie Kopfweh bekam. Das Gespräch entglitt ihr, auch deshalb, weil Nathan es so wollte. „Es geht doch in erster Linie um Kim“, sagte sie müde.

„Irrtum“, widersprach Nathan, „es ist nur so, dass Kim von nun an gnadenlos instrumentalisiert werden wird. Dieses Telegramm“, er wies auf den Umschlag in Virginias Händen, „ist eine Kriegserklärung. Frederic wird mit harten Bandagen kämpfen, das macht er dir hier deutlich.“

Sie strich sich mit beiden Händen über das Gesicht. Es entsetzte sie zu merken, wie sehr sie sich bereits davor fürchtete, ihn zu verlieren. „Ich muss trotzdem zurück“, sagte sie.

„Du musst dich entscheiden."

„Zwischen meinem Kind und dir?"

„Zwischen deinem Mann und mir. Wenn du jetzt zurückfährst, beugst du dich seinen Regieanweisungen."

„Ich bin auch Mutter. Das ist eine Verpflichtung, aus der ich mich weder lösen kann noch will."

„Ohne dieses Telegramm hättest du aber kaum jetzt daran gedacht."

Plötzlich fühlte sich Virginia wie in einem Schraubstock gefangen: Frederic machte Druck, aber Nathan tat das auf mindestens ebenso rücksichtslose Weise. Sie flüchtete sich in den Gegenangriff. „Tu doch nicht so, als ob bei dir alles in Ordnung wäre! Du urteilst über mich und mein Verhalten, als wärst du selbst völlig unangreifbar. Du hast mir schließlich keineswegs die ganze Wahrheit über dich gesagt!"

Für einen Moment wirkte er aufrichtig verblüfft. „Nein?"

„Nein. Was ist zum Beispiel mit den vielen Bestsellern, die du schon geschrieben hast? Und mit denen du in Deutschland zu einem bekannten und beliebten Autor geworden bist?"

Er trat einen Schritt zurück. Seine Augen wurden schmal. „Oh – man hat ein paar Erkundigungen eingezogen?"

„Ich bin nicht der Mensch, der anderen hinterherspioniert. Livia hat es Frederic erzählt."

„Aha. Und der hatte natürlich nichts Besseres zu tun, als diese Neuigkeit sofort an die treulose Gattin weiterzugeben!"

„Hättest du das anders gemacht an seiner Stelle?"

„Ich vermute, Livia hat nicht alles gesagt." Sie starrten einander an. Endlich sagte Nathan mit weicherer Stimme: „Wir sollten einander alles erzählen. Eine andere Chance haben wir nicht."

Dankbar registrierte Virginia, dass die unerträgliche Spannung der letzten Minuten verschwunden war. Sie konnte wieder die Zärtlichkeit spüren, die Nathan für sie hegte, und sie fand ihre eigenen Gefühle für ihn wieder. Aber der Tag hatte sein Leuchten verloren. Sie hatten zum ersten Mal gestritten. Er hatte keinerlei Verständnis für ihre Situation gezeigt, und er hatte Livias Behauptung, was seine beruflichen Umstände anging, nicht abgestritten. Was höchstwahrscheinlich bedeutete, dass alles stimmte. Und auf einmal fragte sie sich auch, weshalb er gerade an diesem Abend auf einen Restaurantbesuch gedrängt und sie damit gestresst hatte. Sie konnte sich des Eindrucks nicht erwehren, dass irgendetwas seine Laune schon vorher getrübt hatte, und im Grunde konnte es nur das Telegramm von

Frederic gewesen sein. Das hieß aber, er hatte es, entgegen seiner Beteuerung, doch sogleich gelesen. Er hatte sich geärgert und dann alles unternommen, um einen Streit vom Zaun zu brechen. Er ist einfach anders als ich, dachte sie.

Nathan lächelte. „Wir fahren morgen nach King's Lynn zurück", sagte er, „wenn du das möchtest."

Sie holte tief Luft. „Ich werde dir alles über mich erzählen. Alles."

Er nickte. „Und ich werde dir alles über mich erzählen."

„Muss ich Angst haben?"

Er schüttelte entschieden den Kopf. „Nein. Und ich?"

„Ja", sagte sie und brach in Tränen aus.

Montag, 4. September

Noch zwei Wochen bis zu meinem Geburtstag, dachte Janie bedrückt. Am übernächsten Sonntag war es so weit. Und sie wusste immer noch nicht genau, wie das Ereignis gefeiert werden würde.

Heute war Montag, und somit bestand wieder die Chance, den netten Mann in dem Schreibwarengeschäft zu treffen. Obwohl es ja wirklich so aussah, als hätte er ihre Verabredung vergessen. Oder er war ernsthaft sauer, weil sie damals nicht gekommen war.

Janie seufzte. Sie streifte die Bettdecke zurück, tappte zu ihrem Schreibtisch und kramte vorsichtig die fünf Einladungskarten heraus. Sie hatte sie inzwischen so oft in die Hand genommen und angesehen, dass eine von ihnen bereits an einer Ecke eingeknickt war. Wie schön wäre es, wenn sie sie bald beschriften und in ihrer Klasse verteilen könnte!

„Janie!" Von draußen vernahm sie die Stimme ihrer Mutter. „Erster Schultag! Du musst aufstehen!" Doris Brown öffnete die Tür und streckte den Kopf ins Zimmer. „Die Zeit des Trödelns ist vorbei! Beeil dich!"

„Okay!" Janie versuchte, die Karten unauffällig in die Schublade zurückzuschieben, und erregte damit erst recht den Argwohn ihrer Mutter.

„Was hast du denn da?" Doris war mit zwei Schritten neben ihr und nahm ihr die Karten aus der Hand. Überrascht betrachtete sie die Inschrift. „Ich dachte eigentlich", sagte sie dann, „dass ich mich klar ausgedrückt hätte. Es wird keine Party geben! Das Geld hättest du dir sparen können." Sie gab ihrer Tochter die Karten zurück. „Du musst nicht glauben, dass ich meine Meinung noch ändern werde!"

Wenn Janie gelernt hatte, etwas nicht zu glauben, dann dies. Doris war noch nie von einer einmal gefassten Entscheidung abgewichen.

„Ich habe …", begann sie und hielt dann inne … einen ganz netten Mann kennen gelernt, hatte sie gerade sagen wollen. Aber sie war nicht sicher, ob das klug wäre. Vielleicht wurde Mum wütend und verbot ihr von vornherein den Umgang mit ihrem Bekannten. Eigentlich aber war es eine Gelegenheit, Mum in ihre Pläne einzuweihen.

Mum, mach dir keine Gedanken wegen der Party, hätte sie gern gesagt, du musst dich um gar nichts kümmern! Stell dir vor, ich kenne jemanden, der will das alles für mich machen.

„Ja?", fragte Doris. „Du hast …?"

„Ich habe …" Janie schloss die Augen. Sie hätte sich ihrer Mutter so gern anvertraut. Das Schlimme war nur, dass Doris Brown so unberechenbar war. Es konnte entsetzlich schiefgehen, wenn man sich ihr öffnete. „Nichts", sagte sie, „ich wollte eigentlich gar nichts sagen."

Doris schüttelte den Kopf. „Manchmal kommst du mir ganz schön wirr vor. Also, los jetzt. Beeil dich. Du musst nicht gleich am ersten Tag zu spät zur Schule kommen!"

„Wann kommt Mummy wieder?", fragte Kim. Sie war quengelig an diesem Morgen, und ihre Augen glänzten ein wenig. Grace, die sich nur krächzend verständigen konnte, legte dem Kind besorgt die Hand auf die Stirn.

„Fieber hast du nicht", stellte sie fest, „ich fürchte ja, du wirst dich bei mir anstecken!"

„Ich mag nicht zur Schule gehen", maulte Kim.

„Aber da bist du doch immer gern hingegangen", meinte Grace. „Denk nur an all die vielen netten Kinder, die du wiedersiehst! Die hast du doch sicher schon vermisst!"

„Nein", sagte Kim störrisch. Sie vermisste ihre Mutter. Wieso war sie am ersten Schultag nicht da?

Grace nahm ein Taschentuch und schnäuzte sich die Nase. Ihre Glieder schmerzten und sie konnte kaum mehr schlucken. Hätte sie nicht die Verantwortung für Kim gehabt, sie wäre an diesem Tag gar nicht aufgestanden. Zu allem Überfluss hatte Jack schon ganz früh am Morgen zu einer zweitägigen Fahrt hinunter nach Plymouth aufbrechen müssen. Er fuhr einen Transport mit Styroporplatten, den er schon vor Wochen zugesagt hatte. Beim Anblick seiner Frau allerdings hatte er überlegt, aus dem Geschäft auszusteigen. Grace hatte jedoch heftig widersprochen. „Auf gar keinen Fall! Mr Trickle ist immer so nett und verschafft dir diese Jobs. So schnell kann er niemanden als Ersatz finden. Du darfst ihn nicht enttäuschen!“

„Dir geht es aber ganz schön schlecht!“ Jack war wütend geworden. „Es ist rücksichtslos, was Mrs Quentin sich da leistet! Wie kann eine Mutter sich so benehmen? Verschwindet von heute auf morgen, und andere Menschen können zusehen, dass es ihrem Kind gut geht!“

„Sie wusste ja nicht, dass ich gerade jetzt krank werde“, beschwichtigte Grace ihn. Jack hatte weiter vor sich hin gebrummt, aber am Ende hatte er sich überreden lassen, die Fahrt nach Plymouth durchzuführen. Grace hatte ihm versprochen, sich sofort wieder ins Bett zu legen, wenn sie Kim zur Schule gebracht hatte. Etwas anderes wäre ihr auch gar nicht übrig geblieben. Sie glühte vor Fieber, und jeder Muskel in ihrem Körper schmerzte.

Er hatte auf der ganzen Fahrt noch fast kein Wort gesprochen. Am Vorabend hatte sich die Stimmung wieder entspannt; sie hatten dann doch eine Konserve aufgemacht, Kerzen angezündet und Musik gehört. Aber sie hatten nicht mehr miteinander geschlafen. Beide waren sie nicht mehr in der Stimmung dazu gewesen.

Morgens waren sie schon um sechs Uhr aufgebrochen. Virginia hatte Nathans Schweigen auf die frühe Tageszeit geschoben. Aber dann fuhren sie Meile um Meile, und Nathan sagte immer noch nichts. Sie musterte ihn von der Seite, und sie hätte weinen mögen bei dem Gedanken an das Gefühl von Freiheit und Leichtigkeit, das sie noch vor wenigen Tagen erfüllt hatte, als sie die Fahrt in die umgekehrte Richtung antraten. Jetzt fuhren sie in den dichter besiedelten Teil Englands hinein und wieder dorthin, wo die Probleme und Sorgen waren. Und noch dazu sprach er kein Wort.

Auf der Höhe von Carlisle hielt sie es nicht mehr aus. „Nathan, was ist los? Du hast fast nichts gesprochen, seit wir losgefahren sind. Liegt es an mir? Hast du irgendein Problem mit mir?“

Er wandte ihr sein Gesicht zu. „Ich habe kein Problem mit dir“, sagte er.

Kurz darauf steuerte er einen Rastplatz an. „Ich brauche einen Kaffee“, meinte er und stieg aus.

Fünf Minuten später erschien er mit zwei großen Deckelbechern aus Styropor. „Komm, wir setzen uns irgendwohin“, schlug er vor. Sie setzten sich an einen Picknicktisch und hielten ihre heißen Kaffeebecher umklammert.

„Ich habe nachgedacht“, sagte Nathan. „Es ist nicht einfach, dir meine Situation der letzten Jahre zu schildern“, sagte er, „aber wir haben einander Ehrlichkeit versprochen, und ich möchte die Dinge so formulieren, dass du wirklich begreifst, wie sie zusammenhängen."

„Es stimmt, nicht wahr?", fragte sie. „Du hast noch nie ein Buch veröffentlicht?"

Er nickte. „Das ist richtig. Richtig ist aber auch, dass ich seit Jahren schreibe. Dass ich jedenfalls zu schreiben versuche."

„Was hat daran nicht funktioniert?"

Er starrte an ihr vorbei. „Es hing wohl mit dem Leben zusammen, das ich führte. Es war ein Leben, das ich als tödlich empfand – als eng, eingeschränkt, lähmend. Manchmal glaubte ich keine Luft zu bekommen, dachte, ich müsste buchstäblich ersticken. Ich setzte mich an meinen Schreibtisch, starrte auf den Bildschirm meines Computers und fühlte nichts als Leere in mir. Es war entsetzlich."

„Das kann ich verstehen", sagte Virginia. Zögernd streckte sie die Hand aus, berührte sacht seinen Arm. „Was war so lähmend?"

Er lehnte sich zurück. Plötzlich sah er müde aus und grau unter seiner Sonnenbräune. „Ich lernte Livia an der Uni kennen. Ich jobbte damals für die Hochschulzeitung, veröffentlichte regelmäßig Artikel. Die Idee zu einem großen Roman spukte aber bereits ständig in meinem Kopf herum.

Eines Tages fragte ich Livia, ob sie es sich vorstellen könnte, mit einem Schriftsteller verheiratet zu sein. Sie freute sich über den Heiratsantrag, der sich ja mit meiner Frage verband. Dass das Leben mit einem Schriftsteller schwierig sein könnte – darüber hat sie, glaube ich, in diesem Moment nicht so genau nachgedacht.

An den Wochenenden zog es mich regelmäßig ans Meer. Ich machte meinen Segelschein, entdeckte meine Leidenschaft für das Wasser. Ich glaube, damals wurde der Gedanke geboren, irgendwann einmal zu einer Weltumsegelung aufzubrechen. Später natürlich, viel später.

Dann passierte die Katastrophe. Knapp drei Wochen vor unserer Hochzeit starb Livias Mutter. Ohne jede Vorwarnung, ein Herzinfarkt. Livias Vater rief an, um es uns mitzuteilen. Er selbst war rundum pflegebedürftig, saß nach einem Schlaganfall im Rollstuhl.

Klar, dass Livia gleich zu ihm in die Kleinstadt reiste, in der er wohnte, und sich um ihn kümmerte. Von da an war Livia praktisch rund um die Uhr im Einsatz. In den Wochen vor der Hochzeit sah ich sie nun gar nicht mehr. Ich reiste dann hinterher, wir heirateten standesamtlich mit zwei Nachbarn als Trauzeugen. Wir konnten danach nicht einmal essen gehen, weil Livia schnell wieder nach Hause zu dem Pflegefall musste.

Ich dachte, dass wir nun gemeinsam ein geeignetes Pflegeheim suchen würden. Tatsächlich führte Livia auch einige Telefonate mit Heimen, aber irgendwie ging alles nicht voran, und irgendwann vertraute sie mir an, dass sich ihr Vater weigere, sein Haus zu verlassen, und dass er auch nicht von einer fremden Person betreut werden wolle.

Damit waren die Würfel gefallen. Ich kapierte, dass Livia bleiben würde, dass sie ihre Rolle im Grunde schon akzeptiert hatte. Ich wollte mich nicht gleich nach der Hochzeit von ihr trennen. Ich redete mir ein, es sei schließlich ganz gleich, wo ich meinen Roman schriebe. Und natürlich hatte ich vor, darauf hinzuwirken, dass wir letztlich doch eine andere Lösung finden würden. Länger als ein Jahr, dachte ich, sind wir keinesfalls hier.

Es wurden zwölf Jahre. Und ich lief durch diese kleine Stadt wie ein Tiger durch seinen Käfig. Ich wusste, dass mich alle Welt für einen Schmarotzer hielt, während Livia als Heilige galt. Es gab keinen Ort, an dem ich mich gut fühlte. An dem ich Frieden empfunden hätte. Es gab somit keinen Ort, an dem ich schreiben konnte.

Die Jahre vergingen, und schließlich, im letzten Jahr, lag Livias Vater eines Morgens tot in seinem Bett, und ich konnte es zunächst kaum fassen. Aber er war wirklich gegangen, und wir waren frei.

Ich weiß, dass Livia keine Lust hatte, auf diese Weltumsegelung zu gehen. Und vielleicht war es von mir nicht richtig, sie deswegen unter Druck zu setzen. Aber, verdammt, ich musste eine Chance haben, mich ganz und gar von den Ketten zu befreien! Ich musste alles hinter mir lassen. Ich wollte auf einem Schiff durch die Wellen pflügen, wollte andere Länder sehen, andere Menschen treffen. Ich wollte endlich keine Gewichte mehr an meinen Füßen spüren. Ich wollte mein Buch schreiben.

Es ist tragisch ausgegangen, wie du weißt. Ich bin 43 Jahre alt und besitze nichts mehr. Absolut nichts. Und die ganze Zeit frage ich mich: Ist das nicht die wirkliche, große Freiheit? Nichts mehr zu verlieren zu haben? Oder bin ich in Wahrheit unfreier als je zuvor? Ein Gestrandeter, ein Gescheiterter? An guten Tagen denke ich, dass ich ein beneidenswerter Mann bin. An schlechten wünsche ich mir, ich könnte endlich aus diesem Albtraum erwachen.

Aber da ist noch etwas. Es rückt alle Dinge in ein anderes Licht. Als ich vor Skye unterging, bist du in mein Leben getreten. Ich musste alles verlieren, um dir zu begegnen. Das ist das wirklich Besondere an meiner Situation. Es macht aus einem Schiffsunglück ein Wunder.

Ich habe dir gesagt, dass es gute und schlechte Tage für mich gibt. Seit dem letzten Wochenende glaube ich, dass die schlechten vorbei sind."

UM VIERTEL VOR VIER begriff Janie, dass der nette Mann schon wieder nicht kommen würde. Sie hatte sich nicht mehr in das Schreibwarengeschäft hineingetraut, aber sie hatte rasch durch die Scheiben geblinzelt und gesehen, dass der Laden leer war.

Dann hatte sich Janie auf der anderen Straßenseite postiert, wo sich ein Maklerbüro befand. Im Schaufenster hingen die Fotos verschiedener Häuser in der Gegend, und Janie tat so, als studiere sie diese angelegentlich. Aus den Augenwinkeln konnte sie die Tür zum Schreibwarenladen beobachten. Bis um Viertel vor vier waren nur drei Menschen hineingegangen. Janies Freund war nicht dabei.

Es war zum Heulen. Janie wartete noch einige Zeit, dann schaute sie auf ihre Armbanduhr. Zehn nach vier. Sie konnte eigentlich nach Hause gehen.

Die Tür des Maklerbüros öffnete sich und eine sehr elegante Dame im nachtblauen Hosenanzug schaute heraus. „Na, junge Frau, möchten Sie ein Haus kaufen?“, fragte sie spöttisch. „Oder was ist so schrecklich interessant an unserem Schaufenster?“

Janie zuckte zusammen. „Ich … ich“, stotterte sie, „ich finde die Bilder so schön.“

„Na ja, aber du siehst sie dir nun schon seit über einer Stunde an. Ich denke, langsam dürftest du sie auswendig kennen. Hast du kein Zuhause?“

Janie erschrak. Die Dame begann sich zu sehr für sie zu interessieren. Ob sie ihr ansah, dass sie gerade den Sportunterricht schwänzte?

Denn genau das tat Janie. Sie hätte sonst nicht rechtzeitig bei dem Schreibwarenladen sein können. „Ich … gehe schon“, sagte sie hastig.

Die Dame sah sie eindringlich an. „Wenn es Probleme gibt … möchtest du, dass ich deine Mutter anrufe? Wenn du mir ihre Nummer …“

Um Gottes willen, das wäre das Letzte, was sie gebrauchen konnte! „Keine Probleme“, versicherte sie, „ich habe einfach die Zeit vergessen.“

Sie lächelte unsicher, überquerte die Straße und ging schnell davon.

UM FÜNF UHR holte Grace Kim von der Schule ab, und sie tat es mit der letzten Kraft, die sie noch aufbringen konnte. Sie spürte, dass das Fieber gestiegen war. Gegen drei Uhr hatte Jack angerufen. Die Verbindung war schlecht gewesen; sie hatte das gleichmäßige Brummen des Motors ziemlich laut und seine Stimme eher leise gehört.

„Wie geht's?“, hatte er gefragt.

Ihr taten alle Knochen weh, aber sie hatte behauptet: „Gut. Na ja … den Umständen entsprechend.“

„Hat sich Madame gemeldet?“ Das Wort *Madame* klang abfällig. Bei ihm hatte Mrs Quentin wohl für alle Zeiten verspielt.

„Nein. Ich habe nichts von ihr gehört.“

Er murmelte etwas, was Grace geflissentlich überhörte. Nachdem er ihr aufgetragen hatte, sich zu schonen, beendeten sie das Gespräch, und Grace kroch in ihr Bett zurück. Ihr graute vor dem Moment, da sie aufstehen und sich auf den Weg zu Kims Schule machen musste. Ganz kurz spielte sie sogar mit dem Gedanken, sich an Livia Moor zu wenden, die offenbar für einige Zeit drüben im Haupthaus wohnte. Über ihre Anwesenheit hatte Frederic Grace informiert, aber wer genau sie war, blieb unklar. Grace hatte sich jedoch zusammengereimt, dass sie irgendetwas mit dem Mann zu tun hatte, mit dem Virginia Quentin durchgebrannt war. Ihr war das zu suspekt. Dieser Person hätte sie ihren kleinen Liebling nicht anvertraut.

Irgendwie schaffte sie es, mit dem Auto bis zur Schule und wieder zurückzukommen. Kim erzählte ohne Punkt und Komma. Sie hatte zwei neue Mitschüler bekommen, neue Lehrer, ein neues Klassenzimmer. Ihre Traurigkeit vom frühen Morgen war verflogen.

Daheim kochte Grace einen Kakao für Kim, aber dann merkte sie, dass sie wieder ins Bett musste. Sie fror so, dass ihre Zähne aufeinanderschlugen. „Kim, mein Schatz“, sagte sie mühsam, „ich muss mich ein wenig hinlegen. Es tut mir leid, aber mir geht es gar nicht gut. Du kannst ein bisschen fernsehen, wenn du möchtest, ja?“

„Wann kommt Mummy?“, fragte Kim.

Grace seufzte. „Ich weiß es nicht. Und nun, bitte, sei lieb. Ich brauche ein, zwei Stunden Schlaf, dann geht es mir besser.“

Sie kroch in ihr Bett, rollte sich wie ein Embryo zusammen. Sie konnte nicht aufhören zu frieren. Vielleicht sollte ich doch einen Arzt anrufen, dachte sie, aber über diesem Gedanken schlief sie schon ein.

Als sie aufwachte, war es draußen dunkel. Ihr Kopf schmerzte, aber sie fühlte sich ein wenig kräftiger als am Nachmittag. Ein Blick auf die Uhr zeigte ihr, dass es fast acht war. Längst an der Zeit, dass Kim ihr Abendessen bekam. Wie rührend von der Kleinen, dass sie sich so ruhig verhalten und ihren Schlaf nicht gestört hatte. Grace kletterte aus dem Bett, zog ihren Morgenmantel über und schlurfte in die Küche.

Da war niemand. Nur die Katze lag in ihrem Körbchen und schlief. Grace ging ins Wohnzimmer hinüber, in der Erwartung, Kim vor dem Fernseher zu finden. Aber das Zimmer war dunkel, der Fernseher ausgeschaltet. Grace runzelte die Stirn. War Kim etwa schon ins Bett gegangen?

Es gab eine kleine Kammer neben dem Bad, die den Walkers als Gästezimmer diente. Von wachsender Unruhe geplagt, schaute Grace hinein: Die Kammer war leer. „Das gibt es doch nicht", murmelte sie.

War Kim hinübergegangen in das Haus ihrer Eltern? Bleib ganz ruhig, ermahnte sie sich, aber ihr Herz raste dennoch. *Es muss gar nichts passiert sein. Bevor diese Morde an den zwei kleinen Mädchen in King's Lynn geschahen, hätte dich das nicht besonders aufgeregt.*

Mit zitternden Fingern wählte Grace die Nummer des Haupthauses. Schließlich wurde abgenommen, und eine zarte Stimme hauchte: „Hallo?"

„Grace Walker hier", krächzte Grace, „ich bin die Frau des Verwalters hier von Ferndale. Ist Kim bei Ihnen? Ich habe ein paar Stunden geschlafen, weil ich ziemlich erkältet bin. Nun kann ich Kim nirgends finden. Ich dachte, sie ist vielleicht drüben?"

„Ich schaue nach", versprach das Stimmchen, „ich rufe Sie gleich zurück."

Grace diktierte ihr die Nummer und legte dann auf. Lieber Gott!, dachte sie. *Wenn etwas passiert ist … das verzeihe ich mir nie. Niemals.*

Um irgendetwas zu tun, setzte Grace Teewasser auf. Als sie gerade einen Beutel Salbeitee in eine Tasse hängte, klingelte das Telefon.

„Livia Moor hier. Es tut mir leid, Mrs Walker, ich habe im ganzen Haus nachgesehen. Kim ist nicht hier."

Grace wurde innerlich ganz kalt. „Das kann nicht sein", stieß sie hervor.

„Wirklich, ich habe in jeden Winkel geschaut", beteuerte Livia.

Beide Frauen schwiegen. „Es ist … Mir geht es nicht gut", sagte Grace schließlich. „Ich habe hohes Fieber. Sonst hätte ich mich nie mitten am Tag hingelegt."

„Vielleicht spielt sie im Park", meinte Livia.

„Es ist aber schon dunkel."

„Trotzdem. Sie hat die Zeit vergessen …"

Grace fühlte ein Würgen in ihrem Hals. „Ich darf mir nicht vorstellen … guter Gott, sie ist erst sieben …"

„Soll ich zu Ihnen hinüberkommen?", fragte Livia. „Vielleicht kann ich irgendetwas für Sie tun?"

„Das wäre nett von Ihnen", flüsterte Grace. Sie beendeten das Gespräch, dann wählte sie kurzentschlossen Jacks Nummer. Sein Handy war ausgeschaltet, aber es gelang ihr, ihn über sein Hotel in Plymouth zu erreichen.

„Wie geht es dir?", fragte Jack sofort.

„Ach, nicht gut, gar nicht gut. Kim ist verschwunden. Ich hatte mich hingelegt und habe ungefähr drei Stunden geschlafen. Kim wollte fernsehen … aber jetzt ist sie nicht da. Sie ist nirgendwo im Haus."

„Vielleicht ist sie hinüber …"

„Nein. Da ist sie auch nicht."

„Hör zu", sagte Jack, „dreh jetzt nicht durch. Sie muss ja irgendwo sein."

„Sie war so traurig", weinte Grace, „weil ihre Mum heute am ersten Schultag nicht da war. Vielleicht ist sie vor Enttäuschung und Kummer weggelaufen. Und dann …"

„Meine Güte!", sagte Jack.

„Und dann ist sie dem Kerl begegnet, der …", fuhr Grace fort, obwohl Jack sowieso schon gewusst hatte, was ihr im Kopf herumging.

„Unsinn!", sagte Jack ruppig. So kratzbürstig wurde er immer, wenn ihm etwas an die Nieren ging. „Grace, ich würde dir jetzt gern helfen, aber selbst wenn ich heute Nacht noch wie der Teufel zurückrase …"

„Tu das nicht. Du brauchst jetzt deinen Schlaf."

„Ich weiß nicht, wie fit du bist. Aber vielleicht könntest du im Park nachsehen, trotz der Dunkelheit. Kim hat viele Verstecke dort. Wenn du eine Taschenlampe nimmst …"

Grace stöhnte leise. Im Grunde fühlte sie sich für eine Suchaktion in dem unwegsamen Gelände kaum in der Lage. „Ich werde Livia bitten."

„Wen?"

„Das ist … ach, das ist zu kompliziert. Jack … ich habe Angst."

„Unkraut vergeht nicht", sagte Jack. „Ruf mich gleich an, wenn's was Neues gibt, ja?"

Livia bot dreimal an, mit einer Taschenlampe durch den Park zu gehen und nach Kim zu rufen, und dreimal zog sie ihr Angebot wieder zurück. „Ich weiß nicht … das Gelände ist riesengroß", sagte sie ängstlich, „ich verlaufe mich am Ende und finde nicht zum Haus zurück!"

Grace begriff, dass Livia zu den Menschen gehörte, die ewig lamentieren, aber nicht handeln, und dass von ihr im Grunde keine Hilfe zu erwarten war. „Ich rufe jetzt die Polizei an", sagte Grace entschlossen. „Die müssen uns Leute schicken, die den Park durchsuchen."

Sie ging ins Wohnzimmer hinüber. Gerade als sie den Hörer abheben wollte, rief Livia, die in der Küche geblieben war: „Da kommt jemand!"

„Kim!", krächzte Grace und lief in die Küche zurück.

Aber es war nicht das sehnlichst erwartete Kind. Es waren Virginia und Nathan.

Sie hatten anhalten und das Tor öffnen müssen, und Livia hatte das grelle Scheinwerferlicht des Autos gesehen. Grace riss die Haustür auf und stolperte im Bademantel hinaus auf die Auffahrt, um den Wagen zu stoppen.

Virginia sprang sofort heraus, als sie die völlig aufgelöste Frau im Lichtkegel erblickte. „Grace! Was ist passiert? Ist etwas mit Kim?"

Grace brach in Tränen aus. „Sie ist verschwunden", schluchzte sie.

„Was heißt das?", fragte Virginia schrill. „Was heißt *verschwunden*?"

Inzwischen stieg auch Nathan aus. „Beruhigen Sie sich", sagte er zu Grace. „Kim ist verschwunden? Seit wann?"

Grace berichtete vom Ablauf des Nachmittags.

„Niemand macht Ihnen einen Vorwurf", sagte Nathan. „Sie sind krank, und Sie waren überfordert."

Virginia biss sich auf die Lippen. „Wo ist denn Jack?"

„Der hat einen Transport nach Plymouth. Er konnte nicht absagen."

„Wir müssen sofort die Polizei anrufen!", sagte Virginia voller Panik.

„Vielleicht hält sie sich irgendwo im Park verborgen", sagte Grace, „sie baut sich doch andauernd Höhlen und Geheimgänge."

„Aber weshalb sollte sie sich verstecken?", fragte Virginia.

„Sie war sehr traurig und bedrückt heute", sagte Grace. Sie wich Virginias Blick aus. „Es war doch der erste Schultag, und sie konnte nicht verstehen, weshalb ... Nun, weshalb ihre Mutter nicht hier war."

„O Gott!", flüsterte Virginia.

„Wir brauchen Taschenlampen", sagte Nathan. „Vielleicht hat sie sich wirklich versteckt und hat Angst vor dem Rückweg in der Dunkelheit. Wir sollten sofort das ganze Gelände durchstreifen."

„Wir sollten sofort die Polizei benachrichtigen!", sagte Virginia. Ihre Stimme klang schrill. *Verdammt, nicht Kim! Nicht Kim!*

Nathan legte ihr die Hand auf den Arm. „Ich vermute, die würden jetzt noch gar nichts unternehmen", sagte er. „Kim ist noch nicht sehr lange fort, und sie ist auch nicht auf dem Schulweg oder von einem öffentlichen Ort verschwunden. Sie war hier im Haus."

„Aber sie ..."

Der Druck seiner Hand auf ihrem Arm verstärkte sich. Selbstsicher und beruhigend. „Es gibt keine Übereinstimmung mit den Geschichten der beiden anderen Mädchen. Keinerlei Parallelen. Ich denke, wir finden sie."

„Ich hole Taschenlampen", sagte Grace. Sie hustete und weinte, während sie sich vor Virginia und Nathan her zum Pförtnerhaus schleppte. In der hell erleuchteten Haustür stand Livia. Sie starrte ihren Mann an. Sie war totenblass. „Nathan", sagte sie.

Er zog nur die Augenbrauen hoch. Virginia hielt den Kopf gesenkt. Sie wagte es nicht, Livia anzusehen.

„Das ist jetzt nicht der Moment zum Reden", sagte Nathan sehr bestimmt, als Livia erneut den Mund öffnete. Sie zuckte zusammen, schwieg.

Grace kam mit zwei großen Taschenlampen aus der Küche. „Die sind sehr stark. Damit müsste es gehen."

„Soll ich … mitkommen?", fragte Livia leise.

Nathan schüttelte den Kopf. „Bleib hier bei Grace. Kümmere dich um sie. Sie glüht ja vor Fieber."

Wieder verstummte Livia. Wortlos sah sie zu, wie ihr Mann und die andere Frau zwischen den Bäumen verschwanden.

Nebeneinanderher stolperten sie durch den Park. Zu Anfang waren sie über die breiten, sandigen Wege, die Virginia allmorgendlich entlangjoggte, gut vorangekommen, hatten mit ihren Lampen in die Büsche geleuchtet und Kims Namen gerufen, aber irgendwann war Virginia schwer atmend stehen geblieben. „Wenn sie sich wirklich versteckt", sagte sie, „dann wahrscheinlich nicht hier. Dann ist sie bestimmt tiefer in den Park hineingelaufen, dorthin, wo sie auch immer spielt."

Virginia wollte zu den Brombeerhecken, unter denen sich Kim ein kunstvoll verschlungenes Höhlensystem angelegt hatte, und zu einem Wäldchen, in dem Frederic im letzten Jahr eine Hängematte angebracht hatte. Zwischendurch rief sie wieder und wieder nach Kim. Aus dem dunklen, schweigenden Park kam keine Antwort.

Sie erreichten die Brombeerhecken, leuchteten alles, so gut es ging, ab, fanden aber keine Spur von dem kleinen Mädchen. Virginia sank auf einen Felsen, vergrub für einen Moment das Gesicht in den Händen. „Sie ist weg, Nathan. Sie ist weg, und ich habe das Gefühl, dass …"

Er kauerte sich vor sie, zog die Hände von ihrem Gesicht. „Welches Gefühl?"

„Dass *er* sie hat! Dieser Perverse! Nathan", sie sprang auf, „wir vertun hier unsere Zeit! Wir müssen sofort zur Polizei! Sie ist nicht hier im Park. Warum sollte sie hier umherirren?"

„Weil sie verstört und durcheinander ist", sagte Nathan. Nach einer kurzen Pause fügte er mit behutsamer Stimme hinzu: „Hast du mal überlegt, dass … Frederic etwas damit zu tun haben könnte?"

„Was?“ Sie starrte ihn entgeistert an.

„Er könnte dir damit eins auswischen wollen. Er weiß genau, wo du am besten zu treffen bist: wenn er dir das Gefühl gibt, eine pflichtvergessene Mutter zu sein.“

Abrupt schossen ihr bei diesen Worten die Tränen in die Augen. „Aber das bin ich doch auch! Wäre ich nicht mit dir nach Skye …“

Er hielt immer noch ihre Hände fest, schüttelte sie leicht. „Pst! Keine Selbstanklagen. Auch Mütter können Krisen haben und ausbrechen. Und du konntest eigentlich sicher sein, dass Kim zu Hause gut versorgt ist.“

Sie nickte, wischte sich energisch die Tränen ab. „Keine Zeit zum Heulen“, sagte sie und stand auf. „Ich möchte noch bei ihrer Hängematte nachschauen. Wenn sie da nicht ist, gehen wir heim, und ich rufe Frederic und die Polizei an.“

Bis sie in dem dichten, dunklen Wäldchen die alte Hängematte gefunden hatten, waren sie völlig erschöpft. Von Kim war auch hier nichts zu entdecken, und es sah auch nicht so aus, als wäre hier in den letzten Stunden ein Mensch vorbeigekommen.

„Hier ist sie nicht, und hier war sie auch nicht“, sagte Nathan. „Okay, dann zurück zum Haus!“

Auch während des Rückwegs hörten sie nicht auf, nach Kim zu rufen, aber sie erhielten keine Antwort. Als sie die hell erleuchteten Fenster des Pförtnerhauses sahen, wurde Virginia von der Hoffnung gepackt, Kim könnte inzwischen aufgetaucht sein und sich in Grace’ Obhut befinden. Aber kaum näherten sie sich dem Haus, kam Grace schon herausgelaufen. „Haben Sie sie gefunden?“, rief sie. „Haben Sie sie mitgebracht?“

Livia tauchte hinter ihr auf. Nathan tat so, als sei sie gar nicht vorhanden. „Können wir hier telefonieren?“, fragte er.

Grace kämpfte immer noch mit den Tränen. „Selbstverständlich. Der Apparat ist im Wohnzimmer.“

Virginia war schon im Haus. „Zuerst Frederic“, sagte sie, „und dann die Polizei.“

FREDERIC war mit einigen politischen Freunden bei einem Inder zum Essen gewesen, aber er hatte an der lebhaften Unterhaltung der anderen kaum teilgenommen. Er musste immerzu an Virginia denken, daran, was sie nun gerade auf Skye mit dem anderen Mann tat. Er hätte nie gedacht, dass er unter Bildern der Art, wie sie sich ihm soeben aufdrängten, so leiden würde. Virginia war die Frau seines Lebens, die Frau, mit der er alt werden wollte, daran hatte es nie den mindesten Zweifel gegeben. Er hatte vorausgesetzt, dass sie ebenso empfand.

Um kurz nach zehn erklärte er, unter starken Kopfschmerzen zu leiden. Er nahm ein Taxi, ließ sich durch die Nacht fahren.

Er hörte das Telefon klingeln, als er gerade den Schlüssel ins Türschloss seiner Wohnung steckte. Gleich darauf war er am Apparat. „Ja?", fragte er, bemüht, nicht atemlos zu klingen. Er war zutiefst erstaunt, als er Virginias Stimme hörte.

„Frederic? Ich bin in Ferndale", sagte Virginia. Übergangslos setzte sie hinzu: „Kim ist verschwunden."

„Was?"

„Grace hat sie von der Schule abgeholt, sich dann aber wegen ihrer Grippe ins Bett gelegt. Als sie ein paar Stunden später aufwachte, war Kim verschwunden."

„Das gibt es doch gar nicht!"

„Sie ist fort. Ich bin schon an allen möglichen Orten im Park gewesen, aber nirgends gibt es eine Spur von ihr. Ich bin völlig verzweifelt. Ich …"

„Ich komme sofort", sagte Frederic.

Ihr Zögern war lautlos und doch so spürbar durch den Telefonapparat, dass Frederic nach einer Sekunde des Staunens begriff. „Verstehe", sagte er, „dein Liebhaber ist da. Im Augenblick passe ich da vermutlich nicht ins Konzept."

„Spielt das jetzt eine Rolle?"

„Warum soll ich dann nicht kommen?"

Sie klang erschöpft und deprimiert. „Ich habe nicht deswegen gezögert", sagte sie, „es war nur … ich hatte überlegt, ob Kim bei dir ist. Offensichtlich ist sie es nicht."

Jetzt war er für einen Moment sprachlos. „Du dachtest, sie ist bei mir?", fragte er dann. „Weshalb sollte ich sie einfach mitnehmen, ohne irgendjemandem Bescheid zu sagen?"

„Um mir meinen Ausflug nach Skye heimzuzahlen."

Während er um Fassung rang, völlig perplex, mit einer solchen Anschuldigung konfrontiert zu werden, sagte Virginia: „Ich werde jetzt die Polizei anrufen. Sie müssen sofort etwas unternehmen."

Ihm kam plötzlich ein Gedanke. „Warst du bei ihrem Baumhaus?"

„Bei welchem Baumhaus?"

„Das ich mit ihr gebaut habe, als sie vier war."

„Aber da ist sie doch ewig nicht mehr gewesen", sagte Virginia.

„Trotzdem erinnert sie sich. Und es war eine besonders glückliche Zeit für uns. Möglich, dass es sie deshalb dorthin zieht. Pass auf, du schaust dort nach. Wenn sie da auch nicht ist, verständigst du sofort die Polizei. Und rufst mich an. Ich werde irgendeinen Weg finden, heute Nacht noch nach Ferndale zu kommen.“

„In Ordnung.“ Er konnte ihrer Stimme anhören, wie verzagt sie war. Die Angst um Kim schnürte ihr buchstäblich den Hals zu.

„Ich warte hier neben dem Apparat“, sagte er und legte den Hörer auf.

Dienstag, 5. September

Es war kurz vor sechs Uhr am Morgen, als das Taxi die Auffahrt zu Ferndale House hinauffuhr. Es regnete. Der Wagen hielt vor dem Haus, hinter dessen Fenstern noch alles dunkel war.

Die Haustür öffnete sich, und Livia trat heraus. Sie trug Jeans und Turnschuhe und eine blaue Regenjacke. In der Hand die Tasche mit den Kleidungsstücken, die sie von Virginia bekommen hatte.

Der Fahrer stieg aus und öffnete ihr die hintere Wagentür. „Also, zum Bahnhof?“, vergewisserte er sich.

Sie nickte. „Zum Bahnhof.“

Er wendete das Auto. „Und wohin soll’s dann gehen?“, fragte er.

„Nach London.“

„Ich weiß aber nicht, ob so früh schon ein Zug fährt.“

„Das macht nichts. Ich warte, bis einer kommt.“

Sie fuhren die Auffahrt wieder hinunter. „Kein schönes Reisewetter“, bemerkte der Fahrer. Er erhielt keine Antwort. Als er einen prüfenden Blick in den Rückspiegel warf, sah er, dass sein Fahrgast weinte.

„Holst du mich auch nach der Schule ab, Mum?“, fragte Kim. Sie saß hinten im Auto, die Schultasche auf dem Schoß, und sah sehr blass aus. Sie hatte wie Espenlaub gezittert, als Virginia und Nathan sie in der vergangenen Nacht in dem Baumhaus gefunden hatten; sie hatte Stunden dort verbracht, war völlig durchgefroren gewesen. Nathan hatte sie durch den Wald zurückgetragen, Virginia hatte ihm den Weg geleuchtet.

„Warum hast du dich dort versteckt?“, fragte Virginia, als die Kleine im Bett lag, einen dicken Schal um den Hals und warme Socken an den Füßen.

„Ich wollte mich nicht verstecken“, sagte Kim. „Ich wollte nur dort sein, und dann war es irgendwann dunkel, und da hab ich mich nicht mehr durch den Wald getraut."

„Aber warum wolltest du dort sein? An einem kühlen Spätnachmittag?"

Kim hatte geschwiegen und den Kopf zur Seite gewandt.

„Ich weiß, dass du traurig warst, weil ich an deinem ersten Schultag nicht da war", hatte Virginia gesagt, „und es tut mir entsetzlich leid, dass das passiert ist. Ich dachte nur … du bist immer so gern drüben bei Grace. Ich war wirklich überzeugt, du würdest mich nicht vermissen!"

Später, nachdem sie mit Frederic in London telefoniert hatte, und als Kim endlich eingeschlafen war, hatte sie das Gleiche zu Nathan gesagt. Sie traf ihn in der Küche an, wo er am Kühlschrank stand und ein Glas Milch trank. Er sah angegriffen aus. Sie wusste, dass er lange mit Livia gesprochen hatte.

„Klar ist sie immer gern bei Grace", hatte er gesagt, „aber diesmal war die Situation nicht wie sonst. Du warst nicht einfach nur weg. Sie hat mitbekommen, dass die Erwachsenen, allen voran ihr Vater, nicht wussten, wo du steckst. Kinder haben feine Antennen."

Virginia hatte sich an den Küchentisch gesetzt, den Kopf in beide Hände gestützt. „Wir machen so viel kaputt", flüsterte sie.

„Das war uns bewusst", sagte Nathan.

Sie sah ihn an. „Du hast mit Livia gesprochen?"

„Ich habe es versucht. Aber sie weint die ganze Zeit nur. Zwischendurch fängt sie immer wieder mit dem Schiffsuntergang an."

„Sie ist völlig traumatisiert. Und jetzt auch noch das …"

„Ja", sagte Nathan, „jetzt auch noch das …"

Er hatte sich ihr gegenüber an den Tisch gesetzt und ihre beiden Hände in seine genommen. Es war Magie in dieser Berührung, genauso wie in den vergangenen Tagen in Dunvegan.

„Ich kann nicht zurück", sagte sie, „ich kann nicht mehr von dir lassen."

Er hatte nichts erwidert, sie nur angesehen. Irgendwann waren sie ins Wohnzimmer gegangen, hatten sich eng aneinandergeschmiegt auf das Sofa gekuschelt und zu schlafen versucht. Sie steckten noch in ihren Kleidern, und es war schmal und unbequem. Aber es war eine Nacht, die Virginia wie verzaubert schien. Als sie am nächsten Morgen mit steifen Knochen aufstand, waren ihre Schuldgefühle gegenüber Frederic und vor allem Kim nicht kleiner geworden, aber die Sicherheit, dass Nathan ihr einziger Weg war, hatte sich noch mehr verfestigt.

Nun saß sie im Auto, hatte soeben vor Kims Schule gehalten, und Kim fragte, ob sie am Nachmittag von ihrer Mutter auch abgeholt würde.

„Ich weiß nicht, ob ich dich abholen kann", sagte sie. „Daddy kommt gegen fünf Uhr mit dem Zug aus London. Ich werde ihn wahrscheinlich am Bahnhof abholen müssen. Er hat kein Auto dort stehen."

Frederic hatte ihr noch in der Nacht angekündigt, zwecks „Klärung der Situation" so schnell wie nur möglich nach Ferndale zu kommen und am nächsten Tag gegen fünf Uhr in King's Lynn einzutreffen. Virginia wollte ihn am Bahnhof erwarten, irgendwie erschien es ihr klüger, ihre erste Begegnung auf neutralem Boden stattfinden zu lassen.

„Aber wer holt mich dann ab?", fragte Kim.

„Es wird ganz bestimmt jemand da sein", versprach Virginia. „Vielleicht Grace, wenn es ihr besser geht. Vielleicht Jack, wenn er bis dahin zurück ist. Vielleicht … Nathan. Wäre dir das recht?"

Kim zögerte.

Virginia hakte nach. „Du magst Nathan doch, oder?"

„Er ist nett", sagte Kim.

„Vielleicht holt er dich ab und geht mit dir irgendwo einen Kakao trinken. Wie fändest du das?"

„Schön", sagte Kim, aber sie klang nicht wirklich begeistert.

Virginia sah sie an. „Mein Kleines, ich … ich gehe nie wieder von dir weg. Das verspreche ich dir."

„SIE IST weg und sie hat mein Geld genommen", sagte Nathan wütend. „Ich meine, das Geld, das du mir geliehen hast."

Virginia stand am Fuß der Treppe und starrte hinauf. „Livia ist weg?"

Nathan kam die Stufen herunter. „Ich vermute, sie versucht nach Deutschland zu reisen."

„Ist das so seltsam?", fragte Virginia. „Nach allem, was war? Ich verstehe, dass sie es hier nicht mehr aushält."

„Ich stehe wieder ohne Geld da. Ich hatte gehofft, nichts mehr zu brauchen", sagte er zornig. Er war unten angelangt, strich sich die Haare aus der Stirn. „Wenn ich nur einen Weg sehen könnte! Ich weiß, dass ich schreiben werde. Ich weiß, dass ich Erfolg haben werde. Aber das ist nichts, was schnell gehen wird."

„Aber irgendwann bist du am Ziel. Lass dir doch bis dahin von mir helfen."

„Mir bleibt kaum etwas anderes übrig", sagte Nathan. Virginia stellte fest, dass er wirklich elend aussah. „Und ich werde zunächst kaum hier in Ferndale bleiben können, so wie es aussieht."

Sie sah ihn an. „Wieso?", fragte sie begriffsstutzig.

Er lächelte, aber er wirkte nicht glücklich dabei. „Süße, dein Mann kommt heute. Schon vergessen? Glaubst du, er kann gelassen damit umgehen, wenn ich im Wohnzimmer sitze und ihm einen Drink anbiete, sobald er hereinkommt?“

„Das stimmt“, sagte sie, „du solltest besser nicht hier sein.“

„Ich werde mir irgendwo ein Bed and Breakfast suchen und mich dort einmieten. Ich müsste dich nur leider bitten …“

„Kein Problem. Ich bezahle das.“

„Du bekommst jeden Penny zurück. Das schwöre ich dir.“

Unschlüssig standen sie voreinander. „Ich weiß nicht, wie ich die nächsten Nächte ohne dich aushalten soll“, sagte Virginia leise.

„Wir haben noch unser ganzes Leben“, erwiderte er ebenso leise. Seine Lippen waren in ihrem Haar. „Ich gehe dann jetzt“, sagte er.

„Du kannst mein Auto haben. Ich nehme das von Frederic.“

Er ballte die Hände zu Fäusten. „Eines Tages“, sagte er, „werde ich nicht mehr abhängig sein. Alles wird anders werden.“

„Natürlich.“ Sie drückte ihm ihren Autoschlüssel in die Hand, kramte in ihrer Handtasche nach ein paar Geldscheinen. Dann fiel ihr noch etwas ein. „Könntest du um fünf Uhr Kim von der Schule abholen? Grace ist, fürchte ich, noch zu krank, und Jack wird wohl noch nicht zurück sein. Ich beschreibe dir den Weg.“

„Kann ich machen. Klar.“

„Setze sie bei Grace ab. Ich will Frederic am Zug abholen und dann irgendwo mit ihm reden.“

„Ich hole Kim rechtzeitig ab. Keine Sorge.“

Sie nickte. „Nathan“, sagte sie, „wir schaffen das. Ganz sicher.“

Er lächelte erneut. Diesmal nicht bitter, sondern zärtlich. „Ich liebe dich“, sagte er.

GRACE fühlte sich nicht gesund, aber es ging ihr ein bisschen besser. Jack hatte den Tag über zweimal angerufen und gesagt, er werde bis zum frühen Abend zurück sein. Selten hatte sie ihm so entgegengefiebert. Er war ein ruppiger Mensch, aber er konnte recht fürsorglich sein, wenn es anderen schlecht ging.

Sie war so froh und erleichtert, dass Kim noch in der Nacht wohlbehalten in die Arme ihrer Mutter zurückgekehrt war. Sie hätte es sich nie verziehen, wenn dem Kind etwas zugestoßen wäre, nur weil sie eingeschlafen war, anstatt auf sie aufzupassen.

Es war vier Uhr. Grace stand im Bademantel am Fenster und blickte hinaus. Es regnete noch immer. Was für ein schrecklicher September das war in diesem Jahr! Mitten in diesen Gedanken hinein klingelte das Telefon.

Es war der Deutsche, sie hörte es sogleich an seinem Akzent. „Mrs Walker, ich bin es, Nathan Moor. Der … Gast von Mrs Quentin."

„Ich weiß, wer Sie sind", sagte Grace kühl.

„Ich bin hier in einer Telefonzelle in Hunstanton. Mein Wagen springt nicht an."

„Was machen Sie denn bei diesem Wetter in Hunstanton?"

Er klang ein wenig ungeduldig. „Manche Leute gehen auch im Regen gern am Meer spazieren. Hören Sie, Mrs Walker, das Problem ist, dass ich Mrs Quentin versprochen habe, Kim um fünf Uhr von der Schule abzuholen. Es kann aber länger dauern, bis ich das Auto in Gang bringe. Ich habe versucht, Mrs Quentin telefonisch zu erreichen, aber sie geht nicht an den Apparat. Und bei ihrem Handy springt sofort die Mailbox an."

„Mrs Quentin ist vor einer halben Stunde hier vorbeigefahren. Soviel ich weiß, will sie ihren Ehemann", Grace legte nachdrückliche Betonung auf das Wort *Ehemann*, „am Bahnhof abholen."

„Mist!", sagte Nathan. „Es ist mir wirklich unangenehm, Sie bitten zu müssen, Mrs Walker, aber könnten Sie vielleicht Kim abholen? Ich weiß, Sie sind krank, aber …"

„Was ist denn mit Ihrer Frau?", fragte Grace.

„Meine Frau ist abgereist", antwortete Nathan dann.

„Oh", sagte Grace. Mit so viel Verachtung in der Stimme, wie es ihr nur möglich war, fügte sie hinzu: „Ich werde Kim abholen. Es ist selbstverständlich, dass ich das Kind nicht im Stich lasse." Und mit diesen Worten legte sie den Hörer auf.

Livia Moor war also schon abgereist. Die Lage spitzte sich zu.

Ruhig bleiben, befahl sich Grace, ganz ruhig bleiben. Aber ihr Herz raste, und auf einmal war ihr wieder genauso schwindlig wie am Vortag.

Sie rief Jack auf seinem Handy an und schilderte ihm die Situation, aber sie erwischte ihn im dicksten Feierabendstau auf der Umgehung Londons steckend, und er meinte, kaum vor sieben Uhr zurück in King's Lynn sein zu können. Es war wirklich zum Heulen.

GRACE hatte es nicht bis fünf Uhr geschafft, aber um genau 14 Minuten nach fünf, wie sie mit einem Blick auf ihre Armbanduhr feststellte, fuhr sie an der Schule vor. Sie ärgerte sich, dass sie nicht pünktlich war, aber sie hatte nicht geahnt, wie schwer ihr jede Bewegung fallen, wie lange sie allein zum Anziehen brauchen würde. „Ich bin richtig krank“, jammerte sie leise, „richtig krank. Ausgerechnet jetzt!“

Der Regen war in leichtes Nieseln übergegangen und hüllte die Welt in graue Trostlosigkeit. Das rote Backsteingebäude, in dem die Schule untergebracht war, schien still und verlassen, auf der Mauer am Eingang zum Schulhof saß ein kleiner Spatz und blickte etwas trübsinnig in die Welt.

Genau auf dieser Mauer saß auch Kim für gewöhnlich, wenn sie und Grace sich an der Schule trafen. Heute konnte Grace hier niemanden entdecken. Sie ist drinnen, natürlich, dachte sie müde. Nun musste sie einen Parkplatz suchen und das Auto verlassen. Ihr blieb nichts erspart.

Sie stellte den Wagen einfach im Parkverbot direkt vor der Schule ab und eilte über den Hof. Endlich hatte sie das schützende Vordach erreicht und zog die große gläserne Schwingtür auf. Die Eingangshalle war menschenleer. Grace hatte erwartet, Kim auf der Treppe sitzend anzutreffen, und sah sich suchend um. Nirgendwo konnte sie das kleine Mädchen entdecken.

Von irgendwoher klang Flötenmusik. In einem der oberen Räume stieß Grace auf eine Gruppe von Jungen und Mädchen, die unter der Leitung einer jungen Frau auf ihren Blockflöten herumfiepten. „Entschuldigen Sie bitte“, wandte sich Grace an die Lehrerin, „ich wollte hier die Tochter einer Bekannten abholen. Ihr Unterricht war um fünf Uhr zu Ende. Leider war ich nicht ganz pünktlich. Nun kann ich sie nirgendwo finden.“

„Also, hier ist sie nicht“, sagte die Lehrerin. „Und meines Wissens sind wir mit unserer Flötengruppe die Letzten, die sich heute noch im Haus aufhalten.“

„Ich verstehe … Gibt es hier eine Art Aufenthaltsraum?“

„Unten am Eingang, erste Tür rechts. Vielleicht sitzt sie da drin.“

„Oh, danke, vielen Dank!“, sagte Grace erleichtert. Sie eilte hinunter zum Aufenthaltsraum. Er war leer. Auch hier keine Spur von Kim.

Inzwischen war halb sechs vorbei. Hatte Kim sich auf den Weg zur Bushaltestelle gemacht, als um fünf Uhr niemand da gewesen war?

Ein anderer Gedanke kam Grace: Vielleicht hatte der Deutsche doch noch Mrs Quentin auf deren Handy erreicht, und diese selbst hatte ihre Tochter um fünf Uhr abgeholt. Die sind längst gemütlich daheim, und ich irre hier herum, dachte Grace.

Trotz des Regens umrundete sie noch einmal das ganze Schulgelände, und als sie sicher war, dass sich Kim dort tatsächlich nirgends aufhielt, ging sie zu ihrem Auto zurück. Bestimmt ist Kim daheim, sagte sie sich noch einmal. Es war zehn vor sechs, als sie losfuhr. Sie hatte ein ungutes Gefühl.

FREDERIC und Virginia verließen das Café in der Main Street um kurz nach sechs Uhr. Sie hatten gut eine Stunde dort verbracht, jeder zwei Tassen Kaffee getrunken, einander angeschaut, ein Gespräch zu führen und das Geschehene zu begreifen versucht.

Irgendwann, nachdem er sie lange angesehen hatte, hatte sich Frederic vorgebeugt und sehr leise gefragt: „Warum?"

Jede Erklärung konnte ihn nur verletzen. „Ich weiß es auch nicht genau", sagte sie, „es ist, als ob ... er mich aufweckt nach einem langen Schlaf."

An seinem Gesichtsausdruck hatte sie erkannt, dass er sich fragte, was sie damit meinte. Aber vielleicht dämmerte ihm doch etwas, denn nachdem etliche Minuten verstrichen waren, sagte er: „Ich habe deine Melancholie immer einfach hingenommen. Als einen Teil von dir. Ich wollte sie dir nicht nehmen, weil ich dich in deinem Wesen nicht verändern wollte. Weil ich gar nicht glaubte, das Recht dazu zu haben."

„Vielleicht hattest du auch Angst."

„Wovor?"

„Meine Melancholie machte mich schwach. Ich war schutzbedürftig und klein. Vielleicht mochtest du *das* auch nicht ändern."

„Oh", seine Stimme war nun etwas schärfer geworden, „du siehst mich also als Macho, der sich groß und stark fühlt, wenn die Frau neben ihm klein und schwach ist? Sehr schlicht, findest du nicht? Ich habe dich nicht zu der Frau gemacht, die du warst. Ich habe dich nicht nach Ferndale verbannt. Im Gegenteil. Ich wollte, dass wir in London wohnen, ich wollte dich teilhaben lassen an meinem Leben." Leise und traurig hatte er hinzugefügt: „Mein Gott, Virginia, ich hätte nie gedacht, dass uns das passiert! Alles, aber nicht das. Nicht ein so furchtbarer, im Grunde banaler und doch am Ende tödlicher Seitensprung!"

Sie hatte nichts erwidert. Er war im Recht und sie im Unrecht. Es gab nichts, was sie zu ihrer Verteidigung vorbringen konnte.

Irgendwann fragte er: „Und jetzt? Wie geht es weiter?"

Sie sagte nichts, aber ihr Schweigen war sehr beredt.

„Verstehe", sagte er bitter, „es ist kein Abenteuer gewesen, stimmt's? Es ist ernst. Die Sache ist nicht vorbei."

Sie wagte es nicht, ihn anzusehen. „Nein. Sie ist nicht vorbei. Ich glaube auch nicht …“ Sie brach ab, biss sich auf die Lippen.

Er wusste, was sie hatte sagen wollen. „Du glaubst nicht, dass es je vorbei sein wird.“

„Nein.“

Er stützte den Kopf in die Hände, in einer Geste, als wollte er sich die Haare raufen. „Virginia, er ist ein Schmarotzer, ein bettelarmer Schlucker. Er besitzt buchstäblich nichts mehr auf dieser Welt! Ist dir nie die Idee gekommen, dass es auch ganz einfach Geld sein könnte, was er bei dir sucht? Ein Dach über dem Kopf? Eine Existenz?“

„Die Tage mit ihm sagen mir etwas anderes.“

Frederic schloss für einen Moment gequält die Augen. „Und noch mehr vermutlich die Nächte“, flüsterte er.

Virginia blieb stumm.

Sie sprachen auch nicht mehr, als sie nach Hause fuhren. Das Tor zum Park von Ferndale stand offen. Virginia hoffte, dass Nathan Kim bei Grace abgesetzt hatte und dann verschwunden war, denn es war nicht im Geringsten der Moment, an dem sich die beiden Männer begegnen durften. Sie bremste direkt vor Grace’ Haustür. „Ich hole nur schnell die Kleine ab“, sagte sie.

Aber da wurde die Tür schon aufgerissen, und Grace kam herausgestürzt. „Mrs Quentin, haben Sie Kim abgeholt?“

„Nein. Ich hatte doch …“ Sie verschluckte den Namen, denn nun stieg auch Frederic aus.

„Was ist los?“, fragte er.

„Kim war nicht mehr in der Schule, als ich sie abholen wollte, Sir. Aber ich dachte …“ Auch Grace wagte es nicht, weiterzusprechen.

Virginia gab sich einen Ruck. „Frederic, es tut mir leid, aber ich hatte Nathan Moor gebeten, Kim um fünf Uhr abzuholen. Ich wollte mich mit dir treffen, Jack ist noch nicht zurück, und Grace ist krank. Daher hielt ich es für das Beste …“

Frederics Augen verengten sich, er sagte jedoch nichts.

„Mrs Quentin, Mr Moor rief bei mir an“, sagte Grace, erleichtert, dass sie nun auch offen reden durfte. „Er war in Hunstanton und hatte Probleme mit dem Wagen. Er sprang nicht an … und Sie konnte er nicht erreichen. Ihr Handy war ausgeschaltet.“

„Das stimmt“, sagte Virginia.

„Er bat mich, Kim abzuholen. Ich habe dann Jack angerufen, aber der steckte im Stau und meinte, er kann vor sieben Uhr nicht hier sein. Also bin ich losgefahren. Ich kam etwas zu spät, weil mir so schwindlig war …" Grace' Stimme schien brechen zu wollen. „Kim war nicht da. Ich habe die ganze Schule abgesucht, aber nichts! Keine Spur!"

Frederic sah auf seine Uhr. „Gleich halb sieben. Und Kim ist seit fünf Uhr nicht aufgetaucht?"

Jetzt rollten die Tränen aus Grace' Augen. „Ich hatte gehofft, Mr Moor hat Sie vielleicht doch noch erreicht. Oder sein Auto ist noch angesprungen und er hat Kim doch selbst abgeholt."

„Haben Sie in unserem Haus nachgesehen?", fragte Frederic.

Sie nickte. „Da ist niemand."

Frederic überlegte. „Wenn Moor Kim abgeholt hat, weshalb hat er sie dann nicht hier bei Grace abgeliefert? Und wo ist er jetzt? Wo ist Nathan Moor mit meiner Tochter?"

Alle drei sahen einander an. „Vielleicht hat sie sich auch wieder versteckt …", begann Grace.

„Das Kind ist offenbar völlig verzweifelt und durcheinander", sagte Frederic. „Wir sollten vorsichtshalber bei ihrem Baumhaus nachschauen, ehe wir irgendetwas anderes unternehmen."

Mittwoch, 6. September

Es schien Virginia, als wäre sie in ein schreckliches Drama geraten, das schlimmer war als alles, was sie sich je hätte vorstellen können.

Ein kühler Septembermorgen. Nach dem Schmuddelwetter der letzten Tage würde heute wohl sogar noch die Sonne hervorkommen. *Die Sonne wird scheinen. Es wird wärmer werden. Irgendwann ist alles wieder gut.*

Unfassbar war es jedoch, einem Superintendenten gegenüberzusitzen, der sich als Jeffrey Baker vorgestellt hatte und der ihr, einen Notizblock in der Hand, Fragen nach ihrer verschwundenen Tochter stellte. Denn Kim war noch nicht wiederaufgetaucht.

Im Baumhaus war sie nicht gewesen. Natürlich hatten sie es auch nicht wirklich erwartet. Der Weg von der Schule bis dorthin war weit, kaum vorstellbar, wie ein siebenjähriges Kind ihn hätte zurücklegen sollen.

Sie waren durch weitere Teile des Parks gestreift, aber es war immer dunkler geworden. Irgendwann war Frederic stehen geblieben. „Das hat keinen Sinn, Virginia. Sie kann gar nicht so weit gekommen sein. Lass uns zum Wagen zurückgehen und heimfahren."

Als sie ihr vor Grace' Haus geparktes Auto erreichten, fuhr soeben der Wagen von Jack Walker durch das große Parktor. Ein erschöpfter und ziemlich übernächtigt wirkender Jack stieg aus.

„Mrs Quentin! Sir!", rief er, und sein verwunderter Blick verriet Virginia, dass sie wohl beide nach ihrem Streifzug durch Dickicht und Unterholz recht abenteuerlich aussahen. „Ist irgendetwas passiert?"

„Kim ist verschwunden", antwortete Frederic kurz. „Jack, ich weiß, Sie haben eine lange Fahrt hinter sich und sind todmüde, aber würden Sie mich zur Schule begleiten? Ich möchte das ganze Schulgelände und die Straßen ringsum absuchen. Und vier Augen sehen mehr als zwei."

„Klar, Sir. Ich bin dabei", sagte Jack sofort.

Frederic wandte sich an Virginia. „Du gehst nach Hause und rufst alle ihre Klassenkameraden an. Vielleicht ist sie mit jemandem mitgegangen und hat behauptet, wir wüssten davon. Und dann versuche doch Kontakt mit Nathan Moor aufzunehmen. Vielleicht weiß er noch etwas."

„Das geht nicht. Er hat kein Handy, und ich weiß nicht, wo er Unterkunft gefunden hat. Ich muss warten, bis er sich bei mir meldet."

„Zweifellos wird er das irgendwann tun", sagte Frederic kalt.

Während Frederic und Jack die Schule absuchten, telefonierte sich Virginia durch die ganze Liste der Telefonnummern von Kims Klassenkameraden. Sie ließ sich die Kinder an den Apparat holen, aber keines wusste etwas zu berichten, was ihr weiterhelfen konnte. Die interessanteste Information bekam sie von Kims bester Freundin, der kleinen Clarissa O'Sullivan: „Wir sind zusammen rausgegangen. Sie hat gesagt, dass sie abgeholt wird, und ist vor dem Tor stehen geblieben. Ich bin schnell weitergegangen, weil es so geregnet hat."

Virginia sah ihre Tochter vor sich, wie sie in ihrem gelben Regenmantel im strömenden Regen vor dem Schultor stand. *Ich werde abgeholt* ... Und dann war niemand gekommen. Mummy nicht, Daddy nicht, Nathan nicht. Und Grace mit einer Viertelstunde Verspätung. Was war in dieser Viertelstunde geschehen?

Virginia strich sich über die müden Augen, in denen die Tränen brannten, die zu weinen sie sich jedoch nicht erlaubte. Draußen herrschte pechschwarze Nacht und ihr Kind war nicht daheim, und sie hatte keine Ahnung, wo es sich aufhielt.

Als ihr Handy klingelte, stürzte sie ins Nebenzimmer, sehnlichst hoffend, der Anrufer sei Frederic, der ihr mitteilte, er habe Kim gefunden.

Aber es war nicht Frederic. Es war Nathan. Er klang ein wenig gestresst.

„Virginia? Kannst du mir sagen, weshalb du stundenlang nicht zu erreichen bist und …“

Sie unterbrach ihn. „Ist Kim bei dir?“

Er stutzte. „Nein. Wieso? Ich habe Grace angerufen und …“

„Grace kam zu spät zur Schule. Kim war nicht mehr da. Sie ist bis jetzt nicht aufgetaucht.“

„Sie hat sich bestimmt wieder irgendwo versteckt. Habt ihr schon in ihrem Baumhaus nachgesehen?“

„Natürlich. Da ist sie nicht!“ Virginias Nervenanspannung entlud sich über Nathan. „Wieso warst du nicht da?“, fuhr sie ihn an. „Ich habe mich auf dich verlassen. Wie konntest du …“

„Moment mal, ich hatte Probleme mit dem Auto, und die hatte ich mir nicht ausgesucht. Also schieb mir jetzt nicht die Schuld für irgendetwas in die Schuhe!“ Er klang aufgebracht. „Ich habe wieder und wieder versucht, dich zu erreichen, aber das war ja nicht möglich. Schließlich habe ich über die Auskunft Grace’ Nummer herausgefunden. Also, ich habe getan, was ich konnte, um die Situation zu retten.“

Virginias Wut fiel in sich zusammen. „Entschuldige“, sagte sie, „aber ich bin krank vor Sorge. Frederic und Jack suchen seit anderthalb Stunden die Schule und das umliegende Gelände ab, aber offenbar haben sie bislang nichts gefunden.“

„Ich weiß, das ist schrecklich“, sagte Nathan. „Aber du solltest nicht gleich an das Schlimmste denken. Gestern Abend hatten wir die gleiche Situation. Bestimmt hat sich Kim wieder irgendwo verkrochen. Virginia, Liebste, dreh jetzt nicht durch. Du wirst sehen, sie ist bald wieder bei dir.“

Tatsächlich spürte Virginia, dass sie ruhiger wurde. „Ich hoffe, du hast Recht. Wo bist du überhaupt?“

„In Hunstanton. In einem Bed and Breakfast.“

„In Hunstanton? Warum so weit draußen?“

„Schatz, wir werden uns in den nächsten Tagen ohnehin nicht viel sehen können. Bei euch kann ich nicht aufkreuzen, und du wirst viel mit deinem Mann zu klären haben. Und wenn ich schon so lange ohne dich sein muss, dann bin ich am liebsten am Meer.“

Ihr fiel noch etwas ein. „Was ist denn nun mit meinem Auto?“

„Offensichtlich die Batterie. Keine Ahnung, warum. Mir hat schließlich jemand mit seinem Starterkabel geholfen. Es fährt jetzt wieder.“

„Ausgerechnet heute! Ausgerechnet heute musste so etwas passieren …

Nathan, kannst du mir deine Telefonnummer geben? Ich möchte das Gefühl haben, dich erreichen zu können."

Er nannte ihr die Adresse und die Telefonnummer des Hauses, in dem er untergekommen war.

Nachdem sie das Gespräch beendet hatten, fühlte sich Virginia schrecklich einsam und müde. Allein gelassen mit ihrer Angst. Frederic war nicht da. Nathan war so weit weg. Ihr Kind war dort draußen in der Dunkelheit.

Irgendwann waren Frederic und Jack zurückgekommen. Müde und vom Regen durchnässt. Und ohne Kim.

„Ich rufe jetzt die Polizei an", sagte Frederic und ging zum Telefon.

Weder sie noch Frederic waren in dieser Nacht ins Bett gegangen. Sie hatten Kaffee getrunken, hinausgestarrt in die Finsternis.

Und nun also, gegen neun Uhr morgens, war Superintendent Jeffrey Baker eingetroffen, ein sympathischer, großer Mann, der Ruhe und Autorität ausstrahlte, und doch war es der Beginn des eigentlichen Entsetzens: plötzlich der Polizei gegenüberzusitzen und über ein Kind zu sprechen, das seit nunmehr 16 Stunden von niemandem mehr gesehen worden war. Virginia erzählte von Kims Verschwinden einen Tag zuvor, und Baker schien dies als ein beruhigendes Indiz zu werten.

„Manches spricht dafür, dass sich Ihre Tochter erneut verstecken wollte", sagte er. Virginia blickte aus dem Fenster und dachte: Daran halte ich mich ja auch fest. An ihrem vorgestrigen Verschwinden. Wäre das nicht gewesen, ich würde wahnsinnig werden. Ich würde den Verstand verlieren.

Und dann lehnte sich Superintendent Baker vor, sah sie und Frederic an und sagte behutsam: „Ich leite die Ermittlungen in den Fällen Sarah Alby und Rachel Cunningham."

Da begriff Virginia, welche Version in Wahrheit in Superintendent Bakers Kopf herumgeistern mochte. Sie begann zu schreien.

„Es spricht wirklich vieles dafür, dass sich Ihre Tochter versteckt hat, nachdem genau das einen Abend vorher schon einmal passiert ist", wiederholte Baker beruhigend. Er hatte eine Weile allein mit Frederic im Wohnzimmer gesessen, während Virginia nach oben gegangen war und ihre Tränen getrocknet hatte. In ihrem Badezimmer hatte sie schließlich langsam ihre Fassung wiedergefunden.

Als sie wieder unten saß, fühlte sie sich kalt und leer. Baker sah sie aus freundlichen, einfühlsamen Augen an. „Mrs Quentin, während Sie oben waren, erzählte mir Ihr Mann, Ihre Tochter sollte von einem Bekannten abgeholt werden, der dann jedoch verhindert war. Ein Mr …", er warf einen Blick in seine Aufzeichnungen, „… ein Mr Nathan Moor. Ein Deutscher."

„Ja."

„Ich würde ihn gern sprechen. Können Sie mir sagen, wie ich ihn erreiche?"

Sie kramte den Zettel mit seiner Anschrift aus ihrer Jeanstasche. „Hier. Das ist eine Pension in Hunstanton. Dort wohnt er zurzeit."

Baker schrieb sich Adresse und Telefonnummer ab und gab Virginia den Zettel zurück. „Äh … Mrs Quentin, so ganz habe ich noch nicht begriffen, um wen es sich bei Nathan Moor genau handelt. Ihr Mann sagte … eine Art Zufallsbekanntschaft, die Sie in Ihrem Ferienhaus auf Skye machten? Mr Moor hatte dort einen Schiffsunfall?"

„Ja."

„Weshalb sitzt dieser Schiffbrüchige nun in Hunstanton? Und wie wollte er von dort Ihre Tochter hier in King's Lynn von der Schule abholen?"

„Er hat mein Auto." Es war Virginia klar, wie befremdlich dies alles in den Ohren des Superintendenten klingen musste. „Das Auto war auch der Grund … Es sprang gestern Nachmittag plötzlich nicht an. Deshalb rief er Grace an. Grace Walker, unsere …"

„Ich weiß", unterbrach Baker, „von Mrs Walker haben Sie ja bereits berichtet. Mr Moor hat also Ihr Auto?"

Ihm wird gerade manches klar, dachte Virginia. Sie schaute Frederic nicht an. „Mr Moor und ich … wir möchten in Zukunft zusammenbleiben. Zwischen uns … ich hätte mein Kind nicht einer Zufallsbekanntschaft anvertraut, Superintendent. Es ist inzwischen sehr viel mehr als das."

Ein verlegenes Schweigen folgte ihren Worten. Frederic starrte auf den Boden zwischen seinen Füßen. Superintendent Baker notierte sich etwas. „Ist Ihre Tochter über diese Pläne unterrichtet?", fragte er.

„Nein", sagte Virginia, „aber ich glaube, sie spürt, dass sich etwas verändert. Sie ist verängstigt. Ihr Weglaufen am vorgestrigen Abend hatte wohl etwas damit zu tun."

„Nun", sagte Baker, „so bedauerlich die derzeitigen … Familienkomplikationen in Ihrem Haus sind, so denke ich doch, dass Sie sich unter diesen Umständen auch ein wenig beruhigter fühlen dürfen. Es sieht mir immer mehr danach aus, dass Kim vor all diesen sich anbahnenden Umbrüchen weggelaufen ist. Wir müssen alles tun, sie so schnell wie möglich zu finden."

„Was werden Sie konkret als Nächstes veranlassen, Superintendent?", fragte Frederic.

„Ich werde Polizeistaffeln losschicken, die mit Hunden die ganze Gegend absuchen. Eventuell geben wir auch Suchmeldungen über den Rundfunk aus."

„Aber ist das nicht zu gefährlich?", fragte Virginia. „Denn dann erfährt doch auch der … dieser Geisteskranke, dass hier ein kleines Mädchen unbeaufsichtigt herumläuft!"

„Aber damit ahnt er immer noch nicht, wo sie ist. Zudem weiß ich inzwischen einiges über seine Methode. Er greift sich nicht irgendein Kind und zerrt es in sein Auto. Er baut vorher eine Beziehung zu dem Kind auf, sodass dieses dann, ohne irgendein Aufsehen zu erregen, zu ihm einsteigt." Er überlegte kurz. „Kim hat Ihnen in letzter Zeit nicht von einem neuen Freund oder einem netten fremden Mann berichtet?"

„Nein. Nein, absolut nicht."

„Ich werde trotzdem auch noch einmal mit ihren Freundinnen sprechen", sagte Baker. „Kleine Mädchen vertrauen oftmals der besten Freundin doch mehr an als den Eltern. Sie können mir da sicher Adressen und Telefonnummern geben, Mrs Quentin?"

„Natürlich", sagte Virginia und stand auf.

Als sie mit der Klassenliste zurückkehrte, hörte sie, wie Frederic gerade sagte: „Ich möchte unbedingt, dass Sie diesen Nathan Moor überprüfen, Superintendent. Der Mann ist mir mehr als suspekt."

„Nathan Moor steht ganz oben auf meiner Liste", versicherte Baker.

GEGEN MITTAG erschienen Jack und Grace; Grace war völlig verweint und sah noch immer aus, als hätte sie Fieber. Sie brach sofort wieder in Tränen aus, als sie Virginia gegenüberstand. „Ich kann es mir nicht verzeihen", schluchzte sie, „dass ich zu spät zur Schule gekommen bin."

„Hören Sie auf, sich Vorwürfe zu machen, Grace", beschwichtigte sie Frederic, noch ehe Virginia antworten konnte, „der Fehler liegt bei uns. Ganz gewiss nicht bei Ihnen."

Obwohl das Verwalterpaar alles mitbekam, konnte Virginia nicht an sich halten. „Der Fehler liegt bei *mir*", sagte sie heftig, „nicht bei uns! Das ist es doch, was du in Wahrheit denkst, Frederic, also solltest du es auch sagen."

„Bei uns", wiederholte er, „denn wie die Dinge nun einmal lagen, hätte ich hier sein müssen und nicht in London sein dürfen."

Jack schien die Hochspannung zu bemerken, die in der Luft lag. „Äh, weshalb ich hier bin“, sagte er rasch, „ich dachte, wir könnten noch einmal die Umgebung absuchen, Sir. Es ist so unerträglich, nur herumzusitzen …“

„Da haben Sie Recht“, sagte Frederic, „wir gehen gleich los. Virginia, du bleibst beim Telefon?“

„Ich gehe nicht weg.“

Nach langem Hin und Her gelang es Virginia, Grace zu überreden, nach Hause zu gehen und sich ins Bett zu legen, und schließlich waren auch die beiden Männer verschwunden.

Als das Schrillen des Telefons die Stille zerriss, schrak Virginia so heftig zusammen, als wäre ein Pistolenschuss gefallen.

Vielleicht war es die Polizei. Vielleicht hatten sie Kim gefunden! Ihr Herz raste, als sie den Hörer abnahm. „Ja?“, fragte sie atemlos.

Es verging ein Moment, dann sagte eine leise, gepresst klingende Stimme: „Hier ist Livia Moor.“

„Oh“, sagte Virginia nur.

„Ich … ich rufe aus London an. Ich bin hier in einem Hotel. Man hat mir in der Botschaft mit Geld ausgeholfen. Heute Abend fliege ich nach Deutschland.“

Virginia hatte sich noch immer nicht von ihrer Verlegenheit erholt. Sie liebte den Mann dieser Frau. Am liebsten hätte sie einfach aufgelegt. „Wie geht es Ihnen?“, fragte sie unbeholfen.

„Nicht besonders gut“, antwortete Livia, „aber wenigstens habe ich erst einmal eine Bleibe. Eine Freundin meiner verstorbenen Mutter nimmt mich bei sich auf. So lange, bis ich … nun ja, ich muss Arbeit finden. Ich hoffe, dass mir das gelingt.“

„Ich wünsche es Ihnen so sehr.“

„Danke. Ich rufe an, weil ich … ich brauchte Geld für meine Fahrt nach London. Ich habe es von … meinem Mann genommen, aber ich weiß, dass es eigentlich Ihr Geld ist. Ich möchte Ihnen nur sagen, dass ich es Ihnen zurückzahlen werde. Sobald ich Arbeit habe, schicke ich Ihnen …“

„Das brauchen Sie nicht. Wirklich nicht.“

Livia schwieg wieder einen Moment. Es klang nicht hämisch, als sie dann sagte: „Sie sollten das Geld nicht ablehnen, Virginia. Wenn Sie in Zukunft mit meinem Mann zusammenleben, werden Sie es brauchen.“

Nun verfiel Virginia in Schweigen.

„Ich gebe Ihnen die Telefonnummer meiner Bekannten in Deutschland“, sagte Livia schließlich, „dort werde ich auf jeden Fall in der nächsten Zeit erreichbar sein. Es wäre nett, wenn Sie die Nummer auch an meinen Mann weitergeben könnten. Vielleicht möchte er Kontakt zu mir aufnehmen. Es wird sicher manches zu regeln sein."

„In Ordnung", sagte Virginia.

Sie verabschiedeten sich voneinander. Virginia legte den Hörer auf, ging hinauf in das Zimmer ihrer Tochter. Nervös rückte sie die Stofftiere zurecht, die nebeneinander auf der Fensterbank saßen. *Lass sie zurückkehren, lieber Gott! Lass sie bald wieder zurückkehren und lass sie wieder glücklich werden!*

Kurz nach ein Uhr am Mittag tauchte Frederic wieder auf.

„Ihr habt nichts gefunden", sagte Virginia. Es war keine Frage, sondern eine Feststellung.

„Nein." Frederic fuhr sich mit beiden Händen über das Gesicht. Seine Augen waren vor Müdigkeit gerötet. „Nichts. Wir sind auch einen Teil des Schulwegs abgelaufen. Aber nirgends war eine Spur zu finden."

Sie streckte die Hand aus und strich ihm kurz über den Arm. „Leg dich ein bisschen hin. Du siehst entsetzlich erschöpft aus."

„Ich glaube nicht, dass ich jetzt Ruhe finde", meinte Frederic, aber als Virginia ein paar Augenblicke später aus der Küche, wo sie für ihn ein Glas Wasser geholt hatte, ins Wohnzimmer zurückkehrte, fand sie ihn schlafend in seinem Sessel am Fenster vor.

Sie stand gerade im Schlafzimmer vor dem Kleiderschrank, um sich etwas Wärmeres zum Anziehen zu suchen, als ihr Handy klingelte.

„Guten Morgen, Darling", meldete sich Nathan, unbekümmert darum, dass es bereits nach ein Uhr war. „Ich war lange am Meer. Es ist herrliches Wetter heute, blauer Himmel und Sonne – falls du das durch deine dichten Bäume hindurch überhaupt schon bemerkt hast …?"

Sie fand seinen Ton völlig unangemessen. „Mein Kind ist verschwunden. Mir war bislang wirklich nicht danach zumute, über das Wetter nachzudenken."

„Sie ist immer noch nicht wiederaufgetaucht?"

„Nein. Was du wüsstest, wenn du mich irgendwann im Lauf des Vormittages einmal angerufen und dich nach ihr erkundigt hättest!"

Er seufzte. „Entschuldige. Ich dachte, sie ist sicher wieder da. Es ist schwierig für mich, bei dir anzurufen. Ich weiß doch nicht, ob dein Mann nicht gerade neben dir sitzt."

„Das kann ich verstehen, ja."

„Ich habe eine Idee", meinte er. „Du kommst hierher zu mir, wir gehen ein Stück am Meer entlang, und du versuchst ein bisschen ruhiger zu werden. Wie wäre das?“

„Ich möchte nicht von hier fort.“

„Du kannst doch im Moment gar nichts machen.“

„Ich will trotzdem hier sein. Vielleicht taucht Kim plötzlich auf und …“ Besänftigend fügte sie hinzu: „Tut mir leid. Ich weiß, du meinst es gut.“

Er wirkte ein wenig beleidigt. „Ich kann dich nicht zwingen. Wenn du es dir anders überlegst … du hast ja meine Adresse.“ Damit legte er den Hörer auf.

Obwohl es Mittwoch war und daher nicht der Vereinbarung entsprach, stand Janie um halb zwei vor dem Maklerbüro gegenüber dem Schreibwarengeschäft und behielt wieder einmal mit aller Konzentration die Eingangstür im Auge. Unglücklicherweise musste sie allerdings dafür wieder die Schule schwänzen. Sie würde Ärger bekommen, gar keine Frage. Es war erstaunlich, dass sich wegen des Schwänzens vorgestern noch nichts getan hatte. Aber bis der Krach richtig losging, hatte sie vielleicht den netten Mann schon wiedergetroffen, und wenn sie Mummy dann erklärte, worum es gegangen war, wäre sicher bald alles im Lot. Hoffentlich.

Sie blickte auf ihre Uhr. Zehn Minuten nach zwei. Niemand hatte das Geschäft betreten, niemand war herausgekommen.

Sie zuckte zusammen, als sich plötzlich eine Hand auf ihre Schulter legte. Als sie sich zaghaft umwandte, blickte sie in das strenge Gesicht der Dame aus dem Maklerbüro. „Du schon wieder“, sagte sie.

Janie lächelte hilflos.

„Weißt du, langsam glaube ich, dass mit dir irgendetwas nicht in Ordnung ist“, sagte die Dame, „und ich finde, ich sollte jetzt wirklich deine Mutter anrufen.“

„Es ist alles okay“, beteuerte Janie hastig, „ich wollte sowieso gerade weitergehen und …“

Sie machte einen Schritt zur Seite, aber die Hand der Dame griff erneut zu. „Du müsstest doch um diese Zeit in der Schule sein, stimmt’s?“

Janies Augen füllten sich mit Tränen. Die Fremde verdarb ihr alles.

„Wir gehen jetzt in mein Büro und rufen deine Mutter an“, sagte die Dame und dirigierte Janie durch die Glastür hinein in das Maklerbüro. „Sagst du mir bitte eure Telefonnummer?“

„Meine Mum ist nicht zu Hause“, flüsterte Janie. „Sie arbeitet in einer Wäscherei.“ Die Tränen liefen ihr nun über das Gesicht. Sie beugte sich über ihre Schultasche, kramte darin herum und förderte schließlich einen Zettel zutage. „Hier ist die Telefonnummer."

„Na also", sagte die Dame, nahm den Zettel und tippte in rasantem Tempo auf der Telefontastatur herum.

„DASS du mir so etwas antust!" Doris stand mitten im Wohnzimmer, noch mit dem weißen Kittel bekleidet, den sie in der Wäscherei immer trug. „Kannst du dir überhaupt vorstellen, wie ärgerlich die Chefin war, weil ich plötzlich wegmusste?"

„Du hättest mich ja nicht abholen müssen …"

„Ach ja? Wenn ich einen Anruf bekomme, dass meine Tochter die Schule schwänzt und sich auf der Straße herumtreibt – dann soll ich so tun, als ob nichts wäre, und einfach weitermachen? Soll ich dir mal was sagen? So wie diese affige Maklerin drauf war, hätte die uns das Jugendamt auf den Hals gehetzt. Wärst du gerne am Ende in einem Heim gelandet?"

So weit hatte Janie nicht gedacht. Als ihre Mutter mit dem Gesichtsausdruck eines Racheengels in das Büro gestürmt war und ihre Tochter hart an der Hand gepackt hatte, da hatte Janie gedacht, dass ihre Lage kaum schlimmer werden konnte. Aber *Heim* – das klang noch mal ganz anders. Dorthin wollte sie auf gar keinen Fall. Sie fing wieder an zu weinen.

Doris musterte ihre Tochter, die wie ein Häufchen Elend im Sessel kauerte. „Also – wirst du mir nun sagen, was du dort zu suchen hattest? Eines dieser Traumhäuser, die sie dort im Schaufenster hatten, wolltest du ja wohl nicht ernsthaft kaufen, oder?"

Janie schwieg. Doris kniff die Augen zusammen. „Weißt du, wenn du mir nicht sagst, was los ist, dann muss ich doch langsam befürchten, dass ich mit deiner Erziehung völlig überfordert bin. Und dann muss ich …"

„Nein!" Janie blickte auf. „Ich will nicht in ein Heim! Bitte, Mummy! Nicht!"

„Dann sag mir, was los ist." Doris warf einen Blick auf ihre Armbanduhr. „Und zwar schnell. Ich muss ins Geschäft zurück."

„Es war wegen dem Mann", flüsterte Janie. „Wegen der Geburtstagsfeier."

Doris seufzte. „Ich verstehe nur Bahnhof. Welche Geburtstagsfeier?"

„Ich wollte doch so gern eine Party mit meinen Freunden feiern. Und der Mann hat gesagt, er kann mir helfen."

Doris starrte ihre Tochter aus weit aufgerissenen Augen an. „Verstehe ich das richtig? Ein wildfremder Mann wollte dir helfen, eine Geburtstagsparty zu organisieren?"

„Ja. Er hat gesagt, er hat ein großes Haus und einen großen Garten und er weiß, wie man tolle Kindergeburtstage feiert. Er wollte mir alles zeigen, und wir wollten zusammen überlegen, wie wir den Garten oder den Keller schmücken."

„Mein Gott!", flüsterte Doris. Plötzlich streifte sie ihren weißen Kittel ab und griff nach ihrer Handtasche. „Komm", sagte sie. „Wir gehen jetzt sofort zur Polizei. Dort wirst du alles erzählen, was du mir eben erzählt hast, und du wirst diesen Mann ganz genau beschreiben. Das ist wichtig."

EINEM inneren Bedürfnis folgend, war Virginia zu Kims Schule gefahren, hatte das Auto in einiger Entfernung geparkt und war zu dem Gebäude hinübergelaufen, dessen Hof und Grünanlagen gerade von Hunderten von Schülern bevölkert wurden, die ihre Mittagspause genossen.

Es war nicht so, dass Virginia geglaubt hätte, Kim hier aufstöbern oder auch nur eine wirklich brauchbare Spur von ihr finden zu können. Sie hatte nur plötzlich den Wunsch verspürt, ihrem Kind nahe zu sein, den Platz aufzusuchen, von dem sie sicher wusste, dass es zuletzt dort gewesen war.

Schließlich hatte sich Virginia abgewandt und war in den kleinen Park gegangen, der sich gleich neben dem Schulgelände befand. Als die Tränen zu rinnen begannen, setzte sie ihre Sonnenbrille auf. Sie entdeckte eine Bank, die sich in einer Nische aus hohen Kirschlorbeerwänden befand; dort ließ sie sich nieder und weinte und weinte, aus Angst und aus Schuld.

Später ging sie noch einmal zur Schule zurück, die jetzt sehr still in der Sonne lag. Und plötzlich meinte sie zu spüren, dass Kim nach ihr rief. Dass sie lebte und nach ihrer Mutter verlangte.

Als sie ihren Wagen daheim in Ferndale vor dem Haus zum Stehen brachte, wurde die Haustür aufgerissen, und Frederic kam heraus. Er schien auf sie gewartet zu haben.

Frederic war leichenblass im Gesicht. „Kim", sagte er.

Das Zittern, das Virginias Knie erfasste, kam so jäh, dass sie zu stürzen drohte und hilfesuchend nach Frederics Arm griff. Er hielt sie fest. Ihre Gesichter waren einander ganz nahe.

„Da hat jemand angerufen", sagte Frederic, „und gesagt, dass er Lösegeld für sie haben will."

„Lösegeld?"

„Sie ist entführt worden", sagte Frederic.

„Mit grosser Wahrscheinlichkeit“, sagte Superintendent Baker, „handelt es sich um einen Trittbrettfahrer. Und so ein Trittbrettfahrer spielt das Spiel vielleicht noch eine ganze Weile weiter, möglicherweise bis hin zu einer Lösegeldübergabe. Was nicht heißt, dass er das Kind tatsächlich in seiner Gewalt hat. Er macht sich nur die Situation zunutze, um an Geld zu kommen. Er hört im Radio, dass ein kleines Mädchen vermisst wird, und …“

„Der Name Quentin ist nicht gerade selten“, sagte Frederic, „weshalb würde er dann ausgerechnet bei uns anrufen?“

Baker zuckte die Schultern. „Sie genießen eine gewisse Prominenz, Mr Quentin. Der Typ versucht es einfach, schon deshalb, weil man bei Ihnen davon ausgehen kann, dass Sie in der Lage wären, eine hohe Summe aufzubringen.“

„Aber Sie können nicht ausschließen, dass Kim tatsächlich entführt wurde“, sagte Virginia. Seit ihrer Rückkehr aus der Stadt saß sie in einem Lehnstuhl im Wohnzimmer und konnte nicht mehr aufstehen.

Noch vor ihrer Rückkehr hatte Frederic Superintendent Baker angerufen, der schließlich mit zwei Beamten erschien. Sie installierten eine Fangschaltung sowie ein Aufnahmegerät am Telefon.

Zum ersten Mal hatte Virginia nun erfahren, was der Anrufer gesagt hatte. „Es war ein Mann“, erklärte Frederic, „aber mit einer völlig verzerrten Stimme. Die Art, wie diese Stimme verzerrt wurde, erinnerte mich an ein Spielzeug meiner Tochter. Als sie vier war, bekam sie einen Kassettenrekorder für Kinder geschenkt. Es gibt dabei ein integriertes Mikrofon, durch das die Kinder selber singen können. Und durch verschiedene Einstellungen können sie ihre Stimme verzerren – ganz tief, ganz hell, wie auch immer. Kim hatte sehr viel Spaß damit. Und daran erinnerte mich die Stimme des Anrufers.“

Baker machte sich Notizen. „Und weiter?“, fragte er.

„Er fragte, ob er mit Frederic Quentin spreche“, fuhr Frederic fort, „und als ich dies bejahte, sagte er wörtlich: ‚Ich habe Ihre Tochter. Es geht ihr gut. Für hunderttausend Pfund können Sie sie wiederhaben.‘“

„Verstehe. Wie ging das Gespräch weiter?“

„Ich fragte ihn, wer er sei. Er antwortete, das tue nichts zur Sache. ‚Beschaffen Sie das Geld‘, sagte er, ‚ich melde mich wieder.‘ Dann legte er auf.“

Virginia stützte den Kopf in die Hände.

Baker, der ihr gegenüber auf dem Sofa saß, neigte sich ein Stück vor.

„Mrs Quentin, verlieren Sie jetzt nicht die Nerven. Vielleicht ist Ihre Tochter wirklich entführt worden. Aber das würde zumindest bedeuten, dass sie nicht jenem Triebtäter in die Hände gefallen ist, nach dem wir mit Hochdruck fahnden. Denn dem geht es gewiss nicht um Geld."

„Es ist ein Albtraum", sagte Virginia leise, „es ist ein Albtraum."

„Was tun Sie als Nächstes, Superintendent?", fragte Frederic.

Baker ignorierte die Frage, schaute erneut Virginia an. „Wo waren Sie heute Mittag, Mrs Quentin?"

Sie strich sich die Haare aus der Stirn. „Ich war an Kims Schule. Irgendwie wollte ich an den Ort, an dem sie zuletzt gesehen wurde. Und ich hatte das Gefühl, als ob sie nach mir ruft. Ich konnte das ganz deutlich hören." Sie atmete tief. „Meine Tochter lebt, Superintendent", sagte sie mit fester Stimme. „Ich bin ganz sicher, dass sie lebt."

„Davon gehen wir ebenfalls aus", stimmte ihr Baker zu.

Nach einem Augenblick, in dem sie alle schwiegen, fragte Frederic unvermittelt: „Wollten Sie nicht auch mit Nathan Moor sprechen, Superintendent?"

Baker nickte. „Ich hatte bis jetzt noch keine Gelegenheit. Heute Mittag war ein achtjähriges Mädchen zusammen mit seiner Mutter bei mir. Die Kleine ist vor knapp zwei Wochen von einem Mann angesprochen worden, der – getreu dem Muster, das wir inzwischen zu kennen glauben – als Erfüller ihrer größten Wünsche aufgetreten ist. Es ist einem reinen Zufall zu verdanken, dass das Kind sich seiner Mutter anvertraut hat. Wegen des Gesprächs mit dem Mädchen musste ich die Befragung Mr Moors verschieben."

„Dann gibt es jetzt eine Beschreibung des Täters?", fragte Frederic.

Baker wiegte bedauernd den Kopf. „Leider ist die nicht allzu präzise. Als ich vorhin fortging, wurde gerade versucht, eine Phantomzeichnung anzufertigen. Immerhin haben wir jetzt einen allerersten Ansatzpunkt."

„Mit unserem Fall hat das jedoch nichts zu tun", sagte Virginia.

„Ich vermute – nein", sagte Baker.

„Was tun Sie als Nächstes?", fragte Frederic.

„Ich spreche mit Moor, ich spreche mit den Lehrern und mit den Klassenkameraden, und wir lassen die Suchmannschaften weitersuchen. Falls sich der Anrufer wieder meldet, informieren Sie mich bitte sofort."

„Selbstverständlich", sagte Frederic. Er begleitete Baker und die anderen Beamten zur Tür. Virginia blieb in ihrem Stuhl sitzen, sie konnte noch immer nicht aufstehen.

Als Frederic zurückkehrte, suchte sie in seinem Gesicht nach einem Ausdruck, der ihr etwas über seine Gefühle verraten würde, aber seine Züge waren vollkommen verschlossen. Er schien nicht bereit, seine lähmende Angst um sein einziges Kind mit ihr zu teilen. Sie hatte ihn zu sehr verletzt.

„Ich gehe nach oben", sagte er, „ich möchte von dort mit der Bank telefonieren. Wegen der hunderttausend Pfund. Man soll sie dort bereitstellen. Ich will sofort bezahlen können, wenn der Erpresser sich wieder meldet."

Donnerstag, 7. September

Zum ersten Mal seit sie zur Schule ging, durfte Janie zu Hause bleiben, ohne krank zu sein. Ihre Mutter hatte es ganz von selbst vorgeschlagen. Am gestrigen Abend noch, als sie daheim zusammensaßen. Nach den vielen Stunden bei der Polizei.

Das nächste Wunder war: Auch Doris nahm sich frei. Obwohl sie ebenfalls nicht krank war. Janie erkannte, dass ihre Mutter Angst hatte, Angst um sie. So entsetzt wie am gestrigen Tag war sie noch nie gewesen. Janie hatte wieder und wieder ihre Geschichte erzählen müssen, jede Kleinigkeit wollte man bei der Polizei wissen. Vor allem, wie der Mann aussah.

„Würdest du ihn denn erkennen, wenn du ihn siehst?", hatte die nette Frau mit den langen braunen Haaren gefragt, die sich hauptsächlich um Janie gekümmert hatte. Janie hatte ständig überlegt, ob sie auch Polizistin war. Sie war so hübsch und hieß Stella. Janie durfte sie auch so nennen.

„Ich glaube schon", hatte Janie geantwortet, „ja, ich würde ihn erkennen."

„Weißt du ungefähr, wie alt er war?"

Das war schwer zu sagen. „Mittelalt", meinte Janie.

„So wie deine Mummy?"

„Älter."

Stella war die ganze Zeit über geduldig geblieben. Auch als sich Janie beim besten Willen nicht daran erinnern konnte, was der Fremde angehabt hatte. Wenigstens die Haarfarbe glaubte sie noch zu wissen. „Braun", sagte sie, „so wie Ihre."

„Ich tue es nie wieder", beteuerte Janie jetzt beim Frühstück, „ich schwänze nie wieder die Schule."

„Nein, das solltest du auch nicht", sagte Doris, „es ist nicht gut, die Schule zu schwänzen. Aber es ist nicht das Schlimmste. Es ist weiß Gott nicht das Schlimmste." Sie wischte sich mit dem Handrücken über die Augen und sah Janie an. „Dieser Mann", sagte sie, „weißt du, was er in Wahrheit vorhatte?"

„Nein."

„Er wollte dich töten", sagte Doris.

Janie wäre fast der Kakaobecher aus der Hand gefallen. „Töten? Warum?"

„Es ist schwierig, so etwas in deinem Alter zu verstehen", sagte Doris, „aber es gibt solche Männer. Sie töten kleine Mädchen. Oder auch kleine Jungs. Es macht ihnen Spaß. Sie sind krank, sie sind verrückt, was weiß ich. Man darf nie, nie, nie zu ihnen ins Auto steigen. Ganz gleich was sie versprechen oder behaupten."

„Aber er war so nett", sagte Janie leise, „wirklich, Mummy, total lieb und freundlich."

„Ja, was glaubst denn du, wie sie das sonst machen sollten?", fragte Doris erregt. „Meinst du, sie bringen Kinder dazu, mit ihnen zu gehen, indem sie garstig und böse sind? Nein, natürlich sind sie reizend, und sie versprechen immer wunderbare Überraschungen. Aber am Schluss landest du in irgendeinem gottverlassenen Keller ..." Sie sprach nicht weiter, sondern zündete sich eine Zigarette an. Ihre Hände zitterten leicht. „Würdest du morgen früh mit mir zu einer Beerdigung gehen?", fragte sie.

„Wer wird denn beerdigt?", fragte Janie. Sie hätte kaum sagen können, wie verwirrend sie das alles fand.

„Ein kleines Mädchen", antwortete Doris. „Sie war etwa so alt wie du. Sie wurde getötet. Von einem Mann, der ihr etwas Schönes versprochen hat. Deshalb ist sie in sein Auto gestiegen."

Janie schluckte. Ihr Hals fühlte sich plötzlich ganz eng an. „Nein", hörte sie sich sagen, „ich will dort nicht ..."

Mit ihrer freien Hand griff Doris über den Tisch und drückte Janies Hände. „Stella hat mich gebeten, dass wir dorthin gehen. Es kann sein, dass ... dass es derselbe Mann war. Verstehst du? Und manchmal kommen solche Leute dann dazu, wenn ... ihre Opfer beerdigt werden. Sie schauen sich das gern an, weil sie sich dann besonders stark fühlen. Und ..."

„Nein! Ich will nicht! Ich will da nicht hin!"

„Janie, du bist die Einzige, die ihn gesehen hat. Du würdest ihn erkennen, wenn er dort ist. Du willst doch auch, dass er eingesperrt wird, oder? Dass er niemandem mehr etwas antun kann!"

VIRGINIA stand vor dem Spiegel im Flur und betrachtete sich. An diesem sonnigen Herbstmorgen sah sie erschreckend dünn aus, und zum ersten Mal ging ihr auf, dass sie in den vergangenen Tagen stark abgenommen haben musste. Zudem hatte sie tiefe Ringe unter den Augen. Wann habe ich zuletzt geschlafen?, überlegte sie. Es schien eine Ewigkeit her zu sein.

Plötzlich schrillte das Telefon. Sie schrak zusammen, stürzte ins Wohnzimmer und erreichte gleichzeitig mit Frederic den Apparat. Beide hatten sie den gleichen Gedanken: Vielleicht meldete sich der Erpresser ja wieder.

Es war jedoch nur Superintendent Baker. Frederic nahm das Gespräch an, schaltete jedoch den Lautsprecher ein. „Ich habe eine große Bitte an Sie", sagte Baker. „Falls sich bis morgen früh nichts weiter ergeben hat – könnten Sie dann wohl an der Beerdigung der kleinen Rachel Cunningham teilnehmen?"

„Rachel Cunningham?", fragte Frederic. „Das ist das Mädchen, das …"

„Das wir in Sandringham draußen gefunden haben, ja. Sie wird morgen beigesetzt. Es ist nicht völlig auszuschließen – wir haben das nicht selten erlebt –, dass sich ihr Mörder auf dem Friedhof herumtreiben wird."

„Aber wie können wir Ihnen da nützen?"

Baker seufzte. „Es ist nur ein ganz kleiner Strohhalm. Aber vielleicht fällt Ihnen dort jemand auf, den Sie in der letzten Zeit einmal in der Nähe Ihrer Tochter gesehen haben."

Nun seufzte auch Frederic, tiefer als Baker zuvor und sehr verzweifelt.

Bakers Stimme klang mitfühlend. „Ich weiß, Mr Quentin, es ist eine Zumutung. In Ihrer Situation auf die Beerdigung eines kleinen Mädchens gehen zu müssen … aber Sie verstehen sicher, dass wir …"

„Natürlich", sagte Frederic, „wir verstehen das, und es ist ganz in unserem Interesse."

Die beiden Männer beendeten ihr Gespräch. Frederic wandte sich zu Virginia um. „Ich breche jetzt sofort auf", sagte er. „Ich fahre nach London und hole das Geld."

„Fahr vorsichtig", sagte sie. So, wie sie es tausendmal gesagt hatte, wenn er nach London aufbrach.

„Du bleibst hier?", vergewisserte er sich. „Am Telefon?"

„Natürlich."

„So natürlich ist das nicht. Vielleicht bist du verabredet."

Sie konnte ihm nicht in die Augen sehen. Sie empfand diesen verletzten Ausdruck, für den sie verantwortlich war, als unerträglich.

„Ich bleibe hier“, sagte sie, „und warte auf dich. Bitte … komm, sobald du kannst!“

Als er verschwunden war, wurde es entsetzlich still im Haus. Sie rief in Nathans Pension an, aber die Wirtin sagte, Mr Moor sei fortgegangen.

Warum war er nie erreichbar? Warum blieb er nie daheim?

Aber was war schon *daheim* in seinem Fall? Das winzige Zimmer in einer kleinen Pension in einem fremden Land. Sollte er den ganzen Tag dort sitzen und aus dem Fenster starren?

Sie ging im Haus umher, mied diesmal jedoch Kims Zimmer. Der Anblick schmerzte zu sehr. Ihre Unruhe wuchs. Das Gefühl, eingesperrt zu sein, nach Luft zu ringen, wurde stärker. Ich brauche jemanden, dachte Virginia. Sie stand dicht vor einer Panikattacke, das spürte sie. Ich muss etwas tun, überlegte sie, sonst laufe ich gegen die Wand und schreie.

Superintendent Baker hatte gesagt, er wolle mit Nathan reden. Sie hatte sehr wohl begriffen, dass Nathan in den Augen der Polizei durchaus unter den Verdächtigen rangierte. *Der nette neue Mann in Kims Leben.*

Sie glaubte es nicht. Es schien unvorstellbar, und doch: Er hatte Kim abholen sollen. Er hatte etwas von einer Autopanne erzählt, die niemand überprüfen konnte. Und wenn er doch nicht in Hunstanton festgesessen hatte? Legte er ein seltsames Verhalten seit gestern an den Tag? Er meldete sich selten, fragte kaum nach Kim, schien guter Dinge zu sein.

Konnte es sein, dass er doch etwas mit ihrem Verschwinden zu tun hatte?

Sie würde es nicht herausfinden, indem sie hier herumsaß. Vielleicht nur, indem sie ihm in die Augen blickte.

Das Telefon konnte sie über eine Rufweiterleitung auf ihr Handy schalten, sodass sie erreichbar war – für den Entführer, für Superintendent Baker, für Frederic. Nun musste sie nur noch irgendwie an ein Auto kommen.

Sie tippte die Rufumschaltung ein, nahm ihre Handtasche und verließ das Haus. Zum Glück war Jack Walker daheim und auch gleich bereit, ihr sein Auto zu leihen. Sie bat ihn, sie sofort anzurufen, sollte sich die Polizei oder sonst jemand blicken lassen, und wenige Minuten später lenkte sie bereits den Jeep mit dem ungewohnt dröhnenden Motor zum Parktor hinaus. Ihr Atem ging leichter. Die namenlose Angst blieb.

GEGEN ZWÖLF UHR erreichte sie Hunstanton und fand kurz darauf die kleine Pension. Auf den ersten Blick sah sie, dass Nathans Auto – oder besser: *ihr* Auto nicht vor dem Haus parkte. Sie seufzte enttäuscht, denn sie hatte gehofft, er wäre inzwischen da.

Die Wirtin jätete Unkraut im Vorgarten und antwortete auf Virginias Frage: Nein, sie habe keine Ahnung, wohin Mr Moor gegangen sei und wann er wiederkomme.

„Kann ich hier auf ihn warten?“, fragte Virginia.

Die Frau zuckte die Schultern. „Wenn Sie mögen … Gehen Sie ins Haus, geradeaus durch, dann kommen Sie in den Frühstücksraum. Dort können Sie warten. In sein Zimmer kann ich Sie natürlich nicht lassen!“

Virginia durchquerte den schmalen Flur und betrat das Frühstückszimmer. Unruhig ging sie auf und ab. Sie war hierhergefahren, um etwas zu tun, und nun war sie schon wieder zum Warten verurteilt. Zu ihrem Schrecken bemerkte sie, dass sich die Panik, die sie daheim schon verspürt hatte, erneut bedrohlich näherte. Sie sah auf ihre Armbanduhr. Zehn Minuten waren erst vergangen, dabei hätte sie schwören können, dass sie seit mindestens einer halben Stunde in dem engen Raum saß. Sie beschloss, das Verbot der Wirtin zu ignorieren und Nathans Zimmer aufzusuchen. Sie war keine Fremde, sie war seine zukünftige Frau.

Auf dem oberen Treppenabsatz gab es zwei Türen. Die erste, deren Klinke Virginia herunterzudrücken versuchte, war verschlossen, aber die zweite ließ sich öffnen, und das Zimmer, das sie gleich darauf betrat, sah so vollkommen unpersönlich aus, dass sie sogleich wusste, es konnte nur von einem Schiffbrüchigen ohne Hab und Gut gemietet worden sein.

Sie setzte sich auf das Bett, knetete ihre Hände. Sie fand keine Ruhe und stand erneut auf. Vielleicht sollte sie einen Spaziergang machen und eine Stunde später noch einmal vorbeischauen. Es erschien ihr sinnvoller, als in dem kleinen Zimmer langsam den Verstand zu verlieren.

Sie ging zur Tür, und dabei fiel ihr Blick auf einen kleinen bunten Gegenstand, der halb versteckt zwischen dem Kleiderschrank und der Wand klemmte, irgendetwas aus Plastik, gelb, rot und grün leuchtend. Irritiert trat sie näher, griff nach dem Objekt und zog es hervor, schaute es völlig perplex an: ein Kassettenrekorder. Für Kinder. Vorn die Klappe, um die Kassette einzulegen. Seitlich in einer Halterung das Mikrofon, durch das man mitsingen oder verschiedene grotesk verzerrte Stimmen herstellen konnte.

Verschiedene grotesk verzerrte Stimmen … Ihr Gehirn arbeitete plötzlich ganz langsam, so als weigerte es sich, das Offensichtliche zu begreifen. Kim besaß genau solch einen Rekorder.

Irgendwo tief aus ihrem Gedächtnis vernahm sie Frederics Stimme. „Es war ein Mann … die Art, wie diese Stimme verzerrt war, erinnerte mich an ein Spielzeug meiner Tochter.“

Von einem Moment zum anderen explodierte die Erkenntnis in ihr, was geschehen war, und in demselben Moment ging die Tür auf, und Nathan erschien auf der Schwelle.

Er sah sie an und sagte: „Du hast dich gründlich umgesehen, wie mir scheint!"

Sie brachte kein Wort hervor.

„Was soll ich dir erklären? Du würdest meine Beweggründe weder verstehen noch sie überhaupt glauben wollen", sagte Nathan.

Sie wusste nicht, wie viel Zeit vergangen war, seit sie, in einer seltsamen Starre gefangen, einfach nur dagestanden hatte. Schließlich hatte sie ihr furchtbares Beweisstück ein wenig höher gehoben und mit belegter Stimme gefragt: „Was ist das?"

Er erklärte nichts.

„Wo ist sie?", stieß sie heiser hervor. „Wo ist Kim?"

Er zuckte die Schultern. „Keine Ahnung."

Die gleichgültige Geste ließen von einer Sekunde zur anderen eine Sicherung in ihr durchbrennen. Sie ließ den Rekorder fallen und stürzte auf Nathan zu, die Hände zu Fäusten geballt, die Arme erhoben. Sie merkte gar nicht, mit welcher Kraft sie auf ihn einschlug. „Wo ist Kim?", keuchte sie.

Es gelang ihm, ihre beiden Handgelenke zu packen und festzuhalten. Er schüttelte sie grob. „Ich weiß es nicht, verdammt! Ich weiß es nicht!"

Sie hielt in ihrem wütenden Kampf inne. „Wo ist sie?"

„Ich habe sie nicht. Ich hatte sie nie. Ich wollte nur das Geld!"

Ihr Misstrauen und ihr Entsetzen waren zu groß. „Du wirst mir sagen, wo sie ist. Und was du ihr angetan hast!"

„Gott, verdammt!", sagte Nathan. Er ließ sie los und stieß sie dabei ein Stück von sich. Sein Gesicht war weiß, seine Lippen waren schmal. „Ich habe ihr nichts getan. Ich habe überhaupt keinem Kind etwas getan. So gut müsstest du mich kennen. Ich bin kein … Ich würde so etwas nie tun."

Sie fühlte sich wie in einem bösen Traum gefangen. „Du hast bei uns angerufen. Du hast gesagt …"

„Ich weiß, was ich gesagt habe. Ich wollte hunderttausend Pfund haben. Es war einfach ein … ein Einfall. Ein idiotischer Einfall. Ich hätte kein weiteres Mal angerufen. Ich wusste überhaupt nicht, wie ich die Übergabe hätte organisieren sollen. Mir wurde klar, dass ich dabei garantiert geschnappt würde. Dass das alles eine … eine Schnapsidee war. Ich habe nur noch nicht dieses", er wies auf den Kassettenrekorder, der auf dem Boden lag, „dieses Teil da entsorgt. War ein Riesenfehler."

Die Gelassenheit, mit der er seine ungeheuerliche Tat zu einer Lappalie herunterzuspielen versuchte, machte sie fassungslos. „Du wusstest, wie verzweifelt ich bin. Welche Angst ich ausstehe. Und du hast diese Situation benutzt, um …“ Ihr fehlten die Worte.

„Ich sagte ja schon, du würdest meine Beweggründe nicht verstehen“, sagte Nathan.

Ihr stiegen die Tränen in die Augen. „Was, bitte, soll denn daran zu verstehen sein?“

Er fuhr sich mit der Hand durch die Haare. „Du redest doch immer von unserer gemeinsamen Zukunft. Aber hast du dir je Gedanken gemacht, wie es funktionieren soll? Vollkommen ohne Geld?“

„Unsere Zukunft ist doch keine Frage des Geldes!“

„Nein? Dann kann ich nur sagen, du träumst offensichtlich in einem Märchenschloss vor dich hin. Ich habe dir klar und deutlich gesagt, dass ich nichts habe. Kein Geld, kein Haus, keine Wohnung, kein Schiff mehr, nichts. Ich –“

Sie unterbrach ihn. „Ich kann nicht verstehen, wie du diesen Weg einschlagen konntest.“

Er seufzte. „Es war einfach … ein Gedanke, wie wir zu einem Startkapital kommen könnten. Ein blöder Gedanke, ein saublöder Gedanke, den ich wie gesagt längst wieder verworfen hatte.“

„Aber war dir nicht klar, was du da tust? War dir nicht klar, in welchem Zustand Frederic und ich uns im Moment befinden? Dass dieser Anruf eines vermeintlichen Entführers uns Hoffnung gemacht hat? Dass wir voller Verzweiflung gewartet haben, dass er sich wieder meldet?“ Die Tränen ließen sich nicht länger zurückhalten. „Kein Mensch, der auch nur einen Funken Anstand besitzt, hätte so etwas tun können!“

Er machte einen Schritt auf sie zu, aber sie wich zurück. „Fass mich bloß nicht an!“, fauchte sie.

„Meine Güte“, erwiderte er wütend, „nun behandle mich doch nicht wie einen Schwerverbrecher! Ich weiß nicht, wo deine Tochter ist. Ich habe einen furchtbaren, dummen Fehler gemacht. Es tut mir leid.“

„Und woher weiß ich, dass es stimmt, was du sagst? Vielleicht ist ja kein Wort davon wahr, dass vorgestern dein Auto nicht ansprang.“ Sie griff sich den Rekorder, nahm ihre Handtasche. „Sicher weiß die Polizei besser als ich, wie man die Wahrheit herausfindet. Dort kannst du dann auch erklären, wo du dich aufgehalten hast, als das erste Kind ermordet wurde. Auf Skye jedenfalls noch nicht.“

„Aber auch nicht hier. Was sich leicht beweisen lässt, da man ja in jedem Hafen, in dem man ankert, registriert wird.“

„Das kann ja Superintendent Baker überprüfen. Er wird seinen Job gut machen.“ Sie wollte an ihm vorbei, aber er hielt ihren Arm fest.

„Lass mich los!“, sagte sie.

„Du willst jetzt zur Polizei?“

„Natürlich. Und wenn du mich nicht sofort loslässt, dann schreie ich.“

„Dann geh doch“, sagte er und trat zur Seite.

Sie lief aus dem Zimmer, ohne ihn noch ein einziges Mal anzusehen.

SIE HÄTTE später nicht zu sagen gewusst, wie sie nach Ferndale zurückgekommen war. Einige Male begann sie zu weinen und konnte vor lauter Tränen kaum etwas sehen.

Zu Hause ging sie ins Wohnzimmer, mit den müden, schleppenden Schritten einer alten Frau. Sie schaltete die Rufweiterleitung aus, starrte auf den Telefonapparat. Sie musste Superintendent Baker anrufen.

Sie betrachtete den bunten Kassettenrekorder, den sie noch immer in der Hand hielt. Nun würde er als ein Beweismittel an Baker gehen.

Sie fragte sich, weshalb sie zögerte, Superintendent Baker anzurufen.

Du müsstest dann auch bekennen, wie sehr du dich in dem Mann, mit dem du deinen Ehemann betrogen hast und für den du deine Familie verlassen wolltest, getäuscht hast. Das Spiel, das er mit deiner und Frederics Angst getrieben hat, ist durch nichts zu entschuldigen. Aber im Grunde hättest du dich schon von ihm trennen müssen, als du erfuhrst, wie hemmungslos er dich über seine berufliche Situation belogen hat.

Sie nahm den Hörer auf und wählte die Nummer von Superintendent Baker. Ihr Instinkt sagte ihr, dass Nathan Kim tatsächlich nicht verschleppt hatte. Aber es war gleichgültig, was sie glaubte. Er war ein notorischer Lügner, ein Hochstapler, ein Erpresser. Es ging einzig um Kim, und solange nur der Hauch eines Verdachts an Nathan hing, musste dem nachgegangen werden.

FREDERIC war ins Wohnzimmer gegangen, als das Telefon klingelte, und kehrte nun in die Küche zurück, wo Virginia am Tisch saß. Sie hatte ein Glas Milch vor sich – „heiße Milch mit Honig, das ist gut für die Nerven“, hatte Frederic gesagt und ihr die Milch gewärmt. Das war vor einer Stunde gewesen.

„Das war Superintendent Baker“, erklärte Frederic. „Sie verhören Nathan

Moor seit Stunden. Ohne Ergebnis. Er hat sofort zugegeben, den Anruf getätigt zu haben, aber er streitet beharrlich ab, irgendetwas mit Kims Verschwinden zu tun zu haben."

Virginia hob den Kopf. „Und? Glaubt ihm Baker?"

Frederic zuckte die Schultern. „Was kann man einem Mann wie ihm schon glauben?" Er setzte sich Virginia gegenüber an den Tisch. Sein Gesicht war bleich vor Müdigkeit. „Baker sagt, wenn wir es irgendwie schaffen, sollen wir trotzdem morgen zu der Beerdigung kommen. Schließlich – vielleicht ist Moor tatsächlich unschuldig ..."

„Er hat bestimmt nichts mit dem Tod der anderen Kinder zu tun", sagte Virginia, „er war gar nicht in der Gegend, und ..."

Frederic neigte sich über den Tisch zu ihr vor. „Was weißt du eigentlich über den Mann, mit dem du den Rest deines Lebens verbringen wolltest?"

Sie antwortete nicht. Alles, was sie auf diese Frage hätte erwidern können, wäre als Rechtfertigung völlig untauglich gewesen.

Frederic wartete einen Moment. „Warum nur?", fragte er. „Wenn ich nur verstehen könnte, warum!"

Sie sah ihn wieder an. „Damals, als wir in dem Café saßen, an dem Tag, an dem ... Kim verschwand, da hast du mich auch schon nach dem *Warum* gefragt. Ich habe versucht, es dir zu erklären. Wahrscheinlich hast du es nicht verstanden. Vielleicht kann man es auch gar nicht verstehen." Sie schluckte. „Ich habe mich in Nathan Moor verliebt", sagte sie leise.

„Und jetzt? Liebst du ihn nicht mehr?"

Virginia schwieg eine ganze Weile. „Jetzt denke ich", sagte sie, „dass man Liebe manchmal verwechselt. Mit irgendwelchen Emotionen, nach denen man sich gerade sehnt. Nathan hat mir das Gefühl gegeben, wieder lebendig zu sein. Und ich habe *lebendig* mit Liebe verwechselt."

„Sich lebendig zu fühlen ist viel. Wenn er dir das gegeben hat, hat er dir sehr viel gegeben."

Sie wusste, dass das stimmte. Nathan Moor hatte ihr, trotz allem, eine Tür geöffnet, die sie allein nicht hätte aufstoßen können.

„Nathan und ich", sagte sie, „haben keine gemeinsame Zukunft mehr. Unabhängig davon, was aus uns beiden wird."

Sie schob das Glas zurück und stand auf. Sie konnte nicht länger in dieser Küche sitzen. Schon wurde ihr das Atmen wieder schwer. Wie am Morgen. „Mir ist plötzlich ...", begann sie und rang nach Luft.

Frederic war sofort neben ihr. Er hielt sie fest. Sie konnte seine Stimme dicht an ihrem Ohr hören. „Atme ganz tief. Ganz ruhig."

Tatsächlich gelang es ihr, wieder Sauerstoff in ihre Lungen zu bringen. Auf einmal begann sie zu weinen. So heftig, als bräche der Schmerz von Jahrzehnten hervor. Sie klammerte sich an Frederics Schultern. Sie weinte, als könnte sie niemals wieder aufhören.

„Beruhige dich, Virginia! Beruhige dich doch!“, vernahm sie seine Stimme wie aus weiter Ferne.

Sie versuchte etwas zu sagen, brachte aber nur Wortfetzen hervor. „Es war, weil … er gefragt hat. Weil er nach Michael gefragt hat …“

„Er hat nach Michael gefragt? Nach deinem Exfreund, der damals spurlos verschwunden ist?“

Irgendwie landete sie wieder auf ihrem Stuhl. Sie sah Frederic, der vor ihr kauerte.

„Er hat nach Michael gefragt?“

Sie nickte.

Michael

Es war einer der ersten wärmeren Abende des Jahres 1995, der 24. März, als Michael zum ersten Mal wieder beschloss, mit dem Fahrrad zum Training zu fahren. Er erklärte Virginia, dass es später werden könne. „Ich gehe mit den anderen hinterher wahrscheinlich noch was trinken. Rob hat heute Geburtstag, bestimmt gibt er da eine Runde aus.“

„In Ordnung.“ Sie lächelte. „Amüsier dich. Ich gehe wahrscheinlich früh schlafen. Ich bin ziemlich müde.“

Es stimmte, sie war müde. Sie hatte den Nachmittag über im Garten gearbeitet. Am Vormittag war sie mit einem Referat beschäftigt gewesen. Normalerweise hätte sie in der Unibibliothek geholfen, hätte Bücher umgeräumt und Titel in endlosen Listen in den Computer eingegeben. Der Job gefiel ihr, aber sie machte sich keine Illusionen: es war eine Aushilfstätigkeit, kein Beruf. Sie musste endlich herausfinden, was sie in Zukunft wirklich arbeiten wollte. Andere schafften das auch, gingen zielstrebig ihren Weg. Nur sie wusste nicht so recht, was werden sollte. In keiner Hinsicht.

Was Michael anging, schließlich auch nicht. An ihrem Geburtstag Anfang Februar hatte er zuletzt gefragt, ob sie ihn heiraten wolle, sie hatte wie üblich ausweichend reagiert. Sie schämte sich, weil sie ihn hinhielt, aber sie brachte es nicht fertig, die Wahrheit zu sagen. Die Wahrheit hätte gelautet: „Nein, ich will dich nicht heiraten. Jetzt nicht und höchstwahrscheinlich auch später nicht. Aber ich lebe gern mit dir. Jetzt. Sicher nicht für immer.“

Sie hatte so sehr gehofft, selbst einmal an den Punkt zu kommen, an dem er bereits war. Die innere Unruhe zu verlieren, die verhinderte, dass sie sich auf irgendetwas wirklich einließ. Auf einen Menschen, einen Lebensstil, auf einen Beruf. Warum gelang es ihr nicht, sich festzulegen? Warum nur hatte sie so oft diese fast zwanghafte Vorstellung, sie würde das eine versäumen, wenn sie sich auf das andere einließ?

Nachdem Michael aufgebrochen war, kehrte sie die Erde auf der Terrasse zusammen und ging ins Haus. Sie sah sich die Nachrichten im Fernsehen an, stand dann am Fenster und beobachtete, wie es ganz langsam dunkel wurde. Sie stellte sich vor, wie es wäre, in einem Penthouse in New York zu stehen und auf die Lichter der Stadt zu blicken. Ein Gedanke, der eine Sehnsucht weckte, die beinahe wehtat.

Als das Telefon klingelte, war ihr erster Impuls, es zu ignorieren und sich nicht zu melden. Später fragte sie sich oft, ob ihre Scheu, den Hörer aufzunehmen, in etwas anderem begründet war als in ihrer Müdigkeit. Ob nicht ihr Unterbewusstsein eine Warnung ausgesprochen hatte. Denn die Tragödie, die sich später ereignete, wäre nicht geschehen, hätte sie den Apparat einfach läuten lassen und sich ins Bett gelegt.

Aber dann dachte sie, dass es Michael sein könnte, dessen Fahrrad vielleicht kaputt war und der abgeholt werden wollte. Also überwand sie sich und hob ab. „Virginia Delaney."

Ein ganz kurzes Schweigen folgte, und dann erklang jene Stimme, bei der sie noch immer weiche Knie bekam: „Virginia? Hier ist Andrew."

„Oh", war alles, was sie als Reaktion hervorbrachte.

Wiederum herrschte ein Moment des Schweigens, dann fragte Andrew: „Wie geht es dir?"

Sie hatte sich wieder einigermaßen gefangen. „Gut. Danke. Wie geht es dir?"

„Auch gut. Aber … ich würde dich gern sehen. Wenn es geht, jetzt gleich."

Sie hätte so vieles sagen können. Dass Michael da sei und sie nicht einfach wegkönne. Dass sie müde sei. Oder sie hätte ihn fragen können, was er sich einbilde, sie einfach anzurufen und herbeizuzitieren. Sie hätte sagen können, er solle sich zum Teufel scheren, und dann einfach auflegen.

Stattdessen sah sie zum Fenster hinaus. Dort parkte das Auto. Wie üblich am Hang. Michael hatte ja das Fahrrad genommen. „Wo bist du?", fragte sie.

„Im ‚Old Bridge Hotel' in Huntingdon."

„In einem Hotel?"

Er lachte. „Im Restaurant des Hotels. Sie haben fantastisches Essen hier. Und eine große Auswahl an Weinen."

Sie hatte ihn nie mehr wiedersehen wollen. Er hatte sie zu sehr verletzt. Sie wusste, dass es besser wäre, bei diesem Entschluss zu bleiben und jeden Kontakt mit ihm zu unterlassen.

„Okay", sagte sie, „aber nur auf einen Drink!"

Sie konnte ihn durch die Leitung förmlich grinsen hören. „Klar", sagte er, „nur auf einen Drink!"

Für den weiteren Verlauf der Dinge war es unerheblich, was im Hotel geschehen war, es hatte nur insofern eine Bedeutung, als die Tatsache, dass ihre Begegnung weit über einen Drink hinausgegangen war, später ihre Schuldgefühle verstärkte. Sie waren nur kurz im Restaurant gewesen, dort aber nicht über eine Vorspeise hinausgekommen, weil die Begegnung mit Andrew Virginia so durcheinanderbrachte und zugleich so ärgerlich über sich selbst werden ließ, dass sie keinen Bissen herunterbekam.

Er hatte ihre Hand genommen und gefragt: „Soll ich nicht doch ein Zimmer nehmen?"

Und sie hatte genickt und sich dafür gehasst.

Sie tranken zusammen ein Glas Sekt aus der Minibar und plauderten über Belanglosigkeiten, und dann schliefen sie miteinander. Sie fühlte die Leichtigkeit, die sie stets in seinen Armen empfunden hatte, und diese berauschende Mischung aus Aufregung, Atemlosigkeit und dem Gefühl, jung zu sein. Leben. Andrew gab ihr ein Empfinden von Leben, das Michael in ihr nicht zu wecken vermochte.

„Warum verlässt du ihn nicht?", fragte Andrew hinterher, als sie nebeneinanderlagen und Virginia gerade auf ihre Uhr gesehen und erschrocken festgestellt hatte, wie spät es schon war.

„Warum willst du nicht mit mir leben?", fragte sie zurück.

Er seufzte tief. „Du weißt, warum. Es geht einfach nicht. Nicht mehr."

„Und warum wolltest du mich heute Abend treffen?"

„Weil ich dich nicht vergessen kann."

Und ich dich auch nicht, dachte sie zornig, aber im Grunde liegt das nur daran, dass Michael mich zu Tode langweilt.

Sie schwang die Beine aus dem Bett, suchte ihre zerknüllte Wäsche zusammen. „Das wird sich nicht wiederholen, Andrew. Bitte. Ruf mich nicht mehr an." Sie verließ das Zimmer und widerstand der Versuchung, die Tür hinter sich zuzuschmettern.

Während der ganzen Heimfahrt ärgerte sie sich. Er hatte sie herbeizitiert wie ein kleines Mädchen, und sie war auch tatsächlich wie auf Kommando gesprungen. Ich muss das ein für alle Mal beenden, dachte sie.

Es war nicht weit bis St Ives, aber diesmal schien sich der Weg endlos zu dehnen. Es war fast elf Uhr! Womöglich war Michael bereits daheim, und was sollte sie dann sagen? Sie konnte dann nur etwas von einem spontanen Treffen mit einer Freundin erzählen und zu Gott beten, dass er nicht ausgerechnet diese Freundin in den nächsten Tagen traf.

Sie fuhr viel schneller, als es erlaubt war, geriet aber zum Glück nicht in eine Verkehrskontrolle. Als sie in die Einfahrt ihres Hauses bog, blickte sie sofort nach oben, konnte aber nirgends ein Licht erkennen. Entweder Michael schlief schon, oder sie hatte mehr Glück gehabt, als sie verdiente: er war noch nicht daheim.

Sie parkte das Auto am Hang, genau so, wie er es am Nachmittag abgestellt hatte, sprang hinaus und lief zum Haus hinüber. Sie schloss die Tür auf, knipste das Licht an und rief unsicher: „Michael? Bist du da?"

Niemand antwortete. Sie warf ihre Handtasche in eine Ecke, hastete ins Bad, streifte all ihre Kleider ab und vergrub sie ganz unten im Wäschekorb. Kaum hatte sie geduscht, hörte sie, wie die Haustür aufgeschlossen wurde. Michael kam zurück.

Sie hüllte sich in ihr Handtuch und lehnte sich tief seufzend gegen die kühlen Kacheln der Badezimmerwand. Sie hatte Glück gehabt, aber es war eine entwürdigende Situation, in die sie sich da gebracht hatte. In diesem Moment war sie fest entschlossen, etwas an ihrem Leben zu ändern. Sie würde sich entweder ganz und gar auf Michael einlassen oder sich von ihm trennen. Wahrscheinlich eher trennen, dachte sie.

Ein einziges Licht nur brannte in der Küche. Virginia saß regungslos auf ihrem Stuhl. Die ganze Zeit über, während sie sprach, hatte sie sich nicht bewegt. Nun schwieg sie, starrte an Frederic vorbei, zum Fenster hinaus in die Dunkelheit.

Nach einer Weile, in der kein anderer Laut zu hören war als das leise Brummen des Kühlschranks, sagte Frederic: „Du hast den Wagen zuletzt gefahren. Nicht Michael, wie du ihn hast glauben lassen. Du warst es."

Sie sah ihn nicht an. „Ja. Ich war es. Und ich war es auch, die vergessen hat, das Auto abzuschließen. Ich stellte es ab und rannte ins Haus, und am nächsten Morgen konnte der kleine Tommi ohne Probleme einsteigen."

„Und das alles hast du Nathan Moor erzählt?“

Sie schüttelte den Kopf. „Nein. So weit sind wir nicht gekommen. Er kennt nur die Vorgeschichte. Meine Kindheit und Jugend mit Michael. Die Affäre mit Andrew. Tommis Tod. Er weiß nicht, dass …“

„… dass Michael schuldlos war“, vollendete Frederic.

Sie nickte.

„Mein Gott“, sagte Frederic, „von diesem Andrew wusste ich ja bislang auch nichts.“

Sie winkte ab. „Es ist so lange her. Er war wirklich nur eine Affäre, auch wenn ich mir einbildete, er sei meine große Liebe. Ein verheirateter Mann. Der sich nicht entschließen konnte, Frau und Kind für mich zu verlassen.“

„Wie banal“, sagte Frederic.

Sie schwiegen beide. Schließlich fuhr Frederic fort: „Mit der Treue hast du es noch nie sehr genau genommen, scheint mir.“

Was sollte sie darauf erwidern? „Ich habe Michael mit Andrew betrogen“, sagte sie, „aber das war nicht das Schlimmste …“

Er stand auf, machte ein paar Schritte. „Michael ist an dem Trauma seiner Schuld zerbrochen“, sagte er, „und du hast ihn in dem Glauben gelassen, er habe Tommis Tod zu verantworten. Warum hast du das getan, Virginia? Warum?“

„Ich weiß es nicht. Ist das noch wichtig?“

„Es passt nicht zu dir. Du bist nicht … feige.“

„Vielleicht doch.“

Er blieb stehen, sah sie an. „Ich verstehe jetzt den Schatten über deinem Leben.“

Sie schloss kurz die Augen. „Ich wollte es Michael sagen. An jedem einzelnen Tag danach wollte ich es ihm sagen. Dass ich die Affäre mit Andrew gehabt hatte. Dass ich zu diesem idiotischen, unsinnigen Treffen mit ihm nach Huntingdon gefahren war. Dass ich danach offensichtlich vergessen hatte, den Wagen abzuschließen, in meiner Hast, noch vor ihm wieder daheim und im Haus zu sein. Dass Tommi allein meinetwegen hat sterben müssen. Ich schob es vor mir her. Es auszusprechen hätte auch bedeutet, meinen eigenen Verfehlungen selbst ins Gesicht zu sehen. Es auszusprechen hätte bedeutet, dass es Wirklichkeit wird. Es hätte bedeutet, dass ich es nie wieder hätte verdrängen können.“

Sie hatte sehr leise gesprochen, am Ende den Kopf tief gesenkt. Sie blickte ungläubig auf, als Frederic sagte: „Ich kann verstehen, dass du Michael nichts gesagt hast. Ich kann deine Qual verstehen. Deinen verzweifelten

Versuch, das alles zu verdrängen. Ich kann es verstehen. Vielleicht hätte ich genauso gehandelt."

In tiefster Überzeugung erwiderte Virginia: „Du nicht. Niemals."

Er musste fast lächeln angesichts ihres Glaubens an seine Integrität. „Ich neige auch dazu, den Kopf in den Sand zu stecken, Virginia, das weißt du."

Leise sagte sie: „Vielleicht neigen wir alle manchmal dazu."

In einer fast zärtlichen Geste – wie sie in den letzten Tagen zwischen ihnen nicht mehr üblich gewesen war – strich er ihr über die Haare. „Du wirst es in Ordnung bringen müssen", sagte er, „wenn du deinen Frieden finden willst. Dich hinter dunklen Bäumen zu verstecken, um zu vergessen, und dich zwischendurch in die Arme der Nathan Moors dieser Welt zu stürzen, um dich selbst zu spüren – das wird auf Dauer nicht funktionieren. Ganz gleich ob du mit mir zusammen bist oder mit irgendjemand anders. Es wird nicht funktionieren."

Sie nickte langsam.

Freitag, 8. September

Der Friedhof war schwarz von Menschen.

Rachel Cunningham muss sehr beliebt gewesen sein, dachte Janie. Sie und ihre Mutter standen ganz weit hinten, sodass Janie weder Rachels Eltern und ihre Schwester sah noch mitbekam, was unmittelbar am Grab passierte. Sie war froh darum. Sie mochte den Sarg nicht sehen und schon gar nicht miterleben, wie er in die Erde gesenkt wurde.

Stella war auch da. Sie war schwarz gekleidet wie alle Menschen hier und stand ein paar Schritte von Janie und Doris entfernt. Sie hatte gesagt, Janie solle sich gründlich umschauen, ob sie vielleicht den Mann aus dem Zeitschriftenladen wiedererkannte, und dann solle sie dies Stella möglichst unauffällig sagen.

Janie schaute und schaute, aber sie konnte ihn nirgends entdecken.

Stella zwinkerte ihr aufmunternd zu. Wenigstens eine, die nicht weinte. Fast allen Leuten ringsum liefen die Tränen über das Gesicht. Die Menschen gingen alle nacheinander zu dem Grab und warfen Blumen hinein oder legten Kränze ab. Doris und Janie blieben jedoch, wo sie waren.

Langsam bewegten sich alle zum Ausgang des Friedhofs. Viele blieben auch noch in Gruppen zusammen stehen, unterhielten sich mit gedämpften Stimmen. Eine bleierne Schwere lastete über den Menschen, dem Ort.

„Mum, können wir jetzt bitte gehen?“, flüsterte Janie.

„Du hast ihn wohl nirgends gesehen?“, fragte Stella.

„Nein. Aber vielleicht …“ Janie zuckte hilflos die Schultern. „Es sind so furchtbar viele Leute hier!“

„Können wir gehen?“, fragte Doris.

„Ich denke, ja“, antwortete Stella.

Langsam schoben sie sich in Richtung Ausgang. Es war nicht einfach, in der dichten Menschenmenge voranzukommen. Janie entdeckte einen der Männer, die sie auch auf dem Polizeirevier kennen gelernt hatte – wie hieß er noch gleich? Baker. Er stand mit einem Mann und zwei Frauen zusammen. Der Mann trug einen schwarzen Anzug und sah aus wie ein Lord – und die eine Frau hatte eine wilde, dunkle Haarmähne und trug einen ziemlich kurzen Rock. Die andere Frau sah so blass aus, als müsste sie jeden Moment umfallen.

Stella trat an die kleine Gruppe heran, und Baker fragte: „Nichts?“

Stella schüttelte den Kopf. „Bei uns auch nicht“, sagte Baker.

„Ich weiß ja leider nicht einmal genau, nach wem ich eigentlich Ausschau halten soll“, meinte die dünne Frau mit dem kurzen Rock.

Baker machte die Erwachsenen miteinander bekannt. „Mrs Alby.“ Das war die Dünne. „Mr und Mrs Quentin.“ Das waren der Lord und die Frau, die gleich ohnmächtig werden würde. „Mrs Brown.“ Das war Mummy. Jetzt wies Baker auf sie, Janie. „Das ist Janie Brown.“

Mrs Quentin neigte sich zu ihr und gab ihr die Hand. „Hallo Janie!“

„Hallo“, erwiderte Janie. Sie hatte nie einen Menschen mit traurigeren Augen gesehen als diese Frau.

„Tja“, sagte Superintendent Baker, „dann kann ich mich nur bedanken, dass Sie hierhergekommen sind. Ich weiß, dass ich Ihrer aller Nerven sehr damit strapaziert habe.“

„Es war doch selbstverständlich, Superintendent“, sagte Mr Quentin, den Janie insgeheim nur *den Lord* nannte.

Die Menschen strömten jetzt an ihnen vorbei durch das breite Friedhofstor auf die Straße. Janie versuchte, jedem Einzelnen ins Gesicht zu blicken. Sie fing ein anerkennendes Lächeln von Stella auf. Die Beamtin hatte registriert, dass sie sich weiterhin Mühe gab.

Die letzten Menschen verließen den Friedhof. „So“, meinte Baker, „das war’s dann.“

Die Gruppe wandte sich zum Gehen. Gleich darauf standen sie draußen. Überall stiegen die Trauernden in ihre Autos.

„Ich darf mich dann verabschieden“, sagte Baker. Als Erstes gab er Mrs Quentin, der traurigen Frau mit den verweinten Augen, die Hand und fügte hinzu: „Ich melde mich nachher noch bei Ihnen.“

Mrs Quentin nickte. Ihre Trostlosigkeit war herzzerreißend.

Jetzt lass uns gehen, bettelte Janie stumm und wich hastig dem todtraurigen Blick Mrs Quentins aus. Und da sah sie *ihn*.

Sie war so fassungslos, dass sie zunächst nicht fähig war, irgendetwas zu sagen oder zu tun. Sie starrte nur und starrte.

„Auf Wiedersehen, Janie“, sagte Baker.

Sie erwiderte nichts.

„Nun gib dem Superintendenten schon die Hand!“, mahnte Doris ungeduldig. Dann schien ihr etwas aufzufallen, denn sie fragte: „Was ist denn los?“

„Da ist er“, flüsterte Janie. Sie hatte einen großen Ballen Watte im Mund. „Da ist er“, wiederholte Janie, „da ist der Mann.“

„Du lieber Himmel“, sagte Doris, „wo denn?“

„Was hast du gesagt?“, fragte Stella.

„Sie sieht den fremden Mann“, erklärte Doris, und plötzlich ging ein Ruck durch die ganze Gruppe. Janie bemerkte, dass Superintendent Bakers Gesicht auf einmal ganz dicht vor ihrem war. „Der Mann, der dich angesprochen hat? Er ist hier? Wo?“

„Dort.“ Sie wies in die Richtung, wo sie ihn sah. Es wimmelte von Menschen.

„Welcher?“, fragte Stella. Sie hatte einen völlig veränderten Gesichtsausdruck.

„Dort“, wiederholte sie, „dort drüben. Neben dem großen schwarzen Auto.“

Endlich blickten alle Erwachsenen in die richtige Richtung. „Jack?“, flüsterte Mrs Quentin entgeistert. „Du meinst doch nicht Jack? Jack Walker?“

Im selben Moment sagte die Dünne mit dem kurzen Rock: „Das ist der Mann, der mir meine Tasche aufgehoben hat! In Hunstanton. Damals.“

Und dann stürmten auch schon Superintendent Baker und Stella los, und ohne dass Janie hätte sagen können woher, tauchten plötzlich zahlreiche uniformierte Polizisten auf.

Es war eine jener Situationen, in denen Superintendent Baker sich tief im Innern wünschte, bestimmte Praktiken aus früheren Zeiten, da man die Folter zum Erzwingen von Geständnissen eingesetzt hatte, wären auch heute noch erlaubt. Er und Stella waren seit nunmehr drei Stunden damit beschäftigt, Jack Walker zu verhören. Ein sympathischer älterer Mann. Er erschien zuverlässig, hilfsbereit und nett. Ein Mann, dachte Baker, dem ich meine Kinder wahrscheinlich ohne jeden Vorbehalt anvertraut hätte.

Janie war sich absolut sicher gewesen. Jack Walker war der Mann, der sie im Zeitschriftenladen angesprochen hatte. Auch Liz Alby hatte ihn zweifelsfrei als einen Mann erkannt, der am fraglichen Tag in Hunstanton gewesen war.

Baker hatte innerhalb einer Stunde einen richterlichen Durchsuchungsbeschluss in den Händen gehalten, der seine Beamten zum Durchsuchen von Jack Walkers Haus berechtigte. Sie hatten nichts Aufsehenerregendes gefunden, hatten aber Walkers Computer beschlagnahmt. Zurzeit bemühten sich Spezialisten um den Zugang. Baker war fast sicher, dass sie auf Kinderpornografie stoßen würden.

Jack Walker, der die Quentins zum Friedhof gefahren hatte und später wieder erschienen war, um sie abzuholen, stritt alles ab. Er kenne keine Janie Brown. Er habe nie ein Mädchen in einem Zeitschriftenladen angesprochen. Er sei überhaupt in diesem betreffenden Geschäft nie gewesen.

Baker hatte sich drohend nach vorn geneigt. „Nein? Dann müssen Sie eine Gegenüberstellung mit dem Inhaber des Ladens nicht fürchten, oder? Er könnte ja bestätigen, Sie nie gesehen zu haben!"

Walker war zum ersten Mal eingeknickt. Beschwören könne er es nicht, dort nie gewesen zu sein. Natürlich kaufe er sich auch Zeitungen und Zeitschriften, mal hier, mal dort. Vielleicht auch in jenem Geschäft. Er habe nicht gewusst, dass das verboten sei.

„Wo waren Sie am Montag, dem 7. August?", fragte Baker.

Walker überlegte, hob dann in einer hilflosen Geste beide Arme. „Das weiß ich wirklich nicht mehr."

„Ich will Ihnen ein wenig auf die Sprünge helfen", sagte Baker. „Der 7. August war ein heißer Tag, und ich denke, Sie beschlossen, ihn am Meer zu verbringen. Entweder mit dem Auto oder mit dem Bus fuhren Sie nach Hunstanton hinaus. Am Busparkplatz dort wurden Sie Zeuge einer Kontroverse zwischen einer jungen Frau und deren vierjähriger Tochter. Das kleine Mädchen bettelte um eine Karussellfahrt, schrie und tobte, als es diese nicht bewilligt bekam. Es sträubte sich so dagegen, mit der Mutter weiterzugehen, dass dieser schließlich die Tasche herunterfiel. Sie hoben sie ihr auf. Die junge Frau hat sich heute eindeutig an Ihr Gesicht erinnert."

„Aus einer nur Sekunden dauernden Begegnung glaubt sie mehr als vier Wochen später mein Gesicht zu erkennen? Ist das alles, worauf Sie Ihre Beschuldigungen gegen mich gründen, Superintendent?“

„Wissen Sie“, sagte Stella, „wir haben eine Speichelprobe von Ihnen, und in wenigen Stunden werden wir Sie anhand der DNA-Analyse überführt haben. Sowohl bei Sarah Alby als auch bei Rachel Cunningham haben wir genügend Spuren gefunden. Sie kommen aus dieser Geschichte nicht mehr heraus. Ein Geständnis zum jetzigen Zeitpunkt kann Ihre Lage nur verbessern. Vielleicht möchten Sie jetzt doch einen Anwalt hinzuziehen. Er wird Ihnen das Gleiche sagen.“

„Ich brauche keinen Anwalt“, sagte Jack Walker störrisch.

„Wo ist Kim Quentin?“, fragte Baker. „Was haben Sie mit Kim Quentin gemacht?“

Zum ersten Mal war ein Flackern in Jack Walkers Augen. „Kim? Ich könnte Kim niemals etwas antun! Nie!“

Baker, der bis dahin gestanden hatte, zog einen Stuhl heran und setzte sich Jack Walker gegenüber an den Tisch. Er neigte sich vor, sah dem älteren Mann in die Augen. „Mr Walker, wir haben bislang keine Leiche gefunden, obwohl Polizeitrupps und Spürhunde die ganze Gegend um King’s Lynn herum absuchen. Vielleicht bedeutet das, dass Kim Quentin noch am Leben ist. Und vielleicht wissen Sie, wo sie sich aufhält. Wenn Sie darüber schweigen, wird sie sterben. Verhungern. Verdursten. Wissen Sie, Walker“, er sprach jetzt sehr leise, „wir kriegen Sie. Sie stehen schon jetzt mit beiden Füßen im Knast. Sie mögen denken, dass es in Ihrer Lage egal ist, ob noch ein Kind draufgeht oder nicht. Aber da täuschen Sie sich. Wenn sich herausstellt, dass Kim Quentin zu retten gewesen wäre und dass sie qualvoll sterben musste, weil Sie das Maul nicht aufgemacht haben, dann hat das nicht nur Konsequenzen für das Strafmaß, das Ihnen zugedacht wird. Es wird sich auch auf die Behandlung auswirken, die Sie später im Gefängnis zu erwarten haben. Ich spreche von Ihren Mitinsassen.“ Er machte eine Pause. Jack Walker drehte an seiner Krawatte. Er schwitzte.

„Typen, die sich an Kindern vergehen“, fuhr Baker fort, „sind so verhasst im Knast, wie Sie sich das wahrscheinlich kaum vorstellen können. Man wird Sie diesen Hass spüren lassen, Walker. Und ich versichere Ihnen, es wird eine Rolle spielen, ob Sie im letzten Moment noch das Leben eines Kindes gerettet haben.“

Walker sprach mit stockender Stimme. „Ich … ich habe nichts getan.“

„Am Mittwoch, dem 6. September“, sagte Baker, „vorgestern also, befanden Sie sich auf der Rückfahrt von Plymouth. Ich vermute, dass Sie, als Ihre Frau Sie anrief und fragte, ob Sie Kim Quentin von der Schule abholen könnten, schon viel näher an King's Lynn waren, als Sie zugaben. Sie behaupteten jedoch, es auf keinen Fall zur rechten Zeit schaffen zu können. Doch dann überlegten Sie es sich anders. Sie fuhren geradewegs zu Kims Schule.“

„Nein“, sagte Walker. Er zupfte erneut an seiner Krawatte.

„Sie waren viel eher dort, als das Ihrer Frau von Ferndale aus gelingen konnte. Kim stand vor dem Schultor und wartete. Sie hatten leichtes Spiel. Kim kennt Sie und vertraut Ihnen. Sie wunderte sich kein bisschen, dass Sie kamen, um sie abzuholen. Ohne zu zögern, stieg sie in Ihr Auto.“

„Das ist doch absurd“, knurrte Walker. Sein Gesicht war stark gerötet.

Bakers Stimme wurde sehr leise. „Und was geschah dann, Mr Walker? Sie saßen in Ihrem Auto. Neben Ihnen dieses kleine Mädchen. Sie fuhren einen Lastwagen. Der hat keinen Rücksitz. Sie konnten Kim nicht nach hinten setzen. Hätte Ihnen die Distanz geholfen? So saß sie gleich neben Ihnen. Sie war nass vom Regen. Verstärkte dies den Geruch ihrer Haut? Ihrer Haare? Was geschah da mit Ihnen, Jack? Sie haben diese Sehnsucht in sich, nicht wahr? Diese Sehnsucht nach kleinen Mädchen. Sie saßen da in Ihrem Lastwagen, und auf einmal ...“

„Nein!“, sagte Jack scharf. Mit einem heftigen Ruck zerrte er sich die Krawatte vom Hals. „Nein!“, schrie er. „Nein! Nicht Kim! Ich habe Kim nicht angerührt! Ich schwöre es bei Gott!“ Und dann warf er sich nach vorn über den Tisch, barg das Gesicht in den Händen. Seine breiten Schultern bebten. Jack Walker weinte wie ein kleines Kind.

SIE RASTEN die sonnige Landstraße entlang. Mehrere Polizeiwagen. Im vordersten saßen Superintendent Baker und Stella.

Nachdem Jack Walker zusammengebrochen war, hatten sie zwar keine Mühe mehr gehabt, ihn zum Geständnis der Morde an Sarah Alby und Rachel Cunningham zu bewegen. Auch gab er ohne Umschweife zu, Janie Brown in jenem Schreibwarenladen angesprochen zu haben. Aber er blieb wirr, was Kim anging. Er konnte nicht über sie sprechen, ohne dass es ihn schüttelte vor Schluchzen. „Ich habe sie geliebt! Ich habe sie doch geliebt! Nie würde ich ihr ein Haar krümmen! Niemals! Niemals!“

„Sie haben sie vorgestern an der Schule abgefangen? Und in Ihrem Auto mitgenommen?“

„Ja."

„Und wohin sind Sie mit ihr gefahren? Walker? Wohin?"

„Ich habe ihr nichts getan!"

„Wo ist sie?"

„Ich kann nichts dafür. Es überkommt mich. Ich will es nicht. Bitte, glauben Sie mir. Ich will den Kindern nichts antun. Ich wünschte …"

„Was?"

„Ich wünschte, ich wäre nie geboren worden!", hatte Jack Walker hervorgestoßen und wieder so heftig zu weinen begonnen, dass minutenlang überhaupt nicht mit ihm zu reden gewesen war.

Es schien für Jack Walker eine ungeheure Erleichterung zu bedeuten, sich endlich einem anderen Menschen öffnen zu dürfen, sowohl was seine Veranlagung anging als auch die Ermordung der beiden Mädchen. Baker hätte traumhafte Geständnisse haben können, die Antwort gaben auf alles, was er wissen wollte. Aber solange noch die geringste Chance bestand, dass Kim Quentin am Leben war, durfte er sich damit nicht aufhalten. Er musste herausfinden, wohin Walker sie gebracht hatte.

Er hatte Walker immer wieder mit scharfer Stimme unterbrochen. „Das interessiert mich jetzt nicht, Walker. Erleichtern Sie Ihr Gewissen später. Jetzt will ich nur wissen, wohin Sie Kim Quentin gebracht haben!"

Er hatte ihn angebrüllt und Jack Walker hatte zu zittern begonnen. „Ich habe angehalten. Ich habe sie angefasst …"

Baker war ein abgebrühter Polizeibeamter, aber derartige Reden konnte er sich kaum anhören, ohne dass ihm schlecht wurde.

„Ich verstehe, Walker. Und dann bekamen Sie Angst? Angst, dass Kim ihren Eltern erzählen würde, dass sie von Ihnen angefasst wurde?"

Walker hatte wieder zu weinen begonnen. „Das alte … Gelände … diese Firma, Trickle & Son, für die ich ab und zu noch arbeite …"

„Ja? Es gibt da ein altes Gelände? Sie meinen, ein verlassenes Gelände?"

„Ja. Richtung Sandringham. Vor zehn Jahren ist Trickle von dort weggegangen. War ja mal eine riesige Spedition. Ich war da fest angestellt. Früher. Jetzt ist da niemand mehr …"

Baker hatte sich vorgeneigt, gespannt wie eine Feder. „Dorthin sind Sie mit Kim gefahren?"

„Ja …"

„Und dort ist sie noch?"

Walker hatte die Schultern gezuckt und erneut hemmungslos zu weinen begonnen.

Baker war aufgesprungen. „Okay. Das ehemalige Firmengelände der Spedition Trickle & Son."

Und so jagten sie nun Richtung Sandringham hinaus. Eine gottverlassene Gegend, wie Baker wusste. Ein perfekter Ort für jemanden wie Walker. Baker wusste, dass Täter vom Typ Jack Walkers ihre Verbrechen tatsächlich bereuten und häufig mit ihrer Schuld nur zurechtkamen, indem sie sie verdrängten. Und so blieb die bange Frage: Wenn sie Kim überhaupt vorfanden, würde sie tot oder lebendig sein?

„Ich finde nicht, dass er gut aussieht", sagte Stella.

Baker, aus seinen Gedanken aufgeschreckt, sah sie überrascht an. „Wer? Wen meinst du?"

„Walker. Jack Walker. Ein langweiliger Opa-Typ, so würde ich ihn beschreiben. Weil doch Rachel Cunningham gegenüber ihrer Freundin behauptet hatte, er sähe aus wie ein Filmstar."

Baker seufzte. „Sie wollte wahrscheinlich ein bisschen angeben."

Das ehemalige Gelände der Firma Trickle war seit Jahren dem Verfall preisgegeben und bot trotz des sonnigen Wetters einen trostlosen Anblick. Baker war längere Zeit zuvor einmal dort gewesen, hatte aber nicht mehr in Erinnerung gehabt, wie weitläufig sich Garagen, Lagerhallen und einstige Bürogebäude erstreckten. Der Hof war völlig mit Unkraut überwuchert. Aus allen Fenstern waren längst die Glasscheiben herausgebrochen, und dunkle Höhlen starrten aus dem schmutzigen Mauerwerk.

Stella öffnete die Autotür. „Das wird dauern", sagte sie, „wenn das hier alles auch noch unterkellert ist …"

„Wir haben keine Minute Zeit zu verlieren", drängte Baker und stieg aus.

Die Beamten verteilten sich sofort über das ganze Gelände. Wie mit bloßem Auge zu erkennen war, waren etliche der Gebäude einsturzgefährdet, und man musste sich in ihrem Inneren mit äußerster Vorsicht bewegen. Zudem stellte sich heraus, dass sämtliche Bürogebäude tatsächlich unterkellert waren.

„Wenn sie noch lebt", sagte Stella, „wird sie sich irgendwann bemerkbar machen."

„Es sei denn, sie ist vor Angst wie erstarrt", meinte Baker, „sie kann auch völlig entkräftet sein. Wir dürfen keinen Winkel auslassen."

Anderthalb Stunden später waren alle nur noch ratlos und erschöpft. „Nach menschlichem Ermessen", sagte einer der Beamten, „gibt es hier jetzt keinen Winkel mehr, in dem wir nicht waren. Nirgends eine Spur von dem Kind."

„Er hat uns eine Geschichte aufgetischt“, sagte Stella, „wahrscheinlich ist er mit Kim hier gewesen. Aber dann … ich meine, die anderen Kinder wurden auch ganz woanders …“

Baker strich sich über das Gesicht. Er hätte nicht zu begründen gewusst, weshalb er dieses trostlose Gelände noch nicht verlassen wollte. Sie hatten alles abgesucht. Sie hatten nicht die geringste Spur von Kim gefunden. Stella hatte wahrscheinlich Recht. Walker mochte mit Kim hier gewesen sein, später hatte er sie jedoch anderswohin gebracht. Was den Schluss, dass sie nicht mehr am Leben war, mehr als wahrscheinlich machte.

Und dennoch war da eine Stimme. Sie hatte etwas mit dem Instinkt zu tun, den Baker im Laufe jahrelanger Ermittlungsarbeit entwickelt hatte. Diese Stimme warnte ihn, jetzt schon aufzugeben. „Noch einmal“, sagte er, „wir durchsuchen hier noch einmal jeden Winkel.“

Alle starrten ihn an. „Sir …“, begann einer der Beamten, doch Baker brachte ihn mit einem einzigen Blick zum Schweigen.

Stella war nicht so leicht einzuschüchtern. „Jeffrey, das bringt doch nichts! Es gibt hier einfach keine Stelle mehr, an der wir noch nicht nachgesehen hätten. Wir sind alle völlig erschöpft. Und wir verschwenden Zeit. Zeit, die wir dringend brauchen, um Kim an einem anderen Ort zu suchen.“

„Wenn Kim nicht hier ist, dann ist sie tot“, sagte Baker. „Wenn er sie am Leben gelassen und irgendwo versteckt hat, dann hier. Auf diesem Gelände. Einen anderen Ort wird er nicht kennen und zur Verfügung haben.“

„Okay“, sagte Stella ohne jede Überzeugung, „okay. Also los, von vorn!“

„Die Kellerräume“, sagte Baker, „sie stellen meiner Ansicht nach die einzige Chance dar, doch noch etwas zu finden. Einen Hohlraum, eine Kammer, irgendetwas, was wir übersehen haben.“

„Gut“, meinte Stella ergeben, „dann gehen wir noch einmal hinunter.“

Sie durchsuchten das Kellergewölbe des vordersten Bürogebäudes. Feuchtigkeit war hier im Lauf der Jahre eingedrungen und hatte die gemauerten Gänge und Räume in nasse, kalte Verliese verwandelt.

Als sie mit dem ersten Gebäude fertig waren und wieder nach oben kamen, seufzte Stella tief, rutschte langsam an der Außenmauer des Hauses herab und blieb erschöpft zwischen Disteln und Löwenzahn sitzen.

„Nur fünf Minuten“, bat sie und strich sich mit der Hand über das Gesicht, „gib mir fünf Minuten, Jeffrey. Ich brauche einfach eine Zigarette.“

Er grinste. Stellas hoffnungslose Nikotinsucht war oft Gegenstand zahlreicher Hänseleien unter den Kollegen. „Versau du dir deine Lungen“, sagte er, „ich gehe inzwischen ein Haus weiter in den Keller.“

„Bin gleich bei dir“, versprach Stella.

Baker machte sich allein auf den Weg in den nächsten Keller. Er sah genauso aus wie der erste, war nur noch größer und weitläufiger. Strom gab es hier draußen keinen mehr, aber Baker hatte eine starke Taschenlampe, mit deren Hilfe er sich seinen Weg suchte.

Der Keller war sehr verwinkelt. Immer wieder ging es ein paar Treppenstufen hinauf oder hinab. Baker ging in jeden Raum hinein, leuchtete Millimeter um Millimeter die Wände ab. Er hoffte auf eine Tür oder auf Steine zu stoßen, die locker aufeinanderlagen und vielleicht den Weg zu einem verborgenen Hohlraum freigeben würden. Etwas, was er bei seinem ersten Durchgang möglicherweise übersehen hatte. Aber da war nichts.

Ich habe mich geirrt, dachte er. Müde stolperte er die nächste Treppe hinunter. Erschöpfung und Resignation breiteten sich auf einmal wie ein schnell wirkendes Gift in ihm aus. Kim Quentin war nicht zu retten. Wieder würde er mit leeren Händen vor ihren Eltern stehen.

Schwer atmend blieb er stehen. Am liebsten hätte er sich ins Auto gesetzt, wäre zurück nach King's Lynn gerast, hätte sich Jack Walker vorgenommen und die Informationen über Kim Quentin aus ihm herausgeprügelt. Aber das wäre eine Panikreaktion gewesen. Und von Panik durfte man sich gerade in seinem Beruf keinesfalls leiten lassen.

Ganz ruhig, mahnte er sich, du führst zu Ende, was du begonnen hast. Du durchsuchst diesen Keller und dann den nächsten. Dann erst brichst du die Aktion hier draußen ab.

Und genau in diesem Moment hörte er es. Das Geräusch war so schwach, dass er es mit seinen eigenen Schritten übertönt hätte, hätte er nicht gerade still gestanden. Es klang wie ein ganz feines Kratzen. Wie das Echo eines Kratzens. Es kam aus der Richtung, in der sich der Gang vor ihm in der Dunkelheit verlor.

Mit raschen Schritten ging er weiter. Er sagte sich, dass er nicht zu siegesgewiss sein sollte. Vielleicht waren es bloß Ratten, die hier unten herumhuschten. Immer wieder blieb er stehen, hielt den Atem an, versuchte erneut, das Geräusch zu orten. Voller Angst, es könnte verstummen, ehe er seine Quelle gefunden hatte.

Doch es hielt an. Leise, kraftlos. Er erreichte das Ende des Ganges. Rechts und links befanden sich zwei Räume. Die Türen waren längst aus den Scharnieren gebrochen und lagen auf dem Boden.

Wieder lauschte er. Das Geräusch kam aus dem Raum, der rechts von ihm lag. Er trat ein. Stella und er waren bei ihrem ersten Durchgang bereits dort gewesen. Ein Haufen zusammengebrochener und zu einem wirren Bretterhaufen gestapelter Holzregale hatte ihre Aufmerksamkeit erregt, sie hatten zwischen die Latten geleuchtet, jedoch nichts von Belang dahinter entdeckt. Jetzt aber glaubte er ganz sicher zu hören, dass das Kratzen genau von dort kam. Er legte die Taschenlampe zur Seite, platzierte sie so, dass sich ihr Strahl auf die Bretter richtete, und begann, die Regale zur Seite zu räumen. Da er nicht wusste, was sich dahinter befand, musste er sehr vorsichtig zu Werke gehen. Er wollte nicht, dass der ganze Aufbau in sich zusammenfiel. Er keuchte. Das Kratzen war verstummt.

Dann erklangen Schritte hinter ihm, der Strahl einer zweiten Taschenlampe fiel in den Kellerraum. „Hier bist du", sagte Stella. „Was machst du da?"

„Da war ein Geräusch", erklärte er, „hinter diesen Regalen. Hilf mir mal."

Auch Stella legte ihre Lampe zur Seite. Es ging viel einfacher und schneller mit ihrer Hilfe. Der Stapel lichtete sich.

„Da steht irgendetwas", sagte Stella.

Sie holte sich ihre Lampe, richtete den Strahl auf den Gegenstand, der sich unter den Regalen verborgen gehalten hatte. „Eine Kiste!", rief sie überrascht.

Baker merkte, dass es in seinen Ohren zu summen begann. Das kratzende Geräusch. Eine Holzkiste unter einem Stapel zusammengefallener Regale. Sein Instinkt, der ihm geraten hatte, nicht aufzugeben.

„Halt die Lampe", sagte er, dann kletterte er über die letzten herumliegenden Holzteile und beugte sich über die Kiste. Sie hatte kein Schloss. Aber der Deckel war schwer. Er brauchte seine ganze Kraft, ihn zu öffnen.

Kim Quentin lag auf einem Stapel Decken. Sie hatte die Beine angewinkelt, weil sie sie nicht ausstrecken konnte. Das Licht blendete sie, sie schloss sofort die Augen. Sie lebte.

Er hob den leichten, geschwächten Körper heraus. Er lag wie eine Feder in seinen Armen.

„Mein Gott", hörte er Stella mit leiser Stimme murmeln, „wie gut, dass wir ..." Sie sprach den Satz nicht zu Ende.

„Kim", sagte Superintendent Baker und strich mit einer Hand behutsam über die feuchten, verklebten Haare des Kindes. „Kim, es wird alles gut."

Kim schlug die Augen auf und sah ihn an. Ihr Blick war klar.

„Ich habe so furchtbaren Durst", sagte sie.

Dienstag, 12. September

Die Dunkelheit brach herein. Es war fast acht Uhr am Abend, und der Herbst näherte sich mit Riesenschritten.

Virginia stand in der geöffneten Küchentür, atmete die Frische, die aus dem Park strömte. Über ihr bewegten sich leise die Äste der großen Bäume. Sie blickte nach oben, hätte so gern den Himmel im vergehenden Licht des Tages gesehen, aber das dichte Laub ließ es nicht zu. Verwundert fragte sie sich, weshalb sie das bisher nie bedauert hatte.

Sie fröstelte, ging zurück in die Küche, ließ aber die Tür offen. Sie begann den Tisch abzudecken. Kim zuliebe hatte sie aufwändig gekocht, obwohl sie selbst überhaupt keinen Hunger verspürt hatte, aber dann hatte auch Kim fast nichts angerührt, und nur Frederic hatte ein wenig gegessen. Im Grunde war fast alles übrig geblieben. Virginia seufzte leise. Kim war seit vier Tagen wieder bei ihrer Familie, aber es war schwierig, mit ihr ein Gespräch zu führen und sie zum Essen zu bewegen. Selbst bei ihren Lieblingsgerichten legte sie rasch die Gabel zur Seite und sah ihre Mutter unglücklich an. „Ich kann nicht, Mum. Es tut mir leid. Es geht einfach nicht."

Für den morgigen Tag hatte Virginia einen Termin mit einem Psychotherapeuten vereinbart, der auf die Behandlung traumatisierter Kinder spezialisiert war. Es würde noch ein weiter Weg zu gehen sein, das wusste sie. Aber Kim lebte und war wieder bei ihnen. Das allein zählte.

Im Haus herrschte völlige Stille. Kim war, wie auch an den anderen Abenden seit ihrer Rettung, früh ins Bett gegangen, hatte sich mit ihrem Bären im Arm tief in die Kissen gekuschelt, wie ein kleines Tier, das Schutz in seiner Höhle sucht. Ihre Mutter hatte sie zugedeckt und ihr eine Geschichte vorgelesen und sie dann gefragt, ob sie noch eine Weile bei ihr sitzen sollte, aber Kim hatte den Kopf geschüttelt. „Ich bin so müde, Mum. Ich will schlafen."

Frederic war um Viertel vor acht aufgebrochen, um die zutiefst schockierte, in Verzweiflung erstarrte Grace Walker zum Bahnhof zu bringen. Sie wollte zu ihrem Bruder nach Kent reisen, um dort irgendwie die Tragödie zu überstehen, die so unversehens über sie hereingebrochen war. Ihre Welt war in sich zusammengestürzt, als am vergangenen Freitag Polizeibeamte in ihr Haus eingedrungen und Jacks Computer beschlagnahmt hatten. Als sie von den Verbrechen ihres Mannes und seinen jahrzehntelang vor ihr geheim gehaltenen sexuellen Vorlieben erfahren hatte, war sie innerhalb weniger Stunden zu einem gebrochenen Menschen geworden.

Virginia räumte die Teller zusammen und erschrak, als sie plötzlich hinter sich ein Geräusch vernahm. Sie fuhr herum und sah Nathan Moor, der in der Tür stand.

Er war noch immer braungebrannt, die wenigen Tage, die er in Untersuchungshaft hatte verbringen müssen, hatten seinem gesunden Aussehen keinen Abbruch getan. Er trug einen Pullover, der ihm in gewohnter Weise an den Schultern zu eng war, und als Virginia genauer hinsah, erkannte sie, dass es sich um einen Pullover von Frederic handelte, der stets in Dunvegan im Schrank gelegen hatte. Nathan hatte sich, als sie dort gewesen waren, offensichtlich wieder einmal bedient.

Sie starrte ihn fassungslos an, unfähig, ein Wort herauszubringen, und schließlich war er es, der das Schweigen brach.

„Hallo Virginia", sagte er, „darf ich reinkommen?"

Sie fand endlich ihre Fassung wieder. „Wo kommst du her? Warum bist du nicht mehr im Gefängnis?"

Er schien die Tatsache, dass sie mit ihm sprach, als Einverständnis zu werten, dass er die Küche betreten durfte, denn schon war er drin und schloss die Tür hinter sich. „Ich komme aus der Stadt. Und das Gefängnis … Es besteht kein Verdacht mehr gegen mich."

Sie war zurückgezuckt, als er die Tür schloss.

Er lächelte. „Hast du Angst vor mir?"

„Frederic ist …"

„Frederic ist eben weggefahren", unterbrach Nathan, „oder glaubst du, ich wäre hier hereinspaziert, ohne sicherzugehen, dass du allein bist?"

„Er kommt jeden Moment zurück."

Nathan lächelte erneut. „Wovor hast du Angst? Ich habe Kim nicht entführt. Ich bin kein Verbrecher."

„Ach nein? Wie definierst du denn den Begriff *Erpressung*? Ist das etwa kein Verbrechen?"

„*Versuchte* Erpressung. Das ist ein Unterschied."

„Für mich nicht." Langsam gewann Virginia ihre Sicherheit zurück, und nun erwachte auch wieder die Wut in ihr. Wut auf alles, was er ihr angetan hatte: sein Anruf nach Kims Verschwinden, aber auch die Lügen über seine angebliche Karriere. Die Schamlosigkeit, mit der er sich in ihrem Leben eingenistet hatte. „Verschwinde!", sagte sie. „Verschwinde einfach und geh deinen eigenen Weg. Lass mich und meine Familie in Ruhe!"

Beschwichtigend hob er beide Hände. „Virginia, ich würde gern …"

„Wieso bist du überhaupt draußen? Wieso lassen sie einen wie dich frei herumlaufen?"

„Wie ich schon sagte, als Täter komme ich ja wohl kaum mehr infrage. Was die andere Geschichte betrifft – den Anruf bei euch –, war ich von Anfang an voll geständig. Ich darf bloß im Moment nicht den Umkreis von King's Lynn verlassen, und die Polizei will wissen, wo ich erreichbar bin. Am Ende werde ich wohl mit einer Bewährungsstrafe davonkommen."

„Dann ist für dich ja alles in Ordnung. Wozu musst du mich dann sehen?"

Er schwieg einen Moment. „Weil zwischen uns etwas war, was nichts mit dieser ganzen Geschichte zu tun hat", sagte er schließlich.

„Es *war* etwas. Aber es *ist* nichts mehr. Und deshalb …"

„Und deshalb möchtest du nicht einmal mehr mit mir reden? Virginia, es war mir so wichtig, dich zu sehen, dass ich mich heute Vormittag zu Fuß auf den Weg bis hierher gemacht habe und mich seither in diesem verdammten Park draußen herumdrücke, in der Hoffnung, dich für einen Moment allein sprechen zu können."

Plötzlich fühlte sie sich entwaffnet. Zu leer und zu müde, um mit ihm zu streiten. Zu erschöpft auch, ihn zu hassen. Mit schwerfälligen Bewegungen ging sie zum Tisch hinüber, setzte sich auf den Stuhl. „Eigentlich spielt das keine Rolle mehr. Was zwischen uns war und wie sehr du mich verletzt hast. Wichtig ist nur noch, dass Kim wieder bei uns ist."

„Wie geht es ihr?"

„Schwer zu sagen. Sie redet wenig. Schläft viel und zeigt die Tendenz, sich zu verkriechen. Was nicht gut ist, und deswegen gehe ich morgen zu einem Therapeuten mit ihr. Körperlich ist alles in Ordnung, meint der Arzt. Und sie wurde tatsächlich nicht sexuell missbraucht. Gott sei Dank, wenigstens das nicht!"

Nathan schüttelte den Kopf. „Jack Walker! Dieser nette ältere Mann! Wer hätte das gedacht?"

„Wenn ich mir vorstelle, dass ich während der letzten beiden Jahre Kim immer wieder einmal den Walkers anvertraut habe, wird mir ganz schlecht", sagte Virginia. „Aber es war nichts zu merken, nichts zu erkennen. Nie hätte ich geglaubt …" Sie hielt inne. Es war so unfassbar!

„Hat er sich früher schon an Kindern vergangen?", fragte Nathan. „Oder sie gar getötet?"

Virginia schüttelte den Kopf. „Er behauptet, nein, und Superintendent

Baker ist geneigt, ihm das zu glauben. Jack hat seinen Trieb früh erkannt und dann sein Leben praktisch damit verbracht, ihn zu bekämpfen. Er hat alles getan, sich von Kindern möglichst fernzuhalten. Er war es auch, der darauf bestanden hat, dass Grace keine Kinder bekommen sollte. Und er hat sich um den Verwalterposten in Ferndale House beworben, um so einsam und abgeschieden wie möglich leben zu können. Er hatte wohl immer eine Ahnung, was sonst passieren könnte."

„Und dann seid ihr mit Kim nach Ferndale gezogen …"

„Vor zwei Jahren. Für Jack eine Katastrophe. Praktisch täglich lief nun ein kleines Mädchen vor seiner Nase herum. Jack merkte, wie nach und nach seine Sicherungen durchbrannten."

„Was das Todesurteil für die anderen Kinder war."

„Irgendwann brauchte er ein Ventil. Kim durfte es nicht sein, also sprach er andere kleine Mädchen an. Lockte Rachel Cunningham in eine Falle. Und schnappte sich Sarah Alby am Strand von Hunstanton. Er saß in demselben Bus wie sie und ihre Mutter und bekam mit, wie die Kleine um eine Karussellfahrt bettelte und schrie. Er folgte den beiden, und als Sarah für einige Zeit allein war, überredete er sie ohne jede Schwierigkeit, mit ihm zu kommen. Er stellte ihr einfach eine Karussellfahrt in Aussicht."

„Er ging recht bedacht vor."

„Ja. Er zerrte nicht, urplötzlich von seinen Trieben überwältigt, ein Kind von der Straße. Er ist, so verrückt das klingt, kein wirklich gewalttätig veranlagter Mensch. Er bereitete die Entführungen vor, sorgte dafür, dass sie vollkommen unauffällig vonstatten gingen. Die Kinder begleiteten ihn freiwillig. Auch mit Janie Brown hat er es so versucht."

„Die Kleine, die ihn auf dem Friedhof erkannt hat", sagte Nathan. Er war gut informiert. Die Zeitungen der letzten drei Tage waren voll gewesen mit der Geschichte.

„Der er eine Geburtstagsparty versprochen hatte. Es waren unglaubliche Zufälle, weshalb sie mit dem Leben davongekommen ist. Einmal konnte sie nicht zu dem vereinbarten Treffpunkt kommen, weil ihre Mutter krank war. Und einmal habe ich sie wohl gerettet. Jack hat es Baker erzählt. An dem Tag, an dem ich in die Stadt fuhr, um ein Kleid zu kaufen … du weißt, für dieses Abendessen in London …"

„Ich weiß", sagte Nathan.

„Ich ging vorher in einen Schreibwarenladen. Genau in den, in dem Jack und die kleine Janie Brown verabredet waren. Ich erinnere mich, dass der Ladenbesitzer ein kleines Mädchen beschimpfte, weil es ewig die Einladungskarten anschaute, aber keine kaufte. Das war Janie Brown. Und Jack Walker hatte mich hineingehen sehen und umgehend das Weite gesucht. Sonst hätte er Janie an diesem Tag mitgenommen."

„Meine Güte", meinte Nathan, „das Kind hat wirklich eine ganz Horde von Schutzengeln!"

„Sie hat am Sonntag Geburtstag", sagte Virginia, „und ich werde die Party für sie ausrichten. In Ferndale. Ihre ganze Schulklasse kommt. Du hättest erleben sollen, wie sehr sie sich gefreut hat."

„Das ist sehr großzügig von dir."

„Ich bin ihr von ganzem Herzen dankbar. Ohne sie hätten wir Kim nicht wiederbekommen."

„Warum hat er Kim nicht getötet?"

„Das hat er nicht fertiggebracht. Er kannte sie zu gut, sie stand ihm zu nahe. Als Grace ihn an jenem Tag anrief und bat, Kim von der Schule abzuholen, wehrte er sofort voller Entsetzen ab und behauptete, noch viel zu weit von King's Lynn entfernt zu sein. Er hatte Angst vor sich selbst. Aber dann konnte er doch nicht widerstehen und fuhr zur Schule. Natürlich stieg Kim sofort in sein Auto. Sie fuhren ein Stück, dann hielt er an. Er war verrückt vor Begierde und begann sie zu streicheln. Das war Kim unheimlich, sie wehrte ihn ab, wurde hysterisch. Jack war klar, dass sie uns, ihren Eltern, davon erzählen würde. Er konnte sie nicht mehr gehen lassen. Aber statt sie zu töten wie die anderen Mädchen, fuhr er sie hinaus zu diesem verlassenen Firmengelände. Er versteckte sie in einer Kiste, die er mit einem Bretterhaufen tarnte."

„Was bald auch ihren Tod zur Folge gehabt hätte."

„Ja. Aber er konnte es eben nicht eigenhändig tun."

„Der Typ muss vollkommen irre sein", sagte Nathan. „Wenn man sich überlegt, welcher Art von Sterben er Kim ausgesetzt hätte ..."

Virginia schüttelte heftig den Kopf. „Ich darf darüber nicht nachdenken. Nicht eine Sekunde. Ich werde sonst verrückt! Wir haben solches Glück gehabt, Nathan."

Nathan nickte nachdenklich. Dann, übergangslos, fragte er: „Und was wird aus uns?"

Noch wenige Minuten zuvor hätte Virginia diese Frage empörend gefunden. Nun empfand sie nur Traurigkeit. „Ich habe es dir vorhin schon gesagt", erwiderte sie. „Uns gibt es nicht mehr so, wie es war."

„Wegen meines Anrufs? Wegen dieses einen idiotischen Fehlers, der mir zutiefst leidtut?"

Ja. Und nein. „Es war ein Schock, herauszufinden, dass du dieser Anrufer warst“, sagte sie, „dass du meine – unsere – abgrundtiefe Angst und Verzweiflung zu deiner persönlichen Bereicherung nutzen wolltest. Aber was außerdem zählt, ist, dass ich dich irgendwie … in diesem Moment zum ersten Mal so gesehen habe, wie du wirklich bist. Es war, als ob ein Vorhang beiseitegeschoben wurde, und da standst du als ein Mann, den ich bis dahin ganz anders wahrgenommen hatte.“

„Und dieser Mann gefiel dir nicht?“

„Ich empfand ihn als unberechenbar. Undurchsichtig. Da war auf einmal so vieles, was ich nicht miteinander in Einklang bringen konnte.“

„Du möchtest diesen Mann nicht kennen lernen? Vielleicht würde sich manches relativieren?“

Sie schüttelte den Kopf. „Nein. Ich möchte diesen Mann nicht kennen lernen.“ Sie atmete tief. „Es ist vorbei, Nathan. Es ist einfach vorbei.“

Die Worte dröhnten in dem Schweigen, das die Küche minutenlang ausfüllte. Schließlich barg Virginia das Gesicht in den Händen. „Es tut mir leid“, flüsterte sie, „ich kann wirklich nicht.“

Wieder herrschte Schweigen. „Okay“, sagte Nathan schließlich, „das muss ich hinnehmen.“

Sie hob den Kopf. „Was wirst du nun tun?“

Er zuckte die Schultern. „Erst einmal vor Ort warten und mich *zur Verfügung halten,* wie Superintendent Baker gesagt hat. Und dann … kehre ich nach Deutschland zurück. Vielleicht schaffe ich es von dort aus doch noch, einen Schadensersatzprozess wegen meines Schiffs anzustrengen. Wenn es mir gelingt, dabei eine größere Summe zu erstreiten, habe ich auf jeden Fall Zeit gewonnen. Ich werde schreiben. Vielleicht erscheint ja doch eines Tages noch mal ein Buch von mir!“

„Ich wünsche es dir.“

Er trat noch näher an sie heran, zögerte, hob die Hand, und als er merkte, dass sie nicht zurückwich, strich er ihr ganz rasch und zärtlich über die Wange. „Du bist mir noch etwas schuldig.“

„Was denn?“

„Das Ende deiner Geschichte. Diese Geschichte, von der du mir gesagt hast, dass an ihrem Ende eine große Schuld steht. Das letzte Kapitel fehlt.“

„Ich habe es Frederic erzählt.“

„Oh“, sagte Nathan überrascht, „ausgerechnet Frederic?“

„Ja.“

„Dann werde ich es wohl nie erfahren.“

„Nein.“

„Du bleibst bei Frederic? Er verzeiht dir und schließt dich wieder in die Arme?“

„Nathan, das ist alles nicht mehr deine Angelegenheit.“

„Gott im Himmel“, sagte Nathan, „du kannst erbarmungslos sein, wenn du fertig bist mit einem Menschen.“

„Ich versuche, ehrlich zu sein.“

„Ja, dann …“, meinte Nathan, „ist es jetzt wohl an der Zeit für mich, zu gehen.“

„Du hast einen weiten Weg vor dir.“

Er seufzte. „North Wooton. Dort habe ich die billigste Unterkunft gefunden. Ich werde die halbe Nacht unterwegs sein.“

„Ich habe nicht nur diesen Weg gemeint.“ Sie erhob sich, ging zur Küchentür, öffnete sie. „Es ist an der Zeit, dass wir uns Auf Wiedersehen sagen.“

Er nickte, trat an ihr vorbei in den dunklen Abend. Sie war dankbar, dass er nicht versuchte, sie zum Abschied zu küssen. Dass er sie nicht in die Arme nahm. Sie spürte einen entsetzlichen Schmerz. Trauer. Nicht um ihn. Aber um all die Versprechen, die in dem Neuanfang mit ihm gelegen hatten – und die ein Irrtum gewesen waren. Hätte er sie jetzt an sich gezogen, sie wäre in Tränen ausgebrochen. Auch wegen des Pullovers, den er trug und der nach Skye roch.

Als großer, langer Schatten stand er vor ihr. Er sah sie an. Im Mondlicht konnte sie sein Gesicht erkennen. Seine Züge waren ihr so vertraut, dass sie ganz fest die Lippen aufeinanderpressen musste, um nicht preiszugeben, wie sehr sie litt.

Und dann war er plötzlich wieder Nathan. Der Nathan, der, so liebenswürdig und einfühlsam er auch sein mochte, doch immer in erster Linie sich selbst und seinen persönlichen Vorteil im Sinn hatte. Ein Schnorrer, dachte Virginia, seltsam sachlich trotz der Traurigkeit des Moments. Ein ungemein begabter Schnorrer.

Er lächelte noch einmal sein entwaffnendes Lächeln. „Ehe ich es vergesse, Virginia, mein Liebes: Könntest du mir wohl noch ein bisschen Geld leihen?“

VIRGINIA stand am Wohnzimmerfenster und blickte in die Dunkelheit hinaus, als Frederic zurückkehrte. Sie hatte den Motor seines Wagens und seine Schritte gehört und erschrak daher nicht, als er sie ansprach. Er schlich sich nicht an wie Nathan. Frederic war klar und berechenbar.

„Ich bin wieder da“, sagte er. „Grace sitzt samt Katze im Zug. Sie konnte mir nicht mehr in die Augen sehen. Wie geht es Kim?“

Virginia drehte sich zu ihm um. „Sie schläft. Ich war oben bei ihr, habe nach ihr geschaut. Sie ist ganz friedlich. Ich habe im Augenblick nicht den Eindruck, als ob schlimme Träume sie plagten.“

„Ich fürchte trotzdem, dass später …“

„Natürlich. Die Sache ist nicht ausgestanden. Aber Kim lebt, sie ist bei uns, und sie schläft. Für den Moment ist das unendlich viel.“

„Ja.“

Er hatte beide Hände in den Taschen seiner Jeans vergraben. Virginia fiel zum ersten Mal auf, wie stark auch er in den letzten Tagen abgenommen hatte. Wohl nicht nur wegen Kim. Auch ihretwegen.

„Jack Walker“, sagte Virginia, „hat über viele Menschen unfassbares Elend gebracht.“

„Er ist krank.“

„Ist das eine Entschuldigung?“

„Nein. Nur eine Erklärung.“

„Wir versuchen jetzt alle, die vielen Scherben aufzuheben“, sagte Virginia. „Vielleicht sogar, sie zu kitten. Aber da sind zwei tote Kinder. Und zwei, die beinahe gestorben wären. Das ist nichts, was jemals heilt.“

„Und da sind wir“, sagte Frederic.

„Ja. Und weißt du, was das Schlimme ist? Wir sind nicht mehr einfach *wir*. Wir sind unauflösbar mit unserer Schuld verbunden. Für immer.“

„Virginia …“

Sie schüttelte heftig den Kopf. Ihr Gesicht war blass. „Beinahe, Frederic, beinahe wäre es wieder geschehen. Genau das Gleiche wie damals. Vor elf Jahren ist ein kleiner Junge gestorben, weil ich vergnügungssüchtig und leichtsinnig war und nicht aufgepasst habe. Und diesmal wäre fast mein eigenes Kind gestorben. Weil ich wieder einmal nur an mich dachte. Weil ich nicht da war. Es ist ein … verdammter roter Faden in meinem Leben!“

Sie tat ihm leid. Kaum je hatte er sie so verzweifelt erlebt. Er hätte sie gern in die Arme genommen, wagte es aber nicht.

„Ich könnte es mir jetzt leicht machen“, sagte er, „und dir zu deiner Affäre mit Nathan Moor auch noch die Schuld wegen Kim aufbürden. Soll doch deine Seele auch in die Brüche gehen! Aber es wäre nicht fair. Und es wäre nicht wahr. Du warst nicht pflichtvergessen an jenem Nachmittag. Es hatten sich nur alle Umstände verschworen. Gegen dich, gegen Kim, gegen uns. Und das hätte bei jeder anderen Gelegenheit auch passieren können.

Verstehst du? Ein unvorhergesehener Zahnarzttermin. Ein kaputtes Auto. Tausend Dinge hätten es jederzeit verhindern können, dass du Kim von der Schule abholst. Lass eine grippekranke Grace dazukommen und die Konstellation, dass sie den Auftrag an ihren Mann weiterzugeben versucht. Schon hast du die gleiche Geschichte. Es ist keine Frage von Schuld."

„Aber …"

Er unterbrach sie: „Lass endlich den kleinen Tommi los, Virginia. Er verdunkelt dein Leben seit elf Jahren. Lass ihn los. Es ist geschehen. Es ist nicht mehr zu ändern."

Sie merkte nicht, dass sie zu weinen begann. Lautlos rollten ihr die Tränen über die Wangen. „Der kleine Tommi …", begann sie. Brach dann ab und ließ den Kopf sinken. „Ich kann das nie vergessen", flüsterte sie, „nie."

„Vergessen nicht", sagte Frederic, „aber akzeptieren. Als etwas, das in deinem Leben geschehen ist. Etwas anderes bleibt dir gar nicht übrig."

Sie wischte sich die Tränen ab, starrte auf ihre nassen Hände. Plötzlich dachte sie: Ich habe eben zum ersten Mal um Tommi geweint. Zum ersten Mal seit elf Jahren. Seitdem es geschehen ist.

„Michael", sagte sie und räusperte sich, weil ihre Stimme so belegt war. „Ich muss Michael finden, Frederic. Du hattest Recht, als du sagtest, dass ich nur dann in Frieden leben kann, wenn ich wenigstens einen Teil meiner Schuld abtrage. Ich muss ihm sagen, dass nicht er es war, der damals das Auto unverschlossen hat stehen lassen. Sondern ich. Er soll wissen, dass ihn keine Schuld trifft an Tommis Tod."

„Wenn du möchtest", sagte Frederic, „helfe ich dir, ihn zu finden."

Sie nickte. Dann sahen sie einander wieder schweigend an. In den vergangenen Tagen, in denen sie um Kim gebangt und gezittert hatten, war nicht die Zeit gewesen, über ihrer beider Situation zu sprechen. Sie wussten jeder für sich, dass nichts mehr so war wie früher und dass es nie wieder so sein konnte. Aber wie es weitergehen sollte, davon hatten sie keine Ahnung. Sie ahnten, dass Zeit vergehen musste, ehe jeder von ihnen den Weg würde sehen können, den er gehen wollte. Ob es ein gemeinsamer Weg sein würde, das konnten sie jetzt noch nicht erkennen.

Frederic trat neben Virginia, und beide sahen sie zum Fenster hinaus. Im Spiegelbild der dunklen Scheibe konnten sie einander schattenhaft wahrnehmen. Die hohen Bäume, die das Haus so eng umschlangen, waren nicht zu sehen.

Ich möchte nicht mehr in der Dunkelheit leben, dachte Virginia. Und vielleicht sollte ich endlich einmal in einem Beruf arbeiten.

Alles muss anders werden. Mein Leben muss anders werden.

Sie sah nicht mehr ihr Bild in der Fensterscheibe. Sie sah andere Bilder, die sie mit Sehnsucht erfüllten, die sie traurig stimmten, weil sie der Vergangenheit angehörten. Und die ihr dennoch eine Richtung gewiesen hatten, die es wert sein mochte, verfolgt zu werden.

Wie aus weiter Ferne vernahm sie Frederics Stimme neben sich. „Hast du gerade an Nathan Moor gedacht?“, fragte er. Er musste sie beobachtet und die Melancholie in ihrem Gesicht erkannt haben.

Sie schüttelte den Kopf. „Nein. Ich habe nicht an Nathan Moor gedacht.“ Sie fragte sich, ob er ihr glaubte.

Nicht die Erinnerung an Nathan Moor war es, was sie für immer in sich tragen würde, nicht die Erinnerung an seine Person.

Sondern die an zwei Septembertage auf Skye. An den eisblauen Himmel über Dunvegan. Und an den kalten Wind, der vom Meer kam.

Foto: Gudrun Stockinger

„Der Schreibprozess ist für mich immer harte Arbeit."

Die 1963 geborene Charlotte Link schreibt seit ihrem 16. Lebensjahr Romane. Was anfangs ein Hobby aus Leidenschaft zum Lesen war, wurde im Lauf der Jahre zum Beruf; benötigte sie zu Beginn noch drei Jahre für ein Buch, sind es heute lediglich anderthalb. Dies bringt es jedoch mit sich, dass „der Erfolgsdruck größer wird und die Leichtigkeit des Anfangs nicht mehr da ist", meint die Autorin. Sie ist äußerst selbstkritisch und streng mit sich, und die Reaktionen ihrer Leser beeinflussen sie ebenfalls. Charlotte Link bekommt von ihnen viele Briefe und ist gern mit ihnen im Gespräch, weshalb sie auch die Lesereisen mag. Sie freut sich „zu erfahren, was den Lesern besonders gut gefallen hat, zu erfahren, was sie sich für die Zukunft wünschen. Gleichzeitig ist es aber auch ganz wichtig, sich von diesen Wünschen abzugrenzen, eigenständig zu bleiben."

Auch bei der Recherche für ihre Schauplätze ist Charlotte Link, die mit Ehemann und zwei Kindern in der Nähe von Frankfurt lebt, sehr genau. Wenn sie mit dem Schreiben anfängt, reist sie zwei bis drei Wochen an den Ort des Geschehens, lernt ihn und seine Bewohner kennen und nimmt die Atmosphäre auf. Die gezielte Recherche folgt erst, wenn der Roman zu zwei Dritteln fertiggestellt ist: „Ich fahre dann noch mal drei Wochen an meinen ‚Schauplatz'. Da habe ich dann meine Notizen im Gepäck, mit gezielten Fragen, deren Antworten ich vor Ort suche. Manchmal ist es aber auch so, dass ich einen Ort schon vorher sehr gut kenne. So war es bei *Das Echo der Schuld*. Norfolk ist mir sehr vertraut, da ich dort über viele Jahre immer wieder hingefahren bin."

STURM
LEGENDE
Die letzte Fahrt
der Pamir
Johannes K.
Soyener

Besatzung der *Pamir*

21. September 1957

- **Kapitän** Johannes Diebitsch
  - **1. Offizier** Rolf-Dieter Köhler, Alfred Schmidt
    - **1. Bootsmann** Richard Kühl
    - **Zimmermann** Hermann Walter, Wilfried Kehr
    - **Segelmacher** Julius Stober, Gerd Holzapfel
    - **5 Matrosen, 8 Leichtmatrosen, 31 Jungmänner, 20 Schiffsjungen**
      - Manfred, Joe, Jens, Henry, Tom
  - **2. Offizier** Gunther Buschmann, Johannes Buscher
    - **2. Bootsmann** Helmut Lütje
    - **Koch** Werner Eggerstedt
      - **Kochsmaat** Karl-Otto Dummer, Ingo Hamburger
    - **1. Steward** Alois Daiser, **Messesteward** Hans-Peter Scheer
  - **Schiffsarzt** Dr. Heinz Ruppert
  - **Funkoffizier und Zahlmeister** Wilhelm Siemers
  - **1. Ingenieur** Kurt Richter, **2. Ingenieur** Erich Halbig
    - **Ingenieur-Assistent** Günter Schinnagel, Günther Krohn

Prolog

21. September 1957, Nordatlantik, 13.00 Uhr

„Sie wird kentern!“, brüllt Kapitän Johannes Diebitsch. Rolf-Dieter Köhler, sein Erster Offizier, starr wie eine Gliederpuppe, blickt glasig auf dessen Lippen. Orkanböen verwirbeln die Worte seines Kapitäns. Die Prophezeiung bleibt ungehört.

Gegen die Wand gestemmt, blickt Diebitsch auf den Neigungsmesser am Kartenhaus. Er hat das Scheitern vor Augen! Der Zeiger steht längst am Anschlag der Armatur: 40 Grad Neigung. Wahrscheinlich aber beträgt die Schieflage bereits mehr als 45 Grad.

Vier Masten, so hoch wie zwölfgeschossige Gebäude, ragen wie Kreuze in Schräglage aus der brodelnden See, inmitten einer unwirklichen Landschaft aus riesigen Wasserpyramiden, die gegen die Steuerbordseite der *Pamir* donnern. Die tonnenschweren Wellen kollabieren nicht über dem Deck, sondern an der hoch aufragenden Steuerbordseite. Ein ohrenbetäubendes Knattern entsteht durch die zerfetzten Reste der Mars-, Fock- und Klüversegel, mischt sich in das Kreischen des Orkans. Brecher, die über die Leeseite der *Pamir* an Deck donnern, häckseln ungesicherte Türen zu Kleinholz. In kurzen Intervallen strömen Wasserfluten durch offene Bullaugen, Gänge und Kammern. In der Dunkelheit unter Deck fließt unaufhörlich die Gerstenfracht nach Backbord. Sie folgt der Schwerkraft. Für die nicht mehr steuerbare *Pamir* samt ihrer Besatzung ein unsichtbarer Fingerzeig hinab in die Stille der Ewigkeit …

Joe, Henry und Manfred sind auf das Hochdeck der *Pamir* gekrochen. Die dicken Freunde klammern sich an die gespannten Strecktaue, um nicht in die brodelnde See nach Lee abzurutschen, die das Deck an Backbord tosend überflutet.

„Wo sind Tom und Jens?“ Joes Frage vermag auch auf kürzeste Entfernung das Kreischen des Sturms nicht zu durchdringen. Die fünf Freunde sind miteinander durch dick und dünn gegangen, haben sich in schweren Stunden gegenseitig ermutigt und verhindert, dass die Torturen der Reise das Herz zerfressen. Joe lauscht dem unheimlichen Kreischen. Es ist der Klagegesang des unsichtbaren Todes …

Das Zentrum des Hurrikans Carrie nähert sich indessen unaufhaltsam. Die Bedingungen an Bord haben sich rasant verschlechtert. Die untersten Rahen an den stählernen Masten tauchen schon in die Wellenberge ein. Der anschwellende Lärm des Sturms, das Ächzen des Stahlrumpfes, das alarmierende Schlingern des Schiffes leiten das Verhängnis ein.

Die vom Rost zerfressenen Eisenplatten des Rumpfes halten den Verwindungskräften nicht stand. Einige reißen unterhalb der Wasserlinie. Auch der Stahl unter den Planken des Hochdecks und der Poop ist stark korrodiert und hat Leckstellen, durch die nun Massen von Wasser in die Aufbauten strömen. Schwere Orkanböen, die durch das Gewirr der Leinen heulen, zerren an den Nerven. Die Viermastbark holt mehrmals extrem nach Lee über, sodass Rettungsboote durch die Wucht der brechenden Seen aus ihren Halterungen gerissen werden. Kurz darauf sind sie zerschlagen.

Dicht gedrängt versucht sich die Besatzung auf dem Hochdeck vor der Naturgewalt zu schützen. Doch das Wasser dringt unaufhörlich in die Aufbauten, dazu lässt eine gewaltige Windsee die untersten Rahen der *Pamir* auf der Backbordseite immer weiter in die Wellenberge eintauchen.

Kapitän Diebitsch fühlt das Ende. Die Rückreise von Buenos Aires nach Hamburg wird die letzte Fahrt der *Pamir* sein, und das ausgerechnet unter seiner Führung. Er hatte sich das Kommando zugetraut, doch er begreift: er hat versagt. Seine Erfahrung, sein Können, das Vertrauen in ihn – Illusion! Alles löst sich auf wie eine Sandskulptur in der Brandung.

Er hat davon geträumt, als Kapitän des legendären Windjammers endlich den versöhnlichen Abschluss seines schillernden Seefahrerlebens gefunden zu haben. Doch statt eines späten Triumphes erlebt er kurz vor dem Ziel seine Todesstunde.

So habe ich immer gelebt!, gesteht er sich ein, als er im Windschatten des Kartenhauses versucht, auf dem eisernen Schäkel eines Brassblocks sein Gleichgewicht zu halten. Ein Leben nahe am Abgrund. Er hatte sich immer klar entschieden: für ein dramatisches Leben auf den Meeren als Schiffsoffizier, verbunden mit vielen Jahren der Trennung von seiner geliebten Frau Auguste, für die NSDAP, für den Einsatz im Sudetenland zur Sicherstellung von Beutegut, als Prisenoffizier auf dem Hilfskreuzer *Kormoran*. Den Geschmack von Sieg und Niederlage kennt er. Die Niederlage, die sich nun anbahnt, wird endgültig sein. Sie wiegt aber am schwersten, denn durch Dilettantismus und Ignoranz sind über achtzig Menschenleben gefährdet.

Diebitsch kneift die Augen zusammen und blickt in einige Gesichter. Die jungen Männer zeigen keine Anzeichen von Furcht. Kaum einer von ihnen rechnet offenbar damit, dass das Schiff kentern könnte. Ihre Unkenntnis über die aussichtslose Lage schützt sie vor Panik. Als einer der Letzten lässt sich Diebitsch auf dem Hochdeck die Korkschwimmweste umbinden. Der Zimmermann Hermann Walter und der Kochsmaat Karl-Otto Dummer, genannt Kuddel, sind ihm dabei behilflich. Kuddel wird einer der sechs Männer sein, die den Untergang überleben.

Es ist 13.30 Uhr Bordzeit. Diebitsch ist äußerlich völlig gefasst. In Kuddels Augen will er den Anschein erwecken, als hätte er noch alles im Griff.

In jenem Moment überholt die *Pamir* zwei, drei Mal stark. Ein Ruck! Die Besatzung beginnt in dieser extremen Situation die tödliche Gefahr endgültig zu begreifen. Das Schiff legt sich auf die Seite, das Deck steht fast senkrecht. Rufe, Schreie – Leiber stürzen in die kochende Leeseite. Andere versuchen sich mit letzter Kraft an der Leeverschanzung des Oberdecks festzukrallen. Dann hört Kuddel die letzten Befehle aus dem Mund des Kapitäns: „Jetzt! Los, lass dich fallen!“

Im nächsten Moment donnert eine schwere See gegen die Luvseite. Die brechende Welle drückt die *Pamir* in ihren Untergang. Das Deck scheint jeden Moment umzuschlagen. Gruppen von Menschen fallen in die brodelnde Tiefe. Dort bildet sich ein Wirrwarr aus Leinen, Trümmerholz und Köpfen. Diebitsch hängt an der Obermars-Außengording, Kuddel an der Innengording. Die nächste Monstersee legt den Windjammer vollends auf die Backbordseite.

Diebitsch hält sich an der Gording fest. Die Leine ist nass. Er sieht, wie sich sein Kochsmaat am senkrecht stehenden Deck abwärts ins Wasser gleiten lässt. Er will es ihm gleichtun. Doch er kann sich nicht mehr halten und fällt in die brodelnde Tiefe. Neben Kuddel klatscht er ins Wasser und taucht unter. Seine Kapitänsmütze tanzt auf den Wellen.

Gewaltige Orkanseen bringen die Bark in Sekundenschnelle zum Kippen. Diebitsch kann sich aus Leinen, Trümmern und Menschen, die jetzt in Panik um ihr Leben kämpfen, nicht mehr befreien. Einmal noch taucht er kurz auf, schnappt nach Luft, schluckt Wasser. Beim Umschlagen des Rumpfes gerät er unter das Deck der *Pamir*. Die Planken werden für viele, die nicht freikommen, zu einem riesigen Sargdeckel. Nach wenigen Augenblicken schwimmt die Viermastbark kieloben …

Die *Pamir* kentert auf der Position 35° 57’ N, 40° 20’ W, etwa 600 Seemeilen westsüdwestlich der Azoren im Sturmfeld des Hurrikans Carrie.

Einführung

20. Dezember 1957, Rathaus Lübeck

Zwei Sachverständige schickten sich an, das Kommissarenzimmer zu verlassen. Sie hatten den Herren des Seeamtes Lübeck das Stabilitätsgutachten zum Untergang der *Pamir* präsentiert. Als sich die Türen hinter ihnen schlossen, wurde es still und die Stimmung eisig. *Master next God,* Schiffer nächst Gott, das wäre Johannes Diebitsch, Kapitän der gekenterten *Pamir*, wohl gern gewesen. Nun war es raus. Er hatte nie das Zeug dazu gehabt.

Der Vorsitzende spielte fingerfertig mit seinem Füllfederhalter, dabei fokussierten seine Augen die Holzmaserung des Sitzungstisches. Mit ihm starrten seine Beisitzer – drei Kapitäne und ein Seefahrtsoberlehrer – auf die lange Tischplatte. Es hieß, sie seien loyal. Auf den ersten Blick ein verschworenes, auf sich selbst zurückgezogenes Gremium. Erst auf den zweiten Blick sah man unterschiedliche Reaktionen in ihren Gesichtern. Das Spektrum reichte von fassungs- bis teilnahmslos. Einer der Beisitzer zeigte überhaupt keine Reaktion. Doch gerade dieser Mann saß wie auf glühenden Kohlen. Er sollte Einfluss nehmen. Einfluss auf Geheiß. Doch wie konnte er, nach diesen vernichtenden Tatsachen?

Über Nacht war der Mann wieder zum zuverlässigen Zuträger geworden. Ein Spitzel alten Schlages. Der Gesichtslose war stolz darauf, Fritz, seinem honorigen Kameraden aus alten Zeiten, einen Dienst erweisen zu können.

Traditionen und Interessen schweißen zwar überall auf der Welt die Menschen zusammen, doch im Fall *Pamir* war der ungebrochene Gehorsam der Nachkriegsseilschaften besonders gefordert, denn Kapitän Fritz Dominik, Scharnier zwischen der Reederei Zerssen und der Stiftung *Pamir* und *Passat*, hatte großes Interesse an dem, was im Kommissarenzimmer in jenen Stunden entschieden wurde. Schließlich war er für die Auswahl von Diebitsch als Kapitän der *Pamir* mitverantwortlich gewesen. Sein Ruf und der der Reederei standen auf dem Spiel. Die Hinterbliebenen der achtzig Toten, die auf See umgekommen waren, konnten zu einem gefährlichen Potenzial für eine zivilrechtliche Klage werden. Die Kritik der Presse und der Öffentlichkeit gegenüber der Reederei und den Verantwortlichen wuchs von Tag zu Tag. DIE *PAMIR* MUSSTE NICHT KENTERN!, titelten schon die großen Zeitschriften.

Es galt, auf allen Kanälen Einfluss auf das Seeamt zu nehmen. Fritz zweifelte nicht an der Vasallentreue seines Zuträgers. Sie garantierte ihm, dass er rasch Kenntnis davon bekam, was im Kommissarenzimmer verhandelt und entschieden wurde. Und dieses Wissen war äußerst wichtig. Wichtig für ihn, die Reederei, die Stiftung und für ihre Anwälte.

Immerhin war es ihnen gelungen, die sechs Überlebenden von der Presse weitestgehend abzuschirmen.

Doch auch der Vorsitzende wusste, dass es eine Gruppierung gab, die vehement darauf achten würde, dass der auf See gebliebene Kapitän frei von persönlicher Schuld blieb. Schließlich gab es vonseiten der Anwälte von Stiftung und Reederei Versuche, auf die vom Seeamt bestellten Gutachter im Vorfeld massiv Einfluss zu nehmen. Es war klar: die Gutachter würden über den Hergang des Untergangs richten. Hebelarmkurven, Stabilitätsfragen, Funkstörungen, Segelstellung – darüber würden sie am Ende ihr Papier ausschütten. Das Verhalten der Besatzung während der Reise bis zur Annäherung des Hurrikans fände nur marginal Berücksichtigung. Gutachter dürfen zwar das unausweichliche Ende beglaubigen, doch nach den Regeln des Seeamtes darf eine Schuld offiziell nicht festgestellt werden …

Der Vorsitzende nahm sich alle Zeit. Die Spannung wurde unerträglich. „In diesem Beladungszustand hätte die *Pamir* Buenos Aires erst gar nicht verlassen dürfen!“

Dem Spitzel schoss die Röte ins Gesicht. „Herr Vorsitzender, das kann man so nicht sagen. Ich mache darauf aufmerksam, dass Kapitän Diebitsch, was den Beladungszustand anbelangt …“

„Sparen Sie sich Ihre Worte!“, unterbrach ihn der Vorsitzende barsch. Mit schneidender Stimme nordete er seine Beisitzer ein für alle Mal ein: „Meine Herren! Die Beweislage ist eindeutig. Stellen wir fest: Alle Marssegel und einige mehr der *Pamir* standen noch, als das Orkanfeld des Hurrikans mit voller Wucht den Segler traf. Vielleicht sogar auch noch die Fock. Der Tieftank konnte nicht geflutet werden. Das bezeugt die mangelnde Vertrautheit des Kapitäns mit den besonderen Segel- und Stabilitätseigenschaften der *Pamir*. Die Gerstenfracht ist infolge der Schräglage übergegangen, dazu drang auch noch Wasser in die nicht überall verschlossenen Aufbauten. Die Bark musste unter diesen Umständen kentern! Das Stabilitätsgutachten und die Aussagen der Überlebenden schließen jeden Zweifel darüber aus.“ Entschlossen blickte er in die Runde. Seine Stimme klang gepresst: „Menschliches Versagen! Kapitän Diebitsch allein, Gott sei seiner Seele gnädig, trägt die Verantwortung dafür!“

Der Zuträger wusste nun, dass es nur *ein* Urteil am Ende der öffentlichen Sitzung im kommenden Januar geben konnte. Der Untergang der *Pamir* wäre – dem Gutachten folgend – vermeidbar gewesen. Höhere Gewalt daher ausgeschlossen. Und das war in den Augen des Vorsitzenden zwingend, denn sonst würde mit dem Untergang der *Pamir* auch das Ende der frachttragenden Segelschulschifffahrt in Deutschland gekommen sein …

Bis auf einen bekundeten alle durch Nicken ihre Zustimmung. Damit war das Urteil des Seeamtes vor der eigentlichen Verhandlung bereits festgelegt. Eine Ungeheuerlichkeit, doch der Vorsitzende zeigte sich zufrieden. Erleichtert ergriff er erneut das Wort. „Meine Herren! Niemand darf nach den Grundsätzen unserer Rechtsstaatlichkeit schuldig gesprochen werden, wenn er sich nicht gegen Schuldvorwürfe verteidigen kann. Diebitsch ist auf See geblieben. Wir können daher die Schuldfrage nicht in der öffentlichen Verhandlung im Januar erörtern. Die Spruchformel wird davon rein gehalten. Dafür werden wir aber in der Urteilsbegründung klarstellen, wer die Verantwortung für die anderen neunundsiebzig Toten trägt."

Erstes Kapitel: Master next God

Bremen, Mai 1957

Friedrich-Wilhelm-Str. 38, kurz vor 19.00 Uhr. Auguste-Elisabeth bereitet das Abendbrot zu. Im engen Korridor klingelt das Telefon.

Johannes Diebitsch legt die Zeitung weg, in der er gerade blättert, erhebt sich und nimmt den Hörer von der Gabel: „Diebitsch!"

„Guten Abend, Dominik am Apparat!"

Die Augen des alten Kapitäns fixieren die weißen Zahlen auf der schwarzen Wählscheibe. Er ahnt, er hofft.

„Die Entscheidung ist gefallen. Sie segeln die *Pamir* von Hamburg nach Buenos Aires und zurück!"

Diebitsch hat Mühe, seine freudige Erregung zu dämpfen. Jetzt ist es offiziell. „Als Kapitän?"

„Aye, aye, Master next God."

„Ich danke für das Vertrauen, das mir die Stiftung *Pamir* und *Passat* und die Reederei Zerssen entgegenbringen."

Auguste kommt aus der Küche. Neugier treibt sie. Ihr Mann verzieht das

Gesicht zu einem Grinsen, reckt den Daumen in die Höhe und spricht in die Muschel: „Wann geht es los?“

„Auslauftermin ist der erste Juni. Dr. Wachs, der Präsident der Stiftung, und ich erwarten Sie übermorgen gegen zehn Uhr in Hamburg, Ballindamm 25.“

Johannes lässt den Hörer auf die Gabel fallen. Die Stiftung kaufte vor etwa zwei Jahren die beiden Viermastbarken *Pamir* und *Passat*, die 1905 und 1911 bei Blohm & Voss auf Kiel gelegt wurden, von der Schleswig-Holsteinischen Landesbank. Diese wiederum hatte sie 1954 aus der Konkursmasse des Reeders Heinz Schliewen erworben. Ein Konsortium von 41 Reedern, unter der Federführung der Reederei Zerssen & Co., tat sich daraufhin in der Stiftung *Pamir* und *Passat* zusammen, um die alten Traditionssegler zu erhalten. Damit sollte die finanzielle Basis für die Ausbildung des Nachwuchses auf den beiden frachtfahrenden Segelschulschiffen für die Zukunft gesichert werden. Nach außen hin auch ein einmaliger Schulterschluss der Hafenstädte Bremen, Hamburg und Kiel, der Stabilität versprach …

Mit seinem Kapitänskollegen Dominik, Inspektor der Stiftung *Pamir* und *Passat*, pflegt Diebitsch erst seit der Jahreswende Kontakte. Aufgrund seiner Stellung im Verein zur Förderung des seemännischen Nachwuchses e.V. in Bremen erörterten sie die Ausbildung des Nachwuchses auf Fracht- und Segelschulschiffen, diskutierten Einstellungsbedingungen von Bewerbern sowie die Koordination von Ausbildungsplänen.

Johannes klatscht in die Hände, geht auf seine Frau zu und fasst sie bei den Schultern. Begeisterung prallt auf Melancholie. „He, Auguste! Hast du gehört? Es ist offiziell! Ich hab das Kommando auf der *Pamir*!“

Auguste zeigt keine Regung. Langsam sinkt ihr Kinn auf die Brust. 1920 hatten sie und Johannes geheiratet. Ein Bund fürs Leben. Dennoch gab es Jahre, in denen sie sich mehr als Witwe fühlte denn als Ehefrau. Besonders während des Zweiten Weltkrieges, als ihr Mann für das Naziregime schon früh im Sudetenland eingesetzt war und später als Prisenoffizier zur See fuhr. Schöne gemeinsame Ehejahre mit ihrem Mann waren gezählt. Allein die neun Jahre Trennung durch den Krieg standen auf der Sollseite ihres Lebens. Geprägt von Ungewissheit und Einsamkeit. Davon sieben Jahre Gefangenschaft ihres Mannes. Und das im fernen Australien …

Sie blickt zu ihm auf. Da ist er wieder, denkt Johannes. Dieser Gesichtsausdruck voll Bitternis. Schon dem jungen Matrosen Diebitsch war dieser Ausdruck vertraut. Seit seinem ersten Abschied von ihr, damals Ende Juli

1920, als er vier Monate nach ihrer Eheschließung auf der *Lucie Woermann* angeheuert hatte, war ihm diese Miene im Gedächtnis haften geblieben.

Zweifelnd fragt sie: „Fühlst du dich denn dieser Aufgabe gewachsen?"

Johannes stellt sich in Positur: „Schau mich an! Das wird doch eine Kaffeefahrt. Es geht doch nur nach Buenos Aires und wieder zurück. Kap Hoorn werde ich also nicht umrunden!" Seine Worte klingen zwar überzeugend, doch in Wahrheit hat er vor dem Kommando richtig Bammel. Beruhigend legt er seinen Arm um ihre Schultern.

Auguste reagiert ablehnend, indem sie seinen Arm von ihrer Schulter streift: „Ich bin zufrieden, wie es ist. Seit du hier in Bremen im Verein zur Förderung des seemännischen Nachwuchses deinen Dienst versiehst, geht es uns doch gut. Du bist den Gefahren des Meeres nicht mehr ausgesetzt, ich brauche mir keine Sorgen mehr um dich zu machen, und wir können die Zeit endlich gemeinsam verleben."

„Die Reise dient unserem Vorteil, und für mich ist sie die Krönung meiner Laufbahn", hält ihr Johannes energisch entgegen.

Doch Auguste blickt enttäuscht und verschwindet in der Küche.

Zweites Kapitel

Hamburg, Mai 1957

Johannes Diebitsch sitzt in Hamburg-Altona am Frühstückstisch seines Freundes Rechtsanwalt Heinrich Dersch. Er ist dabei, sich auf seine neue Aufgabe als Kapitän vorzubereiten. Dr. Otto Wachs, Präsident der Stiftung *Pamir* und *Passat*, Kapitän Fritz Dominik als Inspektor und vor allem Hermann Eggers, Stammkapitän auf der *Pamir*, sind seine Gesprächspartner.

Die Themen kreisen zunächst um die Erwartungen, die Diebitsch als neuer Kapitän der *Pamir* zu erfüllen hat. Schon am ersten Tag ist klar: die wirtschaftlichen Interessen der Stiftungsmitglieder stehen im Vordergrund. Diebitsch bekommt Wind von handfesten Problemen, mit denen sich die Stiftung konfrontiert sieht. Schlimmer noch, sie steht durch die aufgelaufenen Defizite der *Pamir* und *Passat* unter erheblichem finanziellen Druck. Dominik deutet ein Defizit von rund 400 000 DM an, das derzeit nicht gedeckt sei. Negativ wirke sich vor allem auch die Streichung des Zuschusses von 65 000 DM der Hansestadt Bremen vom vergangenen Jahr aus. Man befürchtet, dass Hamburg und auch Schleswig-Holstein diesem bedauerlichen Beispiel folgen könnten. Auch der Bund könnte dann seine Unterstützung versagen. Ein Desaster …

Daran wäre wohl die Stiftung selbst schuld, erwidert Diebitsch ohne Hemmungen. Nach seiner Auffassung liegt die Ursache im unbefriedigenden Leistungsbild der Mannschaften. Die Ausbildung auf den Seglern ließe zu wünschen übrig, wie man lese und höre. Kadetten, Jungmänner, Leichtmatrosen und Matrosen, die nach jeder Fahrt ihr Können während der Abschlussbesichtigung unter Beweis stellen sollten, überzeugten nicht. Das hatte sich herumgesprochen. Kapitäne aus Bremen sahen sich beim letzten Mal zu einem folgenschweren Urteil gezwungen: nicht ausreichend!

Ursache für das vernichtende Urteil war die Abschlussbesichtigung auf der *Passat* nach ihrer dritten Reise am 10. Januar desselben Jahres. Für Diebitsch ist es der Beweis einer völlig unzureichenden seemännischen Ausbildung.

Das stellen beide Herren sofort in Abrede, obwohl sie es besser wissen. Diebitsch, gut präpariert, da er ein Protokoll vom April letzten Jahres im Kopf hat, kontert. Der Geschäftsführer seines Arbeitgebers in Bremen, des Vereins zur Förderung des seemännischen Nachwuchses, nahm damals selbst an der Sitzung teil. „Der Beweis liegt in Ihrer Ablage! Blicken Sie in eines Ihrer Protokolle vom April letzten Jahres. Wenn Sie dort von einer Überwindung von Kinderkrankheiten sprechen, die auf den ersten Reisen der *Pamir* und *Passat* im Ausbildungsbereich festzustellen waren, dann hat sich auch nach der vierten und fünften Reise im Grunde nichts geändert."

Der Präsident sieht ihn verdutzt an. Er bittet Diebitsch um einen überarbeiteten Ausbildungsplan und einen Wochenplan zur See, der Aufschluss über Wachzeiten, Arbeitsdienst, Unterricht und Freizeit gibt.

Diebitsch öffnet seine Tasche und reicht beides prompt über den Schreibtisch. Er hat es wohl geahnt.

Tage darauf wühlt sich Diebitsch mithilfe von Eggers durch die Kapitänsorder der Reederei Zerssen, macht sich vertraut mit Schiffsplänen, technischen Daten, Stabilitäts- und Beladungsfragen, dazu studiert er Listen, die Aufschluss über die Ausrüstung der *Pamir* geben. Schließlich folgen Personalakten, Logbücher, See- und Hafenkarten. Außerdem grübelt er über nautische Besonderheiten der Reiseroute. Sein Notizbuch füllt sich täglich mit neuen Fragen, die er mit Eggers diskutiert. Darunter ist auch Eggers' Bericht aus Montevideo, den er am 21. Februar an Dominik abgeschickt hatte. Unter Punkt sechs ist aufgeführt, dass die Laderäume der *Pamir* entrostet und konserviert werden müssen. Diebitsch entschließt sich, den Punkt zu ignorieren und abzuwarten.

Dominik kommentiert Eggers' Bericht: „… der Einsatz einer Firma in Hamburg oder Bremen ist außerordentlich teuer. Es muss überlegt werden, ob nicht vor Übernahme der Ladung die Räume gemacht werden müssen."

Einen weit riskanteren Mangel brachte Eggers unter Punkt sieben zum Ausdruck. Die Brisanz und Tragweite des maroden Zustandes des Hochdecks ist Diebitsch beim Lesen allerdings nicht bewusst geworden.

Eggers' Bericht: *Das Hochdeck leckt an den verschiedensten Stellen stark. Teilweise gehen die Decksplanken bei Regen direkt hoch. Grund: Das unter dem Holzdeck liegende Stahldeck ist sehr stark korrodiert, und das Holzdeck selbst ist von unten wegen der stets unter dem Holz stehenden Feuchtigkeit stark angegangen, sodass durch Einziehen einzelner neuer Planken und durch Kalfatern das Deck nicht mehr dicht zu bekommen ist.*

Dominik meint: „Wegen der sehr hohen Kosten wurde bei den Klassearbeiten von der Erneuerung des Hochdecks Abstand genommen. Wie der Bericht des Kapitäns zeigt, wird diese Arbeit jetzt anscheinend akut …"

„Wir werden sehen!", kommentiert Diebitsch das Gelesene.

Einen Tag bevor Diebitsch zurück nach Bremen reist, um seine persönlichen Angelegenheiten zu regeln, bittet ihn Dr. Wachs in sein Büro. „Ich habe mit großem Interesse Ihren Wochenplan studiert. Dabei ist mir aufgefallen, dass Sie den Unterricht an Bord zulasten des Arbeitsdienstes ausweiten wollen."

„Die Ausbildung der Mannschaft hat in meinen Augen Vorrang. Dem hat sich alles andere unterzuordnen, zumal die Stiftungsreeder, wie Sie wissen, besonderen Wert darauf legen."

Wachs bekommt es mit aller Willenskraft fertig, Diebitsch nicht in die Schranken zu weisen. „Also schön, bringen Sie das mit sich in Einklang. Jedenfalls gelten alle Kapitänsordern ohne Abstriche. Die Instandhaltung der *Pamir* hat für uns als Stiftung und vor allem für die Kassen der Stifterreedereien Priorität."

„Darin sehe ich keinen Widerspruch."

Wachs schiebt den Stuhl zurück und versucht sich an den Gedanken zu gewöhnen, dass er der falschen Auswahl zugestimmt hat. „Ich kann mir vorstellen, dass das, was ich Ihnen jetzt als zusätzliche Anweisung mit auf die Reise gebe, Sie dazu zwingen wird, Ihren Wochenplan ein wenig zu modifizieren, ohne dass die Qualität der Ausbildung darunter leiden muss."

„So ist das Leben an Bord, Herr Dr. Wachs. Disponieren, modifizieren: jeden Tag, jede Stunde, jede Minute …"

Wachs rutscht wieder an seinen Schreibtisch heran. „Na schön! Der Rost an den Innenbordwänden der Laderäume muss abgeklopft und der gesäuberte Stahl konserviert werden. Sie haben während der Hinreise dafür genügend Zeit einzuplanen. Wenn wir schon ohne Fracht segeln, dann müssen wir die besondere Chance für diese Instandhaltungsarbeiten nutzen. Denn neben dem romantischen Wert der Reise haben wir auch die Realität im Auge zu behalten. Wir sparen dadurch nämlich erhebliche Summen, die sonst durch Werftliegezeiten anfallen würden. Ein ungemein wertvoller Lehrgegenstand, neben Spleißen und Knoten, Takelarbeiten, Segelkunde und Bootsmanövern. Außerdem macht harte Arbeit Lust auf Kopfarbeit."

Abends begibt sich Diebitsch in die Wohnung seines Freundes. Heinrich Dersch besitzt ebenfalls das Kapitänspatent A6 und war im Krieg Navigationslehrer der Luftwaffe. Sie kennen sich seit 1930. Zusammen segelten sie auf dem Schulschiff *Deutschland*. Heinrich als Schiffsjunge, Diebitsch als Erster Offizier. Damals war es dem „Ersten" gelungen, aus dem halben Kind einen harten, seefesten Jugendlichen zu machen. 1953 trafen sie sich in Hamburg wieder. Johannes zog Heinrich bei seinen Vorbereitungen für den Expeditionstörn auf der Jacht *Xarifa* mit Hans Hass als Berater heran. Damals fuhr Diebitsch für knapp zwei Jahre als Kapitän auf dem Gaffelschoner.

Nach dem Abendessen bespricht er mit seinem Freund die neuesten Erkenntnisse. „Die finanzielle Situation der Stiftung ist dramatisch. *Pamir* und *Passat* sind ein einziges Verlustgeschäft. Dabei haben die Reeder mit Gewinnen gerechnet. Sparmaßnahmen genießen daher oberste Priorität. Ich habe Order, dafür zu sorgen, dass die Mannschaft bis Buenos Aires die Bordinnenwände der *Pamir* vom Rost befreit und konserviert."

„Das sind doch lupenreine Werftarbeiten!", stellt Heinrich fest.

„Gestrichen!"

„Eine Schweinearbeit für die gesamte Besatzung."

„So ist es! Alles unter Deck. Dazu die Hitze in den Mallungen, den windschwachen Gebieten."

Heinrich ironisch: „Viel Vergnügen!"

„Sie wollen eine gute Ausbildung sicherstellen und ordnen gleichzeitig stupide, zeitraubende Instandsetzungsarbeiten an, die nur eine Werft ordentlich erledigen kann. Beides zusammen ist nicht zu vereinbaren. Aber alle erwarten, dass sich die Qualität der Ausbildung verbessert. Die Wahrheit bleibt sowieso auf der Strecke", sagt Johannes verbittert.

„Mach dich nicht verrückt. Zieh dein Konzept einfach durch."

„Das wird unter diesen Bedingungen unmöglich sein. Wie würdest du denn die Sache angehen?"

„Fordere weitere Fachoffiziere an. Wenn du genügend Unterricht geben willst, dann brauchst du mindestens noch einen zusätzlichen nautischen Offizier. Besser zwei. Dann kannst du die Wachen unterteilen und mehr Unterricht zur gleichen Zeit geben."

„Mensch, Heinrich! Das ist die Idee. Einen ‚überzähligen Ersten' setze ich bei Dominik bestimmt durch …"

In der Woche darauf erhält Diebitsch die Zusage für einen weiteren nautischen Offizier. Die Auswahl gestaltet sich wegen der kurzen Frist schwierig. Hätte Diebitsch gewusst, wer als ‚überzähliger Erster' an Bord kommt, er hätte gern verzichtet …

Hamburg, Donnerstag, 30. Mai 1957

Sankt Pauli. Dort, wo dem Seemann jedes Bordell und jeder Anlegedalben auch in dunkelster Regennacht vertraut ist, liegt Hamburgs Hafen. Gleich gegenüber den Landungsbrücken befinden sich die Halbinsel Steinwerder und dahinter der Kuhwerder Hafen. Darin ragen in jenen Maitagen vier markante Masten in den Himmel. Die *Pamir*. Sicher vertäut liegt sie in diesen Stunden noch an den Dalben. Einer der letzten noch existierenden Segler der Reederei Laeisz, aus der Reihe der legendären ‚P-Liner'. P-Liner deshalb, weil die Namen der Laeisz-Segler alle mit P beginnen, wie *Peking*, *Potosi*, *Priwall* oder *Preussen* …

Kapitän Johannes Diebitsch stellt seine Tasche ab. Stolz zeigt er nach Süden. „Sieh nur, die gelben Masten. Dort drüben liegt sie!"

„Ja, die Masten …", erwidert Auguste einsilbig.

Johannes denkt an die vergangenen Jahrzehnte. Ihm ist, als habe er Dutzende Leben hinter sich, alle einander ähnlich, doch keines wiederholenswert. Seine erste Reise auf der *Pamir* erscheint ihm wie etwas, wovon er schlecht geträumt hat. Chile – eine Legende aus grauer Vorzeit, Kap Hoorn – vergessen, La Palma – nur mehr eine ferne Insel. In seinen fieberhaften Träumen hatte er damals die *Pamir* auf ein Riff gesteuert, in Brand gesteckt und einen Sprengsatz gezündet. Doch die wüsten Träume wurden im Lauf der Jahrzehnte seltener …

„Ich gehe schon voraus", sagt Freund Heinrich einfühlend. Das Ehepaar Diebitsch hat in den letzten Tagen bei ihm in Hamburg logiert, und es ist für ihn selbstverständlich gewesen, Auguste und Johannes zum Hafen zu begleiten.

Johannes' Augen glänzen. „Der Traum erfüllt sich!"

„Hoffentlich …", erwidert Auguste resigniert.

Johannes sieht die Bitternis in ihrem Gesicht. Ihr Leben ist wie ein langsames Versinken, denkt er. Noch einmal versucht er, sie in überzeugendem Ton aufzumuntern: „Auguste! Die *Pamir* ist ein gutes, starkes und glückhaftes Schiff."

Johannes weiß, dass dies eine Lüge ist, denn seine erste Reise auf der *Pamir* als Matrose, im Jahre 1914, geriet für ihn zum Desaster. Auf dem P-Liner fand er damals die Bedeutung von Tod und Leben heraus.

Auguste hat das Drama, das ihr Mann 1914 auf der Bark erlebte, nicht vergessen. Man schrieb das Jahr 1919, als sich die beiden Magdeburger in Hamburg kennen lernten. Der Erste Weltkrieg war vorüber und es waren gerade einmal zwei Jahre vergangen, seit ihr Geliebter nach Deutschland heimgekehrt war. Sie erinnerte sich an den Tag, als sie beide auf einer Bank an Hamburgs Binnenalster saßen und verliebt turtelten. Sie glaubte erst, er wollte ihr ein schönes Erlebnis von seiner ersten Reise nach Südamerika erzählen. Doch sie bekam eine Horrorgeschichte zu hören …

Unter Kapitän Max Jan Heinrich Jürs segelte ihr Angebeteter am 1. März 1914 als Matrose auf der *Pamir* Richtung Kap Hoorn. Gut dreißig Mann zählte die Besatzung. Die *Pamir* hatte Stückgut in ihrem Bauch. Die Zielhäfen hießen Valparaíso und Taltal in Chile. Von dort sollte das Düngemittel Salpeter in Säcken nach Hamburg gebracht werden. Es wurde die längste Reise der *Pamir* …

Das erste Unglück geschah auf der Hinreise am 16. März, gerade als sie Lizzard Point und den Kanal hinter sich gelassen hatten.

„Der Wind drehte plötzlich von West nach Nordwest in Stärke sechs bis sieben", erzählte Johannes. „Bester Wind für die *Pamir*, doch die hohe See ließ das Schiff schwer in den Wellen arbeiten. Da der Sturm in der Nacht Stärke neun erreichte und zunehmend böig wurde, gab unser Käpt'n gegen ein Uhr nachts den Befehl zur Halse. Beide Wachen wurden an Deck gerufen. Die Wellenberge rollten schräg von Steuerbordbug auf uns zu. Unsere *Pamir* stampfte und nahm viel Wasser über. Gegen 3.30 Uhr krachte es in der Takelage. Steuerbord war die Vorobermarsschot gebrochen, sodass das Segel aufgegeit und die Rahe heruntergefiert werden musste. Im selben Moment erbebte der ganze Rumpf. Zwei schwere Sturzseen brachen über Back und Vorschiff. Mein Freund Hans Madsen und der Leichtmatrose

Arthur Grymel wurden nach Backbord hin einfach über die Reling gewaschen. Unser Erster rief zwar sofort: ‚Mann über Bord!', doch allen war klar, wir würden die beiden Kameraden in dunkler Nacht aus tobender See nicht mehr retten. Zwei Bojen, darunter eine Leuchtboje, warfen wir gleich hinterher. Der Käpt'n ließ die Bark so schnell wie möglich halsen. Mich schickte er in den Großmast, um die Leuchtboje im Auge zu behalten. Aber ich sah überhaupt nichts. Die brechenden Wellenkämme verschlangen alles. Wir segelten das Revier auch bei Tagesanbruch noch einmal ab. Umsonst. Armer Hans! In Stiefeln und Ölzeug in der eiskalten See – keine Chance."

Johannes traf keine Schuld. Auguste, die sehr in ihren Seebären verliebt war, zeigte sich erleichtert, konnte sich aber des Eindrucks nicht erwehren, dass bei seinen Worten Begeisterung mitschwang. Als er mit den Worten schloss: „Das macht hart!", war sie mehr als irritiert und fragte: „Warum bist du eigentlich Seemann geworden?"

„Ich wollte raus aus Magdeburg, Seeluft und Abenteuer schnuppern, die Weite der Meere genießen und ... Kapitän werden ..."

„Und deine Eltern?"

„Meinem Vater war es egal. Meine Mutter trauerte. Doch ich ließ mich von nichts und niemandem aufhalten."

„Wann bist du das erste Mal rausgefahren?"

„Ich war fünfzehn. Ich kam im April 1911 als Schiffsjunge auf das Segelschiff *Rigel*. Während der eineinhalb Jahre machte ich drei Reisen auf ihr. Dann war ich Matrose. Danach habe ich mich für die *Pamir* anheuern lassen. Auf ihr wollte ich mein Offizierspatent als Nautiker machen. Damit kann man überleben. Und da mach ich jetzt weiter."

„Was hast du während des Krieges gemacht?"

„Ich blieb zunächst auf der *Pamir*. Doch ich gestehe, ich habe in den vergangenen Jahren keineswegs ein besseres Leben gelebt. Im Gegenteil ..."

Sie blieben auf der Bank sitzen. Johannes legte seinen Arm um ihre Schultern und Auguste rutschte ein wenig enger an ihn heran. Neugierig geworden, forderte sie ihn auf: „Erzähl weiter!"

„Es war der 2. September 1914. Wir befanden uns auf Heimatkurs. Zwei Tage zuvor hatte unsere *Pamir* den Äquator passiert, als ein auf Gegenkurs liegender französischer Segler durch ein Flaggensignal mitteilte, dass zwischen Frankreich und Deutschland der Krieg ausgebrochen sei."

„Habt ihr dem Franzosen nicht geglaubt?"

„Niemand an Bord. Erst als wir dreizehn Tage später dem Dampfer *Som-*

merdijk begegneten. Am Flaggenstock wehten die niederländischen Farben. Plötzlich änderte der Dampfer seinen Kurs und hielt direkt auf uns zu. Kurz darauf wurde die Flagge eingeholt. Die holländische Fahne war nur Tarnung gewesen. In Wirklichkeit waren wir dem Hapag-Dampfer *Macedonia* begegnet."

„Wie ging es weiter?"

„Jürs ließ Peter Kleist, unseren Ersten Offizier, mit dem Beiboot übersetzen. Danach waren wir im Bilde. Deutschland hatte mobilgemacht. Unsere Salpeterladung war kein harmloser Dünger mehr, sondern Sprengstoff. Englische Kriegsschiffe kreuzten im Nordatlantik und nahmen alles ins Visier, was deutsche Farben führte. Ein Glück, dass wir nicht schon vorher aufgebracht worden waren."

„Wie hast du diesen Schlag verkraftet?"

„Schwer! Mit dieser Fracht konntest du nur untergehen. Jeder Sack ein Grabstein. Das setzt sich im Kopf fest."

„Was habt ihr gemacht?"

Johannes empfand die Erinnerung daran wie eine große Leere. „Kapitän Jürs entwickelte einen Plan. Er wollte mit der *Pamir* in einen neutralen Hafen flüchten. Der nächste lag rund achthundert Seemeilen vor uns: die Insel La Palma, eine der Kanaren. Vierzehn Tage darauf, exakt am 1. Oktober, konnten wir die Bucht von Santa Cruz de la Palma anpeilen. Wir hatten unverschämtes Glück ... Aber wir waren noch lange nicht in Abrahams Schoß. Die Hafenbeamten wollten um jeden Preis ihre Neutralität wahren und drängten unseren Kapitän, Santa Cruz auf Teneriffa anzulaufen, da dort schon andere deutsche Handelsschiffe Zuflucht gefunden hatten. Aber unser Käpt'n ahnte, dass gerade dies englische Kriegsschiffe anlocken musste."

„Und, lag er richtig mit seiner Vermutung?"

„Goldrichtig! Das zeigte sich schnell. Die *Macedonia* ankerte inzwischen ebenfalls in unserer Nähe. Einige unserer Seeleute wechselten noch hastig hinüber, als sich herumsprach, dass der Hapag-Dampfer versuchen würde, nach Hamburg zu entkommen. Ich war nahe daran, den gleichen Fehler zu begehen. Die *Macedonia* versuchte am 28. September tatsächlich den Durchbruch. Aber die Royal Navy war wachsam. Wie wir später erfuhren, wurde die *Macedonia* schon kurz danach vom englischen Kreuzer *Gloucester* gekapert und unter Bewachung nach Gibraltar gebracht. Damit war klar, dass die *Pamir* samt ihrer Besatzung auf der Insel der Seligen für unbestimmte Zeit festliegen würde."

„Was habt ihr die ganzen Jahre an Bord gemacht?"

„Kleist gab an Bord Unterricht. Er versuchte uns Matrosen so gut wie möglich auf die Prüfung an der Seefahrtsschule vorzubereiten. Wir taten alles, um dem Müßiggang die Stirn zu bieten. Daraus entwickelte sich eine regelrechte maritime Kunsthandwerkszene an Bord, die uns einen lebhaften Tauschhandel an Land erlaubte. Ich versuchte mich im Malen und in der Schnitzkunst."

„Und?"

„Na ja. Ich malte Marienbilder und schnitzte Kruzifixe. Gar nicht übel, wie man mir sagte."

„Und wie bist du wieder ins Reich gekommen?"

„Per Schiff, zu Fuß, per Bahn, auf Straßen und Schleichwegen. Ich habe es auf der *Pamir* nicht mehr ausgehalten und suchte Arbeit an Land. Mit meinem Freund Karl Schulberg musterte ich im Spätsommer 1917 ab. Kurz darauf fasste ich den Entschluss, mich nach Deutschland durchzuschlagen. Weihnachten war ich schließlich wieder zu Hause."

Auguste löste sich sanft und blickte Johannes in die Augen: „Und wie bist du während der Kriegswirren nach Deutschland gekommen?"

„Das reinste Abenteuer. Erst mit dem Schiff nach Cádiz. Von dort schlug ich mich durch bis Barcelona. Ich wanderte durch die Pyrenäen und wagte mich durch Feindesland bis ins Elsass. Bei Breisach schlich ich über die Grenze. Mitte Dezember war ich dann wieder in Magdeburg …"

Die Worte des jungen Matrosen bedrückten Auguste. Angst, Verzweiflung, Niederlagen, Demütigungen und bittere Erfahrungen schienen seine Seele nicht mehr zu berühren.

Im Frühling 1919, auf der Bank an der Binnenalster, wäre auch Johannes gern wieder der gewesen, der er vorher gewesen war. Unbefangen, einfühlsam und sensibel für alle menschlichen Empfindungen. Doch die erste Reise auf der *Pamir* hatte eine harte Schale um seine Seele wachsen lassen.

NUN IST der Zeitpunkt gekommen, an dem Johannes mit der *Pamir* zum zweiten Mal in Richtung Südatlantik aufbrechen wird. Vielleicht wird es ihm gelingen, die Schale der Vergangenheit zu sprengen. Spontan nimmt er Auguste in seine Arme.

„Ich mache mir große Sorgen", flüstert sie in sein Ohr.

Das lässt ihn, wie immer in solchen Situationen, auf einen schnellen Abschied drängen. „Musst du nicht!"

Ihre Antwort kommt, ohne zu zögern: „Du hast noch nie das Kommando über einen Segler dieser Größe gehabt."

„Ach was, Auguste! Ob auf der *Deutschland,* der *Xarifa* oder auf der *Pamir.* Segeln ist segeln! Ich bin bestens vorbereitet. Ich habe allein mit Eggers fast drei Wochen alles durchgekaut, was für mein Kommando wichtig ist. Außerdem war ich doch schon jahrelang Matrose auf der *Pamir.* Ich kenne jedes ihrer Spanten mit Vornamen!"

„Du magst ja Recht haben. Aber das war doch alles vor über dreißig Jahren! Du bist einfach nicht mehr derselbe."

Sie weiß immer noch nichts über meine Sehnsüchte, wundert er sich. Ich habe immer die schmalen, beschwerlichen Pfade im Leben genommen. Ich werde das Ende meiner Laufbahn zur See als Kapitän auf der *Pamir* krönen. Er nimmt Auguste fest bei den Schultern. „Ich weiß, das Meer ist keine alte Frau in einem Schaukelstuhl." Entschlossen greift er nach der Tasche. „Ich muss jetzt rüber!"

Sie küssen sich flüchtig. Als er das Gebäude des Elbtunnels betritt, postiert sich Heinrich neben ihm. Sie drehen sich noch einmal um und winken. Auguste weint.

DRITTES KAPITEL

Freitag, 31. Mai 1957

Kurz nach Mitternacht schlurft Joe, „der Respektlose", mit geschultertem Seesack über die Gangway auf das erleuchtete Deck der *Pamir.* Er lässt den Sack lässig von seiner Schulter gleiten und blickt zu den Masten und Rahen empor, die sich im funkelnden Nachthimmel verlieren. Eine beeindruckende Kulisse. Die Wache nimmt den Jugendlichen aus Hamburg, mit Lederjacke und Zigarette im Mundwinkel, am Ende der Gangway in Empfang.

Der Moment der Wahrheit ist für Joe gekommen. Noch kann er zurück. Obwohl erst 17 Jahre alt, wirkt er eher wie ein Zwanzigjähriger. Er gibt sich überzeugend „halbstark" und kleidet sich wie James Dean: Röhrenjeans und nietenbesetzte Lederjacke. „… denn sie wissen nicht, was sie tun" hat er sich im Kino gleich dreimal angesehen und Bill Haley ist sein Idol. Provozierend langsam zückt er das Telegramm. Daraus geht hervor, dass Joe auf der *Pamir* anheuern kann. Einer prüft die Depesche, die beiden anderen beäugen neugierig ihren zukünftigen Kameraden in der schwarzen Lederkluft. Für sie ist das, was Joe trägt, „super". Sein Name wird feierlich in die Liste eingetragen.

„Jetzt gehörst du dazu!"

Für Joe klingen die Worte wie eine Anklage: Schuldig!

„Such dir ein nettes Eckchen."

Eine Hängematte ist zu dieser späten Stunde nicht mehr zu ergattern. Joe geht auf die Backbordseite, spuckt gegen den Wind und nimmt den Aufgang zum Hochdeck. Mit der Faust klopft er dreimal gegen den Großmast. „Scheiße! Wie vier Monate Knast! Joe, du wirst auch das überleben …"

In der Segelkammer findet er schließlich ein Schlafplätzchen. Eine seiner Taschen stellt er vorsichtig ab. Ein Plattenspieler und schwarze Scheiben mit den neuesten Rocktiteln befinden sich darin. Das wird Stimmung machen.

Morgens weckt ihn ein alter Mann. Es ist der 68-jährige Bootsmann Richard Kühl. Breitbeinig steht er vor ihm, die schmalen Fäuste in die Hüften gestemmt. Über die Schulter des Bootsmanns blickt ein zweites Gesicht auf Joe herab. Trotz seines wachen Blickes vermittelt dieser Mann einen ausgemergelten Eindruck. Der 65-jährige Segelmacher Julius Stober hat den Bootsmann auf den seltsamen „Fund" in seiner Segelkammer aufmerksam gemacht.

Kühl will Joe schon Wind von vorn geben, doch als dieser sich erhebt, überragt er den alten Mann um einen ganzen Kopf. Der Bootsmann registriert das neue Gesicht an Bord.

Joe klopft seine Lederjacke glatt: „Mitternacht hat hier alles gepennt."

„Okay. Dann mal los zum Kapitän."

An Deck herrscht schon Betriebsamkeit. Männer in festem Arbeitszeug und Jungmänner in Jumper und Wollmütze sind dabei, die *Pamir* seeklar zu machen. Joe kommt es eher vor, als würde der Hausputz eines Wohnblocks anstehen. Allerdings sind ihm die Gerüche fremd. Ein Gemisch aus Teer, öligem Brackwasser, faulendem Fisch, durchzogen von Tabakdunst und Schweißgeruch. „Richie", wie der Bootsmann vom Segelmacher angesprochen wird, geht voran. Sie befinden sich innerhalb des Deckhauses, das auch Mittschiff genannt wird. Es liegt in der Mitte des Schiffes und trennt die Back von der Poop. Das Dach des Deckhauses bezeichnet man als Hochdeck, auf dem sich auch das Kartenhaus und der Ruderstand befinden. Man erreicht es durch Aufgänge sowohl von innen als auch über Vor- und Achterdeck. Das Deckhaus selbst ist entlang der Steuerbord- und Backbordseite von zwei langen Fluren und einem Quergang durchzogen. Entlang der Gänge gruppieren sich die Kammern der Offiziere und Unteroffiziere. Ebenfalls die Kammern der Stewards, des Kochs und der Kochsmaate. Auch beide Offiziersmessen und fast alle Funktions- und Versorgungseinrichtungen wie Funkbude, Pantry, Trockenraum, Toiletten, Waschräume, die Segellastkammer, in der alle Segelgarnituren und Ersatzsegel gelagert werden, ferner die Kombüse und die Proviantkammer.

Um einiges edler wohnt die Schiffsführung auf der *Pamir*. Achtern Mitte und Steuerbord außen befinden sich der Salon und die Kabine des Kapitäns. Ebenso die des Reeders. Nebenan das Weindepot des Reeders, auf das auch der Kapitän Zugriff hat.

Joe folgt dem Bootsmann durch den Gang nach achtern. Richie zeigt auf die rechte Seite. „Die erste ist meine Kammer. Gleich nebenan liegt der Spökenkieker in der Koje und hier hat Oldsails sein Gemach!“ Er meint damit den Zimmermann Hermann Walter und den Segelmacher Julius Stober. An einem Quergang bleibt er stehen, zeigt auf die erste Tür auf der rechten Seite. Bedeutungsvoll hebt er die Augenbrauen und flüstert: „Der Salon des Käpt'ns!“

Der „Salon“ entpuppt sich als eine Kombination aus Wohn- und Arbeitsraum. Pompös die dunkel getäfelten Wände. Davor ein langer Kajütstisch mit je einer plüschrot gepolsterten Bank auf der Längs- und den beiden Stirnseiten. Gegenüberliegend befindet sich in einem Halbrund noch ein rotes Plüschsofa. In der Nische hängen Porträts von Ferdinand Laeisz und des Stammkapitäns der *Pamir*, Eggers. Davor befindet sich ein Tisch. Nebenan steht ein kleiner, aber edler Schreibtisch. Auf ihm stapeln sich Ordner, verschnürte Mappen, Bücher und Seekarten.

Drei Offiziere befinden sich im Salon. Der alte Bootsmann weist etwas steif auf den Mann in der Mitte. Joe tritt einem mittelgroßen, stämmigen, doch vornehm wirkenden Herrn mit Oberlippenbart gegenüber, der unübersehbar das meiste Gold an seiner Uniform trägt. Ein Händedruck bleibt aus. Stattdessen taxiert Kapitän Diebitsch sein Gegenüber mit vorgeschobenem Kinn von oben bis unten. Eine Pause entsteht. Ein alter Mann mit erloschenen Augen und seelischen Untiefen, geht es Joe durch den Kopf. Er spürt instinktiv eine Abneigung gegen diesen Menschen. Diebitsch' Fragen nach seiner Herkunft und Ausbildung beantwortet er pflichtgemäß.

Überraschend streckt sich ihm daraufhin eine andere Hand entgegen. „Gunther Buschmann! Willkommen an Bord der *Pamir*!“

Der Mann lächelt und macht einen fröhlichen, unbekümmerten Eindruck auf Joe. Spontan lächelt dieser zurück. Der andere, links neben Diebitsch, sieht sich offensichtlich genötigt, auch etwas zu sagen. Seine Stimme klingt herablassend. „Rolf-Dieter Köhler. Ich bin der Erste Offizier an

Bord!“ Köhler ist also „de Groot“, das heißt der Große, der Erste Rudergänger. Demnach ist Buschmann, als Zweiter Offizier, „de Lütt“.

„Alle Kadetten an Bord?“, richtet Diebitsch seine Frage an den Bootsmann.

„Zwei fehlen noch, Käpt’n. Dann ist die Mannschaft komplett.“

Ohne etwas darauf zu erwidern, dreht sich Diebitsch um und lässt seine Hand schwer auf den Tisch fallen. Das Zeichen, dass die Vorstellung beendet ist. Joe hört noch beim Hinausgehen die gereizte Frage des Kapitäns: „Wann kommen Eggers und die Gäste mit ihren Weibern?“

Als Joe und Richie das Achterdeck betreten, schüttelt Diebitsch den Kopf und bemerkt bitter: „Diese Jugend! Armes Deutschland.“

„Wie meinen Sie das?“, fragt Buschmann freiheraus.

„Das sieht man doch auf den ersten Blick“, erwidert Köhler ungefragt. „Allein diese Nietenjacke. Typisch halbstark!“

Buschmann geht Köhlers unterwürfige Art auf den Geist. „Rolf, ich hatte meine Frage an unseren Kapitän gerichtet.“

Dieser versteift sich, stiert Buschmann ein paar Sekunden ins Gesicht, bevor er mit knarrender Stimme erwidert: „Falls Sie es noch nicht bemerkt haben sollten: Deutschland wird wieder eine Marine aufbauen. Dafür werden richtige Seeleute gebraucht. Den Russen aber reicht bei dieser Jugend ein nasses Handtuch, um sie von den Meeren zu verjagen. Und die Amis wollen doch nur, dass unter dieser Negermusik und ihrem Whiskey unsere Jugend verweichlicht. Ich habe in Bremen erlebt, wie sie unter diesem amerikanischen Gejaule sogar die Besinnung verlieren.“

Buschmann erwidert provokant-charmant: „Ich verliere lieber einmal bei Elvis und Bourbon die Besinnung als die halbe Verwandtschaft an der Ostfront und das Familienerbe im Bombenhagel der Alliierten.“

Diebitsch schluckt: „Unter meinem Kommando wird es keine Laschheiten geben. Ich erwarte, dass Sie mein Regime an Bord unterstützen. Es wäre doch gelacht, wenn wir aus dem Haufen Halbstarker keine brauchbaren Männer machen.“

Hamburg, 31. Mai 1957

An Deck und Masten herrscht hektische Betriebsamkeit. Joe beobachtet, wie Kapitän Diebitsch auf dem Hochdeck geladene Gäste der Stiftung und der Reederei Zerssen empfängt.

Joe ist der Steuerbordwache I zugeordnet. Die Einteilung in Backbord- oder Steuerbordwache ist, wie er gelernt hat, für einen funktionierenden

Wachplan notwendig. Beide Wachen sind unterteilt, sodass sich vier Gruppen roulierend abwechseln können.

Am frühen Nachmittag gibt es ein großes Hallo an Deck. Eine Ausrüstungsfirma hat endlich die Uniformen für die Kadetten angeliefert. Chef der Firma ist der Vater des Zweiten Offiziers, Buschmann. Die Anprobe verläuft stürmisch wie auf einem Geschenkbasar der Caritas nach dem Krieg. Jeder schnappt nach einem Teil, sodass sich der Bootsmann gezwungen sieht, durchzugreifen.

Stolz mustern sich die Jungmänner gegenseitig. Auf den Ärmeln der gut sitzenden Uniformjacken glänzen hell die Streifen *Pamir*.

Manfred, ein flachsblonder Kerl mit stark geröteten Wangen von der Steuerbordwache I, blickt auf die Uhr. „Was sagt der Plan?"

„Backbordwache I schiebt Wache, Steuerbordwache II hat Bereitschaft, und wir haben frei", antwortet Jens.

„Dann auf zur Reeperbahn!"

„Super!", ruft Tom.

„In dieser Aufmachung?"

„Klar! Die Mädels stehen drauf."

„Super!", tönt Tom erneut. Damit wird er zum „Super-Tom".

Henry und Jens kriegen mit, was läuft. Das ist von Manfred auch beabsichtigt. Henry hebt den Daumen. Er und Jens wollen ebenfalls ihren letzten Freigang für einen Kiezbummel nutzen. Joe, der sich mit ihnen angefreundet hat, schließt sich an. Uniformen sind ihm ein Gräuel. Deshalb eilt er in das Steuerbordlogis, öffnet seinen Spind und wirft seine Uniform auf den Seesack.

Wachkameraden kramen in Taschen und Koffern, versuchen Ordnung in ihren Spind zu bekommen. Flugs schlüpft Joe in seine genietete Lederjacke. Er sieht sich einer spartanischen Einrichtung gegenüber. Das Logis besteht im Wesentlichen aus Tischen, Bänken und Spinden. Eine Kränkung für das Auge. Nur Gott mag wissen, wer diese Tristesse überleben kann. Nachts muss das Inventar den Hängematten weichen. Morgens wird wieder aufgebaut. Das nennt man „Backschaften".

Ein Männerwohnheim zur See, ein einziger Raum, in dem sich das Privatleben der gesamten Mannschaft abspielt. Hier schläft man, zieht sich um, isst und verbringt seine Freizeit, erträgt jeden Spaß und alle Gemeinheiten, die untereinander ausgeheckt werden. Das soll den Charakter formen. Das Backbordlogis, spiegelbildlich angeordnet, bietet den gleichen „Komfort". In beiden wird es viel zu eng, wenn alle sich darin tummeln.

„Wenn die *Pamir* wieder zurück ist, werde ich abmustern", sagt sich Joe im Gehen. Die bevorstehende Seereise liegt wie Mehltau über seinem Gemüt, denn der Weg nach oben ist eisern vorgegeben: Seefahrtschule, dann aufs Schiff, dann wieder Seefahrtschule, dann wieder Schiff. Acht Monate auf See sind für einen Kadetten auf der *Pamir* Pflicht. Danach kann er zum Jungmann befördert werden. Nach weiteren acht Monaten zum Leichtmatrosen, und nach weiteren zwölf Monaten kann er zum Matrosen und Offiziersanwärter aufsteigen. Damit eröffnet sich die Chance, insgesamt 15 Monate auf verschiedenen Schiffen der Reederei eingesetzt zu werden. Ohne diesen Fahrplan keine Aussicht auf ein Offizierspatent. Am besten, man zieht das Ganze in einem Rutsch durch.

Dabei könnte Joe stolz auf sich sein. Hatte er sich doch gegenüber neunzig anderen Bewerbern, die alle auf der *Pamir* oder der *Passat* segeln wollten, durchgesetzt.

Für Manfred, Jens, Henry und Tom ist es der erste Reeperbahnbesuch in ihrem Leben. Allen Warnungen und Schmuddelgeschichten zum Trotz, die sie im Laufe ihres Provinzlebens über die sündige Meile gehört haben, sind sie besessen davon, ihre Neugier vor dem Auslaufen zu befriedigen. Gehört das nicht dazu? Seeleute sind so. Jungmänner sowieso. Kein Wunder, Tag und Nacht erfüllt der Irrsinn der Wollust ihre Vorstellungen und Träume.

ALS DIE fünf Kadetten in der Abenddämmerung von der Reeperbahn zurückkehren, nehmen die Kameraden der Backbordwache das Kiezrudel in Empfang. An den Rahen sind inzwischen alle Segel angeschlagen. An den Winschen und Luken wird noch gearbeitet, und die Kochsmaate Karl-Otto Dummer und Ingo Hamburger sind noch mit der Übernahme von Proviant beschäftigt. Das Hochdeck wimmelt von aufgeputzten Männern in Marineuniformen, dazwischen Zivilisten und Frauen. Darunter auch Gäste aus England, Besatzungsmitglieder jenes englischen Motorschiffs, das bei der letzten Reise der *Pamir* bei einer Schraubenhavarie geholfen hat. Sechs Engländer und zwei aus dem Kreis der vielen Damen werden bis Spithead, Portsmouth, mitsegeln.

Die beiden Stewards Alois Daiser und Hans-Peter Scheer schwimmen wie Fische durch die bunt schillernde Woge von Menschen, die sie mit Getränken, Käse-, Fisch- und Wursthäppchen versorgen. Über allem liegt ein Lachen und Stimmengewirr aus unterschiedlichen Landesdialekten.

Diebitsch führt mit Kapitän Eggers auf dem Brückendeck, gleich neben dem Aufgang, ein Gespräch über dessen Reiseerfahrungen auf der *Pamir*, als eine abfällige Bemerkung an seine Ohren dringt: „Noch so ’n Opa!“

Joe, der Respektlose, macht die Feststellung. Das Kiezrudel bricht darüber in schallendes Gelächter aus. Was er frech herauslässt, ist nicht einmal gelogen. Hatte er am Morgen an Bord nicht Bekanntschaft mit dem Bootsmann Richard Kühl und dem Segelmacher Julius Stober gemacht? Der eine 68, der andere 65 Jahre alt?

Während Eggers über das Gehörte schmunzelt, erstarren Diebitsch' Gesichtszüge. Sein wütender Blick hinunter auf das Deck lässt das Gespräch verstummen. „Junge Schnösel ohne Schliff und Respekt!", zürnt er. Dann sieht er nur noch die Rücken der Kadetten, wie sie sich zum Heck hinbewegen. Als sie den Niedergang zum Mannschaftslogis erreichen, sind sie aus dem Blickfeld der beiden Kapitäne verschwunden. Eggers zieht Diebitsch fürsorglich vom Aufgang weg. „Nehmen Sie das nicht so wörtlich! Wir haben doch auch über unsere Kapitäne gespottet, als wir jung waren."

„Niemals in dieser Art!", knurrt Diebitsch. Auf dem Schulschiff *Deutschland*, geht es ihm durch den Kopf, hätte diese Frechheit härteste Bestrafungen nach sich gezogen. Damals! Damals vor 25 Jahren hätte er auch sofort darauf reagiert. „Die jungen Menschen haben heutzutage jeden Respekt verloren! Die wissen doch nichts von dem, was wir alle in den letzten zwanzig Jahren durchgemacht haben!" Seine Worte klingen bitter.

Eggers teilt Diebitsch' Einschätzung nicht. Zwar wird er selbst von seiner Stammbesatzung wegen seiner Herrschernatur „Don Pampero" tituliert, doch das hat ihn nie gestört. In den letzten vier Jahren hat er als Kapitän der *Pamir* fünf erfolgreiche Südamerikareisen hinter sich gebracht und dabei einige unangenehme Überraschungen gemeistert. Davon weiß auch Diebitsch. Er weiß auch, dass sich Offiziere wie Mannschaften über Eggers' Fähigkeiten als Kapitän einig sind. Ihr Urteil: „Eggers ist der richtige Mann am richtigen Platz!"

Nun zwingt Eggers' Rheuma die Stiftung, das Kommando über die *Pamir* – zumindest vertretungsweise – Diebitsch zu übertragen. Dieser empfindet es aber als eine Schmach, als Ersatzmann zu gelten.

Gichtanfälle und Rheuma plagen auch Richie. Der Erste Bootsmann weiß nicht mehr, wie oft er sich in seinem langen Seefahrerleben nass in seine Koje gerollt hat. Jetzt, im hohen Seemannsalter, kann er dies und das nicht mehr bewegen. Trotz der vielen Portionen Rizinusöl geht nichts mehr klar. Richie, der beste Seemann an Bord, versteckt seine Wehwehchen. Hat er nicht viele Kapitäne mit Rheuma überlebt? Eggers überlebt er auch noch. Steife Knochen? Quälende Schmerzen? Bei ihm? Gibt's nicht! Er wird gebraucht mit seiner Erfahrung. Ersatz gibt es keinen.

Eggers winkt den Steward heran. „Alois, bring uns zwei Gläser Sekt!"

„Sofort, Käpt'n." Mit fröhlicher Miene und einer devoten Verbeugung eilt Alois Daiser zum Kartenhaus, wo seine improvisierte Bar aufgebaut ist. Diebitsch mustert ihn von oben bis unten. Es ist ganz offensichtlich, dass er schwul ist. Auch das noch!, seufzt er stumm. Außerdem ist er darüber verwundert, dass Eggers ihn duzt. Ein Kapitän hat seine Untergebenen nicht zu duzen. Das ist gegen alle Vorschrift und Tradition. So etwas wird es unter seiner Schiffsführung nicht geben.

Kurz darauf ist Alois wieder zur Stelle. Mit beiden Händen nimmt Eggers vorsichtig eines der Gläser vom Tablett und reicht es Diebitsch. Dieser blickt verwundert. Eggers klärt sein Gegenüber auf: „Ich kann das Glas mit meinen Fingern nicht mehr richtig greifen. Auf eine glückliche Fahrt und eine gesunde Heimkehr in Gottes Namen!" Eggers' Blick ist auf die Planken gerichtet. Er denkt im selben Moment an seinen Bericht an Kapitän Dominik, das durchgerostete Stahldeck unter seinen Füßen und überlegt, wie lange das wohl noch gut gehen wird. Im Grunde genommen dürfte das Schiff in diesem maroden Zustand nicht auslaufen …

„… eine gesunde Heimkehr", erwidert Diebitsch halbherzig. Insgeheim empfindet er es als einen Affront, dass Eggers, trotz seines Rheumas, als Supercargo bis England mitreisen wird. Als „SC" ist Eggers als ein zur Besatzung gehörender Experte anzusehen, der die Interessen der Reederei Zerssen, in deren Auftrag die *Pamir* Gerste von Buenos Aires nach Hamburg bringen soll, wahrzunehmen hat.

In der Mitte des Hochdecks, querab Großmast steuerbord, steht ein Dutzend Herren im Kreis, etliche davon in dunklen Anzügen, die locker miteinander plaudern: Werftbesitzer, altgediente Kapitäne, Honoratioren der Stadt Hamburg, Vorstand und Reeder der Stiftung *Pamir* und *Passat*.

Ein einflussreicher Reeder aus Hamburg öffnet den Kreis und lässt Eggers wie Diebitsch hineintreten. Es ist Harald Schuldt, der Vorstand der Korrespondentreederei Zerssen. Schuldt blickt hoch zur Großroyalrah. Dann hebt er sein Glas und dröhnt: „Was sagen Sie, Eggers? Der unstetige Rasmus hat doch selbst Schuld, wenn die Reeder ihm heutzutage keine Fracht mehr anvertrauen!"

Mit Rasmus meint er den Windgott, dem man von jeher einen Schluck vom Hochprozentigen opfert, indem man ihn ins Segel kippt, damit er mit gutem Wind eine schnelle Reise garantieren möge.

Eggers kontert geschickt: „Das kommt nur daher, weil die Crews auf Anordnung der Reeder heutzutage trocken segeln müssen!"

Schallendes Gelächter ist das Honorar für Eggers' treffende Antwort. Das lenkt ab von den Bedenken des Reedereikonsortiums, das große finanzielle Sorgen plagt. Für die Hinfahrt nach Buenos Aires war erneut keine geeignete Ladung aufzutreiben. Die bittere Konsequenz daraus: wiederum Verluste, da die Bark mit Ballastwasser und 1000 Tonnen wertlosem Sand im Bauch nach Argentinien segeln muss.

Schuldt suggestiv: „Kapitän Diebitsch, unter Ballast werden Sie doch sicher eine schnelle Reise nach Buenos Aires hinbekommen!"

Diebitsch' Erwiderung ist eingeübt: „Herr Schuldt, ich mache die Reise nicht um des sportlichen Ehrgeizes willen, sondern um eine gesunde und glückliche Heimkehr der *Pamir* zu gewährleisten."

Harald Schuldt im schwarzen Anzug lächelt und erwidert süffisant: „Davon gehen wir alle aus. Leider muss meine Reederei auch rechnen. Jeder Tag und jede Tonne Fracht zählt, da wir nur auf diese Weise das finanzielle Defizit der *Pamir* mindern können. Es sollte Ihnen gelingen, beides in Einklang zu bringen."

Diebitsch reagiert bewusst wirklichkeitsfern: „Hat für Sie nicht die Ausbildung der Kadetten Vorrang?"

„Klar! Darauf wird es ankommen. Eine seemännisch gut geführte und eingeschworene Mannschaft war schon immer der Garant für eine schnelle und sichere Passage." Ohne eine Antwort abzuwarten, wendet sich Schuldt an einen Reeder, der ihm gegenübersteht: „Emil, was machen wir diesmal mit dem Tieftank?"

Ein anderer Kapitän in dem erlauchten Kreis, Fritz Dominik, sucht beim Stichwort Tieftank mit Sorgenfalten auf der Stirn den Blickkontakt zu Eggers. Beide erinnern sich im selben Moment an die letzte Reise, als die *Pamir* in Antwerpen rund 12000 Fässer Methylalkohol für Montevideo gebunkert hatte. Nachdem der Segler Antwerpen verlassen hatte, geriet Kapitän Eggers in einen starken Südweststurm. Er spürte schon bei den ersten Wellen, dass die Stabilität der *Pamir* schlecht war, was er auf das geringe Ladegewicht von nur 2500 Tonnen zurückführte. Die sofortige Rollperiodenmessung bestätigte seinen Verdacht. Dabei krängt ein Schiff rhythmisch um seine Längsachse, erst zur einen, dann zur anderen Seite – in gleicher Weise wie bei einem Pendel. Rollbewegungen können durch verschiedene Einflüsse ausgelöst und verstärkt werden, in der Hauptsache aber durch Einwirkung der Wellen. Jedenfalls war die Rollbewegung der *Pamir* mit ihrer Fassladung miserabel. Die Schlagseite war zu groß und die Bark drehte viel zu langsam zurück. Die gestoppte Zeit lag bei über zwanzig Sekunden.

Eggers handelte sofort. Er ließ die Royalrahen herunternehmen, um die Toplastigkeit zu vermindern. Doch auch bei der anfänglich harmlosen Windstärke von drei bis vier krängte die *Pamir* immer noch fast 15 Grad über. Das reichte Eggers. Ohne Rücksprache mit der Reederei ließ er halsen, ging auf Gegenkurs und steuerte Falmouth an. In der Reederei mag manch einer über diese Selbstherrlichkeit geschäumt haben. Jedenfalls musste Dominik daraufhin von Hamburg nach Falmouth fliegen, um sich mit dem britischen Stabilitätsexperten Dr. Noble über die möglichen Ursachen zu beraten. Die errechnete Rollbewegung von 24 Sekunden bewies den desolaten Ladungszustand der *Pamir* und zwang sie zu Konsequenzen. Dominik und Eggers schritten zur Tat. Da der Ballasttank mit Methylalkoholfässern beladen war, konnte der Tieftank nicht zur Verbesserung der Stabilität geflutet werden. Um ihn fluten zu können, wurden 3000 Fässer gelöscht. Nach dem Verschließen der nun leeren Tanks konnten 1700 Fässer wieder gestaut werden. Der Rest blieb an Land. Als der Ballasttank mit 760 Tonnen Seewasser geflutet war, ergab die erneute Messung der Rollperiode zwar einen verbesserten, doch keineswegs guten Wert von 16,5 Sekunden. Eggers und Dominik hatten richtig gehandelt. Das Problem war behoben und die Segeleigenschaften der *Pamir* waren wieder hervorragend.

Der Reeder Emil, von Schuldt direkt angesprochen, macht eine überlegene Miene. Er versteht etwas von Rahseglern und ihren Stabilitätsproblemen, obwohl er selbst nie zur See gefahren ist. „Gerste hat ein höheres spezifisches Gewicht als Methylalkohol. Außerdem fasst der Bauch der *Pamir* rund 4300 Tonnen Gerste. Das Füllen des Tieftanks mit Gerste dürfte daher kein Problem sein."

„Emil, das hört sich gut an."

Ein anderer Stiftungsreeder wendet sich an Diebitsch: „Käpt'n, Sie segeln zwar zur besten Jahreszeit nach Buenos Aires, doch wir hoffen, Sie haben früher ausreichend Schlechtwettererfahrung auf dem Segelschulschiff *Deutschland* hinter sich gebracht! Wann war das eigentlich?"

Diebitsch reagiert indigniert: „Habe oft genug schlechtes Wetter erlebt, um mir eine Vorstellung vom schlechtesten machen zu können. Und das sowohl auf der *Deutschland* als auch auf der *Xarifa*. Nach Möglichkeit werde ich aber jedem schweren Sturm ausweichen. Die Sicherheit von Schiff und Besatzung ist mir das Wichtigste! Außerdem kenne ich meinen Schubart in- und auswendig!" Der von Diebitsch zitierte Schubart ist Autor des Standardwerkes der Orkankunde.

Schuldt reflektiert: „Der gute alte Schubart. Sehr löblich, damit sind Sie ja bestens gerüstet. So besehen können Sie in Buenos Aires auch den Tieftank getrost mit Gerste füllen."

Die anwesenden Reeder der Stiftung *Pamir* und *Passat* unterstreichen ihren lebhaften Zuspruch durch eifriges Kopfnicken. Sie sehen es gern so. Manch einer rechnet nur noch die Kosten und sieht in der Stiftung ein Fass ohne Boden.

Ein weiterer Kapitän in der Runde raunt seinem Nachbarn zu: „*Xarifa*? Ist das nicht die Segeljacht von diesem Tiefseetaucher Hass?"

Der Angesprochene flüstert zurück: „Ja! Eine Segeljacht. Kein Vergleich zur *Pamir*!"

„Und Schubarts Orkankunde hilft nur in der Theorie, aber kaum in der Praxis. Mein Gott, wem haben sie da nur das Kommando übertragen …"

„Es liegt am verdammten Krieg. Die Kontinuität ist dahin. Es mangelt an allen Ecken an erfahrenen Kapitänen und nautischen Offizieren."

Eggers bemerkt währenddessen Rolf-Dieter Köhler. Der große, schlanke, doch stämmig wirkende Mann von 29 Jahren betritt das Hochdeck. Erst im Mai des vergangenen Jahres hatte der Dresdner auf der *Pamir* als Zweiter Offizier angemustert und unter Eggers die Reise nach Montevideo mitgemacht. Davor war er nur auf Küstenmotorschiffen gefahren. Von einem erfahrenen „Tiefwassermann" ist er noch weit entfernt …

Schon steuert Eggers auf Köhler zu. Er zieht ihn zum Kartenhaus. Seine Stimme klingt beschwörend: „Der neue Käpt'n ist unsicher. Tu dich mit de Lütt zusammen! Der hat hier an Bord die meiste Erfahrung."

Köhler fühlt schon seit Tagen, dass die kommende Reise zum Prüfstein seiner Qualitäten werden wird.

„Die Last der Verantwortung wird auf deinen Schultern liegen!"

Auf einmal bricht es aus Köhler heraus: „Käpt'n, Ihre Einschätzung bekam ich heute schon bestätigt. Der ganzen Stammbesatzung fehlt das Vertrauen in den Neuen. Wer hat ihn nur zu Ihrem Nachfolger auserkoren?"

„Das entzieht sich meiner Kenntnis. Aber die Wahrheit ist: Sie haben keine Auswahl, und außerdem ist seine Berufung ein Politikum."

Am Großmast blickt Schuldt auffällig lange auf seine Armbanduhr. Eggers bricht das Gespräch mit Köhler ab. Die Besucher bewegen sich zur Gangway. Morgen, wenn die *Pamir* ablegen wird, werden viele von ihnen wieder auf dem Pier stehen. Eggers, die englischen Gäste und die Damen suchen ihre Kabinen auf.

Bevor Fritz Dominik die *Pamir* verlässt, nimmt er Diebitsch zur Seite. Er ist gereizt: „Ich bin immer aufrichtig und ehrlich zu Ihnen gewesen."

Diebitsch schürzt die Lippen und weicht dem Blick des Inspektors aus. „Das hoffe ich doch“, erwidert er unsicher.

„Einige von denen, die heute da waren, trauen Ihnen wenig zu. Sie sollten alle Lügen strafen.“

„Die Herren sitzen in ihren warmen Büros, telefonieren und schicken sich Telegramme hin und her.“

„In manchen Telegrammen heißt es, dass der Klabautermann schon hinter dem Großmast steht.“

„Ich werde ihn verscheuchen. Doch glauben Sie mir, in Wahrheit denken die Herren nur an ihre Frachtraten und an den Profit, den ich mit dieser unerfahrenen Besatzung heraussegeln soll. Ich habe aber in erster Linie die Mannschaften auszubilden. Kosten und Zeitverlust sind mir daher egal.“

„Sie haben aber den Befehl über ein frachtfahrendes Segelschulschiff! Sie können daher den Aspekt der Wirtschaftlichkeit nicht einfach ausblenden. Ohne die Stiftung wären die *Pamir* und die *Passat* doch schon längst abgewrackt.“

Diebitsch’ Antwort ist hart und präzise: „Ich darf Sie an die Worte unseres Bundespräsidenten erinnern, als er bei der ersten Probefahrt hier an Bord zugegen war: Menschen auszubilden ist wichtiger, als Arbeitsplätze anzuheuern …!“

„Heuss sprach damals auch nur über die glänzende Seite der Medaille.“

Diebitsch lenkt ein: „Herr Dominik, ich habe Sie verstanden. Danke für Ihre Offenheit. Die Mannschaft wird den Rost in den Laderäumen rausklopfen und trotzdem eine gute Ausbildung erhalten. Ich werde die Skeptiker Lügen strafen!“

Dominik lächelt das erste Mal, seit er an Bord der *Pamir* weilt. „Im Übrigen bekommen Sie zur Verstärkung ab Portsmouth noch einen überzähligen Ersten. Kapitän Alfred Schmidt!“

„Wie bitte?“

Doch Dominik lässt sich auf keine Diskussion ein, sondern blickt auf die Uhr. Es wird Zeit! „Hier meine Anweisung zum Ladebericht. Die Rollperiode ist mit 17,8 Sekunden zu lang. Sie sollten den Sandballast aus dem Zwischendeck in den Unterraum trimmen!“ Dann wendet er sich ab und eilt zur Gangway.

Diebitsch schluckt die Kröte. Kurz darauf kocht Zorn in ihm hoch. „Ich brauche keinen Buchautor an Bord! Ich brauche einen fähigen Offizier!“

Wie kann die Stiftung nur so eine Entscheidung fällen? Hat Dominik im Frühjahr nicht selbst erzählt, welch finanzieller Flurschaden der Stiftung durch Gerüchte und Zeitungsartikel entstanden ist? Die Streichung des Zuschusses durch Bremen gründete auf der Meinung, dass der seemännische Nachwuchs auf der *Pamir* und der *Passat* nichts Vernünftiges lernen würde außer Rostklopfen … Schmidt plaudert außerdem schon seit Jahren unentwegt darüber, dass er gern ein neues *Pamir*-Buch schreiben möchte. Diebitsch denkt an die rostigen Bordinnenwände. Einen Schreiberling an Bord kann sich die Stiftung seiner Auffassung nach auf dieser Fahrt überhaupt nicht leisten. So einer verqueren Entscheidung muss widersprochen werden. Er nimmt sich vor, in aller Frühe Dominik anzurufen, um ihn auf die drohende publizistische Gefahr hinzuweisen.

VIERTES KAPITEL

Samstag, 1. Juni 1957

Wecken. 6.30 Uhr. Joe und seine Freunde pellen sich aus ihren Hängematten. Das schrille Pfeifen und die prompt einsetzende Hektik bilden einen perfekten Zusammenklang von Fernweh und vorwärtsdrängender Begeisterung. Noch verschwenden die jungen Kerle keinen Gedanken daran, welche Härte sie da draußen erwartet: jene der See, die unerbittlich zuschlagen kann, und jene der Menschen, denen sie an Bord nicht ausweichen können.

6.35 Uhr. Hängemattenmusterung. Danach heißt es „Reinschiff". Joe betritt das Deck, blinzelt müde in die Morgendämmerung. Der Respektlose friert, stolpert plötzlich wie ein Betrunkener über einen Haufen Werg und fällt zwischen Farbtöpfe, die jemand auf den feuchten Planken gestapelt hat. Jahrhunderte hindurch müssen Seemänner morgens derart an Deck gestolpert sein.

„Im Katechismus der Seemannschaft steht nichts von unkontrolliertem Hinfallen!" Ein frischer und gut aufgelegter Buschmann blickt vom Laufsteg, der das Hochdeck mit dem Poop verbindet, auf ihn herab.

„Aber vom Aufklaren des Decks vor dem Sonnenuntergang!", versetzt Joe. Jetzt erst bemerkt er, dass der Schiffsarzt mit einer Filmkamera auf ihn zielt. „Was soll das denn?"

Der 38-jährige Dr. med. Heinz Ruppert aus Kaiserslautern verschwindet in seinem Lazarett.

Volker, Matrose in der gleichen Wache, erklärt höhnisch: „Der Doktor will während der Reise einen Dokumentarfilm drehen. Geplanter Titel: ‚Schiffe von gestern – Kapitäne von morgen'. Jetzt bist du sein Statist. Ein Spezialist für Stolperszenen. Darauf kannst du stolz sein. Wenn er die Wackelbilder verkaufen kann, dann wirst du berühmt wie Dick und Doof!"

„Was für ein Glücksfall!"

„Bild dir nichts ein! Der Stolperer war ja nun wirklich nichts Filmreifes."

„Vielleicht will der Doktor gern den Fußtritt eines Schiffsjungen in den Hintern eines Matrosen filmen! Halte dich für die Szene bereit!"

Joes Antwort ist ein Affront. Der Matrose Volker merkt es sich.

Die Bordroutine beginnt zu greifen …

7.20 Uhr: Aufklaren, Frühstück.

7.40 Uhr: Backen hochschlagen, fegen, klarmachen zur Musterung.

7.50 Uhr: Antreten zur Musterung.

8.00 Uhr: Flaggenparade, Wachwechsel, Backschafter zum Dienst.

Zur selben Stunde befällt Fieber die Bark. Die Symptome sind bei allen Männern die gleichen: akute Nervosität, aufgeregte Eile, laute Zurufe …

Diebitsch steigt mit Eggers das Hochdeck des P-Liners empor. Die Gäste zieht er wie eine Schleppe hinter sich her. Die Brust aufgepumpt, das Kinn eckig wie ein Ziegelstein. Seine neue Uniform hebt sich deutlich von der ab, die Eggers trägt. Das großartige Gefühl der Macht kriecht in ihm hoch. Mit steinernem Gesicht zeigt er sie.

„Es wird ernst!" Manni sagt es zu Tom. Der gibt es weiter. Die komplette Freiwache verzichtet auf ihre Pause. 86 Seeleute bevölkern das Ober- und Hochdeck. Am Pier des Kuhwerder Hafens drängen sich Angehörige und Neugierige.

10.15 Uhr! Die Leinen werden losgeworfen. Die *Pamir* ist bereit für ein erneutes Rendezvous mit dem Ozean. Sie löst sich vom Festland, wird zu einer schwimmenden Insel. Eine Welt für sich, regiert von einem unangefochtenen Kapitän, dem nur noch der Herrgott über die Schulter blickt. Was er sagt, ist Gesetz. Unter seinem Kommando, mit seinem Wissen und seiner Erfahrung soll sich der Viermaster seinen Weg über die See bahnen, dem Sturm die Stirn bieten, soll die Besatzung das Steuer und die Segel meisterhaft führen und das Schiff sicher über die Meere bringen.

Die Schlepper *Bugsier 7* und *Fairplay XIV* übernehmen die Trossen, drehen die Viermastbark und ziehen sie in das Fahrwasser der Elbe.

Auf dem Hochdeck sitzen die Uniformjacken der Offiziere tadellos und die Hosen besonders stramm. Diebitsch überwacht das Geschehen mittschiffs vom erhöhten Kompassstand herab.

Die beiden Damen halten mit Lavendel bespritzte Spitzentaschentücher in ihren Händen. Eggers steht neben dem Ruder, unterhält sich scheinbar sorglos mit den alten Unteroffizieren über den tückischen Charakter der Elbe, ihre Sandbänke und Tide.

Querab der Landungsbrücken hört die Besatzung den Jubel der Menschenmenge. Auch Auguste ist darunter. Johannes kann sie nicht ausmachen. Ihre Tränen auch nicht. Matrosen und Kadetten schwenken als Antwort ihre Mützen. Rasch geht es die Elbe abwärts. Der Kuhwerder Hafen einschließlich der Werften verschwindet im milchigen Licht.

Die *Pamir* liegt etwas hoch im Wasser, da sie nur mit Sandballast ihre Reise nach Südamerika antritt. Kein idealer Anblick. Unverständlich nur, dass ein Frachtsegler von Hamburg unbeladen auf eine weite Reise gehen muss. Reeder und Stiftung haben es nicht geschafft, geeignete Fracht aufzutreiben. Den Menschen am Ufer ist das egal. Sie begeistern sich an der Silhouette eines der letzten großen Rahsegler.

Joe und Jens haben die Back auf der Steuerbordseite erklommen, um den Blick auf das Elbufer und die Chaussee zu genießen. Menschen säumen die Ufer, und Fahrzeuge scheinen die *Pamir* die Elbe entlang begleiten zu wollen. Joe winkt Henry und Tom auf die Back. Sie nähern sich Blankenese. Drüben liegt die Schiffsjungenschule. Dort hallt ein Ruf durch die Gänge: „Die *Pamir*!" Der Nachwuchs an Land lässt alles liegen und eilt ins Freie. Der Hauch des uralten Geschehens weht ihn an. Am liebsten hinüber und fort, fort, fort … Sehnsüchte, Träume fressen sich ins Gemüt der jungen Seelen, verstärkt durch den Anblick der vier turmhohen Masten.

Als die Bark querab liegt, lässt der Erste die Flagge dippen, den Flaggengruß ausführen. Drei kräftige „Hurras" der Besatzung schallen hinüber. Ein großartiger Moment hüben wie drüben.

„Willkommhöft querab", plärrt der Erste kurze Zeit später.

„Der beste Ort der Welt, um schick Kaffee zu trinken", sagt der Doktor.

Am Elbufer, auf dem Dampfersteg und der Terrasse von „Behnkes Café" drängen sich die Menschen, die der *Pamir* unentwegt zujubeln. Über einen Lautsprecher ertönen die Nationalhymne und technische Daten der auslaufenden *Pamir*. Währenddessen senkt sich die Hamburger Flagge am vierzig Meter hohen Mast der Schiffsbegrüßungsanlage zum Gruß, und das internationale Signal für „Gute Reise" wird aufgezogen.

„Flagge dippen!", kommandiert der Erste.

Henry blickt angestrengt hinüber: „Meine Eltern stehen da drüben." Er winkt wie wild, in der Hoffnung, von ihnen erkannt zu werden.

Auf der Höhe Stader Sand kommen zwei Herren vom Hydrografischen Institut längsseits, um den Peilkompass zu überprüfen. Danach werfen die Hafenschlepper die Trossen los. *Bugsier 7* wird durch den Hochseeschlepper *Bugsier 15* ausgetauscht und die Ausreise über Feuerschiff *Elbe 1* fortgesetzt.

Die erste Nacht bricht an. Diebitsch schreitet über das Hochdeck wie ein viktorianischer Gentleman. Sein Blick ruht wohlgefällig auf dem, was sich vor seinen Augen tut, und seine Ohren lauschen den Anstrengungen an Fallen und Schoten. Die Abendwache ist gerade dabei, diese steif durchzusetzen. Diese abendliche Übung nennt man stritschen, und sie dient dazu, das langsame Ausrecken des Tauwerks zu verhindern. Ein messbarer Erfolg ist kaum auszumachen, dafür lernen die Kadetten sehr schnell mit viel rhythmischem Geschrei so zu tun, als ob sie Schwerstarbeit verrichten würden.

Diebitsch wandert über die Laufbrücke vor zur Back. Sein Blick bleibt an der gewienerten Schiffsglocke hängen. Im Licht der sinkenden Sonne glänzt sie wie Gold. Seine Hand berührt das kalte Metall.

Richie staunt, als er die Worte seines Kapitäns vernimmt: „Ich habe sie schon vor vierzig Jahren berührt. Ob damals oder heute, es ist immer Jetzt!"

Sonntag, 2. Juni 1957

Morgens 7.00 Uhr, Seemannssonntag. Die Pamir gleitet mit Schlepperhilfe in die Deutsche Bucht. „Reise reise, aufstehen!", tönt es plötzlich von achtern. Fünf Minuten später tritt die Mannschaft zur Hängemattenmusterung auf dem Achterdeck an.

Um 7.20 Uhr stellt Manfred in der Kadettenmesse die wichtigste Frage zum Sonntag: „Was gibt es zum Frühstück?" Das Thema Nummer eins an Bord lässt keinen kalt.

„Kümmere dich", erwidert Super-Tom prompt.

Joe schlägt mit der flachen Hand auf den Tisch: „Kommt schon! Fassen wir an!"

Ein Blick zu Jens genügt, und er schließt sich an. Da das Kiezrudel in der Mannschaftsmesse frühstückt, muss auf langen Servierbrettern das Frühstück mittschiffs aus der Kombüse geholt werden. Und das möglichst für die ganze Freiwache, rund 27 Mann. Danach ist man immer gut über das informiert, was die Küche den Tag über sonst noch liefert.

Einer von denen, die den Inhalt des Themas bestimmen, ist groß, schlank, hat blondes Haar mit einem Rotstich darin und ist einziger Bartträger an Bord: Kuddel, der Kochsmaat. Er zeigt an allem Interesse, bis hin zum Kadettenunterricht. Einer, der aus freien Stücken gern auch mit in den Mast geht und am laufenden Gut, dank seiner Körperkraft, bei jedem Manöver eine echte Hilfe ist. Kuddel ist beliebt und bei allen akzeptiert.

Joe und der Kochsmaat verstehen sich auf Anhieb. Auf die Servierbretter werden Kannen mit Kaffee, Tee, Kakao und Milchsuppe gestellt, dazu zwei Eier pro Nase und zwei Brötchen, frisch gebacken. Obendrein die tägliche Ration für jedermann: Butter, Marmelade, Honig, Käse, Corned Beef und 600 Gramm Mischbrot. Dazu gibt es „Albert-Ballin-Gedächtniswurst", eine Art Dauerwurst. Albert Ballin war der Reeder des Kaisers, der Gebieter über ein Handelsschiffimperium wurde.

Die sonntägliche Morgenstimmung in der Kadettenmesse ist ausgelassen. Kleine Grüppchen, die sich vor dem Auslaufen zusammengefunden haben, mischen sich nun an Tischen und Bänken. Plötzlich steht der Leichtmatrose Helmut in der Messe. Sein Habichtsblick kreist um die Tische. Dann macht er einen Vorschlag: „He Jungs, lasst uns einen Sweepstake auflegen!"

Tom ruft vorwitzig: „Erklär uns die Schweinerei!"

Helmut missbilligt insgeheim Toms Ton. Das hat sich ein Schiffsjunge gegenüber einem Leichtmatrosen nicht herauszunehmen. Er fixiert Tom für einen Moment, um sich sein Gesicht einzuprägen. „Jeder schätzt die Reisedauer nach Buenos Aires. Der Einsatz ist fünfzig Pfennig. Wer die tatsächliche Reisedauer am besten schätzt, bekommt den gesamten Topf."

Am Ende machen alle Kadetten mit. Helmut holt den Topf und die Liste. Die Matrosen haben ihren Einsatz schon geleistet und ihren Tipp mit Tag und Stunde in die Liste eingetragen. Der geschätzte Zeitraum liegt zwischen vierzig und sechzig Tagen.

Manni pinnt seine Atlantikkarte an das Schwarze Brett. Auf ihr werden zur Kontrolle der Kurs, der Tag und die versegelte Strecke eingetragen. Er tippt auf 44, Joe auf 51, Henry auf 48, Tom auf 50 und Jens auf 54 Tage.

Der Leichtmatrose blickt auf die Uhr. „Backen hochschlagen! Fertig machen zur Wachablösung!" Dann gibt er dem vorwitzigen Tom lächelnd Anweisung: „Der Kochsmaat benötigt Unterstützung beim Kartoffelschälen. Schiffsjunge Tom: ab in die Kombüse!"

Um die Mittagszeit, querab *Elbe 2*, ist der Auftrag des Schleppers *Bugsier 15* ebenfalls beendet. Was kommt, ist für alle enttäuschend, denn es herrscht Totenflaute. Sie gestattet keinerlei Segelmanöver. Die See wirkt ölig glatt. Rumpf und Masten spiegeln sich dafür in reinstem Blau. Doch in der Welt der Viermastbarken hat sich Gravierendes geändert. Der Hilfsmotor im Bauch der *Pamir* ist der Beweis dafür. Angetrieben durch einen

Sechszylinder-Dieselmotor schafft sie bei guten Bedingungen vier bis sechs Knoten die Stunde. Durch den nachträglichen Einbau mutierte das reine Segelschiff allerdings zu einem „Auxiliarsegler“, die Bezeichnung für die Kombination von Segel und Hilfsmotor.

Oldsails, der alte Segelmacher, steht mit Hermann, dem Zimmermann, an der Steuerbordreling und schlürft seinen Kaffee. Hermann ist nicht nur Hüter der ungeschriebenen Gesetze, sondern auch der Spökenkieker an Bord. Das kommt daher, weil man ihm eine besondere Fähigkeit zur Zukunftsvorhersage nachsagt.

Die Untätigkeit zerrt an den Nerven. Oldsails spuckt in die See und kratzt sich am Kinn: „Ein Hilfsmotor im Windjammer verdirbt die Mannschaft. Null Manöver. Dafür vermehrt Gammelstunden.“

Spökenkieker sieht ihn eine Weile an. „Ja“, sagt er dann, „vermutlich. Es wurde sowieso viel zu viel an ihr herumgebastelt.“

„Die Umbauten gehen doch in Ordnung“, meint Oldsails.

„Das tut einem Schiff selten gut. Erinnerst du dich an 1952, als die *Pamir* wieder unter deutscher Flagge fuhr?“

„Klar doch!“

„Paul Greiff war der erste deutsche Kapitän auf ihr nach dem Krieg. Damals sind wir auch unter Motor hinaus auf die Nordsee geschippert. Auf dem Atlantik verloren wir dann beide Flügel der Antriebsschraube. Ich hab’s damals geahnt.“

Oldsails nickt. „Waren unmittelbar an der Nabe abgebrochen. Ein Materialfehler, wie sich herausstellte.“

„Das Schiff hat sich schon damals dagegen gesträubt“, stellt Spökenkieker lakonisch fest. Nach einer Pause fügt er hinzu: „Was ich damals für viel gravierender gehalten habe, war der Riss in der Außenhaut. Das macht mir heute noch ein ungutes Gefühl, wenn ich daran denke.“

„An den Riss kann ich mich auch noch erinnern. Wir konnten ihn durch einen Zementkasten abdichten. Nach der Rückkehr gab’s in Bremen eine Untersuchung. Schweißspannung war die Ursache. Darüber hat man an den Stammtischen heiß diskutiert.“

„Was gab’s da zu diskutieren?“

„Die Außenhaut unserer *Pamir* ist genietet. Damals, bei der Erneuerung von Außenhautplatten, hatte man diese aber geschweißt.“

„Ist das verboten?“

„Es gibt Schiffsbauer, die halten nichts davon, beide Verfahren miteinander zu kombinieren. Sie befürchten Spannungen. Zwar kombiniert man schon mal beide Verfahren. Aber nie bei der Anbringung von Außenhautplatten."

„Haben sie das an den anderen Stellen wieder rückgängig gemacht?"

„Nicht dass ich wüsste."

„Mal ehrlich: Segeln wir etwa mit Rissen in der Außenhaut?"

„Vielleicht, vielleicht auch nicht", erwidert Oldsails ausweichend.

Spökenkieker schließt für einen Moment die Augen. Dann sagt er: „Ein schrecklicher Irrtum, das mit den Platten. Schwachstellen der Außenhaut gibt es demnach mit Sicherheit."

Oldsails erwidert nichts darauf. Etwas später dreht er sich um und versichert sich, dass niemand ihn hören kann: „Sag mal, was hältst du eigentlich von unserem Ersten?"

„Köhler? Der Lavendel-Leutnant geht mir auf den Sack! Unter Eggers war's noch in Ordnung. Aber diesmal haben wir einen Kapitän, der noch nie auf einem P-Liner das Kommando hatte und vor Jahrzehnten Kadetten über die Planken der *Deutschland* scheuchte. Dieser Schulschiffkäpt'n hat keine Erfahrung und der Erste hat's noch nicht drauf. Das macht mir Sorgen."

Montag, 3. Juni, im Kanal

Die Offiziersmesse füllt sich. Zu Eggers' Abschied und als freundschaftliche Geste gegenüber den mitgereisten Gästen lädt Diebitsch zum Captain's Dinner. Nach Mitternacht sitzen nur noch zwei am Tisch: Eggers und Diebitsch. Sie wechseln mit einer Flasche Wein in den Salon. Die Zigarren qualmen.

Eggers blinzelt durch den Dunst. Es geht um den Offiziersnachwuchs auf *Pamir* und *Passat*. „Ich habe bemerkt, dass Ihnen unser Schmidt Sorgen macht."

„Das kann man wohl sagen."

„Seine Auswahl ist für mich der Beweis für die Richtigkeit meiner Analyse", sagt Eggers. „Im Vertrauen: Die Stiftung hat keinen einzigen Patentinhaber, dem die Qualifikation zum Erzieher und Ausbilder zugesprochen werden kann. Sie, Herr Diebitsch, sind eine rühmliche Ausnahme. Schmidt dagegen ist ein Notnagel, ein fauler Kompromiss gegenüber Ihren berechtigten Forderungen."

„Das hilft mir wenig."

„Die Stiftung ist aber im Moment froh, wenn sie überhaupt irgendwelche Patentinhaber an Bord schicken kann, damit die Schiffe fahren können."

„Das verstehe ich nicht. Die Großreedereien haben doch in ausreichender Zahl befähigte Offiziere. Warum gelingt es der Stiftung nicht, sie auf die Segler zu verpflichten?“

„Das Geschwafel, dass Erziehung und Ausbildung am besten auf Segelschulschiffen klappt, nimmt uns doch kaum noch jemand ab. Die jungen Leute sehen in der Verkürzung der Beförderungszeiten oft das Hauptmotiv, sich für Fahrten auf *Pamir* und *Passat* zu bewerben. Doch in ihrem Herzen wollen alle so schnell wie möglich auf neuen Dampfern ihre Ausbildung fortsetzen. Das gilt verstärkt für unsere Offiziere.“

„Wie steht es nach Ihrer Kenntnis mit den Offizieren, die im Einsatz sind?“

„Das ist heikel. Die Frage sollten Sie Dominik direkt stellen.“

Johannes beißt sich fest: „Was ist heikel?“

„Nach meinem Kenntnisstand wird stark abgemustert.“

„Wann und wo?“

„Nach Ihrer Reise!“

„Das wissen Sie heute schon?“

„Ich bin Stammkapitän auf diesem Schiff. Ich muss das wissen. Es reicht nicht mehr, auf das Meer zu blicken und mit den Ohren dem Sturm zu lauschen. Heute muss man mindestens eines davon an Land lassen.“

Diebitsch lacht. Plötzlich wirkt Eggers auf ihn sympathisch.

„Andere Frage: Was haben Sie eigentlich gegen unseren Schmidt?“

„Es geht um viel Geld“, erwidert Diebitsch. „Geld, das der Stiftung verloren gehen wird, sollte Schmidt alles das, was sich an Bord abspielen wird, niederschreiben und veröffentlichen.“

„Jetzt verstehe ich. Ich denke, es gibt für dieses Problem eine Lösung. Schmidt hat doch keine Ahnung vom Ausbildungswesen. Sie sollten ihn aus diesem Grund ablehnen und in Portsmouth zurücklassen. Sie dürfen mich ruhig zitieren, wenn es um die Eignung von Schmidt geht.“

Diebitsch überlegt: „Mich wundert nur eines: Dominik ist weder blind noch taub. Der müsste das doch längst wissen. Aber Schmidt zurücklassen? Das steht nicht in meiner Macht.“

„Dann versuchen Sie es wenigstens.“

„Sie meinen, ich könnte Dominik noch umstimmen?“

„Es ist zumindest einen Versuch wert. Dann sind Sie abgesichert, sollte er der Stiftung mit seinen geistigen Ergüssen schaden.“

„Gut, ich werde mit Ihnen morgen an Land gehen und mit Dominik telefonieren.“

Eggers lächelt. „Sie blicken drein, als stünde ein Unwetter bevor …“

Diebitsch fixiert Eggers' Augen: „Sie sollten wissen, dass ich mir keine Illusionen mache. Ich habe eine unerfahrene Mannschaft an Bord, und meine Offiziere genügen nur in begrenztem Umfang den Anforderungen einer Viermastbark. Noch ungünstiger liegen die Verhältnisse bei den Voll- und Leichtmatrosen. Obendrein habe ich widersprüchliche Order und eine Rostlaube als Schiff, das in diesem Zustand in Buenos Aires garantiert nicht mehr beladen wird. Wenn der Rumpf der *Pamir* schon derart marode ist, dann stellt sich für mich die Frage ihrer Seetauglichkeit. Daher bitte ich Sie um ein offenes Wort: Ist sie seetauglich?"

Eggers fährt sich mit der Hand mehrmals durchs Haar. „Unsere *Pamir* segelt seit mehr als fünfzig Jahren auf den Meeren. Ihr Rigg ist okay. Doch nicht von ungefähr mussten am Rumpf in den vergangenen Jahren einige rostige Platten ausgetauscht werden. Erst vor zwei Jahren haben sich wieder Rostlöcher in die Platten eingefressen, die durch Aufschweißen ausgefüllt worden sind. Und vor einem Jahr mussten bei Blohm & Voss nochmals einige Platten aus dem gleichen Grund erneuert werden."

„Wie mir Dominik sagte, haben trotz notwendiger Reparaturen der Germanische und der britische Lloyd die höchste Klassifizierung um vier Jahre verlängert."

„Was soll ich dazu sagen? Die Korrosion schreitet manchmal schneller voran, als die Tinte auf den Zertifikaten trocknet. Die Stiftung versteckt sich für mich hinter den Gutachtern beider Klassifikationsgesellschaften."

„Ihr Fazit!"

Sie sehen sich in die Augen. Eggers denkt mehr an das verrostete Hochdeck, durch das Wasser eindringt, wenn die See hoch geht, und sagt: „Ich bin froh, wenn ich diesmal in Portsmouth von Bord gehe."

Diebitsch zeigt sich betroffen. „Danke für die ehrliche Antwort!"

Sie waren sich noch nie so nah.

Fünftes Kapitel

Dienstag, 4. Juni, Spithead-Reede

Die Besatzung hat sich durch die Flaute der letzten Tage nicht deprimieren lassen. Friedlich und faul hat die Mannschaft die seltsamen, zum Segeln gänzlich ungeeigneten Tage genossen. Trotzdem gab es auf dem ölglatten Meer die ersten Seekranken.

Neben dem regelmäßigen Wachdienst und dem anlaufenden Unterricht stand die Einweisung der Kadetten in das stehende und laufende Gut auf dem Plan. Ergänzend dazu Takelarbeiten, Hilfsdienste beim Segelmacher und beim Koch und das allabendliche Deckwaschen.

Joe und seine Freunde werden heute durch Richie und von Volker, Matrose und Toppsgast der Steuerbordwache I, an der Nagelbank am Großmast eingewiesen. Eine starke Holzbohle, beidseitig der Masten fest installiert, an der rund fünfzig Leinen festgemacht werden. Alle nach einem logischen System angeordnet. Die Holzbohle ist mit Bohrungen versehen, in denen Belegnägel stecken. Mit ihnen werden die Leinen belegt. Die Bank und die Holzpflöcke sind das Manual des Seemanns.

„Wie ein perfekter Orgelspieler solltet auch ihr nie danebengreifen!“, fordert Richie. Das bedarf Zeit und Übung.

Die „unbefahrenen Schiffsjungen“ rangieren in der Bordhierarchie noch unter den Jungmännern. Richies Abstufung ist einprägsam: „Ihr müsst alles und dürft nichts! Vor allen Dingen dürft ihr bei Sturm nicht an Deck, solange euch noch keine Seebeine gewachsen sind.“

Der Blick der Unbefahrenen geht sehnsüchtig in die Takelage, doch auch dort dürfen sie noch nicht hinauf. Taue eigenhändig loswerfen schon gleich gar nicht.

Richie sagt beschwörend: „Merkt euch! Die Vielfalt der Seile ist verwirrend. Die falsche Leine gegriffen und losgeworfen kann euren Kameraden oben auf den Rahen das Leben kosten.“

„Was darf dann der Jungmann?“

Richie lakonisch: „Muss alles, darf wenig. Auch der befahrene Jungmann darf nur auf Anweisung handeln! Aber ab heute könnt ihr euch *deep water sailors,* Hochseematrosen, schimpfen!“

Das ist immerhin mehr als ein Schlickmatrose, der nur an den Küsten der Nord- und Ostsee unterwegs ist. Darunter gibt es dann nur noch die Frischwassermatrosen, jene, die auf den schmutzigen Flüssen schippern.

Richie bekommt plötzlich glänzende Augen: „Und merkt euch für den Rest des Lebens: Auf Dampfschiffen lässt sich keine richtige Seemannschaft erwerben. Mut, Entschlossenheit und Tatkraft, diese notwendigen Eigenschaften eines tüchtigen Seemanns und Offiziers, sind die Früchte einer Segelschiffs- aber niemals einer Dampferausbildung!“

Noch beherrschen Joe und seine Freunde die Segeltechnik der *Pamir* nicht, doch sie beginnen das logische Prinzip mit all ihren Spills, Winden, Winschen und Taljen zu verstehen.

Bevor die Ankerkette vor Portsmouth ausrauscht, präsentiert sich Rasmus, der Windgott, versöhnlich. Auf der Spithead-Reede, zwischen der Isle of Wight und dem Festland gelegen, frischt der Wind auf. Drei bis vier Windstärken, schätzt Eggers. Für Diebitsch die letzte Chance, um in Anwesenheit von Eggers zu überprüfen, wie eingeübt der Stamm der Mannschaft ist.

16.30 Uhr. Er wagt den Vorstoß: „Ich schlage vor, Sie führen unseren englischen Gästen ein Wendemanöver vor!"

Eggers prüft den Wind, schätzt die Abstände zur Isle of Wight an Backbord und Southsea Castle, gleich gegenüber auf dem Festland an Steuerbord. Die Prise ist für eine Wende zu schwach. Da bei diesem Manöver der Wind zeitweise genau von vorn kommt, schlagen die Segel back. Der Bug wäre kaum durch den Wind zu bringen. Die Wende würde misslingen. Erfolgversprechender ist in diesem Fall eine Halse. Das heißt, das Schiff dreht mit dem Heck durch den Wind. Außerdem kann Eggers die Halse mit einer relativ kleinen und auch untrainierten Mannschaft sicher ausführen. Eine Wende kommt unter diesen Verhältnissen für Eggers also nicht infrage. Die Nase rümpfend blickt er zweifelnd zu Diebitsch. „Eine Wende, sagten Sie? Bei diesem Wind?"

Als Diebitsch darauf nichts erwidert, entscheidet er: „Machen wir eine Halse!"

Köhler, Buschmann und einige Unteroffiziere, die sich unter diesen Bedingungen ebenso für eine Halse entschieden hätten, grinsen sich eins.

„Segel setzen!", ertönt das Kommando. Die Toppsgasten entern auf und besetzen die ihnen zugewiesenen Rahen. Ein Teil der Matrosen, Leichtmatrosen und Jungmänner, die schon ihre zweite Reise auf der *Pamir* machen, folgen ihnen.

„Rahen auf zwei Knoten vorbrassen, alle Segel los!", kommandiert Eggers.

Endlich, im Spithead beginnt für einen Teil der Mannschaft der echte Alltag auf dem großen Segler: Eine Hand für das Schiff, eine Hand für den Mann!

„Segel los!", tönt es von oben.

„Aye, aye!", antworten die Matrosen an Deck.

Die Toppsgasten werfen die Beschlagzeisinge los, mit denen die Segel auf den Rahen festgebunden sind. Joe, Manfred, Jens, Henry und Tom ziehen auf Anweisung an den Fallen der Nagelbank am Großmast. Das erste „Orgelspiel" in ihrem Leben.

Die *Pamir* breitet ihre Schwingen aus, als wollte sie zum Flug ansetzen. Zwanzig Minuten später sind 4600 Quadratmeter Tuch gesetzt. Der weiße Dom aus Segeltuch lässt die Gäste auf dem Hochdeck in Begeisterungsrufe ausbrechen. Die Pracht des Anblicks wird zum perfekten Trugbild. Schönheit, Reinheit und Weite, das Verhältnis des Menschen zur See – ein unlösbares Rätsel. Dahinter verbirgt sich in Wahrheit die Verlassenheit der Weite, die Drohung im kraftvollen Spiel der Wellen, der Tod hinter der Maske der alles zerschlagenden Orkane.

Joe beobachtet wie alle anderen Kadetten jedes einzelne Manöver. Die Stammbesatzung zeigt, was sie kann. „Stagsegel! Besan und Besan-Toppsegel wegnehmen!“ – „Großsegel aufgeien!“

Eggers gibt das Kommando zur Halse. Das Steuerrad muss herum. Der Rudergänger ist ein Kraftpaket. Ungeheuerlich drückt die See gegen das Ruder. Langsam, doch merklich dreht das Heck durch den Wind. Eggers und Diebitsch beobachten mit großer Spannung Kompass, Segel und Kielwasser.

Joe beobachtet die Jungmänner an Deck, wie sie in kleinen Gruppen auf Anweisung an den vielen Taljen zerren. Immer im gleichen Rhythmus, kommandiert von der lautesten Stimme: „A-ha, o-ho, e-he, reißt daran! Kräftig! Noch ein Pull! Und noch ein Zutsch, und noch einmal, und ein’ für ’n Käppen, und ein’ für ’n Koch. Und noch ein’ zum Belegen, und ein’ allerletzten. Wat seggt he?“

Der Wachoffizier: „Fast so!“

„Belegen! Is Fast!“

Die Halse, das erste Segelmanöver der Reise, gelingt.

„Besanschot an!“ Das berühmte Kommando erschallt mittschiffs Hochdeck. Für alle Fahrensleute klingt die Weisung wie Musik in den Ohren. Bedeutet sie doch, dass sich der „Stamm“ sein Gläschen Rum als Lohn für besondere Arbeit beim Ersten Offizier holen kann.

Nach dem Ankermanöver kommt eine Barkasse längsseits. Die Stammbesatzung, ein geübter Shantychor, intoniert zum Abschied das *Pamir*-Lied. Die Gäste verlassen die *Pamir*, Eggers auch. Offiziere salutieren, Damen reichen die Hände, die Mannschaft winkt. Diebitsch begleitet die illustre Reisegruppe an Land. Wegen Alfred Schmidt, des „Überzähligen“, ist er gereizt.

Und Eggers will er unbedingt noch sagen, dass er jetzt alles viel besser versteht …

Mittwoch, 5. Juni, Portsmouth

Dominik am Apparat!“

„Diebitsch, Portsmouth! Moin, Moin!“

„Na, den ersten Abschnitt haben Sie ja geschafft. Wie ging's?“

„Der Wind hat sich verkrochen, mit dem Motor ging's langsam. Sonst aber gut. Bis auf die geplante Einschiffung von Kapitän Schmidt.“

„Warum?“

„Muss es denn gerade dieser Schmidt sein? Ich habe da meine Bedenken.“

„Herr Diebitsch, ich verstehe Sie nicht. Sie haben eine dringende Bitte an uns herangetragen, und wir haben sie mit der Berufung von Herrn Schmidt erfüllt. Nun kommen Sie auf einmal mit Ihren Bedenken.“

Diebitsch hört ein Grollen durch den Draht. Er bleibt unbeeindruckt. „Wenn die Stiftung weitere Streichungen von Zuschüssen verkraften kann, dann lassen Sie zu, dass Herr Schmidt durch seine Veröffentlichungen die Auffassung der Bürgerschaft in Bremen bestätigt. Warum gehen Sie mit ihm ein unnötiges Abenteuer ein?“

Dominik fühlt sich getroffen. Ein gewisser Herr Bund hatte in einer Bürgerschaftssitzung Bremens behauptet, die Jungmänner auf *Pamir* und *Passat* würden nur Rostklopfen lernen. Prompt strich das Land Bremen den Zuschuss von 65 000 DM für das laufende Jahr. Dominik ist überrascht, dass Diebitsch davon genauere Kenntnis hat. Er will das „Abenteuer“ aber nicht auf sich sitzen lassen. „Hören Sie! Schmidt ist einer unserer Kapitäne. Bei unserer Berufs- und Standesehre, ich halte ihn für loyal! Eine Verunglimpfung Schmidts weise ich daher im Namen der Stiftung zurück.“

Diebitsch reagiert ruhig: „Mir geht es auch um seine schlechte Qualifikation als Ausbilder. Diese wird Schmidt auch von Eggers abgesprochen.“

Dominik platzt der Kragen: „Herr Diebitsch! Jetzt hören Sie mir gut zu! In der Frage der Personalausstattung haben wir uns speziell für Sie stark engagiert. Herr Schuldt, der Vorstand der Reederei persönlich, hat Kapitän Schmidt gebeten, sich an Bord der *Pamir* zu begeben. Und damit Sie das richtig bewerten können, möchte ich Sie an dieser Stelle davon in Kenntnis setzen, dass wir uns bei der Rekrutierung von nautischen Offizieren äußerst schwertun. Die Situation ist dramatisch: Ihr Erster, Herr Köhler, muss von Bord, weil er die Schule für sein Patent A6 besuchen will. Ihr überzähliger Zweiter, Johannes Buscher, muss zur Bundesmarine zurück. Der Zweite, Buschmann, hat bereits vor dieser Reise gekündigt und ist nur auf äußerstes Drängen für diese Reise an Bord geblieben! Wir haben sogar über eine Zeitungsannonce versucht, für Sie einen weiteren Offizier zu finden. Ohne Erfolg. Ich hoffe, Sie wissen es nun zu schätzen, wie wertvoll Kapitän Schmidt für Ihre Unterstützung ist."

Von einem Personalnotstand von diesem Ausmaß hatte Diebitsch keine Ahnung. Verunsichert durch die Offenbarung, ringt er um die richtigen Worte. Doch Dominik signalisiert ein enges Zeitfenster. Termine drängen.

Wieder an Bord, bringt Diebitsch seine Rechtfertigungen für den Anruf bei Dominik samt der Bedenken gegen Alfred Schmidt zu Papier. Den Brief schickt er am nächsten Tag ab.

Donnerstag, 6. Juni, Portsmouth

Diebitsch erwacht. Er glaubt, den Rest der Nacht hindurch schlecht geschlafen zu haben. Kein Albtraum, keine unüberwindbaren Probleme machten ihm zu schaffen. Trotzdem rast sein Puls. Er ist sich sicher, irgendwo in seinem Gehirn gibt es ein Zentrum für die Ortung gefährlicher Situationen. Lebensgefährliche hat es genug gegeben. Dieses Zentrum, so glaubt er, ist für sein Überleben in der Vergangenheit verantwortlich …

Doch diesmal mischt sich Angst mit ein. Nicht die Angst, die eine Schutzfunktion hat, nein, es ist eine bedrohliche, irgendwie vernichtende Angst. Er gesteht sich ein: Ich kann nicht mehr zurück! Ich muss die Reise durchstehen.

Etwas treibt ihn an. Unausweichlich! Etwas Zwanghaftes lässt ihn zu Papier und Tinte greifen. Danach bestellt er sich eine Barkasse. Sie steuert auf sein Geheiß Portsmouth-Harbour an.

„Ich glaube, das hat es in der Geschichte der seefahrenden Kapitäne noch nie gegeben", meint eine Angestellte des deutschen Konsulats zu Diebitsch' Hinterlegung.

Als Diebitsch das Gebäude verlässt, stellt sich bei ihm ein Hochgefühl ein. Er denkt an Auguste. Hat er doch sein Testament für sie hinterlassen können …

Freitag, 7. Juni, Spithead-Reede

Ein windstiller Tag. Über der Spithead-Reede liegt ein muffiger Geruch von Tang. Diebitsch beobachtet die Arbeiten an Deck. Die Ankerzeit wird genutzt, um ein letztes Mal Frischwasser zu übernehmen. Eine Barkasse nähert sich. Diebitsch richtet den Feldstecher auf das Boot. Ein Gefühl der Abneigung überkommt ihn, als der überzählige Erste, Alfred Schmidt, genannt Fred Schmidt, das Deck betritt. Er trägt Zivilkleidung. Diebitsch' Abneigung verstärkt sich.

Fred Schmidt, ein kleiner, unscheinbarer Mensch, Seeschriftsteller mit Kapitänspatent, hat rein äußerlich nichts von einem Seemann. Der 57-Jährige ist in seinem Leben fast ausschließlich auf Dampfern gefahren. Anfang der Fünfziger hatte er einmal unter Eggers an einer Reise auf der *Pamir* teilgenommen. Das ist seine ganze Erfahrung auf einer Viermastbark. Nun hat man ihn quasi als Verwalter angemustert, um dem Ganzen Plausibilität einzuhauchen.

Zum Abendessen erscheint Schmidt wiederum in ziviler Kleidung. Diebitsch unterbricht die Gespräche: „Meine Herren, wie Sie feststellen können, haben wir Verstärkung bekommen. Ich begrüße Kapitän Alfred Schmidt als überzähligen Ersten Offizier an Bord unserer *Pamir*. Herr Schmidt, wir haben uns darauf verständigt, dass die Offiziere zu den täglichen Mahlzeiten in Uniform erscheinen."

Schmidt ironisch: „Ich verstehe! Der Deutsche trägt wieder Uniform. Ich hoffe, ich habe nicht vergessen, meine einzupacken."

Alles lacht.

„Dann müsste ich Sie in Portsmouth zurücklassen!", erwidert Diebitsch eisig. Nach dieser Antwort ist die Stimmung am Boden. Stumm nehmen alle ihre Plätze ein. Bei Tisch informiert Diebitsch die Offizierscrew über die Aufgaben von Schmidt. „Herr Schmidt ist eine willkommene Verstärkung für einen qualitativ verbesserten Unterricht hier an Bord."

„Das gefällt mir", sagt Buschmann. Dann wendet er sich breit lächelnd an Schmidt: „Ich habe da eine Frage: Wussten Sie davon, bevor Sie an Bord kamen?"

Dieser blickt verwundert zu Diebitsch: „Ich will kein Hehl daraus machen, aber der wahre Grund meiner Anmusterung ist ein Buch, das ich über die *Pamir* schreiben will. Mein Vorhaben imponiert Herrn Direktor Schuldt, den Sie ja alle kennen."

Diebitsch widerspricht: „Meine Herren, Herr Schmidt will während seiner Reise über die heldenhaften deutschen Offizierstugenden berichten. Zweifellos ist das aber der zweite Grund für seine Mitreise!" Was ihn aber wirklich ärgert, ist Buschmanns provozierende Frage, die, so meint er, seine Autorität untergräbt. Eggers hatte ihn auf der letzten Reise aufgrund seiner hervorragenden Leistungen zum Zweiten Offizier befördert.

Ärgerlich für Diebitsch ist die Tatsache, dass er ihm nichts in den Weg legen kann, denn Buschmann verzichtet auf den Erwerb seines Kapitänspatents. Nicht ohne Grund. Gunther Buschmanns Vater ist Schiffsausrüster in Hamburg, seine Firma hat vor der Ausreise auch die *Pamir* mit allem Notwendigen versorgt. Kein Wunder, dass sich sein Vater wünscht, sein Sohn möge endlich in das stark expandierende Geschäft einsteigen. Nach dem Telefonat mit Dominik hatte Diebitsch sofort verstanden: Mit dieser väterlichen Option im Hintergrund ist sein Zweiter wirtschaftlich völlig unabhängig. Der tiefere Grund seiner Kündigung und seiner aufmüpfigen Bemerkungen …

Nach dem Essen bietet Diebitsch Cognac an, um die Situation bei Tisch zu entspannen. Er spendiert noch ein zweites Glas, ehe sie sich trennen.

Allein in seiner Kabine beginnt er zu grübeln, wie er seine Offiziere auf sein Konzept einschwören könnte. Er weiß, dass der Betrieb an Bord reformiert werden muss, schon allein um den angeschlagenen Ruf der Stiftung wiederherzustellen als Institution für die Ausbildung des seemännischen Nachwuchses. Verteufelt nur, dass die Probleme guter Ausbildung und Kosteneinsparung wie unter einem Brennglas untrennbar gebündelt sind.

Abends schreibt Diebitsch einen Brief an seine Frau. Er fügt die Abschrift seines Testaments bei. Ansonsten ein belangloser Bericht über die vergangenen Tage, in dem er seine Sorgen verschweigt. Der Lotse wird den Brief mitnehmen.

Pfingstmontag, 10. Juni, Lizard Point

Vormittags 10.00 Uhr. Gestern Morgen hat die Pamir ihren Ankerplatz mithilfe eines Lotsen verlassen. Der Kompass zeigt 210 Grad, Kurs Kanaren. Umlaufende Winde aus Nordost ermöglichen eine Weiterfahrt nur unter Segel und Maschine.

Kapitän Diebitsch erwartet auf dem Hochdeck seine vier nautischen Offiziere: Köhler und Schmidt, diesmal in Uniform, sowie Buschmann und Buscher. Die Goldstreifen am Ärmel blitzen in der Vormittagssonne. Diebitsch' Stimme dröhnt: „Meine Herren, folgen Sie mir in die Messe!"

Die Offiziere blicken verdutzt. Diebitsch schreitet voran, neugierig beobachtet von der Wache. Die kleine Prozession verschwindet im Deckhaus. Gunther Buschmann, mit 27 Jahren der jüngste Offizier an Bord, hat Selbstbewusstsein und Instinkt. Er spürt, dass etwas Wichtiges in der Luft liegt.

Rolf-Dieter Köhler hält dem Kapitän in devoter Haltung die Tür zur Offiziersmesse auf. Auf Anordnung des Käpt'ns haben sich auch der Schiffsarzt Dr. Heinz Ruppert, der Funkoffizier Wilhelm Siemers und die beiden Bordingenieure Kurt Richter und Erich Halbig eingefunden.

Johannes Buscher betritt als Letzter den Salon und schließt die Tür. Diebitsch' Augen blitzen, und seine Stimme braust wie ein harter Nordwind. „Meine Herren, die Zeit drängt! Ich kann daher auf Feiertage keine Rücksicht nehmen. Der Zeitpunkt ist gekommen, Ihnen mitzuteilen, dass wir gezwungen sind, Plan, Form und Inhalt der Ausbildung unserer Mannschaft zu reformieren. In der Stiftung gibt es niemanden, der davon überzeugt ist, dass die bisherige Ausbildung auf *Pamir* und *Passat* den Ansprüchen der Reeder gerecht wird. In vertraulichen Gesprächen bin ich darauf verpflichtet worden, diesen Missstand auf dieser Reise zu beseitigen." Diebitsch' Diktion schließt Zwischenfragen aus.

So sieht Gott die Welt!, sagt Köhler stumm zu sich selbst.

Eine Hand zur Faust in die Hüfte gestemmt, fährt Diebitsch fort: „Meine Beobachtungen in den letzten Tagen haben bestätigt: die Disziplin der Kadetten und auch der Stammbesatzung lässt zu wünschen übrig. Meine Herren! Die *Pamir* kann ihren für die gesamte Seeschifffahrt so unverzichtbaren Zweck, die Erziehung und Ausbildung eines charakterlich und seemännisch hervorragenden Nachwuchses, nur dann erfüllen, wenn wir als Erzieher und Ausbilder nicht versagen. Deshalb meine Forderung: Ich erwarte, dass jeder Offizier unter meinem Kommando in Haltung und Lebensführung ein Vorbild ist. Das beginnt beim sauberen Haarschnitt und Tragen einer ordentlichen Uniform und hört erst auf, wenn wir sicher sein können, dass jeder, vom Schiffsjungen bis rauf zum Ersten Offizier, sein Handwerk zu hundert Prozent beherrscht."

In der Messe ist es totenstill. Diebitsch' Blick wandert für einen Moment hinaus auf die See, dann bebt seine Stimme wie das Grollen eines nahenden Gewitters: „Wir haben 56 Seekadetten und Jungmänner an Bord, doch von ernsthaftem Streben und Begeisterung für die Ausbildung habe ich bis auf den heutigen Tag nichts bemerkt. Das muss sich ändern! Meine Forderung: Kadetten und Jungmänner sollen nach dieser Reise wissen, welches Leben sie auf ihren weiteren Reisen auf See erwartet. Ohne Disziplin und Ordnung werden sie das nie erfahren! Barfüßige Männer an Deck und in der Takelage, die nur mit einer Hose bekleidet und mit dem Bordmesser im Gürtel herumlaufen, werden ab heute nicht mehr geduldet. An Deck will ich keinen einzigen Seemann mehr mit freiem Oberkörper sehen. Es sei denn beim Frühsport! Außerdem haben Koch, Kochsmaat und Schlachter immer saubere Schürzen und Kopfbedeckungen zu tragen."

Rolf-Dieter Köhler will es genau wissen: „Frühsport? Freiwillig oder angeordnet?“

„Angeordnet! Sofort nach dem Wecken. Bei jedem Wetter. Bewegung ist das halbe Leben! Nur kein Moos ansetzen. Das hat auch für mich, damals auf dem Schulschiff *Deutschland*, sehr zur Ertüchtigung beigetragen.“

Diebitsch' Anweisung bleibt ohne Widerspruch. Mit knarrender Stimme fährt er fort: „Ich ordne an, dass während des Dienstes einheitlich ‚blaue Päckchen‘ zu tragen sind. Außerdem: Einige der Matrosen tragen ihr Haar so lang, dass man meinen könnte, Weiber hätten sich an Bord geschlichen. Sorgen Sie für einen kurzen, adretten Haarschnitt und für die Rasur der sprießenden Bärte. Ferner ist das grässliche Fluchen zu unterlassen, das bei jedem Manöver zu hören ist, und das Absingen selbst gebastelter und unmoralischer Lieder, die uns Offiziere verhöhnen. Schluss auch mit der Kumpanei an Bord. Jeder Kadett, Jungmann und Matrose ist von Ihnen mit Sie anzusprechen. Die Wachen sind in Divisionen einzuteilen, die Wachoffiziere sind demnach Divisionsführer!“

Diebitsch greift hinter sich. Die Missbilligung in den Augen seiner Offiziere entgeht ihm. Aus einer Aktentasche zieht er einen kleinen Stapel Papier. Er nimmt das Deckblatt und weist Köhler an, den Rest zu verteilen. „Meine Herren, Sie halten den neuen Wochenplan in Ihren Händen, der ab sofort Gültigkeit besitzt! Wie Sie daraus entnehmen, habe ich mehr Unterrichtsstunden eingeplant. Wir müssen daher die Wachen noch einmal unterteilen. Das heißt, dass auch Sie mehr Unterricht zu leisten haben.“

„Warum das?“, rätselt Buscher.

„Unbedingt notwendig, weil wir bis Buenos Aires den Frachtraum vom Rost befreien und konservieren müssen. Wir können uns weder eine Kürzung des Unterrichts leisten noch der Zeiten, die für Instandhaltung und Pflege der *Pamir* eingeplant sind. Wenn wir die Sanierung des Laderaumes bis zum La Plata nicht schaffen, wird die *Pamir* ohne Gerstenfracht nach Hamburg zurückkehren müssen. Wie mir Eggers offenbarte, werden die Behörden dort nach seiner Einschätzung das Schiff in diesem rostigen Zustand nicht mehr annehmen.“

In der Messe herrscht Grabesstille. Diebitsch räuspert sich. „Ich sage Ihnen: Wir haben für die Ausbildung des Nachwuchses hervorragende Segelschiffe, um die uns die seefahrenden Nationen der ganzen Welt beneiden. Wir haben aus sämtlichen Seemannsschulen immer nur die Besten der einzelnen Lehrgänge an Bord. Eine Elite, die es kaum in irgendeinem Lehrlingsbetrieb der Industrie gibt. Und ich habe Sie! Sie werden diesen jungen

Menschen den richtigen Schliff verleihen. Ich erwarte daher die Ausführung meiner Anordnungen!“

„Ich habe eine Frage“, meldet sich Schmidt. „Verstehe ich Sie richtig? Liegt das Hauptaugenmerk dieser Reise bis nach Buenos Aires auf Rostklopfen und Unterricht?“

„Natürlich werden wir auch Segelmanöver durchführen, wann immer sich dazu Gelegenheit bietet! Also, bringen Sie die Mannschaft auf Trab und beginnen Sie mit der Einübung der Manöver, damit die Jungs tüchtige Seeleute und gute Schiffsoffiziere werden. Noch Fragen?“

Keine einzige wird gestellt. Bis auf Schmidt verlassen alle Offiziere die Messe, um sich auf ihre Stationen zu begeben. Der baut sich vor Diebitsch auf. „Ich muss Sie davon in Kenntnis setzen, dass ich keine Erfahrung im Unterrichten von Kadetten habe. Nicht dass ich mich sträube, doch ich müsste mich erst einarbeiten.“

„Sie sind Kapitän und Sie haben Ihr Patent. Unterrichten Sie Mathematik: Addition und Subtraktion, Gleichungen ersten Grades mit zwei Unbekannten, Quadratwurzel ziehen und so weiter. Das beherrschen Sie doch wohl, ohne dass Sie sich großartig darauf vorbereiten müssen. Ich brauche Sie jedenfalls für den Unterricht.“ Und in süffisantem Ton: „Ihre Erfahrungen aus diesen Unterrichtsstunden werden Sie sicher in Ihre Kapitel einflechten, die dann dazu beitragen, dass Ihr Buch ewige Berühmtheit erlangen wird.“ Schmidt schluckt. Diebitsch sattelt drauf: „Bei aller Verschiedenheit der maritimen Literatur berichten sie doch letztlich immer dasselbe: schwere Arbeit – harte Pflichten – knappe Rechte – frühe Verantwortlichkeit. Das Motto ist ebenfalls uralt: lang die Wachen – kurz die Ruhe – karg das Lob. Eine harte Lehre ist's, aber sie machte noch jeden zum Mann …“

„Ich habe schon mitbekommen, dass Sie von meiner Anwesenheit an Bord nicht begeistert sind. Doch es wird ja nur für eine halbe Reise sein.“

Diebitsch stutzt: „Gehen Sie in Buenos Aires von Bord?“

„Nicht ich. Sie!“

Diebitsch grinst breit. Gelassen sagt er: „Wir werden sehen.“

Köhler und Buschmann unterhalten sich währenddessen auf dem Laufsteg, der das Hochdeck mit der Poop, dem hinteren Aufbau am Heck, verbindet. Dort kann sie niemand belauschen. Rolf-Dieter hält Gunther den Wochenplan unter die Nase. „Was meinst du dazu?“

„Alles ist nur Fassade. Die Würfel sind längst gefallen. Hinter den Kulissen führen die Stiftung und die Reederei ganz andere Gespräche. Die verhandeln schon über neue Schiffe. Offiziell hörst du zwar nichts, aber

Pamir und *Passat* werden sicher bald aufgelegt. Die neue *Gorch Fock* ist schon im Entstehen."

„Und dieses Theater hier?"

Gunther zeigt nach unten. „Sein Reformanspruch ist eine Art Kostümprobe für den bunten Auftritt nach der Reise. Den Stiftungsreedereien geht's doch nur um die Penunzen."

„War doch von Anfang an klar", meint Rolf-Dieter.

„Nichts war klar. Nur Versprechungen. Wirf einen Blick unter Deck. Gähnende Leere. Dass wir ohne Fracht, dafür unter Ballast reisen müssen, ist doch ein Skandal. Jeder Tag kostet dreitausend Mark. Auch Diebitsch kann sich dem Kostendruck nicht entziehen, obwohl er immer verkündet, ihm gehe es um keine schnelle Reise, sondern um die Sicherheit und Ausbildung der Mannschaft."

Köhler blickt auf die Uhr. „Zeit, die Stammbesatzung und die Backbordwache mit den Neuigkeiten zu beglücken."

Gunther legt seine Hand auf Rolf-Dieters Unterarm. „Einen Moment, Rolf. Vorhin hättest du Diebitsch bremsen müssen. Du hättest seinen Ansichten über Haarschnitt, Rasur, Kopfbedeckungen widersprechen müssen."

„Ach was! Dagegen kannst du nicht anstinken. Wem nützt es? Ich muss da durch. Du haust nach der Reise in den Sack, aber ich will noch mein Patent machen. Ich habe keine Lust, mich mit diesem Schulschiffskapitän und seinen Marotten auseinanderzusetzen. Jetzt werde ich der Mannschaft die Neuigkeiten verkünden."

„Heute ist Pfingstmontag! Mach das morgen."

Mittags gibt es Hühnchen. Ein halbes für jeden. Tom, Manni und Joe haben in dieser Woche Backschaft in der Unteroffiziersmesse. Die Freunde sind blass. Schon während des Frühsports an Deck rebellierte ihr Magen. Vielen in der Wache ging es ebenso. Ihre Blässe verstärkte sich mit dem zunehmenden Wind und der Atlantikdünung. Der Essensgeruch gibt ihnen den Rest. Der Mageninhalt wird verwirbelt wie durch eine Schiffsschraube. Tom und Manni verschwinden Richtung Toilette und „opfern". Der erste Gedanke danach: nie wieder auf ein Schiff!

„Rolling home, rolling home, rolling home across the sea!", stimmen die Unteroffiziere freudig an. Das Opfern wiederholt sich in Abständen von zwanzig Minuten. Mit unbändiger Kraft türmt nun der stetige Wind die Wellen und zwingt das Schiff zum Geigen, es neigt sich nach Luv und nach Lee. Tom hat es schlimm erwischt. Ein Trost, dass andere das Schicksal mit ihm teilen …

Dienstag, 11. Juni, Atlantik

Der Tagesablauf: Hängemattenmusterung, Frühstück, Wachwechsel, Aufklaren und Reinschiffmachen, Wache, Unterricht, Instandsetzungsarbeiten, das abendliche Stritschen der Leinen und Deckwaschen werden zur Routine. Das Wetter ist mild, der Wind ideal. Bretthart stehen die Segelpyramiden an den Masten. Fast alle Seekranken haben sich an das Stampfen und Wiegen der *Pamir* gewöhnt. Alles spricht für ein feines Leben an Bord.

Buschmann ruft die Steuerbordwache I und II zur Musterung an Deck. Diesmal erscheinen alle in robuster Arbeitskleidung, dem „blauen Päckchen".

„Das blanke Muskelspiel an Deck beschränkt sich ab sofort auf Frühsport und Freizeit! Im Klartext: Im Dienst bleiben die Muckis verhüllt. Bei jedem Wetter!", verkündet Buschmann. Daraufhin gibt der Zweite den neuen Wochenplan bekannt. Das Mehr an Unterrichtsstunden wird begrüßt. Dass die Freiwache dafür um eine Stunde gekürzt ist, fällt niemandem auf. Wer sagt's denn …

Buschmann meistert auch den heiklen Teil. „Genau wie Mutti die Wohnung instand hält, reinigt und pflegt, so müssen wir das Schiff betriebsfähig halten. Sie können sich die Arbeit aussuchen. Welche Wache will in den ersten zwei Wochen als Erstes das Tauwerk labsalben und danach im Laderaum Rost stechen? Oder umgekehrt?" Das Labsalben ist keine reine Freude. Das laufende Hanfgut wird mit bloßen Händen mit Labsal, bestehend aus Leinöl und Holzteer, einbalsamiert. Bald werden sie alle schwarzbraun sein. Niemand in der Steuerbordwache hat eine Vorstellung von dem, was da in den nächsten Wochen verlangt wird. Lediglich das Sie in Buschmanns Instruktionen wird erheitert registriert. In der Aufteilung ist man sich schnell einig. Steuerbordwache I entscheidet sich im ersten Schub für die Pflege des laufenden und stehenden Gutes. Das Kiezrudel bleibt zunächst an Deck in der frischen Luft.

Buscher, auf dem Vordeck, nordet die Stammbesatzung auf die neue Kleider- und Haarschnittorder ein. Als er sich entfernt, ist die Reaktion einhellig: „Nicht mit uns!"

Matrose Rolf trumpft mit einer Idee auf. Am Ende sagt er: „Unser Geburtstagsgeschenk für den Alten."

„Morgen früh?"

„Na, was denn?"

„Genial!", meint der Rest.

Mittwoch, 12. Juni, Golf von Biskaya

Tiefblaues Atlantikwasser, überzogen mit unzähligen weißen, schaumgekrönten Wellen, beruhigt die Sinne. Diebitsch macht seinen ersten Morgenspaziergang in seiner hellen Sommeruniform über das Vordeck. Achtern wird Frühsport getrieben. Er erklimmt die Back und blickt nach Osten. Flüchtige Augenblicke seines Lebens drängen sich in sein Bewusstsein, um schnell im gleißenden Licht der aufgehenden Sonne wie Schatten zu vergehen. Heute ist sein 61. Geburtstag.

Köhler hat Wache. Als Diebitsch sich über die Laufbrücke dem Deckhaus nähert, verschwindet der Erste in das Kartenhaus und gibt über die Sprechverbindung dem Funker Signal.

Die gesamte Offiziersriege versammelt sich daraufhin in der Messe. Der Frühstückstisch wurde durch den Koch Werner Eggerstedt festlich hergerichtet. Nun warten sie alle auf den Moment des Erscheinens ihres Kapitäns.

Diebitsch betritt die Offiziersmesse.

„*Happy Birthday!*“, schallt es im Chor.

Diebitsch zeigt sich gerührt. Beifall wird geklatscht. Köhler überreicht ein Geschenk im Namen der Stiftung und der Reederei. Siemers, der Funkoffizier, legt die inzwischen eingegangenen Glückwunschtelegramme auf den Stuhl des Käpt'ns. Einer nach dem anderen tritt heran, um zu gratulieren. Ein Plattenspieler wird in Gang gesetzt. Hans Albers' Stimme ertönt: „Nimm mich mit, Kapitän, auf die Reise …“

„Ich danke Ihnen allen! Mir ist, als wäre ich heimgekehrt. Ein herrliches Segelschiff, unsere *Pamir*, die man – wie ein schönes Weib – eigentlich nie wieder verlassen möchte. Ich werde mich heute Abend mit einem Geburtstagsdinner revanchieren.“

„Die Mannschaft ist auf dem Achterdeck angetreten!“, meldet der Bootsmann. Seine Stimme klingt unsicher. Als Köhler ihn ansieht, nimmt er die Hand vor den Mund und richtet seinen Blick vielsagend himmelwärts.

Diebitsch erblickt seine Stammbesatzung, seine Augen werden glasig. Die Köpfe sind kahl geschoren. Auf Kommando des Bootsmanns dröhnt es wie aus einer Kehle: „Herzlichen Glückwunsch zum Geburtstag, Herr Kapitän!“

Diebitsch schluckt, wendet sich ab und verschwindet im Deckhaus.

„Wegtreten!“, vernimmt er die Stimme des Bootsmanns im Rücken. Dann dringt ein schadenfreudiges Gekicher an seine Ohren. Die Meinung unter den Offizieren ist eindeutig: ein Affront gegen den Alten und seine Neuerungen!

Diebitsch' gute Geburtstagslaune erlischt, seine Gesichtsfarbe wird fahl. Nach dem Frühstück befiehlt er Köhler fauchend: „Lassen Sie den Bootsmann auf dem Hochdeck antreten!"

Richie, der älteste Mann an Bord, betritt das Hochdeck. Er ist irritiert, denn Diebitsch lächelt ihn an. „Übermitteln Sie der Stammbesatzung meinen besonderen Dank für den Geburtstagsgruß! Aber auch meine besonderen Wünsche für das Gelingen aller Segelmanöver zu Ehren meines Geburtstages."

Der Bootsmann wird mit einer Handbewegung entlassen. Diebitsch winkt Köhler zu sich. Sein Blick wandert langsam am Großmast hoch. Dann beginnt er zu schwadronieren: „Der Tag ist mild, der Wind ideal. Ich wünsche mir zu meinem Geburtstag die Abdeckung aller Kurse der Kompassrose durch die hohe Kunst des Segelns. Schicken Sie die Kahlköpfigen an Taljen, Brassen und Masten!"

Köhler weiß die Bedeutung der Worte zu deuten. Der Käpt'n wünscht sich eine Wende, Halse und Backhalse. Hintereinanderweg! Von den Strapazen abgesehen eine unkluge Bestrafung des Kapitäns, denn die Stammbesatzung hat den von ihm selbst angeordneten Kommisshaarschnitt nur allzu wörtlich genommen.

Die Nagelprobe ist gekommen. Niemand kann dem Ersten die Arbeit abnehmen. Köhler kennt sein Los: Wenn etwas schiefgehen sollte, wird er die Verantwortung dafür tragen müssen.

Als Köhler Richie mit der Kapitänsorder konfrontiert, reagiert der sauer: „Die *Pamir* ist kein Schulschiff! Auf der *Deutschland* kann er das machen! Da hat er drei Mann für jeden Handgriff zur Auswahl! Das hätte es unter Eggers nie gegeben!"

„An die Brassen!", bellt Köhler.

Richie fühlt: Das ist der Tag, der das Zusammenleben an Bord verändern wird. Die *Pamir* segelt mit Vollzeug, das heißt, alle Segel sind gesetzt. Ein Teil davon muss vorher aufgegeit und geborgen werden, wenn die Bark sicher über Stag gehen soll. Doch bei der Knappheit an erfahrenen Seemännern bleibt es ein Wagnis, gleich drei Manöver hintereinander zu fahren.

Richie gilt als „sanfter" Führer. Ein Bootsmann, wie er im Buche steht, der die Herzen der Kadetten im Sturm erobert hat.

Buschmann und Buscher stehen bereit, mit anzupacken. Mehr als eine Geste. Kuddel erscheint mit gleichem Vorsatz an Deck. Doch Diebitsch ist seine Selbstlosigkeit ein Dorn im Auge. „Der Kochsmaat hat bei einem Segelmanöver nichts verloren! Er soll sich um die Kombüse kümmern!“

Der Zimmermann Spökenkieker kennt viele Geschichten über Kapitäne. Matrosen haben immer gewusst, was sie auf See erwartet: Härte der Natur, die unerbittlich zuschlagen kann, und Härte der Kapitäne, die sich seelenlos verhalten können. Kapitäne, die ihre Besatzungen ohne Not überfordern, gehören zu der Sorte.

Spökenkieker repariert gerade zwei Taljenblöcke am Großmast und beobachtet die Kommandos. Kurz darauf herrscht Chaos an Deck. Die Wende misslingt. Es wird eine Backhalse daraus. Der zweite Versuch scheitert erneut. Ein zu frühes Brassen ist verantwortlich für das Misslingen. Wieder muss eine Backhalse gefahren werden. Sie dauert ewig und beansprucht durch das Backfallen der Segel die Takelage stark. Einige Blöcke brechen. Die Stammbesatzung ist schon nach der zweiten Backhalse fix und fertig. Buschmann gibt nun die Kommandos. Im dritten Anlauf gelingt das Manöver endlich.

„Theater ist teuer!“, entfährt es Spökenkieker ironisch. Oldsails und der Schiffsarzt neben ihm nicken. Oldsails brummt: „Dem Neuen fehlt das Gefühl für das Schiff. Der Erste funktioniert nicht ohne einen Paten, und auf unseren erfahrenen Zweiten hört der Käpt'n erst, wenn nichts mehr geht.“

Darauf Spökenkieker: „Diese Schinderei kann man doch nicht Arbeit nennen. Das nimmt kein gutes Ende.“

Seine Weissagung bleibt Oldsails und dem Schiffsarzt nachhaltig im Gedächtnis. Sie ahnen, dass die Schikane eine aggressive Stimmung gegenüber den Offizieren aufbauen wird.

Das Für und Wider dessen, was an Deck passiert, ist der Gesprächsstoff vom Bug bis zum Heck. Nur zwei kümmert das alles wenig: Funkoffizier Wilhelm Siemers und Kochsmaat und Schlachter Ingo Hamburger. Der Funker, ein 52 Jahre alter, vierschrötiger, mittelgroßer Mann, der so richtig in das Bild eines unerschütterlichen Fischdampfer-Jantjes passt, brütet über seinen Zahlenkolonnen. Neben seiner Tätigkeit als Funker ist er auch der Zahlmeister an Bord. Willi hasst den Papierkram, erledigt ihn aber mit Mühe. Mühsam wendet er die Seiten hin und her. Die Zahlenkolonnen verschwimmen vor seinen Augen. „Abrechnungen, Gutschriften, Belege überprüfen und Pfennige addieren! Nichts für einen Funker! Sollen das doch die Pfennigfuchser von der Reederei machen. Die sparen sich noch auf meinem Rücken gesund. Für die wichtigen Aufgaben ist kaum noch Zeit!“, flucht er seinem Freund Ingo was vor.

Der gut dreißig Jahre jüngere untersetzte Schlachter sitzt gebeugt vor Willi, was seinen krummen Rücken noch betont. Er ähnelt Quasimodo, dem verwachsenen Glöckner von Notre-Dame. Wegen seiner eingedellten Nase wird er Boxernase genannt. Die Klagen Willis verleiten ihn zum Sticheln: „Für einen Funker von deiner Qualität ist es ein grober Fehler, sich auf diesen Kram einzulassen."

„Schlaumeier! Kannst dich ja selbst reinhängen."

„Ein Metzger von meiner Qualität? Das ist etwas für Erbsenzähler!" Ingo wechselt das Thema: „Was sagt das Wetter?"

Willi lapidar: „Der Wind soll in den nächsten Tagen etwas auffrischen. Nichts Aufregendes."

Ingos Frage entspringt einer herben Enttäuschung, da seine Vorliebe dem Zeichnen von Wetterkarten gilt. „Für Eggers habe ich täglich eine Wetterkarte anfertigen dürfen", sagt er schmollend.

„Warst deswegen auch beliebt bei ihm. Der Neue verzichtet darauf. So ist das Leben. Kein Lob von oben, mein Lieber. Wirst es überleben."

Ingo beginnt Diebitsch nachzuäffen: „Was soll das? Wetterkarten von einem Schlachter? Wie passt das zusammen? Dafür ist der Funker verantwortlich!"

Willi energisch: „Ich lehne als Funker die Erstellung von Wetterkarten genauso ab wie die geisttötenden Buchhalteraufgaben. Wetterfunkdaten kann der Alte aber haben, so viele, wie er will. Ich hole ihm alles aus dem Äther. Aber wie du siehst, ist sein Interesse daran gering."

Der Funkdienst läuft nach Vorschrift. Er verpflichtet Siemers, auf See einen Hördienst von täglich mindestens acht Stunden wahrzunehmen. Da lauscht er zwar rein, ist aber selbst keine „Quatschtüte". Es zwingt ihn nichts, von sich aus Wetterberichte und andere für die Schifffahrt wichtige Nachrichten aufzunehmen. Es sei denn, der Alte gibt Order. Willi hat bisher keine einzige bekommen. Und Wetterkarten fordert der Neue auch nicht ab. Das war unter Eggers anders. Gut für Willi.

Willis Verhalten ist für einen Funker ungewöhnlich. Normalerweise sind sie an Bord die Klatschtanten. Halten gern Kontakt mit Angehörigen, Stiftung, Reederei, Wetterstationen und mit allen Schiffen, die sich in der Gegend befinden. Und das unabhängig von den Pflichthörzeiten. Das geschieht immer, wenn sich ein Schornstein oder eine Mastspitze am Horizont zeigt. Daher sind Funker immer mit neuesten Informationen gespickt, nach denen die meisten an Bord gieren. „Wie wird das Wetter? Was gibt's Neues in der Heimat? Was hast du von den anderen Schiffen erfahren?"

Keine aufreibende Arbeit – eher angenehm und immer im Mittelpunkt des Interesses. Genauso sieht es die Reederei. Willis Aufgaben sind weit weg von der harten Routine an Deck. Die Funkbude im Deckhaus ist daher eine Oase. Der beliebteste Treffpunkt für Neugierige und Tratsch. Jeder Funker ist sich dieser Sonderstellung bewusst. Willi hat das schon frühzeitig begriffen. Er mag Tratsch über andere. Nicht jeder findet aber Einlass. Willi wählt sich seine Lieblinge wie Pralinen aus einer Konfektschachtel.

Die Stimmung ist geladen. Aggressionen werden frei. Die Offiziere haben zu tun, den Brand im Keim zu ersticken. Diebitsch und Köhler stehen sich im Kapitänssalon gegenüber. Der Erste hat das Gespräch gesucht. „Die Stammbesatzung ist sauer. Reine Willkür, diese endlosen Manöver."

„Tagesgeschäft! Kein Kommentar, weil die Tatsachen für sich sprechen. Halten Sie im Logbuch fest: Selbst bei idealem Wetter bekommen die Herren Matrosen keine Wende hin! Und Sie haben sich dabei auch nicht gerade mit Ruhm bekleckert."

„Sie wissen es besser. Wir haben zu wenig erfahrene Matrosen an Bord, und die Jungmänner sind noch nicht so weit."

„Ich will Ihnen etwas sagen: Wir hatten im Frühjahr 1914 nur zweiunddreißig Mann Besatzung auf diesem Schiff und haben bei schwerem Wetter zweimal Kap Hoorn umrundet. Die Manöver klappten auf Anhieb, obwohl nicht alle Vollmatrosen waren."

„Dafür hat Rasmus von Jürs' Mannschaft gleich zwei Matrosen über die Reling in Neptuns großen nassen Keller geholt!"

Diebitsch fühlt sich getroffen. „Herr Köhler! Sie tun im Moment alles dafür, dass ich Ihnen bescheinigen muss, dass Sie zu den Offizieren gehören, die man nur in Notfällen im Hafen aufpickt! Ich vermisse Ihre Loyalität. Reißen Sie sich zusammen, sonst gehören Sie nach der Reise zum Heer der verpfuschten Existenzen!"

„Ihre Anordnungen haben nichts mit meiner Loyalität zu tun!"

„Sie irren! Sie vertreten die Stammbesatzung. Das ist Ihre Aufgabe. Merken Sie denn nicht, dass die mit Ihnen macht, was sie will? Ihnen mangelt es an Erfahrung und Entschlusskraft. Das haben Sie heute offenbart."

Köhler atmet schwer, schweigt ein paar Sekunden und senkt den Kopf. Er fühlt das nahe Bersten einer Schale des Zorns. Aber er kann und darf es sich nicht leisten, die Fassung zu verlieren. Nicht unter diesem Kapitän. Sein Offizierspatent wäre gefährdet. Köhler schluckt die Kröte.

Köhlers Familie leidet unter den harten Schlägen der Nachkriegsjahre. Die Mutter Valeska lebt in der Ostzone in Dresden. Er unterstützt sie aus Heuer und Sparguthaben, ebenso seinen Bruder, der in Leipzig Tiermedizin studiert.

Geistesabwesend murmelt er: „Käpt'n, Sie können sich auf meine Loyalität verlassen!"

Grinsend erwidert dieser: „Wissen Sie, Köhler: Flüche, Lästerungen und Klagen sind ein Tedeum der See, und sein Echo darf uns Offiziere nicht beeindrucken. Ich erwarte Sie zu meinem Dinner!"

Es ist, als habe Buschmann das Gespräch seines Freundes mit dem Kapitän belauscht. Gunther fasst nach: „Hast du jetzt 'nen Rückzieher gemacht?"

Sein Freund druckst herum.

„Die Mannschaft erwartet von dir, dass du die Schikanen des Alten eindämmst."

„Ich tue, was in meiner Macht steht. Aber du hast gut reden. Du musterst ab. Ich brauche mein A6-Patent. Also hör auf damit, Öl ins Feuer zu gießen!" Köhler wendet sich ab.

„Hass wird in Eimern über uns ausgegossen. Ich werde das bei Tisch zur Sprache bringen."

Köhler dreht sich um und setzt Gunther den Zeigefinger wie einen Dolch auf die Brust. „Nein! Für heute ist Schluss. Überlass das mir!"

„Aber schieb es nicht auf die lange Bank. Und du weißt – du kannst immer auf mich zählen."

Diebitsch spielt vor dem Dinner den gut Gelaunten. Gegenüber seinen Offizieren gibt er sich jovial, als wäre nichts geschehen.

Diebitsch winkt Siemers zu sich. Dieser ahnt seine Frage. „Funker, was macht das Wetter in den nächsten Tagen?"

„Gleichbleibend bis zu den Kanaren, Käpt'n. Stetiger Wind drei bis fünf. Das Azorenhoch zeigt sich stabil."

„Das sind doch zur Abwechslung einmal gute Nachrichten!"

Bier wird gereicht. Der Schiffsarzt Ruppert animiert zum Zuprosten. Nach dem ersten Schluck kommentiert Fred Schmidt ironisch: „Höhepunkte meines Lebens sind immer die Tage gewesen, an denen ich meinen Geburtstag auf hoher See habe feiern dürfen!" Sein Bekenntnis kommt bei Diebitsch nicht gut an. Die Stimmung ist gedämpft.

Buschmann meldet sich ab. Nicht ohne Grund. Er hat sich bereiterklärt, für Fred die Wache zu übernehmen. Damit entkommt er dem Geburtstagsdinner und zeigt Charakter. Bevor er aber den Salon verlässt, gibt Diebitsch grinsend Order: „Lassen Sie den Stamm zum Messingputzen antreten und die Fallen noch einmal stritschen!“

Seine Anordnung trägt eindeutig den Charakter einer Strafarbeit, denn wegen der herrschenden Dunkelheit kann man ohnehin nicht erkennen, ob die Arbeiten erfolgreich sind oder nicht. Köhler will sich erheben, doch Schmidts Hand legt sich schwer auf seinen Unterarm. Als sich ihre Blicke begegnen, wiegt Fred, unbemerkt von Diebitsch, verneinend den Kopf.

„Der Alte treibt es noch so weit, dass er sich bald nicht mehr an Deck trauen kann“, zürnt Buschmann, als er die Luvseite des Hochdecks erklimmt. Er ruft Richie zu sich. Erneut tritt die Stammbesatzung an.

Unter ihm in der Messe tragen die Stewards das Essen auf. Schwäbische Flädlesuppe, Steak mit pikanter Pfeffersauce und zum Nachtisch Kirschkompott. Dazu französischer Rotwein aus dem Depot des Reeders.

Nach dem Dessert gibt es Schaumwein. Die Zungen lockern sich.

„Weißt du eigentlich etwas Genaueres über die Taufe der *Pamir*?“, wird Fred Schmidt von Dr. Ruppert gefragt.

„Natürlich!“, erwidert Fred. „Sie wurde ja im Auftrag der Reederei F. Laeisz bei Blohm & Voß gebaut. Am 29. Juli 1905 war ihr Stapellauf. Hermann Blohm wählte seine Nichte Emmi Westphal als Taufpatin aus. Sie nahm die Sache sehr ernst. Sie übte ihre Rede, um ihrer zarten Stimme einen überzeugenden Ausdruck zu verleihen. Aber als es so weit war, konzentrierte sie sich mehr auf den Wurf als auf ihre Rede und schmetterte die Schaumweinflasche mit solcher Wucht gegen den Bug unserer *Pamir*, dass ein Glassplitter ihrem Verlobten ein Loch in den Zylinder riss!“

„Kein gutes Omen!“, meint der Schiffsarzt.

Kurt Richter, der Bordingenieur, sagt zu Diebitsch: „Man könnte meinen, die Episode weissagt ein Leck im Rumpf. Gab es so etwas schon einmal in der Vergangenheit?“

Diebitsch mimt den Ahnungslosen. „Nicht dass ich wüsste …“

„Wir sollten Spökenkieker fragen. Der weiß alles über die dunklen Seiten der *Pamir*“, regt Köhler an.

Diebitsch leicht ungehalten: „Nichts als Seemannsgarn! Als ich mit dem Schulschiff *Deutschland* vor 27 Jahren über den Teich ging …“

Seine Offiziere lehnen sich zurück. Sie wissen, dass seine Ausführungen bis spät in die Nacht hinein dauern werden …

Auf Vor- und Achterdeck verteilt sitzen derweil übermüdete junge Männer mit schmerzenden Rücken und brennenden Händen, sinnieren über den verflossenen Tag und über das, was noch kommen mag. War man auf einem Höllenschiff?

Nach der schikanösen Arbeit haben sich Spökenkieker, Richie, Oldsails und Wilfried, der zweite Zimmermann, vorn auf der Back zum Klönen ausgestreckt.

Oldsails bringt es auf den Punkt: „Der Nachwuchs muss so schnell wie möglich in die Masten. Erst dann werden wir entlastet."

„Aber wenn der Alte noch mehr theoretischen Unterricht einplant, dann geht uns wieder wertvolle Ausbildungszeit für die Praxis verloren und auch Zeit für die Instandsetzungsarbeiten am Rigg", stellt Richie fest.

„Das können wir doch deichseln. Nehmen wir die Kadetten einfach härter ran. Das wird dem Alten recht sein", schlägt Oldsails vor.

„Klar. Sonst sind sie erst in den Mallungen so weit, dass sie aufentern können. Aber so schaffen wir das mindestens ein bis zwei Wochen früher", stimmt Richie dem Vorschlag zu.

„Trotzdem sollten wir nicht übertreiben. Das Rostklopfen unter Deck wird wegen der Hitze schon ab den Kapverden heiter werden", gibt Spökenkieker zu bedenken.

„Das ist sowieso eine große Schweinerei!", wirft Wilfried ein. „Entrosten des Rumpfes ist ganz klar 'ne Sache für die Werft."

„Stimmt. Das, was wir machen, ist doch allemal nur Kosmetik", antwortet Spökenkieker.

„Wie meinst du das?", fragt Wilfried.

„Hat Käpt'n Grubbe rausgelassen. Als die *Pamir* im September 1951 bei den Kieler Howaldtswerken eingedockt wurde, hatte er dem Schiff noch einen guten Allgemeinzustand attestiert. Das änderte sich, als tausend Tonnen nasser Sand, den sie jahrelang als Ballast im Laderaum hatte, herausgeholt wurden. Übelster Rostfraß! Alle Stahlplatten wurden zur Kontrolle angebohrt. Fast vierzig mussten daraufhin erneuert werden. Besonders schlimm sieht es unter den Planken des Hochdecks aus. Eggers war entsetzt, als ich ihm während der letzten Reise den Rost und die Pfützen zeigte, als ich eine Planke austauschen wollte. Da gibt es sicher einige Leckagen, durch die Wasser eindringt, wenn wir Lage schieben. Rost, Rost, Rost! Ein rostiges Fass ohne Boden. Und ich sag euch: Das ist bei einem Orkan nicht ungefährlich."

Sechstes Kapitel

Montag, 17. Juni, querab Kanaren

Joe ist schon vor dem Wecken wach. Die *Pamir* läuft mit Motor. Unter seiner Hängematte rumort es, als würde in der Tiefe ein Dampfhammer seine Arbeit verrichten. Sein Blick schweift hinüber zum geöffneten Bullauge. Sein rundes, ganz privates Stückchen Meer begrüßt ihn mit einem rhythmischen Rauschen. Die hereinströmende Luft ist mild und schmeichelt dem Körper.

Das Schiff schläft noch. Seine Kameraden liegen wie tot in den Hängematten. Er entschließt sich, an Deck zu gehen. Ein schöner, ruhiger Morgen empfängt ihn. Der Wind ist völlig abgeflaut. Er blickt nach Osten in die aufgehende Sonne. Ein Tag zum Träumen, wären da nicht die Pflichten …

Köhler und der Bootsmann haben gerade den Tagesplan besprochen. Sie zeigen sich zufrieden. Endlich, der Dienst auf dem Großsegler wickelt sich mit der Präzision eines Uhrwerks ab. Morgensport, Frühstück, Reinschiff – Diensteinteilung und Wache nach Plan.

„Wann findet das Bordsportfest statt?“, fragt Richie.

„Auf Anordnung des Käpt'ns am Nachmittag, gleich nach dem Wachwechsel“, entgegnet Köhler.

Bordsportfest! Ein „Fest“ mit Boxen, Ringen und Turnen an Reck und Ringen. Kraftproben ohne Ende …

„Das hat es auf der *Deutschland* auch gegeben. Bei den Kadetten damals erfreute sich das Bordsportfest großer Beliebtheit“, begründet Diebitsch seine Neueinführung.

„Wie schön, dass sich Praxis und Theorie stetig abwechseln …“, meldet sich Fred Schmidt, der sich an Deck ein Plätzchen sucht, um sich auf das Unterrichtsthema „Notfälle und besondere Manöver“ vorzubereiten.

Die spezielle „Praxis“ aber wird dem Kiezrudel von Tag zu Tag verhasster. Die Hände sind beim Frühstück noch derart steif, dass sie weder Brot noch Messer halten können. Kaum denken die jungen Kerle, dass sie mit einer Sache endlich durch sind, kommt einer der Matrosen und bietet eine neue Auswahl von Drecksarbeiten an.

Auswahl ist stark übertrieben, denn egal was die Jungs anpacken, alles reduziert sich auf die Dreifaltigkeit: Braunteer, Farbe und Rost!

In der Passatregion soll zusätzlich die gesamte Takelage gründlich überholt, instand gesetzt und teilweise erneuert werden. Außerdem sollen in den nächsten Tagen die Segel geschiftet werden, das heißt, die schweren, robusten Sturmsegel werden durch leichtere Passatsegel ersetzt.

„Spätestens dann“, sagen die Matrosen zu den Neulingen, „turnt ihr im Rigg wie die Affen.“

Mittags erschallt plötzlich der Ruf des Wachtpostens auf der Back: „Alle Kadetten an Deck!“

Die Freiwache tritt mit an. Diebitsch erscheint in weißer Uniform auf dem Hochdeck. Ein Schmunzeln ziert sein Gesicht. Sein Blick schweift über die Köpfe der jungen Männer. Ob ihre Hände von der Sonne oder vom Teer braun sind, lässt sich nicht mehr feststellen.

Buscher meldet: „La Palma Backbordbug voraus!“

Diebitsch befiehlt: „Toppsgasten in die Masten!“ Nach einer Pause: „Welcher Kadett erkennt als Erster den Pico de los Muchachos?“ Und kurz darauf: „Alle Kadetten in die Wanten!“

Mit großem Gejohle, als wäre der Startschuss zu einer sportlichen Kletterpartie gefallen, entern sie die Webeleinen hoch und folgen den Toppsgasten hinauf in die Mastspitzen.

„Eine Hand für das Schiff, eine für den Mann! Und immer nach oben blicken! Nie nach unten!“, brüllt der Bootsmann.

Ein Teil der Steuerbordwache, und mit ihm das Kiezrudel, entert den Großmast. Henry und Manni haben es rasch bis hinauf zur Großroyal geschafft. Joe, Jens und Tom bleiben auf der Höhe des Großoberbramsegels. Als sie nach unten blicken, fährt ihnen der Schreck in die Glieder. Sie sehen nichts als Wasser. Durch die Schräglage ist der Rumpf plötzlich nach Luv verschwunden. Ein irrer Anblick …

Es ist das erste Mal, dass sie sich mehr als fünfzig Meter über dem Deck befinden. Eine andere Welt, so weit vom Deck entfernt, dass man glaubt, der Rumpf hätte die Größe eines Schuhs. Der Blick geht hinüber zur Insel La Palma, die aus dem Dunst heraus näher rückt. Plötzlich bockt die *Pamir* in einer Welle. Ein Zittern läuft durch das Schiff, bis hinauf in die Großroyalstenge. Hände krallen sich fest. Jens zeigt nach unten: „Wenn du da unten aufschlägst, bist du platt wie ’ne Flunder!“

Tom zitiert: „So nimmt das Leben seinen Lauf – Bootsmann, mach die Klappe auf. Da liegt er nun in guter Ruh – Bootsmann, mach die Klappe zu!“ Dann pfeift er durch die Finger: „An die Arbeit, Jungs!“

„Pico de los Muchachos!“, ertönt es von der Vorroyalrah.

Das Sportfest beginnt pünktlich. Acht Kadetten und Jungmänner bilden jeweils eine Mannschaft, und eines der Teams soll den *Pamir*-Pokal holen. Die Sportfront ist klar: Backbord- gegen Steuerbordwache. Das hat Methode. Am Ende kommt der spannendste Wettbewerb, bei dem allein die Muskelkraft siegt. Klimmzüge an den Ringen sind bei allen beliebt. Da kann man zusehen, mitzählen, und niemand mogelt.

Die Ausscheidung läuft. Artfried, Leichtmatrose an Bord, ist wie erwartet der Stärkste der Backbordwache. Dank seiner Statur und Schlagkraft genießt er uneingeschränkten Respekt. Joe ist Sieger bei den „Steuerbordern". Beide haben seit Hamburg nur wenige Worte gewechselt. Zu groß sind die Unterschiede. Artfried liebt Shantys und Segeltuchhosen, Joe steht auf Bill Haley und Nietenjeans.

Niemandem gelang es bisher, gegen Artfried zu gewinnen.

Das Los fällt auf Artfried. Er muss beginnen. Er legt 51 Klimmzüge vor. Das Gejohle schmerzt in den Ohren, das Deck bebt, als Joe bei 48 Klimmzügen ankommt. Offiziere und Stammbesatzung fiebern mit. Joe übertrumpft Artfried mit dem 52sten.

Diebitsch tritt heran, um Joe zu gratulieren.

Joe grinst beiden ins Gesicht: „Eigentlich hat Artfried gewonnen. Ich habe mich bei den letzten Klimmzügen leider verzählt."

Diebitsch zieht brüskiert seine Hand zurück …

Freitag, 21. Juni, nördlich der Kapverden

Die *Pamir* rauscht mit Vollzeug dahin. Schwärme von Fliegenden Fischen begleiten das Schiff. Der Wind hat vor drei Tagen aufgefrischt. Entgegen den jahreszeitlichen Gegebenheiten weht ein frischer Passat mit Stärke fünf, der Etmale* über 200 Seemeilen ermöglicht.

„Das nennt man eine schnelle Reise!", sagt der Wachoffizier zum Rudergänger. Die Kadetten und die Matrosen freuen sich über den Wind. Die Schwitzerei hält sich damit in Grenzen. Verflucht sei des Käpt'ns Order: „Blaues Päckchen"!

Für sie steht das Bergen, Beschlagen und Trimmen der Segel auf dem Ausbildungsplan, begleitet von Themen wie „Sicheres Arbeiten in der Ta-

---

* Als Etmal bezeichnet man die Dauer eines Tages sowie die in dieser Zeit von 24 Stunden zurückgelegte Distanz in Seemeilen. Man berechnet ein Etmal von mittags 12.00 Uhr bis zum folgenden Tag mittags 12.00 Uhr.

kelage". Die Handgriffe haben die Kadetten zwar schon am Takelmast an Land während ihrer Ausbildung auf der Seemannsschule gelernt, doch zu den Dimensionen und Zugkräften der *Pamir* auf See lässt sich kein Vergleich ziehen. Bei der herrschenden Windstärke verrichten Joe und seine Freunde Schwerstarbeit, aber sie haben Spaß dabei.

Manni schreibt während des Unterrichts ein halbes Heft voll. Joe hört dagegen konzentriert zu. Allein das Thema „Brassen" könnte in einem Seefahrerlexikon ein Kapitel füllen. Eigentlich einfach, überlegt er, wenn man begriffen hat, dass darunter das horizontale Bewegen der Rahen zu verstehen ist, bis sie einen bestimmten Winkel zum Wind einnehmen.

Ein Sonnenaufgang wie aus dem Bilderbuch. Gleich nach der Bordroutine beginnen die praktischen Übungen. Schnell wird klar, dass alle Rahen ein zusammenhängendes System bilden. Es kommt auf die gute Zusammenarbeit an: Ein Teil der Kadetten „fiert" die Leinen, der andere Teil „holt" sie, was nichts anderes bedeutet, als dass ein Teil der Leinen losgelassen und gleichzeitig auf der anderen Seite straff gezogen werden muss. Und das möglichst parallel. Besonders bei starkem Wind.

Richie liebt den Drill. Nach einer Stunde tauschen die Jungs ihre Positionen. Die Sonne brennt, die Handflächen brennen auch. Die Augen tränen durch das grelle Licht, das von den hellen Segeln zurückstrahlt.

Der Toppsgast verkündet am Ende der Übungen: „Morgen werden wir mit dem Schiften der Segel beginnen. Dabei lernt ihr das Bergen und Beschlagen der Segel."

Nachmittags gibt es für das Kiezrudel Unterricht, und danach geht es wieder unter Deck zum Rostklopfen …

Für die Backbordwache heißt es Webeleinen ausbessern, Racks, Gleitschienen, Scheibgatten schmieren und nach Schäden suchen. Nichts als Maloche, Tag für Tag.

Der nächste Morgen beginnt wieder mit Schmierarbeiten am laufenden Gut. Durch das wochenlange Labsalben kriegen die Kadetten den Teer nicht mehr von den Händen, denn es werden bei Arbeiten in der Takelage keine Handschuhe getragen. Stattdessen gehen einige mit Handschuhen in die Hängematte, um wenigstens das Schlafzeug und die Decken vom Geruch des Braunteers freizuhalten.

Diebitsch lässt auch die Offiziere in die Masten steigen, damit sie die erledigten Arbeiten bis hinauf zu den Royalrahen kontrollieren. Er selbst zeigt sich in einer Kakihose und hellem Hemd.

Sonntag, 23. Juni, querab Kapverden

Der Wind flaut ab, die Rossbreiten sind spürbar. Diese windschwachen Zonen tragen ihren Namen aus der Zeit der alten Seefahrt. Kam ein Segelschiff längere Zeit nicht voran, wurde oft das Trinkwasser knapp. Das zwang die Kapitäne den Wasserverbrauch drastisch einzuschränken. Vieh und Pferde gingen in diesen Breiten kurzerhand über Bord.

Zeit, das Segeltuch an den Rahen zu wechseln. Die *Pamir* bekommt ihr ausgebleichtes und geflicktes Passatkleid verpasst. Aus der Segelkammer, durch die Segellastluke und über eine Rolle werden die Passatsegel heraus- und die Sturmsegel hineingeschafft.

Die Arbeit ist kein Sportfest. Daher auch keine Zuschauer, jede freie Hand packt mit an. So war es jedenfalls früher! Sogar seine Allmächtigkeit, der Herr Kapitän, fasste einmal mit an, wenn es galt, eins der tonnenschweren Untersegel an Deck klar hinzulegen. Eggers war so einer. Der war immer dabei.

Das Ab- und Anschlagen ist eine kräftezehrende Angelegenheit, denn auch das Tuch der Royals ist noch zentnerschwer und oft steif wie ein Brett. 3500 Quadratmeter Segelfläche sind auszutauschen.

Diebitsch beobachtet die Arbeiten vom Hochdeck aus. Plötzlich beginnt er Köhler zu maßregeln: „Sehen Sie die beiden Kadetten auf der Kreuzuntermarsrah?“

„Ja!“

„Sorgen Sie endlich dafür, dass meine Anordnungen befolgt werden.“ Diebitsch’ Stimme dröhnt über das Hochdeck. „Wenn so ein Pfannkuchen vom Mast fällt, ist es mir ganz gleich. Die Hauptsache ist, er hat ein Lifebändsel um, damit wir keine Scherereien mit der Seeberufsgenossenschaft haben! Wenn er gleich weg ist, haben wir wenigstens keine Scherereien mehr mit ihm! Haben Sie jetzt verstanden?“

Köhler verschlägt es die Sprache. Die in der Nähe schuftenden Kadetten blicken sich fassungslos in die Augen. Köhler gibt mit Verzögerung die Anweisung seines Kapitäns weiter. Wie ein Lauffeuer spricht sich Diebitsch’ Entgleisung herum. Empörung schlägt den Unteroffizieren entgegen.

Fred Schmidt lässt sich am Abend in der Mannschaftsmesse blicken und versucht die jungen Männer zu beruhigen. Er ist inzwischen akzeptiert. Seine „SOS-Hefte“ kennt jeder, der zur See fährt.

Joe ist bereit, Fred seine Erlebnisse in den Schreibblock zu diktieren. Eine kritische Auseinandersetzung mit den Zuständen an Bord. Als Fred die Mannschaftsmesse verlässt, wandelt er auf einem Teppich der Sympathie hinaus aufs Deck. Er ist amüsiert. Die jungen Kerle haben den Käpt'n umgetauft. Sie nennen ihn jetzt Ali Pfannkuchen.

Mittwoch, 26. Juni

Die *Pamir* befindet sich etwa 700 Kilometer südlich der Kapverden, auf der Höhe von Freetown, westafrikanische Küste. Während der letzten Nacht ist sie in den Kalmengürtel eingelaufen. Gegenüber den Rossbreiten ein nahezu windstilles Gebiet. Der Kalmengürtel liegt im Bereich des Äquators, zwischen dem zehnten Nord- und Südbreitengrad. Besatzungen von Segelschiffen haben schon immer diese extrem schwüle und windarme Region gefürchtet, da sie oft monatelang in der Flaute festsaßen.

Die Bark läuft wieder einmal unter Motor. Der Fahrtwind spendet ab und zu ein laues Lüftchen. Eine kleine Wohltat. Das tropische Klima macht allen schwer zu schaffen. Vor allem die mühseligen Rost- und Konservierungsarbeiten unter Deck werden zur Tortur, weil sie auf Anweisung des Käpt'ns in voller Arbeitsmontur durchgeführt werden müssen. Der Schweiß rinnt den jungen Männern in Strömen den Rücken hinab. Die Luft im Laderaum ist stickig, und manch einer ist bei dieser drückenden Schwüle der Ohnmacht nahe. „Geklopft" wird jetzt in vier Schichten.

„Das gehört zur Kultur eines Ausbildungsschiffes!", sagt Diebitsch. „Arbeit schändet nicht. Da wächst der Zusammenhalt!"

Bei den Offizieren liegen die Nerven blank, da während des Tages kaum ein ruhiger Ort zu finden ist, an dem man sich vor der dröhnenden Orgie des Rostklopfens zurückziehen kann. An eine Konzentration auf den Unterrichtsstoff ist kaum zu denken. Offiziere und Matrosen sind von dem, was man von ihnen verlangt, längst überfordert.

Der Erste zeigt Mut. Köhler glaubt, der richtige Zeitpunkt wäre gekommen, um eine Änderung zu erzwingen. Als er Diebitsch beim Mittagessen über das mangelhafte Wissen der Unteroffiziere in Mathematik, Gesetzes-, Schiffs- und Wetterkunde aufklärt, schüttelt dieser mit vollem Mund den Kopf. „Und?" Darauf blickt der Kapitän prüfend in die Runde, um zu sehen, wer Köhlers Vorstoß unterstützt. Bis auf Buschmann und Schmidt senken alle nacheinander den Kopf. Diebitsch triumphiert: „Natürlich sehe ich die Notwendigkeit einer Korrektur", erwidert er wohlwollend, um gleich darauf in scharfem Ton fortzufahren: „Sie werden daher der Stammbesatzung ab sofort in den genannten Fächern Nachhilfe erteilen."

„Das schaffen wir nicht“, sagt Köhler. „Wir sind völlig ausgelastet! Die Männer leisten bereits Übermenschliches.“

Diebitsch’ Faust knallt auf den Tisch: „Wer von Ihnen glaubt, seinen Aufgaben nicht gewachsen zu sein?“

Die Luft ist noch drückender geworden. Köhler fühlt, wie ihm der Schweiß in die Schuhe rinnt.

„Darum geht es nicht!“, wagt Buschmann zu sagen.

Diebitsch stiert ein paar Sekunden in den Raum, bevor seine Donnerstimme durch Mark und Bein geht: „Ein deutscher Seeoffizier kämpft und leidet für die gute Sache! Es liegt an der Einübung der Handgriffe! Üben Sie! *Ü-ben Sie!* Bis Himmel und Erde vergehen, werde ich nicht ein Tüpfelchen meiner Anordnungen zurücknehmen. So wahr ich Kapitän der *Pamir* bin!“

Seine Lautstärke verschüchtert seine Offiziere. Köhler befällt Existenzangst, da er auf eine gute Beurteilung am Ende der Reise angewiesen ist. Er hat Angst um sein A6-Patent.

„Ich erwarte Ihren Einsatz bis zum Äußersten!“, setzt Diebitsch noch einen drauf. Und an Köhler gerichtet: „Bis morgen wünsche ich von Ihnen ein Konzept, das die Verbesserung der theoretischen Kenntnisse unserer Unteroffiziere sicherstellt!“

Köhler schluckt. Keiner seiner acht Offizierskollegen widerspricht.

„Noch jemand, der anderer Meinung ist?“ Niemand rührt sich. Die Tür hinter Diebitsch schließt sich knallend …

Manni und Tom verbringen ihre Freizeit auf dem Achterdeck. Sie sind hundemüde, aber in der Schwüle ist an Schlaf nicht zu denken. Sie wissen, dass sich der Arbeitseinsatz an Bord eher noch verschärfen wird. Es steht zu befürchten, dass außerhalb der Wachzeiten zusätzlich Segelmanöver angeordnet werden, denn die Jungmänner sind nun so weit ausgebildet, dass sie endlich sicher in die Masten aufentern und auf den Rahen stehen können.

Doch viele von ihnen leiden. Durch die schweren, ungewohnten Arbeiten schmerzen die Glieder. Der Holzteer greift durch das Labsalben der Taue die Haut der Hände an. Sie reißt ein, schmerzt teuflisch und beginnt sich zu entzünden. Kommt Salzwasser hinzu, glaubt man, glühendes Eisen anzufassen. Die Haare verkleben unweigerlich von dem braunen Teersaft, da die Leinen von oben triefen. Es wird unerträglich, da zur Reinigung nicht ausreichend Süßwasser zur Verfügung steht. Der „Blonde“, Manfred, ist inzwischen zum „Braunen“ mutiert.

Insgeheim zählen sie alle die Tage bis Buenos Aires.

Joe setzt sich zu Tom und Manni.

„Ich träum gerade vom kühlen Norden, garniert mit Schneesturm und angenehmen zehn Grad minus", sagt Manni und hebt die Arme. „Hier klebt sogar die Luft am Körper. Hoffentlich gibt Ali jetzt keinen Alarm."

Tom blickt nach achtern. „Schaut euch das an! So etwas hab ich noch nie gesehen. Das Wasser glatt wie ein Spiegel, und am Horizont sieht es aus, als gäbe es keinen Übergang zwischen Wasser und Himmel."

Plötzlich rümpft Tom die Nase. „Was stinkt denn hier so bestialisch?"

Manni zeigt auf ein Fass: „Fullbrass!" Er meint die Tonne, in der alle möglichen Abfälle gesammelt werden. „Das ist für die Äquatortaufe. Wenn uns der Diesel ausgeht und das Fass bis dahin nicht überläuft, gibt es in vier Tagen wieder frische Luft."

Tom ist ahnungslos. „Was hat das Fass damit zu tun?"

Manni lacht: „Das werden wir zusammen auslöffeln müssen."

Schon zwei Wochen vor dem eigentlichen Ereignis ist an Bord der Startschuss für die Vorbereitungen der Äquatortaufe gefallen. Ein Taufkomitee ist gebildet worden, in dem natürlich nur Taufscheinbesitzer aufgenommen worden sind. Die Getauften der Stammbesatzung brauchte man nicht lange zu bitten. Die Mehrheit hat sich, nicht ohne Grund, als Täufer angeboten.

Die Taufkommission beurteilt zuerst die Täuflinge. In Spalten werden Kreuze gemalt, über denen Wörter wie Geizkragen, Kameradenschwein, Neidhammel, Negativist, Radfahrer-Liebediener, Ungehorsamer, aber auch Vorbild, Musterschüler, Lernwilligkeit und Großzügigkeit stehen. Je nach Belieben und Sympathie wird für den Täufling eine Sonderbehandlung festgelegt. Den Täufern aus der Stammbesatzung, auch Böcke genannt, geht es aber vor allem um ein ausgiebiges, kostenfreies Saufgelage. Das hat Tradition! Und das Kiezrudel bekommt durchgehend gleich mehrere Kreuze in der Spalte Geiz. Je näher der Termin rückt, desto häufiger tagt das Komitee …

In der Messe hängt Artfried, der Leichtmatrose, eine Liste mit den Namen der Täuflinge aus. Die Bedeutung wird schnell klar. Die Täufer denken sich allerlei Schikanen aus, deren Nichtbefolgung einen Strich auf der besagten Liste nach sich zieht. Es beginnt mit Harmlosigkeiten wie: „Kannst uns mal 'n Bier holen?", und steigert sich bis zum Reinigungseinsatz in den Matrosen- und Offizierskammern.

Das Kiezrudel wehrt sich standhaft gegen Sklavendienste aller Art und hat innerhalb weniger Tage schon ein beträchtliches Konto an Minusstrichen angehäuft. Für die Böcke bedeutet jeder Strich eine Kiste Bier. Tom hat ausgerechnet, dass selbst bei strammen Säufern der Gerstensaft bis zur Ankunft in Hamburg im Herbst reichen würde.

Die vielversprechende „Ernte“ soll demzufolge auch eingefahren werden. Offen wird mit einer Sonderbehandlung am Tag der Wahrheit gedroht. Die Äquatortaufe ist also für jeden kleinen Sadisten ein freudiger Tag. Unter dem enormen Stress an Bord steigert sich die Lust an widerlichen Dingen. Das 200-Liter-Fass, welches seit Tagen an Deck in der Hitze steht, füllt sich mit neuen Essensresten der Besatzung …

DIE SCHWÜLE im Salon treibt Diebitsch gegen Mitternacht an Deck. Er benutzt den Aufgang, der direkt in das Kartenhaus führt. Die Zugänge auf das Hochdeck sind geöffnet. Die schwache Luftbewegung ist eine Wohltat. Auf einer kleinen Couch macht er es sich bequem. Seine Gedanken kreisen um die Geschehnisse der letzten Tage. Sie bringen ihn endgültig um den Schlaf.

Die Stammbesatzung kritisiert hinter vorgehaltener Hand seine Schulschiffmethoden, und die Kadetten ignorieren ihn absichtsvoll. Inzwischen hat er mitbekommen, dass man ihm in der Mannschaftsmesse den Spitznamen Ali Pfannkuchen verpasst hat. Einerseits fühlt er sich herausgefordert, andererseits macht ihn die unterschwellige Missachtung seiner Person zornig. Er glaubt sich in der Verantwortung, dem seemännischen Nachwuchs mit Härte den rechten Weg weisen zu müssen, und ist überzeugt davon, dass mit Zimperlichkeit derselbe nicht zu beschreiten ist.

Sonntag, 30. Juni, kurz vor der Äquatorlinie

Die Luft steht. Es regnet unaufhörlich. Feuchtigkeit dringt überall ein. Im Spind fängt die Kleidung an zu schimmeln.

Der Äquator rückt näher. In das Fass wirft einer zur besseren Gärung etwas Hefe. Andere werden dabei beobachtet, wie sie Zigarettenkippen, Schmiere, Fischreste, faule Eier, Kaffeesatz und weitere Widerwärtigkeiten hinzutun. Der bestialisch stinkende Sud bewirkt augenblicklich Brechreiz. Das Unwohlsein der Täuflinge nimmt zu.

„Morgen ist es so weit!“, hört man in der Mannschaftsmesse. Horrorgeschichten über die bevorstehende Äquatortaufe machen immer öfter die Runde. Konnte man vor Tagen die Stimmung an Bord gegenüber den Täufern noch als aufmüpfig bezeichnen, so hat sich dies bei fast allen „Delinquenten“ zusehends geändert, je näher der Äquator rückt.

Komplette Essensrationen wechseln überraschend die Tische. Die zu

Taufenden bieten den Täufern das Fleisch oder die Süßspeise an. Manche sind kriecherisch zu Diensten. Gibt es was zu flicken? Dürfte die Kammer nicht gereinigt werden? In der Mannschaftsmesse steht eine „Spenden- und Vermächtnisschachtel", in die jeder Täufling, je nach Angstpegel, einige Gaben und sein Vermächtnis in Form handgeschriebener Zettel einwerfen kann. Hier kann der Täufling kundtun, was er bereit ist zu spendieren, um Wassergott Neptun gnädig zu stimmen.

Das Kiezrudel ist sich einig. Sie verweigern sich jeglicher Spende und wissen, dass sie dafür nicht ungeschoren den Gürtel der Erde übersegeln werden. Ein Großteil der gesparten Heuer würde sonst dabei draufgehen, obwohl sie eigentlich für Mitbringsel aus Argentinien für die Daheimgebliebenen gedacht ist …

Joe hat sich von Koch Werner ein Buch über die Rituale der Seefahrt ausgeliehen. Darin steht, dass es bereits vor fünfhundert Jahren üblich war, dass der, der mit dem Schiff reiste und erstmals die unsichtbare Linie des Äquators überquerte, eine Taufe über sich ergehen lassen musste. Um 1557 segelte Johannes Lerius von Frankreich nach Brasilien. Er schrieb: „… als wir den Gürtel der Welt überfuhren, haben die Schiffsleute mit großer Festlichkeit ihren Brauch gepflegt. Sie banden diejenigen, die zuvor diese Linie noch nicht überquert hatten, an ein Seil und warfen sie vom Schiff ins Wasser, wo die Taufe erfolgte!" Die wahre Tradition! Dagegen ist der heutige Ritus abartig …

Der zweite Kochsmaat Ingo stellt ein zusätzliches Holzfass Salzheringe in die Sonne. Für welchen Zweck, ist jedem klar. Richie ordnet an, dass sich niemand den Fässern nähern darf.

Spökenkieker und Oldsails lassen Holzstreben und altes Segeltuch heranschleppen. Das Tuch wird mit Holzteer imprägniert und mithilfe der Streben wird wenig später ein provisorisches Schwimmbecken gebaut. Ein Deckswaschschlauch wird gelegt, und dann heißt es: „Wasser marsch!" Nein, nicht zum Vergnügen ist das Becken bestimmt, alles gehört zum erwarteten Ritual, und am Abend vor Erreichen des Äquators nimmt das Elend seinen Lauf.

Vor Sonnenuntergang befiehlt Oldsails alle Ungetauften in Badehose auf das Achterdeck. Mit Galgenhumor nehmen die Täuflinge Aufstellung. Auch einige Leichtmatrosen sind darunter, die, obwohl schon getauft, ihre Urkunde nicht eingepackt hatten. Seefahrtsbuch und Beteuerungen helfen nicht. Sie werden die Prozedur ein zweites Mal durchstehen müssen. Auch der Schiffsarzt Dr. Ruppert befindet sich unter den Täuflingen …

Diebitsch und seine Offiziere blicken vom Hochdeck auf das Geschehen. Diebitsch hat schon immer auf den Selbstreinigungseffekt einer Besatzung gesetzt, denn nach seinem Empfinden nisten sich Egoismus, Rücksichtslosigkeit, Feigheit und Geiz während einer jeden Reise ein, wo doch Hilfsbereitschaft, Anständigkeit und Solidarität vonnöten sind. Er hat sich das Taufprogramm vorlegen lassen und bei manch einem Behandlungsvorschlag eine Verschärfung empfohlen. Besonders bei den Täuflingen der Steuerbordwache. Er steht voll hinter seiner Tradition …

Aus dem Steuerbordgang stürzt ein finsterer Geselle, eskortiert von vier schwarzhäutigen Wilden in Leinenröcken. Es ist Triton, Sohn des Fluss- und Meeresgottes Neptun. Die Wilden sind seine Polizisten, die sich mit Stöcken bewaffnet haben.

Mit theatralischer Geste entrollt Triton eine Klopapierrolle: „Herr Kapitän! Verehrte Täufer, Seeleute Neptunis – ihr Drecksäcke und Stinker! Ich, Triton, Großadmiral Seiner Majestät Neptun, gebe folgenden Aufruf des Allgewaltigen bekannt: Wie wir durch unsere Späher erfahren haben, ist es Ihre Absicht, den Äquator zu überqueren. Alle verdreckten Bewohner der staubigen Nordhalbkugel, die beabsichtigen, die strahlende Reinheit der äquatorialen Gewässer auf dem Wege ins südliche Paradies zu durchqueren, müssen sich laut der unterseeischen Einwanderungsbehörde einer gründlichen Kadaverreinigung unterziehen. Erschwerend wirkt sich für euch Stinktiere aus, dass ihr alle bereits gegen unsere Gesetze verstoßen habt. Seit einiger Zeit ist unsere Jauchenschutzpolizei unermüdlich dabei, die Kloake, die ihr als Kielwasser hinterlassen habt, zu entgasen und zu klären, um die Reinheit des Äquators wiederherzustellen. Die entstandenen Unkosten gehen zulasten der Ungetauften, Konto: Notleidende Täufer."

Ein Schwarzer reicht ihm die Pappschachteln mit den Spenden und Vermächtnissen. Triton hebt sie hoch: „Ich hoffe, dass eure Vermächtnisse und Hinterlassenschaften, die ich hiermit versiegelt in Empfang nehme, ausreichen werden, um alle unterseeischen Gläubiger zu befriedigen. Nach überstandener Taufe wird von unserem Hof eine Urkunde auf Lebenszeit ausgestellt, die ein gefahrloses Passieren des Äquators in Zukunft garantiert. Die Behandlung ist gebührenpflichtig, zahlbar in Bierkästen oder Schnaps.

Gebt Acht, ihr verfilztes Lumpenpack! Morgen, am 1. Juli 1957 gegen Mittag, wird Neptun mit seiner Gemahlin Thetis und Gefolge auf diesem verrosteten Segler erscheinen, um die ordnungsgemäße Durchführung der Taufprozedur zu überwachen, damit ihr Stinker nach altem Brauch und Ritus gereinigt und für die südliche Halbkugel hoffähig gemacht werdet."

Daraufhin blickt Triton zum Hochdeck. „Sollten Sie, verehrter Herr Kapitän, unsere schwere Arbeit durch ein aufmunterndes Wässerchen unterstützen wollen, so ist Ihnen unsere Hochachtung gewiss."

Kapitän Diebitsch hebt gönnerhaft die Hand zum Zeichen seiner Spendierfreudigkeit.

Nach seiner Rede fordert Triton den Aufmarsch der Täuflinge. Eine kurze Inspektion ergibt, dass diese schmutzigen, unwürdigen und traurigen Gestalten wahrlich nicht vor Neptuns Angesicht treten können, ohne vorher gehörig gereinigt zu werden. Inzwischen hat jeder der bereits Getauften ein Tampenende ergriffen, sollten sich die Täuflinge nicht schnell genug über Deck bewegen. Sie haben ihre „Lieblinge" im Visier, die bisher wenig oder noch gar nichts gespendet haben.

Kaum ist die Kontrolle vorüber, kommen Pumpen und Waschschläuche zum Einsatz. Die Täuflinge spielen mit. Um den Schlagstöcken und den Tampenhieben zu entgehen, flitzen die jungen Männer an Deck mit Gejohle hin und her. Schließlich werden sie auf das Vordeck getrieben, wobei sie auch hier ständig unter Wasser gehalten werden. Joe und die anderen sorgen dafür, dass die Wasserfontänen die Richtung ändern, sodass auch die Täufer etwas davon haben. Es gibt massig blaue Flecken.

Eine gelungene Wasserschlacht, meint das Rudel, doch die meisten sind erst mal froh, dass der vorabendliche Auftakt zur Taufprozedur vorüber ist.

Abschließend ergreift Triton nochmals das Wort: „Ihr verlauste Saubande! Seid euch bewusst, welche Ehre es bedeutet, getauft zu werden! Ihr habt den ganzen Abend noch Zeit, in euch zu gehen und Buße zu tun. Der Gedanke an die Taufe darf euch die ganze Nacht nicht schlafen lassen, und gedenkt immer Neptuns Worten: ‚Wer nicht freigebig ist, der wird sein blaues Wunder erleben!'"

Montag, 1. Juli, Äquator

Das Frühstück schmeckt Joe nicht wie sonst. Sein Kopf ist noch schwer von der schlaflosen Nacht. In beiden Wachen wurde darüber spekuliert, was der neue Tag bringen mag.

Ein Gerücht macht die Runde: Kuddel soll sich frühmorgens darangemacht haben, die vergammelten Heringe zu verarbeiten. Angeblich hat er sie erst durch den Wolf gedreht, die Fischmasse anschließend mit Currypulver und einigen Handvoll Cayennepfeffer gewürzt und danach mit einer Unmenge Salz, Mehl und anderen geheimen Zutaten zu Brei vermischt.

Aus dem Gemenge hat er dann fast eiergroße Kugeln gedreht und kurz gebacken. Heraus kam die Äquatorpille! Durch die kontrollierte Einnahme dieser Arznei sollen alle Täuflinge von der heimtückischen „Nordhalbkugelkrankheit" geheilt werden.

Wie erwartet, erscheinen bald die schwarz bemalten Polizisten, diesmal begleitet vom pickelhaubenbewehrten Zweiten Zimmermann Wilfried. Dieser stellt sich in Positur: „In Kürze wird Neptun an Bord eintreffen. Ab in die Kadettenmesse, damit ihr sein Auge nicht beleidigt!"

Vorsorglich ziehen die Täuflinge wieder ihre Badehosen an. Um 12.30 Uhr wird das Schott aufgerissen. Der Moment ist gekommen: Neptun und seine liebliche Gemahlin Thetis sind aus der Tiefe über die Ankerkette an Bord gekommen. Bei der Auswahl ihrer Lieblichkeit Thetis hat der erste Steward Alois das Rennen gemacht. Er bewegt sich perfekt in seinen grellen Frauenklamotten. Sein Kopf ist unter einer groben blonden Perücke aus Hanf verschwunden. Der rosafarbene BH stammt aus seiner Requisitenschachtel, und die Zehennägel hat er sich rot bemalt …

Eine Schwadron Bordpolizei tobt durch die Messe, um die Täuflinge auf das Achterdeck zu treiben. Auf dem Hochdeck empfängt Diebitsch indessen Neptun und Thetis samt Hofstaat. Darunter Triton und seine schwarzen Helfer, den Prediger, einen Tiefseedoktor, den Gerichtsdiener und einen Barbier. Die Bordpolizei umzingelt die Täuflinge.

Nachdem drei Gläser Schnaps gekippt sind und der goldene Schlüssel übergeben ist, beginnt der Pastor zu predigen: von viel Schmutz, Gestank, Krankheiten und unkontrolliertem Haarwuchs, der beseitigt werden müsse. Die Wurzel allen Übels: der Geiz … „Wir wollen euch den rechten Weg weisen und mit gütiger Gewalt die Gebefreudigkeit in euch wecken. Vertraut auf die Macht der Spenden! Prost!"

Bierflaschen schlagen aneinander …

Kurz darauf werden Joe und die anderen Täuflinge mit peitschenden Tampenschlägen ins Kabelgatt getrieben. Eng und heiß ist es darin. Das Atmen fällt schwer.

Schließlich werden sie in Gruppen herausgeholt. Das Kiezrudel bleibt beisammen. Draußen ist es 35 Grad heiß, doch der Schwall Luft ist eine wahre Erfrischung.

Tom ist der Ohnmacht nahe. „Ich stifte das Bier!"

„Keine einzige Flasche! Denk an unsere Abmachung."

Tom zittert am ganzen Körper: „Wir müssen was anbieten, sonst bringen sie uns um!"

„Ziegenmilch! Wie ausgemacht. Du sagst immer nur: Ziegenmilch! Hörst du?"

Der Verschlag öffnet sich, sie stürzen ins Freie. Zusammengebunden werden sie dem Pastor vorgeführt. Joe ist an der Reihe.

„Dein Leben ist verpfuscht", hört er aus der Ferne, die Missetaten von der Liste sind nur schwer zu tilgen. Der Pastor empfiehlt dem Doktor, an diesem Täufling eine Generaluntersuchung vorzunehmen. Helfer packen Joe auf den „Operationstisch" und binden ihn fest. Sein Kopf wird fixiert. Leichtmatrose Artfried, alias Doktor, stellt die Diagnose: „Starke Magenverstimmung mit extremem Mundgeruch, heimgesucht von der Nordhalbkugelkrankheit, dazu extremer Geizbefall kombiniert mit der lebensbedrohlichen Verweigerungsinfektion." Das bedeutet fast die Todesstrafe. „Was will der Täufling Joe zur Abwendung des Vollzuges tun?" Zehn Finger würden helfen. Jeder Finger für einen Kasten Bier …

„Ziegenmilch! Für dich eine Flasche Ziegenmilch!"

Das hat noch keiner gewagt! Der Gerichtsdiener notiert. Das wollen wir doch mal sehen! Joe spürt, wie ihm die „Pille" zwischen die Zähne gepresst wird. Ein Trichter bahnt sich hart den Weg zwischen seine Lippen. Flüssige „Medizin" per Schöpfkelle. Der Sud.

Joes Finger wollen sich nicht rühren. Der Trichter bleibt länger stecken als gewollt. Dem Pastor daneben wird's mulmig: „Zieht ihn raus!"

Joe „opfert" die eklige Brühe im hohen Bogen.

Diebitsch ermutigt die Akteure vom Hochdeck aus: „Das hat sich der Kerl redlich verdient!"

Von zwei Bordpolizisten bewacht, um die Füße eine Schlinge, die nur kleine Schritte erlaubt, wankt Joe zur nächsten Station. Hinter sich hört er Toms Stimme sagen: „Ziegenmilch!"

Ein Brett über dem „Swimmingpool". Einschmeichelnd klingen die Worte des Barbiers: „Ihre Lieblichkeit Thetis legt Wert auf dein Aussehen! Erzähl mir deine Wünsche!"

„Dauerwelle!"

Ein Quast klatscht in sein Gesicht. Die schaumige Masse darauf: ein Mix aus ranziger Butter, Seife, Farbe, Öl und Teer. Mit der Klobürste wird der Dreck über Haare, Gesicht, Hals und Rücken verteilt. Schon geht es ab in die Tiefe. Ein begeistertes Täuferteam erwartet ihn. Hier zahlt sich auch die Schlinge um die Füße aus. Vor dem ersten Eintauchen hört Joe noch die Frage: „Wie groß ist denn deine Spende?"

Beim Luftholen zürnt er: „Eine Flasche Ziegenmilch!"

„Was?“ Die Lust zu quälen quillt beiden Taufmatrosen aus den Augen. Joe ist passionierter Taucher. Er hat ein immenses Lungenvolumen. Die Täufer haben davon keine Ahnung. Nach dem dritten Tauchgang treibt er reglos unter Wasser. Der Sadismus weicht der Angst. „Raus mit ihm! Er ist vom Staub gesäubert!“ Es klingt fast wie eine Entschuldigung.

Joe grinst in sich hinein.

Krönung und Abschluss ist die Aushändigung des Taufscheins durch Neptun. Am Ende versuchen die schwer Gedemütigten noch einen tieferen Sinn darin zu finden. Vielleicht in den verliehenen Fischnamen wie Seegurke, Knurrhahn oder Wasserfloh? Vergeblich. Die urkundlich beglaubigte Tortur wird zum ranzigen Gedenken an die *Pamir*.

Neue Gräben tun sich zu den alten auf. Am schlimmsten hat es den Schiffsarzt und den zweiten Steward erwischt. Es riecht nach einem Eklat.

Joe, Manni, Jens, Henry und Tom haben dagegen ihr Ziel erreicht. Man hat ihnen brutal zugesetzt, und sie haben mit „Ziegenmilch“ dagegengehalten. Sie sind stolz darauf. Ihre Standhaftigkeit wird zum Siegel für Kameradschaft, Zusammenhalt und Verlass. Joe geht in die Messe. Er hat für diesen Augenblick vorgesorgt. Mit Korn und fünf Flaschen Bier kommt er zurück. Die Schnapsgläser werden gefüllt.

„Auf Poseidon, den wahren Gott des Meeres, Bruder des Zeus, und auf seinen kristallenen Palast in der Tiefe, in den wir eingeladen sind!“

Neptun und seinen Komödianten fehlen die Worte.

Siebtes Kapitel

Sonntag, 14. Juli, Südatlantik

Sonntag ist Waschtag. Die Decks der *Pamir* bieten ein lustiges Bild. Auf Poop und Back wehen unzählige Wäschestücke im Wind. Der wichtigste Sonntag überhaupt seit der Reise, denn wenn die Brise weiter konstant aus Nordnordwest weht, dann wird die *Pamir* in zwei oder drei Tagen in der La-Plata-Mündung vor Anker gehen. Letzte Chance, die Ausgehklamotten zu waschen und Briefe an die Daheimgebliebenen zu vollenden.

Das nahe Ziel und die Freude darüber, es bald zu erreichen, beherrschen den Tag. Das Klima ist ungewöhnlich mild, obwohl die Monate von Juni bis August in diesen Breiten wie auch in Buenos Aires als Winterzeit gelten.

Joe erscheint auf der Poop. Er hat sich seinen Schreibblock unter den Arm geklemmt und entdeckt Jens. „Herrje! Hamburg ist weit weg! Gut, dass es Luftpost gibt."

„Hannover ist auch nicht in der Nähe!"

Erich, Jungmann in derselben Wache wie Joe und Jens, entert die Poop. Ebenfalls bewaffnet mit einem Schreibblock. Er macht ein ernstes Gesicht. Das Ansehen des Kapitäns und der nautischen Offiziere, bis auf Buschmann, Schmidt und Buscher, hat bei ihm einen neuen Tiefpunkt erreicht. Zügig bringt er seine Gedanken zu Papier. Daraus wird ein Briefentwurf an seine Eltern:

> Auf unseren neuen Kapitän ist kaum einer gut zu sprechen … So schön uns allen die vorige Reise gefallen hat, unter dem neuen Kapitän (der alte macht Urlaub) herrschen hier an Bord jetzt grauenhafte Zustände. Der alte arrogante Hund macht Äußerungen wie: „Koch, die Hauptsache ist, dass das Essen für die Offiziere warm gehalten wird. Die Kadetten können ruhig kalt fressen."

Ohne Rücksicht auf eine moderate Wortwahl bringt er seine Empfindungen über erlebte Schikanen zu Papier:

> Bei der Handelsmarine ist es üblich, dass Offiziere und Mannschaft das Gleiche essen. Das alte Schwein führt ein, dass die höheren Dienstgrade extra gutes Essen erhalten. Die schwere körperliche Arbeit leisten wir aber.

Jens strickt an seinem chronologischen Bericht an seine Lieben in Hannover. Die Äquatorwärme hat er bestens vertragen, und er nimmt sich vor, erst mal seine Beobachtungen über das Seegetier in diesen Breiten zu schildern:

> Wohlig warm und sonnig waren die Tage. Wir ließen uns braun brennen und beobachteten vielerlei Seegetier: Fliegende Fische sind uns nun alltäglich geworden, Wale, Seehunde neben Möwen und Delfinen, Schweinswale und Haie, die sich dicht an der Bordwand aufhalten, sahen wir schon … Es gab aber auch harte Tage. In tropischer Wärme mussten wir in den Laderäumen Rost stechen und malen. Dazu hatten wir viel Unterricht, und der neue Kapitän hielt alle in Atem durch ständige schikanöse Neuerungen. Der Alte … ist sehr unbeliebt und verschwindet hoffentlich in Argentinien …

Joe, dem jegliche Übertreibungen verhasst sind, schreibt seinem Schulfreund Wolfgang nach Winsen.

> Die gute alte Bark *Pamir* war für mich eine große Überraschung, denn auf ihr fahren neben einigen Pfeifen echte Seeleute, wie man nur noch wenige hat. Wenn unser Schiff mit vollen Segeln leicht krängend durch die blaue

See pflügt, sind alle gut gelaunt. Ist gerade schlechtes Wetter, wie zum Beispiel in den Mallungen, dem gefürchteten Teil des Ozeans, dann sind alle sauer. Auf dieser Reise ist es besonders schlimm, da unser neuer „Alter" … sinnlose Manöver fahren ließ. Bei günstigem Wind verschenkten wir kostbare Zeit. Essen wurde getrennt für achtern und mittschiffs gekocht. Eine Verschlechterung unseres Essens blieb nicht aus. Als wir nun in die Gegend der Windstillen, der mörderischen Hitze, der tagelangen Regenschauer und plötzlichen Sturmböen kamen, stieg achtern die Stimmung bis kurz vor den Siedepunkt. Der Alte merkte es, doch er wollte uns schon kleinkriegen. Der Teufel ritt ihn scheinbar, als er eines Nachts in den Mallungen, es regnete fürchterlich und kaum ein Windhauch blähte die nassen Segel, einen Rettungsring mit Leuchtboje über Bord warf und rief: „Mann über Bord!"

Sofort wurde *all hands on deck* befohlen. In Schlafanzügen und Unterhosen wurde ein wildes Manöver gefahren. Ein Rettungsboot wurde ausgesetzt, und in der nicht gerade ruhigen See ruderten wir hinter dem Ring her und nahmen ihn auf. Aber unsere Bark war nicht mehr zu sehen. Erst gegen Morgen wurde das Boot mit den erschöpften Seeleuten wieder an Bord genommen. Die ganze Nacht durch hatten wir Manöver gefahren, um jeden Windhauch auszunutzen. Die Mannschaft wusste noch nicht genau, ob das Ernst oder nur eine Übung war. Als alles wieder in der Reihe war, durfte die Freiwache sogar schlafen gehen, doch sie gingen nicht in die Koje, sondern blieben in kleinen Gruppen wild debattierend an Deck stehen. Als der Alte nun den ausdrücklichen Befehl gab zu verschwinden, platzte dic Bombe. Es wurde offen gemeutert. Wir schrien ihn an und verlangten unseren alten Kapitän wieder. Noch einige Male versuchte man uns zu beruhigen, doch ohne Erfolg. Wie die Mäuse verkrochen sich Kapitän und Offiziere in den Mittschiffsaufbauten, verrammelten Türen und Bullaugen. Doch wir blieben ruhig und gingen zur Koje. Folgen wird das nicht nach sich ziehen, da man klug genug sein wird. Doch wir hatten keine glücklichen Stunden mehr an Bord. Die Offiziere rächen sich an uns. Auf einer zweimonatigen Seereise können sie uns fertigmachen. Du kannst Dir nicht vorstellen, was das bedeutet …

Dienstag, 16. Juli, vor der La-Plata-Mündung

Der erste Hai hat in den Haken gebissen. Der Fang hellt die Gemüter auf und lässt die Härten für einen Moment in den Hintergrund treten.

Mit Oldsails' Hilfe wird das vier Meter lange Exemplar an Deck geholt und nach altem Brauch mit Handspake, Messer und Beil gekillt. Eine blutige Abwechslung. Der Tradition gehorchend nagelt ein Matrose die Schwanzflosse auf das äußerste Ende des Klüverbaums.

Momentan herrschen, Gott sei's gedankt, ideale Bedingungen. Wind und Wetter passen. Die jungen Männer nutzen jede Stunde, um an Deck zu sein. Auf Back und Poop sitzen die Kadetten der Freiwache wieder in fröhlicher Runde. Einer spielt gekonnt Akkorde auf der Gitarre, und es dauert nicht lange, dann stimmen die jungen Kerle einen schrägen Shanty an.

Richie, unterhalb der Back, gibt unterdessen Werkzeug und Material an die Diensthabenden aus. Er ist nur noch ein Schatten seiner selbst. Der Rheumatismus macht ihm zu schaffen. Schuld an seinem Zustand sind in Wahrheit aber die Neuerungen an Bord. Sie führen dazu, dass er mit seiner Arbeit nicht mehr klarkommt. Nötige Reparaturarbeiten gehen nur schleppend voran. Seine Psyche leidet. Die Zahl der *hands* pro Wache lässt sich nicht mehr richtig überprüfen, denn bei allen großen und kleinen Manövern ordnen die Offiziere auf Geheiß des Käpt'ns an, die Freiwache mit einzuspannen.

Köhler, Richies letzte Hoffnung auf eine Änderung der Zustände, mutiert völlig zum Sprachrohr des Käpt'ns. Zwischen dem Ersten und der Mannschaft fühlt Richie sich aufgerieben. Dazu die Eskalation von Emotionen unter den Kadetten. Vor allem wegen der Verschlechterung des Essens. Dafür wird mittschiffs, auf Anweisung des Käpt'ns, „edler" gekocht.

Der unübersehbare Alkoholkonsum unter der Stammbesatzung fällt ebenfalls auf Richie zurück. Außerdem ziehen einige Verfehlungen Eintragungen ins Schiffsjournal nach sich. Einzelnen Kadetten und Matrosen droht die Streichung des Landgangs. Das ergibt eine teuflische Steigerung von Missfallen bis zum blanken Hass. Das Einzige, was die Besatzung auf Besserung hoffen lässt, ist das Ziel Buenos Aires. Morgen wird die *Pamir* in der La-Plata-Mündung ihren Anker werfen. Zwei Tage noch, dann gibt es wieder Land unter den Füßen …

Als die Abendwache zur Ablösung an Luke I Aufstellung nimmt, dreht der Wind von Nordost nach West. Der wachhabende Offizier ist Fred Schmidt. Oldsails und Richie bekommen die Winddrehung in der Unteroffiziersmesse mit. Die *Pamir* krängt für einen Moment leicht nach Backbord. Oldsails spürt die Neigung mit der Pobacke, Spökenkieker rutscht der Kaffeelöffel einige Zentimeter nach Lee. Sie sehen sich an. Beide ahnen, was kommt: der berüchtigte *pampero*, ein Sturm, der im Süden Patagoniens entsteht und mit bis zu 180 Stundenkilometern über die baumlose Pampa Richtung Norden rast.

„Das ist ja eine feine Begrüßung, so kurz vor dem Ziel. Don Pampero wäre jetzt schon an Deck", sagt Richie lakonisch. Er meint damit Eggers, der ein untrügliches Gespür für diese Art Sturm besitzt.

Joe schiebt an Deck Wache. Mit ihm ist der Ausguckposten besetzt. Er bemerkt ebenfalls, dass der Wind plötzlich aus westlicher Richtung kommt, direkt von Land her. Seine Kameraden beginnen die Rahen in die Windrichtung zu brassen. Die *Pamir* segelt sofort ein, zwei Knoten schneller. Die Wellenhöhe nimmt rasch zu. Angestrengt blickt Joe in die Dämmerung. Steuerbord voraus müsste bald die La-Plata-Mündung auftauchen. Gleichzeitig hält Joe Ausschau nach dem Feuerschiff *Prácticos Recalada*. Dort werden sie Anker werfen und ihren Sandballast ins Meer schaufeln. Danach wird der Lotse an Bord kommen, und ein Schlepper wird sie endlich in den gelobten Hafen schleppen. Eine Sache von wenigen Stunden, denkt er sich, dann müsste er das Feuerschiff sichten.

Richtung Land verfinstert sich plötzlich der Himmel. Drohend schwarz schieben sich über die Kimm Wolkenbänke heran. Dazwischen zeigt sich im Südwesten ein starkes Wetterleuchten. Joe meldet seine Beobachtung. Das Wetterleuchten gerät rasch zu einem furiosen Schauspiel.

Fred Schmidt lässt den Käpt'n an Deck holen. Diebitsch steht für einen Moment fassungslos neben ihm. Im selben Moment taucht der Klüverbaum in ein tiefes Wellental. Die erste hohe Dünung der anrollenden Sturmsee wird vom Bug der *Pamir* durchschnitten. Eine kühle Bö fegt eine mächtige Gischtfontäne über die Back. Die *Pamir* legt sich ächzend auf die Seite.

Joe klammert sich im letzten Moment am Eisengeländer der Back fest. Das überkommende kalte Seewasser durchnässt ihn vollständig. In seinem Rücken hört er Ali Pfannkuchen auf dem Hochdeck brüllen: „Alle Mann an Deck!"

Eine zweite harte Bö reißt den Außenklüver in Fetzen. Die Stagsegel knattern wie Maschinengewehre.

„Abfallen!", brüllt Diebitsch. In letzter Sekunde werfen die Männer das Ruder herum. Das Schiff gehorcht und segelt nun vor dem Wind. Damit reduziert sich wenigstens die relative Windgeschwindigkeit um die Fahrtgeschwindigkeit des Schiffes.

Diebitsch und der wachhabende Offizier zeigen sich vom blitzartigen Überfall des Pamperos überrascht. Barometer und Thermometer sind stark gefallen. Doch noch immer droht Gefahr, dass alle gesetzten Segel zerfetzt werden. Doch ein Wunder geschieht, weitere Böenwalzen bleiben aus. Dafür gießt es unerwartet wie aus Eimern. Ein Zeitgeschenk des Himmels, da die Maßnahmen zur Reduzierung der Segelfläche wesentlich früher hätten getroffen werden müssen …

Mittwoch, 17. Juli, 0.30 Uhr, La-Plata-Mündung

Inzwischen ist es pechrabenschwarz. Bis auf zwei Stag- und Marssegel am Vor- und Großmast sind alle Segel geborgen. Da niemand mehr in den Masten turnt, atmen nicht nur die Offiziere durch. Dennoch, Joe fühlt, dass mit dem Kurs etwas nicht stimmen kann. Er beobachtet die drei Matrosen am Steuerrad. Sie haben Mühe, den Kurs zu halten. Immer wenn eine Hecksee anrollt, will die *Pamir* nach Luv oder Lee ausbrechen …

Richie hat sich ins Kartenhaus verzogen. Auch ihm ist bei diesem Kurs mulmig. Er ahnt, dass das dicke Ende erst noch kommt. Als Oldsails den Niedergang hochkommt, zitiert er bedeutungsvoll einen Reim: „Kommt der Wind vor dem Regen, ist Marssegel setzen nicht verwegen. Aber erst der Regen, dann der Wind, Marsfallen klar auf Deck geschwind!"

Kaum dass er seinen Spruch los ist, bricht ein Gewittersturm los.

„Du hättest Hellseher werden sollen!", raunt Oldsails.

In wenigen Minuten baut sich eine grobe See auf. Das Inferno heult furchterregend in der Takelage. Die *Pamir* lenzt, was bedeutet, dass sie mit geringer Fahrt vor Wind und See abläuft. Lenzen in hoher See ist schon bei Tage sehr gefährlich, da das Risiko des Querschlagens wächst. Bei Dunkelheit ist der Kurs jedoch fatal, da man die Heckseen nicht sieht und die Männer am Steuerrad nicht rechtzeitig darauf reagieren können. Joe und seine Kameraden bekommen den Befehl, unter Deck zu bleiben. Sie ahnen nichts von den drohenden Gefahren.

Joe ist von der Gewalt der See begeistert. Das erste Mal, dass er in seinem Leben zehn, fünfzehn Meter hohe Wellen erlebt. Er will seine Nase in den Sturm halten. Mit nacktem Oberkörper wagt er sich auf das Achterdeck und riskiert einen Blick über die Verschanzung. Plötzlich weiten sich seine Augen. Haushoch über dem Heck bricht sich ein Berg von einem Kaventsmann. Mit einem Hechtsprung rettet er sich hinter das Schott. Sekunden später donnert der Brecher über die Poop. Die *Pamir* erbebt unter der Wucht des Anpralls. Die Massen von Wasser, die sich über das Achterdeck ergießen, hätten Joe glatt über die Verschanzung gewaschen …

„Mars- und Stagsegel bergen! Sturmklüver und Sturmbesan setzen!", kommt das längst überfällige Kommando vom Hochdeck.

Richie hebt im Kartenhaus den Daumen. Oldsails darauf: „Teufelskerl!"

Wieder heißt es in die Masten klettern. Diesmal sind es ausschließlich Matrosen der Stammbesatzung, die aufentern. Sie leisten Schwerstarbeit.

Als die Sturmbeseglung steht, lässt Diebitsch beidrehen.

Fred Schmidt kontrolliert am Ende seiner Wache den Krängungsmesser. Bei Wellenhöhen bis zu zwölf Metern steht er durchschnittlich bei 20 Grad. Die Rollbewegung tut ihr Übriges, um die Decks tanzen zu lassen. In der Mannschaftsmesse sieht es aus wie nach einem Bombenangriff. Hier muss jeder allein zusehen, wie er zurechtkommt. Alles fliegt durch die Räume. Flaschen, Teekannen, Teller, Eimer, Klamotten.

In der Mannschaftsmesse blickt Manni starr auf die Wand. „Schweinerei!“, ruft er. Ihm gegenüber hängt die Seekarte, auf der Kurs, Etmal und Reisetage eingetragen sind. „Meine Wette! Bis gestern lag ich auf Siegeskurs!“

„Liegst halt wie immer falsch! Dafür komm ich der Sache schon näher!“, feixt Tom.

Henry fragt Joe: „Wie steht's mit dir?“

Joe trocknet sich ab, stemmt sich breitbeinig an die Wand und erwidert: „Könnte hinkommen mit meinen 51 Tagen. Ich erwarte aber nicht, so etwas wie Glück auf diesem Schiff zu finden.“

Sonntag, 21. Juli, treibend im Südatlantik

Der Pampero peitscht unvermindert weiße Gischt über die aufgewühlte See. Gigantische Wogen rollen Tag und Nacht unentwegt wie Gebirgsketten heran. Das ruppige Wetter scheint nicht enden zu wollen.

In der Enge der Mannschaftsunterkünfte lebten in den vergangenen Wochen völlig verschiedene Welten zusammen. Jede Wache war darauf bedacht, ihre Eigenart zu bewahren. Doch das Sturmerlebnis ist für alle gleich belastend, wirkt bedrohlich und peinigend. Die Wandlung überrascht. Nur noch Rücksicht und gegenseitige Hilfe zählen plötzlich. Kaum ist Wachablösung, hilft die Freiwache den erschöpften Kameraden aus ihrem durchweichten Ölzeug, bringt Tee und schleppt Essen heran. Die wichtigste Frage, wenn einer vom Deck kommt, lautet: „Was macht das Wetter?“

Man macht sich Mut: „Heute scheint es wieder etwas wärmer zu sein, mein Lieber. Ich glaube, der Wind flaut langsam ab.“

„Was sind schon hundert Meilen Abdrift? Das kostet uns doch höchstens einen halben Tag …“

Jeder gibt sich Mühe, soviel er nur kann, um die Situation erträglicher zu gestalten. Besonders die Gemütslabilen bedürfen der Unterstützung ihrer Kameraden. Manch einer hat seine geröteten Augen nicht dem Salz des Meeres zu verdanken …

Tom schafft es immer weniger, seine Ängste zu bekämpfen. Er fürchtet sich davor, in tosender See ertrinken zu müssen. Während andere Kameraden sich an die reale Angst schnell gewöhnen, gerät Tom bei jedem Brecher, der gegen die Bordwand donnert, in Panik. Unter seiner Decke faltet er die Hände und bittet Gott inbrünstig um Beistand: „Mach, Herr, dass ich hier nicht untergehe. Das Schiff hat im Rumpf wunde Stellen. Ich hab es mit eigenen Augen gesehen. Lass nicht zu, dass irgendetwas bricht, reißt oder sonst wie Schaden nimmt. Nicht dort unten. Herr, schütze unsere *Pamir* – unser Haus – vor den Gewalten. Amen!"

Diebitsch hat es sich im Salon in der kleinen Sitzecke gegenüber dem Tisch bequem gemacht. Einen Fuß gegen den Tisch gestemmt, und schon ist man gegen jede überraschende Schiffsbewegung gefeit. Der Schiffsarzt und Kurt Richter, der Erste Ingenieur, bilden heute seine Abendgesellschaft. Das liegt am spendierten Wein. Dafür führt nur einer das Wort. Im Gegenzug lauschen die Gäste höflich Diebitsch' Erzählungen aus Kriegszeiten. Sie folgen seinem inneren Kompass, der sie diesmal auf den Indischen Ozean führt, wo er als Prisenoffizier auf dem Kaperschiff *Kormoran* Jagd auf Handelsschiffe feindlicher Nationen machte. Staatspiraterie auf höchstem Niveau. Ein solcher Einsatz wurde von allen Regierungen in Kriegszeiten sanktioniert.

„Bis zum November 41 hatten wir mit der *Kormoran* elf Schiffe aufgebracht." Diebitsch schwenkt sein Rotweinglas: Prost, meine Herren!"

„In welchem Seegebiet operierten Sie?"

„Der ganze Indische Ozean war unser Operationsgebiet. Ein prachtvolles Gewässer. Leider waren Kaperungen rar geworden."

Schiffsarzt Dr. Ruppert hämisch: „Hat sich wohl wegen der Großdeutschen Marine niemand mehr aufs Meer getraut, was?"

„So würde ich das nicht sehen. Der internationale Schiffsverkehr lief in Kriegszeiten nördlich der Linie Kalkutta–Palkstraße–Ceylon–Seychellen und weiter durch den Mozambique-Kanal. Da durften wir aber nicht operieren, wir mussten unsere Polizeiaufgabe mitten im Indischen Ozean erfüllen."

„Das verstehe ich nicht", wirft Richter ein.

„Ganz einfach: Durch unsere Präsenz wurde der Gegner gezwungen, große Umwege zu machen."

„Und? Hat es trotzdem jemand gewagt?"

„Ein Grieche. Er war gleichzeitig unsere letzte Beute. Von Ceylon kommend, gingen wir auf Südkurs, umrundeten das Chagos-Archipel in einem großen Bogen und pirschten nordwestlich weiter. Es war Nacht. Der Grieche fuhr mit allen Lichtern. Ein wahrer Christbaum schob sich vor uns her.

Wir liefen ihn stur an, ohne Positionslichter. Das konnte eigentlich nur ein Neutraler sein, so vermuteten wir. Aber weder Hoheitszeichen noch eine neutrale Flagge waren zu entdecken."

Wieder schwenkt Diebitsch bedächtig sein Weinglas und genehmigt sich einen Schluck. „Wir hatten die *Stamatios G. Embiricos* aufgebracht. Als wir nahe genug dran waren, funkten wir sie an. Unseren Stoppbefehl und das Funkverbot befolgte der Hellene prompt. Er glaubte, ein englisches Schiff kontrolliere ihn. Der Moment war gekommen, wo ich übersetzen musste."

„Ganz schön dreist!", bemerkt Richter.

„Dummheit! Nichts als Dummheit. In den Weiten des Ozeans verliert manch ein Kapitän offensichtlich seinen Instinkt und ignoriert selbst seine eigenen auferlegten Vorsichtsmaßnahmen. Erst als ich mit meinem Untersuchungskommando die Brücke geentert hatte und meine Männer die wichtigsten Stationen besetzt hielten, wurde dem Kapitän klar, wen er vor sich hatte. Er fuhr in englischem Auftrag!"

Plötzlich erscheint Siemers im Salon. Er reicht Diebitsch ein Telegramm. Dieser fühlt sich gestört: „Was erzählen sich denn die Quasselstrippen mitten in der Nacht auf den gottverlassenen Meeren?"

„Die Reederei meldet uns, dass gewalttätige Streiks in Buenos Aires ausgebrochen sind. Das Militär greift mit Schusswaffen ein. Die Nachricht wurde von unserem Handelsagenten in Buenos Aires direkt nach Hamburg übermittelt."

Diebitsch überfliegt den Zettel. „Gut so! Dann haben wir ja keine Zeit verloren. Bis wir bei den Getreidesilos festmachen, ist der Spuk vorüber."

Plötzlich sackt das Schiff ab wie ein Stein. Dann läuft ein Zittern durch den ganzen Rumpf. Siemers scheint für einen Moment zu schweben, dann knallt er mit der Schulter gegen die Eingangstür, wird von unsichtbaren Mächten auf den Boden geworfen. Planken knarren, Stahlverbände ächzen.

Die Schräglage ist bedrohlich. Mit einem gewaltigen Schlag gegen das Vorschiff kommt die *Pamir* für einen Moment wieder auf ebenen Kiel. Dann neigt sie sich wieder zurück in ihre alte Schräglage. Die Gläser sind in ihren Halterungen heil geblieben, nur der restliche Wein ist den Fliehkräften bis weit in den Salon hinein gefolgt.

Ruppert und Richter haben sich die Köpfe angeschlagen. Der Doktor reibt sich die Stelle. „Verdammt! Was war das?"

Diebitsch erwidert: „War sicher ein Kaventsmann. Einer von der üblen Sorte. Herr Ruppert, stellen Sie fest, ob noch alle an Bord sind."

Siemers zieht sich zurück. Nach einer halben Stunde kommt Ruppert vom Hochdeck zurück. „Keiner von der Besatzung fehlt. Ernsthaft hat sich niemand verletzt."

„Na denn …" Diebitsch hat inzwischen vom Steward aufwischen und eine zweite Flasche Roten öffnen lassen. Genüsslich schenkt er selbst die Gläser voll. „Der Grieche war übrigens eine völlige Enttäuschung", nimmt er den Faden wieder auf. „Er war auf dem Weg von Mombasa nach Colombo und fuhr unter Ballast wie unsere *Pamir*."

„Keine wertvolle Prise also für das Reich? Wie sind Sie mit der Besatzung und dem Schiff verfahren?"

„Die Versenkung ging reibungslos vonstatten. Nur die Besatzung mussten wir am nächsten Tag aus ihren Booten retten. Sie setzten Segel und versuchten im Schutz der Dunkelheit zu fliehen. Die wollten doch glatt auf die Seychellen entkommen."

„Alles Griechen?"

„Ach was. Kunterbunt! Ägypter, Kroaten, Portugiesen, Filipinos, Norweger und natürlich auch Griechen. Wir brachten sie im Vorschiff unter. Wenn sie an die Luft durften, nannten wir das ‚Ball der Nationen'."

„Wie kam es eigentlich zur Begegnung mit dem australischen Kreuzer *Sydney*?", fragt Ruppert.

„Nicht so hastig, mein lieber Doktor! Erst wurden wir noch durch unseren Versorgungsdampfer *Kulmerland* mit allem versorgt, was das Herz begehrt. Er kam direkt aus Japan. Eine Meisterleistung aller Beteiligten. Koordinaten und Zeitpunkt des Treffens auf hoher See waren vorzüglich gewählt. Sieben Tage dauerte das Rendezvous. Die Gefangenen wurden abgegeben, und unsere *Kormoran* nahm Kurs auf die westaustralische Küste. Dort wollten wir die Gegend der Shark Bay, nördlich von Perth, überprüfen und vielleicht sogar mit Minen verseuchen."

„Zu welcher Jahreszeit spielte sich das ab?", fragt Richter interessiert.

„Das war im November. Der schicksalhafte 19. November. Bußtag!"

„Nomen est omen!", orakelt Ruppert.

„Mir ist, als wäre es erst gestern gewesen. Ich stand auf dem Signaldeck, wo das Fernglas auf dem Artillerieleitstand montiert war, denn jemand rief, ein Segler sei voraus in Sicht. Unsere *Pamir* fuhr damals unter australischer Flagge. Ich wollte sichergehen, ob sie es tatsächlich ist. Kurz darauf kam aber schon Kapitän Detmers herauf. Ihm gefiel die Sache absolut nicht, denn schnell wuchsen am Horizont die Umrisse eines australischen Kreuzers der Perth-Klasse."

Ruppert reagiert spontan: „Kehrt um! Marsch, marsch zurück!"

„Schön wär's gewesen, mein lieber Doktor, aber an ein Entkommen war in dieser Situation nicht mehr zu denken. Unsere *Kormoran* hatte inzwischen starken Bewuchs am Rumpf. Maximal 16 Knoten wären drin gewesen. Der Kreuzer schaffte aber genau das Doppelte."

„Wie entschied sich Detmers?"

„Detmers pokerte. Und er tat es mit Bravour. Wir mussten Zeit gewinnen, um so nah wie möglich an den Kreuzer heranzukommen. Das Überraschungsmoment war unsere einzige Chance. Als wir mit einem unbekannten Code angemorst wurden, reagierten wir nicht. Plötzlich morste der Gegner Klartext: *What ship?*

Nach meinen Erinnerungen ließ Detmers mit Flaggen antworten. Ein braves Handelsschiff macht das immer mit Flaggen. Langsam und sinnig. Ich glaube, er machte es wie seinerzeit Admiral Nelson, der einmal das Flaggensignal setzen ließ: ‚Ich sehe Ihr Signal wohl, aber ich kann es nicht erkennen!'"

„Und? Haben sich die Australier darauf eingelassen?"

„Na ja, unser Signalmaat machte seine Sache hervorragend. Erst bekam er nicht alle Flaggen auf die Leine, dann vertörnte sie sich wie von selbst am Signalmast, und der gegnerische Kapitän zeigte offensichtlich Verständnis für unseren nervösen Handelsschiffsjantje."

„Wie lange ließ er denn mit sich Katz und Maus spielen?"

„Wir mussten natürlich irgendwann Farbe bekennen und taten es auch in der Hoffnung, dass unsere Tarnung Anerkennung finden würde. Wir signalisierten frech: ‚Holländer, *Straat Malakka*!'"

Ruppert drängt auf ein Ende: „Das war's dann wohl!"

„Noch nicht. Wir lauschten auf seinen Funker. Es fand aber kein Funkverkehr statt. Der Gegner ließ unsere Angabe nicht überprüfen. Zu unserer eigenen Überraschung morste er ‚Verstanden' und fragte, was unser Bestimmungshafen wäre. ‚Nach Batavia', gaben wir Antwort. Inzwischen hatte sich der Kreuzer so weit angenähert, dass er in die Reichweite unserer Artillerie geriet. Dann wollte er noch wissen, welche Art von Ladung wir im Bauch hatten. Detmers entschied sich für Stückgut. Wieder verstrichen quälende Minuten. Plötzlich wurden wir wieder angemorst: ‚Geben Sie Ihr geheimes Erkennungssignal!' Die Prozedur mit den Flaggen wiederholte sich zäh und langsam. Das reichte. Der Kreuzer *Sydney* lief jetzt an Steuerbord, fast parallel zum Kurs unserer *Kormoran*. Ein Teil der *Sydney*-Besatzung stand an der Reling, um den ‚*Dutchman*' zu begaffen. Es war fast wie im tiefsten Frieden. Das war für Detmers der Moment. Er ließ

‚enttarnen'. Die deutsche Kriegsflagge wurde hochgezogen. Dann gab Detmers Feuerbefehl. Die Relinge klappten weg, Luken flogen auf und auf Hebebühnen kamen die Geschütze zum Vorschein. Sechs Sekunden nach Detmers Befehl feuerten wir aus allen Rohren."

Richter zeigt sich begeistert: „Ein Wunder an Schnelligkeit!"

„Das kann man so bezeichnen. Im Sechssekundentakt schossen wir unsere Salven. Die erste traf offenbar die Feuerleitzentrale des Kreuzers, denn die Geschütze drüben schwiegen. Einer unserer Torpedos traf die Vorderkante von Turm A des Kreuzers. Aus den beiden vorderen Türmen fiel daraufhin überhaupt kein Schuss mehr. Auch Turm D schwieg nach kurzer Zeit. Nur Turm C schoss noch gut und schnell. Eine Granate traf uns mittschiffs und setzte den Maschinenraum in Brand. Dieser gemeine Treffer bedeutete auch das Ende unserer *Kormoran*. Ein einziger Treffer hatte genügt. Das Feuer konnte nicht gelöscht werden. Das Gefecht dauerte noch eine gute Stunde. Die *Sydney* war bald nur noch ein lichterloh brennendes Wrack. In der Dämmerung verloren wir sie schnell aus den Augen. Kurze Zeit später sahen wir einen hellen Feuerschein. Sie war wohl explodiert und mit Mann und Maus gesunken."

„Überlebte jemand?"

„Kein Einziger. Rund 650 Mann fanden den Tod. Das haben wir aber erst viel später erfahren."

„Was wurde aus der *Kormoran*?"

„Die Mannschaften gingen in die Boote. Wir hatten viele Minen an Bord, die eine große Gefahr darstellten. Der Sperroffizier brachte die Sprengladungen an, und kurz nach Mitternacht versank die *Kormoran* nach einer gewaltigen Explosion in den Fluten."

„Wie viele haben überlebt?"

„320 Mann. Achtzig fanden den Tod."

Ruppert insistiert: „Gerieten Sie danach nicht in Gefangenschaft?"

Diebitsch winkt ab. „Ja, für sechs Jahre. Ich verbrachte sie in Dhurringile nördlich von Melbourne. Aber das ist eine andere Geschichte …"

Montag, 22. Juli, 10.50 Uhr, Feuerschiff *Prácticos Recalada*

Die Kette des Backbordankers rasselt funkensprühend durch die Klüse. Für einen Moment verschwindet der Bug in einer Wolke von Roststaub. Der Anker gräbt sich in den Schlick und kommt schnell auf Zug.

Nach 51 Tagen, 23 Stunden und 38 Minuten endet die Reise von Hamburg an den Rio de la Plata. Joe kann sein Glück nicht fassen. Er hat den Sweepstake gewonnen!

„Das kostet aber 'ne Runde!", meldet Jens Ansprüche an. Er hat sich mit 54 Tagen knapp verschätzt. Manch anderer hätte den Gewinn bitter nötig gehabt. Joe nimmt den Geldtopf sofort an sich und vermeidet strikt, sich die Spendierhosen aufnötigen zu lassen. Stattdessen hüllt er sich in Schweigen.

Diebitsch, mittschiffs, folgt dem Ritual der Kapitäne. Er geht ins Kartenhaus und zieht sich aus dem Schiffsjournal die Daten für seinen Reisebericht an die Reederei Zerssen heraus: Distanz 6996 Seemeilen, reine Segelstunden 794, reine Maschinenstunden 251, Maschinen- und Segelstunden 95. Es folgen Positionsangaben, vermischt mit kargen Windangaben. Das Ganze passt auf eine DIN-A4-Seite.

Mehr kommt nicht infrage. Nicht im ersten Bericht. Er käme sehr in Schwierigkeiten, würde er sich zu dem äußern, was wirklich los war. Seine wichtigsten Offiziere werden abmustern, haben ihre Entscheidungen in nachvollziehbare Motive verpackt. Dennoch wird er im Einzelfall Kritik üben müssen. Am besten im Rahmen der persönlichen Beurteilungen, die er zu Papier bringen muss, denn Verräterbriefe könnten per Luftpost nach Hamburg vorauseilen. Wer weiß schon, was in den Gehirnen seiner Offiziere und vor allem in denen der Kadetten ausgebrütet wird? Und die motzen immer! Doch wer glaubt schon jungen Männern, die die Härte des Lebens auf See das erste Mal erfahren?

Diebitsch ist allein im Kartenhaus. Sein Blick wandert steuerbord voraus. Im Dunst ist die Küste Uruguays mit seiner Hauptstadt Montevideo auszumachen. Gedankenverloren zieht er Bilanz. Der schwierigste Teil der Reise liegt hinter ihm. Im Laderaum ist der Rost passabel abgeklopft und übertüncht, sodass die Argentinier keinen Anlass haben werden, sich zu weigern, das Schiff zu beladen. Die Schulung der Stammbesatzung und der Kadetten war belastend. Die Fortschritte lassen zu wünschen übrig. Wer soll auch die Seemannschaft mit den Kadetten einüben, wenn es den Matrosen und Unteroffizieren selbst an Übung fehlt? Das wird sich auf der Rückreise drastisch ändern müssen. Die Besichtigung durch die Kommission muss ein Erfolg werden. Daran würde er als Schulschiffkapitän in erster Linie gemessen werden.

Die Besatzung hat jedenfalls eine konkrete Vorstellung von dem, was noch zu tun ist, bevor es an Land geht. Vier Meilen südlich des Lotsen- und Feuerschiffes *Prácticos Recalada* gehen sie daran, den Sandballast der

Pamir über Bord in das gelbbraune Wasser des Rio de la Plata zu schaufeln. Eine Prozedur, die bei gutem Wetter zwei weitere Tage in Anspruch nehmen wird. Das Löschen der tausend Tonnen Ballastsand geht aber hurtig voran, da jede Schaufel die Zeit bis zum ersten Landgang verkürzt.

Freitag, 26. Juli, Handelshafen Puerto Madero

Anker auf!" Als sich der Bug genau über dem Anker befindet, bricht dieser aus dem Grund. Schwere Trossen hieven ihn aus der Tiefe.

Der Ballastsand wurde in Tag- und Nachtschichten über Bord geschaufelt. Die *Pamir* befindet sich dadurch in einem höchst instabilen Zustand. Daher werden ihre Royalrahen aus 55 Meter Höhe an Deck gegeben, damit sie in einem neuerlich aufkommenden Pampero nicht kentert.

Felipe Maissonare und Salvadore Lombardo, die beiden Lotsen, sind gestern noch an Bord gekommen. Kaum einer an Bord hat geschlafen. Die Lichter von Montevideo sind noch während der Nacht steuerbord achtern verschwunden.

Die silberschuppigen Wellen des Südatlantiks sind längst nicht mehr zu sehen, und der Geruch des Meeres ist nicht mehr wahrzunehmen. Die jungen Männer, die das erste Mal in den Trichter des Rio de la Plata hineinfahren, träumen von indianischen Gesängen und einer tropischen Exotik von Mulattinnen. Was man sich nicht alles in diesem aufregenden Alter erträumt!

Die *Pamir* hat jetzt Stagsegel und ihren Besan gesetzt. Zur Sicherheit läuft der Motor mit. Nach Anweisung der Lotsen wird die *Pamir* durch die Fahrrinne gesteuert. Ohne Ballast ragt sie hoch aus dem Wasser.

Kapitän Diebitsch steht auf dem Hochdeck und beobachtet die Lotsen voller Sorge, wie sie durch die schmale Fahrrinne der La-Plata-Mündung navigieren. Seine Sorge ist berechtigt, da die *Pamir* während der letzten Reisen in diesem Gebiet fortgesetzt Grundberührung hatte. Der Kanal ist zwar mit Tonnen markiert, doch er ist schmal und mit Untiefen gespickt.

Backbordbug voraus sind im Dunst Industrieschlote und hell erleuchtete Wolkenkratzer auszumachen. Das Traumland der jungen Männer ist zum Greifen nahe.

Bei Tonne 63 wird im Morgengrauen geankert. Ein Lotse kommt an Bord. Kurz darauf nähert sich der Schlepper *Vengador* und übernimmt die Schlepptrosse. Jubel bricht an Deck aus, als durchsickert, dass der Schlepper auch gleich die Post aus der Heimat mitgebracht hat. Was für ein Tag! Wie auf Bestellung ertönt Tangomusik aus den Bordlautsprechern.

Die laufenden Deckarbeiten gehen allen leicht von der Hand. Schnell werden noch Zigaretten an Bord gekauft. Ein heißer Tipp vom Bootsmann: Chesterfield gehen an Land am besten. Sie lassen sich mit hundert Prozent Gewinn verkaufen. Denn das Geld ist knapp unter den Jungmännern. Damit werden dicke Geschäfte drin sein, denken sich viele …

Schon erkennt man die mit Palmen bewachsene Uferpromenade, auf der dichter Verkehr herrscht. Weiße Prachtbauten zieren die Küste. Als sie dem Hafen näher kommen, entdecken sie deutsche Schiffe. Ein erbauliches Gefühl. Die Segel werden hafenfest gezurrt. Gegen 8.45 Uhr macht die *Pamir* im Handelshafen Puerto Madero direkt vor den kolossalen Getreidesilos fest.

Was für eine Überraschung! Kein Aufruhr, kein Militär, nur die Zollbeamten sind am Anlegeplatz zu sehen. Vielleicht verlaufen die Wahlen und Streiks ja inzwischen friedlich. Links und rechts des Piers bejubeln Menschen die Ankunft der imposanten Viermastbark.

Diebitsch steht in weißer Uniform auf dem Hochdeck und winkt von der Steuerbordreling der jubelnden Menge zu, als hätte er Glaube, Hoffnung und Liebe für Argentinien geladen. In Wirklichkeit befindet sich unter seinen Füßen nur eine gähnende Leere. Der feuchte Sand ist entfernt, für eine gefährlich glatte, staubige Fracht …

ACHTES KAPITEL

Samstag, 27. Juli, Buenos Aires, Handelshafen

„Luke II ist ladebereit“, meldet der Zweite Offizier Buschmann dem Kapitän am frühen Morgen. „Wir könnten beginnen.“

„Beginnen Sie! Was ist mit den Luken drei und vier?“

„Sie werden in einer Stunde zum Beladen fertig sein. 700 Tonnen Gerste könnten wir heute noch übernehmen. Wir benötigen Ihre Entscheidung!“

Diebitsch gereizt: „Sie sind der Ladungsoffizier!“

Buscher meldet: „Der Inspektor wartet an der Gangway!“

„Nehmen Sie ihn in Empfang!“ Und an Buschmann gerichtet: „Wenn sein Zertifikat auf dem Tisch liegt, beginnen Sie sofort mit dem Beladen.“

Buschmann bahnt sich seinen Weg durch das Gewusel von jungen Männern. Sie machen die Ladeluken klar und erledigen die üblichen Deckarbeiten. Richie, dessen Gesundheitszustand sich in den letzten Tagen rapide verschlechtert hat, versucht ihren Einsatz zu überwachen, was ihm aber nicht gelingt.

Der Samstag ist auch ohne ihn mit Arbeiten voll verplant. Die Mannschaft ist motiviert, denn wenn alles klargeht, heißt es für die Backbordwache noch heute und für die Steuerbordwache spätestens morgen: runter vom Schiff. Endlich, „Seemannssonntag" in Buenos Aires!

Diebitsch geht in seine Kabine, nimmt den Reisebericht der *Pamir* von Hamburg zum Rio de la Plata vom Schreibtisch und reicht ihn Siemers. „Tippen Sie ihn, und dann ab damit nach Hamburg. Per Luftpost. Heute noch! Die Telegramme beantworten wir bis Montag."

Siemers nimmt die Anweisung stoisch entgegen. Als er den Salon verlassen will, ruft Diebitsch hinterher: „Stopp! Die Proviantlisten zur Ergänzung der Vorräte benötige ich bis Montag!"

„Bis Montag …", wiederholt Siemers einsilbig.

Und an Köhler gewandt: „Sie kümmern sich um den Handelsagenten der *Agencia Marítima Sudocean*. Wir müssen wissen, wie viel Gerste wir in den nächsten Tagen übernehmen können. Erst wenn wir im Bilde sind, können wir unsere Zeit mit Weisheit einteilen." Unwillkürlich zeigt Diebitsch auf einen Stapel Briefe: „Wenn ich nur die Einladungen überfliege, könnten wir hier zwei Wochen am Stück durchfeiern."

„Es wäre vielleicht günstig, wenn Sie als Kapitän direkt …"

„Herr Köhler! Erledigen Sie meine Anweisungen. Ich habe mich mit genügend Schriftkram zu beschäftigen. Sollten Sie Probleme bekommen, lassen Sie es mich wissen. Und noch etwas: Ich erwarte, dass die Streichung des Landganges für Kadetten, Jungmänner und Matrosen, die während der Reise Fehlverhalten gezeigt haben, heute schon greift."

„Ich plädiere dafür, dass wir die Strafen aussetzen. Die Reise war doch mehr als hart."

„Wollen Sie nicht verstehen? Das hat nichts mit Härte zu tun, sondern mit der Charakterbildung zukünftiger Handelsoffiziere."

Köhler läuft die Galle über: „Herr Diebitsch, die Mannschaften haben langsam genug von dieser Art Charakterbildung. Nehmen Sie das von Ihrem Ersten Offizier endlich einmal zur Kenntnis!"

„Wenn ich das tue, dann sind Sie die längste Zeit Erster Offizier gewesen! Das sollten Sie endlich zur Kenntnis nehmen!"

Kreidebleich und wortlos verlässt Köhler den Salon. Er kann weder auf Diebitsch' Entscheidungen Einfluss nehmen noch sich gegen ihn durchsetzen. Mit Bitterkeit in der Stimme murmelt er: „Das hier ist die Hölle und ich bin verdammt dazu, des Satans Fackel anzuzünden."

Diebitsch macht sich über die Post her. Ein Brief von Dominik ist darunter.

Er lässt durchblicken, dass die finanzielle Situation der Stiftung zu großer Sorge Anlass gibt, und führt aus, dass entsprechend sparsam gewirtschaftet werden muss. Im nächsten Absatz wird vorgeschlagen, dass bei der Heimreise auch die Ballasttanks mit Gerste gefüllt werden sollten, um die Reise der *Pamir* rentabler zu gestalten. … *die Entscheidung bleibt natürlich Ihnen überlassen! Senden Sie uns Ladebericht, Stauplan und das Formular* BELASTUNGSMELDUNG *noch vor Heimreise der* Pamir *per Luftpost!*

Diebitsch liest den Satz mehrmals. Er spürt, dass Dominik fordert, wie er sich zu entscheiden hat. Er weiß, dass es in früheren Zeiten auf der *Pamir* auch ohne Ballasttank gut lief. Auch andere Schiffe sind ohne diesen ominösen „Tieftank" ausgekommen. Über das Für und Wider kann er sich in Buenos Aires mit niemandem unbefangen unterhalten. So gibt er dem Drängen Dominiks nach …

Spökenkieker ist mit Buschmann und dem Inspektor hinab in die Laderäume gestiegen. „Sonnenbrenner", starke Lampen, sind aufgestellt. Sie leuchten die Laderäume taghell aus. Auch der Aufbau der bis zum Deck hinaufreichenden Getreideschotten ist abgeschlossen.

„Sauber ist es ja hier unten, aber sonst – alles Tünche!", sagt sich Spökenkieker, als seine Hand über die mit Farbe konservierten Wände streicht. Willkürlich drückt er seinen Daumen auf eine kleine Wölbung. Die Farbe blättert sofort ab. Der Zimmermann hat eine Rostblüte getroffen. Er kann es nicht fassen, dass der *Pamir* trotz ihrer 52 Jahre die höchste Klasse des Germanischen und des britischen Lloyds zugebilligt worden ist. Für ihn ist klar, der Rost frisst schneller, als die Tinte auf den Lloyd-Zertifikaten trocknet.

Oben an Deck betritt der Agent für die Gerstenladung der argentinischen Maklerfirma *Agencia Marítima Sudocean* die *Pamir*. Er überreicht dem Ersten die *Ordinanza maritima*, eine behördliche Genehmigung für Getreideschüttladungen. Sie beinhaltet alle Sicherheitsvorschriften einschließlich der Schutzschotten, die das Verrutschen der Ladung verhindern sollen. Gerade dieses Dokument hat keinerlei Relevanz, denn es definiert in keiner Weise, wodurch das Risiko einer geschütteten Gerstenladung bestimmt ist. Doch das bleibt Köhler verborgen.

„Wie viel Gerste können wir am Montag übernehmen?"

„Rund achthundert Tonnen, wenn nicht gestreikt wird."

„Wie schätzen Sie die Situation ein?"

„Was morgen sein wird, kann Ihnen in Buenos Aires niemand genau sagen." Dann lächelt er und verbreitet Optimismus: „Wir versuchen alles. Vielleicht sind Sie in einer Woche schon wieder auf See."

Buschmann geleitet den Inspektor in den Kapitänssalon. Diebitsch spricht Spanisch. Das freut den Beamten. Ohne irgendetwas zu beanstanden, setzt er seine Unterschrift unter das Zertifikat. Nach einem Gläschen Brandy verabschiedet sich der freundliche Mann: *„Buen viaje, Capitán!"*

„Gracias, Señor Silva!" Diebitsch fühlt sich gut. Die Hürde ist genommen. Diesmal gibt es keine Beanstandungen wegen Rostbefall in den Laderäumen. Er wendet sich an Buschmann: „Sobald die siebenhundert Tonnen im Bauch sind, lassen Sie die Ballasttanks lenzen* und reinigen."

Buschmann stutzt. Er ist überzeugt davon, dass ein Fluten der Tieftanks immer eine Verbesserung der Stabilität mit sich bringt und sie somit keinesfalls beladen werden sollten. Ein wichtiger Trumpf, um im Falle einer schlechten Rollperiode wirksam nachtrimmen zu können.

Buschmann versucht seinen Kapitän umzustimmen: „Herr Diebitsch, geschüttete Gerste kann nach meinen Erfahrungen im Tieftank nur schwer richtig getrimmt werden. Das gilt für die gesamte Ladung. Wir haben nicht einmal geeignete Schaufeln an Bord. Die Mannschaft wird das im Tank per Hand machen müssen. Dagegen können geflutete Tieftanks das Gleichgewicht unserer *Pamir* erhöhen. Wir sollten sie daher besser nicht lenzen."

„Herr Buschmann! Ihr Gequassel über Stabilitätstheorien halte ich für maßlos übertrieben. Als ich mit der *Pamir* um Kap Hoorn segelte, hatte sie noch gar keinen Tieftank. Ich will Ihnen mal was sagen: Wer das Gefühl für Stabilität nicht im Hintern hat, sollte lieber nicht Kapitän werden. Lassen Sie den Tieftank lenzen!"

Buschmann spürt Diebitsch' Unkenntnis. Er ist niemals als Kapitän auf frachtfahrenden Seglern gefahren. Außerdem wurde zu seiner Zeit der Salpeter in Säcken transportiert. Eine stabil gestapelte Fracht. Buschmann knapp: „Ihre Entscheidung!"

„Ich verlasse mich darauf, dass ordentlich gestaut wird. Darauf sollten Sie achten!"

Buschmann reagiert trocken: „Ich verlasse mich darauf, dass wir mit einem stabilen Schiff die Heimreise antreten, denn das steht in Ihrer Verantwortung!"

Diebitsch barsch: „Die werden Sie mir auch nicht abnehmen. Also – an die Arbeit."

---

* Lenzen bedeutet zweierlei: 1. Im Sturm mit kleinsten Segeln vor dem Wind laufen oder nur den Winddruck an der Takelage zur Fahrt benutzen. 2. Trocken beziehungsweise leer pumpen.

Stauer mit Atemmasken sind an Bord gekommen. Sie blicken nach oben. Eine Art Rüssel, durch den die Gerste in die Laderäume verfrachtet wird, neigt sich vom mächtigen Getreidesilo auf das Deck nieder und verschwindet im Viereck von Luke zwei. Kurz darauf wird der Schieber geöffnet. Schnell, glatt, wie Brei strömt die Gerste aus dem Rüssel in den Bauch der *Pamir*. Auf dem Boden des Laderaums bildet sich kaum ein Haufen. Gerste fließt. Fließt in die Breite, schiebt sich anfangs geschmeidig in alle Ritzen und Ecken. Sie ist gepudert mit Staub und knochentrocken. In wenigen Sekunden hat der feine Staub die Männer eingehüllt. Ohne Atemmasken müssten sie dort unten ersticken …

Oben an Deck blicken die Männer der Backbordwache immer häufiger auf ihre Uhren. Um 17.00 Uhr, am Ende des Dienstes, steht für alle noch eine Unterrichtsstunde auf dem Plan. Eine Belehrung zum Thema Gesundheit und Vorbeugung. Danach heißt es: Backen hochschlagen, Reinschiff, Urlaubsmusterung und runter vom Schiff. Kadetten und Jungmänner haben bis Mitternacht, Leichtmatrosen bis ein Uhr und Matrosen bis zum Wecken Landgang.

Punkt 16.00 Uhr pfeift Richie die komplette Besatzung in die Mannschaftsmesse. Dr. Ruppert erscheint froh gelaunt mit einem kleinen Karton unter dem Arm. Der Zweite Bootsmann Helmuth Lütje, genannt Krabbenfischer, spricht in Vertretung des erkrankten Richie die einführenden Worte: „Jungs! Sperrt eure Ohren auf! In dieser Stunde geht es um das wichtigste Teil des Mannes. Wenn wir wieder auf die Heimreise gehen, will ich keinen an Bord haben, der sich mit ‚Syph‘ oder einem Tripper angesteckt hat. Klar?“

„Jawohl, Herr Bootsmann!“, kommt es wie aus einer Kehle.

Ruppert stellt den Karton auf dem Tisch ab, zieht ein rundes, gelblich erscheinendes Etwas aus seiner Uniform, setzt es an seine Lippen und bläst es zur maximalen Größe auf. Es hat die Form einer aufgeblasenen, durchsichtigen Wurst.

Beifallsbekundungen lassen das Achterdeck vibrieren. Ruppert hat für seine Instruktionen die Aufmerksamkeit seiner Zuhörer im Handstreich gewonnen. Als keine Fragen mehr offen sind, beendet Ruppert seine Belehrung und deutet auf den Karton.

Fünf Minuten später ist Rupperts Karton geleert und kurz darauf die Backbordwache in Ausgehuniform in Reih und Glied zur Urlaubsmusterung angetreten. Lütje beginnt mit der Aufzählung der sieben Namen, die den Landgang aus disziplinarischen Gründen gestrichen bekommen haben.

Die Betroffenen kriegen feuchte Augen, beginnen sie abzuschirmen wie im Kino, wenn eine gruselige Szene gezeigt wird. Diebitsch zeigt sich zufrieden und verschwindet im Kartenhaus.

Joe und die anderen Kameraden trösten die Jungs. Einer der Betroffenen ballt die Faust. „Ich erwürge Ali Pfannkuchen, wenn ich ihn zu fassen bekomme!“

Joe stößt ihm in die Rippen und zischt: „Still! Kein Wort mehr! Sonst kannst du Buenos Aires völlig abschreiben!“ Sie drängen die Verzweifelten in die Mannschaftsmesse, um sie zu beruhigen.

Volker kommt hinzu. Er kennt sich mit der Knacknuss „verbotener Landgang“ aus. „Hört mal her, ihr Transusen! Ich stell jetzt fest, wer heute Nacht an Deck Wache schiebt. Alles andere wird sich zeigen.“

Hoffnung keimt auf. Am späten Nachmittag wird ein Sack voller Briefe abgeholt, die per Luftpost nach Deutschland geschickt werden. Umgekehrt wird ankommende Post entgegengenommen. Die Frage aller Fragen: „Ist einer für mich dabei?“

Gelesen werden die Briefe ein Dutzend Mal.

Sonntag, 28. Juli, „Seemannssonntag“

Ein Wunder ist geschehen. Niemand aus dem Kiezrudel ist mit einer Ausgangssperre belegt worden. Dafür hat es fünf andere aus der Steuerbordwache getroffen. Ein Kamerad hat wegen einer Lappalie gleich dreifachen Landgangsstopp. Das Jammern darüber hält sich aber in Grenzen, denn die Arrestanten aus der Backbordwache „verholten“ noch in der vergangenen Nacht mithilfe der Brassleinen wie die Katzen komplett in die Stadt, ohne dass die Schiffsleitung etwas merkte. Diszipliniert kehrten sie pünktlich um 22.00 Uhr wieder an Bord zurück, warteten eine knappe Stunde in ihren Hängematten und waren kurz darauf wieder auf dem Weg. Die Gangwaywache spielte mit …

Das Beispiel wirkt sich auf die neu hinzugekommenen Delinquenten doch sehr beruhigend aus. Zudem wächst der Mut, sich darüber hinwegzusetzen, da das Gerücht die Runde macht, der Dienstplan würde in der kommenden Woche für Ausflüge in die Stadt kaum Spielraum hergeben. In fünf Tagen soll die *Pamir* mit Gerste beladen sein. Fraglich, ob man mehr als einmal an Land kommt …

Gott sei’s gedankt, der Handelshafen mit seinen Getreidesilos liegt nahe der Stadt. Günstig, um sich schnellstens in das Vergnügen zu stürzen. Joe ist bester Laune, denn er hatte sich auf der Liste der Delinquenten vermutet. Zur Feier des Tages behält er seine Ausgehuniform an. Das passt zum Himmel mit seinem unwahrscheinlichen Blau. Manni stürmt voran, eine Stange Chesterfield unter den Arm geklemmt. „Na los! Kommt schon! Setzen wir unsere Füße endlich wieder an Land!“ Unten angekommen, kniet er sich nieder und küsst den Boden.

Die Wirklichkeit des Hafenviertels wirkt ernüchternd. Angefangen vom gelben, schlammigen Hafenwasser, das die *Pamir* umgibt, über zerzauste Büschelkronen der Palmen entlang der Hafenstraße, bis hin zu den indianisch aussehenden, kurzbeinigen Flaniermädchen, aufgehübscht und mit Stimmen wie rostige Sägen. Die ersten Häuserzeilen bestehen aus heruntergekommenen Wohnblöcken.

Buenos Aires ist offenbar mit dem Rücken zum Rio de la Plata erbaut worden, denn kaum dass die jungen Männer die Avenida Córdoba erreichen, blenden weiße Fassaden im prächtigen Kolonialstil die Augen. Die Straße führt schnurgerade nach Westen durch die Stadt. Schon sind die jungen Männer von fliegenden Händlern umringt. In wenigen Minuten hektischer Preisverhandlungen haben die Zigaretten ihre Käufer gefunden. Die vorhergesagte Gewinnspanne war nicht zu hoch gegriffen.

Das Ziel der Jungs ist die breiteste Prachtstraße der Welt, die Avenida 9 de Julio. Je näher die Gruppe dem Zentrum kommt, umso mehr nimmt das Gedränge auf dem Gehweg zu. Alles scheint sich an diesem Sonntagmorgen in Richtung *centro* zu bewegen. Das Auffallende ist, dass sich nur wenige Frauen im Strom der Passanten mit bewegen, einzelne fast gar nicht. Nur Paare. Geht man an den Frauen vorüber, glaubt man eine unmissverständliche Glut in ihren Augen zu entdecken. Erwidert man die Blicke, werden schnell die Augen gesenkt. Das allein schon pflegt die Eitelkeit der Jungs in ihren Marineuniformen.

Plötzlich biegt ein Korso von klapprigen Lastkraftwagen aus einer Seitenstraße ein. Auf den Ladepritschen sitzen Männer, ein jeder die argentinische Nationalflagge schwingend. Außer der goldenen Maisonne zeigt sie zusätzlich eine braune Stange mit roter Jakobinermütze und zwei zum Händedruck vereinten Armen, umgeben von einem Lorbeerkranz mit einem blauen Band. Die Menge skandiert und jubelt den Streikenden spontan zu. Keiner von den Kadetten versteht den Sinn der Parolen.

Joe würde sich gern mit den Menschen unterhalten, doch es fehlt an spanischen Sprachkenntnissen. Plötzlich verspürt er den unbändigen Wunsch, allein in die Stadt einzutauchen. Die Gelegenheit bietet sich unverhofft an der nächsten Kreuzung. In der Nebenstraße reiht sich Schaufenster an Schaufenster, voll mit Tand und Kuriositäten. „Geht schon mal vor zur Avenida 9 de Julio, ich besorge inzwischen schnell ein paar Mitbringsel für zu Hause."

In einem kleinen Geschäft ersteht Joe zwei Gürtel mit Silberconchos, auf denen die Köpfe berühmter Gauchos abgebildet sind, und eine Schmucktasche aus Kolibribälgen. Einer der Gürtel ist für seinen Vater, die Schmucktasche für seine Mutter.

Der grauhaarige Ladenbesitzer spricht ein wenig Deutsch. An der Tür flüstert er Joe zu: „Geh ins ‚La Boca'! Viele schöne indianische Mädchen! Sie lieben deutsche Matrosen."

Vorbei an Geldwechslern, Streikenden und einem unentwegt palavernden Volk nähert Joe sich der Avenida 9 de Julio. Sein Blick wandert auf die gegenüberliegende Seite. Dort, vor der Einmündung auf die Prachtstraße, reiht sich ein Café mit Konditorei ans andere. Man sagt, die Ursache der unfassbaren Anhäufung der Cafés liege im Zustrom von Einwanderern aus Europa. Heimwehkranke, die nach Ansprache suchen, Landsleute, die nicht traurig in die Kaffeetasse starren wollten.

Auf der Prachtstraße ist die Hölle los. Anscheinend der Laufsteg des Protests. Joe hält nach seinen Kameraden Ausschau. Vergeblich.

Schließlich erregt ein Plakat seine Aufmerksamkeit. Ein Tanzpaar ist darauf zu sehen. Die Frau wirkt in ihrer gewagten Pose sehr erotisch, während der Mann wie abwesend zur Seite blickt. Der Aufdruck darunter schafft Klarheit. Der Tangoklub „El Viejo Correo" in der Avenida Díaz Vélez veranstaltet eine Nachmittagsmilonga.

Joe nimmt die Straßenbahn. Eine flanierende Menge staut sich vor dem Tangoklub und glotzt durch eine breite, weit geöffnete Tür in das Lokal hinein. Schwermütige Klänge eines Bandoneons, eines Knopfakkordeons, dringen nach außen. Den Anstoß zum Verweilen geben wohl Melodie und Text. Die Menschen kommen von der Melodie nicht mehr los. Manche singen sie mit, manche summen sie.

Einige der Wartenden blicken auf Joe. Kurz darauf sind es alle, als würde der junge Mann in seiner Marineuniform von einem anderen Stern kommen. Eine Gasse öffnet sich und viele Hände drücken ihn lachend hinein in den Laden des Vergnügens. Joe fühlt sich unwohl in seiner Uniform. In seiner Lederjacke wäre er hier kaum aufgefallen …

Die Melodie des Liedes ist ihm fremd, die Sprache sowieso. Doch Musik und Text klingen sentimental und stimmen die Menschen melancholisch.

Ein tanzendes Paar ist durch einen dichten blauen Gazeschleier auszumachen. Die Frau, gekleidet in ein feuerrotes, eng anliegendes Kleid, das an der Seite geschlitzt ist, zieht Joes Blicke magisch auf sich. Ihr Tanzpartner greift sie um ihre Taille und biegt sie hintenüber, bis ihre langen schwarzen Haare fast den Boden berühren. *Carajo*, was für ein Weib!

Joe erlebt den Tango zum ersten Mal in seinem Leben. Noch nie sah er einen Tanz, in dem Pausen so erotisch zelebriert werden. Und es scheint, als entlocke der Spieler nur in dieser Tonsequenz seinem Bandoneon ein letztes Seufzen und Ächzen mit derartiger Hingabe.

Lange warten die Tänzer am Ende des Stückes, bevor sie sich freigeben. Sie vermitteln Joe das Gefühl, dass sie sich nur höchst ungern loslassen. Erst als sie sich trennen, merkt man, dass die Nähe und eine große Intimität sie nur für kurze Zeit verband.

Wieder beginnt der Ton des Bandoneons zu fliegen. Joe bewegt sich zum Ausgang hin. Die auffordernden Blicke der Tänzerin hat er nicht bemerkt.

Kurz vor Wachantritt kehrt er zur *Pamir* zurück. Unter dem Arm die Geschenke für seine Eltern, eine Tangoschallplatte und sechs Kilo Apfelsinen. Als er das Deck betritt, hört er die Meldung des Zweiten Bootsmanns an den wachhabenden Offizier: „Tieftank gelenzt, gereinigt und ladeklar!"

Mittwoch, 31. Juli

Während des Frühstücks geht es in der Mannschaftsmesse hoch her. Erlebnisse der letzten Nacht werden ausgetauscht. Fred Schmidt hat bei den Mannschaftsgraden sehr an Ansehen gewonnen, denn er zeigte beim Zapfenstreich seine menschliche Seite. Obwohl viele sich erst in den Morgenstunden an Bord schlichen, gab es nicht einmal eine Ermahnung. Ein feiner Mann! Dafür lieben sie ihn geradezu. Erstaunt sind die Kadetten auch, mit wie wenig Schlaf sie in diesen Tagen auskommen …

Trotz Wahlen und Streiks ist das Interesse der Bevölkerung an der *Pamir* hoch. Vor allem bei den Emigranten, die das „Deutschtum" in Argentinien pflegen. Hoch im Kurs stehen daher Einladungen von deutschen Familien, Vereinen und Geschäftsleuten. Vor allem der Seemannschor der *Pamir* kann sich vor Terminen kaum retten. Morgen ist er von einem deutschsprachigen Radiosender eingeladen. Der Auftritt soll über Bordlautsprecher an Deck mitgehört werden können.

Die Wachzeiten dienen nun der Regeneration, in denen unter den Kameraden intensiv Erfahrungen ausgetauscht, Ausflugs- und Einkaufstipps gegeben werden. Natürlich wird dabei auch nicht zu knapp Seemannsgarn eingewebt. Und in einem Punkt besteht kein Zweifel: In den deutschen Vereinen und bei privaten Einladungen kommt man am schnellsten mit Mädels in Kontakt …

Samstag, 3. August, Palermo und La Boca

Schon am Gesichtsausdruck ist zu erkennen, dass Señor Ricardo von der Handelsagentur eine schlechte Nachricht überbringt. Der Streik lähmt den Hafen. Diebitsch verlangt eine Lösung. Nach einem unerfreulichen Wortwechsel tritt der Makler den Rückzug an: „Streik ist Streik! In Argentinien wird nach unseren Regeln gespielt. *Capitán*, ich wünsche Ihnen einen angenehmen Aufenthalt!“ Señor Ricardo verlässt eilig den Salon.

Diebitsch und Köhler sehen sich verwundert an. Der Käpt'n schüttelt den Kopf, sein Erster holt tief Atem. „Angenehmer Aufenthalt? Völlig deplatziert. Der Señor hat offenbar nicht begriffen, was das für uns bedeutet.“

„Hat er definitiv nicht. Wir sitzen in der Falle“, erwidert Diebitsch.

Seit gestern ist klar: Nichts geht mehr, die Beladung mit Gerste wurde gestoppt. Für die Offiziere sind das keine Glückstage. Die Lage ist unklar. Schreibtische und Telefone der Reederei in Hamburg sind an diesem Wochenende besetzt. Telegramme jagen hin und her, doch niemand kann sagen, wie lange sich der Streik noch hinziehen wird. Mit einer Woche Liegezeit hat man gerechnet, darüber hinaus wurde nicht nachgedacht. Finanziell gesehen ist der Streik für Reederei und Stiftung schon jetzt eine Katastrophe …

Es heißt abwarten. Die Mannschaft freut es. Jeden Tag Landgang, das baut auf! Erst ging man in kleinen Gruppen in die Stadt, doch nun gibt es reichlich Einzelgänger, die sich auf die Pirsch begeben nach all den hübschen Mädchen, die angeblich in den Parks auf die blonden Deutschen von der *Pamir* warten. Als äußerst aussichtsreiches Jagdrevier wird der Platz vor dem Präsidentenpalast, der Casa Rosada, mit angrenzender Grünanlage, dem Parque Colón, gehandelt. Da treffen sich dann alle wieder …

Joe hat sich entschieden, erneut allein loszuziehen. Er trägt seine Lederjacke und Jeans. Joe ist kaum die Gangway hinunter, als er hinter sich eilige Schritte vernimmt. Es ist Buschmann in Zivil. „Na Joe, wo geht's hin?“

„Wenn ich das schon wüsste, Herr Buschmann. Vielleicht etwas Neues erkunden. Milonga und Tango finde ich spitze.“

„Hab schon die neue Platte mit dem Tango gehört. Finde ich super! Ich mach dir einen Vorschlag. La Boca ist das interessanteste Viertel von Buenos Aires. Da kenn ich mich aus. Wenn du willst, können wir gemeinsam das Viertel unsicher machen. Übrigens bin ich jenseits der *Pamir* für dich der Gunther." Der Zweite reicht Joe die Hand.

Joe schlägt ein: „Okay, Gunther. Machen wir uns auf die Socken."

Eine kurze Fahrt mit dem Taxi bringt sie in die untere Boca, ein Armenviertel. Langsam schlendern sie die Avenida Don Pedro de Mendoza entlang. An verschiedenen Ecken werden politische Reden gehalten, Kokainschieber wollen ihren Stoff verkaufen und Zuhälter „frisches Mädchenfleisch", wie sie behaupten. Als sie in die El Caminito einbiegen, zeigt Gunther auf einen flachen Bau, der mit Schiffslack bunt bemalt ist. „In dieser Bude wackeln die Wände. Pass auf, ich deponiere hier einen Betrag, den wir mit Wein und Steaks pulverisieren werden. Das ist bei Domingo so üblich."

Männer mit Hauttönungen zwischen Oliven und Ebenholz stehen und sitzen dicht gedrängt an der Theke. Dazwischen Amüsiermädchen, aufgezäumt wie Pfingstkühe. Die Anzahl der Weinkrüge um sie herum spielt offensichtlich keine Rolle mehr. Knusprig braun gebratene Hammel neben *asado*, argentinischem Braten, sind in Arbeit. Gläser werden nachgefüllt.

Der Mann mit den wachen Augen, postiert zwischen Grillstation und Weinfässern, muss Domingo sein. Gunther wird von ihm überschwänglich auf Deutsch begrüßt. Einen Augenblick später begleitet er die beiden auf Schiffsplanken zu einem runden Brettertisch in einer Nische. Gunther drückt ihm ein paar Scheine in die Hand. Domingo dröhnt: „*Caballeros,* was wünschen Sie? Rum, Whisky, Champagner, Rheinwein?"

„In dieser Reihenfolge bitte!", antwortet Gunther vergnügt. Domingo entfernt sich.

Und wie man in dieser Bude gut und üppig den Magen gefüllt bekommt, darüber gibt das *bife de lomo completo* Auskunft: ein zwei Handteller großes Steak, das in einer Chili-Pfeffersoße serviert wird. Dazu Paprikagemüse, eine Riesenkartoffel und eine Schüssel mit knackigem gemischtem Salat. Ein indianisches Mädchen bringt Gläser, einen Krug argentinischen Rotwein und Mineralwasser.

Die Taverne hat sich mittlerweile bis zum Bersten mit Matrosen gefüllt. Alles, was Freigang hat, schwatzt, frotzelt, frisst, säuft, grölt und knutscht, als ob es außer Domingos guter Stube keinen anderen Ort im Hafen gäbe. Die meisten Männer haben vom Alkohol krebsrote Köpfe, die Mädchen werden in ihren Augen immer schöner. Für die „Damen" allerhöchste Zeit, mit ihren Opfern in eine der Kabinen weiter hinten zu verschwinden, wo jeder Mann ausgenommen wird wie eine Weihnachtsgans.

Nach drei Stunden werden Lärm und Gestank unerträglich, und Gunther und Joe streben dem Ausgang zu. Der Spaziergang in frischer Luft tut gut.

Als die beiden die Calle Necochea queren, reiht sich eine Tangokneipe an die andere. In der Calle mischen sich die Melodien zu einem einzigen Klangbrei. Gunther stupst Joe: „In einer der Kaschemmen wurde angeblich der Tango geboren."

Joe verspürt den Wunsch, in eine der Kneipen abzutauchen. Gunther ahnt Joes Gedanken: „Wollen wir uns ein wenig allein umsehen, bevor wir uns auf den Rückweg machen? Wir können uns ja in zwei Stunden wieder treffen."

Joes Gesicht hellt sich auf. Ein Blick auf die Uhr: „Okay, in zwei Stunden!"

Am Eingang zum Klub „Gloria Argentinas" bleibt Joe stehen und lauscht der Tangomelodie. Magisch zieht es ihn durch die Tür, als würde ihm das pulsierende Leben eine letzte Chance anbieten, um endlich voll hineinzugreifen. Im roten Lichtschein tanzen Frauen in geschlitzten Kleidern, tragen Handschuhe, Netzstrümpfe mit Strumpfbändern in schillernden Farben. Manche Caballeros tragen Hüte, nostalgisch wie vor vierzig Jahren.

Wie gebannt blickt Joe auf die Füße der Tanzenden. Einige Schrittfolgen hat er längst entschlüsselt, geht den Rhythmus mit, vollzieht in Gedanken Führung, Drehung und Richtungswechsel nach. Nicht den Bruchteil einer Sekunde rücken seine Augen vom Podium ab.

Carolina, deutsch-italienischer Abstammung, leidenschaftliche Tangotänzerin, hat Joe im Blick, seit er den Klub betreten hat. Für sie gibt es kein Gesetz, das sie daran hindern könnte, Joe auf das Podium zu ziehen. Joe glaubt zu träumen. Wie selbstverständlich betritt er an ihrer Seite das Podium und nimmt Aufstellung. Kein Wort. Carolina wiegt sich in seinen Armen ein. Ihre Hände fassen sich an, nehmen Kontakt auf, begreifen …

Ein Stromkreis schließt sich. Durch ihre gebräunte Haut hindurch glaubt Joe das Pochen ihres Herzens zu spüren. Keine einzige Bedingung ist an diesen Tanz geknüpft, und doch öffnet sich das Schleusentor der Erotik auf Anhieb …

Der Erlebnisrausch geht über vier Tänze hinweg, umkreist von Lust und Leidenschaft. Die Stimme der jungen Frau dringt an sein Ohr: „Ich heiße Carolina …" Während sie lächelt, bilden sich Grübchen in ihren Wangen.

„Joe. Ich komme aus Hamburg."

„Du bist ein begnadeter Tänzer. Wann geht dein Schiff zurück nach Deutschland?"

„Vielleicht in vier, fünf oder vielleicht erst in sechs Tagen."

„Dann bleibt noch viel Zeit für Tango!" Carolinas Blick vermittelt glühende Leidenschaft. Ihre Stimme ist sanft wie Samt.

Joe ist entflammt: „Wann bist du wieder hier?"

„Probier es einfach. Du findest mich!"

Joe steht plötzlich allein am Rand des Podiums, beobachtet den nächsten Tanz. Wer hat diese Himmelstür aufgemacht? Wie konnte ein solcher Engel entschlüpfen? Er will das Erlebte festhalten. Er lässt sich Zeit, schlendert wie in Trance zu dem mit Gunther ausgemachten Treffpunkt.

Joe behält das Erlebte für sich. Sie beschließen, zu Fuß zum Hafen zu bummeln. Joe blickt hinaus auf den Rio de la Plata. Am Horizont jagen sich die Wolkenfetzen. Als es dunkel ist, geht er an Deck, lehnt sich an den Besanmast und blickt nach oben. Dort segeln ganze Geschwader von Sternen, beladen mit Wünschen, in die Nacht hinaus …

Montag, 5. August, 5.00 Uhr, an Bord

Siemers blickt auf die Uhr. Über Buenos Aires liegt noch Dunkelheit. In Hamburg ist es jetzt 9.00 Uhr Vormittag. Zu dieser frühen Stunde herrscht Hochbetrieb in der Funkbude, denn die ersten Telegramme der Reederei sind längst eingegangen. „Der Alte wird sich freuen", sagt er zu dem Kochsmaat Ingo. „Die Reederei drängt ultimativ auf eine rasche Beladung unseres Schiffes. Das ist brisant. Also muss ich ihn aus den Federn holen."

Die Lage hat sich verschärft. Wirtschaftlich für die Reederei, arbeitspolitisch für die Hafengewerkschaft von Buenos Aires. Seit drei Tagen ruht die Beladung mit Gerste. Gestern hat die Regierung den Streik der Hafenarbeiter für illegal erklärt und die Reedereien und Agenturen aufgefordert, mit eigenen Mannschaften oder angeforderten Soldaten den Ladebetrieb wieder aufzunehmen. Diebitsch setzte die Reederei in Hamburg darüber umgehend in Kenntnis. Kurz darauf hagelte es Telegramme: Diebitsch soll sofort vierzig bis fünfzig Mann Besatzung zum Trimmen abstellen. Der fehlende Rest Gerste soll unter allen Umständen in den nächsten drei Tagen übernommen werden. Die Kosten laufen davon …

Diebitsch hat aber gesehen, was für eine harte, staubige Arbeit die Beladung für die Menschen bedeutet. Ohne Atemmaske würde sich jeder vernünftige Mensch weigern, in den Bauch der *Pamir* hinabzusteigen. Sogar an den Luken ist das Atmen noch schwergefallen. Die Reederei hat vorgeschlagen, Diebitsch solle mit einer Vergütung von neunzig Pfennig pro Stunde die jungen Menschen für das Trimmen gewinnen …

Um 7.00 Uhr sitzen die Offiziere Buschmann, Siemers, Schmidt, Köhler und Dr. Ruppert in der Offiziersmesse beim Frühstück. „Ich habe das Gefühl“, sagt Köhler, „wenn die Unlust der Stauer anhält, wird der Alte die Mannschaft zum Trimmen heranziehen.“

„Das ist der blanke Wahn“, meint Gunther Buschmann. „Die Gerste muss fachmännisch verdichtet und gleichmäßig unter Deck verteilt werden. Die Jungs haben darin null Erfahrung.“

Köhler hält dagegen: „Hör mal, Gunther, eine Schaufel wird doch hoffentlich jeder richtig in die Hand nehmen können.“

„Mensch, Rolf! Es reicht doch schon, dass der Tieftank mit Gerste vollgeschüttet wurde. Das Risiko, mit einem völlig instabilen Schiff die Rückreise anzutreten, ist unkalkulierbar!“

„Der Streik kann sich aber noch Wochen hinziehen …“

„Hör mal, jeder von uns möchte heim. Lieber heute als morgen. Aber nicht um jeden Preis. Wenn ich nur daran denke, dass der Tieftank nicht mehr geflutet werden kann, wird mir schon blümerant.“

„Dann sag dem Alten das ins Gesicht!“

„Das hab ich ihm sofort gesteckt. Wäre schön, wenn du mich darin unterstützen würdest!“

„Ich habe da auch meine Bedenken“, mischt sich Dr. Ruppert ein. „Wie mir der Bootsmann gemeldet hat, haben wir nur wenige Staubmasken an Bord. Ohne Masken kann ich die Arbeit unter Deck aus medizinischen Gründen nicht gutheißen.“

„Wie geht es eigentlich Richie?“, erkundigt sich Buscher beim Doktor.

„Richie ist schlimm dran. Mit seinem Rheumatismus kann er sich kaum noch bewegen. Nach meiner Einschätzung ist er nicht einmal mehr in der Lage, die Rückreise auf der *Pamir* anzutreten. Am besten wäre es, man würde ihn mit dem Flugzeug nach Hamburg zurücktransportieren. Die Entscheidung darüber wird der Kapitän heute noch fällen müssen.“

Buscher bekümmert: „Auch das noch. Wer soll die Mannschaften dann rund um die Uhr beaufsichtigen? Wer teilt die Deckarbeiten ein?“

„Neben dem zweiten Bootsmann werden wir uns reinhängen müssen“, antwortet Buschmann.

7.30 Uhr. Wie üblich nehmen die Offiziere ihre Plätze rund um den großen Tisch im Kapitänssalon ein.

Diebitsch’ Haltung verrät Kampfbereitschaft: „Meine Herren, wir haben in dieser Stunde eine wichtige Entscheidung zu treffen. Die Reederei erwartet, dass wir unverzüglich die restliche Gerste an Bord nehmen, denn wir sind schon drei volle Tage im Verzug. Eine weitere Verzögerung wird sie nicht hinnehmen!“

Buschmann unterbricht Diebitsch’ Redefluss: „Was heißt das konkret?“

„Konkret? Bis jetzt sind wir den Ungewissheiten eines Streiks ausgeliefert. Dem machen wir ein Ende, indem wir die Ladung mit eigenen Leuten übernehmen.“

„Herr Diebitsch, ich muss Sie auf etwas aufmerksam machen: Keiner an Bord hat das Trimmen fachgerecht erlernt. Wenn wir vorsätzlich auf erfahrene Stauer verzichten, ist das eine Fahrlässigkeit.“

Diebitsch hält barsch dagegen: „Wie können Sie es wagen, so etwas zu behaupten? Wenn die Mannschaft Sand über Bord schaufeln kann, dann wird sie doch wohl auch in der Lage sein, Gerste unter Deck zu verteilen.“

Buschmann zwingt sich zur Sachlichkeit: „Sand hat völlig andere physikalische Eigenschaften als Gerste. Allein Volumen und Dichte, von den Fließeigenschaften ganz abgesehen. Außerdem ist die Gerste staubtrocken. Sie sackt nicht so gut wie feuchte Gerste. Bei der Schüttung kommt es deshalb auf eine exakte Verteilung und eine möglichst hohe Verdichtung an. Beides muss stimmen. Das können aber weder Sie noch unsere Mannschaft gewährleisten, sondern nur erfahrene Stauer.“

Diebitsch schlägt mit der flachen Hand auf den Tisch: „Ich werde Sie eines anderen belehren! Wir setzen die Beladung unverzüglich fort.“ Gereizt wendet er sich an alle: „Noch etwas: Ich habe bei der Reederei durchgesetzt, dass jeder, der beim Trimmen eingesetzt wird, neunzig Pfennig pro Stunde erhält. Machen Sie den Männern klar, dass sie zehn bis elf Mark pro Tag zusätzlich verdienen können. Ich setze darauf, dass Sie dafür Sorge tragen, dass wir uns keine Kameradenschweine an Bord heranziehen.“

„Einer für alle, alle für einen!“, übersetzt Köhler ergeben.

„So ist es! Dafür lockern wir die ohnehin schon zur Makulatur verkommene Gangwaywache. Die Jungs werden die Gerste gern schaufeln, wenn sie Gelegenheit bekommen, das Geld noch am selben Abend an Land wieder auszugeben.“

„Herr Kapitän! Erst haben wir auf Ihre Anordnung den Tieftank beladen, dann verzichten wir auch noch auf ein fachmännisches Trimmen der Gerste. Ich halte Ihr Vorgehen für unverant…“

Diebitsch schneidet dem Zweiten wütend das Wort ab: „Herr Buschmann! Ich verbitte mir Ihre Belehrung. Merken Sie sich das für den Rest der Reise! An die Arbeit!“

Dr. Ruppert verweilt im Salon. Diebitsch reagiert ärgerlich: „Was gibt’s?“

„Es geht um unseren erkrankten Bootsmann Kühl. Sein Rheumatismus lässt jede seiner Bewegungen zur Qual werden. Er bleibt für die nächsten Wochen dienstuntauglich. Ich halte es daher für meine Pflicht, Ihnen vorzuschlagen, rasch über einen Rücktransport nach Hamburg zu entscheiden. Entweder mit einem gut ausgerüsteten Passagierschiff oder mit dem Flugzeug."

Diebitsch aufbrausend: „Per Flugzeug? Wer soll das bezahlen, verdammt?"

Ruppert eiskalt: „Vielleicht haben wir heute Abend als Kandidaten für einen Flug noch einige Jungmänner zu beklagen, die im Bauch der *Pamir* durch den Getreidestaub kaum noch Luft bekommen werden."

Das hat gesessen. Diebitsch versöhnlich: „Mein lieber Doktor, malen Sie mir den Teufel bitte nicht an die Wand. Wir werden das aufmerksam beobachten. Am besten wird sein, wir klären erst mal die Sache mit Kühl. Lassen Sie uns zu ihm gehen."

Diebitsch und Ruppert betreten Richies Kajüte. Der alte Bootsmann ist nur noch ein Schatten seiner selbst. Sein Zustand hat sich weiter verschlechtert. Als Ruppert an der Koje seinen Vorschlag wiederholt, winkt Richie ab. „Nein, nein, ich schaff das schon. Ich steig in kein Flugzeug, und schon gar nicht geh ich auf ein anderes Schiff. Wenn schon zurück in die Heimat, dann nur auf meiner *Pamir*! Und zwar an Deck, Herr Kapitän, und wenn es sein muss, auf allen vieren! Sie ist doch mein Zuhause!"

Diebitsch lächelt verständnisvoll und tätschelt ihm die Hand. „Das kann ich gut verstehen. Wer mit ihren Spanten und Masten so verwachsen ist wie Sie, der kann gar nicht anders!"

Zurück in Diebitsch' Salon, kommt der Schiffsarzt nochmals auf die Staubentwicklung bei der Beladung mit Gerste zu sprechen. „Ich möchte Sie fragen, ob wir fünfzig Atemschutzmasken an Bord haben. Wenn nicht, muss ich darauf bestehen, dass zum Schutz der Atemorgane welche besorgt werden."

„Wollen Sie mich und die Reederei mit solchen Lappalien torpedieren?"

„Ich habe Sie als Ihr Schiffsarzt gefragt, ob wir fünfzig Atemschutzmasken an Bord zur Verfügung haben."

Diebitsch erwidert erzürnt: „Fragen der Gesundheit fallen in Ihr Fach. Also haben Sie sich auch darum zu kümmern."

8.30 Uhr. Die Mannschaft ist angetreten. Diebitsch und seine nautischen Offiziere sind auf dem Hochdeck versammelt. Die Stimmung ist gespannt.

Krabbenfischer, der Zweite Bootsmann, baut sich vor der Mannschaft auf und erläutert die Lage. Da streckt er plötzlich eine Hand mit einem

Zehnmarkschein nach oben. „Das ist euer Tageslohn! Diese zehn Mark und noch eine dazu! Ein stolzer Lohn für ein bisschen Gerste schaufeln.“

Die benötigten 43 Jungs sind im Handumdrehen gewonnen. Auch für den nächsten Tag melden sich genügend.

17.30 Uhr. Die Befüllung der Laderäume mit Getreide ist für heute abgeschlossen. Das starke Licht der Sonnenbrenner ist in der Staubwolke nur noch als ein matter Fleck zu erkennen. Wie aus einem rauchenden Schlot quellen unaufhörlich Schwebstoffe aus Luke II und III.

Der Schleier ist von hoher Konzentration. Die Stäube darin sind derart fein, dass man sie mit Nebel verwechseln könnte. Je feiner die Stäube, desto sicherer dringen sie durch Filter, Gaze und Taschentücher, und desto tiefer gehen sie in die Lunge. An der Pampa-Gerste haften vielfältige Substanzen, die die Atemwege und die Lungen der Menschen reizen. Stundenlange Mundatmung, hohe Atemfrequenz bei schwerer körperlicher Arbeit sind Garanten für den Erwerb hartnäckiger Krankheitssymptome.

Sie kommen rasch zum Tragen. Die Mannschaft klagt über Husten, Kurzatmigkeit, pfeifendes Atmen und Atemnot, Niesen, laufende und verstopfte Nasen, juckende Augen, Hitzegefühl, Enge in der Brust …

Auch Buschmann, der an der Ladeluke die Aufsicht geführt hat, sucht noch am Abend die Sprechstunde des Schiffsarztes auf. Vor dem Lazarett reiht er sich in die wartende Schlange ein.

Ruppert erteilt Ratschläge zur Linderung der Symptome: „Waschen Sie sich. Das ist gut gegen das Jucken! Augen spülen, Nase schnäuzen und mit Vaseline einreiben. Viel trinken! Normales Durchatmen in frischer Luft, das hilft immer! Linderung braucht ihre Zeit.“

Nebenher gibt er Anweisung zur Herstellung von Mullbinden, die man sich zusammen mit einem Taschentuch vor Nase und Mund schnüren kann. Mehr steht nicht zur Verfügung. An Bord mangelt es an schützenden Atemmasken.

Mittwoch, 7. August

Für heute ist die Schufterei beendet. Die Wetterlage ist sonnig und windstill. Skylights und Bullaugen bleiben wegen des Staubes, der sich wie eine Glocke über die *Pamir* gelegt hat, geschlossen. Tom hustet sich im Freien ab. Ihm schmerzt der Brustkorb. Sarkastisch fragt er Jens: „Was macht dein Würfelhusten?“

„Der verlangt nach Kujambelwasser! Gib mir die Kanne rüber.“

Die Kombüse mixt das Getränk, bestehend aus einheimischem Matetee und Limetten, selbst zusammen. Vier gekühlte 25-Liter-Kannen sind rotierend im Einsatz. Inzwischen gilt der südamerikanische „Trank der Götter“ als gutes Mittel gegen kratzenden Gerstenstaub im Hals.

Tom wendet sich an Joe: „Hast du die Soldaten beobachtet?“

„Klar! Für die ist das Getreidetrimmen reine Sträflingsarbeit. Hast ja gesehen, wegen uns reißen die sich den Arsch nicht auf.“

Das Achterdeck füllt sich rasch mit jungen Männern. Duschen mit dem Deckschlauch ist angesagt. Die Haut juckt zum Verrücktwerden. Die Stunde des Fluchens ist damit eingeläutet. Ein Ritus, der sich erst in den letzten Tagen etabliert hat. Nicht ohne Wut übt man sich in einer Ausdrucksweise, die zur Überraschung aller von der Obrigkeit nicht getadelt wird. Man steigert sich in seiner Wortwahl, und jeder versucht den anderen zu übertrumpfen. Meist endet es dann in einem brüllenden Gelächter. Das beste Ventil, um Frust abzubauen …

Manni bekommt Schüttelfrost. Er fühlt sich fiebrig. Trotz seines Zustandes rafft er sich auf, einen letzten Brief zu schreiben:

> Liebe Eltern, wir mussten in dieser Woche in den Luken arbeiten, da die Schauerleute streikten. Ihr glaubt nicht, was für ein Staub bei solcher Arbeit geschluckt wird! Mit Handtüchern, Mull und Werg und dergleichen mehr vor dem Gesicht – weil wir keine richtigen Staubmasken hatten – haben wir uns einen abgetobt. Meistens bekamen wir zu wenig Luft. Wenn Du aus der Luke herauskommst, mit pfeifender Lunge, hustest Du erst einmal ein paar Minuten fast ununterbrochen. Wenn man jetzt in der Messe sitzt, hört man dauernd wen husten. Jeder hat eine halbe Staublunge. Aber wir bekommen ja bald für mindestens zwei Monate frische Luft in Mengen – der Husten wird zu überwinden sein. Macht unter keinen Umständen wegen dem, was ich hier geschrieben habe, Theater. Das schadet nur. Dafür fahren wir erstens auf einem Schulschiff und zweitens auf einem Schulschiff. Das gehört dazu, an so etwas gewöhnt man sich. Immerhin machen wir, die wir alle abgebrannt sind durch heimliche nächtliche Streifzüge, die Arbeit nicht umsonst. Wir erhalten den Schichtlohn, der für die Kanaken vorgesehen ist. Statt das Geld aufzuheben und vor allen Dingen zu schlafen, sind wir jede Nacht in der Stadt …
>
> Viele Grüße an alle, die mich haben grüßen lassen, ich habe mich sehr gefreut. Die herzlichsten Grüße natürlich an Euch! Hoffentlich sehen wir uns bald gesund wieder! Euer Manni

Während er sich in die Hängematte legt, macht Joe sich auf, um Carolina zu treffen. Tango ist ein leidenschaftlicher Gedanke, den man tanzen kann, geht es ihm durch den Kopf.

Kuddel ist an diesem Abend mit dem Shantychor unterwegs, frühmorgens kehrt er aber allein an Bord zurück. Im linken Arm trägt er ein kleines, lebendiges Wollbündel die Gangway hinauf. Die Gangwaywache glotzt auf das, was er im Arm trägt. „Gibt's den zum Frühstück?"

Wettergegerbt wie ein altes Tau, baut sich Kuddel vor der Wache auf: „Mehr Respekt, Männer: Das ist Hein Gummi! Unser neuer Passagier."

Kuddel hat den Pekinesen von einem Züchter geschenkt bekommen. Plötzlich rinnt ein Bächlein von Kuddels Arm herab. Er setzt das Wollpaket auf die Deckplanken und raunzt das Hündchen freundschaftlich an. Hein Gummi wuselt tapsig hin und her und erwidert jedes Wort mit einem piepsigen Kläffen.

Die Wache johlt: „Respekt! Respekt!"

Joe kehrt zurück. Die Gangwaywache dreht sich einfach um und zeigt ihm den Rücken. Heißt so viel wie: nichts gesehen!

„Tango ist auch ein trauriger Gedanke", murmelt Joe, als er in seiner Hängematte schaukelt. Carolina ist nicht da gewesen.

Freitag, 9. August, 18.00 Uhr

Der Streik der Hafenarbeiter dauert an. Wiederum wird er durch die eigene Besatzung und Soldaten unterlaufen. Auch heute, am Ende der Beladung, arbeitet kein einziger geübter Trimmer unter Deck.

Gestern trimmte eine Gang Soldaten die Gerste, und heute sind sie eingesetzt, um die lose Fracht in Luke I mit drei bis vier Sacklagen abzudecken. Die Zeit drängt. Morgen früh soll die *Pamir* endlich die Heimreise antreten. Luke III und IV werden tagsüber von der eigenen Besatzung in aller Eile mit Gerste bis unter die Lukendeckel gefüllt. Buschmann fragt zwar oft eindringlich, ob dort unten alles eben sei, doch die Sicht ist immer gleich null. Von den Jungs kann niemand beschwören, dass jede Ecke mit Gerste ausgefüllt ist.

Am Nachmittag wird das Schüttgut um die Lukenöffnung herum noch mit Gerstensäcken abgedeckt. Ein weiterer Schwachpunkt, da die Schotten nur bis zur Unterkante vom Lukenkranz reichen. Hier besteht die Möglichkeit, dass bei Krängung des Schiffes die Gerste über die ganze Länge hinwegfließen kann. Die Abdeckung mit Säcken ist eine mörderische Arbeit, denn die Füße finden keinen festen Untergrund. Bei jedem Kraftakt versinkt man knietief in der schwimmenden Gerste.

Joe blickt angestrengt durch den dichten Staub. Während der Schufterei glaubt er zu sehen, wie sich innerhalb weniger Stunden an den Rändern der Luke ein Freiraum zwischen Deck und Ladung ausbildet. Die Gerste beginnt zu sacken. Jetzt wären Schieber von Vorteil, ähnlich denen, mit denen man Schnee beiseiteräumt. Mit ihnen könnte man die Freiräume zuschieben. Als er Köhler darauf aufmerksam macht, zuckt dieser mit den Schultern.

„Halt die Klappe!“, bekommt Joe stattdessen von einem Matrosen zu hören. „Das ist doch normal, dass die Ladung erst mal sackt! Oder willst du etwa noch mal freiwillig reinkriechen?“

Keine Frage, jeder ist froh, dass die Beladung endlich ihren Abschluss findet. Die fehlenden 250 Tonnen sind übernommen. Schluss, aus und vorbei …

Aufbruchstimmung ergreift das Schiff. Die Stammbesatzung und Teile der Mannschaften bereiten das Auslaufen der *Pamir* vor. Diebitsch drängt darauf, dass morgen in See gegangen wird.

In der Mannschaftsmesse werden Geschenke seesicher verpackt, Spinde neu organisiert und Seebekleidung wird zurechtgelegt. Hastig werden Briefe geschrieben, die noch vor der Ankunft der *Pamir* in Hamburg die Heimat erreichen sollen. Wenn der Tag anbricht, wird keine Zeit mehr dafür sein.

Neuntes Kapitel

Samstag, 10. August, Rio de la Plata

Ein schriller Pfiff zerreißt die Morgenstille. Der Zweite Bootsmann, Hüter der Borddisziplin, brüllt aus vollem Hals: „Reise reise!“

Selbstbewusst wie nie zuvor treten Kadetten und Jungmänner zum Dienst an. Das Band der Kameradschaft ist zwischen ihnen erstarkt. Meer und Kapitän werden dagegen wieder hart in das Leben der Mannschaft eingreifen, doch diesmal hat sie eine klare Vorstellung davon, was auf sie zukommt. Kein Vergleich zur Abreise vor Monaten in Hamburg.

Diebitsch kommt zur frühen Morgenstunde in die Messe, in der Hand Köhlers neuen Wachplan. Seine vier Wachoffiziere, die beiden Bordingenieure und Siemers sitzen beim Morgenkaffee. Buschmann wischt sich Schweiß von der Stirn. Er hat Fieber. Köhler und Buscher husten sich abwechselnd den zähen Schleim von den Bronchien. Eine merkwürdige Stimmung umgibt sie.

„Meine Herren", beginnt Diebitsch bedeutungsvoll, „wir haben durch den Streik viel Zeit verloren. Die Reederei legt großen Wert auf eine zügige Rückreise. Wie Sie wissen, haben wir nicht ohne Grund die Zügel im Hafen etwas schleifen lassen, doch damit ist es jetzt vorbei." Mit den Händen auf dem Rücken geht er einige Schritte auf und ab. „Ich verlange daher, dass Sie den Dienstplan effizienter umsetzen, als uns das auf der Hinreise gelungen ist."

Buscher wirft ein: „Mit Verlaub, Herr Diebitsch, was verstehen Sie unter effizienter?"

„Wir haben jetzt mehr Zeit für die Ausbildung. Das Entrosten und Konservieren der Laderäume haben wir hinter uns. Unsere Aufgabe ist es nun, dafür zu sorgen, dass die Mannschaft nach Abschluss der Reise eine exzellente Besichtigung hinlegt! Wir müssen allen Stiftungsreedern und Geldgebern beweisen, dass der Ausbildungsstand auf unserer *Pamir* sehr hoch einzustufen ist."

„Was hat ein Schulschiff mit unserer *Pamir* gemein?", fragt Buschmann dazwischen.

Diebitsch schießt die Zornesröte ins Gesicht. „Das sollte ein Zweiter Offizier wissen!"

Buschmann lässt nicht locker: „Ich weiß das wohl, Herr Diebitsch. Ich sehe in der Schiffsführung eines frachtfahrenden Handelsschiffes und der schulmäßigen Ausbildung von Kadetten, die am Ende während einer Besichtigung glänzen sollen, einen erheblichen Gegensatz. Die beladene *Pamir* und die Reise selbst werden unsere ganze Aufmerksamkeit erfordern. Ein Schulbetrieb wie auf der kleinen *Deutschland*, wo zu Ihrer Zeit drei Mann für jeden Handgriff bereitgestanden haben, ist auf der *Pamir* schlichtweg nicht umzusetzen."

„Herr Buschmann, ich verbitte mir Ihren destruktiven Ton!"

„Das wird mich nicht daran hindern, weiterhin konstruktive Vorschläge zu unterbreiten. Ich möchte in diesem Sinne geklärt wissen, wie trotz Ausfall des Ersten Bootsmanns und Erkrankung der halben Stammbesatzung eine effiziente Schiffsführung und daneben noch eine Schulschiffausbildung möglich sein sollen."

Fred Schmidt zeigt Flagge: „Ich unterstütze voll und ganz die Ansichten von Herrn Buschmann!"

„Das sehe ich genauso!", pflichtet Buscher bei. Köhler schweigt.

Diebitsch sieht sich einer geschlossenen Front gegenüber. Um einen Eklat zu vermeiden, ignoriert er Buschmanns Forderung nach einer Klärung und verkündet starrköpfig: „Herr Köhler wird Ihnen die neuen Pläne aushändigen. Ich erwarte Ihre uneingeschränkte Unterstützung."

Ohne eine Antwort abzuwarten, blickt Diebitsch auf die Uhr. „Meine Herren, um sieben Uhr kommt der Schlepper längsseits, und um acht Uhr werden wir ablegen. Ich wünsche eine gute Reise!"

Kurze Zeit später haben sich die Lotsen eingefunden. Der dumpfe Pfeifton des Schleppers erinnert die Offiziere daran, dass sie an Deck müssen. Alles, was Beine hat, steht auf Poop, Hochdeck oder Back und blickt hinab auf das Pier. Ein buntes Bild bietet sich der Besatzung. Wesentlich mehr Menschen haben sich eingefunden als bei der Ankunft der Bark vor zwei Wochen. Auffallend viele „Fräuleins" befinden sich darunter, die Taschentücher schwenken. Joe, der Brückendienst hat, sucht angestrengt in der Menge nach Carolina, kann sie aber nicht ausmachen.

Pünktlich um acht Uhr erfolgt das Kommando zum Ablegen. Als die Festmacherleinen eingeholt werden, mischen sich Jubel und Abschiedsschmerz auf dem Pier. Die argentinische Flagge wird zum Dippen halb niedergeholt und wieder hochgezogen. Die Schlepper ziehen die *Pamir* hinaus auf die Reede des Rio de la Plata.

„Herr Buschmann, bereiten Sie die Messung der Rollperiode vor", gibt Diebitsch Befehl.

Buschmann spürt, dass sich der nächste Konflikt anbahnt. Vorerst gilt es aber, alle störenden Einflüsse auf den Krängungsversuch zu vermeiden. Die Voraussetzungen sind ideal. Das Wetter ist heiter, es herrscht weder auf- noch ablandiger Wind, und Strömung wie Wellenbewegungen sind zu vernachlässigen. Die beiden Schlepper halten und werfen die Leinen los.

Buschmann gibt Köhler die zweite Stoppuhr, und Lütje bekommt Anweisung: „Lassen Sie die Mannschaft auf dem Vordeck Steuerbordverschanzung Aufstellung nehmen. Auf mein Signal lassen Sie alle hinüber auf die Backbordseite stürmen und auf Pfiff wieder zurück. Der Vorgang wird so oft wiederholt, wie ich mit meiner Pfeife Signal gebe. Achten Sie auf die Geschlossenheit Ihrer Männer."

Die *Pamir* liegt völlig ruhig. Buschmann gibt Signal. Die angetretene Mannschaft rennt auf die andere Seite. Mehrmals geht das hin und her, bis die *Pamir* abwechselnd nach Backbord und Steuerbord zu schwingen beginnt.

Rollperioden werden von einem Umkehrpunkt der Rollbewegung bis zum nächsten gleichsinnigen Umkehrpunkt mit einer Stoppuhr gemessen. Wegen der Unsicherheit in der exakten Beobachtung der Umkehrpunkte lässt Buschmann zwei vollständige Schwingungen erfassen, um die Rollperiode durch entsprechendes Teilen der Gesamtdauer zu berechnen. Das Ergebnis sind zwanzig Sekunden. Eine ernste Warnung!

Buschmanns Empfindungen konzentrieren sich auf die Gefahr, die im Bauch der Bark lauert. Er verschwindet in seiner Kabine. Inzwischen zieht der Schlepper die *Pamir* weiter den Rio de la Plata hinunter, dem Meer entgegen. Wenig später erscheint Buschmann mit der berechneten Hebelarmkurve wieder auf dem Hochdeck. Er zeigt die Kurve kurz Köhler und sagt mit Entschlossenheit: „So dürfen wir niemals in See gehen!"

Diebitsch steht neben dem Ruder, als Buschmann an ihn herantritt. „Ich muss Sie sprechen!"

Diebitsch zeigt zum Kartenhaus. „Nun, wie sieht sie aus?"

„Die Rollperiode ergibt mit dieser Beladung einen Wert von zwanzig Sekunden. Daraus errechnet sich folgende Hebelarmkurve …" Er legt das Blatt auf den Kartentisch.

Diebitsch wirft einen flüchtigen Blick darauf. „Und?"

Buschmann gewinnt den Eindruck, dass Diebitsch sich mit der Interpretation schwertut, und beginnt die Kurve zu erläutern: „Wie Sie am Verlauf der roten Kurve sehen können, ist die Stabilität der *Pamir* nicht gewährleistet. Die Stabilitätsgrenze liegt bei nur 37 Grad. Wir laufen also Gefahr, in schwerer See zu kentern. Da der Tieftank auf Ihre Anweisung hin mit Gerste beladen wurde, können wir nicht nachtrimmen. Das rächt sich nun, denn es ist eine physikalische Selbstverständlichkeit, dass ein Fluten der Tanks eine Verbesserung der Stabilität mit sich bringen würde. Da uns die Möglichkeit genommen ist, werden wir im Ernstfall die Stabilitätsgrenze schnell überschreiten. Alles in allem muss ich Sie darauf aufmerksam machen, dass wir in diesem Beladungszustand die Rückreise nicht antreten können."

Diebitsch fährt aus der Haut: „Sie sind wohl nicht ganz bei Trost! Haben Sie bei Ihrer Berechnung überhaupt berücksichtigt, dass sich der Gewichtsschwerpunkt verbessern wird, weil die Ladung noch sacken wird?"

„Das geht in dieser Rechnung natürlich nicht ein, dafür wirft das Nachsacken der Gerste noch ein anderes, sehr gefährliches Problem …"

„Ich will Ihnen mal was sagen, junger Mann", schneidet ihm Diebitsch das Wort ab, „sechsunddreißig Mal hat diese Sturmlegende von Schiff Kap Hoorn umrundet. Und das gänzlich ohne Tieftank und schlaue Hebelarmkurven! Auf fünf ihrer Reisen hat sie schwere Stürme und sogar einen Hurrikan überstanden, und dann wollen Sie mir weismachen, wir können in diesem Zustand die Rückreise nicht antreten? Ich denke, Ihre Entscheidung, demnächst Ihr Leben an Land weiterzuführen, ist mehr als richtig."

„Herr Diebitsch, Sie sind ein Ignorant, und Sie gefährden damit Ihre Sturmlegende samt Mannschaft."

„Ich werde Ihre Unverschämtheit in den Papieren festhalten!"

„Und ich werde das Kurvenblatt in das Journal einkleben!"

Bebend vor Zorn verschwindet Diebitsch im Niedergang.

Währenddessen herrscht in der Unteroffiziersmesse dank Hein Gummi gute Laune. Die sichtbaren Lebenszeichen sind Bächlein, die er überall hinterlässt, das hohe, piepsige Kläffen und die Schnelligkeit, mit der das Wollknäuel zwischen den Beinen hin und her flitzt. Sein provisorisches „Körbchen" ist das Handwaschbecken in Kuddels Kabine, das sein Herrchen mit einer Decke ausstaffiert hat. Kuddel beginnt schon am selben Tag mit der Erziehung von Hein Gummi, damit er lernt, sein Geschäft nur an Deck zu verrichten.

Sonntag, 11. August, vor Montevideo

Kurz vor dem Mittagessen lässt Diebitsch seine Offiziere zu einer Besprechung im Salon antreten. „Nun, meine Herren", eröffnet er in gewohnt knarrendem Ton die Ansprache, „ich habe Sie rufen lassen, um keinen Zweifel daran zu lassen, was ich von Ihnen auf der Rückreise erwarte. Das besondere Augenmerk liegt dabei auf der guten Ausbildung unserer Kadetten. Wie schon angekündigt, erwarte ich, dass sie bei der Besichtigung in Hamburg hervorragend abschneiden. Mobilisieren Sie also ihren Lernwillen. Machen Sie den Jungmännern klar: Wenn sie ein Jahr lang die Härten des Dienstes auf einem Windjammer gespürt haben, bekommen sie in ihren Seesack den zivilen Großadmiralsstab schneller hineingelegt als die Janmaaten von den Dampfern. Die Exerzitien des Meeres und auf der *Pamir* formen den Charakter des Nautikers am besten, was von Bedeutung ist, wenn er später selbst die Ausbildung des Nachwuchses übernehmen soll."

Damit entlässt er seine Offiziere.

Exakt um 14.12 Uhr verlässt der Lotse das Schiff. Zwei Stunden intensiver Arbeit liegen hinter der Mannschaft, die Hunderte von Leinen und 32 Segel klargemacht hat.

Die Windstärke beträgt vier bis fünf aus Südsüdwest. Alle Segel werden gesetzt. Köhler befiehlt Kurs 72 Grad. Die *Pamir* wird an den Wind gebracht. Die gewaltigen, voll im Wind stehenden Segel ziehen das Schiff majestätisch, ruhig, ohne Rollen und Stampfen, durch das Wasser. Der Motor wird abgestellt. Trotz ihrer Beladung macht die Bark sieben bis acht Knoten.

Die besondere Stille ist wieder zurückgekehrt. Joe auf dem Hochdeck befällt das Gefühl der Isolation. Die Reise durch den Südatlantik, Kurs Nord, beginnt …

Montag, 2. September

Fernando Gomez, Copilot bei der *Panair do Brasil*, stellt sich auf einen Routineflug ein. Bis Rio de Janeiro sind es noch gut 4500 Kilometer. Plötzlich fängt das Flugzeug an zu vibrieren. Die Turbulenzen werden stärker. Der Kapitän lässt durchsagen: „Die Passagiere sollen sich anschnallen. Eine dieser Störungen aus der Sahara!"

Turbulenzen sind zu dieser Jahreszeit und in diesen Breitengraden nichts Ungewöhnliches, denn sie werden durch eine Instabilität im östlichen Starkwindband über Afrika hervorgerufen.

Diese Störungen, *Easterly Waves* genannt, entstehen durch Temperaturunterschiede über dem westlichen Nordafrika, den extrem hohen Temperaturen über der Sahara und den deutlich tieferen Werten am Golf von Guinea. Sollte eine dieser Störungen über die Kapverden hinaus auf den Atlantik ziehen, könnte sie sich in dieser Jahreszeit zu einem tropischen Sturm entwickeln.

Fernando Gomez blickt aus dem Seitenfenster in Richtung Westen. Querab entdeckt er eine spiralförmige Wolkenformation. „He! Sieh mal. Wir sind Zeugen der Entstehung eines Wirbelsturms!"

Der Flugkapitän legt die Maschine ein wenig auf die Steuerbordseite, um besser sehen zu können. „Sieht ja ganz nett aus. Sollte daraus ein Kapverden-Hurrikan werden, dann liegt Mutter Wetterküche in ihren Geburtswehen."

Kurz darauf entschließt er sich, der Flugkontrolle die Sichtung eines tropischen Sturms zu melden. Die Meldung geht noch in derselben Stunde an die Wetterwarnzentrale San Juan, Puerto Rico. Die Seefunkstelle, das National Hurricane Research Center in West Palm Beach auf Florida, wird ebenso informiert wie die Hurrikanwarnzentrale des U. S. Weather Bureau in Washington und die Sendestelle Washington-NSS. Im Rahmen ihrer übergeordneten und großräumigen Wettersendungen wird Washington-NSS später die Schifffahrt viermal täglich vor dem Hurrikan warnen.

San Juan sendet noch am selben Tag die erste Warnmeldung an die internationale Schifffahrt. In den kommenden Tagen werden Puerto Rico und das U. S. Weather Bureau die ersten 18 Warnmeldungen für das Seegebiet der *Pamir* verbreiten.

Diese hat gerade unter Maschine den Äquator überquert und befindet sich etwa sechshundert Seemeilen südlich der Kapverden in den Kalmenzonen, in der Mitte zwischen dem afrikanischen und südamerikanischen Kontinent. Von der Existenz eines tropischen Sturms, sechshundert Seemeilen nördlich, erfährt auf dem Schiff keiner etwas.

Und wenn, die Nachricht wäre für Diebitsch, der durch den Nordatlantik dem alten Seglerweg folgt, nicht beunruhigend, denn die Zugbahnen der tropischen Wirbelstürme verlaufen meist parabelförmig. Auf der nördlichen Halbkugel ziehen die Tiefdruckwirbel zu Beginn in nordwestliche Richtung und drehen danach in höheren Breiten häufig nach Nordosten ab. Fast die gleiche Parabel zeigt der alte Seglerweg, der westlich an den Azoren vorbei nach England führt. Beunruhigen müsste Diebitsch aber die Tatsache, dass die Orkansaison im September ihren Höhepunkt erreicht hat, die *Pamir* unfachmännisch beladen ist und eine Fracht im Bauch transportiert, die bei starker Krängung zu fließen beginnt.

Täglich wirft der Kapitän im Kartenhaus einen Blick auf die Seekarte. Die Kenntnis, in eine Wetterzone einzulaufen, in der die *Pamir* jederzeit in einen tropischen Orkan geraten kann, müsste ihn dringend veranlassen, Siemers anzuweisen, alle verfügbaren Wettermeldungen abzuhören.

Nichts dergleichen passiert an Bord der *Pamir*. Diebitsch wird seiner Verantwortung nicht gerecht.

Oldsails hat sich bei den Kadetten den Ruf eines genialen Erzählers erworben. Am Abend scharen sie sich auf der Back um ihn und lauschen seinen Geschichten, die von der großen Zeit der Segelschiffe berichten. Bedächtig steckt Oldsails seine Pfeife in Brand … „Jungs, ich glaube der Bibel, weil in der Geschichte vom Paradies das Meer nicht erwähnt wird. Die Bibel weiß, warum. Das Meer ist Mühe und Plage und ein Revier des Übels. Was in eurer Erinnerung haften bleiben wird, sind vor allem diese Bösartigkeiten des Meeres. Denkt an meine Worte!

Ich bin schon vor fünfzig Jahren um die Welt gefahren. Da kannte ich noch die P-Liner, die damals alle unter der Flagge der Hamburger Reederei F. Laeisz fuhren. Viel Glück aber war den Seglern, die das stolze P vorneweg in ihrem Namen führten, nicht beschieden. Da war das berühmte Fünfmastschiff *Preussen*. Der Stolz der Deutschen war schon drei Jahre vor unserer *Pamir* auf den Meeren unterwegs. Die schaffte die Strecke von Chile bis zum englischen Kanal mit ihrer Salpeterladung in unglaublichen 69 Tagen. Strandete aber nach einer Kollision mit einem Dampfer bei Dover und ging total verloren. Gott hilft dem Seemann in der Not, doch steuern können muss er selber …

Oder die *Pinnas*. Sie war anno 1929 unterwegs von Hamburg nach Chile. Aber sie kam nur bis Kap Hoorn, weil ein Orkan sie regelrecht zerlegte. Bei Diego Ramirez lief sie auf Strand. Gott sei's gedankt, 25 Mann konnten gerettet werden. Auch nicht besser erging es der *Petschili*. Ein gewaltiger Nordsturm erwischte sie eines Nachts auf der Reede von Valparaíso. Durch die Gewalt der Böen rissen beide Ankerketten. Das Schiff geriet ins Treiben, und schon eine halbe Stunde später legte die *Petschili* sich quer zum steinigen Strand. Dabei wurde sie durch die anlaufende See immer höher und höher auf die Felsen geworfen, bis nur noch ein Trümmerfeld von ihr übrig blieb."

Die jungen Kerle hängen gebannt an Oldsails' Lippen. Dieser zieht genüsslich an seiner Pfeife und fährt fort: „Ja, Jungs, Zusammenstöße, Strandungen, Untergänge in Stürmen und Feuer sind die häufigsten Ursachen von Schiffsunglücken. So verbrannte die schöne *Potosi* von Laeisz durch Selbstentzündung ihrer Kohleladung, und die *Planet* trieb 1901 hilf- und steuerlos wochenlang auf See, weil die Besatzung mit Skorbut daniederlag. Doch auch der Krieg forderte seinen Tribut. So flog die *Parnass* durch einen feindlichen Torpedotreffer samt Besatzung in die Luft, die *Pellworm* erwischte es im Hamburger Hafen, die *Priwall* wurde an Chile verschenkt und ging dort später in Flammen auf. Nur die *Padua* scheint es geschafft zu haben. Sie läuft jetzt bei den Russen unter dem Namen *Kruzenstern*."

Wiederum legt er eine Pause ein und nuckelt an seiner Pfeife. „Wenn ich mich recht entsinne, gingen, als ich noch so jung war wie ihr, jedes Jahr bis zu 130 Segelschiffe verloren, das heißt etwa fünf Prozent aller Segelschiffe dieser Erde soffen ab. Und auch die meisten der schönen Schiffe von Laeisz haben keine zwanzig Jahre durchgehalten. Da macht unsere *Pamir* schon eine Ausnahme. Zweiundfünfzig Jahre segelt sie schon auf den Weltmeeren umher. Mir scheint, sie hat neun Leben wie eine Katze."

Dienstag, 10. September 1957, *Pamir*, Position: 16° 37' N, 29° 10' W

Die *Pamir* hat die Kalmenzone am Äquator vor drei Tagen verlassen. Der Hurrikan steht in diesen Tagen mit seinem Zentrum nordwestlich der *Pamir*. Rund 1000 Seemeilen liegen zwischen ihnen. Die Gefahr hat sich scheinbar hinter den Horizont verzogen. Aber in elf Tagen wird es zu einer Begegnung kommen.

Siemers, der seine Funkwachzeit absitzt, empfängt einen Funkspruch der Reederei: „Meldet Bedarf aller Grade." Die Reederei will wissen, wer und wie viele Besatzungsmitglieder auf der *Pamir* bleiben oder abmustern.

Willis Funkbude ist inzwischen der beliebteste Treffpunkt für alle, die sich über Stimmung und Ereignisse an Bord austauschen wollen. Der Dienst läuft nur noch nach Vorschrift. Diebitsch' Ehrgeiz, Schulschiffbetrieb und die Besonderheiten eines frachtfahrenden Segelschiffes in Einklang zu bringen, ist gescheitert. Fast alle Offiziere und ein Großteil der Stammbesatzung werden mit ihren Ankündigungen Ernst machen und abmustern. Davon ist Siemers überzeugt.

Pflichtgemäß legt er das Funktelegramm seinem Kapitän vor. Die Stimmung ist unterkühlt. Man redet nicht mehr viel miteinander, weder oben auf dem Hochdeck noch im Kapitänssalon. Diebitsch scheint isoliert.

„Morgen werden wir die Anfrage beantworten", reagiert Diebitsch gelassen. Auch er muss noch einmal die Gretchenfrage an seine Offiziere stellen. Das kann er nicht delegieren. „Wie sieht es mit Ihnen aus?"

„Ich bleibe, wenn ich von den Verwaltungsaufgaben eines Zahlmeisters entbunden werde."

„Gut! Besprechen Sie das mit der Reederei." Diebitsch setzt hinter seinem Namen ein Häkchen.

Siemers fühlt sich nach wie vor mit seinen zusätzlichen Aufgaben überlastet. Die Heuerabrechnungen gehen ihm unendlich auf die Nerven. Die große Besatzung überfordert seine kaufmännischen und buchhalterischen Fähigkeiten. Während seiner Funkwachzeiten von 0.00–2.00 Uhr, 12.00–14.00 Uhr, 16.00–18.00 Uhr und 20.00–22.00 Uhr versucht er sich durch das Zahlenwerk zu wühlen. Seine Art, auf diese Überlastung zu reagieren, ist Passivität während und auch außerhalb der Pflichtzeiten. Er sieht nicht ein, während der Funkwachzeiten Wetterberichte und andere für die Schifffahrt wichtige Nachrichten aufzunehmen. Niemand hält ihn an, sich rundherum zu informieren. Auch von Diebitsch ergeht keine gesonderte Anweisung. Es ist allerdings unter Funkern üblich, das Ohr draußen zu haben und sich mit anderen Funkern über Wind, Wetter sowie über Gott und die Welt auszutauschen.

Zwischen Diebitsch und seinen Offizieren ist die Stimmung angespannt. Ein lähmendes Desinteresse scheint die Verantwortlichen auf dem Schiff erfasst zu haben. Unter Eggers sind täglich zwei Wetterkarten gezeichnet worden. Dazu benötigt man aber die neuesten Meldungen. Die Empfangseinrichtungen sind betriebsklar. Für Diebitsch ist das Wetter in diesen dramatischen Tagen aber kein Thema.

Nicht ein einziges Mal lässt sich Kapitän Diebitsch in jenen Tagen eine aussagefähige Wetterkarte vorlegen. Der Hurrikan Carrie wäre sonst das absolute Thema Nummer eins an Bord. Die Existenz der Dame bleibt also im Dunkeln. Ein Leben im Alarmzustand wäre sonst schlagartig geboren, denn jeder wüsste, dass da draußen Gefahr lauert. Die Funkbude wäre belagert, Siemers' Papierkram vergessen. Aber die tägliche, so außerordentlich wichtige Wetteranalyse für die sichere Führung der kolossalen Viermastbark fehlt.

Mittwoch, 11. September, *Pamir*, Position: 18° 01' N, 30° W

Für die Mannschaft verläuft das Leben in diesen Tagen in einem arbeitsreichen und doch beinahe gemächlichen Rhythmus. Wer nicht Wache schiebt, repariert und konserviert, tauscht verschlissene Teile aus, erlernt bei Oldsails das Ausbessern des Außenklüvers mit Segelhandschuh und dreikantiger Segelnadel. Arbeiten ohne Anfang und Ende.

Hein Gummi, der Pekinese, hat sich inzwischen an sein Heim gewöhnt. Neben Kuddel ist Murphy, der Maschinenassistent, sein ausgesprochener Freund. Das liegt wohl an der Putzwolle, die im Latz seines Overalls versteckt ist und die Hein Gummi zu tollen Spielen animiert.

Joe faulenzt derweil auf dem Achterdeck und beobachtet abwechselnd die Fliegenden Fische, wie sie über die Wellen flitzen, und den schwankenden Dom der mausgrauen Segel turmhoch über sich. Andere an Deck spielen Karten oder schmökern in Büchern, alten Zeitungen und abgegriffenen Tarzan-Heften.

Gegen 14.00 Uhr an diesem Tag gerät der Dampfer *Castorp* der Lübeck-Linie AG trotz großer Entfernung zu Carrie in eine gewaltige Dünung, die das Schiff einer starken Rollbewegung aussetzt. Stunden zuvor hat ihr Funker die Hurrikanwarnung von Washington-NSS aufgefangen …

Mittwoch, 18. September, *Pamir*, Position: 27° 20' N, 42° 10' W

Die Zugbahn von Hurrikan Carrie weist plötzlich direkt nach Osten, Richtung Azoren, und nicht wie vorhergesagt nach Nordnordost. Portishead Radio am Bristolkanal sendet bereits seit dem Vortag die Position des Wirbels und eine Zugbahnanalyse über Carrie. Zusammen mit der Meldung für den kommenden Tag würde man auf der *Pamir* durch Auswertung der Daten mühelos den bevorstehenden Kollisionspunkt mit dem Orkan bestimmen können. Doch an Bord der Bark fehlt es an Wachsamkeit.

Carrie hat ihren Kurs entscheidend geändert. An die Möglichkeit des Auftauchens eines Hurrikans in dieser Seegegend wird an Bord weder gedacht, noch sichert man sich gegen eine solche „Überraschung" ab. Behält Carrie aber ihre Zugbahn bei, so wird es unweigerlich zur schicksalhaften Begegnung kommen, denn der Kurs der *Pamir* bildet gewissermaßen die Sehne des eigentümlichen Bogens, den Carrie jetzt beschreibt.

Noch ist es nicht zu spät. Aber die *Pamir* steuert aufgrund der Windverhältnisse beharrlich einen Kurs von 350 Grad. Das Aufeinandertreffen mit Carrie scheint abgemacht.

Von den inzwischen schon 43 gegebenen Warnungen durch Puerto Rico, Florida, Washington und von den viermal täglich ausgestrahlten Warnungen der Sendestelle Washington-NSS wird keine einzige von Siemers registriert. Der extreme Schwenk des Wirbelsturms bleibt daher unbemerkt. Bei paradiesisch schönem Wetter, schwachem Wind und Motorunterstützung gleitet die Bark langsam auf Kollisionskurs mit Carrie dahin. Sorglosigkeit regiert Mittschiff, Back und Poop.

In Alarmstimmung befindet sich dagegen Kapitän Sewenig des Motorschiffes *Anita*. Seit der Reise von New Orleans nach Antwerpen ist er über Carrie und deren Zugbahn durch Warnmeldungen informiert. Am Sonntag, 15. September, hatte er sich ihr bis auf 500 Seemeilen genähert. Um jedem Risiko aus dem Wege zu gehen, ließ er Südostkurs steuern, und als Carrie den Bahnscheitel nach Norden bildete, ließ er wieder Kurs Ost steuern. Als Sewenig von Carries Schwenk nach Osten erfährt, und das mit einer Zuggeschwindigkeit von 15 Knoten, handelt er sofort. Die „Dame" ist zu schnell für *MS Anita* geworden. Sie tobt auf ihn zu. An eine erfolgreiche Flucht ist nicht mehr zu denken.

Sewenig befiehlt, alle vorgesehenen Sicherheitsmaßnahmen sofort in Angriff zu nehmen. Vor allem gilt es, einen Wassereinbruch zu vermeiden.

Daher werden Drucklüfter entfernt, elektrische Lüfter und andere Öffnungen gut gedichtet und mit Persenningen überzogen. Die Luken, Schotten und Bullaugen werden sturmfest verschlossen und gegen die auf Deck stürzenden Brecher gesichert. Schiff und Besatzung sind auf die schweren Stunden gut vorbereitet.

In Unkenntnis der drohenden Wetterlage wird dagegen auf der *Pamir*, bei wolkenlosem Himmel und kaum bewegtem Atlantik, das Schiften der restlichen Segel angeordnet. Die leichten Passatsegel werden durch Schwerwettersegel ersetzt. Als die Jungs mit der Plackerei fertig sind, ruft Tom aufgeregt: „He! Schaut, da vorn! Das gibt's nicht. Ein Tanker!"

Tatsächlich. Was für ein Zufall in diesen Breiten! Es ist die *Esso Bolivar*. Deutlich erkennbar, dass sie ihren Kurs ändert, um die *Pamir* aus nächster Nähe zu passieren. Das macht fast jedes Schiff, denn eine rahgetakelte Viermastbark von der Schönheit einer *Pamir* ist auf den Weltmeeren rar geworden.

„Flagge fertig machen zum Dippen!", tönt auf dem Hochdeck Buschmanns Stimme.

Beide Schiffe dippen ihre Flagge zum Gruß. Die Männer auf den Rahen winken. Schade, dass die *Pamir* in dieser Stunde nur Vor-, Stag- und Besansegel führt. Mit voll stehenden Segelpyramiden, in majestätischer Schönheit, wird sich die *Pamir* nie mehr präsentieren.

In der Funkbude herrscht hartnäckiges Schweigen. Kapitän Robrecht von der *Esso Bolivar* geht davon aus, dass die Funker untereinander schon längst in Kontakt getreten sind, denn es ist üblich, dass sie sich mit den in der Nähe befindlichen Schiffen über Wind und Wetter verständigen.

Doch das sonderbare Verhalten Siemers' setzt sich fort. Der Funker der *Esso Bolivar* will mit seinem Kollegen Informationen über Carrie austauschen, denn der Kurs der *Pamir* scheint ihm riskant. Der Mann auf der *Esso* wundert sich über das Schweigen auf der anderen Seite. Er nimmt an, dass Kapitän und Funker über den von Westen herantobenden Orkan im Bilde sind. Gleichwohl hätte er gern gewusst, was die Besatzung tun will, um der Bedrohung zu entkommen.

Alle Bemühungen der *Bolivar*, mit Siemers in Kontakt zu treten, scheitern. Sooft er auch auf die Taste drückt, der Kollege auf dem Segler bewegt seinen Zeigefinger nicht. Siemers tritt sogar die gebotene und traditionelle Höflichkeit unter Funkern mit Füßen, denn es gehört zum guten Ton, Kontakt aufzunehmen, wenn sich ihre Schiffe in der Einsamkeit der Weltmeere begegnen.

Eine Stunde Zeit ist dem Master next God der *Pamir* gegeben, doch er verzichtet endgültig auf die rettende Botschaft. Ohne ein Wort zu wechseln, passieren die Schiffe einander. Fröhliches Winken auf Distanz ist alles, was von der Begegnung bleibt. Bei Kapitän Diebitsch, der auf dem Hochdeck das Schauspiel verfolgt, flackert nicht die kleinste Beunruhigung auf.

In der Abenddämmerung betritt Richie das Deck. Nicht allein, denn er muss von einem Leichtmatrosen gestützt werden, da seine Gelenke furchtbar schmerzen. Er, der alte Seemann, der schon viele Stürme überstanden hat, steht unsicher auf den Beinen. Mühsam hebt Richie den Kopf, blickt hinauf zum Flögel, dem Windsack auf dem Topp des Kreuzmastes, der die Windrichtung anzeigt. Seine Überraschung kann er nicht verbergen. Es ist fast windstill. Kein gutes Zeichen, geht es ihm durch den Kopf. „Wie die Stille vor dem Sturm!“, murmelt er vor sich hin, behält aber seine Beobachtung für sich.

Noch vor Sonnenuntergang setzt Joe seinen Plattenspieler in Gang. Die beliebteste Platte der Kadetten wird von ihm angesagt: „Freunde der Winde, der Wellen und der Meere! Unser Idol wird gleich unsere steifen, bis zum Kragen zugeknöpften Uniformmännchen vom Hochdeck fegen! Jungs der stolzen *Pamir*! Hier sind *Bill Haley and his Comets* mit ihrem Song ‚Rock Around The Clock‘!“

Ein unbeschreibliches Gejohle bricht sich Bahn. Joe setzt die Nadel auf die Scheibe, schnappt sich einen Schrubber und tut so, als ob er einer Gitarre Rockakkorde entlocken würde. Während Joe im Takt der rockigen Rhythmik über die Poop fegt, wippen die anderen mit ihren Beinen, klatschen im Takt und mimen Bill Haley. Schlagartig ist eine Stimmung geboren, die das ungebrochene Lebensgefühl der Jugend beflügelt …

Zu später Stunde kommt Kapitän Diebitsch noch einmal auf das Hochdeck. Buscher ist als Wachoffizier eingeteilt. Er befindet sich mit Buschmann im Gespräch. Als sie Diebitsch entdecken, verstummt ihre Unterhaltung und sie wechseln auf die Backbordseite.

Diebitsch hebt den Kopf, als würde er draußen auf See etwas wittern. Er geht auf seine Offiziere zu und meint: „Es bewegt sich was in der Atmosphäre. Wir werden endlich Wind bekommen.“

„Hoffentlich den richtigen!“, antwortet Buscher.

Diebitsch unerschütterlich: „Verlassen Sie sich drauf.“

Buschmann legt den Finger in die Wunde. „Ohne Wetterkarte wird es schwierig, Vorhersagen zu treffen.“

„Wetterkarten? Außer einem typischen Azorenhoch werden Sie nichts darauf finden. Die vergangene Woche ist Ihnen doch hoffentlich Beweis genug! Jedes Tief ist uns willkommen." Daraufhin wendet sich Diebitsch ab und macht es sich im Kartenhaus bequem.

Washington-NSS funkt um 0.35 Uhr die erste Carrie-Warnung des beginnenden Tages: „Marschgeschwindigkeit Ost 14 Knoten, Zugrichtung Ost, maximale Windgeschwindigkeit 75 Knoten."

Zehntes Kapitel

Donnerstag, 19. September, *Pamir*, Position: 29° 55' N, 41° 19' W

8.00 Uhr Bordzeit. Das Motorschiff Brandenstein des Norddeutschen Lloyd liegt gestoppt auf Position 29° 55' N, 41° 19' W. Eine Reparatur der Maschine ist die Ursache, denn ein gerissener Kolben muss ausgetauscht werden.

Kapitän Jäger steht auf der Brücke und blickt auf das glatte Wasser. Immer wieder sieht er auf die Uhr. Der Motorschaden macht ihn nervös. Er weiß, dass von Westen Unheil naht. Unvermutet wird seine Aufmerksamkeit auf den Horizont gelenkt. Südöstlich der *Brandenstein* schieben sich Masten über die Kimm. Flugs greift er zum Fernglas. Ein Viermaster! Das Schiff führt nur Stagsegel.

Sein Erster Offizier greift ebenfalls zum Glas. Kapitän Jäger ist überzeugt: „Das muss die *Pamir* sein!"

Sein Erster bestätigt: „Sie ist es."

„Welchen Kurs steuert sie?"

„Nordnordost!"

Kapitän Jäger gibt seinem Funker Anweisung: „Nehmen Sie Kontakt auf."

An Bord der *Brandenstein* hat man alle NSS-Warnungen ohne Schwierigkeiten empfangen und macht sich, wie tags zuvor die *Esso Bolivar*, Sorgen um den deutschen Traditionssegler. Die Distanz zu Carrie beträgt nur noch 605 Seemeilen. Der Funker auf dem Motorschiff versucht in regelmäßigem Abstand Funkkontakt zu Siemers herzustellen. Es gelingt ihm nicht. Die *Pamir* passiert in knapp acht Seemeilen Entfernung die dümpelnde *Brandenstein*.

14.00 UHR Bordzeit. Der Tag der letztmöglichen Weichenstellung ist zur Hälfte vorüber. Nur wenn man jedes Jahr erfolgreich Stürmen auf See ausweicht, ist die Angst davor nicht mehr jeden Tag präsent. An Bord der *Pamir* fehlt sie dagegen völlig. Ahnungslosigkeit, so weit das Auge reicht. Es kommt zwar selten vor, dass dieses Seegebiet von einem Hurrikan getroffen wird, doch das heißt nicht, dass man auf Wettermeldungen verzichten kann …

Noch ist die Falle nicht zugeschnappt. Diebitsch' blinder Fleck liegt in der Tatsache begründet, dass er niemals eine Wetterkarte von Carries Zugbahn zu Gesicht bekommen hat. Weil er seinem Funker keine Order gibt und diese oft nur auf Anweisung des Kapitäns handeln dürfen, fehlt jeder Druck, der eine Entscheidung erzwingt. Ein Mysterium, warum Diebitsch keine Wetterkarten und Wettermeldungen von Siemers einfordert.

Diebitsch müsste sich an diesem Donnerstag nur ein einziges Mal eine Funknachricht von Washington-NSS, Horta, Portishead oder Saint Lys vorlegen lassen. Schnell würde er sich samt seinen Offizieren für den logischen Weg entscheiden und mit der *Pamir* nach Südsüdost ablaufen. Denn je südlicher ein Wirbelsturm auf dem Atlantik wandert, umso zwingender die Logik, dass er nach Nordosten abziehen wird. Carries ungewöhnliche Zugbahn verstärkt diese These geradezu.

Die Besatzung der Viermastbark aber ist weiterhin ahnungslos. Wind und Wetter sind noch traumhaft schön. Die restlichen Passatsegel sind gegen Schwerwettersegel ausgewechselt. Die *Pamir* trägt jetzt ihr Totenkleid.

Im Hinblick auf Carrie ist man auch in Hamburg unbesorgt. Kein warnender Funkspruch geht am Ballindamm von der Bark ein. Umgekehrt werden von dort auch keine Warnungen auf der *Pamir* empfangen.

In der Funkbude quält sich Siemers derweil mit seiner Buchhaltung. Die Funkerei ist in diesen Tagen vergessen. Sie stört nur Willis Berechnungen.

Ingo kommt mit Häppchen. Er kennt inzwischen die Funkroutine und die Pflichten seines Freundes. „Was ist mit der Positionsmeldung nach Hamburg? Die letzte haben wir vor drei Tagen gefunkt", will er von Willi wissen.

Darauf Willi ironisch: „Immer piano – morgen ist auch noch ein Tag …"

„Ich mein ja nur. Ein wenig Kontakt halten mit anderen Schiffen wär vielleicht nicht schlecht …" Ingo mag es, hinaus in die Welt zu lauschen. Eine willkommene Abwechslung in der Bordroutine.

„Hör mal zu. Mein Vorgänger ist unter dem Schreibkram fast zusammengebrochen. Ich schwör dir, das passiert mir nicht. Dienst ist Dienst, aber nebenbei noch Funkkontakt mit allen möglichen Stellen und Schiffen aufrechtzuerhalten, nee, nicht mit mir! Auch wenn der Alte die Morsetaste für die *Esso* und die *Brandenstein* freigegeben hat."

„Und? Hat dich der Alte danach gefragt?"

„Natürlich hat er mich gefragt, was die anderen Funker auf der *Esso* oder *Brandenstein* so berichten."

„Und?"

„Keine Zeit zum Quasseln, hab ich ihm gesagt. Da tat er ganz erstaunt. Und alle anderen mit ihm."

„Das hat er nicht erwartet."

„Nee! Aber besser, ich mach mich rar, als wenn ich ihm ein Ohr abgekaut hätte. Er kennt nämlich meine Meinung dazu. Deswegen lässt er mich auch in Ruhe."

„Du meinst wegen deiner Abmusterung?"

„Klar! Ich geh erst wieder auf so ein Schulschiff, wenn ich offiziell von diesem Kram hier entbunden werde. Dann können die alles von mir verlangen, was die Funkerei so hergibt." Willi macht eine Pause und lässt sich die Wursthäppchen schmecken. „Sieh mal. Wenn ich jetzt allen erzählen würde, mit wem ich funke, über was und überhaupt, widerspricht sich das völlig. Deswegen rufe ich auch keine Wetterdaten ab, und du brauchst auch keine Wetterkarten zu zeichnen. Würde ich das alles so einfach nebenher machen, dann könnte ich viel erzählen, von wegen Überlastung und so."

Statt auf Südost- oder Südkurs zu gehen oder beigedreht abzuwarten, setzt daher die *Pamir* unbeirrt ihren Nordkurs fort. Der Abstand zu Carries Zentrum beträgt nur noch 540 Seemeilen. Als die Sonne in der unheilvollen See versinkt, ahnt nach wie vor niemand das Herannahen des Hurrikans.

Freitag, 20. September, *MS Anita*, Position: 34° 8' N, 45° 3' W

Kapitän Sewenig blickt in höchster Anspannung auf die Zeiger der Borduhr. Es ist 10.45 Uhr. Orkanböen setzen ein. Der Sturm legt los, beginnt die Gischt ohne Unterbrechung über das Vordeck der kleinen *Anita* zu fegen. Gewaltige Seen rollen heran. Carrie erprobt mit voller Wucht ihre Kraft an den Stahlwänden des Frachters. Sewenig rechnet damit, dass ihr Zentrum 60 Seemeilen südlich an ihm vorbeibrausen wird. Nahe genug. Zu nah, um genau zu sein.

Sewenig steht selbst am Ruder und brüllt: „Maschine auf halbe Kraft!"

Die schweren Orkanböen drehen links, und Sewenig muss versuchen, die See querein steuerbord zu nehmen. Mit Mühe kann er sein Schiff in dieser Lage halten.

Die Anspannung, die Angst vor dem Verderben verändern den Menschen in Sekundenschnelle. Er und seine Offiziere beobachten mit Bangen den Windmesser und das Barometer. Fünfzehn Minuten später ist der Teufel los. Zehn bis fünfzehn Meter hohe Brecher krachen gegen die Steuerbordseite und setzen das Deck ununterbrochen unter Wasser.

Sein Erster brüllt: „Wind 80 Knoten! Barometerstand jetzt 995 Millibar!"

Das sind 13 bis 14 Windstärken nach der erweiterten Beaufortskala. Das Schiff erbebt unter den gewaltigen Schlägen der Brecher. Die Sicht ist gleich null. Die See muss kochen, denn die Luft ist voller Schaum und Gischt. Ab und zu hat Sewenig freien Blick auf das Vordeck, wenn die grünlichen Wasserberge den Bug in den Himmel heben, sodass das Wasser wieder ablaufen kann. Er und seine Männer haben in ihrer gesamten Seefahrtzeit noch nie einen derartigen Orkan abgewettert ...

Die Männer der *Anita* sind auf Position. Bis zur Mittagszeit wird Sewenig kein Wassereinbruch gemeldet. Trotzdem sagt ihm sein Instinkt, dass die Persenning von Luke III der Schwachpunkt auf dem ganzen Schiff ist. Durch die Gischt sieht er sie für einen kurzen Moment flattern. Ein tödlicher Angriffspunkt für Orkanböen und Seeschlag. Sollte das schwere, ursprünglich gut verschalkte Tuch weggerissen werden, würden die Sturzseen die Abdeckbretter zerschlagen oder herausschwemmen. Wassereinbruch in den Laderaum wäre die Folge. Die *Anita* wäre rettungslos dem Untergang geweiht.

Sewenig deutet auf das Vordeck: „Wir müssen Luke III mit Netzbrook sichern!", brüllt er seinem Ersten ins Ohr. Er meint damit ein Geflecht, dessen Tauwerk mit Draht verstärkt ist und das für das Heben von Lasten an Bord benutzt wird.

Um seinen Männern einen gewissen Schutz vor dem gewaltigen Seegang zu geben, muss er die *Anita* mit dem Heck in den Wind drehen. Erst dann wird es möglich sein, das Netz über der Luke zu befestigen. Ein Manöver mit hohem Risiko, denn er muss die Maschine bei diesem Kunstgriff rückwärts laufen lassen. Während die Matrosen auf dem Vordeck unter Lebensgefahr Schwerstarbeit leisten, gefährden überkommende Seen die Poop und das Mannschaftslogis. Haushohe Brecher und Seeschlag drohen das Heck kurz und klein zu schlagen.

Sewenig schickt Stoßgebete zum Himmel ...

Die Sicherung der Luke III gelingt. Endlich kann er das Schiff wieder in die alte Lage zurückdrehen.

Das Orkanzentrum ist inzwischen südlich vorbeigerast. Gegen 16.00 Uhr meldet der Erste ein Abflauen des Sturms.

Freitag, 20. September, *Pamir*, Position: 32° 58' N, 40° 48' W

Frühmorgens hört Richie in seiner Koje das Getrappel von zahlreichen Füßen über Laufbrücken und Planken. Ein gutes Zeichen, denkt er sich und lächelt. Der Befehl muss ergangen sein, alle Segel zu setzen. Stunden zuvor schon hat er an der Bewegung des Schiffes gespürt, dass Wind aufkommt. Eine Erlösung für die Besatzung. Die wochenlang anhaltende Flaute scheint endlich vorüber. Die Mannschaften entern freudig erregt die Masten empor und klettern hinaus auf die Rahen. Alsbald steht der Dom aus Royals, Bram-, Mars-, Klüver-, Stag- und Besansegeln prall und voll. Eine Prachtentfaltung, die sich in die Erinnerung eingräbt und alle Bitternisse an Bord verzeiht. Gerade unter der jungen Besatzung.

Die *Pamir* nimmt mächtig Fahrt auf. Alles an Deck strahlt und blickt tief bewegt hinauf zu der geblähten Pracht …

Hein Gummi flitzt neugierig und kläffend auf das Vordeck. So viel Aufregung unter den Männern macht neugierig. Darauf saust er gleich wieder zurück, den Gang des Deckhauses entlang zum Achterdeck, als würde er dort etwas verpassen.

Nach vier Tagen Sendepause gibt Siemers der Reederei die neue Position der *Pamir* bekannt.

Oldsails besucht Richie in aller Frühe in seiner Kajüte, in der Hand zwei große Tassen Kaffee. Als sie zusammen ihren Kaffee schlürfen, spürt Richie ein Missbehagen seines Freundes. „Was ist los?“, fragt er.

„Ich beobachte in immer kürzeren Abständen das Barometer.“

„Es fällt. Ich hab's gehört.“ Dann weiten sich Richies Augen: „Wind, mein Lieber, das heißt Wind! Wir werden alle froh sein, wenn wir diese Reise hinter uns haben.“

„Klar, ich versteh dich! Aber ich habe mir gestern Abend lange den Horizont angesehen. Es gab da komische Farben. Außerdem dreht der Wind für mich viel zu schnell. Richie, da lauert was hinter dem Horizont. Ich spür das!“

„Erzähl das Buschmann!“

„Der hat beim Alten schon rumgemeckert wegen der fehlenden Wetterkarten. Ich habe den Eindruck, der ist froh, wenn für ihn in zwei Wochen das alles hier vorbei ist."

„Nicht nur er", erwidert Richie. Dann klopft er Oldsails auf die Schulter. „Mach dir keine Sorgen, unsere Sturmlegende hat schon viele Orkane ausgesegelt."

„Da haben auch erfahrene Kapitäne das Kommando gehabt." Daraufhin erhebt er sich: „Ich muss wieder an Deck. Wir haben alle Segel an den Masten."

„Halt mich auf dem Laufenden!"

„Mach ich!" Oldsails begibt sich auf die Back. Aufmerksam beobachtet er die See. Sie zeigt kein einheitliches Wellenbild. Er hat den Eindruck, die Wogen laufen völlig durcheinander, überlagern sich, als ob sie von allen Seiten auf die *Pamir* zu- und gleichzeitig weglaufen würden. Oldsails ahnt nicht, dass Carries Sturmzentrum nur noch 385 Seemeilen entfernt ist.

Unter den Jungs ist die gute Laune ungebrochen. Der Unterricht ist für heute gestrichen, denn es gibt viel an Deck zu tun. Bei voller Besegelung kann jederzeit ein Manöver angeordnet werden. Trotzdem genießen sie die herrlichen Stunden an Deck.

Joe gerät gegenüber Manni ins Schwärmen. „Spürst du die Luftbewegung, das herrliche Auf und Ab?"

„Ein einziger Traum. Das musst du erlebt haben."

„Dabei sind wir jetzt Teil dieser Windmaschinerie. So langsam haben wir den Durchblick, wann oder wie wir was zu machen haben."

„Trotzdem glaub ich, dass die Ausbildungszeit auf einem Motorschiff mehr bringt als auf so einem Segler. Auch wenn sie dir ein halbes Jahr Ausbildungszeit schenken."

„Kann schon sein. Ich werde sehen, dass ich auf einen modernen Tanker komme. Sueskanal, Arabien, das wär's."

Manni klopft ihm auf die Schulter: „Ich seh dich schon mit goldenen Streifen an den Ärmeln."

In diesen sorglosen Stunden neigt sich die Waage des Schicksals endgültig zuungunsten der *Pamir*, denn die um 15.00 Uhr Bordzeit verbreitete NSS-Warnung gibt für Carrie die Zugrichtung Nordost bekannt. Die *Pamir* steuert somit direkt auf Carries Rennbahn zu.

In dieser entscheidenden Phase hat die Viermastbark bereits den äußeren Rand des Hurrikanfeldes erreicht. „Endlich, endlich, sie fliegt!", ruft ein Leichtmatrose vor Begeisterung auf der Back. Das Schiff zieht immer noch mit der größtmöglichen Besegelung gen Norden.

Diebitsch erscheint auf dem Hochdeck. Er sieht sich um. „Windstärke?“, fragt er Köhler.

„Im Moment sechs. 1005 Millibar, weiter sinkend.“

„Typisches Tief“, sagt Diebitsch einsilbig. Er blickt unentwegt nach Westen. Der Horizont hat sich mit einem zarten Schleier verhüllt. Die Sonne verblasst und zeigt einen Hof. Es ist das letzte Mal, dass sich die Sonne auf den feuchten Planken der *Pamir* spiegelt. Auch die Poesie weicht mit dem Sonnenlicht. In weniger als einer halben Stunde hat sich der ganze Himmel in ein tristes Mausgrau verwandelt.

Köhler blickt hinauf zur Segelpyramide über ihren Köpfen. Wie von fern bemerkt er: „Wir machen neun bis zehn Knoten!“

„Gut so! Das bringt uns vorwärts.“ Auch Diebitsch spürt das Vibrieren des Rumpfes am ganzen Leib. Kein Gedanke daran, dass sich die Gerstenfracht bei diesem Seegang wie auf einem Rüttler weiter verdichtet.

Gegen 16.00 Uhr ordnet Diebitsch an, Vor-, Groß- und Kreuzroyal wegzunehmen. Einer nach dem anderen der Jungs entert auf, nicht ohne das unentbehrliche Geschrei. Die Wachen wetteifern untereinander.

Joe ist mit aufgeentert. Oben auf der Großroyalrah fühlt er sich zwischen Himmel und See schwebend. Abenteuer pur. Auch glaubt er den Wind in den Wanten singen zu hören und spürt ihn wesentlich stärker auf der Haut als an Deck. Bei sechs Windstärken ein Gefühl zwischen Lust und Bangen.

Das schlagende Tuch wird gebändigt und unter Mühen festgemacht. Aber es macht allen riesigen Spaß, und schon das ist die Anstrengung wert. Als sich Joe aus dem Topp des Großmastes verabschiedet, kann er nicht wissen, dass die Großroyal niemals wieder von Menschenhand losgeworfen werden wird.

Trotz der weggenommenen Segel verliert das Schiff kaum an Fahrt. Das Grau am Himmel wirkt jetzt ernüchternd. Der schöne Nachmittag ist endgültig vorüber. Als Joe an Deck steht, fegt die erste Gischtwolke über das Vordeck.

Manni greift nach seinem Arm. Sein Gesicht zeigt höchste Wachsamkeit. „Was hältst du von dem plötzlichen Wetterumschwung? Ist das normal?“

„Was ist auf See schon normal?“

21.00 Uhr. Die ersten Regenschauer fegen über die Decks. Der Winddruck nimmt zu. Da auch einige Böen darunter sind, entschließt sich Diebitsch, auch die Unterbramsegel wegzunehmen.

Die Kraft in den Armen reicht kaum aus, die Arbeit zu bewältigen. Das Bangen schwingt mit. Wer jetzt von den Rahen fällt, ist rettungslos verloren. Der Wind legt noch einmal zu. Das Ruderrad wird doppelt besetzt. Die hölzernen Spaken sind feucht. Da heißt es zupacken. Schwerstarbeit wird geleistet, um das Schiff auf Kurs zu halten.

Gegen 22.00 Uhr beginnt die *Pamir* in den Wellen zu arbeiten. Die Dunkelheit verbirgt die See. Buschmann auf dem Hochdeck hat aber eine Vorstellung von den langgestreckten Wogen, die aussehen wie anrollende zerklüftete Gebirgsketten. Buschmann hat das Gefühl, mit der *Pamir* durch die Nacht zu rasen. „Dreizehn Knoten!", tönt es vom Ruderstand. Das ist für ein beladenes Schiff Höchstgeschwindigkeit. Hinter dem Heck brodelt die fluoreszierende See. Auf der Poop ist es noch trocken. In der Dunkelheit ist kaum zu erkennen, dass sich dort ein Teil der Besatzung versammelt hat, um das Schauspiel der nächtlichen Brassfahrt zu bestaunen.

Buschmann winkt Joe zu sich, der sich das grandiose Schauspiel auf dem Laufgang zwischen Hochdeck und Poop ansieht. „Na, Joe? Eindrucksvoll, was?"

„Eine irre Nacht! Wie eine andere Welt." Dann zeigt er zum Heck: „Was ist mit den Wasserbergen? Ich habe den Eindruck, die werden zunehmend steiler und nehmen uns ordentlich huckepack. Ist das okay?"

„Gut beobachtet, Joe. Es ist okay. Wir haben offenbar ein dickes Tief im Westen stehen."

Carries äußerste Windbahn kreist in rund 110 Meilen Entfernung mit 33 Knoten um ihr Zentrum. Das Schiff befindet sich inzwischen in diesem Wirkungsbereich. In der Nähe des Zentrums wird mehr als die doppelte Windstärke gemessen. Die Bark krängt jetzt immer häufiger nach Lee, um dem Wind- und Wasserdruck nachzugeben. In diesen Momenten beginnt in den Laderäumen die Gerste langsam und unbemerkt auf die Backbordseite zu fließen. Sie folgt der Schwerkraft, hin zum tiefsten Punkt.

Samstag, 21. September, *Pamir*, Position: 35° 57' N, 40° 20' W

1.00 Uhr Bordzeit. Joe und Manni gehen Ruderwache. Der neue Tag ist noch jung. Nur wenige werden ihn überleben.

Buscher meldet dem Kapitän: „Kurs Nord! Windstärke acht! Richtung Südost zu Ost! Barometer 996 Millibar, weiter fallend! Rahen auf den zweiten Knoten gebrasst!"

Diebitsch prüft die Windrichtung und die Segelstellung. „Sollte der Wind aus Ostsüdost kommen, lassen Sie auf den dritten Knoten anbrassen."

Dieser Befehl ist ein klares Zeichen völliger Unkenntnis über das Sturmfeld von Carrie, in das man hineingeschlittert ist.

Die Wettererscheinungen eines nahenden Hurrikans sind nicht zu übersehen. Zu der hohen, stärker werdenden Windsee gesellt sich eine aus dem Südwesten anrennende Dünung. Stark, haushoch und grob.

Der Glaube an ein normales Tief müsste einem spätestens jetzt den Schlaf rauben, damit wenigstens die Anzahl der Segel reduziert wird und der Befehl ergeht, sofort den Verschlusszustand herzustellen, ähnlich den Maßnahmen auf der *MS Anita*.

Aber Diebitsch und seine Offiziere glauben immer noch an einen „guten Wind". Der Abstand zum Sturmzentrum beträgt zu dieser Stunde nur noch 105 Seemeilen.

„Goode Wach!", verabschiedet sich Diebitsch von Buscher mit der traditionsreichen Floskel. Völlig unbekümmert. „Wenn was im Wege steht, wecken Sie mich!"

„Goode Ruh, Kaptein!", erwidert Buscher, als wäre es eine ganz normale Nacht.

Um 3.00 Uhr Bordzeit meldet Washington-NSS: „Windstärke 70 Knoten, Marschgeschwindigkeit des Zentrums 13 Knoten."

Joe und Manni werden am Ruder abgelöst. Hände, Arme und Schultern schmerzen von der Kraftanstrengung.

Buschmann treibt die Unruhe auf das Hochdeck. Er sieht seinen Offizierskollegen im Kartenhaus und geht hinein. „Das pfeift ja ordentlich. Wie sieht's aus?"

„Der Wind aus Südost nimmt weiter zu. Wir haben jetzt Stärke acht. Barometerstand 996, weiter fallend."

„Der Press auf die Segel ist zu groß. Das seh ich an der Schräglage. Wir sollten reduzieren. Fock- und Obermarssegel gehören eingepackt."

„Der Alte ist aber mit allem sehr zufrieden. Sieh mal, zwölf Knoten sind doch super!"

Buschmann zeigt dagegen auf den Krängungsmesser. „Super Lage!" Und sarkastisch fügt er hinzu: „Schade nur, dass sich ab einer bestimmten Schräglage die Gerste ebenfalls supergenau auf den Weg nach Backbord begibt!"

Buscher blickt ihn zweifelnd an. „Meinst du das im Ernst?"

„Schau doch nach!"

„Bei dem Sturm?"

„Um Sicherheit zu haben, müssten wir den Ladezustand kontrollieren."

„Geschenkt! Viel zu gefährlich!"

Bevor Buschmann das Hochdeck verlässt, wirft er noch einmal einen Blick auf das Barometer. Keine Täuschung: 994 Millibar. „Verdammt! Das wächst sich zu einem Orkan aus!“ Sein Entschluss ist gefasst. Flugs steigt er die Treppe hinunter, reißt die Tür zur Funkbude auf. Sie ist unbesetzt.

Buschmann klopft an Siemers’ Kajüttür und öffnet sie: „Willi! Los, raus aus der Koje! Häng dein Ohr in den Äther. Wir bekommen dicke Probleme mit dem Wetter!“

„Sag das dem Alten!“

„Verdammte Schei…!“

Buschmann betritt den Salon. Seine Stimme ist schneidend: „Herr Diebitsch! Wir bekommen dicke Probleme mit dem Wetter. 994 Millibar. Das Barometer fällt weiter. Es muss ein Orkan im Anzug sein! Wir tragen zu viel Segel! Um sicherzugehen, brauchen wir dringend Wettermeldungen. Siemers soll sein Ohr in den Äther hängen. Er wartet auf Ihre Anordnungen.“ Ohne eine Antwort abzuwarten, schlägt er die Salontür hinter sich zu.

4.00 Uhr. Die Ruderglocke schlägt acht Glasen. Wachwechsel! Etwas ist anders an diesem Morgen. Der sonst so helle, durchdringende Ton der Glocke wird überlagert durch ein Ächzen, Knarren und Stöhnen. Fred Schmidt löst Buschmann und Buscher ab. Alle, die abgelöst werden, freuen sich auf ihre Hängematten. Die Jungs der Steuerbordwache haben Mühe, aufrecht zum Achterdeck zu kommen, während ihnen die Kameraden der Backbordwache entgegenkommen. Die meisten ohne Ölzeug! Für eine Schwerwetterbekleidung gibt es keine Anweisung. Die Jungs, die gerade ihren Wachdienst antreten, haben Mühe, ihr Gleichgewicht auf dem tanzenden Deck zu finden. Die Gischtbahn in Lee leuchtet gespenstisch über die Verschanzung.

Zum Wachwechsel wird auch Kuddel routinemäßig vom „Läufer“ der Wache geweckt. Die Tür wird aufgerissen: „Reise reise …! Machen gute Fahrt!“ Daraufhin lupft er Hein Gummi in Kuddels Koje: „Der gebärdet sich ja heute wie ein Verrückter!“

Der Bäcker und Kochsmaat hangelt sich aus der Koje. Die Schräglage der *Pamir* hat eine derartige Neigung erreicht, dass er sich nicht mehr frei stehend anziehen kann. In diesem Augenblick legt sich die *Pamir* in einer Bö hart über. Kuddel denkt an seine Töpfe, Pfannen und den bereits aufgesetzten Wasserkessel. Er stolpert in die Kombüse, und Hein Gummi springt ständig an ihm hoch. Als er ihn ausschimpft, verstummt das kleine Hündchen.

Kuddel macht sich an die Arbeit. Hilfe gibt es genug an diesem Morgen. Manch einer der Freiwache macht sich lustbetont in der Kombüse nützlich.

Artistische Einlagen beim Brötchenbacken und Braten von Spiegeleiern sind bei so einem Wind immer gefordert. Dabei wird gelacht, gescherzt, und nebenbei werden obskure Wetten über Stunden-, Wachen- und Tages-Etmale abgeschlossen.

Kaum jemand denkt in diesem Moment an die Achillesferse der *Pamir*, an die großen Freiräume oberhalb des Holzschotts in den Luken. Es reichen 30 Grad Neigung, und schon fließen erhebliche Mengen loser Gerste nach Backbord.

Joe und seine Kameraden müssen akrobatisches Geschick aufbieten, um in die Hängematten zu kommen. Keiner von ihnen hat sich groß umgezogen, denn jede Minute Schlaf ist kostbar. Vielleicht ahnen sie auch, dass sie schon bald zum Bergen der restlichen Segel wieder an Deck gerufen werden.

Während Joe in einen Halbschlaf fällt, macht sich Diebitsch auf den Weg zu Siemers. Das rasch fallende Barometer gibt den Anstoß zu handeln. Als Siemers antritt, gibt er Anweisung: „Horchen Sie rein. Ich will wissen, was uns da draußen erwartet!"

6.00 Uhr. Der Sturm hat Stärke neun erreicht und bläst nun aus Ostsüdost. Schmidt lässt, wie von Diebitsch vorgegeben, auf den dritten Knoten anbrassen. In dieser Situation ein schwerer Fehler, denn damit verstärkt sich die Schräglage. Aber nicht nur das, denn wäre man über Hurrikan Carrie im Bilde, wüsste man um die rasche Zunahme der Windgeschwindigkeit in den nächsten drei Stunden. Die logische Folge wäre die längst überfällige Reduzierung der Segel und die unverzügliche Herstellung des absoluten Verschlusszustandes des Schiffes.

Fred Schmidt ruft Bootsmann Lütje zu sich und gibt die üblichen Routineanweisungen für Starkwind: „Lassen Sie achtern Leichenfänger anbringen, an Backbord Strecktaue spannen und sonst alles an Deck klarmachen!" Mit Leichenfänger meint er eine Art Fangnetz, das verhindern soll, dass achtern jemand über Bord gespült wird, falls die See einsteigt.

Lütje führt die Routinemaßnahmen aus. Die Bullaugen aber bleiben unverschlossen.

6.30 Uhr. Diebitsch betritt über die Treppe das Kartenhaus. Dort trifft er in der Morgendämmerung auf Schmidt. Die Sicht ist schlecht. Er kann gerade noch das Vorschiff erkennen. „Ganz schön was los! Schiebt ja ordentlich Lage, unsere Kleine."

„Wir sollten noch mehr Segel setzen. Das kann sie gut vertragen."

Diebitsch stutzt: „Noch mehr …?"

„Wir haben ordentlich Wind aus Ost. Und weil wir gerade von einem Tief getroffen werden, könnten wir mit mehr Segel noch schneller nach Norden ablaufen."

„Sie sind mir ja ein Mutiger, Herr Schmidt! Bei dieser Windstärke ist es kein Zuckerschlecken auf den Rahen. Viel zu gefährlich! Auf welchem Knoten ist gebrasst?"

„Ich habe gerade auf den dritten brassen lassen."

„Dann lässt sich Ihr Wunsch ja erfüllen. Lassen Sie auf den vierten anbrassen! Und dann weiter Kurs Nord!"

Die Stimme Schmidts mischt sich mit dem Brausen des Sturms. Das Manöver an den Brassen fordert unter den herrschenden Bedingungen den ganzen Mann.

Mit dieser Anweisung sind die Rahen maximal längs zum Kiel gegen den Wind gestellt, sodass sie mit der Fahrtrichtung des Schiffes fast eine Linie bilden. Damit trifft aber auch der Sturm mit voller Wucht die steif stehenden Segel. Der vierte Knoten macht sofort Probleme unter Deck. Kuddel hat in weiser Voraussicht am Herd der Kombüse schon zuvor Schlingerleisten angebracht, damit die Kochtöpfe nicht vom Herd fliegen. Das reicht aber nicht mehr. Der Inhalt der kleineren Töpfe muss bei der Schräglage in größere umgefüllt werden, da sie überzuschwappen drohen.

Henry ist an diesem Morgen als Backschafter in der Mannschaftsmesse eingeteilt und damit zuständig für das Auftragen von Tellern und Tassen. Der vierte Knoten wird für ihn zum Desaster. Alles, was Henry aufgebackt hat, fliegt im nächsten Moment von den Tischen und verdichtet sich zu einem Scherbenhaufen …

Diebitsch glaubt indessen, dass er sich immer weiter von dem Tief nach Norden hin entfernt und der Sturm ihm endlich eine schnelle Reise ermöglicht. Doch die Irrtümer pflanzen sich fort, die Problemlage wird völlig verkannt. Das Barometer fällt weiter und der Wind nimmt zu, was bedeutet, dass das dicke Ende erst im Anmarsch ist. In diesem Fall müsste die Schiffsleitung die Segelfläche unter allen Umständen auf Sturmbesegelung verkleinern, sodass die *Pamir* mit ihrer gefährlichen Ladung dem Orkan standhalten kann. Man bewegt sich auch nicht von einem Tief fort, man steckt bald mittendrin.

8.00 Uhr. Wachwechsel. Das Orkanzentrum ist nur noch 80 Seemeilen entfernt.

Buschmann hat es in seiner Kajüte nicht ausgehalten. Er schlürft seinen Kaffee in der Offiziersmesse. Auch wenn ihm wegen der Ladung mulmig ist, glaubt er daran, dass schon alles gut gehen wird. Doch er ahnt nicht, dass das Überleben in jenen Stunden nur noch von einem Schutzengel abhängt.

Exakt eine halbe Stunde später lauschen Kuddel und Ingo einem vertrauten Gezwitscher. Es kommt aus der Funkbude. Ungewöhnlich, denn Willis Funkbereitschaft beginnt erst in vier Stunden. Ingo ist neugierig: „Ich seh mal nach. Bin gleich zurück!"

Ingo ist erstaunt, denn Willi sitzt angespannt am Empfangsgerät. Sein Gesicht zeigt panische Züge. Seine Rechte notiert mit.

Bedrohliche Nachrichten schockieren. Willi Siemers, kreidebleich auf seinem Stuhl sitzend, feuert den Bleistift in die Ecke. Starr blickt er auf das Papier vor sich. Nebenbei wischt er sich die Schweißperlen von der Stirn. Er will nicht glauben, was er da mitnotiert hat. Die Erkenntnis, lebensrettende Wettermeldungen versäumt zu haben, hat etwas Vernichtendes.

8.40 Uhr. Ingo stürzt atemlos in die Kombüse und brüllt: „Ein Hurrikan ist gemeldet!" Für einen kurzen Moment herrscht Schweigen. Das Wort „Hurrikan" schlägt auf den Magen. „Der Willi sagt, wir sollen Schlingerleisten anlegen und alles gut festmachen." Und etwas gedämpfter: „Wir werden wahrscheinlich mitten reinrauschen."

Diebitsch ist in die Funkkabine geeilt. Er beißt die Zähne zusammen. Man hört es deutlich am Knirschen. Ohne sichtbare Erregung prüft er das, was Siemers von der Funkstelle Portishead aufgefangen hat. „Hören Sie andere Stationen ab! Wir brauchen eine Bestätigung und genauere Angaben. Nehmen Sie Kontakt mit anderen Schiffen auf!"

Diebitsch eilt zurück ins Kartenhaus. Er und seine nautischen Offiziere brüten über der Position von Carrie und über der eigenen. Sie ist bei diesem miesen Wetter nicht genau zu ermitteln. Diebitsch zeichnet einen Kreis, teilt ihn mit Strichen von West nach Ost, von Nord nach Süd und tippt optimistisch auf die rechte obere Hälfte: „Wie es aussieht, kommen wir noch in das befahrbare Viertel." Er meint das nordöstliche Viertel des Kreises, in dem – nach der Theorie – die Windstärke lange nicht so stark sein soll wie im südöstlichen, dem gefährlichen Viertel.

Buschmann kompromisslos: „Wir müssen endlich die Segel reduzieren! Sofort!"

„Nein, das wäre ein Fehler. Wir müssen so schnell wie möglich nach Norden ausweichen. Jede Meile, die wir uns vom Zentrum entfernen, ist Gold!", erwidert Schmidt.

9.20 Uhr. Die *Pamir* wird von der ersten schweren Orkanbö getroffen. Prompt legt sie sich für einen Moment noch weiter auf die Seite. Plötzlich ein Kanonenschlag. Diebitsch kneift die Augen zusammen und blickt vor zur Back. Vom Innenklüver sind nur noch Fetzen zu sehen.

Buscher wendet sich an Diebitsch. Ein Kloß steckt ihm im Hals: „Soll der Funker eine Meldung an andere Schiffe absetzen?“

Diebitsch winkt ärgerlich ab. „Erst die Obermarssegel wegnehmen!“

Buschmann denkt an das Getreide und den Schüttwinkel von 25 bis 30 Grad, bei dem die Gerste garantiert fließt.

Diebitsch spielt auf Zeit. „Wir bekommen in Kürze neue Meldungen, danach werden wir sehen.“

Köhler und Buscher sehen sich verständnislos an.

9.35 Uhr. Siemers nimmt die erste Hurrikanwarnung von Washington-NSS auf: „Position Carrie: 35° N, 40° W, vorausgesagte maximale Windgeschwindigkeit 70 Knoten, Zugrichtung etwas nördlicher als Ost 70°, Marschgeschwindigkeit des Zentrums 13 Knoten.“

Diebitsch wird der Boden unter den Füßen weggezogen. Seine Hände krallen sich am Kartentisch fest. Scheiße! Das gibt's doch nicht! Idiot!, übt er stumm Selbstkritik. Er fühlt, ein Fallbeil hängt an einem seidenen Faden über seinem Kopf. Ein Nerv in seinem Gesicht beginnt zu zucken. Verkniffen blickt er auf das Barometer. „Ich darf das Schiff nicht verlieren!“, flüstert er vor sich hin. Schließlich drückt er den Alarmknopf.

Die elektrische Schnarre dringt in alle Winkel des Schiffes. Drei lange Töne, siebenmal wiederholt. Das Signal zum All-hands-Manöver! Ein derartiger Befehl wurde zu Übungszwecken zwar schon oft gegeben, doch niemand von der Stammbesatzung kann sich erinnern, jemals die Alarmglocke an Bord gehört zu haben.

Ingo hetzt zwischen Kombüse und Funkbude hin und her. Bleich im Gesicht berichtet er: „Wenn wir so weiterlaufen, geraten wir wahrscheinlich direkt in das Zentrum eines Hurrikans.“ Darauf verschwindet er wieder in der Funkbude.

Die Mannschaften hangeln sich auf das Oberdeck. Manch einer im Trainingsanzug! Das Wort Hurrikan macht die Runde. Richie, der schlecht laufen und keinen Handgriff mehr tun kann, aber immer noch Aufsicht führt, wird durch einen Jungmann in die Unteroffiziersmesse gebracht. Dort hilft dieser dem alten, kranken Mann in einen Pullover. Ein Brausen und Tosen umgibt das Schiff. Die Schräglage hat zugenommen. Unter dem Druck der Böen legt sich die Bark über 30 Grad auf die Backbordseite. Brecher steigen über die Leeverschanzung ein, donnern über das Vordeck.

Auf dem Hochdeck wird erst jetzt an den Verschlusszustand gedacht. Zu spät. Eine Reihe von Bullaugen stehen offen! In die achtern gelegenen Mannschaftskammern der Backbordseite strömt bereits Wasser ein. Waschhaus und Toiletten werden gleichzeitig überflutet.

Tom und seine Kameraden führen den Befehl aus, die Bullaugen zu schließen und eiserne Blenden davorzuschrauben. Bis zur Brusthöhe im Wasser, waten sie von einer Kammer zur anderen. Es gelingt nicht bei allen, sie dicht zu bekommen. Trotz der vorgeschraubten Blenden dringt teilweise weiter Wasser ein. Es sickert durch Leckstellen des Poopdecks. Unter den Planken rostet auch hier seit Jahren der Stahl still vor sich hin …

10.00 Uhr. Auf dem Hochdeck werden auf der Luvseite Strecktaue gespannt. Matrosen der Stammbesatzung, Jungmänner und Kadetten versuchen die noch stehenden Segel aufzugeien. Vor allem das riesige Focksegel. Fred Schmidt ist unter denen, die mit den Matrosen aufentern …

Joe und das Kiezrudel kämpfen währenddessen mit den Geitauen des Obermars- und Untermarssegels am Großmast. Doch der Sturm ist einfach schon zu stark. Das Kommando „Klar bei Obermarsfallen …“ dringt bei dem Geheul des Orkans kaum noch durch. Das Loswerfen hat fast keinen Effekt. Die Rahen lassen sich durch den enormen Winddruck nicht mehr wegfieren.

An Deck krallen sich die Kameraden an den Gordings fest und werden durch die Kraft des Orkans daran hochgezogen. Vergeblich! Auch an den Fallwinschen wird Kraft vergeudet, sie laufen nicht mehr. Plötzlich zeigen sich lange Risse im Segel. Das wild schlagende, knatternde Tuch droht die Matrosen oben auf der Rah von den Fußperden zu reißen. Sie werden von Diebitsch zurückgepfiffen. Am Fockmast läuft es nicht besser. Auch das Focksegel zeigt schon Risse. Diebitsch bläst auch hier das Manöver ab und pfeift die Männer zurück.

Explosionsartig werden kurz darauf Fetzen aus den Marssegeln gerissen. Weitere schwere Orkanböen treffen Aufbauten und Takelage. Die restlichen Obermars- und Untermarssegel explodieren mit einem ohrenbetäubenden Knallen zu Fetzen.

Der Blick hinaus auf das Vordeck bringt auch in der Kombüse das Inferno näher. Man hört das Bersten der Segel. Kuddel und Werner werden wie Spielbälle bis zum Niedergang zum Hochdeck geschleudert. Eine Gischtfontäne schießt durch die immer noch offenen Bullaugen. Sie spritzt bis zum Herd und auf den glühenden Koks. Eine zischende Dampfwolke erinnert an eine mögliche Explosionsgefahr. Die Bullaugen werden endlich verschlossen, das Feuer gelöscht. Durch Suppen- und Essensreste ist der Boden glitschig geworden. Ein Kunststück, sich darauf zu bewegen. Der Koch bemerkt jetzt erst, dass er sich mit heißer Suppe den rechten Fuß verbrüht hat. Unter hohem akrobatischem Geschick wird das Schlingergestell neu verschalkt. Ebenso das Backbordschott, damit kein Wasser in den Kombüsengang eintreten kann. Damit ist die Arbeit in der Kombüse getan. Werner will den Doktor aufsuchen, und Kuddel will sich hinauf zum Hochdeck hangeln.

Im Gang stolpert er über Hein Gummi, den er vergessen hatte. Er nimmt das verängstigte Hündchen auf den Arm, schwankt in seine Kammer, nimmt sein Kopfkissen, legt es in das Handwaschbecken und bettet Hein Gummi darauf. Dort scheint sich der Pekinese sicher und geborgen zu fühlen, denn er rollt sich sofort zusammen und schließt die Augen.

Kurz darauf ist Kuddel auf dem Hochdeck. Matrosen der Stammbesatzung unter Führung von Buschmann begeben sich wiederum zum Fockmast und entern in den Vortopp auf. Alle blicken gebannt nach oben. Dort turnen die Männer unter Lebensgefahr hinaus auf die schräg stehenden Rahen und schneiden mit Messern die zerfetzten Segel ab.

Diebitsch hofft. Wird sich die *Pamir* wieder aufrichten? Wird die Leeverschanzung aus dem Wasser kommen?

Sie richtet sich auf, aber vielleicht nur drei bis vier Grad. Die Schlagseite bleibt mit über 30 Grad bedrohlich.

10.30 Uhr. Schwere Sturmböen heulen jetzt um die Masten. Die Windstärke hat auf mindestens elf bis zwölf zugenommen. Ein Bewegen an Deck ist ohne Festhalten an den Strecktauen nicht mehr möglich. Mit Erlaubnis Buschers dürfen Joe und einige andere in die Kadettenunterkunft, um sich umzuziehen. Während der Bergungsmanöver der Segel sind sie bis auf die Haut durchnässt worden.

Kaum sind sie in der Unterkunft verschwunden, zerschlagen überkommende Brecher die Niedergänge der Poop und die an der Achterkante zum Hochdeck. Weitere schwere Brecher zerschlagen das hölzerne Backbordschott zur Poop, als bestünde es aus morschen Brettern. Das Schott hätte mit einer eisernen Schutztür gesichert werden können. Zu spät! Vorn an Deck, unter der Back, wird durch die Wucht der Brecher die Tür vom Lampenspind zertrümmert und gleich darauf das Rettungsboot Nr. 6 aus der Halterung gerissen.

Diebitsch gibt Befehl: „Unterbesan setzen!“ Er will die *Pamir* wenigstens steuerfähig halten. Matrosen, Schmidt und Buschmann machen sich daran.

Die Schlagseite nimmt zu. Siemers in seiner Funkbude klemmt sich und seinen Stuhl fest. Er wartet gefasst auf weitere Anweisungen des Kapitäns.

Buschmann und seine Offizierskollegen erfassen die drohende Gefahr und drängen auf einen Notruf.

Der Befehl wird gegeben. Mehr Pokerspiel als konsequentes Handeln. Diebitsch entschließt sich, kein SOS funken zu lassen, sondern lediglich eine Dringlichkeitsmeldung. Ingo überbringt Willi den Befehl: „Du sollst eine XXX-Meldung rausgeben!“

Das funktelegrafische Dringlichkeitszeichen besteht aus der dreimaligen Aussendung der Gruppe XXX. Die Sendung hat Vorrang vor allen anderen Sendungen außer Notsendungen. Sie ist also schwächer als das funktelegrafische Notzeichen SOS. Willi betätigt die Morsetaste.

„*... XXX – fourmastbark pamir drifting in heavy hurricane without sails 35.57 n 40.20 w – please ships in vicinity give position – answer 480 khz,* Viermastbark *Pamir* treibt ohne Segel in schwerem Hurrikan. 35° 57’ N, 40° 20’ W – Schiffe in der Nähe bitte Positionsmeldung geben 480 kHz.“

Knapp zehn Minuten später meldet sich das US-amerikanische Schiff *Penn Trader* und gibt seine Position durch. Sollte Diebitsch es wünschen, könnte das US-Schiff in knapp zwölf Stunden bei der *Pamir* eintreffen ...

Siemers bestätigt den Empfang der Antwort mit einem Okay.

Durch einen der Lüfter Backbordseite Hochdeck dringt angeblich Seewasser ein. Das kann jedoch nicht die gewaltigen Mengen erklären – sogar die Offizierskammern und der Backbordgang laufen voll. Auch unter den Planken des Kapitänssalons sickert Wasser. Durch zahlreiche andere Roststellen strömt das Wasser unaufhörlich in die Aufbauten mittschiffs.

Das einströmende Wasser verschlechtert das Auftriebsmoment der Aufbauten rapide. Die *Pamir* muss kentern, sobald der Auftrieb der Aufbauten durch eindringendes Wasser aufgehoben wird. Das fatale Ergebnis einer unterlassenen Reparaturarbeit vor der Abreise nach Buenos Aires ...

Buschmann behält den Krängungsmesser im Kartenhaus im Auge. Gleich darauf brüllt er Diebitsch zu: „40 Grad! Am Anschlag!“

Joe und seine Freunde spüren zum ersten Mal massive Gefahr. Andere verhalten sich, als ob sie die Situation nicht ernst nehmen würden. Manche schießen noch Fotos, der Bordarzt versucht das Geschehen mit seiner Kamera zu filmen. Zu Hause werden sie Augen machen! Sie ahnen nicht, dass kostbare Zeit für ihre Rettung ungenutzt verrinnt ...

11.00 Uhr Bordzeit. Diebitsch hat, wie seine Offiziere auch, noch nie einen Hurrikan abgewettert. Er scheint die dramatische Gesamtlage immer noch ignorieren zu wollen: „Siemers soll SOS mit der Bitte um Kontaktaufnahme funken!“

Siemers funkt zwar mit dem Notzeichen voran, doch Master next God bittet nicht um sofortige und „uneingeschränkte Hilfe“, sondern um eine „Kontaktaufnahme“ der Schiffe, die sich in der Gegend befinden.

Eine Minute später hat sich Diebitsch besonnen. Siemers schickt auf Anordnung ein neues Funktelegramm in den Äther: *„... please take course and proceed to us.“*

Die anderen Schiffe in der Seegegend erfahren erst jetzt, dass die *Pamir* „Wasser macht“ und ihr Kapitän darum bittet, Kurs auf das Schiff zu nehmen.

Penn Trader antwortet Siemers sofort, und dieser funkt zurück: *„Please take course and proceed to us – master.“*

11.04 Uhr funkt Siemers erneut seinen SOS-Ruf.

Darauf meldet sich 11.12 Uhr die *Tank Duke*, bestätigt den SOS-Ruf, gibt ihre Position durch und macht deutlich: „... halte mich bereit nach Order von dkef ...“ (dkef ist das Kurzzeichen der *Pamir*.)

Kuddel auf dem Hochdeck beobachtet, wie Diebitsch einen Kadetten als Läufer einsetzt. Dieser hangelt sich auf der extremen Schräge vom Kartenhaus aufs Deck und wieder zurück, um Diebitsch' Befehle in das Sprachrohr zu brüllen und umgekehrt seinem Kapitän neue Funknachrichten zu übermitteln.

Joe, Manni, Henry und Tom haben sich auf der Luvseite des Hochdecks hinter der Verschanzung auf Höhe des Großmastes niedergekauert, zur Sicherheit die Hand am Strecktau festgekrallt. Die Sicht durch die Gischt reicht nur bis zum Bug. Manni blickt abwechselnd hinunter zur Leeseite und zur Poop. „Die See läuft unten durch!“, brüllt er Joe ins Ohr.

Dieser nickt. Der starke Press lässt den Rumpf erzittern. Dumpfe Töne dringen ans Ohr, als würden im Innern Trommeln geschlagen. Das Deck kippt langsam, aber stetig nach Lee. Es steht inzwischen derart steil, dass sich die Brecher jetzt an der hoch herausragenden Steuerbordseite brechen. Kaum einer der Wellenberge fegt über die Verschanzung. Grau und furchteinflößend rollen sie heran und schlagen in Joes Rücken donnernd auf die Stahlplatten der Außenhaut. Im selben Moment stampft die *Pamir* schwer unter dem Anprall. Die heulenden, kreischenden Orkanböen gehen über die schützende Luvreling hinweg und verursachen in den Wanten und Verstagungen der Masten ein Pfeifen und Kreischen in allen Tonlagen.

11.15 Uhr. Die *President Taylor* meldet sich. Sie wird zwölf Stunden bis zur *Pamir* benötigen, *Penn Trader* kann die 70 Seemeilen Distanz in schwerer See vielleicht in zehn Stunden bewältigen. Hoffnung auf ein gutes Ende keimt auf.

Die *Pamir* legt sich noch weiter über. Das Backborddeck steht jetzt bis an das Süll der Ladeluken unter Wasser, und die Leenocken der Unterrahen schneiden nun ständig durch Brecher und Wellenberge. Fast die gesamte Besatzung kauert jetzt unterhalb der Steuerbordverschanzung, während die Offiziere im und um das Kartenhaus Halt suchen.

Joe beobachtet, dass plötzlich einer der drei Rudergänger durch Pfiffe und Winken auf sich aufmerksam macht. Er will etwas von Spökenkieker. Der Zimmermann kauert einige Plätze weiter unter der Luvverschanzung. Sofort rutscht er zum Ruder hinunter. Die Hand des Rudergängers zeigt auf die Segellastluke. Sie ist vom schäumenden Wasser überspült. Unverzüglich lässt sich Spökenkieker an einem Tampen weiter nach Lee gleiten, bis er bei der Luke Halt findet. Der zweite Zimmermann Wilfried hangelt sich ebenfalls zu der Luke. Beide verschwinden zeitweise völlig unter dem tosenden Wasser. Als sich die Luvseite des Hochdecks für einen kurzen Augenblick ein wenig aus den Wellen hebt, springt die Gefahr ins Auge. Die Abdeckpersenning hat sich gelöst. Ein Keil der Verschalkung hat den Brechern nicht standgehalten.

Hilfe tut not. Joe und Tom lassen sich sofort an einem Tampen bis zur Luke hinab und helfen mit, ein zusätzliches Tau zu spannen. Spökenkieker greift mit einer Hand die Leine, mit der anderen Wilfrieds Hosenbund. Dieser versucht mit seinen beiden Händen, die Luke wieder vollständig zu verschalken.

Diebitsch erscheint der Einsatz zu riskant. Mit seiner Trillerpfeife und eindeutiger Gestik gibt er Befehl, den selbstlosen Einsatz abzubrechen. Doch seine Pfeife wird weder gehört noch sein Gestikulieren gesehen. Als er einen Matrosen anweist, seinen Befehl direkt an den Ort des Geschehens zu überbringen, ist die heroische Tat vollbracht. Joe und Tom hangeln sich mit letzter Kraft wieder hoch unter die Luvverschanzung. Völlig erschöpft und Salzwasser spuckend kauern sie sich nieder.

Hunderte Gedanken fliegen Joe durch den Kopf. Die Situation scheint irreal, ja grotesk! Der Sturm heult ungebrochen, die Brecher donnern gegen die hoch aufragende Steuerbordseite, und in Lee kocht und tost die See. Joe hat den Eindruck, die Neigung des Decks in Richtung Vertikale geht weiter. Eher einer Wand gleichend, die in den Himmel wächst, als ein Deck unter seinen Füßen. Langsam gewinnt er die Gewissheit, dass nichts Irdisches diesen Wasserlawinen etwas entgegensetzen kann. Kaum ein Wort wird gewechselt. Jeder ist mit seinen Ängsten allein. Manche halten weltentrückt die Augen geschlossen. Ausharren ist das Einzige, worauf es jetzt ankommt. Für wie lange?

Unerwartet kommt Bewegung in die Reihen. Ein Befehl wird von Mund zu Mund weitergegeben. „Schwimmwesten anlegen!“

Die Schwimmwestenkiste befindet sich auf dem „Judentempel“ des Vortopps. Spökenkieker und Kuddel übernehmen die Verteilung. Es ist inzwischen lebensgefährlich, sich auch nur einen Meter vom Hochdeck zu entfernen. Die Gefahr ist groß, von einem Brecher in die brodelnde See gewaschen zu werden.

Sie schaffen es. Die Korkwesten werden bis auf das Hochdeck weitergereicht. Gegen den Winddruck und mit nur einer freien Hand gerät das Anlegen zum Kraftakt.

Als Kuddel wieder auf das Hochdeck krabbelt, schreit ihm einer ins Ohr: „Eigentlich ist jetzt Mittagszeit!“ Eine indirekte Aufforderung, eine Fuhre Essen zu holen …

Auf seinem Weg in die Kombüse sieht Kuddel Siemers in der Funkbude festgeklemmt an seinem Platz sitzen. Ingo stemmt sich an der Wand ab. Wieder oben an Deck, kommt das Brot zur Verteilung.

Im selben Augenblick gibt Diebitsch die funktelegrafische Notmeldung frei. Um 11.54 Uhr schickt Siemers die funktelegrafische Aufforderung „an alle“ in den Äther: „*SOS – SOS – SOS – de dkef – rush to us – german fourmastbark broken – pamir danger of sinking – master* … – Kommen Sie schnell – deutsche Viermastbark zerstört – *Pamir* in Gefahr zu sinken.“

Eine Minute später antwortet die *President Taylor* Siemers, den SOS-Ruf erhalten zu haben.

11.57 Uhr funkt Siemers erneut an alle Funkstellen: „… *now speed – ship is making water – danger of sinking* … – Schnell, das Schiff leckt – Gefahr zu sinken.“

Die *President Taylor* bestätigt auch diesen Funkspruch.

„Was sagt das Barometer?“, schreit Diebitsch Köhler an.

„992 Millibar, steigend!“

Das Zentrum des Orkans scheint sich in unmittelbarer Nähe südlich der *Pamir* ausgetobt zu haben.

Diebitsch wendet sich an Joe, Tom und die anderen Jungs, die nahe dem Kartenhaus kauern. Seine Stimme klingt gezwungen, und was er sagt, scheint sich in der wehenden Gischt zu verlieren: „Ehe es dunkelt, seid ihr alle in Sicherheit!“

Das Schiff treibt inzwischen mit mehr als 40 Grad Schlagseite. Kuddel erhält von Diebitsch Anweisung, Zigaretten und harte Getränke zu holen. Er steigt hinab in den Kühlraum.

Er vernimmt das Brodeln von Wasser, und der Strahl seiner Taschenlampe wird reflektiert von einer schwappenden Brühe. Sie reicht bis an den Türgriff des Kühlraums. Für ihn schwer zu begreifen, da sich die Provianträume auf der höher gelegenen Steuerbordseite befinden. Warum steht hier Wasser? Da lässt sich nichts mehr herausholen, also nichts wie weg!

Oben im Gang fällt ihm Hein Gummi ein. Kuddel öffnet die Tür zu seiner Kabine. Der Pekinese liegt noch immer zusammengerollt im Handwaschbecken auf seinem bestickten Kissen. Absolut orkansicher! „Hallo Hein!" Der Pekinese blickt verstört. Kuddel nimmt sich einen Pulli aus dem Schapp, schiebt Zigaretten und eine Flasche Gordon's Gin darunter und sagt: „Tschüss Hein!"

Das Hündchen maunzt, als wollte es sagen: Ich warte hier auf dich …

Inzwischen haben Willi und Ingo ihre Funkbude verlassen, kriechen aus dem Kartenhaus und kauern sich mit dem Rücken zur Wand. Kuddel macht über den Wassereinbruch in den Proviantträumen Meldung bei Diebitsch. Seine Antwort: ein Zucken um die Mundwinkel. Er ahnt, dass er bald um sein Leben kämpfen muss. Der Gedanke erscheint ihm unerträglich. Er entlässt Kuddel mit gesenktem Blick.

Die Flasche kreist, und einige stecken sich im Kartenhaus und im Schutz der Leeverschanzung Zigaretten an. Dies gelingt nur, weil es nicht regnet. Trotzdem, ein Wunder bei diesem Orkan …

Ein Kaventsmann von Brecher trifft die Steuerbordseite der *Pamir*. Er lässt ihren Rumpf samt Spanten erbeben. Joe blickt sich um, sucht in den Mienen der Offiziere nach Zuversicht. Die extreme Schlagseite deutet eher auf eine Kenterung hin. Wie lange wird sich die *Pamir* in dieser misslichen Lage noch über Wasser halten können?

„Die Gerste ist endgültig übergegangen!", brüllt er Manni ins Ohr, als könnte die Wahrheit Erlösung bringen. Joe erkennt Buschmann am Kartenhaus. Er scheint jede Bewegung des Rumpfes zu analysieren. Diebitsch steht etwas erhöht auf dem eisernen Schäkel eines Brassblocks, den Blick auf den Bug gerichtet, den er in den grün schäumenden Wasserbergen nur vermuten kann. Vielleicht hofft er, dass seine Haltung Panik verhindert …

Das brodelnde, kochende Wasser in Lee kriecht näher. Das Hochdeck wird bereits bis zum Fuß des Kartenhauses von Wasser umspült.

Die Schlagseite muss schon mehr als 50 Grad betragen.

Wieder kommt in die Menschen oberhalb des Kartenhauses Bewegung. Eine rettende Idee? Joe und seine Freunde beobachten, wie Matrosen der Stammbesatzung hektisch die Laschungen des Schlauchboots auf dem Dach des Kartenhauses und die der Rettungsboote losmachen. An die Rettungsboote auf der Steuerbordseite, hoch über ihren Köpfen, reicht niemand mehr heran.

Diebitsch legt als Letzter die Korkschwimmweste an. Kuddel und Spökenkieker helfen ihm dabei. Angsterfüllt beobachtet Manni, wie sich Diebitsch in die Weste zwängt. „Wir gehen unter!“, brüllt er vor Entsetzen.

13.30 Uhr. Das Unvorstellbare tritt ein. Ein Zittern läuft durch den Rumpf. Dann ein Ruck. Die *Pamir* legt sich ganz auf die Seite.

Gunther Buschmann ahnt: Das ist das Ende! Dann springt er in die grünweißlich schäumende See zwischen Groß- und Kreuzmast.

Kuddel lässt sich an einer Gording in die tosende See ab. Kurz darauf stürzt neben ihm ein Körper ins Wasser. Auf den Wellen tanzt eine weiße Schirmmütze. Gleich daneben taucht Diebitsch auf, hebt die rechte Hand aus der Gischt und brüllt mit letzter Kraft: „Weg vom Schiff! Weg …!“

Schreie durchdringen das Tosen des Orkans. Verzweifelt klammern sich Joe und seine Freunde an den Strecktauen fest. Unter ihnen der brodelnde, schäumende Abgrund. Zwischen Pardunen, Wanten und Verstagungen springen Kadetten neben- und hintereinander in Gruppen ins brodelnde Wasser. Manche bleiben an den Stahlseilen der Mastverstagungen hängen, plumpsen wie leblos ins Wasser. Viele kommen nicht weg vom Schiff, behindern sich gegenseitig. Das Sterben beginnt. Ein tödlicher Sprung, fühlt Joe und brüllt: „Wartet! Wartet!“

Die Taue sind nass. Die Kräfte schwinden. Panik erfasst die Freunde. Manni muss als Erster loslassen. Darauf folgen Tom und Henry. Joe riskiert einen Blick nach unten. In Lee ist das Wasser zwar etwas beruhigt, doch Wellenberge erreichen seine Füße, dann gähnt wieder ein Abgrund von mehr als zehn, zwölf Metern. Leiber knallen wie leblose Puppen an das steil aufragende Deck. Einer nach dem anderen verschwindet in der kochenden See.

Joes Blick geht nach oben. Sie wird sich ganz auf die Seite legen!, schießt es ihm durch den Kopf. Mach, dass du dort raufkommst!

Zwei Meter neben ihm hängt eine weitere Leine. Sie ist am Schanzkleid befestigt. Mit einer gewaltigen Kraftanstrengung zieht er sich an ihr hinauf zur Steuerbordreling. Als er oben ist, passiert es. Die *Pamir* legt sich vollends auf die Backbordseite. Köpfe, Leiber, Leinen, Holzteile werden von den Aufbauten des Hochdecks unter Wasser gedrückt. Hätte Joe nur einen Augenblick gezögert, dann wäre das sein Ende gewesen …

Es scheint, als ob das Schiff jetzt mit den Masten im rechten Winkel auf den Wellenbergen treibt. Die Rahen und Mastspitzen beginnen jedoch darin zu verschwinden. Joe ahnt, dass die *Pamir* vollends durchkentern wird. Brecher donnern jetzt gegen den Schiffsboden. Riesige Gischtfontänen prasseln auf ihn nieder. Joe begreift seine Chance. Auf allen vieren kriecht er auf der ebenen Seitenwand weiter bis zu der Stelle, wo die Rundung der Steuerbordseite in den Schiffsboden übergeht. Dort legt er sich flach auf den Stahl, um Wind und Wellen keine große Angriffsfläche zu bieten. Er muss verhindern, von der See nach Lee, in das Gewirr aus Leinen, Verstagungen und Trümmerstücken, gespült zu werden.

Das Vibrieren des Rumpfes überträgt sich auf Joes Körper, begleitet von einem unheimlichen Ächzen und Zischen, als ob in seiner unmittelbaren Nähe durch hohen Druck Luft zwischen den rostigen Stahlplatten entweichen will. An mehreren Stellen quillt eine Art gelber Brei durch die Risse der Stahlplatten. Die *Pamir* liegt mit den Elementen im Todeskampf …

Trotzdem fühlt Joe Stille. Das infernalische Kreischen des Hurrikans in der Takelage ist verstummt. Seine Ohren sind mit Taubheit geschlagen. Plötzlich beginnt die Seitenwand sich abwärtszuneigen. „Verdammt …!“

Während die *Pamir* durchkentert, hangelt sich Joe wieselflink auf den Schiffsboden, der zum Deck wird. Schnell balanciert er zum Heck, dorthin, wo die Antriebswelle der Schiffsschraube aus dem Rumpf ragt. Sie wird vom Sturm angetrieben wie das Rad einer Windmühle. Er klammert sich an den Stahlbügel, durch den die Schraube vor Grundberührungen geschützt wird, merkt nicht, wie scharfkantige Muscheln die Haut seiner Hand aufritzen. Sein Blick fällt auf seine Armbanduhr. Ein Konfirmationsgeschenk seines Onkels. Immer sorgsam behandelt. Wasser ist in das Gehäuse eingedrungen. Die Zeiger sind bei 13.13 Uhr stehen geblieben!

Wo sind die anderen? Joe dreht sich um. Schwere Brecher schießen über den Rumpf hinweg. Das tosende bleigraue Meer verschlingt alles. Seine Kameraden sind vom Schiffsboden verschwunden.

Wie vom Blitz getroffen fährt Joe zusammen. Ein ohrenbetäubender Knall erschüttert ihn bis ins Mark. Der Rumpf scheint zu bersten. Mit einem infernalischen Pfeifton und Zischen, als ob der Kessel einer Dampflok birst, schießt mittschiffs eine turmhohe, gelblich eingefärbte Fontäne in den Himmel. Eine Eruption aus verwirbelter Gerste, Staub und Wasser. Sie muss unter einem gewaltigen Druck dem Rumpf entweichen, da selbst Orkanböen sie nicht verwehen können! Im selben Moment sackt der Bug weg. Der vordere Teil des Rumpfes ist nun nicht mehr auszumachen. Die *Pamir* beginnt in dieser Wasserwüste zu versinken.

Runter vom Rumpf!, schießt es Joe durch den Kopf. Angsterfüllt blickt er sich um, versucht die Gischt zu durchdringen. Seine Augen weiten sich: Der graugrüne Rücken einer Monstersee walzt auf ihn zu. Bei diesem Koloss wird es kein Halten geben. Der Wasserberg prallt mit ungeheurer Gewalt auf den Rumpf. Joe holt tief Luft, lässt los …

Die *Pamir* sinkt auf Position 35° 57' N, 40° 20' W.

Eine gewaltige Welle erfasst Joe, reißt ihn mit und zieht ihn endgültig in die strudelnde Tiefe. Ein Lächeln umspielt seinen Mund, als Poseidon zu ihm spricht: „Folge mir, dem wahren Gott des Meeres, Bruder des Zeus, und besuche mich in meinem kristallenen Palast in der Tiefe, in den du eingeladen bist."

EPILOG

Während meiner Recherche über Hintergründe und Ursachen, die zur Kenterung der *Pamir* am 21. September 1957 führten, stieß ich im Juni 2006 auf Akten, die aus der Anwaltskanzlei der Rechtsvertreter der ehemaligen Korrespondentreederei Zerssen & Co. sowie der Stiftung *Pamir* und *Passat* stammen. Protokolle, Kapitänsberichte und Briefe beweisen, dass die sechste Reise der *Pamir* seit 1955 unter hohem Risiko für Schiff und Besatzung stattfand. Die Verantwortlichen wussten es besser und schwiegen. Reederei und Stiftung hatten aber bereits vor der letzten Fahrt Kenntnis über mangelnde Kompetenz der Schiffsführung und über gravierende Mängel am Schiff. Die vorliegenden Unterlagen waren nicht Gegenstand der Seeamtsverhandlung in Lübeck im Januar 1958.

Intern zirkulierte eine ausführliche Analyse über die kritische Personalsituation, die Eignung der Offiziere und über die massiven Probleme bei der Rekrutierung derselben, die man sich „von der Straße aufsuchen müsste".

Dokumentiert sind gravierende Rostschäden sowie Lecks der Mittschiffsaufbauten und massiver Rostbefall der Laderäume, die als Werftarbeiten gelten, die vor der Reise dringend hätten durchgeführt werden müssen. Der Wassereinbruch mittschiffs und der damit einhergehende Verlust des Auftriebs war nach Überzeugung des Seeamtes unter anderem für den Untergang verantwortlich.

Bilanzen und Schriftstücke über den Finanzstatus der Stiftung lassen den Schluss zu, dass die hohen Verbindlichkeiten verhinderten, dass dringend erforderliche Werftarbeiten vor der schicksalhaften Reise durchgeführt wurden.

Höhepunkt der finanziellen Krise waren die Kündigungen von insgesamt elf von 41 Stiftungsreedern im Juni 1957. Sie wurden genau zu dem Zeitpunkt von den Reedereien eingereicht, als sich die *Pamir* auf dem Weg in ihren Untergang befand. Jede zusätzliche Tonne Gerste musste demnach willkommen sein. Auch die im Tieftank …

Dass die *Pamir* am 21. September 1957 die Zugbahn des Hurrikans Carrie kreuzte, lag an der völligen Unkenntnis an Bord über die Existenz eines tropischen Sturms im betreffenden Seegebiet. Kapitän Diebitsch gab keinen Befehl, Wetterkarten zeichnen zu lassen. Sein Funker war durch Verwaltungsaufgaben überlastet.

Der Hurrikan Carrie zog nicht „überraschend“ heran und „überfiel“ die *Pamir* nicht. Carrie vagabundierte schon seit zwei Wochen auf dem Atlantik umher. Die Schiffsführung hatte alle Zeit der Welt, um sich angemessen darauf vorzubereiten und ein sicheres Ausweichen nach Südosten einzuleiten. Nichts geschah. Am Ende waren nicht einmal die Segel geborgen, geschweige die Bullaugen verschlossen und die Schotten dicht gemacht.

Die *Pamir* hätte unter diesen Bedingungen diese Reise nie antreten dürfen. Der Rumpf und das Mittschiff der *Pamir* waren stark von Korrosion befallen. Eine bankrotte Stiftung, unsachgemäß geschüttete Gerstenfracht, eine mehr als fragliche Auswahl des Kapitäns, unerfahrene nautische Offiziere, teilweise Überalterung der Stammbesatzung und der Mangel an gut ausgebildeten Matrosen schafften die Voraussetzungen für das Desaster. Die inkompetente Schiffsführung segelte mit einer unerfahrenen Kadettencrew die *Pamir* konsequent in den Hurrikan.

Die Kenterung der *Pamir* ist daher der Endpunkt von Fehlern, die allesamt im Vorfeld hätten vermieden werden können. Während der Seeamtsverhandlung führten Gutachter das Wort, die die Schuldfrage nicht zu klären hatten.

Ein zivilgerichtliches Verfahren hätte mehr Licht ins Dunkel gebracht. Die Angehörigen der Toten und die Überlebenden hätten ein Anrecht darauf gehabt. Stattdessen kreisen die Schuldzuweisungen seit fünfzig Jahren.

Von den 86 Besatzungsmitgliedern blieben 80 auf See. Durch eine beispiellose Rettungsaktion der internationalen Schifffahrt konnten nur sechs Besatzungsmitglieder gerettet werden …

JOHANNES K. SOYENER

Foto: privat

Neue Erkenntnisse über eine der größten Katastrophen der Seefahrtsgeschichte

Der Untergang der *Pamir*, den der Schifffahrtexperte Johannes K. Soyener anhand bisher unbekannter Dokumente rekonstruiert hat, ist eine der größten Katastrophen der Seefahrtsgeschichte. Von den 86 Besatzungsmitgliedern der Viermastbark kamen nur sechs mit dem Leben davon. Neben drei Leichtmatrosen und zwei Schiffsjungen – alle im Alter von 17 bis 20 Jahren – überlebte auch der in *Sturmlegende* erwähnte 24-jährige Kochsmaat Karl-Otto Dummer: „Wir hingen alle an der Steuerbordreling, das Deck beinahe senkrecht unter uns. Dann fielen alle auf einmal ins Wasser. Im Wasser stieß einer den anderen. Dabei sind wahrscheinlich schon viele ertrunken." Zehn von ihnen erreichten ein Rettungsboot. Die Männer litten unter Durst, Erschöpfung und Halluzinationen. Nur fünf von ihnen waren noch am Leben, als sie 56 Stunden nach dem Untergang von dem US-Frachter *Saxon* gefunden wurden. Den sechsten Überlebenden fand man zwei Tage später.

Bis heute ist umstritten, wie es zu dieser Katastrophe kommen konnte. Das Seeamt hatte bei der damaligen Untersuchung Kapitän Diebitsch und dessen Arbeitgeber, die Reederei und die Stiftung *Pamir* und *Passat*, schwer belastet. 1991 dagegen kam der Anwalt der Reederei, der Stiftung sowie der Kapitänswitwe zu einem anderen Schluss. Gestützt von Zeugenaussagen Überlebender, fand er den Fehler beim Schiff selbst und sprach Kapitän Diebitsch von jedem Vorwurf frei.

Der in Bremen lebende Schriftsteller Johannes K. Soyener – ursprünglich Diplom-Ingenieur für Chemie – ist passionierter Segler und überquerte mehrmals an Bord einer Hochseejacht den Atlantik.

VERGESSENE

STIMMEN

MICHAEL CONNELLY

Wenn ein Mordfall kalt geworden ist, braucht es einen Polizisten mit heißem Herzen.

EINS

In Praxis und Dienstordnung des Los Angeles Police Department, der Polizeibehörde von Los Angeles, ist ein „Zwei-Sechser" der Anruf, der die promptestе Reaktion nach sich zieht und zugleich die meiste Angst unter der kugelsicheren Weste weckt. Es ist ein Anruf, von dem häufig eine Karriere abhängt. Die Bezeichnung ist eine Kombination aus einem Code-zwei-Funkspruch, was „schnellstmöglich reagieren" bedeutet, und dem sechsten Stock des Parker Centers, von dem aus der Polizeichef die Behörde leitet. Ein Zwei-Sechser ist also ein dringender Anruf aus dem Büro des Chefs, und jeder Beamte, dem sein Platz bei der Polizei lieb ist, wird ihm umgehend nachkommen.

Detective Harry Bosch war während seiner ersten Dienstzeit über 25 Jahre beim LAPD gewesen, ohne einen solchen Anruf erhalten zu haben. Abgesehen vom Empfang seiner Dienstmarke im Jahr 1972 hatte er auch mit keinem Polizeichef gesprochen. Er hatte mehrere von ihnen überdauert, aber in dieser ganzen Zeit mit keinem persönlich zu tun gehabt. Seinen ersten Zwei-Sechser erhielt er an dem Morgen, an dem er nach dreijährigem Ruhestand in den Polizeidienst zurückkehrte, während er sich gerade vor dem Badezimmerspiegel die Krawatte band. Ein Adjutant des Polizeichefs rief ihn auf seinem privaten Mobiltelefon an. Bosch fragte erst gar nicht, woher er die Nummer hatte. Es verstand sich von selbst, dass das Büro des Polizeichefs die Macht hatte, derlei Erkundigungen einzuziehen. Er werde spätestens in einer Stunde da sein, teilte er dem Adjutanten mit, worauf dieser erwiderte, er werde früher erwartet.

Von dem Moment an, in dem er das Gespräch beendet hatte, brauchte Bosch genau 24 Minuten, bis er durch die Flügeltür der Chefetage im sechsten Stock des Parker Centers marschierte. Wenn sie seine private Handynummer kannten, wussten sie sicher auch, was für eine Glanzleistung es war, dass er es in weniger als einer halben Stunde aus den Hollywood Hills hierhergeschafft hatte.

Doch der Adjutant, ein Lieutenant namens Hohmann, deutete lediglich auf eine Couch, auf der bereits zwei andere Männer warteten. „Sie sind spät dran. Nehmen Sie Platz."

Bosch beschloss, nicht zu protestieren, und setzte sich zwischen die zwei Männer in Uniform, die die Plätze mit den Armlehnen in Beschlag genommen hatten. Sie saßen kerzengerade da und unterhielten sich nicht. Bosch nahm an, dass sie ebenfalls einen Zwei-Sechser erhalten hatten.

Die beiden wurden vor ihm aufgerufen und jeweils in exakt fünf Minuten vom Polizeichef abgefertigt. Als der zweite Mann im Büro des Chefs war, meinte Bosch, laute Stimmen aus dem Allerheiligsten zu hören, und als der Beamte herauskam, war er kreidebleich. Offensichtlich hatte er in den Augen des neuen Chefs in irgendeiner Form Mist gebaut.

Endlich deutete Hohmann mit dem Finger auf Bosch, der daraufhin in ein Eckbüro geführt wurde, von dem man auf die Union Station hinabblickte. Die Aussicht war ganz passabel, aber nicht spektakulär – was aber keine Rolle spielte, weil das Gebäude bald abgerissen würde. Die Polizei würde in provisorische Räumlichkeiten umziehen, während man an derselben Stelle ein neues, modernes Präsidium errichtete. Das gegenwärtige hieß „das Glashaus", weil es dort angeblich keine Geheimnisse gab.

Der Polizeichef saß an einem großen Schreibtisch und unterzeichnete Papiere. Ohne aufzublicken, forderte er Bosch auf, vor dem Tisch Platz zu nehmen. Nach dreißig Sekunden blickte er auf und lächelte.

„Ich wollte Sie kennen lernen und wieder im Department begrüßen."

„Es ist schön, wieder dabei zu sein", erwiderte Bosch.

„Sie wissen, dass Sie auf mein Betreiben hin wieder hier sind."

Das war keine Frage. „Ja, Sir, das weiß ich."

„Wie Sie sich sicher denken können, habe ich umfangreiche Erkundigungen über Sie eingezogen, bevor ich Ihre Rückkehr genehmigt habe. Ich hatte zwar wegen Ihres – nennen wir es mal: *Stils* gewisse Bedenken, aber letzten Endes überwog doch Ihr Talent. Auch Ihrer Partnerin Kizmin Rider dürfen Sie für ihre Fürsprache danken. Sie vertraut Ihnen."

„Ich habe mich bereits bei ihr bedankt, aber ich werde es noch mal tun."

„Ich weiß, es ist nicht einmal drei Jahre her, dass Sie in den Ruhestand gingen, aber lassen Sie mich Ihnen versichern, Detective, die Polizei, in die Sie heute wieder eintreten, ist nicht mehr die, aus der Sie ausgeschieden sind."

„Dessen bin ich mir bewusst. Ich habe den Konsenserlass gelesen."

Unmittelbar nach Boschs Ausscheiden aus dem LAPD war der damalige

Chef gezwungen worden, einer Reihe von Reformen zuzustimmen, um nach einem FBI-Ermittlungsverfahren wegen massiver Korruption, Brutalität und Menschenrechtsverletzungen eine Übernahme durch die Bundespolizei abzuwenden. Der gegenwärtige Polizeichef musste sich an diesen Erlass halten, wenn er nicht riskieren wollte, künftig seine Weisungen vom FBI zu erhalten. Und das wollte niemand.

„Gut. Es freut mich, sagen zu können, dass wir große Fortschritte machen. Wir haben eine Vielzahl positiver Entwicklungen eingeleitet, aber davon kann in den Augen der Öffentlichkeit vieles wieder zunichtegemacht werden, wenn wir auf althergebrachte Methoden zurückgreifen. Verstehen Sie, was ich damit sagen will?"

„Ich denke schon."

„Sie werden erst einmal ein Jahr auf Probe übernommen. Betrachten Sie sich also wieder als Berufsanfänger. Ein Neuling, der älteste übrigens. Ich habe Ihre Wiederaufnahme angeordnet – genauso kann ich Sie jederzeit wieder vor die Tür setzen. Geben Sie mir also keinen Grund."

Bosch antwortete nicht. Er nahm auch nicht an, dass es von ihm erwartet wurde.

„Am Freitag findet in der Polizeiakademie die Abschlussfeier des letzten Kadettenjahrgangs statt. Ich möchte, dass Sie daran teilnehmen. Ich möchte, dass Sie das Engagement in den Gesichtern dieser jungen Menschen sehen. Ich möchte Ihnen noch einmal die Traditionen dieser Behörde vor Augen halten. Ich glaube, das könnte Ihnen zu neuer Motivation verhelfen."

„Wenn Sie das möchten, werde ich an der Feier teilnehmen."

„Gut. Sie sitzen als mein Gast im VIP-Zelt."

Der Chef machte sich auf einem Block einen Vermerk zu der Einladung. Dann legte er den Stift beiseite und richtete einen Finger auf Bosch. „Hören Sie zu. Brechen Sie nie das Gesetz, um das Gesetz durchzusetzen. Sie verrichten Ihren Dienst zu jeder Zeit mit Mitgefühl und im Einklang mit der Verfassung. Alles andere dulde ich nicht. Alles andere duldet diese *Stadt* nicht. Sind wir uns da einig?"

„Da sind wir uns einig."

„Dann wäre das also geklärt."

Bosch verstand das als Aufforderung zu gehen und stand auf. Zu seiner Überraschung erhob sich auch der Polizeichef und streckte die Hand aus. Bosch dachte, er wolle ihm die Hand schütteln, und streckte auch seine aus. Doch der Chef drückte ihm etwas in die Hand, und als Bosch darauf hinabblickte, sah er die goldene Dienstmarke eines Detective. Er hatte seine alte

Nummer wiederbekommen. Sie war nicht vergeben worden. Fast musste er lächeln.

Nun schüttelten sie sich die Hand, doch der Polizeichef lächelte nicht dabei.

„Der Chor vergessener Stimmen“, sagte er.

„Wie bitte, Sir?“

„Das fällt mir jedes Mal ein, wenn ich an die Fälle dort unten in ‚Offen-Ungelöst‘ denke. Sie sind unsere größte Schmach. Diese vielen Fälle. Diese vielen Stimmen. Jede von ihnen ist wie ein Stein, der in einen See geworfen wurde, und die Wellen, die er schlägt, pflanzen sich durch Zeit und Menschen hindurch fort. Wie können wir uns eine Stadt nennen, wenn es so viele Wellen gibt, wenn so viele Stimmen von dieser Behörde vergessen worden sind?“

Auf die Frage des Chefs gab es keine Antwort.

„Als ich zum Department kam, habe ich den Namen der Einheit geändert. Das sind keine ‚kalten Fälle‘, wie es früher hieß. Zumindest für manche Leute nicht.“

„Das ist mir klar.“

„Dann gehen Sie jetzt da runter und lösen Fälle, Detective. Davon verstehen Sie etwas. Deshalb brauchen wir Sie, deshalb sind Sie hier. Deshalb lasse ich es auf einen Versuch mit Ihnen ankommen. Zeigen Sie ihnen, dass wir nicht vergessen.“

„Das werde ich.“

Damit ging Bosch, während der Polizeichef stehen blieb, fast so, als wollten ihn die Stimmen noch nicht loslassen. Genauso wenig wie Bosch. Er dachte, vielleicht zum ersten Mal einen Draht zu dem Mann an der Spitze gefunden zu haben. Dieses Gefühl hatte er früher nie gehabt. Der Chor vergessener Stimmen. Der Chef schien das Lied zu kennen, das sie sangen. Und Bosch kannte es auch. Er hatte den größten Teil seines Lebens damit zugebracht, diesem Lied zu lauschen.

Mit dem Aufzug fuhr Bosch nur eine Etage tiefer in den fünften Stock. Auch das war Neuland für ihn. Der Fünfte war immer eine Zivilistenetage gewesen. In erster Linie befanden sich hier Büros des mittleren und unteren Verwaltungsdienstes. Unvereidigte Angestellte, Etatleute, Analytiker und Schreibtischhengste. Zivilisten eben.

Die Flure dieses Stockwerks bildeten ein H, und Bosch ging zweimal in die falsche Richtung, bevor er endlich die Tür mit der Nummer 503 fand. Er zögerte und überlegte kurz, worauf er sich einließ. Er wusste, es war das

Richtige. Fast war es, als könnte er die Stimmen durch die Tür hören. Alle achttausend.

Kiz Rider saß auf einem Schreibtisch direkt hinter dem Eingang und nippte an einer Tasse Kaffee. Der Schreibtisch sah aus wie der Platz einer Empfangsdame, aber Bosch wusste, dass es in dieser Einheit kein Geld für eine Empfangsdame gab.

Kopfschüttelnd sah Kiz auf ihre Uhr. „Hatten wir uns nicht auf acht geeinigt?"

Bosch blickte auf seine Uhr. Es war fünf nach acht. Er schaute wieder zu Kiz und grinste. Sie grinste zurück.

Kiz Rider war eine kleine Frau, die ein paar Pfunde zu viel auf den Rippen hatte. Ihr Haar war kurz und mit etwas Grau durchsetzt. Sie hatte sehr dunkle Haut, was ihr Lächeln umso strahlender machte. Sie rutschte vom Tisch, holte hinter sich eine zweite Tasse Kaffee hervor und reichte sie Bosch. „Mal sehen, ob ich das richtig behalten habe."

Er sah in die Tasse und nickte. „Schwarz, genau wie ich meine Partner mag."

„Sehr witzig. Dafür müsste ich dich melden."

Sie ging voran. Das Büro schien leer zu sein. Es war groß, selbst für neun Ermittler – vier Zweierteams und einen Abteilungsleiter. Fenster gab es keine. Dort, wo welche hätten sein sollen, hingen gerahmte alte Tatortfotos.

Sie führte ihn um eine Trennwand, die den Raum unterteilte, in eine Nische, in der zwei graue Metallschreibtische so aneinandergeschoben waren, dass man sich gegenübersaß. Kiz stellte ihre Tasse auf den einen, auf dem bereits Akten und ein aufgeklapptes Notebook standen. Sie war schon in der vorangegangenen Woche zu der Einheit gestoßen.

Der andere Schreibtisch, sauber und leer, wartete auf Bosch. Er ging dahinter und stellte seinen Kaffee darauf.

„Willkommen zurück, Harry", sagte Kiz.

Er setzte sich. „Wo sind eigentlich die anderen?"

„Frühstücken. Das hatte ich ganz vergessen. Letzte Woche haben sie mir erzählt, dass sie sich montagmorgens immer schon vor Dienstantritt zum Frühstück treffen. Normalerweise gehen sie ins ‚Pacific' rüber. Aber sie müssten jeden Augenblick auftauchen."

Wie Bosch wusste, stand das „Pacific Dining Car" bei der Chefetage des LAPD und dem Morddezernat schon seit Langem hoch im Kurs. „Zwölf Dollar für eine Portion Rührei. Das heißt wohl, dass man in dieser Einheit Überstunden abrechnen kann."

„Das siehst du richtig, Harry. Aber nach dem Zwei-Sechser des Chefs wärst du sowieso nicht dazu gekommen, deine teuren Eier aufzuessen."

„Das hast du auch schon mitgekriegt?"

„Ich habe immer noch ein Ohr oben im Sechsten. Hast du deine Dienstmarke erhalten?"

„Ja, er hat sie mir gegeben."

„Ich habe ihm gesagt, welche Nummer du gern hättest. Hast du sie bekommen?"

„Ja, Kiz, danke. Und überhaupt danke für alles."

„Das hast du bereits gesagt, Partner."

Er nickte. „So, und wo fangen wir jetzt an?"

„Die Einheit teilt die Fälle in Dreijahresabschnitte ein. Das sorgt für eine gewisse Kontinuität, und man wird mit seinem speziellen Zeitabschnitt und den wichtigsten Ermittlern aus dieser Epoche vertraut. Es hilft auch bei der Identifizierung von Serientätern. In den letzten zwei Jahren sind sie bereits auf vier Serientäter gestoßen, von denen bis dahin keiner was wusste."

Bosch war beeindruckt. „Welche Jahre haben wir gekriegt?"

„Jedes Team erhält vier oder fünf Abschnitte. Weil wir das neue Team sind, haben wir vier bekommen." Kiz reichte ihm ein Blatt Papier.

Bosch/Rider – Fallzuteilungen

1966	1972	1987	1996
1967	1973	1988	1997
1968	1974	1989	1998

Bosch fiel auf, dass zum zweiten Abschnitt das Jahr 1972 gehörte, in dem er in den Polizeidienst getreten war. Er erinnerte sich an einen Anruf gleich an seinem zweiten Tag. Eine Frau, die drüben im Osten lebte, hatte beim LAPD darum gebeten, mal nach ihrer Mutter zu sehen, weil sie nicht ans Telefon gehe. Bosch hatte sie ertrunken in der Badewanne gefunden, an Händen und Füßen mit Hundeleinen gefesselt. Ihr toter Hund hatte bei ihr in der Wanne gelegen. Bosch fragte sich, ob der Mord an der alten Frau einer der offenen Fälle war, mit deren Lösung er jetzt betraut war.

„Warum haben wir diese Jahre zugeteilt bekommen?"

„Wir haben sie von den anderen Teams gekriegt. Wir nehmen ihnen Arbeit ab. Am Freitag habe ich gehört, dass sie für 1988 einen kalten Treffer gelandet haben. Wir sollen heute damit anfangen, der Sache weiter nachzugehen. Du kannst es als dein Einstandsgeschenk betrachten."

„Was ist ein kalter Treffer?"

„Wenn wir für eine DNA-Analyse oder einen Fingerabdruck, den wir in den Computer eingeben oder ans Justizministerium schicken, eine Übereinstimmung kriegen."

„Was ist es in unserem Fall?"

„Eine DNA-Übereinstimmung, glaube ich. Aber das werden wir gleich sehen."

„Das haben sie dir letzte Woche noch nicht gesagt? Ich hätte am Wochenende schon reinkommen können."

„Ich weiß, Harry. Aber das ist ein alter Fall. Da besteht kein Anlass, sofort loszulegen, kaum dass was Schriftliches mit der Post ins Haus flattert. Der Dienst in Offen-Ungelöst ist etwas anders."

Sie hörten, wie die Tür aufging und das Büro sich mit Stimmen füllte. Sie verließen die Nische, und Kiz stellte Bosch den anderen Mitgliedern der Einheit vor. Zwei der Detectives, Tim Marcia und Rick Jackson, kannte er von früheren Fällen gut. Die zwei anderen Teams bildeten Robert Renner und Victor Robleto sowie Kevin Robinson und Jean Nord. Vom Hörensagen kannte Bosch sie ebenso wie ihren Chef Abel Pratt. Jeder von ihnen war ein erstklassiger Mordermittler.

Die Begrüßung war freundlich, aber zurückhaltend. Bosch war klar, dass seine Zugehörigkeit zu der Einheit nach drei Jahren im Ruhestand Fragen aufwarf. Er wusste auch, dass er den Posten Kiz zu verdanken hatte, die zuletzt als Beraterin für Öffentlichkeitsarbeit im Büro des Polizeichefs gearbeitet hatte. Sie hatte die Punkte, die sie im Lauf der Jahre beim Chef angesammelt hatte, für Boschs Wiedereinstellung eingesetzt, um mit ihm ungelöste Fälle zu bearbeiten.

Nach dem üblichen Händeschütteln bat Pratt seine zwei Neuzugänge zu einer privaten Begrüßungsansprache in sein Büro. Er setzte sich an seinen Schreibtisch, und sie nahmen auf den zwei Stühlen davor Platz.

Abel Pratt war ein paar Jahre jünger als Bosch, knapp unter fünfzig. Er war körperlich fit und hielt den Korpsgeist des renommierten Morddezernats hoch, dem die Einheit Offen-Ungelöst angegliedert war. Pratt schien großes Vertrauen in seine fachliche Kompetenz und Führungsqualitäten zu haben. Das musste er auch. Das Morddezernat übernahm die schwierigsten Fälle der Stadt. Wenn man nicht davon überzeugt war, klüger, abgebrühter und gerissener zu sein als die Leute, hinter denen man her war, hatte man hier nichts verloren.

„Lassen Sie mich Ihnen kurz erklären, was wir hier in Offen-Ungelöst machen. Zuallererst, erwarten Sie keine Aufklärung. Von ‚Aufklärung' reden nur die Medien. Alles, was wir hier tun, ist Antworten geben. Machen Sie sich keine Illusionen darüber, was Sie mit Ihrer Arbeit bewirken können. Machen Sie den Familienangehörigen, mit denen Sie bei diesen Fällen zu tun haben, keine falschen Hoffnungen, und machen Sie sich selbst keine."

Er wartete auf eine Reaktion. Als keine kam, ging er zum nächsten Punkt über.

„Es gibt überhaupt keinen Zweifel, diese Einheit ist der hehrste Ort in diesem Gebäude. Eine Stadt, die ihre Mordopfer vergisst, ist eine verlorene Stadt. Das hier ist der Ort, an dem wir nicht vergessen. Wir sind wie die Burschen, die am Ende des Spiels auf den Platz kommen, um ihm eine neue Wendung zu geben. Wir entscheiden das Spiel. Wenn wir es nicht schaffen, schafft es niemand. Wir haben seit 1960 achttausend ungelöste Fälle. Aber wir lassen uns nicht entmutigen."

Pratts Engagement beeindruckte Bosch. Ihm wurde sofort klar, dass er für diesen Mann arbeiten wollte. Eine Seltenheit während seiner Zeit bei der Polizei.

„Ich weiß, dass Sie beide viel Erfahrung mit Mordfällen haben. Was Ihnen hier anders vorkommen wird, ist Ihr Verhältnis zu den Fällen. Frische Morde zu bearbeiten ist ein völlig anderes Paar Schuhe. Man hat die Leiche, man hat die Autopsie, man überbringt den Angehörigen die traurige Nachricht. Hier haben Sie es mit Opfern zu tun, die lange tot sind. Es gibt keine Autopsien, keine konkreten Tatorte. Sie haben es mit den Mordakten zu tun. Und wenn Sie zu den Angehörigen gehen, treffen Sie auf Menschen, die den Schock bereits erlitten und Möglichkeiten gefunden oder auch nicht gefunden haben, ihn zu verkraften. Das geht einem nahe. Ich hoffe, darauf sind Sie vorbereitet."

„Danke für die Warnung", sagte Bosch.

Pratt zog einen dicken blauen Ordner in die Mitte seines Schreibtisches. „Und noch etwas: Sie müssen darauf gefasst sein, dass Akten unvollständig oder verschwunden sind. Rechnen Sie damit, dass Beweismittel vernichtet wurden oder verloren gegangen sind. Diese Einheit wurde vor zwei Jahren gegründet. Die ersten acht Monate waren wir nur damit beschäftigt, die Ermittlungsprotokolle durchzugehen und ungelöste Fälle auszusortieren. Wir speisten alles, was wir hatten, in die forensischen Datenbanken ein, aber selbst wenn wir einen Treffer landeten, stellte die mangelnde Fallintegrität ein Handicap dar. Ein Fass ohne Boden. Obwohl es bei Mord keine Verjährung gibt, müssen wir immer wieder feststellen, dass Beweismittel und sogar Akten routinemäßig entsorgt wurden."

„Jemand erwähnte, dass wir einen kalten Treffer hätten, der aus einem unserer Zeitblöcke stammt." Bosch hatte genug gehört. Er wollte sich an die Arbeit machen.

„Ja, haben wir", bestätigte Pratt. „Lassen Sie mich aber noch meine kleine Ansprache zu Ende bringen. Im Grunde genommen versuchen wir hier einfach, neue Techniken auf alte Fälle anzuwenden. Im Wesentlichen betrifft das drei Bereiche: DNA, Fingerabdrücke und Ballistik. Auf allen drei Gebieten haben wir in den letzten zehn Jahren – speziell was Vergleichsanalysen angeht – erstaunliche Fortschritte gemacht. Das Problem ist, dass sich das LAPD diese Fortschritte nie zunutze gemacht hat, um neue Erkenntnisse über alte Fälle zu gewinnen. Folglich haben wir schätzungsweise zweitausend Fälle, für die uns DNA-Proben vorliegen, die aber nie ausgewertet und verglichen wurden. Seit 1960 haben wir viertausend Fälle mit Fingerabdrücken, die man nie durch einen Computer hat laufen lassen. Das Gleiche gilt für die Ballistik. In den meisten Fällen ist das Beweismaterial noch vorhanden, aber niemand hat ihm je Beachtung geschenkt."

Bosch schüttelte den Kopf, denn er spürte bereits die Frustration all der Angehörigen der Opfer. Die Fälle waren in Vergessenheit geraten; Gleichgültigkeit und Unfähigkeit hatten ein Übriges getan.

„Sie werden auch feststellen, dass sich die Methoden geändert haben. Heute sind die Ermittler schlicht und einfach besser als, sagen wir, 1960 oder 1970. Oder sogar 1980. Schon bevor Sie also zu den konkreten Beweismitteln kommen und die Fälle neu aufrollen, werden Sie Dinge sehen, die heute offensichtlich sind, doch damals, zum Zeitpunkt der Tat, für niemanden ersichtlich waren."

Pratt nickte. Seine Rede war zu Ende.

„Und jetzt zu dem kalten Treffer." Er schob den blauen Ordner über den Schreibtisch. „Der Fall gehört Ihnen. Lösen Sie ihn und bringen Sie jemanden hinter Gitter."

NACHDEM sie Pratts Büro verlassen hatten, beschlossen sie, dass Bosch die nächste Runde Kaffee holen sollte, während sich Kiz die Mordakte vornahm. Sie war die schnellere Leserin, das wussten sie aus Erfahrung, und sich die Akte zu teilen, war wenig sinnvoll. Sie mussten sie beide von vorn bis hinten lesen, um das Ermittlungsverfahren so linear vor sich zu haben, wie es abgelaufen war.

Bosch meinte, er werde ihr zu einem Vorsprung verhelfen und vielleicht in der Cafeteria eine Tasse Kaffee trinken, und zwar nur, weil er diesen Ort vermisst habe. Den Ort, nicht den Kaffee.

Ehe er den Raum verließ, nahm er das Blatt, auf dem die ihnen zugeteilten Jahre standen, und steckte es in die Innentasche seines Sakkos. Dann fuhr er mit dem Aufzug in den dritten Stock hinunter und ging durch den Hauptbereitschaftsraum des Morddezernats zum Büro des Captain.

Es bestand aus zwei Zimmern. Eines davon war das eigentliche Büro des Captain, das andere hieß „das Mordzimmer". Dort gab es einen langen Konferenztisch, und die Regale an den Wänden waren voll mit den Mordregistern der Stadt. Jeder in den letzten hundert Jahren in Los Angeles begangene Mord war in diesen ledergebundenen Registern eingetragen. Mit ihrer Hilfe ließ sich am einfachsten feststellen, welche Fälle noch offen und welche bereits abgeschlossen waren.

Im Band von 1972 fand Bosch die alte Frau, die in der Badewanne ertrunken war. Der Mord war nie aufgeklärt worden.

Als er die Verzeichnisse mit den Schrecken studierte, die sich in der Stadt zugetragen hatten, spürte Bosch, wie eine vertraute Kraft von ihm Besitz ergriff. Gerade mal eine Stunde im Polizeidienst zurück, und schon jagte er wieder einen Mörder. Wie der heimgekehrte verlorene Sohn war er wieder da, wo er hingehörte.

ZWEI

Kiz hatte die Mordakte fast zur Hälfte durch, als Bosch mit der neuen Runde Kaffee zurückkam. Sie ließ die Bügel des Ordners aufschnappen und nahm den fünf Zentimeter dicken Packen Dokumente heraus, den sie bereits durchgesehen hatte. Sie reichte ihn Bosch, der inzwischen an seinem Schreibtisch Platz genommen hatte.

„Hast du noch so einen Notizblock übrig, wie du ihn hast?", fragte er.

Übertrieben genervt seufzte sie. Es war nicht ernst gemeint. In Wirklichkeit freute sie sich, dass sie wieder zusammenarbeiteten. Sie hatte die letzten zwei Jahre für den neuen Polizeichef hauptsächlich interne Richtlinien und Notmaßnahmen evaluiert. Doch der theoretische Kram war nicht, was sie am besten konnte. Es war das hier.

Sie schob ihm einen Block zu. „Brauchst du auch noch einen Stift?"

„Nein, ich glaube, das schaffe ich schon."

Er legte die Dokumente vor sich hin und begann zu lesen. Die erste Seite war das in einer Klarsichthülle steckende Jahrbuchfoto eines attraktiven, exotischen jungen Mädchens mit mandelförmigen Augen, die sich erstaunlich grün von seiner milchkaffeebraunen Haut abhoben. Sie hatte dicht gekräuseltes braunes Haar. Ihre Augen waren strahlend, und ihr Lächeln war ungekünstelt.

Für die 16-jährige Rebecca Lost sollte 1988 ihr letztes Jahr werden. Der kalte Treffer hing mit ihrer Ermordung zusammen.

Becky, wie sie von Angehörigen und Freunden genannt wurde, war das einzige Kind von Robert und Muriel Lost gewesen. Die Mutter war Hausfrau, der Vater Koch und Inhaber des „Island House Grill", eines gut gehenden Restaurants in Malibu. Sie wohnten im Red Mesa Way in Chatsworth, das in der Nordwestecke der wuchernden Stadtlandschaft lag, die Los Angeles ausmachte. Der Garten hinter ihrem Haus ging in einen bewaldeten Hang des Oat Mountain über. Becky hatte in besagtem Sommer an der Hillside Preparatory School, einer Privatschule, als eine der besten Schülerinnen die zehnte Klasse abgeschlossen.

Am Morgen des 6. Juli 1988 stellten die Losts fest, dass ihre Tochter aus dem Haus verschwunden war. Der Hintereingang war nicht verschlossen, obwohl die Tür am Vorabend abgeschlossen worden war. Im Glauben, das Mädchen sei vielleicht spazieren gegangen, warteten sie zwei Stunden, aber Becky kam nicht zurück. Eigentlich hätte sie an diesem Tag mit ihrem Vater ins Restaurant fahren sollen, um dort während des Mittagsgeschäfts auszuhelfen, und der Zeitpunkt, an dem sie hätten aufbrechen müssen, war längst verstrichen. Während die Mutter bei Beckys Freundinnen anrief, stieg ihr Vater den Hügel hinter dem Haus hinauf, um sie zu suchen. Als er zurückkehrte, ohne sie gefunden zu haben, riefen die Eltern die Polizei.

Die Streifenbeamten der Devonshire Division, der zuständigen Dienststelle, fanden keinerlei Hinweise auf einen Einbruch. Aus diesem Grund und weil Rebecca in einem Alter war, in dem viele Mädchen von zu Hause wegliefen, behandelte die Polizei das Ganze als Routine-Vermisstenmeldung, wogegen die Eltern aufs Heftigste protestierten. Sie waren fest davon überzeugt, dass ihre Tochter nicht freiwillig verschwunden war.

In dieser Auffassung sollten sie sich zwei Tage später auf fürchterliche Weise bestätigt finden, als die Leiche des Mädchens auf dem Oat Mountain etwa zehn Meter von einem Reitweg entfernt hinter einem umgestürzten Baum gefunden wurde. Eine Reiterin hatte den Weg verlassen, um der Herkunft eines eigenartigen Geruchs nachzugehen, und war auf die Leiche gestoßen. Becky war weniger als fünfhundert Meter von ihrem Elternhaus entfernt gestorben.

Bosch war Vater einer kleinen Tochter. Obwohl sie weit fort von ihm bei ihrer Mutter lebte, war er in Gedanken immer bei ihr. Deshalb dachte er jetzt an einen Vater, der einen steilen Hang hinaufstieg und nach einer Tochter rief, die nie mehr nach Hause käme.

Er versuchte, sich auf die Mordakte zu konzentrieren.

Das Opfer war mit einer Pistole einmal in die Brust geschossen worden. Die Tatwaffe, eine Colt-Pistole Kaliber .45, hatte neben dem linken Fußgelenk des Mädchens im Laub gelegen. Beim Studium der Tatortfotos sah Bosch, dass die Eintrittswunde direkt über dem Herzen lag. Das ließ keinen Zweifel daran, dass der Tod sofort eingetreten war.

Das Opfer war nicht an den Händen gefesselt. Es gab keinen Knebel und keinerlei Verletzungen, die sie sich bei dem Versuch, sich zu wehren, zugezogen haben könnte. Es gab auch keinerlei Hinweise auf sexuellen Missbrauch oder sonstige Verletzungen.

Nachdem die Polizei schon das Verschwinden des Mädchens missdeutet hatte, schätzte sie zunächst auch die Todesursache falsch ein. Nach einer ersten Tatortanalyse glaubte man an Selbstmord, weshalb die Ermittlungen in den Händen der örtlichen Polizeidienststelle und der zwei Detectives blieben, die nach der Entdeckung der Leiche den Fall übernommen hatten, Ron Green und Arturo Garcia. Die Devonshire Division war damals – und ist auch heute noch – die ruhigste Dienststelle des LAPD. In dieser riesigen Schlafstadt, deren Bewohner vorwiegend der oberen Mittelschicht angehören, zählen die Kriminalitätsraten von jeher zu den niedrigsten von ganz Los Angeles.

Bosch wusste, dass seine Aufgabe unter anderem darin bestand, die Leistungen Greens und Garcias zu beurteilen. Er kannte sie nicht und hatte keine Ahnung, wie viel an Können und Erfahrung sie mitgebracht hatten. Da war die anfängliche Fehleinschätzung der Todesursache als Selbstmord. Soweit aus den Unterlagen hervorging, hatten Green und Garcia jedoch rasch eine andere Richtung eingeschlagen, nachdem die Autopsie Selbstmord ausgeschlossen hatte. Man hatte den Fall daraufhin als Mord eingestuft, der als Selbstmord getarnt worden war. Die professionell geschriebenen Berichte der Ermittler machten einen ebenso gründlichen wie vollständigen Eindruck.

Zunächst kam Bosch zum Obduktionsbefund. Wie nicht anders zu erwarten, wurde als Todesursache ein Pistolenschuss in die Brust genannt. Gestützt auf eine Messung des Absinkens der Körpertemperatur, war als geschätzter Todeszeitpunkt der 6. Juli zwischen Mitternacht und zwei Uhr morgens angegeben.

Es gab jedoch auch ein paar Überraschungen. Rebecca Lost hatte langes, kräftiges Haar. Rechts am Nacken, unter ihrem offenen Haar, fand der Gerichtsmediziner eine kleine runde Hautverbrennung von der Größe eines Hemdknopfs. Fünf Zentimeter daneben war eine weitere, kleinere Verbrennung. Der hohe Anteil an weißen Blutkörperchen im Umkreis der beiden Verletzungen deutete darauf hin, dass sie dem Opfer kurz vor dem, aber nicht direkt zum Zeitpunkt des Todes zugefügt worden waren.

Dem Obduktionsbefund zufolge stammten die Verbrennungen von einer Betäubungspistole, einer Waffe, die eine starke elektrische Ladung abgibt und das Opfer mehrere Minuten handlungsunfähig oder bewusstlos macht. Normalerweise hinterlässt eine Betäubungspistole zwei kleine, fast nicht erkennbare Spuren. Werden allerdings die Kontakte unterschiedlich fest gegen die Haut gedrückt, kommt es häufig zu einem Funkenüberschlag, der Verbrennungen hervorruft, wie sie an Becky Losts Nacken zu beobachten gewesen waren.

In der Zusammenfassung des Obduktionsbefunds wurde ferner vermerkt, dass die bloßen Füße des Opfers keine Erdreste, Schnitte oder Aufschürfungen aufwiesen, was zu erwarten gewesen wäre, wenn das Mädchen im Dunkeln barfuß den Berg hinaufgestiegen wäre.

Hier hatten Green und Garcia einen Fehler gemacht, erkannte Bosch. Wenn sie die Füße des Opfers gleich am Tatort untersucht hätten, wären sie sofort zu dem Schluss gelangt, dass der Selbstmord nur vorgetäuscht worden war. Stattdessen hatten sie zwei Tage verloren, während sie auf den Obduktionsbefund gewartet hatten. Zählte man noch die zwei Tage dazu, die vergeudet worden waren, weil man die Vermisstenmeldung der Eltern zunächst als Ausreißerfall abgetan hatte, summierte sich das zu einem für Mordermittlungen grenzwertigen Zeitraum.

Der Obduktionsbefund enthielt auch das Ergebnis eines Schmauchspurentests, der an den Händen des Opfers vorgenommen worden war. An Beckys rechter Hand befanden sich Schmauchspuren, an ihrer linken nicht. Das war für Bosch ein Indiz dafür, dass sie die Waffe, die sie getötet hatte, nicht abgefeuert hatte. Erfahrung und gesunder Menschenverstand hätten den Ermittlern sagen müssen, dass das Mädchen beide Hände gebraucht hätte, um die schwere Pistole gegen seine Brust zu halten und abzudrücken. Und das hätte Schmauchspuren an beiden Händen zur Folge gehabt.

Es gab noch einen weiteren bemerkenswerten Punkt. Die Untersuchung der Leiche ergab, dass das Opfer bereits Geschlechtsverkehr gehabt hatte, und Vernarbungen an den Gebärmutterwänden deuteten auf eine kurz zuvor erfolgte Dilatation, also Dehnung, und Ausschabung zum Zweck eines Schwangerschaftsabbruchs hin. Den Schätzungen des Gerichtsmediziners zufolge war dieser Eingriff vier bis sechs Wochen vor Beckys Tod vorgenommen worden.

Bosch las den ersten zusammenfassenden Ermittlungsbericht, der nach der Autopsie in die Akte aufgenommen worden war. Green und Garcia hatten den Todesfall inzwischen als Mord eingestuft und die Theorie aufgestellt, dass der Täter in das Zimmer des schlafenden Mädchens eingedrungen sei, es mit einer Betäubungspistole außer Gefecht gesetzt und dann den Hang hinauf zu dem umgestürzten Baum getragen habe, wo er es erschossen und das Verbrechen aus einem spontanen Entschluss heraus dilettantisch als Selbstmord zu tarnen versucht habe. Dieser Bericht war am Montag, dem 11. Juli, in die Akte aufgenommen worden – fünf Tage nachdem Rebecca getötet worden war.

Als Nächstes nahm sich Bosch die Tatwaffenanalyse vor. Die Pistole wies keine anderen Fingerabdrücke auf als die von Beckys rechter Hand. Aus dem Umstand, dass sich auf der Waffe keinerlei Abdrücke der linken Hand oder sonst irgendwelche Spuren befanden, ging hervor, dass sie sorgfältig abgewischt worden war, bevor sie Becky in die Hand gedrückt und dann auf ihre Brust gerichtet und abgefeuert worden war. Aller Wahrscheinlichkeit nach war das Opfer infolge des Stromstoßes aus der Betäubungspistole bewusstlos gewesen, als es dazu kam.

Die Patronenhülse, die beim Abfeuern ausgeworfen worden war, wurde knapp zwei Meter von der Leiche entfernt gefunden. Es waren keine Fingerabdrücke oder Spuren darauf, ein Hinweis, dass der Täter beim Laden Handschuhe getragen hatte.

Das wichtigste Beweisstück wurde jedoch *in* der Tatwaffe entdeckt. Es handelte sich dabei um eine Colt Mark IV/Serie 80. Die halbautomatische Waffe hatte einen langen Hammersporn, der insofern von Bedeutung war, als die Pistole in dem Ruf stand, dem Schützen eine „Tattoo"-Verletzung beizubringen, wenn sie beim Abfeuern unsachgemäß gehandhabt wurde. Dazu kam es, wenn beim beidhändigen Halten der Waffe die Haupthand am Griff nach oben und zu nahe an den Hammersporn geschoben wurde. Die Hand konnte dann einen schmerzhaften Abdruck erhalten, wenn beim Betätigen des Abzugs das Verschlussstück automatisch nach hinten schnellte, um die Patronenhülse auszuwerfen. Kehrte der Verschluss dann in die Ausgangsstellung zurück, klemmte er nicht selten die Haut des Schützen ein – normalerweise das Häutchen zwischen Daumen und Zeigefinger –

und zog ein Stück davon in die Waffe hinein. Das alles geschah in Sekundenbruchteilen, und ein unerfahrener Schütze konnte oft gar nicht sagen, was ihn da „gebissen“ hatte.

Genau das war bei der Pistole passiert, mit der Becky erschossen worden war. Als ein Schusswaffenexperte die Halbautomatik auseinandernahm, fand er auf der Unterseite des Verschlusses ein kleines Stück Haut und getrocknetes Blut.

Deshalb schrieben Green und Garcia in ihrem Ermittlungsbericht, die Indizien deuteten darauf hin, dass der Mörder Rebeccas Hand um den Pistolengriff gelegt und dann die Mündung auf ihre Brust gedrückt habe. Er habe seine eigenen Hände benutzt, um die Waffe zu halten und ihren Finger um den Abzug zu legen. Als dann der Schuss gefallen sei, habe der Verschluss den Mörder „tätowiert“, indem er ein Stück seiner Haut in die Waffe gezogen habe.

Bosch sah allerdings noch eine andere Möglichkeit: Die im Innern der Waffe gefundenen Blut- und Gewebespuren hätten sich schon vor dem Mord dort befunden haben können, denn die Pistole hatte vielleicht eine andere Person als den Mörder tätowiert, als sie irgendwann vor dem Mord abgefeuert worden war.

Die Spuren wurden analysiert, und obwohl aus dem Obduktionsbefund bereits bekannt war, dass Becky keine Verletzungen an den Händen gehabt hatte, wurde routinemäßig ein Blutgruppenvergleich vorgenommen. Das Blut von der Pistole war Blutgruppe 0. Becky hatte AB positiv. Daraus folgerten die Ermittler, dass sie das Blut des Mörders an der Waffe hatten.

Allerdings war 1988 die Verwendung von DNA-Vergleichen in strafrechtlichen Ermittlungsverfahren noch Jahre davon entfernt, eine vor Gericht zugelassene Rechtspraxis zu werden. Datenbanken mit den DNA-Profilen von Straftätern mussten erst noch eingerichtet werden. Die Detectives konnten also lediglich einen Blutgruppenvergleich mit potenziellen Verdächtigen vornehmen, sofern es solche gab. Und im Mordfall Lost tauchte kein Tatverdächtiger auf. Der Fall wurde kalt.

„Bis jetzt“, sagte Bosch, ohne sich dessen bewusst zu sein.

„Was?“, fragte Kiz.

„Nichts. Ich habe nur laut gedacht.“

KURZ nachdem die Einheit Offen-Ungelöst ihre Arbeit aufgenommen hatte, war das DNA-Material aus dem Fall Lost an das California Department of Justice, das kalifornische Justizministerium, weitergeleitet worden. Das

DOJ besaß die wichtigste DNA-Datenbank des Bundesstaates. Infolge der Antragsflut seitens der neuen LAPD-Einheit hatte es jedoch achtzehn Monate gedauert, bis das Lost-Material von DOJ-Technikern mit den Tausenden von gespeicherten DNA-Profilen hatte verglichen werden können. Was dabei herauskam, war eine einzelne Übereinstimmung, ein „kalter Treffer".

In dem eine Seite umfassenden DOJ-Bericht stand, dass zwölf der vierzehn möglichen Marker die DNA von der Waffe, mit der Rebecca ermordet worden war, einem inzwischen 35-jährigen Mann namens Roland Mackey zuordneten. Sein letzter bekannter Wohnsitz war in Panorama City, das im San Fernando Valley lag – höchstens eine Viertelstunde von Chatsworth entfernt.

Bosch sah das Datum auf dem Begleitschreiben des DOJ-Berichts. „Kiz, hast du nicht gesagt, das wäre gerade erst reingekommen?"

„Ja. Am Freitag, glaube ich. Wieso?"

„Das Datum hier ist aber vom Freitag davor. Das wären zehn Tage."

„Die Mühlen der Bürokratie", bemerkte sie achselzuckend.

Bosch las weiter. Mackeys DNA befand sich in der DOJ-Datenbank, weil alle Straftäter, die in Kalifornien wegen eines Sexualdelikts verurteilt wurden, Blut und einen Mundabstrich für die DNA-Datenbank zur Verfügung stellen mussten. Vor zwei Jahren war Mackey in Los Angeles wegen unzüchtigen Verhaltens zu zwölf Monaten auf Bewährung verurteilt worden.

Als Bosch kurz aufblickte, stellte er fest, dass Kiz gerade die Mordakte mit der zweiten Hälfte der Dokumente schloss. „Fertig?"

„Fertig. Ich gehe mal rüber ins ESB die Schachtel holen, während du hier zu Ende liest."

Das Evidence Storage Building war die Asservatenkammer. Dinge wie die Tatwaffe und die Kleidung des Opfers wurden dort aufbewahrt, normalerweise in einem mit Klebeband verschlossenen Karton. Organische Beweismittel wie das Blut und das Gewebe von der Mordwaffe wurden hingegen in den Tresorräumen der Scientific Investigation Division gelagert, des Kriminallabors.

„Gute Idee", stimmte Bosch zu. „Aber warum gibst du diesen Kerl nicht erst in DMV und NCIC ein? Vielleicht kriegen wir einen aktuellen Wohnsitz."

„Habe ich bereits gemacht."

Sie drehte ihr Notebook auf dem Schreibtisch herum, und Bosch erkannte auf dem Bildschirm das Symbol des National Crime Index Computer, der Datenbank des Nationalen Verbrechensregisters.

Kiz hatte Mackeys Vorstrafenverzeichnis aufgerufen. Seine Verurteilung wegen unzüchtigen Verhaltens zwei Jahre zuvor war nur die letzte einer ganzen Reihe von Festnahmen gewesen, die bis in die Zeit zurückreichten, als er achtzehn geworden war – bis in das Jahr also, in dem Rebecca Lost ermordet worden war. Die meisten der aufgeführten Straftaten waren Eigentums- und Drogendelikte, beginnend mit einem Einbruch und einem Autodiebstahl, gefolgt von zwei Haftstrafen wegen Drogenbesitz sowie zwei Festnahmen wegen Fahren unter Drogeneinfluss, einer weiteren Anklage wegen Einbruch und einer Festnahme wegen Annahme von Diebesgut. Alles in allem der typische Lebenslauf eines Kleinkriminellen und Drogenabhängigen. Allem Anschein nach war Mackey für keine seiner Straftaten in ein Staatsgefängnis gewandert, sondern zu Bewährungs- oder kurzen Haftstrafen in einem Bezirksgefängnis verurteilt worden.

Bosch gefiel nicht, was er da las. Mackey hatte die Sorte Vorstrafenregister, das man als direkten Weg zu einem Mord ansehen konnte. Nur stand in seinem Fall der Mord an erster Stelle, die geringfügigen Vergehen waren später erfolgt.

„Was ist?“, fragte Kiz, die spürte, was in ihrem Partner vorging.

„Ich weiß nicht. Es läuft genau verkehrt herum. Von Mord zu geringfügigen Vergehen. Irgendwie will mir das nicht einleuchten.“

„Na ja, das sind ja auch nur die Straftaten, die ihm nachgewiesen werden konnten. Das heißt nicht, dass das auch alles ist, was er getan hat.“

Bosch nickte. Ihm dämmerte, dass Mackey nicht das Ziel, sondern eine Station auf dem Weg zum Ziel war. „Hast du ihn wegen einer Adresse schon durch die DMV-Datenbank laufen lassen?“

„Harry, das ist längst passé. Wenn du heute jemanden finden willst, versuchst du es nicht über die Kfz-Zulassungsstelle, du gehst auf AutoTrack.“

Sie schob ihm einen Computerausdruck zu, auf dem oben AUTOTRACK stand, und erklärte ihm, dass es sich dabei um ein Privatunternehmen handele, mit dem die Polizei vertraglich verbunden sei. Wenn man die früheren und aktuellen Adressen einer bestimmten Person herausfinden wolle, biete AutoTrack Computersuchen nicht nur in allen behördlichen Meldeverzeichnissen an, wie etwa in denen von Versorgungsbetrieben, Kabelanbietern und der Kfz-Zulassungsstelle DMV, sondern auch in privaten Datenbanken, wie sie zum Beispiel Credit-Reporting-Dienste unterhielten.

Mackeys gegenwärtiger Wohnsitz war besagte Adresse in Panorama City. Aber zwischen 1988 und 1990 war es eine Wohnung am Topanga Canyon Boulevard in Chatsworth gewesen. Das hieß, zum Zeitpunkt des Mordes hatte er in unmittelbarer Nähe von Rebecca Lost gewohnt.

„Räumt das deine Bedenken aus, Harry?“

„Ein bisschen.“

„Gut. Dann ziehe ich jetzt mal los.“

Nachdem Kiz gegangen war, stürzte sich Bosch wieder in die Durchsicht der Mordakte. Der dritte Ermittlungsbericht befasste sich vor allem mit der Frage, wie der Täter ins Haus gelangt war. An Tür- und Fensterschlössern fanden sich keinerlei Anzeichen, dass sich jemand an ihnen zu schaffen gemacht hatte, und alle existierenden Hausschlüssel konnten Familienangehörigen zugeordnet werden. Die Ermittler glaubten daher, dass der Mörder durch die Verbindungstür zur Garage ins Haus gekommen war, die normalerweise offen gelassen wurde, bis Robert Lost von der Arbeit heimkam.

Laut dessen Aussage war die Garage offen gewesen, als er am Abend des 5. Juli gegen halb elf aus dem Restaurant heimgekehrt war. Die Verbindungstür zwischen Garage und Haus war nicht abgeschlossen gewesen. Er hatte das Garagentor zugemacht und die Verbindungstür von innen abgeschlossen. Die Ermittler vermuteten, dass der Mörder zu diesem Zeitpunkt bereits im Haus gewesen war.

Als Begründung für das offen gelassene Garagentor gaben die Losts an, dass ihre Tochter erst kürzlich den Führerschein gemacht habe. Allerdings habe sie beim Losfahren oder Heimkommen nicht immer daran gedacht, das Tor zu schließen. Am Tag ihrer Entführung hatte Rebecca für ihre Mutter etwas aus der Reinigung geholt und dazu deren Auto benutzt. Die Überprüfung ergab, dass sie die Kleidungsstücke um 17.15 Uhr abgeholt hatte und dann nach Hause zurückgekehrt war. Die Ermittler gingen davon aus, dass sie wieder einmal vergessen hatte, das Garagentor zu schließen. Ihre Mutter sagte, sie habe sich nicht überzeugt, ob es zu gewesen sei. Zwei Nachbarn hatten es allerdings offen stehen sehen. Demnach dürfte es bis zu Robert Losts Heimkehr kein Problem gewesen sein, ins Haus zu kommen.

Bosch stand auf. Er hatte die erste Hälfte der Mordakte durchgesehen. Bevor er die zweite in Angriff nahm, wollte er sich einen Kaffee holen. Er ging hinunter in die Cafeteria, füllte an der Maschine einen Becher und bezahlte. Als er sich zum Gehen wandte, blickte er in das lächelnde Gesicht von Deputy Chief Irvin S. Irving.

Bosch und Irving hatten sich noch nie riechen können. Der Deputy Chief war in früheren Zeiten teils sein Widersacher, teils sein unfreiwilliger Retter gewesen. Doch jetzt hatte Bosch von Kiz gehört, Irving sei vom neuen Polizeichef abgesetzt worden und habe einen bedeutungslosen Posten außerhalb des Parker Centers zugeteilt bekommen.

„Dachte ich mir doch, dass Sie das sind, Detective Bosch. Hätten Sie Lust, sich kurz zu mir zu setzen?"

„Ich stecke gerade mitten in der Arbeit, Chief."

„Nur eine Minute, Detective." In Irvings Stimme schlich sich ein strenger Unterton.

Ohne auf eine Antwort zu warten, ging er zu einem Tisch in der Nähe. Bosch folgte ihm. Irving hatte immer noch einen glatt rasierten glänzenden Schädel. Er begann erst zu sprechen, als Bosch Platz genommen hatte.

„Ich wollte Ihnen zu Ihrer Rückkehr in den Polizeidienst nur alles Gute wünschen." Er lächelte wie ein Hai.

Bosch zögerte. „Es ist schön, wieder zurück zu sein."

„Offen-Ungelöst. Ich finde, das ist genau der richtige Platz für jemanden mit Ihren Fähigkeiten."

Bosch wusste nicht, ob das als Kompliment oder als Beleidigung gemeint war. „Na ja, das wird sich zeigen. Jedenfalls hoffe ich das. Aber ich sollte jetzt …"

Irving breitete die Arme aus, als wollte er zeigen, dass er nichts im Schilde führte. „Das war's schon. Sie können gehen. Ich wollte Sie nur willkommen heißen. Und Ihnen danken."

Jetzt biss Bosch doch an. „Mir danken? Wofür, Chief?"

„Dass Sie mich wieder ins Spiel bringen."

Bosch schüttelte den Kopf. „Das verstehe ich nicht. Sie sind doch jetzt im Büro für strategische Planung. Soviel ich gehört habe, können Sie Ihre Dienstwaffe zu Hause lassen."

Irving verschränkte die Arme auf dem Tisch und beugte sich Bosch entgegen. Die aufgesetzte Freundlichkeit war verflogen. „Ja, dort bin ich zurzeit. Aber ich versichere Ihnen, das wird nicht mehr lange der Fall sein. Nicht, wenn jemand wie Sie wieder in den Polizeidienst aufgenommen wird." Er lehnte sich nach hinten und fiel in seinen lockeren Ton zurück. „Wissen Sie, was Sie sind, Bosch? Ein Runderneuerter. Der neue Chef zieht gern runderneuerte Reifen auf. Aber wissen Sie, was mit einem Runderneuerten passiert? Er verkraftet die Reibung und die Hitze nicht. Er löst sich auf – und was geschieht? Er platzt."

Er ließ Bosch darüber nachdenken.

„Wissen Sie, Detective, Sie sind meine Chance. Sie werden Mist bauen. Es ist ein Teil Ihrer Biografie. Es ist ein Teil Ihres Wesens. Und wenn Sie geschasst werden, wird auch unser neuer Chef geschasst, weil er es war, der einen billigen Runderneuerten an unserem Auto aufgezogen hat."

Er lächelte. Um das Bild zu vervollständigen, hätte Irving nur noch einen goldenen Ohrring gebraucht, fand Bosch. Meister Proper, wie er leibte und lebte.

„Und wenn sein Stern im Sinken begriffen ist, wird meiner steigen. Ich bin ein geduldiger Mensch. Ich warte in dieser Behörde schon über vierzig Jahre. Ich kann noch länger warten."

Irving nickte einmal, stand auf und verließ die Cafeteria. Bosch spürte, wie ihm die Galle hochstieg. Er kam sich wie ein Vollidiot vor, weil er dagesessen hatte und sich von Irving verbal hatte abwatschen lassen. Er erhob sich und warf seinen Becher in einen Abfalleimer.

Als Bosch sich die zweite Hälfte der Mordakte auf seinen Schreibtisch herüberzog, war sein Unbehagen über die Begegnung mit Irving noch nicht verflogen. Die beste Möglichkeit, dessen Drohung zu vergessen, bestand vermutlich darin, sich wieder in den Fall zu vertiefen. Was er in der Akte noch vorfand, war ein dicker Packen ergänzender Berichte – Dokumente, die oft zusammenhanglos erschienen, obwohl sie den entscheidenden Hinweis auf die Lösung eines Falls geben konnten, wenn man sie aus dem richtigen Blickwinkel betrachtete.

Zuerst kam ein Laborbefund. Der Kriminologe hatte nicht feststellen können, ob das Blut unmittelbar zum Zeitpunkt der Tötung an die Waffe gelangt war oder schon davor – niemand konnte das. Aber er wäre bereit gewesen zu bezeugen, dass das Blut „zeitnah oder unmittelbar bei der Tötung" an die Waffe gekommen war.

Bosch wusste, dass dieser Befund bei einer Anklageerhebung gegen Roland Mackey eine Schlüsselrolle spielen würde. Er könnte Mackey aber auch die Möglichkeit bieten, zu seiner Verteidigung vorzubringen, er habe sich zwar vor dem Mord, aber nicht zum Zeitpunkt des Mordes im Besitz der Waffe befunden. Wieder spürte Bosch, wie die vermeintlich sichere DNA-Übereinstimmung an Wert verlor. Die wissenschaftlichen Methoden konnten gleichzeitig geben und nehmen. Sie brauchten mehr.

Das nächste Dokument war ein Bericht der Abteilung Schusswaffen. Die Seriennummer der Mordwaffe war zwar weggefeilt worden, aber mithilfe einer Säure hatte man sie im Labor wieder sichtbar machen können. Anhand dieser Nummer ließ sich feststellen, dass die Pistole 1987 vom Hersteller an einen Waffenladen in Northridge geliefert worden war. Dort hatte sie ein Mann gekauft, der in Chatsworth in der Winnetka Avenue wohnte. Am 2. Juni 1988 hatte er die Waffe als gestohlen gemeldet, nachdem bei ihm eingebrochen worden war – genau einen Monat bevor Rebecca Lost damit ermordet wurde.

Sofern Mackey nicht mit dem Eigentümer der Waffe bekannt gewesen war, begrenzte der Einbruch den Zeitraum, in dem er über die Pistole verfügt hatte. Und das erhöhte die Wahrscheinlichkeit, dass sie in der Nacht von Beckys Tod in seinem Besitz gewesen war.

Der Einbruchsbericht befand sich ebenfalls in der Akte. Der Bestohlene hieß Sam Weiss und lebte allein. Der ermittelnde Officer hatte angegeben, Weiss habe die Waffe erst vor Kurzem zu seinem Schutz erworben, nachdem er aufgrund der Tatsache, dass er Jude sei, mehrere anonyme Drohanrufe erhalten habe.

Im Anschluss las Bosch den zweiten Bericht der Abteilung Schusswaffen. Darin wurde die bei der Entführung verwendete Betäubungspistole identifiziert. Das Modell war in Geschäften und über Versandfirmen erhältlich. Zum Zeitpunkt des Mordes waren davon über zwölftausend Stück in Umlauf gewesen. Solange die Polizei die bei der Tat verwendete Waffe nicht in Händen hatte, bestand keine Möglichkeit, über die Spuren an Beckys Nacken eine Verbindung zu dem Besitzer der Betäubungspistole herzustellen. Das war Bosch klar.

Als Nächstes blätterte er eine Reihe von Fotos im Format 18 auf 24 Zentimeter durch, die nach Entdeckung der Leiche im Haus der Losts gemacht worden waren. Darunter befanden sich Innen- und Außenaufnahmen aller drei Eingänge des Hauses – Vorder-, Hinter- und Garagentür.

Es gab auch mehrere Farbfotos von Beckys Zimmer. Als Erstes fiel Bosch auf, dass das Bett gemacht war. Er fragte sich, ob das der Entführer getan hatte, um dadurch gezielt auf einen Selbstmord hinzudeuten, oder Beckys Mutter, als sie noch auf die Rückkehr ihrer Tochter gewartet hatte. Es war ein Himmelbett mit einer weiß-rosa Decke, die einen passenden rosa Volant besaß. Er war etwas zu lang, sodass er sich auf dem Boden bauschte und entweder ein Stück vom Bett abstand oder aber darunter verschwand.

Daneben gab es Aufnahmen von der Kommode und dem Nachttisch des Mädchens. Das Zimmer war mit Plüschtieren geschmückt. An den Wänden hingen Poster von Musikgruppen, die längst wieder passé waren.

Auf die Fotos folgten in der Akte die Protokolle der Befragungen, die die Ermittler in der Hillside Prep durchgeführt hatten. Sie hatten mit jedem Schüler aus Beckys Klasse gesprochen. Es gab auch Protokolle der Befragungen von Lehrern des Opfers und Angehörigen der Schulverwaltung.

Unter diesen Dokumenten war auch die Zusammenfassung der telefonischen Vernehmung eines früheren Freundes von Becky enthalten, der mit seinen Eltern ein Jahr vor dem Mord nach Hawaii gezogen war. Dem Bericht war eine Alibibestätigung beigefügt, der zufolge der Junge am Tag des Mordes und an den Tagen danach in der Waschanlage einer Leihwagenfirma auf Maui gearbeitet hatte.

Danach kam ein zweiter Packen mit Vernehmungsprotokollen, diesmal von den Angestellten des Island House Grill, Robert Losts Restaurant. Seine Tochter hatte dort gerade ihren Ferienjob als Aushilfsbedienung während der Mittagszeit angetreten. Viele Restaurants stellten für niedere Küchenarbeiten gern zwielichtige Gestalten ein, aber Robert Lost hatte bewusst keine Vorbestraften genommen, sondern sein Personal aus der Surfer- und Aussteigerszene von Malibu rekrutiert. Diese Leute dürften mit Rebecca zwar kaum Kontakt gehabt haben, die ausschließlich im Lokal gearbeitet hatte, dennoch waren sie vernommen worden. Sie hatten jedoch keinen Verdacht der Ermittler geweckt.

Des Weiteren enthielt die Mordakte eine Opferchronologie, in der Rebeccas Aktivitäten in den Tagen vor ihrer Ermordung rekonstruiert worden waren. 1988 war der 4. Juli, der Unabhängigkeitstag, auf einen Montag gefallen. Rebecca verbrachte den größten Teil des verlängerten Wochenendes zu Hause, nur Sonntagnacht schlief sie zusammen mit zwei Freundinnen bei einer weiteren Freundin. Die beigefügten Protokolle der Vernehmungen dieser drei Mädchen enthielten keine Angaben von Belang.

Am Montag, dem Nationalfeiertag, blieb Rebecca zu Hause, bis sie und ihre Eltern aufbrachen, um sich ein Feuerwerk anzusehen. Am Dienstag fuhr sie mit ihrem Vater ins Restaurant. Um 15 Uhr brachte er sie nach Hause, dann kehrte er zur Abendschicht ins Lokal zurück, etwa zur selben Zeit, als Rebecca mit dem Auto ihrer Mutter zur Reinigung fuhr.

Bosch entdeckte in der Aufstellung nichts, was seinen Verdacht erregte, nichts, was die Ermittler übersehen hatten.

Als Nächstes kam er zu der Niederschrift einer Vernehmung der Eltern. Sie war am 14. Juli in der Devonshire Division vorgenommen worden, mehr als eine Woche nachdem die beiden das Verschwinden ihrer Tochter bemerkt hatten. Inzwischen hatten sich die Detectives einiges an Wissen über den Fall angeeignet und stellten sehr präzise Fragen.

GARCIA: Danke, dass Sie gekommen sind. Ich hoffe, Sie haben nichts dagegen, wenn wir dieses Gespräch aufzeichnen, damit wir alles genau festhalten können. Wie kommen Sie mit der Situation zurecht?

ROBERT LOST: Wir sind am Boden zerstört.

MURIEL LOST: Wir müssen ständig daran denken, was wir hätten tun können, um zu verhindern, dass unserer Kleinen so etwas passiert.

GREEN: Wir können das sehr gut nachempfinden, Ma'am. Aber Sie dürfen sich deswegen keine Vorwürfe machen. Die Schuld liegt einzig und allein bei der Person, die das getan hat.

GARCIA: Und wir werden sie erwischen. Allerdings gibt es da auch verschiedene Fragen, die wir Ihnen jetzt stellen müssen.

GREEN: Zunächst würden wir gern in die Zeit vor dem Verschwinden Ihrer Tochter zurückgehen. Vielleicht einen Monat davor. Ist Ihre Tochter in dieser Zeit einmal weg gewesen?

ROBERT LOST: Nein. Sie war sechzehn. Sie ging zur Schule. Sie ging nicht allein weg.

GREEN: War sie in dem Monat vor ihrem Verschwinden jemals krank? Oder auch zwei Monate davor?

MURIEL LOST: Ja, in der ersten Ferienwoche hatte sie eine Grippe.

GREEN: Lag sie krank im Bett?

MURIEL LOST: Ziemlich lange. Aber ich verstehe nicht, was das …

GREEN: Sie hat Ihnen zu diesem Zeitpunkt nicht anvertraut, dass sie schwanger war?

MURIEL LOST: Was? Nein!

ROBERT LOST: Augenblick, Detective, was soll das heißen?

GREEN: Die Autopsie ergab, dass Becky etwa einen Monat vor ihrem Tod eine Abtreibung vornehmen ließ. Wir vermuten, dass sie sich von diesem Eingriff erholen wollte, als sie Ihnen sagte, sie hätte eine Grippe.

GARCIA: Würden Sie vielleicht an dieser Stelle lieber eine Pause machen?

[Pause]

GARCIA: Ich hoffe, Sie haben Verständnis. Wir stellen Ihnen unsere Fragen nicht, um Sie zu verletzen. Wir müssen uns Informationen beschaffen.

ROBERT LOST: Wir verstehen, was Sie tun. Es ist inzwischen ein Teil unseres Lebens. Oder was davon noch übrig ist.

GARCIA: Haben Sie eine Idee, mit wem sie ein Verhältnis gehabt haben könnte? Bei früheren Gesprächen sagten Sie, sie hätte keinen Freund gehabt.

MURIEL LOST: Da haben wir uns offensichtlich getäuscht. Jedenfalls, nein, wir wissen nicht, mit wem sie sich traf.

GREEN: Hat einer von Ihnen jemals das Tagebuch Ihrer Tochter gelesen?

ROBERT LOST: Nein, wir wussten nicht einmal, dass sie Tagebuch geführt hat, bis Sie eines in ihrem Zimmer fanden.

GARCIA: Im Tagebuch gibt es mehrere Hinweise auf eine Person, die als MWL bezeichnet wird. Diese Person würden wir gern identifizieren und mit ihr sprechen.

MURIEL LOST: Ich kenne niemanden mit diesen Initialen.

GREEN: Wir nehmen an, sie könnten für „Meine wahre Liebe“ stehen.

ROBERT LOST: Ich kann das einfach nicht glauben. Sie wollen uns also sagen, wir kannten unsere Tochter gar nicht wirklich.

GARCIA: Es tut mir sehr leid.

ROBERT LOST: Tun Sie, was Sie tun müssen. Finden Sie die Person, die das getan hat.

GARCIA: Danke, Sir. Das werden wir.

Anschließend nahm sich Bosch drei förmlichere Vernehmungsprotokolle vor. Diese Befragungen waren mit Rebeccas drei engsten Freundinnen, Tara Wood, Bailey Koster und Grace Tanaka, durchgeführt worden. Alle drei Mädchen erklärten, weder von Beckys Schwangerschaft gewusst zu haben noch von der Beziehung, die dazu geführt hatte. Alle drei sagten aus, ihre Freundin in der ersten Ferienwoche nicht gesehen zu haben, weil sie krank gewesen sei. Tara, die sich mit Becky den Job als Aushilfe geteilt hatte, berichtete, ihre Freundin sei in den Wochen vor ihrem Tod mürrisch und wenig mitteilsam gewesen.

Der letzte Teil der Mordakte war die Mediensammlung. Darin hatten Garcia und Green die Zeitungsmeldungen über den Fall zusammengetragen. In der *Daily News* war ausführlicher über den Mord berichtet worden als in der *Times*, weil die *News* im San Fernando Valley einen großen Leserstamm hatte.

Über Rebeccas ursprüngliches Verschwinden gab es keine Meldungen. Sobald jedoch die Leiche entdeckt worden war, erschienen mehrere Berichte über die Ermittlungen und die Auswirkungen, die der Tod des jungen Mädchens auf ihre Schule hatte. Beide Zeitungen brachten die Tatwaffe mit dem Einbruch in Verbindung, der sich einen Monat vor dem Mord zugetragen hatte, aber keine kam auf den antisemitischen Hintergrund zu sprechen. Ebenso wenig berichteten sie über die Blut- und Gewebespuren, die an der Waffe gefunden worden waren. Bosch nahm an, dass die Beweismittel das Ass im Ärmel der Ermittler gewesen waren, das sie für den Fall, dass sich je ein Hauptverdächtiger identifizieren ließe, zurückgehalten hatten.

Zum Schluss stellte Bosch fest, dass es keine Interviews mit den trauernden Eltern gab. Offensichtlich hatten sie beschlossen, den Schmerz über ihren Verlust nicht öffentlich zu machen.

Ganz hinten in der Akte befand sich in einer Klarsichthülle ein brauner Umschlag. Bosch öffnete ihn und stieß auf eine Reihe von Farbfotos im Format 18 auf 24 Zentimeter, die bei Rebeccas Begräbnis gemacht worden waren. Man konnte nie wissen, ob der Mörder nicht vielleicht bei der Beerdigung auftauchte, um sich an dem Schmerz und der Trauer zu weiden, die er verursacht hatte.

Bosch sah sich die Fotos sehr genau an. Wie mochte Roland Mackey 1988 ausgesehen haben? Die Bilder, die Kiz im Computer aufgerufen hatte, stammten von seiner letzten Festnahme und zeigten einen Mann mit schütterem Haar und Ziegenbart. Es war schwierig, dieses Konterfei mit einem der Teenager in Verbindung zu bringen, die sich versammelt hatten, um eine der Ihren zu Grabe zu tragen.

Eine Weile betrachtete Bosch auf einem der Fotos Beckys Eltern. Sie standen eng aneinandergelehnt am Grab. Robert Lost war schwarz, und Muriel Lost war weiß. Jetzt wurde Bosch klar, woher ihre Tochter ihre erblühende Schönheit gehabt hatte. Die Vermischung der Rassen erhob sich bei einem Kind oft über die damit einhergehenden gesellschaftlichen Schwierigkeiten und brachte eine solche Anmut hervor.

Bosch legte die Fotos hin und dachte nach. An keiner Stelle der Akte fand sich ein Hinweis darauf, dass bei dem Mord die Rassenproblematik eine Rolle gespielt haben könnte. Dabei ließ der Umstand, dass die Tatwaffe von einem Einbruch bei einem Mann stammte, der wegen seiner Religion bedroht worden war, einen möglichen Zusammenhang mit der Ermordung eines Mädchens, dessen Eltern zwei verschiedenen Rassen angehörten, nicht ganz abwegig erscheinen. Dass dies in der Akte nicht erwähnt wurde, hatte nichts zu bedeuten. Der Rassenaspekt wurde vom LAPD von jeher nicht an die große Glocke gehängt.

Bosch klappte die Akte zu. Er schätzte, dass sie über dreihundert Seiten umfasste, und doch hatte er auf keiner den Namen Roland Mackey gelesen. War es möglich, dass dieser damals noch nicht einmal am Rande aufgefallen war? War es in diesem Fall dennoch möglich, dass er der Mörder war?

Das waren die Fragen, die Bosch beschäftigten. Er versuchte immer darauf zu vertrauen, dass Antworten in der Mordakte zu finden waren. Doch diesmal hatte er Mühe, an den kalten Treffer zu glauben. Das bezog sich nicht auf die technischen Gesichtspunkte. Er hatte keine Zweifel, dass die Blut- und Gewebespuren an der Tatwaffe von Mackey stammten. Aber er war überzeugt, dass die Sache einen Haken hatte. Etwas fehlte.

Er starrte immer noch auf seine Notizen, als Kiz mit leeren Händen und finsterem Gesicht ins Büro kam.

„Schlechte Nachrichten. Die Mordwaffe ist weg. Ich weiß nicht, ob du schon die ganze Akte gelesen hast, Harry, aber das Mädchen hat Tagebuch geführt. Auch das ist weg. Alles ist weg."

Sie beschlossen, dass sich schlechte Nachrichten am besten bei einem gemeinsamen Mittagessen verarbeiten ließen, und fuhren zu einem kleinen Lokal in Chinatown, wo man gut aß und selten mehr als fünf Dollar zahlte.

Um die anderen Gäste nicht zu stören, ließen sie die Mordakte im Auto. Ihre Notizen nahmen sie allerdings mit, und damit der Inhalt ihres Gesprächs unter ihnen blieb, unterhielten sie sich in einer improvisierten Kürzelsprache über den Fall. Kiz erklärte, mit der Feststellung, die Tatwaffe und das Tagebuch seien aus der Asservatenkammer verschwunden, habe sie gemeint, dass der ganze Beweismittelkarton zu dem Fall fehle.

Das überraschte Bosch nicht sonderlich. Beweismittelkartons wurden registriert und, ohne nach Straftaten sortiert zu werden, in chronologischer Reihenfolge in die Regale gestellt. Folglich konnte Beweismaterial von einem Mord neben solchem von einem Einbruch stehen. Und wurden Beweismittel von verjährten Fällen ausgemistet, wurde gelegentlich auch ein falscher Karton weggeworfen. Mit der Sicherheit nahm man es in der Asservatenkammer seit Langem ebenfalls nicht sehr genau. Deshalb wurden die Beweismittelkartons häufig geplündert. So war es keineswegs unüblich, dass Waffen verschwanden.

Im Lost-Fall deutete jedoch nichts auf Beweismitteldiebstahl hin. Eher war es auf Schlamperei zurückzuführen, dass ein Karton, der siebzehn Jahre zuvor in einem viertausend Quadratmeter großen Raum voll gleich aussehender Kartons eingelagert worden war, nicht mehr aufzutreiben war.

„Sie werden sie schon finden", meinte Bosch.

„Na hoffentlich. Ohne die Tatwaffe nützt uns die ganze DNA nichts."

„Da hast du …"

Bosch verstummte und wartete, bis die Bedienung die dampfenden Teller abgestellt hatte. Er hatte gebratenen Reis mit Garnelen bestellt, Kiz Schweinekoteletts. Ohne ein Wort hob er seinen Teller und schob die Hälfte seines Essens auf ihren Teller. Dann nahm er sich mit der Gabel eines ihrer beiden Koteletts. Sie hatten bereits zu den lockeren Umgangsformen ihrer früheren Partnerschaft zurückgefunden. Bosch war froh.

„Was treibt übrigens Jerry so?", erkundigte er sich.

„Keine Ahnung. Ich habe schon länger nichts mehr von ihm gehört."

Als Bosch im Morddezernat der Hollywood Division mit Kiz zusammengearbeitet hatte, war Jerry Edgar ihr dritter Partner gewesen. Dann war Bosch in Pension gegangen und Kiz wenig später ins Parker Center befördert worden. Edgar, der allein in der Dienststelle Hollywood zurückgeblieben war, fühlte sich im Stich gelassen und übergangen.

„Was wolltest du gerade sagen, als das Essen kam, Harry?“

„Nur, dass du Recht hast. Wir werden mehr brauchen. Mir ist da ein Gedanke gekommen – ich habe gehört, dass es seit dem 11. September und dem Patriot Act einfacher ist, eine Abhörgenehmigung zu kriegen.“

„Ja, das stimmt.“

„Ich dachte, wir platzieren bei Mackey eine Wanze und setzen dann eine Meldung in die Zeitung. Dass wir den Fall neu aufrollen, dass wir die Tatwaffe haben, vielleicht auch das mit der DNA – du weißt schon, was Neues. Nicht, dass wir eine Übereinstimmung haben, aber eine bekommen *könnten*. Dann warten wir einfach ab, beobachten ihn und hören ihn ab und sehen, was passiert.“

Kiz ließ sich das durch den Kopf gehen, während sie ihr Kotelett aß. Etwas schien ihr zu missfallen. „Wen sollte er denn anrufen?“

„Keine Ahnung. Die Person, mit der oder für die er es getan hat.“

Kiz nickte nachdenklich. „Ich weiß nicht, Harry. Da bist du noch keinen Tag wieder im Dienst und schon liest du Dinge in einen Fall hinein, die ich nicht sehen kann. Wahrscheinlich bist du immer noch der Lehrer. Erklär mir, wie du die Sache siehst.“

„Ich sehe eigentlich noch gar nichts. Mackeys Name steht nirgendwo in dieser Akte, und damit hätten wir gleich das erste Problem. Er lebte damals zwar in der näheren Umgebung, aber wir haben nichts, was ihn mit dem Opfer in Verbindung bringt.“

„Wir haben doch die Waffe mit seiner DNA dran.“

„Das Blut bringt ihn mit der Tatwaffe in Verbindung, nicht mit dem Mädchen. Wir können nicht beweisen, dass seine DNA zum Zeitpunkt des Mordes auf die Waffe kam. Das ist ein Riesenloch, Kiz. Wir haben am Tatort keine Fingerabdrücke, wir haben keine Haare, keine Fasern. Und wenn du einen Blick auf sein Täterprofil geworfen hättest, bevor wir diesen Fall übernahmen und das mit der DNA wussten, hättest du diesen Kerl nie für einen Mörder gehalten.“

Fast wehmütig schüttelte sie den Kopf. „Vor ein paar Stunden wurde uns das als Begrüßungsgeschenk präsentiert. Angeblich ein klarer Fall …“

„Die DNA hat alle zu voreiligen Schlüssen verleitet.“

„Du glaubst nicht, dass Mackey es war?“

„Ich weiß noch nicht, was ich glauben soll.“

„Deshalb lassen wir ihn also observieren, hören ihn ab, jagen ihm einen kleinen Schrecken ein und warten ab, wen er anruft und wie er reagiert.“

Bosch nickte.

„Bevor wir eine Abhörgenehmigung beantragen, müssen wir uns noch vergewissern, dass er keinem der Beteiligten bekannt war", gab Kiz zu bedenken.

„Nichts dagegen einzuwenden. Was ist dir beim Aktenlesen sonst noch aufgefallen?"

„Nur was da stand."

„Mir fällt dazu ein, dass das Mädchen gemischtrassig war. Dann nimm noch den Einbruch dazu, von dem die Tatwaffe stammt – das Opfer war Jude. Er sagte, er wäre bedroht worden. Deshalb hätte er sich die Waffe zugelegt."

„Das sollten wir auf jeden Fall im Auge behalten."

„In der Mordakte wurde es mit keinem Wort erwähnt …"

Ein paar Minuten aßen sie schweigend weiter.

„Was ist mit Green und Garcia?", fragte Kiz schließlich. „Welche Note würdest du ihnen geben?"

„Vielleicht befriedigend – mit einem gewissen Wohlwollen. Sie haben Fehler gemacht, viel Zeit verloren. Danach scheinen sie aber wieder aufgeholt zu haben. Und du?"

„Genauso. Sie haben eine brauchbare Mordakte zusammengestellt, auch wenn viel davon nur Show ist. Als ob sie von Anfang an gewusst hätten, dass sie den Fall nie lösen würden, aber trotzdem den Eindruck erwecken wollten, nichts unversucht gelassen zu haben."

Bosch nickte. „Wir müssen mit ihnen und den Eltern reden. Außerdem brauchen wir ein Foto von Mackey aus der Zeit, als er achtzehn war."

„Ich schlage vor, mit den Eltern warten wir noch. Ich will so viel wie möglich wissen, bevor wir sie nach siebzehn Jahren wieder damit konfrontieren."

„Dann sollten wir vielleicht mit dem Bewährungshelfer anfangen. Mackeys Frist lief erst vor einem Jahr ab. Wahrscheinlich waren sie in Van Nuys für ihn zuständig."

„Gut. Wir könnten gleich hinfahren und dann rübergehen und bei Garcia vorbeischauen. Er ist inzwischen Commander des Valley Bureau."

Das hieß, er war stellvertretender Leiter der fünf Polizeidienststellen des San Fernando Valley, darunter auch der Devonshire Division, in der er Jahre zuvor im Fall Lost ermittelt hatte.

„Im Büro des Chief", fuhr Kiz fort, „war jeder der Assistenten als eine Art Verbindungsoffizier für eins der vier Büros zuständig. Ich hatte zum Beispiel das Valley. Deshalb habe ich sogar hin und wieder mit Commander Garcia gesprochen."

„Ich weiß, ich habe eine Partnerin mit weitreichenden Beziehungen."

In gespieltem Ärger schüttelte sie den Kopf. „Die Arbeit im sechsten Stock hat mir einen guten Überblick über das LAPD verschafft und darüber, wie es funktioniert."

„Oder nicht funktioniert. Da fällt mir ein, als ich vorhin Kaffee holen war, bin ich Irving über den Weg gelaufen."

„Was ist passiert? Was hat er gesagt?" Kiz klang besorgt.

„Er hat mich mit einem runderneuerten Reifen verglichen und gemeint, dass ich kaputtgehen und den Chief mit ins Verderben reißen würde, weil der mich zurückgeholt hat. Und dann steht Meister Proper bereit, um die vakante Stelle zu füllen."

„Mein Gott, Harry! Da bist du noch nicht einen Tag zurück im Dienst und schon hast du dich wieder mit Irving angelegt?"

Bosch breitete die Arme aus. „Ich war nur Kaffee holen. Und er war zufällig auch da. *Er* kam auf *mich* zu. Ich habe mich nur um meinen Kram gekümmert. Ehrenwort."

Sie senkte den Kopf und aß weiter, ohne etwas zu erwidern. Dann ließ sie ihr Kotelett nur zur Hälfte gegessen auf dem Teller liegen. „Mir ist der Appetit vergangen. Lass uns gehen."

Nachdem sie bezahlt hatten, stiegen sie in Boschs schwarzen Mercedes-Geländewagen.

„Nimm Irving bitte nicht auf die leichte Schulter. Sei sehr vorsichtig."

„Vorsichtig bin ich doch immer, Kiz, und auf die leichte Schulter habe ich diesen Mann nie genommen."

„Ich will damit nur sagen, dass er bei der Besetzung des Spitzenpostens zweimal übergangen wurde. Vielleicht schreckt er inzwischen vor nichts mehr zurück."

„Schon klar, aber weißt du, was ich nicht verstehe? Warum hat ihn der Chief nicht abserviert, als er herkam? Warum nicht reinen Tisch machen?"

„Irving ist über vierzig Jahre bei der Polizei. Er hat Beziehungen, die über das LAPD hinaus bis ins Rathaus reichen. Und er weiß, wo eine Menge Leichen begraben sind. Solange der Chief nicht sicher war, dass eine solche Maßnahme keine Rückwirkungen hätte, konnte er nichts gegen ihn unternehmen."

Sie schwiegen. Am frühen Nachmittag herrschte auf dem Weg ins Valley wenig Verkehr. Sie hatten bei einer früheren Gelegenheit beschlossen, abwechselnd ihre Privatautos zu benutzen. Es war zwar ein Dienstwagen für sie genehmigt worden, aber beiden war klar, dass es Monate dauern würde, bis sie einen fahrbaren Untersatz bekämen. Die Genehmigung war lediglich die schriftliche Bestätigung, die sie benötigten, um sich das Kilometergeld erstatten zu lassen.

„Ich weiß, du machst dir nicht nur meinetwegen Sorgen", sagte Bosch schließlich. „Du hast dich für mich eingesetzt und den Chief überredet, mich zurückzuholen. Du brauchst dir keine Sorgen zu machen, Kiz. Ich weiß, welche Chance ich bekommen habe. Ich werde keinen Mist bauen."

ZWANZIG MINUTEN später betraten sie das Amt für Bewährungshilfe in Van Nuys. Es war ein Ort, an dem Verzweiflung, Erniedrigung und Wut greifbar in der Luft lagen.

Thelma Kibble, die Bewährungshelferin, der man Roland Mackey nach seiner Verhaftung vor zwei Jahren zugeteilt hatte, war von mittlerer Größe, und ihre Augen hoben sich hell gegen ihre dunkelbraune Haut ab. Bosch und Kiz stellten sich als Detectives des Morddezernats vor.

„Wir würden gern einen Blick in die Akte Roland Mackey werfen", erklärte Kiz. „Es ging um Erregung öffentlichen Ärgernisses vor zwei Jahren. Eine Bewährungsfrist von zwölf Monaten."

„Ach so, kein Aktueller. Dann muss ich die Akte aus dem Archiv holen. Aber ich erinnere mich. Roland Mackey, mit dem war es ganz amüsant."

„Inwiefern?"

„Sagen wir mal, er hatte gewisse Probleme damit, sich bei einer farbigen Frau zu melden. Und jetzt hole ich die Akte."

Nach ein paar Minuten war sie wieder zurück.

„Hier ist sie. Aber wenn Sie mir auch noch Fragen über den Kerl stellen wollen, tun Sie das lieber gleich. In fünf Minuten habe ich einen Termin."

„Also dann, was wissen Sie noch über Mackey?", fragte Bosch. „Haben Sie einen Blick in die Akte geworfen?"

„Ja, auf dem Weg hierher zurück. Er war nur ein nerviger Würstchenschwenker. Ein kleiner Drogenbenutzer, der rassistische Ideen aufgeschnappt hatte. Nichts Besonderes."

„Die Erregung öffentlichen Ärgernisses war Exhibitionismus?"

„Wenn Sie's in der Akte nachlesen, werden Sie feststellen, dass sich unser Freund mit Speed und Alkohol zudröhnte und dann auf die Idee kam, sich in einem Vorgarten zu erleichtern. Wie der Zufall es wollte, wohnte dort ein 13-jähriges Mädchen, das gerade vor dem Haus Basketball spielte. Mr Mackey dachte sich: Nachdem du dein Ding schon mal rausgeholt hast, kannst du die Kleine auch gleich fragen, ob sie nicht einen Blick darauf werfen will. Habe ich übrigens schon erwähnt, dass ihr Vater beim LAPD ist und zufällig zu Hause war? Er kam raus und warf Mr Mackey zu Boden."

„Und der ließ sich auf eine außergerichtliche Regelung ein."

„Ganz genau. Er bekam eine Bewährungsstrafe und erklärte sich damit einverstanden."

„Irgendwelche Probleme während seiner zwölf Monate?"

„Abgesehen von dem Problem, das er mit mir hatte, nicht."

Der Ordner enthielt Einzelheiten über Mackeys vorherige Straftaten und sein Leben, darunter auch Fotos, die bei früheren Festnahmen gemacht worden waren. Diese Akte würde ihre wichtigste Informationsquelle über den Gesuchten sein.

„Könnten wir sie kopiert bekommen?", bat Bosch. „Wenn's geht, würden wir uns auch gern eins dieser frühen Fotos borgen."

„Sie beide rollen einen alten Fall auf, wie?"

„Ja, er liegt schon sehr weit zurück."

Thelma Kibble nickte nachdenklich. „Mich kann hier ja nichts mehr überraschen. Aber so wie ich diesen Mackey in Erinnerung habe, hatte er nichts von einem Killer an sich. Das ist ein Mitläufer, kein Macher."

„Das stimmt durchaus mit unserer Einschätzung überein. Wir sind keineswegs sicher, dass er es war. Wir wissen nur, dass er etwas damit zu tun hatte."

„Sie können gern ein Foto ausleihen, solange Sie es mir wieder zurückgeben. Ich muss die Akte beisammenhalten. Leute wie Mackey haben es so an sich, wieder zu mir zurückzukommen, wenn Sie wissen, was ich meine."

Als sie im Bewährungsamt fertig waren, gingen Kiz und Bosch über die Straße zum Van Nuys Civic Center. Vor der Bibliothek setzten sie sich auf eine Bank. Ihren nächsten Termin hatten sie mit Arturo Garcia, aber es war noch Zeit, und sie wollten sich zuerst die Akte des Amts für Bewährungshilfe ansehen.

Sie enthielt ausführliche Schilderungen der Straftaten, derentwegen Mackey seit seinem 18. Lebensjahr festgenommen worden war, außerdem einen regelmäßig ergänzten Lebenslauf. Kiz gab Bosch die Festnahmeprotokolle, sie selbst nahm sich die Vita vor. Doch er war kaum dazu gekommen, sich einem Einbruchsfall zuzuwenden, als sie seine Lektüre unterbrach.

„Er hat im Sommer 88 an der Chatsworth High seinen GED-Abschluss gemacht. Das siedelt ihn also direkt in Chatsworth an."

„Wenn er den allgemeinen Schulabschluss auf dem zweiten Bildungsweg gemacht hat, muss er vorher von irgendeiner Schule geflogen sein. Steht da vielleicht, von welcher?"

„Nein, nichts. Nur dass er in Chatsworth aufwuchs. Zerrüttete Familienverhältnisse. Schlechter Schüler. Er kam nie aus der Gegend raus. Jeder Wohnsitz befindet sich im Valley, der letzte bekannte in Panorama City. Wie bei der AutoTrack-Suche. Wenn die Adresse allerdings auch hier drinsteht, ist sie vermutlich nicht mehr aktuell."

Bosch nickte. Jeder, der so oft durch die Mühlen des Strafvollzugssystems gewandert war wie Mackey, wusste, dass man gut daran tat, sofort umzuziehen, wenn eine Bewährungsfrist abgelaufen war. Sie würden zwar zu der Adresse in Panorama City fahren, um nachzusehen, aber Bosch war klar, dass Mackey nicht da wäre. Egal wohin er gezogen war – er hatte in seinen Anträgen bei den Stadtwerken nicht seinen richtigen Namen angegeben und auch seinen Führerschein oder seine Kfz-Zulassung nicht erneuern lassen. Er war untergetaucht.

„Hier steht, dass er den Wayside Whities angehörte", verkündete Kiz bei weiterer Lektüre.

„Das wundert mich nicht."

Die Wayside Whities waren eine Gefängnisgang gewesen, die jahrelang im Wayside Honor Rancho im Norden des Verwaltungsbezirks bestanden hatte. In den Bezirksgefängnissen setzten sich die Gangs normalerweise nach Rassenzugehörigkeit zusammen. Das war eine entscheidende Überlebensstrategie.

„Was ist mit besonderen Kennzeichen? Irgendwelche Tätowierungen?"

„Ja, Tattoos", bestätigte Kiz, während sie weiterlas. „Auf einem Bizeps hat er seinen Namen stehen und auf dem anderen den eines Mädchens, schätze ich. RaHoWa."

Zum ersten Mal spürte Bosch ein leichtes Prickeln, das ihm anzeigte, dass an seiner Theorie etwas dran sein könnte.

„Das ist kein Name", erklärte er. „Das ist die Abkürzung für *Racial Holy War*, heiliger Rassenkrieg. Die ersten zwei Buchstaben jedes Wortes. Der Kerl scheint mit dieser Szene verbandelt zu sein. Ich glaube, Garcia und Green haben diesen Aspekt übersehen."

„Sieh dir das an!", rief Kiz aufgeregt. „Er hat auch die Zahl 88 auf seinen Rücken tätowiert."

„Noch so ein verschlüsseltes Kürzel. Ich hatte mal einen von diesen Fällen mit weißen Rassisten. In dieser Szene steht 88 für HH, weil H der achte Buchstabe des Alphabets ist. 88 ist gleich HH ist gleich Heil Hitler."

„Aber auch das Jahr 1988 könnte etwas damit zu tun haben."

„Vielleicht tut es das ja auch. Steht da was über irgendwelche Jobs drin?"

„Wie es aussieht, fährt er Abschleppwagen. Hier stehen drei ehemalige Arbeitgeber – lauter Abschleppdienste."

„Sehr gut. Das ist schon mal ein Anfang."

Bosch blickte wieder auf das Festnahmeprotokoll, das er vor sich hatte. Es ging um einen Einbruch in das Kassenhäuschen eines Autokinos. Mackey hatte sich schuldig bekannt und war zu 67 Tagen Haft und zwei Jahren Bewährung verurteilt worden. Der nächste Bericht befasste sich mit einer Festnahme wegen Körperverletzung, die einen Verstoß gegen die Bewährungsauflagen dargestellt hatte. Bosch wollte gerade zu lesen anfangen, als Kiz ihm den Packen Fotokopien aus der Hand nahm.

„Zeit für unseren Termin bei Garcia", sagte sie. „Sein Sergeant meinte, wenn wir uns verspäten, werden wir ihn verpassen."

Sie standen auf und gingen auf die Van Nuys Division zu.

„1990 wurde Mackey wegen eines Einbruchs im heute abgerissenen ‚Pacific-Autokino' geschnappt", erzählte Bosch. „Das war an der Ecke Winnetka und Prairie, nur fünf oder sechs Häuserblocks von der Stelle entfernt, wo zwei Jahre zuvor die Mordwaffe im Fall Lost gestohlen wurde. Zwei Einbrüche in unmittelbarer Nachbarschaft. Er arbeitet gern in der Gegend. Ich glaube, er hat die Waffe gestohlen. Oder zumindest befand er sich in Begleitung der Person, die sie gestohlen hat."

Kiz nickte und sie gingen die Treppe zum Eingang der Polizeistation hinauf. Zu den Büros des Valley Bureau Command im zweiten Obergeschoss nahmen sie den Lift.

DREI

Commander Arturo Garcia trug Uniform. Er hatte stahlgraues Haar, einen buschigen Schnurrbart und strahlte Selbstvertrauen aus. „Kommen Sie rein, Detectives, und nehmen Sie Platz."

Sie setzten sich auf die Stühle vor seinem Schreibtisch.

„Vielen Dank, dass wir so schnell einen Termin bekommen haben." Sie hatten beschlossen, dass Kiz das Reden übernehmen solle, denn aufgrund ihrer Tätigkeit im Büro des Polizeichefs kannte sie Garcia besser.

„Na, wenn Raub und Mord ruft, muss das schon drin sein."

„Wir gehören eigentlich Offen-Ungelöst an", präzisierte Kiz.

Garcia verging das Lächeln. Kiz hatte den Termin mit einer Assistentin vereinbart und nicht durchblicken lassen, an welchem Fall sie arbeiteten.

„Becky Lost", sagte der Commander.

Kiz nickte. „Woher wussten Sie das?"

„Weil ich es war, der Ihren Chef im Parker Center angerufen und ihm gesagt hat, dass es DNA zu diesem Fall gibt."

„Meinen Sie Detective Pratt?"

„Genau, Pratt. Unmittelbar nach Gründung Ihrer Einheit rief ich ihn an und sagte ihm: ‚Nehmen Sie sich mal Becky Lost vor, 1988.' Und? Sie haben eine Übereinstimmung, stimmt's?"

„Eine sehr gute Übereinstimmung."

„Wer? Jemand aus dem Restaurant, oder?"

Das ließ Bosch stutzen. Die Mordakte enthielt zwar Vernehmungsprotokolle von Personen, die in Robert Losts Restaurant gearbeitet hatten, aber nichts, was auf ein Verdachtsmoment hindeutete.

„Leider nein", antwortete Kiz. „Die DNA stammt von einem gewissen Roland Mackey."

Garcia runzelte die Stirn.

„Sagt Ihnen dieser Name etwas, Commander?"

„Nein, mir kommt er nicht bekannt vor, aber das alles ist ja auch schon sehr lange her. Sein Blut war an der Waffe, richtig?"

„So ist es. Konkret haben wir Folgendes: Er ist vorbestraft und könnte für den Einbruch infrage kommen, bei dem die Tatwaffe gestohlen wurde. Wir sind in der Lage, ihn mit der Waffe in Verbindung zu bringen. Aber wir suchen noch nach der Verbindung zu dem Mädchen."

„Haben Sie schon mit den Eltern gesprochen?"

„Noch nicht. Sind Sie mit ihnen in Verbindung geblieben?"

„Anfangs ja. Aber als ich zum Lieutenant befördert wurde und wieder zum Streifendienst zurückkam, musste ich den Fall abgeben. Danach verlor ich den Kontakt zu ihnen. Es war hauptsächlich die Mutter, mit der ich zu tun hatte. Der Vater hat das Ganze nicht verkraftet. Er zog aus, begann zu trinken. Dann verlor er das Restaurant. Als Letztes hörte ich, dass er auf der Straße lebt."

„Wieso dachten Sie, es wäre jemand aus dem Restaurant gewesen?"

„Keine Ahnung. Es war eher ein Gefühl. Irgendwas an dem Fall war eigenartig."

„Inwiefern?"

„Sie haben doch sicher die Mordakte gelesen. Zum Beispiel wurde Becky nicht vergewaltigt. Sie wurde den Hang hinaufgetragen, und es sollte wie Selbstmord aussehen. In Wirklichkeit war es eine Hinrichtung. Irgendjemand, der sie kannte, wollte ihren Tod."

„Glauben Sie, es hatte was mit der Schwangerschaft zu tun?"

„Wir dachten, es hinge damit zusammen, aber einen konkreten Anhaltspunkt konnten wir dafür nicht finden."

„MWL – Sie haben nicht herausgefunden, wer damit gemeint war?"

Garcia sah Kiz verständnislos an.

„Diese Abkürzung, die Rebecca in ihrem Tagebuch verwendete. ‚Meine wahre Liebe', wissen Sie noch?"

„Ach ja, die Initialen. Es war wie eine Art Code. Wir haben nicht herausbekommen, wer damit gemeint war. Suchen Sie das Tagebuch?"

„Der ganze Beweismittelkarton ist verschwunden."

Garcia schüttelte den Kopf. „Das überrascht mich nicht sonderlich. So was passiert ständig. Aber trotzdem, wenn der Karton wiederauftauchen sollte, wird das Tagebuch nicht drin sein."

„Warum nicht?"

„Weil ich es der Mutter zurückgegeben habe. Die arme Frau. Ich habe sie besucht, bevor ich versetzt wurde, ungefähr ein Jahr nach dem Mord. Sie ließ mich in Beckys Zimmer sehen. Es war noch genauso wie in der Nacht, in der sie entführt wurde."

Bosch lehnte sich räuspernd vor und ergriff das Wort. Er stellte Garcia noch einmal die gleiche Frage wie Kiz. „Als wir sagten, wir hätten eine DNA-Übereinstimmung, war Ihr erster Gedanke, es wäre jemand aus dem Restaurant gewesen. Warum?"

„So ein Gefühl eben. Der Vater war irgendwie nicht ganz koscher."

„Inwiefern?", fragte Kiz.

Bevor Garcia antworten konnte, kam ein uniformierter Adjutant in das Büro. „Commander? Es sind jetzt alle im Besprechungszimmer."

„Danke, Sergeant. Ich komme gleich."

„Wieso fanden Sie ihn nicht ganz koscher?", hakte Kiz nach.

„Begründen kann ich es nicht. Er war zu still. Er wurde nie wütend, schrie nie rum – immerhin hatte jemand seine Tochter umgebracht."

Da wusste Bosch, was er von Arturo Garcias Riecher zu halten hatte. Seine eigene Erfahrung aus Hunderten von Mordfällen sagte ihm, dass man nach solchen Reaktionen überhaupt nicht gehen konnte. Einmal hatte sich einer von denen, die am lautesten geschrien hatten, als der Mörder entpuppt.

Boschs Geringschätzung von Garcias Riecher bezog die Person des Commander mit ein. Garcia und Green waren zunächst einige Fehler unterlaufen, dann jedoch hatten sie die Ermittlungen wie nach dem Lehrbuch durchgezogen. Das ging aus der Akte hervor. Inzwischen vermutete Bosch, dass das, was sie gut gemacht hatten, auf Greens Konto ging.

„Wie lange waren Sie beim Morddezernat?"

„Drei Jahre."

„Die ganze Zeit bei der Devonshire Division?"

„Ja."

Bosch rechnete kurz nach. Garcia hatte vermutlich allenfalls in ein paar Dutzend Mordfällen ermittelt. Nicht sehr viel Erfahrung.

„Und Ihr Partner? Haben Sie noch Kontakt zu ihm?"

„Nein, er ist tot. Hatte sich zur Ruhe gesetzt. Seine Pistole hätte er allerdings lieber hierlassen sollen."

„Selbstmord?"

Garcia nickte.

Bosch blickte zu Boden. Es war nicht Greens Tod, der ihn betroffen machte, sondern der Verlust der Verbindung zu dem Fall.

„Was ist mit dem rassistischen Hintergrund?" Wieder missachtete Bosch die Rolle, die Kiz bei der Gesprächsführung spielen sollte.

„In diesem Fall?", fragte Garcia zurück. „Ich sehe da keinen."

„Eltern unterschiedlicher Rassen, gemischtrassiges Kind, die Tatwaffe stammte von einem Einbruch bei einem Mann, der wegen seiner Religionszugehörigkeit bedroht wurde."

„Ein bisschen weit hergeholt. Liegt denn bei diesem Mackey etwas in der Richtung vor?"

„Möglicherweise."

„Tja, wir besaßen nicht den Vorteil, einen konkreten Verdächtigen zu haben. Jedenfalls war für uns damals kein solcher Zusammenhang erkennbar."

Garcia betonte das mit Nachdruck, und Bosch erkannte, dass er einen wunden Punkt getroffen hatte. Es gefiel dem Commander nicht, dass da jemand im Nachhinein schlauer zu sein glaubte als er. Kein Detective mochte das. Nicht mal ein unerfahrener.

„Das hört sich so an, als wüssten wir jetzt alles besser, weil wir diesen Kerl als Anhaltspunkt haben", warf Kiz hastig ein. „Aber es ist nur ein Punkt, dem wir nachgehen."

Garcia schien besänftigt. „Verstehe. Sie lassen nichts unversucht." Er stand auf. „Tut mir leid, dass ich Schluss machen muss. Früher habe ich Leute hinter Gitter gebracht. Jetzt sitze ich in Besprechungen."

Genau das hast du auch verdient, dachte Bosch.

„Seien Sie doch so gut", fuhr Garcia fort, „und geben Sie mir Bescheid, wenn Sie diesen Kerl fassen. Darauf warte ich seit siebzehn Jahren."

„Kein Problem, Sir", versprach Kiz. „Machen wir."

„Da ist noch etwas, worum wir Sie bitten müssen", sagte Bosch.

Garcia sah ihn an. „Was denn noch, Detective? Ich muss jetzt wirklich zu dieser Besprechung."

„Möglicherweise werden wir versuchen, den Vogel mit einer Zeitungsmeldung aufzuscheuchen. Es wäre gut, wenn sie von Ihnen käme. Sie wissen schon, ein ehemaliger Mordermittler, mittlerweile zum Commander aufgestiegen, dem dieser alte Fall keine Ruhe lässt. Er ruft bei Offen-Ungelöst an und bittet um eine Überprüfung der DNA. Und siehe da, sie landen einen kalten Treffer."

Garcia nickte.

Bosch entging nicht, dass der Commander sich wie erhofft geschmeichelt fühlte.

„Ja, das könnte gehen. Rufen Sie mich einfach an, dann arrangieren wir etwas. Bei der *Daily News* vielleicht? Da kenne ich ein paar Leute. Das ist die Zeitung fürs Valley."

„Das wäre in etwa, was wir uns vorgestellt haben."

„Gut. Sagen Sie mir einfach Bescheid. Aber jetzt muss ich wirklich los." Rasch verließ Garcia das Büro.

Kiz und Bosch gingen zum Aufzug und stiegen ein. Sonst war niemand in der Kabine. Kaum hatte sich die Tür geschlossen, legte Kiz los.

„Um eines klarzustellen, Harry: Entweder sind wir Partner, oder wir sind es nicht. Du hättest mir sagen sollen, dass du ihm das vorschlagen willst. Wir hätten erst darüber reden sollen."

Bosch nickte. „Du hast Recht. Es wird nicht wieder vorkommen."

DIE HILLSIDE PREPARATORY SCHOOL war ein Bau im spanischen Stil, der sich an die Hügel von Porter Ranch schmiegte. Das Schulgelände war geprägt von herrlichen grünen Rasenflächen und den imposanten Bergen, die sich dahinter erhoben.

Im Sekretariat zeigte Bosch seine Dienstmarke und erklärte, sie müssten nachprüfen, ob ein Roland Mackey in Hillside zur Schule gegangen sei. Die Sekretärin verschwand in ein Büro, und kurz darauf kam ein Mann heraus.

Seine auffälligsten Merkmale waren ein basketballgroßer Bauch und eine dicke, von buschigen Augenbrauen beschattete Brille.

„Ich bin Gordon Stoddard, der Schulleiter. Mrs Atkins sagt, Sie sind von der Polizei? Ich lasse sie den Namen bereits für Sie nachsehen. Bekannt kommt er mir allerdings nicht vor, obwohl ich schon fünfundzwanzig Jahre hier bin. Wissen Sie, wann genau er hier zur Schule gegangen ist?"

Bosch war überrascht. Stoddard sah aus wie Mitte vierzig.

„Das müsste in den Achtzigerjahren gewesen sein. Das ist schon einige Zeit her, um sich noch an ihn zu erinnern."

„Gewiss, aber ich war nicht fünfundzwanzig Jahre lang Schulleiter. Erst war ich Lehrer. Ich habe Naturwissenschaften unterrichtet."

„Erinnern Sie sich noch an Rebecca Lost?", erkundigte sich Kiz.

Stoddard erbleichte. „Allerdings. Ich hatte sie in Physik und Chemie. Ist das der Grund, weshalb Sie hier sind? Haben Sie diesen Mackey festgenommen? War er es?"

„Wir rollen den Fall neu auf, und in diesem Zusammenhang ist sein Name aufgetaucht. Das ist alles", antwortete Bosch rasch.

„Haben Sie die Gedenktafel gesehen?", fragte Stoddard. „Ihre Mitschüler haben Geld gesammelt und sie im Flur anbringen lassen."

„Die haben wir übersehen. Aber wir werden sie uns anschauen, wenn wir gehen."

„Es sind noch mehrere Lehrer hier, die Rebecca als Schülerin hatten. Eine, Mrs Sable, war sogar ihre Klassenkameradin und kam dann zurück, um hier zu unterrichten. Bailey war übrigens eng mit ihr befreundet."

Bosch sah Kiz an, die ihre Augenbrauen hochzog. Eine der drei Freundinnen, mit denen Becky Lost zwei Tage vor ihrem Verschwinden gemeinsam übernachtet hatte, hieß Bailey Koster.

„Ist sie heute hier?", fragte Bosch. „Könnten wir mit ihr sprechen?"

Stoddard sah zu der Wanduhr neben dem Schalter. „Im Moment hat sie noch Unterricht, aber in zwanzig Minuten ist die Schule aus. Dann können Sie bestimmt mit ihr sprechen."

Die Sekretärin erschien hinter dem Schulleiter. „Wir haben nichts über einen Schüler namens Roland Mackey."

„Mr Stoddard, gibt es Jahrbücher aus den späten Achtzigern, die wir uns ansehen könnten, während wir auf Mrs Sable warten?", erkundigte sich Bosch.

„Aber natürlich. Ich bringe Sie in die Bibliothek."

Auf dem Weg dorthin zeigte ihnen der Direktor die Gedenktafel für

Rebecca, auf der außer Namen sowie Geburts- und Todesdatum das jugendliche Versprechen stand: WIR WERDEN IMMER AN DICH DENKEN.

In der Bibliothek verschwand Stoddard zwischen den Regalen und kam mit drei Jahrbüchern zurück, die er auf einen Tisch legte. Es waren die Bände von 1986, 1987 und 1988.

„Das sind die letzten drei Jahre", flüsterte Stoddard. „Sie war von der ersten Klasse an hier. Wenn Sie also auch frühere Jahrgänge einsehen wollen, sagen Sie es mir einfach."

Bosch schüttelte den Kopf. „Nein danke, vorerst genügt uns das."

„Gut, dann lasse ich Sie jetzt mal allein."

„Ach, könnten Sie uns vielleicht noch sagen, wo sich Mrs Sables Klassenzimmer befindet?"

Stoddard nannte ihnen die Nummer des Zimmers und beschrieb, wie sie von der Bibliothek dorthin kämen. Dann verabschiedete er sich.

Kiz nahm das Jahrbuch von 1988 und Bosch griff nach dem von 1986. Er rechnete nicht damit, etwas Brauchbares darin zu finden, nachdem klar war, dass Mackey die Hillside Prep nicht besucht hatte. Er hatte sich schon damit abgefunden, dass die Verbindung zwischen Mackey und Becky Lost – falls überhaupt eine bestand – woanders zu finden wäre.

Er rechnete kurz nach und blätterte dann im Jahrbuch, bis er zu den Fotos der achten Klasse kam. Er hatte Beckys Bild rasch gefunden. Sie trug Zöpfe und eine Zahnspange. Auf allen Fotos stand sie entweder in der hinteren Reihe oder auf der Seite.

Kiz ließ sich mit dem Jahrbuch von 1988 mehr Zeit. Einmal deutete sie auf ein Foto des jungen Gordon Stoddard, der damals schlanker und kräftiger ausgesehen hatte. „Sieh dir das mal an. Niemand sollte alt werden."

„Und jeder sollte die Chance dazu kriegen."

Bosch nahm sich das Jahrbuch von 1987 vor und stellte fest, dass die Fotos von Becky jetzt ein Mädchen zeigten, das aufzublühen schien. Auf den Gruppenfotos war sie nach vorn und in die Mitte gerückt. Bosch blätterte noch ein paar Seiten weiter, dann klappte er das Buch zu.

„Nichts?", fragte Kiz.

„Nichts Brauchbares. Aber es kann nicht schaden, sie zu sehen, wie sie damals war. In ihrer gewohnten Umgebung. In ihrem Element."

„Ja. Schau dir das mal an, Harry."

Sie drehte das Jahrbuch von 1988 zu ihm herum. Ein Foto oben auf der rechten Seite zeigte einen Jungen und vier Mädchen vor einer Wand. Eins der Mädchen war Becky. Über dem Foto stand SCHÜLERVERTRETUNG. Becky war als Vertreterin der Schülermitverwaltung aufgeführt, Bailey Koster als Klassensprecherin. Becky war auf dem besten Weg gewesen, eine attraktive und selbstbewusste junge Frau zu werden.

„Sie wäre der Schwarm aller Jungen geworden", meinte Bosch.

„Vielleicht war sie es ja schon und hat sich den Falschen ausgesucht."

„Sonst noch was da drin?"

„Schau selbst."

Auf zwei anderen Seiten waren Fotos von einer Frankreichreise der Kunst-AG im Sommer davor abgebildet. Etwa zwanzig Schüler und Schülerinnen sowie mehrere Erwachsene waren vor Notre-Dame und im Hof des Louvre zu sehen.

Kiz zeigte auf Rebecca. „Sie war mit in Frankreich. Sie könnte dort jemand kennen gelernt haben."

Die Schulglocke ertönte und beendete für diesen Tag den Unterricht. Bosch und Kiz ließen die Jahrbücher auf dem Tisch liegen und folgten Stoddards Wegbeschreibung zu Bailey Sables Klassenzimmer.

Durch die offene Tür sahen sie eine Frau an einem Pult sitzen. Bailey Sable hatte kaum noch Ähnlichkeit mit der Klassensprecherin, deren Foto sie im Jahrbuch gesehen hatten. Ihr Haar war dunkler und kürzer, ihr Körper breiter und schwerer. Sie trug eine Brille. Bosch wusste, sie war 32 oder 33, aber sie sah älter aus.

„Kann ich etwas für Sie tun?", fragte sie, als sie die beiden erblickte.

„Möglicherweise. Wir sind von der Polizei. Mein Name ist Harry Bosch, und das ist Kizmin Rider. Wir wollen Ihnen ein paar Fragen über Becky Lost stellen."

„O mein Gott!", entfuhr es ihr. „Haben Sie herausgefunden, wer …?"

„Wir rollen den Fall neu auf." Er holte das Karteifoto aus der Bewährungsakte aus seiner Tasche, das Mackey als 18-jährigen Autodieb zeigte. „Es wurde vor siebzehn Jahren aufgenommen. Könnte das jemand sein, mit dem Sie oder Becky damals etwas zu tun gehabt haben?"

„Ist er der Mörder?"

„Das wissen wir nicht. Wir versuchen lediglich festzustellen, ob es zwischen Becky und ihm eine Verbindung gab."

„Es fällt mir schwer, mich an Gesichter von Fremden zu erinnern."

„Dann ist es also eindeutig niemand, den Sie kannten?"

„Nein, eindeutig nicht."

„Können Sie sich vorstellen, dass Becky ihn kannte, ohne dass Sie etwas davon wussten?"

Sie dachte nach. „Schon möglich. Sie wissen ja, dass sich herausstellte, dass sie schwanger gewesen war. Da ich davon nichts wusste, kann es durchaus sein, dass ich auch von ihm nichts wusste. War er der Vater?"

„Das wissen wir nicht. Mrs Sable, wenn Sie damals für Ihre Freundin ein Geheimnis gehütet haben, können wir das sehr gut verstehen. Aber wenn es irgendetwas gibt, was Sie bisher verschwiegen haben, sagen Sie es uns bitte. Das ist wahrscheinlich der letzte Versuch, den jemand unternehmen wird, um dieses Verbrechen aufzuklären."

„Meinen Sie ihre Schwangerschaft? Davon wusste ich leider wirklich nichts. Ich war genauso geschockt wie alle anderen."

„Wenn sich Becky wegen dieser Sache jemandem anvertraut hätte, wären das Sie gewesen?"

„Keine Ahnung. Wir waren zu viert und seit der ersten Klasse zusammen. Im Lauf der Jahre stand eine mal dieser, mal jener näher. Das änderte sich ständig. Aber als Gruppe gehörten wir immer zusammen."

Bosch nickte. „Wer, würden Sie sagen, stand Becky in dem Sommer, in dem sie ermordet wurde, am nächsten?"

„Wahrscheinlich Tara Wood. Sie waren in jener Zeit viel zusammen, weil Beckys Vater in Malibu ein Restaurant hatte und beide dort jobbten."

„Hatte sie was mit jemandem aus dem Restaurant?"

„Nicht dass ich wüsste. Aber ich hatte ja auch keinen Schimmer von ihrer Schwangerschaft. Offensichtlich gab es also jemanden, den sie geheim hielt."

„Was haben Sie in Ihrer Clique denn so alles gemacht, wenn Sie zusammen waren?", fragte Kiz.

„Ach, das Übliche eben. Wir gingen einkaufen und ins Kino."

„Wie war das, bevor Becky im Restaurant anfing? Sie war eine Woche krank, gleich bei Ferienbeginn. Haben Sie sie da besucht oder mit ihr telefoniert?"

„Ja, bestimmt. Das muss die Zeit gewesen sein, als sie die Abtreibung hatte. Ich glaubte damals aber, sie wäre krank."

„Haben Ihnen die Detectives damals auch alle diese Fragen gestellt?"

„Ja, ich denke schon."

„Wohin ginge ein Mädchen aus der Hillside Prep, wenn es schwanger würde? Damals, meine ich. Welche Klinik? Welcher Arzt?"

„Keine Ahnung. Das war eigentlich genauso schockierend wie die Tatsache, dass Becky ermordet worden war. Wir hatten alle das Gefühl, dass wir unsere Freundin gar nicht gekannt hatten."

„Hatte sie Freunde, von denen Sie wussten?“, fragte Bosch.

„Sie hatte einen Freund, doch der zog dann mit seinen Eltern nach Hawaii. Das war aber im Sommer davor. Danach hatte sie das ganze Schuljahr niemanden, mit dem sie zum Tanzen oder zum Sport ging.“

Bosch wusste nicht, ob eine der Auskünfte, die sie erhielten, sie weiterbrächte, aber es war wichtig, das Netz so weit wie möglich auszuwerfen. „Wissen Sie, wo Tara Wood zurzeit lebt?“

Bailey Sable schüttelte den Kopf. „Ich habe keinen Kontakt mehr zu ihr. Mit Grace Tanaka telefoniere ich ab und zu. Sie lebt oben im Norden.“

„Könnten Sie uns ihre Telefonnummer geben?“

„Sicher, ich habe sie sogar hier.“

Sie öffnete eine Schublade und nahm ihre Handtasche heraus. Als die Lehrerin eine Telefonnummer aus ihrem Adressbuch ablas, notierte Kiz sie.

„Sie wohnt in Hayward“, erklärte Bailey Sable. „Eigentlich würde sie gern in San Francisco leben, aber das kann sie sich nicht leisten.“

„Was macht sie beruflich?“

„Sie ist Metallbildhauerin.“

„Heißt sie immer noch Tanaka?“

„Ja. Sie hat nie geheiratet. Sie ... Wie sich herausstellte, ist sie lesbisch. Sie hat es uns nie erzählt. Aber als ich sie mal besuchte, war es offensichtlich.“ Sie schwieg kurz. „Ich denke ständig an Becky. Ich frage mich die ganze Zeit, wer das getan hat und warum sie nie gefunden wurden.“

„Sie?“, hakte Bosch nach. „Warum haben Sie *sie* gesagt?“

„Ich weiß nicht. Er, sie, was auch immer.“

„Mrs Sable, vielen Dank für das Gespräch. Für den Fall, dass Ihnen noch etwas einfällt, gibt Ihnen meine Kollegin eine Karte mit unseren Telefonnummern.“

„Gut.“

Sie schien jetzt in einen Wachtraum versunken. Bosch nahm an, dass sie ihren Erinnerungen an eine Zeit nachhing, in der vier Mädchen die besten Freundinnen gewesen waren und die Zukunft funkelnd wie ein Ozean vor ihnen gelegen hatte.

Die Detectives verabschiedeten sich und gingen noch einmal ins Sekretariat, um zu sehen, ob die Schule eine aktuelle Adresse von Tara Wood hatte, was aber nicht der Fall war. Bosch fragte, ob sie sich das Jahrbuch von 1988 ausleihen könnten, um einige der Fotos zu kopieren, und Stoddard gab sein Einverständnis.

AUF DER Fahrt nach Panorama City saß Bosch am Steuer, und Kiz kümmerte sich um die Akte und das Telefon.

Erwartungsgemäß war Mackey nicht mehr bei dem Abschleppdienst, bei dem er vor Ablauf seiner Bewährungsfrist gearbeitet hatte. Genauso erwartungsgemäß hatte er sich beim Verwischen seiner Spur aber auch nicht sonderlich geschickt angestellt. Kiz gab sich als eine Bekannte von ihm aus, als sie bei zwei Abschleppdiensten anrief, bei denen er in früheren Phasen staatlicher Überwachung gearbeitet hatte, und fand rasch seinen gegenwärtigen Arbeitgeber heraus. Darauf rief sie dort an und erkundigte sich, ob er heute Dienst habe. Wenig später klappte sie das Handy zu.

„Tampa Towing. Seine Schicht beginnt um vier."

Bosch sah auf die Uhr. In zehn Minuten würde Mackey zur Arbeit erscheinen.

„Fahren wir einfach mal vorbei und sehen ihn uns an."

„Und was tun wir, wenn wir ihn uns angesehen haben?"

„Ich weiß auch nicht. Was willst du denn als Nächstes tun, Kiz?"

„Wir sollten mit den Eltern reden, bevor wir diesen Kerl aus der Reserve locken. Lass uns zur Mutter fahren. Zumal wir sowieso schon in der Gegend sind."

Kurz vor vier trafen sie an ihrem Ziel ein. Tampa Towing entpuppte sich als Tankstelle mit einer kleinen Reparaturwerkstatt. Bosch hielt auf dem Parkplatz eines kleinen Einkaufszentrums auf der anderen Straßenseite.

Kurz nach vier fuhr ein dreißig Jahre alter Camaro in die Tankstelle. Bosch erhaschte nur einen flüchtigen Blick auf den Fahrer, aber der genügte ihm, um sicher zu sein. Er beugte sich zum Handschuhfach hinüber, nahm ein Fernglas heraus und spähte hindurch. Mackey stieg aus dem Camaro und ging auf die Werkstatt zu. Die Uniform, die er trug, bestand aus einer dunkelblauen Hose und einem Hemd in einem helleren Blau. Auf einem ovalen Aufnäher über der linken Brusttasche stand RO.

Unter der Hebebühne arbeitete ein Mann mit einem Pressluftschrauber an einem Ford Taurus. Als Mackey die Werkstatt betrat, streckte der Mann mit dem Schrauber den Arm aus und klatschte sich mit Mackey ab, bevor er etwas zu ihm sagte.

„Ich glaube, er erzählt ihm gerade von dem Anruf", berichtete Bosch. „Mackey scheint sich deswegen allerdings keine Sorgen zu machen. Er holt sein Handy raus." Laut las er von Mackeys Lippen ab: „Hey, hast du gerade angerufen?"

Mackey beendete das Gespräch rasch.

„Schätze nicht“, kommentierte Bosch.

Mackey steckte das Handy wieder ein.

„Er hat es nur bei einer Person probiert“, meinte Kiz. „Einen großen Bekanntenkreis scheint er nicht zu haben.“

„Der Name auf seinem Hemd lautet Ro“, erwiderte Bosch. „Wenn ihm sein Kollege erzählt hat, dass der Anrufer nach Roland verlangt hat, könnte er es auf die einzige Person eingeengt haben, die ihn so nennt.“

„Vielleicht sollten wir uns lieber verziehen.“

„Du glaubst doch wohl nicht im Ernst, dass er wegen eines Anrufs gleich denkt, nach siebzehn Jahren könnte jemand hinter ihm her sein?“

„Nein, mir macht viel eher Sorgen, worin er im Moment verwickelt sein könnte. Vielleicht platzen wir gerade mitten in was rein, von dem wir nichts wissen.“

Sie hatte Recht. Bosch ließ den Motor an.

„Dann fahren wir jetzt zu Muriel Lost.“

„Meinst du, wir sollten vorher anrufen?“

„Nein. Lass uns einfach bei ihr klingeln.“

VIER

In zehn Minuten waren sie da. Die Gegend wirkte freundlich und sicher. Der Red Mesa Way war breit, mit einem Bürgersteig auf beiden Seiten und vielen schattenspendenden Bäumen.

Das Haus der Losts war eins der wenigen der im Ranchstil erbauten Gebäude, die ein Obergeschoss hatten. Aus der Mordakte wusste Bosch, dass Beckys Zimmer über der Garage nach hinten hinaus lag.

Nichts deutete darauf hin, dass jemand zu Hause war. Als Bosch auf die Klingel drückte, konnte er einen Glockenton durch das Innere hallen hören.

Eine Frau in einem formlosen blauen Pulli, der ihren eigenen formlosen Körper zu verbergen half, kam an die Tür. Das Rot, in dem ihr Haar gefärbt war, besaß einen zu starken Orangestich. Entweder war ihr das nicht bewusst, oder es war ihr egal. Kaum hatte sie die Tür geöffnet, schoss eine Katze durch die Öffnung in den Vorgarten hinaus.

„Lass dich nicht überfahren, Smoke!“, rief die Frau ihr hinterher. Erst dann sagte sie: „Ja bitte?“

„Mrs Lost?“, fragte Kiz.

„Ja, was gibt’s?“

„Wir sind von der Polizei. Wir würden gern mit Ihnen über Ihre Tochter sprechen."

Sobald Kiz das Wort „Polizei" ausgesprochen hatte und noch bevor sie zu „Tochter" gekommen war, hatte Muriel Lost beide Hände an ihren Mund gerissen, als wäre das der Moment, in dem sie erfuhr, dass ihre Tochter tot war.

„O mein Gott! O mein Gott! Sagen Sie bloß, Sie haben ihn."

„So einfach ist es leider nicht, Ma'am. Dürften wir kurz reinkommen?"

Muriel Lost machte einen Schritt zurück und ließ sie eintreten. Das Wohnzimmer, in das sie geführt wurden, war sauber und ordentlich, aber die Einrichtung war alt und abgenutzt. Es roch nach Katzenurin. Bosch wünschte sich plötzlich, sie hätten die Mutter zur Befragung ins Parker Center gebeten, auch wenn er wusste, dass es ein Fehler gewesen wäre. Es war wichtig, dass sie das Haus sahen.

Sie setzten sich auf die Couch, und Muriel Lost ging hastig zu einem der Sessel auf der anderen Seite des Couchtisches.

„Was ist passiert?", fragte sie angespannt. „Gibt es irgendetwas Neues?"

„Also, die Neuigkeit ist wahrscheinlich, dass wir uns wieder mit dem Fall befassen", antwortete Kiz. „Ich bin Detective Rider, und das ist Detective Bosch. Wir sind von der Einheit Offen-Ungelöst."

Auf der Fahrt hatten sich die beiden abgesprochen, sich den Losts gegenüber mit Informationen zurückzuhalten, solange sie über die Familienverhältnisse nicht mehr wussten.

„Und gibt es irgendetwas Neues?", wiederholte Muriel Lost drängend.

„Ein paar Dinge wären da schon", schaltete sich Bosch ein. „Zunächst einmal sind wir auf dieses Foto gestoßen." Er zog das Bild des 18-jährigen Mackey aus der Tasche und legte es auf den Couchtisch. „Wir dachten, dass Sie diesen Mann vielleicht erkennen."

Ohne eine Reaktion zu zeigen, sah Muriel Lost das Bild an. „Wer ist das?", fragte sie schließlich.

„Sein Name lautet Roland Mackey. Er wurde nach dem Tod Ihrer Tochter mehrmals wegen geringfügiger Vergehen festgenommen."

„Haben Sie Garcia oder Green schon gefragt?"

„Detective Green ist inzwischen im Ruhestand verstorben. Und mit Commander Garcia haben wir zwar gesprochen, aber er konnte uns leider nicht weiterhelfen. Könnte der Mann ein Bekannter Ihrer Tochter gewesen sein?"

„Schon möglich. Aber warum sagen Sie mir nicht, was es mit ihm auf sich hat? Vielleicht hilft das meinem Gedächtnis ja auf die Sprünge."

„Das können wir nicht sagen, weil wir es selbst nicht wissen, Mrs Lost. Wir möchten auch Ihrem Mann das Foto zeigen. Wissen Sie, wo wir ihn finden können?“

Sie schüttelte den Kopf. „Irgendwo im Spielzeugland. Ich habe schon sehr lange nichts mehr von ihm gehört.“

Die meisten Obdachlosenasyle im Zentrum von Los Angeles fanden sich am Rand des so genannten Toy District, mehrere Häuserblocks mit Spielzeugherstellern und -großhändlern sowie einigen Einzelhandelsgeschäften. Es war nicht ungewöhnlich, Obdachlose in den Eingängen von Spielwarenläden schlafen zu sehen. Was ihnen Muriel Lost damit sagen wollte, war, dass ihr Mann in der Welt menschlichen Treibguts verschollen war.

„Glauben Sie, dass Sie alle Freunde Ihrer Tochter kannten?“, fragte Bosch.

„Bis zu dem Morgen, an dem sie verschwand, war ich davon überzeugt. Aber dann erfuhren wir, dass sie Geheimnisse vor uns hatte. Das ist eins der Dinge, die mich am meisten belasten. Ich glaube, alles wäre vielleicht anders gekommen, wenn sie damit zu uns gekommen wäre.“

„Meinen Sie damit die Schwangerschaft?“

Sie nickte. „Nur das Gefühl einer Mutter. Beweise habe ich dafür keine.“

„Commander Garcia erzählte uns, dass er Ihnen vor Jahren das Tagebuch Ihrer Tochter zurückgegeben hat.“

Muriel Lost sah Kiz bestürzt an. „Ich lese jeden Abend darin. Sie werden es mir doch nicht wegnehmen?“

„Wir kopieren es und geben es Ihnen umgehend zurück.“

Die Mutter stand auf und verschwand in einen Flur. Einen Augenblick später kam sie mit einem kleinen Buch zurück, auf dem in goldener Prägeschrift MEIN TAGEBUCH stand, und reichte es Kiz.

„Wenn Sie nichts dagegen haben, Mrs Lost, würden wir uns gern ein bisschen umsehen“, bat Bosch. „Um das, was wir in der Akte gelesen haben, mit den konkreten Gegebenheiten abzugleichen. Vor allem den Hintereingang würde ich mir gern mal ansehen und auch das Gelände hinter dem Haus.“

Mit einer Geste bedeutete sie ihnen, wohin sie gehen mussten. Bosch und Kiz standen auf.

„Hier hat sich einiges geändert“, erläuterte Muriel Lost. „Früher gab es hintenraus keine Häuser. Man konnte einfach den Berg hinaufgehen. Aber jetzt haben sie Terrassen angelegt. An der Stelle, wo meine Kleine gefunden wurde, steht eine Villa. Ich hasse sie.“

Bosch nickte nur und folgte ihr in die Küche. Sie schloss die Tür auf, und alle drei traten ins Freie. Der Garten zog sich einen steilen Hang hinauf zu einem Eukalyptuswäldchen.

Bosch sah sich das Gelände genau an. Laut Obduktionsbefund hatte Becky 43 Kilo gewogen. Doch trotz ihres geringen Gewichts musste es ziemlich mühsam gewesen sein, sie den Hang hinaufzutragen. Bosch dachte daran, dass Bailey Sable „sie“ gesagt hatte, als vom Täter die Rede gewesen war. Er blickte zu Muriel Lost, die mit geschlossenen Augen reglos dastand, und fragte sich, ob das eine Art der Kommunikation mit ihrer verlorenen Tochter war.

Als spürte sie, dass er sie anblickte, meinte sie: „Ich liebe diesen Ort. Ich werde hier nie weggehen.“

„Könnten wir uns jetzt das Zimmer Ihrer Tochter ansehen?“

Sie öffnete die Augen und führte sie in den Flur zurück. Die Treppe befand sich neben der Verbindungstür zur Garage. Bosch erinnerte sich an die Zusammenfassung in der Mordakte, in der die Vermutung geäußert wurde, der Mörder habe sich irgendwo im Haus versteckt und gewartet, bis die Familie schlafen gegangen sei. Am ehesten bot sich dafür die Garage an.

Im ersten Stock gab es zwei Schlafzimmer mit einem Bad dazwischen. Beckys Zimmer war das hintere.

Muriel Lost öffnete die Tür. Als sie hindurchgingen, gerieten sie in eine Zeitschleife. Das Zimmer sah noch genauso aus wie auf den siebzehn Jahre alten Fotos in der Akte. Es war inzwischen länger in seinem damaligen Zustand erhalten, als das Mädchen überhaupt gelebt hatte.

„Genauso sah das Zimmer an dem Morgen aus, an dem sie verschwand“, erklärte Muriel Lost. „Außer dass ich das Bett gemacht habe.“

Bosch sah auf die Decke. Der Volant stand sauber auf dem Boden auf.

„Sie und Ihr Mann schliefen auf der anderen Seite des Hauses?“

„Ja. Rebecca war in dem Alter, in dem sie ihren eigenen Bereich haben wollte. Unten, auf der anderen Seite, sind zwei Schlafzimmer. Ursprünglich hatte sie ihr Zimmer dort unten. Aber mit vierzehn zog sie hier rauf.“

Bosch ging zum Schminktisch. Im Rahmen des Spiegels steckten mehrere Fotos. Auf einem davon erkannte Bosch die junge Bailey Sable. Auch ein Bild von Becky vor dem Eiffelturm war darunter. Und eines von ihr und einem Jungen.

„Wer ist das?“

Muriel Lost trat zu Bosch. „Danny Kotchof. Ihr erster Freund. Es brach ihr das Herz, als er nach Hawaii zog.“

„Wann genau war das?“

„Im Sommer bevor es geschah. Im Juni. Sie hatte gerade ihr erstes Highschool-Jahr hinter sich und er sein zweites. Er war ein Jahr älter. Dannys Vater arbeitete für ein Mietwagenunternehmen und wurde in eine neue Filiale auf Maui versetzt.“

Bosch warf Kiz einen kurzen Blick zu, um zu sehen, ob sie die Bedeutung der Auskunft mitbekam, die Muriel Lost ihnen gerade gegeben hatte. Doch sie schüttelte kaum merklich den Kopf.

„Ging Danny auch auf die Hillside Prep?“, fragte Bosch.

„Ja, dort haben sie sich kennen gelernt.“

„Hat er ebenfalls an der Frankreichreise teilgenommen?“

„Nein, sie waren schon vorher weggezogen. Die Frankreichreise war in der letzten Augustwoche.“

„Hat Ihre Tochter Danny danach noch einmal gesehen oder von ihm gehört?“

„Aber sicher. Sie schrieben sich regelmäßig und telefonierten. Zunächst riefen sie sich gegenseitig an, aber es wurde zu teuer. Dann rief nur noch Danny an. Jeden Abend vor dem Schlafengehen. Das blieb so, bis … bis sie verschwand.“

Bosch nahm das Foto aus dem Spiegelrahmen und sah sich Danny Kotchof genau an. „Wie hat er es erfahren? Wie reagierte er?“

„Wir riefen an und sagten es seinem Vater, damit er es Danny beibrächte. Sie erzählten uns, es habe ihn tief getroffen.“

„Haben Sie oder Ihr Mann auch selbst mit Danny gesprochen?“

„Nein, aber er schrieb mir einen langen Brief über Becky und wie viel sie ihm bedeutete. Er war sehr traurig und sehr rührend.“

Bosch wandte sich vom Spiegel ab und ließ das Foto in seiner Tasche verschwinden. Muriel Lost merkte es nicht.

„Haben Sie diesen Brief noch?“, erkundigte sich Kiz.

„Natürlich. Ich habe alles aufbewahrt.“

„Wir müssten auch diesen Brief von Ihnen ausleihen, Mrs Lost.“

„Warum?“

„Weil wir nichts unversucht lassen wollen. Wir wollen die Person finden, die Ihrer Tochter das angetan hat.“

Bosch fuhr und Kiz las den Brief, der hauptsächlich mit Dannys schönen Erinnerungen an seine ehemalige Freundin gefüllt war.

„Welches Datum hat der Poststempel?“

Kiz drehte den Umschlag um und sah nach. „Maui, 29. Juli 1988."

„Er hat sich mit dem Schreiben Zeit gelassen."

„Vielleicht fiel es ihm schwer. Wieso hast du ihn plötzlich im Visier, Harry?"

„Garcia und Green ließen sich sein Alibi telefonisch bestätigen. In der Akte stand, dass der Vorgesetzte des Jungen sagte, er hätte am Tag des Mordes und an den Tagen danach in einer Leihwagenfirma Autos gewaschen. Keine Zeit, um nach L.A. zu fliegen, Becky umzubringen und rechtzeitig zur Arbeit zurückzukommen."

„Na und?"

„Und jetzt erfahren wir plötzlich, dass sein Vater Geschäftsführer eines Autoverleihs war. In der Mordakte stand davon nichts. Wetten, dass der Vorgesetzte, der dem Sohn das Alibi verschaffte, für den Vater arbeitete? Wir müssen mit Danny Kotchof reden und ihn selbst von der Liste der Verdächtigen streichen."

„Glaubst du etwa, ein Siebzehnjähriger kommt heimlich aus Hawaii, bringt seine Ex um und kehrt dann wieder nach Hause zurück, ohne dass jemand was davon mitkriegt?"

„Vielleicht war es gar nicht so geplant."

„Vergiss aber bitte eins nicht: Wir können zwar Danny mit Becky in Verbindung bringen, und die Tatwaffe bringt Becky mit Mackey in Verbindung. Aber wo ist die Verbindung zwischen Danny und Mackey?"

Das war richtig. Trotzdem hatte Bosch, was Danny Kotchof anging, kein gutes Gefühl.

„Für Muriel Lost ist das Leben gelaufen", wechselte Kiz das Thema. „Sie hätten die Tochter gar nicht extra den Berg raufzuschleppen brauchen. Genauso gut hätten sie gleich jeden in diesem Haus umbringen können. Was sie ja ohnehin getan haben."

„Sie?", wiederholte Bosch. „Du hörst dich an wie Bailey Sable."

„Wenn man sich diesen Hügel so ansieht, muss das für eine Person allein eine ziemliche Plackerei gewesen sein."

„Ja. Genau das Gleiche dachte ich mir auch. Zwei Personen."

„Deine Idee, Mackey aufzuscheuchen, hört sich langsam immer besser an. Wenn er beteiligt war, führt er uns vielleicht auf die Spur des anderen."

In Panorama City angekommen, hielt Bosch vor einer in die Jahre gekommenen Wohnanlage. Mackeys letzte bekannte Adresse.

„Woran denkst du außer Kotchof sonst noch, Harry?"

„Ich würde gern auch mit den zwei anderen Freundinnen reden. Aber an erster Stelle steht für mich der Vater – falls wir ihn finden können. Außerdem Sam Weiss. Ihm gehörte ursprünglich die Tatwaffe. Damals hatten sie den Namen Roland Mackey noch nicht. Deshalb kann es nicht schaden, Weiss danach zu fragen. Und dann müssten wir eigentlich so weit sein, dass wir Mackey aufscheuchen können. Mal sehen, wie er reagiert."

„Dann lass uns das hier mal hinter uns bringen. Und im Anschluss reden wir mit Pratt."

Als sie ausstiegen, spürte Bosch, wie Kiz ihn musterte.

„Da ist doch noch was", bohrte sie. „Wenn du diese kleine Falte an der linken Augenbraue kriegst, weiß ich, dass da noch was im Busch ist."

„Irgendwas ist mit dem Zimmer."

„Findest du es gruselig, dass sie es nicht verändert hat?"

„Nein, das finde ich völlig okay. Es ist was anderes. Etwas, was nicht stimmt. Ich finde es schon noch heraus und dann sage ich dir Bescheid."

„Darin bist du ja gut."

Sie betraten die Wohnanlage. Zehn Minuten später hatten sie bestätigt bekommen, was sie schon beim Hineingehen gewusst hatten: Mackey war ausgezogen, sobald seine Bewährungsfrist abgelaufen war. Eine neue Adresse hatte er nicht hinterlassen.

Abel Pratt saß an seinem Schreibtisch und aß aus einem Plastikbecher eine Mischung aus Joghurt und Cornflakes. Die schmatzenden und knackenden Geräusche, die er dabei machte, gingen Bosch auf die Nerven. Seit zwanzig Minuten setzten sie ihren Chef über ihre Fortschritte bei den Ermittlungen in Kenntnis.

„Sie können die Tatwaffe also mit diesem Mackey in Verbindung bringen", resümierte Pratt beim letzten Löffel. „Er hat sie abgefeuert. Aber Sie haben noch nichts, was ihn mit dem Opfer und dem Todesschuss in Verbindung bringt. Wenn ich Strafverteidiger wäre, würde ich Mackey raten, sich zu dem Einbruch zu bekennen, der ohnehin verjährt ist. Und dann solle er sagen, die Waffe habe ihn gebissen, als er sie ausprobiert habe, und deshalb sei er sie schleunigst wieder losgeworden – lange vor dem Mord."

Kiz und Bosch nickten.

„Sie haben also nichts in der Hand."

Sie nickten wieder.

„Nicht schlecht für einen Tag Arbeit. Was wollen Sie jetzt weiter tun?"

„Eine Telefonüberwachung beantragen", antwortete Bosch. „Auf jeden Fall eine für sein Handy und eine für das Telefon der Tankstelle. Und eine für seine

Wohnung, sobald wir sie gefunden haben. Wir setzen eine Meldung in die Zeitung, dass wir den Fall neu aufrollen, und sorgen dafür, dass er sie zu sehen bekommt. Und dann schauen wir, ob er mit jemandem darüber spricht."

„Und wie kommen Sie darauf, dass er mit jemandem über einen Mord sprechen könnte, den er – vielleicht – vor siebzehn Jahren begangen hat?"

„Weil wir, wie gesagt, bisher keine Verbindung zwischen diesem Kerl und dem Mädchen herstellen konnten. Deshalb glauben wir, dass Mackey es entweder für jemand anders getan oder diesem Jemand die Pistole dafür besorgt hat."

„Und es gibt noch eine dritte Möglichkeit", fügte Kiz hinzu. „Dass er dem Täter geholfen hat. Becky wurde einen steilen Hang hinaufgetragen."

„Und wie stellen Sie sich das mit der Zeitung vor?", wollte Pratt wissen.

„Das lassen wir Commander Garcia vom Valley Bureau machen. Er hat ursprünglich in dem Fall ermittelt. Er sagte, er habe Beziehungen zur *Daily News*."

„Gut. Dann füllen Sie schon mal die Antragsformulare aus und geben Sie sie mir. Sobald wir das Okay eines Richters haben, ziehen wir die anderen Teams von dem ab, was sie gerade tun, und lassen sie die Telefone abhören, während Sie den Kerl observieren."

Die Detectives standen gleichzeitig auf. Bosch spürte, wie sein Herz etwas schneller zu schlagen begann.

DEN SCHREIBKRAM übernahm Kiz. Sie war gut im juristischen Jargon. Deshalb würde sie die Anträge für die richterliche Anordnung zum Abhören der Telefongespräche abfassen, die Mackey führte oder erhielt. Das war mit einigem Aufwand verbunden; sie musste die Verdachtsmomente gegen Mackey darlegen und darauf achten, dass die Kette von logischen und wahrscheinlichen Schlüssen keine Schwachstellen aufwies. Ihr Antrag musste zuerst Pratt überzeugen, dann einen stellvertretenden Bezirksstaatsanwalt, der dafür zu sorgen hatte, dass sich die lokalen Polizeibehörden nicht über die Bürgerrechte hinwegsetzten, und schließlich einen städtischen Richter. Und sie musste es auf Anhieb schaffen.

Aber zuvor galt es, noch eine Hürde zu überwinden. Sie mussten sich Mackeys verschiedene Telefonnummern beschaffen, ohne dass dieser merkte, dass er zum Gegenstand polizeilicher Ermittlungen geworden war.

Den Anfang machten sie bei Tampa Towing. Die Firma hatte eine Anzeige im Branchenfernsprechbuch geschaltet, in der zwei durchgehend besetzte Telefonnummern angegeben waren. Danach stellten sie mittels eines

Anrufs bei der Adressauskunft fest, dass es auf Mackeys Namen keinen Festnetzanschluss gab. Das hieß, entweder hatte er kein Telefon in seiner Wohnung oder er wohnte irgendwo, wo das Telefon auf jemand anders angemeldet war. Aber damit konnten sie sich später befassen.

Am schwierigsten war Mackeys Handynummer. Bei der Adressauskunft hatten sie keine Handynummern. Bei den verschiedenen Mobilfunkanbietern nachzufragen, konnte Tage, wenn nicht Wochen dauern, weil die meisten die Privatnummer eines Kunden nur gegen Vorlage einer gerichtlichen Anordung herausgaben. Deshalb griffen Ermittler auf ein Standardrepertoire bewährter Tricks zurück, wenn sie sich eine bestimmte Nummer beschaffen wollten.

Weil er wusste, dass Mackey gerade in der Tankstelle Dienst hatte, rief Bosch einfach dort an und meldete, er müsse abgeschleppt werden. Er wurde aufgefordert zu warten, dann drang eine Stimme aus dem Hörer, die – wie er annahm – Mackey gehörte.

„Sie brauchen einen Abschleppwagen?“

„Entweder das oder ein Starthilfekabel. Die Kiste springt nicht mehr an.“

„Wo stehen Sie?“

„Auf dem Parkplatz des Einkaufszentrums am Topanga Canyon Boulevard.“

„Was haben Sie für einen Wagen?“

Bosch dachte an das Auto, in dem sie Mackey kurz zuvor gesehen hatten, und beschloss, sich das zunutze zu machen. „Einen 72er-Camaro. Wie heißen Sie übrigens?“

„Ro. Das ist kurz für Roland. Bin schon unterwegs.“

In den nächsten fünf Minuten erklärte Bosch Kiz den Rest seines Plans. Sie hatten zwei Ziele: Mackeys Handynummer und seinen Mobilfunkanbieter herauszufinden, damit die Überwachungsanordnung der richtigen Telefongesellschaft zugestellt werden konnte.

Nun rief Kiz bei der Tankstelle an und schilderte das Quietschen ihrer Bremsen. Derweil wählte Bosch die zweite im Branchenfernsprechbuch angegebene Nummer von Tampa Towing. Wie erwartet, wurde Kiz daraufhin in die Warteschleife gelegt. Als Boschs Anruf entgegengenommen wurde, fragte er: „Haben Sie eine Nummer, unter der ich Ro erreichen kann? Er ist unterwegs hierher, weil ich Startschwierigkeiten hatte, aber jetzt ist die Karre doch angesprungen.“

„Versuchen Sie, ihn auf seinem Handy zu erreichen“, antwortete Mackeys genervter Kollege und gab Bosch die Nummer.

Kiz brachte ihren Anruf zu Ende und wählte dann Mackeys Nummer. Als er dranging – während er vermutlich gerade auf dem Parkplatz nach einem liegen gebliebenen 72er-Camaro Ausschau hielt –, teilte sie ihm mit, sein Mobilfunkanbieter AT&T wolle ihm gern ein fantastisches Angebot unterbreiten, mit dem er erheblich sparen könne.

„Lassen Sie mich bloß in Ruhe!“, fuhr er sie an. „Ich wechsle nicht.“

„Wie bitte, Sir? Ich habe Sie hier als AT&T-Kunden eingetragen. Trifft das denn nicht zu?“

„Nein, das trifft nicht zu, weil ich nämlich bei Sprint und ganz zufrieden mit denen bin. Und jetzt lassen Sie mich in Ruhe!“

Er legte auf und Kiz begann zu lachen. „Scheint ziemlich sauer zu sein, unser Freund.“

„Na ja, er ist ja auch gerade umsonst quer durch Chatsworth gefahren“, entgegnete Bosch. „Da wäre ich auch sauer.“

„Er ist bei Sprint. Dann werd ich mich jetzt gleich mal in den Papierkrieg stürzen. Aber du solltest ihn noch anrufen, damit er keinen Verdacht schöpft, wenn ihm der Typ in der Tankstelle sagt, dass er dir seine Nummer gegeben hat und du dich nicht gemeldet hast.“

Bosch nickte und wählte Mackeys Nummer. Zum Glück war dessen Mailbox dran. Er selbst telefonierte wahrscheinlich gerade wutentbrannt mit dem Mann in der Tankstelle, um ihm zu erzählen, dass er den Wagen, den er abschleppen solle, nicht finden könne. Bosch hinterließ ihm eine Nachricht, dass es ihm leid tue, aber er habe den Wagen doch zum Anspringen gebracht und sei auf dem Heimweg.

Die Detectives besprachen nun ihre weitere Arbeitsteilung und beschlossen, dass Kiz sich am Abend und am kommenden Tag ausschließlich um den Antrag für die Telefonüberwachung kümmern und ihn durch die einzelnen Genehmigungsphasen begleiten solle. Bei der endgültigen Absegnung wollte sie Bosch aber dabeihaben. Der Antrag ginge bestimmt leichter durch, wenn das komplette Team im Richterzimmer erschien. Bis dahin bliebe Bosch weiter im Außeneinsatz, um die restlichen Personen aufzuspüren, mit denen sie noch sprechen wollten, und die Sache mit der Zeitungsmeldung voranzutreiben. Dabei wäre das richtige Timing von entscheidender Bedeutung. Auf keinen Fall durfte der Artikel schon erscheinen, bevor sie die von Mackey benutzten Telefone abhören konnten.

„Ich fahre jetzt nach Hause, Harry. Ich kann das alles auch auf meinem Notebook machen. Was hast du vor?“

„Vielleicht fahre ich noch in den Toy District.“

„Ganz allein? Sei bloß vorsichtig!"

Er versicherte ihr, er komme allein klar und sie könne gehen, sobald sie ihm gezeigt habe, wie man mit AutoTrack umgehe. Er kam zu ihr herüber und sah zu, wie sie auf die AutoTrack-Seite ging.

Kiz gab die Namen Tara Wood und Daniel Kotchof ein und bekam für beide mehrere Treffer, konnte sie aber mithilfe des ungefähren Alters und einer Beschränkung auf Hawaii und Kalifornien einengen. Tara Wood war aus dem Valley lediglich über die Berge nach Santa Monica gezogen. Daniel Kotchof hatte anscheinend ein paar Jahre in Venice gelebt und war dann wieder nach Maui zurückgekehrt, wo sich sein gegenwärtiger Wohnsitz befand.

Der letzte Name, den Kiz eingab, war Sam Weiss, das Einbruchsopfer, mit dessen Pistole Rebecca Lost ermordet worden war. Es war nicht schwer, unter den Hunderten Namen den richtigen Sam Weiss zu finden. Er wohnte immer noch in dem Haus, in dem der Einbruch stattgefunden hatte.

Kiz druckte Bosch alles aus und gab ihm auch Grace Tanakas Nummer, die sie von Bailey Sable bekommen hatten.

Als sie gegangen war, sah Bosch, dass es kurz nach sechs war. Er beschloss, erst mal eine Stunde lang Namen auf seiner Liste abzuhaken, bevor er in den Toy District fuhr, um nach Robert Lost zu suchen.

Die Anrufe bei Tara Wood und Sam Weiss wurden von Anrufbeantwortern entgegengenommen. Bosch hinterließ ihr eine Nachricht mit seinem Namen und dem Hinweis, er rufe wegen Becky Lost an. Er hoffte, der Name ihrer Freundin werde ihr Interesse wecken und eine Reaktion hervorrufen. Weiss hinterließ er nur seinen Namen und seine Telefonnummer.

Dann rief er Grace Tanaka in Hayward an. Zunächst schien sie über den Anruf verärgert, als hätte er sie bei etwas Wichtigem gestört, aber ihre mürrische Stimme wurde milder, sobald er ihr mitteilte, er rufe wegen Rebecca Lost an.

„O mein Gott, tut sich denn da doch noch was?", fragte sie.

„Die Polizei rollt den Fall wieder auf. Dabei ist der Name Roland Mackey aufgetaucht. Er ging nicht auf die Hillside, wohnte aber ganz in der Nähe in Chatsworth. Sagt Ihnen der Name was?"

„Eigentlich nicht. War er der Vater?"

„Der Vater?"

„Die Polizei sagte, dass sie schwanger gewesen war."

„Nein, wir wissen nicht, ob da der Zusammenhang bestand. Der Name sagt Ihnen also nichts?"

„Nein."

„Und Sie wussten zunächst nichts von der Schwangerschaft?"

„Keine von uns wusste davon. Von ihren Freundinnen, meine ich."

Bosch wollte sich die Gelegenheit, Emotionen und Erinnerungen zu wecken, nicht entgehen lassen. Vielleicht käme etwas an die Oberfläche.

„Wie würden Sie Ihr Verhältnis zu Becky in jenem Sommer beschreiben? Waren Sie ihre beste Freundin?"

„Nein, das war wohl Tara."

„Dann hat Sie Ihnen also nicht anvertraut, dass sie schwanger war?"

„Nein. Ich sagte doch, dass ich das erst nach ihrem Tod erfuhr."

„Und Sie? Haben Sie ihr alles anvertraut?"

„Natürlich."

„Wusste sie, dass Sie lesbisch sind?"

„Nein", erwiderte sie abrupt. „Keine von ihnen wusste es. Damals war mir das noch nicht einmal selbst klar. Zufrieden?"

„Sie müssen entschuldigen, Ms Tanaka. Ich versuche nur, mir ein möglichst vollständiges Bild zu machen."

„Guten Abend, Detective." Sie legte auf.

Damit blieb ein letzter Anruf, diesmal bei Daniel Kotchof auf Maui.

Eine Frau meldete sich. Sie sagte, sie sei Kotchofs Frau und ihr Mann sei im „Four Seasons Hotel", wo er als Veranstaltungsmanager arbeite. Bosch rief unter der Nummer an, die sie ihm gegeben hatte, und wurde zu Kotchof durchgestellt. Dieser bedauerte, er könne nur ein paar Minuten mit ihm sprechen. Wie Grace Tanaka sagte auch ihm der Name Roland Mackey nichts, und er erinnerte Bosch daran, dass er ein Jahr vor Beckys Tod nach Hawaii gezogen sei.

„Aber soviel ich mitbekommen habe, haben Sie nach dem Umzug noch ziemlich oft miteinander telefoniert", wandte Bosch ein.

„Ich weiß nicht, wer Ihnen das erzählt hat. Klar haben wir noch telefoniert. Vor allem am Anfang. Es war immer ich, der sie anrufen musste, weil sie meinte, ihre Eltern fänden es zu teuer, mich anzurufen. Ich hielt das allerdings nur für einen Vorwand. In Wirklichkeit wollten sie mich nur abwimmeln. Und ziemlich bald fand ich dann auch hier eine Freundin – sie ist übrigens heute meine Frau –, und ich hörte auf, Rebecca anzurufen. Das war's, bis ich erfuhr, was passiert war, und mich dieser Detective anrief."

„Wussten Sie es schon, bevor er Sie anrief?"

„Ja. Mrs Lost hatte meinen Dad angerufen, und der brachte es mir bei."

„Wissen Sie noch, wie lange vor Rebeccas Tod Sie aufgehört haben, sie anzurufen?“

„Ich weiß nicht. Gegen Ende des ersten Sommers nach dem Umzug. Dazwischen war einige Zeit vergangen, fast ein Jahr.“

„Als Sie noch telefonischen Kontakt miteinander hatten, haben Sie da immer zu einer bestimmten Zeit angerufen?“

„Ja, schon. Normalerweise rief ich gleich nach dem Abendessen an, das hieß, bevor sie schlafen ging. Ich war hier ja immer zwei Stunden hinterher.“

„Gut. Jetzt muss ich Sie noch was ziemlich Persönliches fragen. Hatten Sie Sex mit Rebecca Lost?“

Darauf trat erst einmal Stille ein. „Was soll das damit zu tun haben?“

„Das kann ich Ihnen nicht erklären. Macht es Ihnen etwas aus, die Frage zu beantworten?“

„Nein. Wir haben nicht miteinander geschlafen. Sie sagte, sie wäre noch nicht so weit, und ich habe sie nicht gedrängt.“

„Sind Sie nach dem Umzug noch mal nach L. A. gekommen?“

„Nach der Schule lebte ich ein paar Jahre in Venice, aber dann kehrte ich wieder hierher zurück.“

Die interessanteste Information, die Bosch aus dem Anruf gewann, waren die Widersprüche zwischen Kotchofs Erinnerungen und denen der Mutter. Muriel Lost hatte gesagt, Danny habe ihre Tochter bis zu deren Tod mit steter Regelmäßigkeit angerufen. Kotchof hingegen behauptete, nichts dergleichen getan zu haben. Bosch sah keinen Grund, weshalb ihm Kotchof in diesem Punkt etwas hätte vormachen sollen. Demzufolge musste Muriel Losts Erinnerung falsch sein. Oder ihre Tochter hatte ihr bezüglich der Anrufe, die sie jeden Abend vor dem Schlafengehen erhalten hatte, nicht die Wahrheit gesagt. Der Anrufer war wahrscheinlich jemand anders gewesen, jemand, von dem Bosch als Mr X zu denken begann.

Er sah Muriel Losts Nummer in der Mordakte nach und rief bei ihr an. Er habe noch ein paar Fragen, meinte er.

„Ich habe das Telefon auf dem Nachttisch Ihrer Tochter gesehen. War das ein Nebenanschluss, oder hatte sie eine eigene Telefonnummer?“

„Sie hatte eine eigene Nummer. Einen Privatanschluss.“

„Wenn also Danny abends anrief, ging sie selbst ans Telefon, oder?“

„Ja, in ihrem Zimmer. Es war der einzige Anschluss.“

„Dann wissen Sie also nur, dass Danny sie regelmäßig anrief, weil sie Ihnen das sagte? Sie selbst haben nie mit ihm gesprochen. Ist das richtig?“

„Das stimmt. Wollen Sie damit sagen, dass es gar nicht Danny war, der sie die ganze Zeit anrief?"

„Ich bin noch nicht sicher. Allerdings habe ich gerade mit ihm am Telefon gesprochen, und er sagte, er habe schon lange vor dem Tod Ihrer Tochter aufgehört, sie anzurufen."

„Das gefällt mir gar nicht."

„Tut mir leid, Mrs Lost. Aber es muss leider sein. Hatten Sie und Ihr Mann denn jemals eine Vermutung, von wem sie schwanger gewesen sein könnte?"

„Wir konnten es uns im Nachhinein nie erklären, Detective", erwiderte sie kalt. „Wir überließen alles der Polizei und versuchten, unsere Tochter in Erinnerung zu behalten, wie wir sie kannten und liebten."

„Noch eine letzte Frage. Wären Sie bereit, mit einem Zeitungsreporter über Ihre Tochter und den Fall zu sprechen?"

„Weshalb sollte ich? Das habe ich bisher auch nicht getan."

„Es könnte dazu beitragen, den Vogel aufzuscheuchen."

„Dann tue ich es auf der Stelle."

PRATT hatte seine Anzugjacke an, als er aus seinem Büro kam. Er bemerkte, dass Bosch in seinem Abteil am Schreibtisch saß und im Zweifingersystem ein Protokoll des Telefonats mit Muriel Lost tippte.

„Überstunden?"

„Ich muss noch in den Toy District rüber."

„Was wollen Sie denn da?"

„Nach dem Vater unseres Opfers suchen."

„Noch so einer. Ist nicht der Erste."

Bosch nickte. „So was schlägt eben Wellen."

Sein Handy begann zu klingeln. Er sah den Namen Sam Weiss auf dem Display. „Da sollte ich lieber rangehen."

„Klar, Harry. Und seien Sie vorsichtig da drüben."

„Danke, Boss." Er schnippte das Telefon auf. „Detective Bosch."

„Detective?"

Ihm fiel ein, dass er Weiss keinerlei Informationen auf den Anrufbeantworter gesprochen hatte. „Mein Name ist Harry Bosch. Ich bin Detective beim LAPD. Ich würde Ihnen gern ein paar Fragen stellen."

„Geht es um meine Pistole?"

„Wie kommen Sie darauf, Sir?"

„Na, weil ich weiß, dass sie bei einem Mord verwendet wurde, der nie geklärt wurde."

„Ja, Mr Weiss, es geht um die Pistole. Kann ich mit Ihnen darüber sprechen?"

„Wenn das heißt, dass Sie herauszufinden versuchen, wer dieses Mädchen umgebracht hat, können Sie mich alles fragen, was Sie wollen."

„Danke. Ich möchte von Ihnen wissen, wie und wann Sie erfahren haben, dass die Waffe, die Ihnen gestohlen wurde, bei einem Mord verwendet wurde."

„Der Mord stand in der Zeitung, und ich habe meine Schlüsse gezogen. Ich rief den Beamten an, der für meinen Einbruch zuständig war, und bekam die Antwort, die ich lieber nicht bekommen hätte."

„Wie meinen Sie das?"

„Weil ich damit leben musste. Ich hatte die Pistole gekauft, weil ich mit so ein paar Dreckskerlen Ärger bekommen hatte. Ich wollte sie zu meinem Schutz. Doch dann wurde sie diesem jungen Mädchen zum Verhängnis."

„Ich verstehe. Ich habe den Originalbericht über den Einbruch vorliegen, und darin ist John McClellan als zuständiger Ermittler aufgeführt. Erinnern Sie sich an ihn?"

„Natürlich."

„Konnte er den Fall klären?"

„Meines Wissens nicht. Zuerst dachte er, es könnten die Kerle dahinterstecken, die mir gedroht haben."

„War das denn nicht der Fall?"

„Er glaubte das jedenfalls nicht. Aber ich war mir da nie ganz sicher. Die Einbrecher haben die Wohnung total auseinandergenommen."

„Dachte die Polizei, es seien mehr als einer gewesen?"

„McClellan meinte, es müssten mindestens zwei gewesen sein. Wegen des riesigen Schadens."

„Hat er Ihnen gesagt, wer seiner Meinung nach bei Ihnen eingebrochen hat?"

„Er dachte, es wäre irgendeine andere Gang gewesen. Nicht die Chatsworth Eights."

Bei der Erwähnung dieses Namens regte sich etwas in Bosch. „Wer waren die Chatsworth Eights, Mr Weiss?"

„Eine Gang hier draußen im Valley. Lauter weiße Skinheads. Sie begingen 1988 eine ganze Reihe von Straftaten. So genannte Hassverbrechen."

„Und diese Gang hatte Sie aufs Korn genommen?"

„Ja. Es ging damit los, dass ich anonyme Drohanrufe erhielt. Sie wissen schon, alle Juden gehören abgemurkst, so in dem Stil."

„Aber die Polizei sagte Ihnen, der Einbruch ginge nicht auf das Konto der Chatsworth Eights."

„So ist es."

„Komisch, finden Sie nicht? Dass sie da keinen Zusammenhang erkennen konnten."

„Das fand ich damals auch, aber McClellan war der Detective, nicht ich."

„Wieso hatten es die Eights auf Sie abgesehen? Ich weiß, Sie sind Jude, aber wieso ausgerechnet Sie?"

„Ganz einfach. Einer dieser Idioten war ein Junge aus der Nachbarschaft. Billy Burkhart. Ich habe an Chanukka eine Menora ins Fenster gestellt, und damit fing alles an."

„Was wurde aus Burkhart?"

„Er kam ins Gefängnis. Nicht für das, was er mir angetan hat. Aber sie konnten ihm und seinen Kumpanen andere Straftaten nachweisen. Sie haben im Vorgarten einer schwarzen Familie ein brennendes Kreuz aufgestellt. Auch eine Synagoge haben sie niederzubrennen versucht."

„Mr Weiss, vielen Dank für Ihre Hilfe. Und entschuldigen Sie bitte, wenn ich schlechte Erinnerungen wachgerufen habe."

„Machen Sie sich keine Sorgen, Detective. Die haben nicht geschlafen."

Bosch klappte sein Handy zu. John McClellan kannte er nicht, und die Wahrscheinlichkeit, dass dieser nach siebzehn Jahren noch bei der Devonshire Division war, schien ihm sehr gering. Dann kam es ihm: Jerry Edgar. Sein alter Partner war zuvor in Devonshire gewesen. Er müsste auch 1988 dort gewesen sein.

Bosch rief im Morddezernat der Hollywood Division an, bekam aber nur den Anrufbeantworter dran. Alle hatten früh Feierabend gemacht. Er wählte Edgars Handy an. Sein alter Partner meldete sich sofort.

„Ihr geht in Hollywood aber ganz schön früh nach Hause", frotzelte Bosch.

„Wer ist … Harry, bist du das? Hast du heute wieder angefangen?"

„Tja, der älteste Cop der Welt. Jedenfalls müsste ich mal dein Riesenhirn anzapfen. Diese Sache reicht in deine Tage in Devonshire zurück."

„Aha. Wann denn?"

„1988. Die Chatsworth Eights."

„Ja, ich erinnere mich an sie. Ein Haufen kahl rasierter Schädel, die eine Menge Mist gebaut haben."

„Erinnerst du dich an einen Roland Mackey?"

Nach kurzem Nachdenken verneinte Edgar.

„Wer war für die Eights zuständig?"

„Nicht die Devonshire Division, Harry. Alles, was in Zusammenhang damit stand, wanderte direkt in den Kaninchenbau weiter."

„Zur PDU?"

„Ganz genau."

Die *Public Disorder Unit.* Die Einheit gegen öffentliche Unruhe. Eine dubiose Abteilung, die Daten und Geheiminformationen über Verschwörungen gesammelt, aber wenig Fälle vor Gericht gebracht hatte. 1988 müsste sie dem damaligen Commander Irvin S. Irving unterstanden haben. Als er zum Deputy Chief befördert worden war, hatte er die PDU sofort aufgelöst, wobei viele bei der Polizei glaubten, das habe in erster Linie dem Zweck gedient, ihre Machenschaften zu vertuschen und sich von ihr zu distanzieren.

„Woran arbeitest du denn gerade, Harry?"

„Es geht um den Mord an dem Mädchen am Oat Mountain."

„Daran entsinne ich mich auch noch. Ich war gerade neu zum Morddezernat gekommen. Und du meinst, dahinter haben die Eights gesteckt?"

„Nein, es ist nur ein Name aus ihrem Umfeld aufgetaucht."

Mit einem Mal erschien Bosch Kiz' Vermutung, die Jahreszahl könne von Bedeutung sein, gar nicht mehr abwegig. Der Mord und die anderen Straftaten der Eights fielen alle in das Jahr 1988. Und jetzt stellte sich heraus, dass auch noch Irving und die PDU Zutaten dieser Melange waren. Eine DNA-Übereinstimmung mit einem Verlierer, der einen Abschleppwagen fuhr, entpuppte sich als etwas, was wesentlich weitere Kreise zog.

„Jerry, kannst du dich an einen John McClellan erinnern, der mal in Devonshire war?"

„Nein, sagt mir nichts. Was hat er gemacht?"

„Ich habe hier seinen Namen auf einem Einbruchsprotokoll."

„Nein, Einbrüche hat der bestimmt nicht gemacht. Ich habe nämlich Einbrüche gemacht, bevor ich zu Mord kam. Da gab es keinen McClellan."

Das bedeutete wahrscheinlich, dass er damals bei der PDU gewesen war und die Ermittlungen zu dem Einbruch bei Sam Weiss dem Verfahren gegen die Chatsworth Eights untergeordnet worden waren.

„Und du warst damals also neu im Morddezernat, Jerry? Kanntest du Green und Garcia gut?"

„Eigentlich nicht. Ich war neu, und sie waren nicht mehr lang dabei. Green quittierte den Dienst, und Garcia wurde befördert. Aber mein Eindruck war, dass Green das Sagen hatte. Garcia war der Hausmann."

Mit dieser Bezeichnung brachte Edgar zum Ausdruck, dass Garcia im Fahrwasser seines Partners mitgeschwommen war. Was hatte das wohl für den Lost-Fall bedeutet?

„Ich habe gehört, Green hat sich kurz nach seinem Abgang die Kugel gegeben."

„Ja, habe ich auch gehört. Aber sag mal: Willst du der PDU in die Suppe spucken, Harry? Du weißt doch, dass das Irvings Einheit war?"

„Ja, weiß ich. Ich glaube nicht, dass ich da anfange rumzustochern."

„Sei vorsichtig, wenn du das tust, mein Lieber."

Bosch wollte das Thema wechseln, bevor er auflegte. Er wollte nicht, dass sein ehemaliger Partner herumerzählte, er wolle Irving ans Leder. „Und, was tut sich sonst so in Hollywood?"

„Wir sind nach den Erdbeben-Umbaumaßnahmen gerade wieder in unsere alten Räume zurückgekehrt."

„Und? Wie ist es geworden?"

„Wie in einem Versicherungsbüro. Schick, aber nicht das Gleiche."

„Ich glaube, ich weiß, was du meinst."

Nachdem sie aufgelegt hatten, saß Bosch reglos an seinem Schreibtisch. Wenn tatsächlich die PDU mitgemischt hatte, spielten sie mit einem Mal in einer völlig anderen Liga.

Er rief in der Personalabteilung des Parker Centers an und fragte den Diensthabenden nach der Dienststelle eines Detective John McClellan. Er las dessen Dienstnummer von dem Einbruchsprotokoll ab. Bosch wurde auf die Warteschleife gelegt und rechnete damit, mitgeteilt zu bekommen, McClellan sei schon lange pensioniert.

Doch der Diensthabende informierte ihn darüber, ein Officer namens John McClellan mit der genannten Dienstnummer sei jetzt Lieutenant im Büro für strategische Planung. Siebzehn Jahre zuvor hatte McClellan in der PDU für Irving gearbeitet. Heute arbeitete er immer noch für ihn. Und rein zufällig lief Irving in der Cafeteria Bosch genau an dem Tag über den Weg, an dem dieser einen Fall mit Querverbindungen zur PDU zugeteilt bekommen hatte.

„High Jingo", flüsterte Bosch, als er auflegte.

Wie ein Schlachtschiff, das zu einer Wende ansetzt, schlug der Fall langsam, aber unbeirrbar und unaufhaltsam eine neue Richtung ein. Bosch spürte, wie sich in seiner Brust etwas zusammenbraute. Er fragte sich, ob Irving bei ihrem Aufeinandertreffen bereits gewusst hatte, in welchem Fall sie den kalten Treffer gelandet hatten und wohin er führte.

FÜNF

Auf der Heimfahrt dachte Bosch über die vielen verschiedenen Spuren nach, die sich um Rebecca Losts Leiche wanden. Er durfte das Ziel nicht aus den Augen verlieren. Das Beweismaterial war der Schlüssel. Behördenpolitik und Vertuschungsmaßnahmen summierten sich zu etwas, das im Polizeijargon High Jingo hieß. Das konnte vom eigentlichen Ziel ablenken. Er musste auf der Hut sein.

Schließlich gelang es ihm, sich wieder auf den Fall zu konzentrieren. Seine Gedanken führten ihn in Rebeccas Zimmer und wie ihre Mutter es unverändert erhalten hatte. Etwas, was diesen Raum betraf, beschäftigte ihn. Was genau das war, bekam er noch immer nicht zu fassen, aber er wusste, es war da.

Als er in seinem Haus auf dem Hügel ankam, hörte er erst den Anrufbeantworter ab und zog dann den Anzug aus, den er sich für seinen Dienstantritt gekauft hatte. Er wechselte zu Jeans, Slipper und einem schwarzen Polohemd. Dann schlüpfte er in ein Sportsakko. Er steckte Dienstwaffe, Marke und Brieftasche ein, stieg wieder in sein Auto und fuhr zum Toy District.

Nachdem er in der Nähe geparkt hatte, bemerkte er auf dem Weg zur Fifth Street, dass der Anteil an Obdachlosen ständig zunahm. Die Los Angeles Mission und die Heilsarmee hatten in der Fifth große Hilfszentren. Bosch beschloss, bei ihnen anzufangen. Er verfügte über ein zwölf Jahre altes Führerscheinfoto von Robert Lost, das er herumzeigte, bekam aber wenig Rückmeldungen, bis sich endlich eine Küchenhilfe an Lost als „Kunden" erinnerte.

„Ist schon eine Weile her. Hab ihn länger nicht mehr gesehen."

Bosch arbeitete sich weiter die Straße hinunter und fragte in den Absteigen und kleineren Missionen. Ein paar Leute erkannten Lost wieder, aber Bosch erfuhr nichts Neues. Um halb elf beschloss er, am nächsten Tag weiterzumachen und den Rest der Straße abzuklappern.

Er ging zu seinem Auto zurück und fuhr ins Valley hoch.

ES WAR nicht leicht, eine geschützte Stelle zu finden, von der aus er Tampa Towing im Auge behalten konnte. Das Einkaufszentrum war geschlossen und sein Parkplatz leer. Bosch stellte den Wagen eine Straße weiter ab, ging zu Fuß zurück und zog sich in den dunklen Eingang des Einkaufszentrums zurück, von dem aus er die Tankstelle im Blickfeld hatte.

Tampa Towing war rund um die Uhr einsatzbereit. Inzwischen ging es auf Mitternacht zu, und Bosch war sicher, dass Mackey, der gegen 16 Uhr zur Arbeit erschienen war, bald Schluss machte. Entweder löste ihn ein Kollege ab, oder er hatte den Rest der Nacht Bereitschaft.

Bosch nahm sein Handy heraus und wählte Kiz' Privatnummer. Sie ging nicht dran. Er versuchte, sie auf dem Handy zu erreichen. Wieder nichts. Vermutlich hatte sie alle ihre Telefone ausgemacht, um sich ganz auf den Antrag konzentrieren zu können.

Er hob das Fernglas an die Augen. Durch die Fenster des Büros der Tankstelle konnte er Mackey an einem Schreibtisch sitzen sehen. Im Raum befand sich noch ein anderer Mann in einer ähnlichen blauen Uniform. Beide hatten die Füße auf dem Schreibtisch und sahen fern.

Boschs Telefon läutete. Er nahm an, dass Kiz zurückrief. „Hallo?"

„Detective Bosch?" Es war nicht seine Partnerin.

„Ja, hier Bosch. Was kann ich für Sie tun?"

„Hier spricht Tara Wood. Ich habe Ihre Nachricht erhalten. Entschuldigen Sie, dass ich so spät noch anrufe."

„Ich bin noch im Dienst. Danke, dass Sie zurückrufen."

Bosch ging bei dem Gespräch nach dem gleichen Schema vor wie bei den anderen. Tara Wood sagte der Name Roland Mackey nichts. Und als Bosch fragte, ob sie sich an die Chatsworth Eights erinnern könne, fiel ihr auch dazu nichts ein. Zum Schluss fragte er sie, ob er ihr ein Foto von Mackey zeigen könne. Sie erklärte sich einverstanden, meinte aber, er müsse zu den CBS-Fernsehstudios kommen, wo sie als Pressebetreuerin arbeite. Er verabredete sich mit ihr für 13 Uhr am nächsten Tag.

„Sind Sie in so einer Einheit für kalte Fälle?", erkundigte sie sich.

„Wir nennen sie Offen-Ungelöst."

„Wir haben nämlich eine Serie, die ‚Cold Case – Kein Opfer ist je vergessen' heißt. Sie kommt immer sonntagabends. Vielleicht könnten Sie ja am Set vorbeischauen und ein paar Ihrer Fernseh-Pendants kennen lernen."

Bosch merkte, dass sie überlegte, wie sie seinen Besuch PR-mäßig ausschlachten könnte. „Mal sehen, aber ich glaube, da müssen Sie sich noch eine Weile gedulden. Ich möchte morgen gern mit Ihnen allein sprechen."

„Kein Problem. Dann also bis morgen, Detective."

Er sagte Gute Nacht und legte auf.

Um Mitternacht gingen in der Tankstelle die Lichter aus. Wahrscheinlich hatte Mackey oder ein anderer Fahrer in der Nacht also Bereitschaftsdienst.

Bosch eilte zu seinem Wagen. Gerade als er ihn erreichte, hörte er Mackeys Camaro mit tiefem Brummen anspringen. Bosch startete und fuhr zu der Kreuzung zwischen Tankstelle und Einkaufszentrum zurück, wo er genau rechtzeitig ankam, um zu sehen, welche Richtung Mackey einschlug.

Dieser verließ Panorama City und das nördliche Valley und fuhr bis nach Woodland Hills. In der Mariano Street, einer breiten Straße in der Nähe des Freeway 101, bog er schließlich in eine Einfahrt und hielt neben einem kleinen Haus. Bosch fuhr daran vorbei und parkte ein Stück weiter. Er stieg aus und ging zu Fuß zurück.

Er schlich die Zufahrt hinauf. Mackey hatte seinen Camaro neben einem ramponierten Ford 150 Pick-up geparkt. Das hieß, dass Mackey möglicherweise einen Mitbewohner hatte. Bosch blieb stehen, um sich die Autonummer des F 150 zu notieren.

Dann ging er leise den gepflasterten Weg an der Seite des Hauses entlang. Es war auf kniehohen Stelzen errichtet, weshalb es ihm nicht möglich war, durch eins der Fenster zu spähen. Er hörte Stimmen, merkte dann aber, dass sie aus dem Fernseher kamen. Plötzlich begann sein Handy zu klingeln. Rasch stellte er den Ton ab, lief zur Einfahrt zurück und lauschte dabei auf Geräusche hinter sich.

Das war verdammt knapp gewesen. Während er zu seinem Auto zurückkehrte, versuchte er, sich von der Beinahekatastrophe zu erholen. Er hatte Rost angesetzt. Er hatte den Klingelton des Handys vergessen abzustellen. Dieser Fehler hätte alles zunichte machen und zu einer Konfrontation mit dem Objekt der Ermittlung führen können. Unwillkürlich musste er an das denken, was Irving gesagt hatte: dass er ein Runderneuerter sei, der sich auflösen würde.

Im Auto sah Bosch auf die Anruferliste des Handys und stellte fest, dass es Kiz gewesen war. Er rief sie zurück.

„Harry, ich habe gesehen, dass du angeklingelt hast. Was gibt's?"

„Nicht viel. Ich wollte nur sehen, wie's bei dir so läuft."

„Ich bin so gut wie fertig. Morgen früh schreibe ich den Antrag zu Ende und leite ihn an die entsprechenden Stellen weiter. Und wie sieht's bei dir aus?"

„Ich bin Mackey gefolgt, als er von der Arbeit heimfuhr. Er hat ein kleines Haus in Woodland Hills. Dort könnte es einen Festnetzanschluss geben, den du auch noch auf die Abhörliste setzen solltest."

„Gut. Die Nummer müsste problemlos rauszukriegen sein. Ich finde es allerdings nicht so toll, dass du dem Verdächtigen allein folgst."

„Wir brauchten doch seine Adresse."

Von seinem Patzer erzählte er ihr nichts, sondern gab ihr nur die Adresse durch. „Ich habe auch noch ein paar Anrufe gemacht." Er schilderte ihr den Inhalt seiner Telefongespräche.

„Da könnte sich langsam ein Bild abzeichnen, Harry."

„Genau das denke ich auch. Und dazu noch das Jahr, 1988. Du hast da ja sowieso schon eine mögliche Verbindung gesehen. Das Dumme ist nur, dass das ganze Material bei der PDU gelandet ist. Wahrscheinlich hat es Irving in die Beweismittel-Vernichtungsanlage gekippt."

„Alles sicher nicht. Als der neue Chef sein Amt antrat, wollte er wissen, wo die Leichen vergraben sind. Ich hatte damit zwar nichts zu tun, aber ich habe mitbekommen, dass viele PDU-Akten nach der Auflösung der Einheit aufbewahrt wurden. Einen Großteil ließ Irving ins Sonderarchiv bringen."

„Ins Sonderarchiv? Was ist das denn?"

„Es bedeutet, dass man nur mit einer Sondergenehmigung Zugang erhält. Es befindet sich im Keller des Parker Centers. Hauptsächlich interne Ermittlungsverfahren. Politischer Kram. Gefährlicher Kram. Diese Chatsworth-Geschichte passt da eigentlich nicht rein, außer es gab eine Verbindung zu was anderem. Zum Beispiel zu jemandem von der Polizei oder der Stadt."

„Kannst du da irgendwie reinkommen, um nachzusehen, ob noch welche von diesen Akten existieren? Wie ist das mit deinem Freund oben im Sechsten? Kann er dir vielleicht …"

„Ich kann es versuchen. Aber sag mir mal, was du da eigentlich treibst. Ich dachte, du wolltest heute Abend nach Robert Lost suchen. Und jetzt bist du unserem Verdächtigen gefolgt."

„Ich war im Toy District, habe Lost aber nicht gefunden. Ich fahre morgen noch mal hin."

„Okay. Bis du reinkommst, müsste ich den Antrag fertig haben. Und ich werde nach den PDU-Akten sehen."

„Sei bitte vorsichtig, Kiz."

„Wie soll ich das verstehen?"

„Weißt du, was es bedeutet, wenn ein Fall High Jingo ist?"

„Ja, das heißt, jemand von der Polizeiführung hat seine Finger im Spiel."

„Ganz genau. Also solltest du vorsichtig sein. Das Ganze riecht förmlich nach Irving."

„Meinst du, sein Zusammentreffen mit dir war kein Zufall?"

„Ich glaube nicht an Zufälle. Nicht an solche."

Darauf trat eine Weile Stille ein, bevor Kiz antwortete. „Ich werde vorsichtig sein. Aber nicht den Schwanz einziehen, richtig? Wir bleiben uns treu, ohne Rücksicht auf Verluste."

„Aber sicher. Dann also bis morgen."

BOSCH fuhr zum Freeway und Richtung Osten, durchs Valley und hinunter zum Cahuenga Pass. Unterwegs rief er in der Zentrale an und gab das Kennzeichen des Ford Pick-ups durch, neben dem Mackey geparkt hatte. Er war auf einen William Burkhart zugelassen, der 37 Jahre alt war und Ende der Achtziger ein paar Vorstrafen kassiert hatte, in den letzten fünfzehn Jahren aber nichts mehr. Die Telefonistin gab Bosch die Strafrechtsparagrafen für Burkharts Verurteilungen durch.

Schwere Körperverletzung und Hehlerei erkannte Bosch sofort. Aber 1988 hatte es auch eine Anklage unter einem Paragrafen gegeben, den er nicht kannte. „Können Sie mir sagen, was das ist?", fragte er.

„Augenblick."

In der Zentrale lagen immer ein paar Strafgesetzbücher herum, weil häufig Beamte im Einsatz anriefen, um sich nach einem korrekten Wortlaut zu erkundigen.

Bosch wartete, während er vom Freeway fuhr und den Woodrow Wilson in die Hügel hinauf zu seinem Haus nahm.

„Detective? Das war ein Hassverbrechen."

„Danke fürs Nachsehen."

Er fuhr in den Carport. Mackeys Mitbewohner war 1988 wegen eines Hassverbrechens angeklagt worden – im Jahr von Rebecca Losts Ermordung. William Burkhart war wahrscheinlich jener Billy Burkhart, den Sam Weiss als den Nachbarn identifiziert hatte, der an den Schikanen gegen ihn beteiligt gewesen war. Bosch wusste nicht, wie das alles zusammenpasste, aber es war Teil desselben Bildes.

Im Haus holte er ein Bier aus dem Kühlschrank und ging auf die Terrasse hinaus. Er überlegte, ob er Kiz noch einmal anrufen und ihr von der Verbindung zu Burkhart erzählen sollte, beschloss dann aber, bis zum Morgen damit zu warten. Er war zufrieden mit den Ergebnissen des Tages, aber auch ziemlich aufgewühlt. Das brachte High Jingo so mit sich.

Die Stadt unter ihm flimmerte wie eine Million Träume, nicht alle davon gut. Aber er hatte das Gefühl, dass da draußen hinter den funkelnden Lichtern etwas war, was er nicht sehen konnte. Es wartete auf ihn.

AM NÄCHSTEN MORGEN war Bosch um 7.50 Uhr wieder zurück im Toy District. Er hatte Glück. Es schien fast so, als hätte es bei den Obdachlosen am frühen Morgen einen Schichtwechsel gegeben. Als er den Leuten, denen er auf der Straße begegnete, das Foto von Lost zeigte, bekam er fast sofort Reaktionen. Ein Mann sagte ohne Umschweife: „Das ist doch der Chef", und zeigte ihm das „Metro Shelter".

Die kleineren Einrichtungen waren auf eine bestimmte Mahlzeit spezialisiert. Im Metro Shelter war dies das Frühstück, das täglich ab sieben ausgegeben wurde. Das Metro war dafür bekannt, dass es dort das beste Frühstück im Viertel gab.

Mithilfe seiner Dienstmarke bahnte sich Bosch einen Weg nach drinnen und entdeckte Lost rasch in der Küche hinter den Serviertischen. Wie es aussah, schmiss er den Laden. Er war ordentlich gekleidet: eine zweireihige weiße Kochbluse, dunkle Hosen, eine fleckenlose, über die Knie reichende weiße Schürze und eine hohe Kochmütze.

Das Frühstück bestand aus Rührei mit rotem und grünem Paprika, Kartoffelpuffern, Maisgrütze und Wurstaufschnitt. Auf Bosch, der, ohne zu frühstücken, von zu Hause losgefahren war, wirkte es ausgesprochen appetitlich. Rechts von der Schlange gab es Kaffee, den man sich aus zwei großen Kannen selbst einschenken konnte. Das Gestell daneben enthielt Tassen aus dickem Porzellan. Bosch nahm sich eine und füllte sie mit brühheißem Kaffee, während er wartete. Als Lost mit einer Pfanne, in der sich frische Rühreier befanden, zum Serviertisch kam, ergriff er die Gelegenheit.

„Hallo Chef!", rief er über den Lärm hinweg.

Lost sah zu ihm herüber, und Bosch konnte erkennen, dass Beckys Vater sofort klar wurde, dass er kein „Kunde" war.

„Kann ich etwas für Sie tun?"

„Hätten Sie vielleicht kurz Zeit? Es geht um Ihre Tochter."

„Sind Sie von der Polizei?"

Bosch nickte.

„Könnte ich nur den Ansturm hier noch hinter mich bringen?"

„Kein Problem."

„Möchten Sie was essen? Sie sehen aus, als wären Sie hungrig. Hinten haben wir auch einen Tisch."

Bosch bedankte sich und folgte ihm in ein Hinterzimmer, in dem ein leerer Edelstahltisch stand. Lost ging kurz weg und kehrte mit einem vollen Teller zurück.

„Ist es zu einer Festnahme gekommen?"

„Noch nicht", antwortete Bosch. „Aber wir stehen kurz davor."

„Ich komme so schnell wie möglich wieder. Essen Sie. Das sind übrigens Rühreier Malibu."

Die Eier waren gut. Wie das ganze Frühstück. Bosch aß seinen Teller leer und spülte mit Kaffee hinterher.

Eine offene Tür führte auf den Hinterhof. Bosch trat hinaus und rief Kiz an. Sie war bereits im Büro und hatte gerade die Anträge für die Telefonüberwachung auf den Weg gebracht.

„Ich habe den Vater gefunden."

„Sehr gut, Harry. Was hat er gesagt?"

„Ich habe noch nicht mit ihm gesprochen." Er schilderte ihr die Situation. „Bist du gestern Abend noch dazu gekommen, das Tagebuch des Mädchens zu lesen?"

„Ja. MWL kommt darin vor, aber es gibt keine Hinweise auf seine Identität."

„Was ist mit Danny Kotchof?"

„Am Anfang. Er wird namentlich erwähnt. Dann verschwindet er, und der geheimnisvolle MWL nimmt seinen Platz ein. Hör zu, ich gehe gleich in den Sechsten rauf. Mal sehen, ob ich Zugang zu diesen alten Akten kriege."

„Viel Glück. Ach, hast du ein Telefon in der Mariano Street gefunden?"

„Ja, der Anschluss läuft auf einen William Burkhart. Muss ein Mitbewohner sein. Er hat ein Hassverbrechen von 1988 in seinem Vorstrafenregister."

„Und nicht nur das. Er war auch Sam Weiss' Nachbar. Das hatte ich vergessen zu erwähnen, als wir gestern Abend telefoniert haben."

„Zu viele Informationen auf einmal."

„Ja. Übrigens, da ist noch was: Wie kommt es, dass Mackeys Handy bei der AutoTrack-Suche nicht aufgetaucht ist?"

„Ich habe die Nummer überprüft. Das Handy ist auf eine Belinda Messier angemeldet. Ihre Adresse ist ebenfalls in Woodland Hills. Sie hat keine Vorstrafen, nur ein paar Verkehrsdelikte. Vielleicht ist sie seine Freundin. Wenn ich Zeit habe, versuche ich sie ausfindig zu machen. Langsam tut sich hier was, Harry. Dieser ganze Achtundachtzigerkram. Ich wollte mir die Akte über das Hassverbrechen holen, aber …"

„Es war ein Fall der PDU?"

„Genau. Und deshalb gehe ich jetzt in den Sechsten hinauf."

„Sonst noch was?"

„Die Beweismittelschachtel haben sie immer noch nicht gefunden."

„Na schön. Nehmen wir uns noch mal kurz das Tagebuch vor, bevor ich mit dem Vater spreche. Steht dort irgendetwas über die Schwangerschaft drin?"

„Nein, sie hörte Ende April auf zu schreiben. Vielleicht als sie es merkte und Angst hatte, ihre Eltern könnten das Tagebuch heimlich lesen."

„Erwähnt sie Klubs oder Kneipen, wo sie sich öfter aufhielt?"

„Sie schreibt über jede Menge Filme. Woran denkst du, Harry – Zielbestimmung?"

Sie mussten herausfinden, wo sich Mackeys und Rebeccas Wege gekreuzt haben könnten. Das war ein weißer Fleck in den Ermittlungen, und zwar unabhängig vom Motiv. Wo war Mackey mit ihr in Berührung gekommen, um sie ins Visier zu nehmen?

„Kinos", vermutete Bosch. „Dort könnten sie sich über den Weg gelaufen sein."

„Genau. Und ich glaube, oben im Valley liegen alle Kinos in Einkaufszentren. Damit wäre die infrage kommende Begegnungszone größer."

Nachdem Bosch ihr angekündigt hatte, er werde nach dem Gespräch mit Lost ins Büro kommen, legten sie auf. Bosch ging wieder hinein und setzte sich an den Tisch. Er fragte sich, ob das Verbrechen die Folge einer Zufallsbegegnung war – Mackey erblickt ein Mädchen mit dem unübersehbaren Rassenmix. Könnte ihn das so gestört haben, dass er ihr nach Hause folgte und später allein oder mit anderen zurückkam, um sie umzubringen?

Es wirkte ziemlich weit hergeholt, aber die meisten Theorien erschienen am Anfang abwegig. In der Mordakte hatte sich kein Hinweis auf mögliche rassistische Hintergründe der Tat gefunden. Andererseits hätte die Polizei 1988 alles versucht, eine solche Möglichkeit unter den Tisch zu kehren. Damals schwärte zwar dicht unter der Oberfläche eine Entzündung rassistischer Animositäten, aber die Stadt schaute einfach weg. Ein paar Jahre später sollte die Haut über dem Eiterherd aufplatzen und die Stadt von dreitägigen Unruhen heimgesucht werden, wie sie das Land ein Vierteljahrhundert nicht mehr erlebt hatte. Bosch musste deshalb in Betracht ziehen, dass auf die Ermittlungen im Mordfall Lost von oben Einfluss genommen worden war, um diese Entzündung nicht zum Ausbruch kommen zu lassen.

„Sind Sie so weit?"

Bosch blickte auf und sah Robert Lost dastehen. Dessen Gesicht war vor Anstrengung schweißüberströmt. Seine eine Hand zitterte.

„Aber sicher. Möchten Sie sich setzen?"

Lost nahm Bosch gegenüber Platz.

„Ist es hier immer so voll?“

„Jeden Morgen. Heute haben wir 162 Essen ausgegeben. Wie war das Frühstück?“

„Verdammt gut. Vielen Dank! Doch nicht ganz das Gleiche, wie für die Malibu-Szene zu kochen, hm?“

„Allerdings. Aber dem traure ich nicht nach. Dank unserem Herrn Jesus Christus bin ich jetzt hier. Wie haben Sie mich gefunden?“

„Meine Partnerin und ich haben gestern mit Ihrer Frau gesprochen, und sie erzählte uns, dass Sie hier lebten, als sie das letzte Mal von Ihnen hörte. Deshalb habe ich gestern Abend nach Ihnen zu suchen begonnen. Ich hatte eigentlich erwartet, Sie würden in der Schlange stehen, nicht die Schlange mit Essen versorgen.“

„Bis vor Kurzem stand ich auch noch in der Schlange. Aber ich musste erst einmal dort stehen, um jetzt da zu stehen, wo ich heute bin.“

Bosch hörte diese Ein-Tag-nach-dem-anderen-Mantras nicht zum ersten Mal. „Wie lange sind Sie schon trocken?“

Lost lächelte. „Diesmal? Über drei Jahre.“

„Schauen Sie, ich möchte Sie nicht zwingen, diese traumatische Erfahrung von vor siebzehn Jahren noch einmal zu durchleben, aber wir rollen den Fall neu auf.“

„Nein, nein, kein Problem, Detective. Ich rolle den Fall jeden Abend neu auf, wenn ich die Augen schließe, und jeden Morgen, wenn ich bete.“

„Ich arbeite für die Einheit für offene und ungelöste Fälle. Wir befassen uns mit dem Tod Ihrer Tochter, weil uns einige neue Erkenntnisse dazu vorliegen.“ Bosch hatte der Mutter Verschiedenes vorenthalten, beschloss aber, dem Vater alles zu sagen. „Wir haben eine Übereinstimmung zwischen dem Blut, das an der Tatwaffe gefunden wurde, und einem Mann, von dem wir annehmen, dass er zum Zeitpunkt des Mordes in Chatsworth wohnte. Es ist eine DNA-Übereinstimmung. Sie besagt zwar nicht, dass er derjenige ist, der Rebecca ermordet hat, aber sie besagt, dass er in engem Zusammenhang mit der Tat stand.“

„Wer ist es?“

„Dazu komme ich gleich. Aber zuerst würde ich gern mehr darüber wissen, was mit Ihnen passiert ist. Erzählen Sie mir, wie Sie aus der Spur geraten sind. Wie Sie in ein schwarzes Loch gefallen sind. Nicht jeder, der ein Kind verliert, fällt so tief hinein. Warum war es bei Ihnen anders?“

Einen Augenblick rang Lost um Fassung. „Also schön“, schnaufte er.

„Ich könnte euch allen Vorwürfe machen, aber ich muss mir selbst Vorwürfe machen. Ich habe meine Tochter im Tod im Stich gelassen. Und danach war der einzige Ort, in dem ich mich vor diesem Verrat verstecken konnte, die Flasche. Verstehen Sie?“

„Ich versuche es. Was meinen Sie mit ‚euch allen Vorwürfe machen‘? Die Polizei? Oder die Weißen?“

„Ich meine alles.“

„Dann fangen wir doch mit der Polizei an. Was hat die Polizei getan?“

„Sie erwarten von mir, dass ich mit Ihnen darüber rede, was *Ihre* Leute getan haben?“

Bosch spürte, dass dies der Knackpunkt des Gesprächs war. „Mr Lost, was Ihrer Tochter passiert ist, hätte nie passieren dürfen. Daran kann ich nichts mehr ändern. Aber ich kann versuchen, für sie zu sprechen. Deshalb bin ich hier. Was die Polizisten vor siebzehn Jahren getan haben, ist nicht das, was ich tun werde. Wenn Sie Ihre Tochter immer noch lieben, dann erzählen Sie mir jetzt die ganze Geschichte. So werden Sie mir helfen, für sie zu sprechen. Es ist Ihre einzige Möglichkeit wiedergutzumachen, was Sie damals getan haben.“

Etwa in der Mitte von Boschs Plädoyer hatte Lost zu nicken begonnen. Bosch wusste, dass er sich öffnen würde. Es ging um Erlösung.

Über Losts linke Wange lief eine einzige Träne. „Ich habe mich über sie gestellt und mich am Ende doch nur verloren.“

„Wie ist es dazu gekommen?“

„Eines Tages las ich in der Zeitung, dass meine Tochter mit einer Pistole erschossen worden war, die von einem Einbruch stammte. Das hatten mir Green und Garcia nicht erzählt. Ich sprach Green darauf an, und er erzählte mir, der Mann hätte die Pistole gekauft, weil er Angst hatte. Er war Jude und bedroht worden. Ich dachte …“

An dieser Stelle verstummte er, und Bosch musste ihm auf die Sprünge helfen.

„Sie dachten, Rebecca wäre vielleicht Opfer dieses Verbrechens geworden, weil ihr Vater schwarz ist?“

Lost nickte.

„Was hat Green Ihnen erzählt?“

„Er sagte, da wäre nichts dran. Sie wären dem nachgegangen, aber diese Möglichkeit könnten sie ausschließen. Irgendwie hat mich das nicht überzeugt. Mir schien es, als würden sie diesen Punkt einfach ignorieren. Ich rief immer wieder an und stellte Fragen. Schließlich wandte ich mich an einen Gast, der im Polizei-Kontrollausschuss saß. Er versprach, der Sache nachzugehen."

„Und was passierte dann?"

„Dann bekam ich Besuch von zwei anderen Polizisten. Sie haben sich mir nicht vorgestellt. Sie sagten, dass nichts dran wäre an dieser Sache, mit der ich Green auf die Nerven ginge. Sie sagten, ich solle endlich Ruhe geben und aufhören, Wirbel zu machen. Als ob es dabei um mich ginge und nicht um meine Tochter." Er schüttelte den Kopf. Auch nach all den Jahren hatte die Bitterkeit nicht nachgelassen.

„Haben sie Ihnen gedroht?"

„Ja", bestätigte Lost ruhig. „Sie sagten, sie wüssten, dass meine Tochter schwanger war, aber sie könnten die Klinik nicht finden, in der sie es wegmachen ließ. Deshalb gäbe es auch kein Gewebe, um den Vater zu identifizieren. Sie sagten, sie brauchten nur ein paar Fragen zu stellen, was mich und meine Tochter anginge, und schon würden alle möglichen Gerüchte über mich in Umlauf geraten. In kürzester Zeit würden die Leute denken, dass ich es war."

Bosch spürte, wie seine eigene Wut ihm die Kehle zuschnürte.

Jetzt liefen mehr Tränen über Losts dunkles Gesicht. „Und darum hörte ich auf, Wirbel zu machen. Ich versuchte mir einzureden, dass es sowieso keine Rolle mehr spielen würde; es brächte uns Becky nicht zurück. Sie haben den Fall nicht aufgeklärt. Ich begann zu trinken, um zu vergessen, dass mir mein Ruf und mein Geschäft wichtiger gewesen waren als meine Tochter. Und ehe ich mich's versah, stand ich an dem schwarzen Loch. Ich fiel hinein und bin immer noch dabei hinauszuklettern."

„Es tut mir leid, Mr Lost. Es tut mir aufrichtig leid, dass das passiert ist. Alles."

„Ist das die Geschichte, die Sie hören wollten, Detective?"

„Ich wollte nur die Wahrheit erfahren. Ob Sie's glauben oder nicht, es wird mir helfen, für sie zu sprechen. Können Sie mir diese zwei Männer beschreiben?"

„Ich weiß nur noch, dass beide Weiße waren. Und einen von ihnen nannte ich in Gedanken Meister Proper, wegen seines kahl rasierten Schädels und weil er wie dieser Kerl auf der Putzmittelflasche mit verschränkten Armen dastand."

Bosch spürte, wie sich seine Wut in die Muskeln seiner Schultern vorarbeitete. Er wusste, wer Meister Proper war. „Wie viel von alledem hat Ihre Frau mitbekommen?"

„Muriel wusste nichts davon. Ich habe ihr nichts erzählt.“

Bosch griff in seine Gesäßtasche, zog das alte Foto von Mackey heraus und legte es auf den Tisch. „Erkennen Sie diesen Jungen?“

Lost sah das Bild lange an, bevor er den Kopf schüttelte. „Sollte ich?“

„Er heißt Roland Mackey. Er ging zwar nicht auf der Hillside zur Schule, aber er lebte in Chatsworth.“

Bosch wartete auf eine Reaktion, bekam aber keine. Lost starrte nur auf das Foto auf dem Tisch.

„Es stammt aus einer Verbrecherkartei. Was hat er getan?“

„Ein Auto gestohlen. Aber wir wissen auch, dass er einer Gruppe rechtsextremer Weißer angehörte. Sagt Ihnen der Name etwas?“

„Nein. Sollte er das?“

„Das weiß ich nicht. Wir versuchen gerade herauszufinden, ob sich die Wege von Rebecca und ihm irgendwo gekreuzt haben.“

„In welche Schule ging er?“

„Er war auf der Chatsworth High, hat sie aber nicht beendet. Er hat einen GED.“

„Rebecca ging in dem Sommer vor ihrem Tod immer zum theoretischen Fahrunterricht in die Chatsworth High.“

„Ich werde das nachprüfen.“

Aber Bosch glaubte nicht, dass es eine gute Spur war. Mackey war vor dem Sommer 1987 von der Schule abgegangen und hatte erst 1988 noch einmal die Schulbank gedrückt, um seinen GED zu machen. Trotzdem konnte es nicht schaden, dem nachzuspüren.

„Ging sie gern ins Kino und in Einkaufszentren?“

„Sie war sechzehn. Natürlich ging sie gern ins Kino.“

„Welche Kinos?“

„Sie und ihre Freundinnen waren oft in der Northridge Mall, weil die ganz in der Nähe lag. Auch zum Autokino in der Winnetka fuhren sie gern.“

Mackey war wegen eines Einbruchs in ebendieses Kino verhaftet worden. Aufgrund dessen stand es für Bosch ganz oben auf der Liste der Orte, an denen sich Rebecca und Mackey begegnet sein könnten.

„Trafen sie sich dort mit Jungs?“

„Ich denke schon. Es war nichts Verkehrtes daran, dass unsere Tochter mit ihren Freundinnen ins Kino ging und sich mit Jungen traf. Wir konnten sie nicht jede Minute beaufsichtigen.“

„Ich will Sie damit auch nicht als Vater verurteilen, Mr Lost. Ich sammle nur so viele Informationen, wie ich bekommen kann, weil man nie wissen kann, was möglicherweise wichtig wird."

„Dann glauben Sie also, dieser Mackey war es?"

„Er hat irgendetwas damit zu tun. Aber bald werden wir mehr wissen."

„Wenn Sie an diesen Punkt kommen, werden Sie für sie sprechen, Detective, nicht wahr?"

Bosch glaubte zu wissen, worum Lost ihn bat. „Ja, Sir, das werde ich."

SECHS

Mit verschränkten Armen saß Kiz an ihrem Schreibtisch, als hätte sie den ganzen Vormittag auf Bosch gewartet.

„Hast du die PDU-Akte?", fragte er.

Sie blickte finster drein. „Ein Auge durfte ich darauf werfen. Aber mitnehmen durfte ich sie nicht."

Bosch schaute sich um. Pratts Tür stand offen und er konnte ihn sehen. Es war nicht so, dass Bosch ihm nicht traute. Aber er wollte ihn nicht in eine Situation bringen, in der er etwas hörte, was er nicht hören wollte oder noch nicht zu hören bereit war.

„Hast du Lust auf einen Spaziergang, Kiz?"

„Klar, warum nicht?"

Sie fuhren mit dem Lift nach unten und gingen vorn hinaus.

„Und wo willst du hin?", fragte Kiz.

„Das letzte Mal, als ich im Parker Center gearbeitet habe, ging ich zum Nachdenken immer zur Union Station rüber. Irgendwie gefiel es mir dort."

„Meinetwegen gern."

Sie nahmen die Los Angeles Street nach Norden.

„Was gibt es von Robert Lost zu berichten?", erkundigte sich Kiz.

„Ich fand ihn sympathisch. Er versucht sich ganz allein aus dem Loch herauszukämpfen. Er bereitet täglich mehr als hundert Frühstücke zu."

„Was hat er dir erzählt, dass du so sauer bist?"

„Wie bitte?"

„Ich kenne dich doch. Er hat dir was erzählt, was dich auf hundertachtzig gebracht hat."

„Irving. Zumindest glaube ich, dass er mir von Irving erzählt hat."

Bosch wiederholte ihr, was Lost ihm berichtet hatte, und endete mit der Beschreibung der Polizisten, die Rebeccas Vater gedroht hatten.

„Hört sich auch für mich ganz nach Irving an“, bestätigte Kiz.

„Und nach einem seiner Pudel. Vielleicht McClellan.“

„Möglich. Und du glaubst, auf Losts Aussage ist Verlass? Er ist schon lange auf der Straße.“

„Ich denke schon. Alles, was er sagte, scheint unsere Theorie zu untermauern. Ich glaube, sie haben sich in die Ermittlungen eingemischt. Die Untersuchung zielte in eine bestimmte Richtung, und sie lenkten sie in eine andere. Möglicherweise wussten sie, dass die Stadt in Flammen aufgehen würde. Der Skandal um Rodney King war nur das Streichholz. Es hatte sich einiges aufgestaut, und vielleicht glaubten die zuständigen Stellen, sie müssten den Ermittlungen zum Wohl der Allgemeinheit eine andere Richtung geben. Auf Kosten der Gerechtigkeit für Rebecca Lost.“

Der Verkehr war laut, Kiz musste die Stimme heben. „Das sieht dir aber gar nicht ähnlich, Harry, dass du nach einem vertretbaren Grund suchst, weshalb sie so etwas Verwerfliches getan haben könnten. Normalerweise hältst du in solchen Fällen immer nach finsteren Motiven Ausschau.“

„Heißt das, du hast diese finsteren Motive in der PDU-Akte gefunden?“

Bedrückt nickte sie. „Ich glaube schon. Ich bin heute Morgen gleich als Erstes zum Big Boss in den Sechsten hoch. Ich habe ihm von ‚Starbucks‘ einen Kaffee mitgebracht – er kann nämlich das Gebräu aus der Cafeteria nicht ausstehen. Das hat mir Tür und Tor geöffnet. Dann habe ich ihm erzählt, bei unserem Fall gebe es Querverbindungen zu einem alten PDU-Verfahren und dass ich deshalb ins Spezialarchiv müsse, um eine Akte rauszusuchen. Er hat Lieutenant Hohman mitgeschickt. Wir haben die Akte rausgesucht, und ich musste sie mir durchsehen, während Hohman mir am Tisch gegenübersaß. Weißt du was, Harry? Im Spezialarchiv sind ganz schön viele Akten.“

„Wo die ganzen Leichen begraben sind …“ Bosch wollte noch etwas sagen, wusste aber nicht, wie er es formulieren sollte.

Kiz sah ihn an. Ihr konnte er nichts vormachen. „Was ist?“

Zunächst schwieg er, aber sie wartete einfach.

„Kiz, du hast mal gesagt, der Mann im Sechsten traut dir. Traust du ihm auch?“

Sie blickte ihm in die Augen. „Wie ich dir vertraue, Harry.“

„Das genügt mir vollauf.“

Sie gelangten zum Bahnhof. Die Union Station war als Spiegelbild der Stadt konzipiert worden, ein Schmelztiegel unterschiedlichster Architekturstile – spanisch-kolonial, Mission, stromlinienförmige Moderne, Art déco und dazu eine Prise Southwestern und maurische Ornamente. Aber im Gegensatz zum Rest der Stadt, wo dieser Tiegel eindeutig zu oft überkochte, verschmolzen im Bahnhof die Stile wie von selbst zu etwas Einzigartigem, Schönem. Dafür mochte Bosch ihn ganz besonders.

Sie kauften sich zwei Kaffee und gingen damit in den Wartesaal, wo sich die braunen Ledersitze aneinanderreihten wie luxuriöse Kirchenbänke. Bosch deutete auf zwei nebeneinanderliegende freie Plätze. Sie ließen sich nieder und stellten ihre Kaffeebecher auf die breiten hölzernen Armlehnen.

„Was befand sich denn in der Akte, die du im Spezialarchiv gesehen hast?", fragte Bosch. „Was war so bedrückend?"

„Zum einen ist Mackey aufgeführt. Aber es geht um ein Ermittlungsverfahren, das zum Abschluss gebracht wurde, lang bevor Rebecca Lost überhaupt schwanger war, geschweige denn aus ihrem Bett entführt wurde."

„Aha. Und was hat das Ganze dann mit uns zu tun?"

„Möglicherweise gar nichts, möglicherweise aber auch alles. Erinnerst du dich an den Kerl, mit dem Mackey zusammenwohnt, William Burkhart? Von ihm ist auch die Rede. Nur war er damals besser als Billy Blitzkrieg bekannt. Das war sein Spitzname in dieser Gang, den Eights. Im März 1988 wanderte er wegen Schändung einer Synagoge ein Jahr in den Knast."

„Das Hassverbrechen. War er der Einzige, den sie dafür eingelocht haben?"

Sie nickte. „Sie fanden auf einer Spraydose, die sie in der Nähe der Synagoge in einem Gullyrost sichergestellt hatten, einen Fingerabdruck. Deswegen musste er dran glauben. In den Protokollen und in der Presse wurde Burkhart als Anführer der Eights bezeichnet. Sie sagten, er hätte 1988 zu einem Jahr rassischer und ethnischer Unruhen zu Ehren Adolf Hitlers ausgerufen. Diese Idioten liefen alle in Trikots der Minnesota Vikings rum – die Wikinger waren anscheinend eine reine Rasse. Und alle trugen die Nummer 88."

„Langsam beginne ich mir ein Bild zu machen."

„Wegen der Synagoge hatten sie Burkhart am Wickel, und außerdem stieg ihm das FBI wegen einer Bürgerrechtsklage gewaltig auf die Zehen. Die Serie der Straftaten war Anfang Januar losgegangen, als die Eights das neue Jahr einläuteten, indem sie im Vorgarten einer schwarzen Familie in Chatsworth ein brennendes Kreuz aufstellten. Dem folgten weitere brennende Kreuze, Drohanrufe, Bombendrohungen, die Schändung der Synagoge, Randale in einer jüdischen Kindertagesstätte, Prügel für mexikanische Arbeiter. Um auf ihre eigene Terminologie zurückzugreifen: Die

Eights säten Zwietracht, um dadurch, wie sie glaubten, eine Trennung der Rassen herbeizuführen."

„Ja, das Lied kenne ich."

„Na ja, man stand kurz davor, das alles Burkhart anzuhängen, und wenn sie damit zum Justizministerium gegangen wären, hätten ihm mindestens zehn Jahre in einem Bundesgefängnis geblüht."

„Alles klar. Und er ließ sich auf einen Handel ein."

Kiz nickte. „Er bekam ein Jahr in Wayside und fünf Jahre auf Bewährung, und damit war der Fall erledigt. Und die Eights wurden zerschlagen. Bis Ende März hatte sich das Ganze erledigt, also schon lange vor Rebecca Lost."

„Und was hatte Mackey mit alldem zu tun?"

„Er war ein Schulabbrecher ohne Zukunft, den sie zu einem weißen Krieger formen wollten. Aber sie hatten ihn kaum angeworben, da merkten sie, dass er so dumm war, dass sie ihn nicht mal für die Wandschmierereien einsetzen konnten, weil er selbst ihre simplen rassistischen Parolen nicht richtig schreiben konnte."

Bosch schüttelte den Kopf. „Ich kann mir diesen Kerl im Fall Lost einfach nicht als Täter vorstellen."

„Ich auch nicht. Ich glaube zwar, dass er eine Rolle spielte, aber nicht die Hauptrolle. Dazu hat er nicht genug in der Birne."

Bosch beschloss, das Thema Mackey vorerst fallen zu lassen und zum Beginn von Kiz' Bericht zurückzukehren. „Warum musste eigentlich nur Burkhart einsitzen, obwohl so viel gegen den Verein vorlag? Kommt hier High Jingo ins Spiel?"

„Ganz genau. Burkhart war zwar ein Anführer der Eights, aber nicht *der* Anführer. Als Kopf wurde ein gewisser Richard Ross ausgemacht."

„Etwa Richard Ross junior?"

„Richtig. Der Sprössling unseres guten Captain Ross."

Als Bosch bei der Polizei angefangen hatte, war Captain Richard Ross der langjährige Leiter der Dienstaufsichtsbehörde gewesen. Inzwischen befand er sich im Ruhestand. Plötzlich fügten sich die Teile zu einem Ganzen zusammen.

„Und deshalb hielten sie Ross junior schön aus allem raus und ersparten damit Ross senior und dem LAPD eine Menge Ärger", folgerte Bosch. „Sie schoben alles Burkhart, Ross' Stellvertreter, in die Schuhe. Das Ganze wurde als jugendlicher Fehltritt abgehakt."

„Genau. Ross junior kam mit den ganzen Informationen rüber und ließ alle hängen. Mehr brauchte die PDU nicht, um die Gruppe in aller Stille aufzulösen. Und der Junior kam ungeschoren davon."

„Und Irving spielte dabei mit. Infolge dieses Deals bekam er die Dienstaufsicht in seine Hand. Mit anderen Worten, er konnte ganz nach Gutdünken darüber bestimmen, gegen wen die Dienstaufsicht ermittelte und wie diese Ermittlungen geführt wurden. Das erklärt einiges von dem, was damals polizeiintern ablief."

„Das war größtenteils noch vor meiner Zeit", wandte Kiz ein.

„Doch dann wird Rebecca Lost mit einer Pistole erschossen, die einem Mann gestohlen wurde, den die Eights bedroht hatten, und gestohlen hat sie einer dieser Kläffer, die sie gerade hatten laufen lassen. Mit ihrem wunderschönen Arrangement wäre also Schluss gewesen, wenn der Mord mit den Eights in Verbindung gebracht worden wäre und damit auch mit ihnen."

„Ganz genau. Deshalb schalteten sie sich in die Ermittlungen ein und lenkten sie in eine für sie ungefährliche Richtung, sodass nie jemand für die Tat zur Rechenschaft gezogen wurde."

„Diese Schweine", flüsterte Bosch.

„Das sind alles nur Vermutungen", warnte Kiz ihn.

„Wann ist Ross in Pension gegangen?"

„1991. Er zog nach Idaho. Und Ross junior ist schon vor seinem Vater da hinaufgezogen. Wahrscheinlich in eine dieser weißen Enklaven, wo er sich ganz zu Hause fühlte. Er kam 93 bei einem Verkehrsunfall ums Leben."

Für Bosch war das wie ein Schlag in die Magengrube. Er hatte an Richard Ross junior als Kandidaten für den Lost-Mord richtig Geschmack zu finden begonnen. Ross könnte sich von Mackey die Tatwaffe besorgt und sich vielleicht auch von ihm helfen lassen haben, das Opfer den Hügel hinaufzutragen. Doch jetzt war er tot. Müssten sie am Ende zu Rebeccas Eltern gehen und ihnen mitteilen, ihre seit Langem tote Tochter sei ihnen von jemandem genommen worden, der ebenfalls schon lange tot sei? Was wäre das für eine Gerechtigkeit?

„Ich weiß, was du jetzt denkst", sagte Kiz. „Er hätte unser Mann sein können. Aber das glaube ich nicht. Laut DMV-Datenbank hat er seinen Führerschein im Mai 1988 in Idaho ausgestellt bekommen. Als Rebecca umgebracht wurde, war er also vermutlich schon dort oben."

„Ja, vermutlich."

Von einer simplen Suche in der Datenbank der Kfz-Zulassungsstelle ließ sich Bosch nicht überzeugen.

„Lass uns mal sehen, ob ich alles kapiert habe. 1988 will eine Gruppe aus dem Valley, die sich die Eights nennt, einen heiligen Rassenkrieg vom Zaun brechen. Die Polizei findet heraus, dass der Kopf der Gruppe der Sohn unseres Captain Ross von der Dienstaufsicht ist. Commander Irving wittert sofort seinen Vorteil. Er legt seine schützende Hand über Ross junior, und an dessen Stelle wird Burkhart verknackt. Die Eights sind zerschlagen. Und Ross junior kommt ungestraft davon. Eins zu null für Irving, der jetzt Ross senior am Gängelband hat. Und die Sache ist bereits im Frühjahr vom Tisch, richtig?“

„Ja, Ende März. Und Anfang Mai ist Ross junior bereits nach Idaho umgezogen.“

„Dann bricht im Juni jemand in Sam Weiss’ Haus ein und stiehlt dessen Pistole. Und im Juli wird ein gemischtrassiges Mädchen aus dem Haus ihrer Eltern entführt und ermordet. Nicht vergewaltigt, aber ermordet – was wir nicht außer Acht lassen sollten. Der Mord wird, allerdings sehr dilettantisch, als Selbstmord getarnt. Garcia und Green kriegen den Fall und stellen Ermittlungen an, die sie nirgendwohin führen, weil sie – ob sie’s nun wissen oder nicht – in eine falsche Richtung gelenkt werden. Und jetzt wird siebzehn Jahre später die Tatwaffe unwiderlegbar mit jemandem in Verbindung gebracht, der nur wenige Monate vor dem Mord Kontakte zu den Eights hatte. Könnte es also sein, dass die Eights noch keineswegs zerschlagen waren? Und jetzt auch Mord in ihr Repertoire aufnahmen?“

Kiz schüttelte den Kopf. „Sehr einleuchtend ist das nicht. Den Eights ging es um öffentliche Botschaften. Aber was für eine Botschaft soll es sein, jemanden zu ermorden und es dann als Selbstmord zu tarnen?“

Bosch nickte. Sie hatte Recht.

„Also schön, dann haben wir Ross junior angeblich oben in Idaho und Burkhart in Wayside. Wer war außer Mackey noch übrig?“

„In der Akte stehen noch fünf weitere Namen.“

„Das ist vorläufig die Liste unserer Verdächtigen. Aber Moment mal. *War* Burkhart überhaupt noch in Wayside? Hast du nicht gesagt, er hat ein Jahr gekriegt? Das heißt, er müsste nach fünf oder sechs Monaten wieder rausgekommen sein, wenn er dort keinen Ärger gemacht hat. Wann genau hat er seine Strafe angetreten?“

„Er müsste Ende März oder Anfang April in Wayside eingeliefert worden sein. Er könnte nicht …“

„Wann er nach Wayside kam, spielt keine Rolle. Wann wurde er geschnappt? Wann ist diese Geschichte mit der Synagoge passiert?“

„Anfang Januar.“

„Also schön, Anfang Januar. Wenn sie Burkhart Ende Januar verhaftet haben und er nicht gegen Kaution rauskam …"

„Februar, März, April, Mai, Juni", unterbrach Kiz ihn aufgeregt. „Fünf Monate. Bei guter Führung könnte er im Juli wieder draußen gewesen sein!"

Bosch nickte abermals. In den Bezirksgefängnissen waren Häftlinge untergebracht, die sich in Untersuchungshaft befanden oder Haftstrafen von unter einem Jahr verbüßten. Die Gefängnisse litten schon seit Jahrzehnten an Überfüllung und wurden deshalb per Gerichtsbeschluss regelmäßig kontrolliert, ob sie die maximalen Belegungszahlen nicht überschritten. Infolgedessen war es gängige Praxis, Insassen wegen guter Führung frühzeitig zu entlassen, wobei ihnen je nach Belegungsdichte des jeweiligen Gefängnisses pro verbüßtem Hafttag bis zu drei Tage angerechnet wurden.

„Das sieht gut aus, Harry."

„Vielleicht zu gut. Wir müssen sehen, dass die Sache Hand und Fuß bekommt."

„Sobald wir zurück sind, setze ich mich an den Computer und sehe nach, wann er entlassen wurde. Wie wirkt sich das auf unsere Telefonüberwachung aus?"

Bosch dachte kurz nach. „Wir machen weiter wie geplant. Falls die Wayside-Entlassung zeitlich passt, beobachten wir Mackey *und* Burkhart. Wir scheuchen Mackey dennoch auf, denn er bietet mehr Angriffsfläche. Wir tun es, wenn er arbeitet, und wenn wir mit unserer Vermutung richtigliegen, wird er Burkhart anrufen."

„Glaubst du, es könnte klappen?"

Bosch zuckte die Achseln. „Es muss klappen."

Sie standen auf, warfen ihre leeren Kaffeebecher in einen Abfallkorb und gingen zum Ausgang.

„Tut mir leid, Harry. Kaum bist du wieder dabei, ziehst du als Erstes einen Fall, bei dem einem aus allen Ecken High Jingo entgegenschreit."

„Ich mache mir keine Sorgen. Aber die sollten sich welche machen."

„MEINETWEGEN kann es losgehen", verkündete Commander Garcia.

Bosch ging zur Tür, um die zwei Frauen von der *Daily News* hereinzulassen.

„Hallo, ich bin McKenzie Ward", stellte sich die erste vor. Sie war offensichtlich die Reporterin. Die andere Frau trug eine Fototasche und ein Stativ. „Ich bin Emmy Ward", sagte die Fotografin.

„Schwestern?“, fragte Garcia. Die zwei Frauen sahen sich sehr ähnlich, beide in den Zwanzigern, beide attraktive Blondinen mit einem strahlenden Lächeln.

„Ich bin älter“, erwiderte McKenzie Ward. „Aber nicht viel.“

„Hätten Sie was dagegen, wenn wir erst ein paar Fotos machen?“, fragte Emmy Ward. „Ich habe noch einen Auftrag, zu dem ich dann gleich weitermuss.“

„Natürlich. Wo wollen Sie mich haben?“

Sie arrangierte eine Aufnahme mit Garcia am Konferenztisch, die aufgeschlagene Mordakte vor sich. Bosch hatte sie als Requisit mitgebracht. Etwas abseits unterhielt er sich derweil mit McKenzie Ward. Sie hatten schon am Telefon miteinander gesprochen, und sie war auf seinen Vorschlag eingegangen. Wenn sie den Artikel am folgenden Tag in der Zeitung unterbrächte, bekäme sie als Erste ein Exklusivinterview, wenn sie den Mörder fassten. Kiz hatte am Nachmittag einen Termin bei einem Richter. Falls die Telefonüberwachung genehmigt wurde, konnte es am nächsten Morgen losgehen.

„Haben Sie schon mit Muriel Lost gesprochen?“, fragte die Reporterin.

„Ja, und sie ist bereit, nachher auch mit Ihnen zu sprechen. Sie hat das Zimmer ihrer Tochter im selben Zustand wie vor siebzehn Jahren gelassen. Sie meinte, Sie können dort auch Fotos machen.“

„Wirklich?“

Bosch wusste, was in McKenzie Ward ablief. Die Mutter in dem Kinderzimmer, in dem die Zeit stehen geblieben war, wäre ein wesentlich besseres Motiv als ein alter Cop mit einem Aktenordner.

„Dann muss ich mal schnell telefonieren, ob ich Emmy noch länger behalten kann.“ Sie ging hinaus. Als sie nach drei Minuten zurückkam, nickte sie Bosch zu.

„Und das mit morgen klappt also?“, versicherte er sich.

„Ja, der Artikel ist für die Titelseite vorgesehen.“

„Gut.“

„Aber wenn Sie mich linken, werde ich Ihnen das nicht vergessen.“

„Machen Sie sich keine Sorgen. Sie kriegen das Exklusivinterview. Sobald wir jemanden fassen, rufe ich Sie an, und nur Sie.“

„Danke. Aber jetzt noch mal kurz zu den Bedingungen. Ich darf Sie zwar namentlich zitieren, aber Sie möchten auf keinem der Fotos zu sehen sein, ist das richtig so?“

„Richtig. Ich muss in dieser Sache vielleicht verdeckte Ermittlungen führen.“

„Verstehe. Das meiste, was ich brauche, habe ich schon aus dem Archiv. Aber trotzdem würde ich mich gern noch kurz mit Ihnen beiden zusammensetzen."

„Klar, gern."

„Fertig", verkündete Emmy Ward ein paar Minuten später.

„Ruf mal in der Bildredaktion an", teilte ihre Schwester ihr mit. „Es ist jetzt doch wieder alles anders, und du bleibst bei mir."

„Aha." Die Fotografin ging zum Telefonieren hinaus.

Die Reporterin und Bosch setzten sich zu Garcia an den Tisch. Zunächst wollte McKenzie Ward von dem Commander wissen, warum ihn der Fall so lange verfolgt und was ihn dazu gebracht habe, ihn durch Offen-Ungelöst noch einmal aufrollen zu lassen.

Während Garcia drauflosschwadronierte, wie einen manche Fälle ein Leben lang nicht mehr losließen, spürte Bosch, wie die Verachtung in ihm wuchs. Er wusste etwas, was die Journalistin nicht wusste: Garcia hatte siebzehn Jahre zuvor wissentlich oder unwissentlich zugelassen, dass die Ermittlungen auf dem Abstellgleis gelandet waren.

Nach ein paar weiteren Fragen an Garcia wandte sich die Reporterin Bosch zu und wollte von ihm wissen, welche neuen Erkenntnisse es gebe.

„Das Wichtigste ist, dass wir die DNA des Schützen haben", antwortete er. „Unser Kriminallabor hat Gewebe und Blut von der Tatwaffe. Nun hoffen wir, dass wir diese Proben einem Verdächtigen, dessen DNA bereits in der Datenbank des Justizministeriums gespeichert ist, zuordnen können oder mit ihrer Hilfe Verdächtige identifizieren beziehungsweise von einem Tatvorwurf freisprechen können. Wir sind gerade dabei, uns noch einmal alle in den Fall verwickelten Personen vorzunehmen. Dieser DNA-Abgleich ist eine Maßnahme, die Commander Garcia 1988 noch nicht zur Verfügung stand."

Interessiert machte sich die Reporterin eine Menge Notizen.

Bosch war zufrieden. Die Tatwaffe und der DNA-Vergleich waren die Punkte, die er unbedingt in der Zeitung sehen wollte. Da Mackey wusste, dass in der DOJ-Datenbank eine Probe von ihm gespeichert war, geriet er hoffentlich in Panik. Vielleicht versuchte er zu fliehen oder rief jemanden an, um über diese alte Geschichte zu sprechen.

„Wie lange dauert es, bis vom Justizministerium ein Ergebnis vorliegt?", fragte McKenzie Ward.

Bosch versuchte sich aus der Affäre zu ziehen, ohne direkt zu lügen. „Das ist schwer zu sagen. Aber wir könnten jetzt jeden Tag eine Rückmeldung bekommen."

„Was ist mit der Rassenproblematik? Ich habe alle Zeitungsberichte gelesen, und nie wurde in irgendeiner Weise zur Sprache gebracht, dass das Mädchen gemischtrassig war. Glauben Sie, das könnte bei den Motiven für diesen Mord eine Rolle gespielt haben?"

Bosch warf Garcia einen Blick zu.

„Wir haben nichts gefunden, was auf einen rassistischen Hintergrund hingedeutet hätte", erklärte der Commander.

Doch die Reporterin wollte auch die aktuelle Meinung zu dieser Frage hören.

„Wir haben die Mordakte gründlich studiert, und es finden sich dort keinerlei Hinweise auf so etwas", erwiderte Bosch.

Er machte sich schon darauf gefasst, dass sie nachhakte, aber McKenzie Ward klappte ihren Notizblock zu.

„Ich habe, was ich brauche. Ich werde jetzt mit Mrs Lost sprechen, und dann muss ich den Artikel schreiben, damit er morgen erscheinen kann. Gibt es eine Nummer, unter der ich Sie erreichen kann, Detective Bosch?"

Er gab ihr seine Handynummer nur widerstrebend, weil ihm klar war, dass sie damit einen direkten Draht zu ihm hätte und künftig bei jedem Fall davon Gebrauch machen würde. Es war die letzte Rate in ihrem Geschäft.

Alle standen vom Tisch auf, und da erst bemerkte Bosch, dass Emmy Ward leise in das Büro zurückgekommen war. Er und Garcia dankten beiden Frauen für ihr Kommen und sie verabschiedeten sich.

„Lief doch ganz gut", sagte Garcia, nachdem sich die Tür geschlossen hatte. „Wie sicher sind Sie, dass dieser Mackey die Meldung überhaupt zu sehen bekommt?"

„Wir sorgen schon dafür, dass er erfährt, was in dem Artikel steht. Gestern ist nämlich noch ein zweiter Name aufgetaucht. Ein gewisser William Burkhart. Als Sie den Fall hatten, war er als Billy Blitzkrieg bekannt. Kommen Ihnen die Namen irgendwie bekannt vor?"

Garcia setzte seinen nachdenklichsten Blick auf. „Ich glaube nicht, dass sie mal irgendwo fielen." Er beugte sich über seinen Schreibtisch, um auf seinen Terminkalender zu schauen. „Mal sehen, was als Nächstes ansteht."

„Ich, Commander. Ich brauche noch ein paar Minuten, um verschiedene Fragen im Zusammenhang mit unseren jüngsten Erkenntnissen zu klären."

„Was für jüngste Erkenntnisse? Meinen Sie diesen neuen Verdächtigen, Blitzkrieg?"

„Ja, und die Sache, bei der wir beide gelogen haben. Den rassistischen Hintergrund."

Garcias Miene versteinerte. „Ich habe nicht gelogen. Wir haben keinen rassistischen Hintergrund gefunden."

„Sind Sie da wirklich sicher?"

„Detective, ich möchte Sie daran erinnern, mit wem Sie es hier zu tun haben", erwiderte Garcia ruhig. „Worauf, zum Teufel, wollen Sie hinaus?"

„Mit allem gebührenden Respekt, Sir, aber der Fall wurde 1988 von einem möglichen rassistischen Hintergrund weggelenkt. Wenn Sie sagen, Sie haben einen solchen Hintergrund nicht gesehen, will ich Ihnen das gern glauben. Andernfalls könnte ich nicht nachvollziehen, weshalb Sie Pratt bei Offen-Ungelöst darauf aufmerksam machen sollten, dass es zu dem Fall eine DNA-Spur gibt. Aber wenn Sie nicht wussten, was Sache war, wusste Ihr Partner es mit Sicherheit. Hat er Ihnen gegenüber mal geäußert, dass er von der Polizeiführung unter Druck gesetzt wurde?"

„Ron Green war der beste Detective, den ich kenne oder mit dem ich zusammengearbeitet habe. Ich werde nicht zulassen, dass Sie sein Andenken in den Schmutz ziehen!"

Die beiden Männer standen etwa einen Meter voneinander entfernt, nur den Schreibtisch zwischen sich.

„Sie haben gestern erzählt, er hätte sich ein paar Jahre nach diesem Fall erschossen. Warum?"

„Diejenigen, die ungestraft davonkamen, ließen ihm keine Ruhe."

„Und was ist mit denen, die *er* davonkommen ließ?"

Wutentbrannt richtete Garcia einen Finger auf Bosch. „Unterstehen Sie sich! Ein Anruf im sechsten Stock, und Sie sitzen noch vor heute Abend wieder auf der Straße. Haben Sie mich verstanden? Ich weiß über Sie Bescheid."

„Sicher. Ich habe Sie verstanden."

In der Hoffnung, es möge die Spannung im Raum ein wenig abbauen, ließ sich Bosch auf einem der Stühle vor dem Schreibtisch nieder.

Nach kurzem Zögern setzte sich auch Garcia. „Ich finde es äußerst beleidigend, was Sie gerade zu mir gesagt haben."

„Tut mir leid, Sir, aber die Ermittlungen wurden von oben in eine ganz bestimmte Richtung gelenkt. Jedenfalls glaube ich, dass in diesem Fall die Rassenfrage eine entscheidende Rolle spielte – dafür ist der Zusammenhang mit Mackey und Burkhart der beste Beweis. Sie hatten diese beiden damals zwar noch nicht, aber Sie hatten die Tatwaffe, und da waren auch noch andere Dinge. Ich musste herausfinden, ob Sie daran beteiligt waren. Ihrer Reaktion nach zu schließen, waren Sie es nicht."

„Aber Sie sagen, dass es mein Partner war und er es mir verschwiegen hat."

Bosch nickte.

„Unmöglich“, protestierte Garcia. „Ron und ich standen uns sehr nahe.“

„Alle Partner stehen sich nahe, Commander. Aber auch wieder nicht *so* nahe. Wie ich die Sache sehe, haben Sie sich um die Akte gekümmert, und Green führte die Ermittlungen. Wenn er dabei auf Widerstand der Polizeiführung gestoßen ist, könnte er es durchaus für besser gehalten haben, Ihnen nichts davon zu erzählen. Vielleicht wollte er Sie schützen, vielleicht war es aber auch aus Scham, dass er sich gegen eine solche Einmischung nicht wehren konnte.“

Garcia senkte den Blick auf seinen Schreibtisch. Bosch konnte sehen, dass er auf eine Erinnerung schaute.

„Möglicherweise wusste ich sogar, dass da was nicht stimmte“, sagte Garcia leise.

„Inwiefern?“

„Wir beschlossen schon früh, uns die Eltern zu teilen. Ron übernahm den Vater, ich die Mutter. Ron hatte Probleme mit Lost. Zunächst war er total passiv, und plötzlich ließ er Ron keine Ruhe mehr und verlangte Ergebnisse von ihm. Ron meinte zu mir nur, Lost denke, seine Tochter sei aus rassistischen Motiven ermordet worden. Und dann sagte er etwas, woran ich mich heute noch erinnere: ‚Aber dort dürfen wir nicht hin.‘ Das blieb bei mir hängen, weil es so gar nicht zu dem Ron Green passte, den ich kannte. Für den gab es kein ‚Dort dürfen wir nicht hin‘. Jedenfalls nicht bis zu diesem Fall.“

Garcia blickte wieder zu Bosch auf, und dieser nickte. Das war seine Art, dem Commander dafür zu danken, dass er ihm davon erzählt hatte.

„Ich habe jetzt eine Besprechung, Detective. Sie müssen gehen.“

„Ja, Sir. Aber um Green so unter Druck setzen zu können, müssen sie doch etwas gegen ihn in der Hand gehabt haben.“

„Es gab eine Akte über Ron. Er war beschuldigt worden, einem Verdächtigen gegenüber handgreiflich geworden zu sein. Der Junge schlug sich den Kopf an, als Ron ihn auf den Rücksitz des Autos setzte. Wie sich herausstellte, hatte der Junge Beziehungen, und die Dienstaufsicht verbiss sich in die Sache.“

„Ich glaube, jetzt kann ich mir ein Bild von der Sache machen.“

„Ich verstehe, dass Sie das alles wissen müssen, Detective. Ich finde nur nicht gut, wie Sie mich deswegen angegangen sind.“

„Es tut mir leid, Sir.“

„Nein, das tut es Ihnen nicht.“

Bosch schwieg. Er stand auf und ging.

KIZ SASS immer noch vor dem Büro der Richterin Anne Demchak, als Bosch eintraf. Er war in den Nachmittagsstau geraten und hatte gefürchtet, die Besprechung zu verpassen.

Kiz las eine Zeitschrift, und Bosch dachte, dass er in dieser Phase der Ermittlungen nicht in der Lage wäre, entspannt in einem Magazin zu blättern. An diesem Punkt war er voll und ganz bei der Sache. Es war wie beim Surfen, fand er, obwohl er seit seiner Jugend nicht mehr auf einem Brett gestanden hatte. Seitdem waren viele Jahre vergangen, aber an den Wassertunnel konnte er sich immer noch erinnern. Es kam darauf an, in die Röhre zu gelangen, wo nichts anderes mehr existierte als das Wasser und der Ritt. Bosch war jetzt in der Röhre. Für ihn existierte nur noch der Fall.

„Wie lange bist du schon hier?“, fragte er.

Kiz sah auf die Uhr. „Etwa vierzig Minuten.“

„Ist sie schon die ganze Zeit mit dem Antrag da drinnen?“

„Ja. Sie ist gründlich. Sie liest jede Seite.“

„Es kommt morgen in die Zeitung. Sie muss heute unterschreiben.“

„Ich weiß. Nur keine Hektik. Setz dich erst mal.“

Er blieb stehen.

„Es wird schon klappen. Ich muss dir was zeigen.“

Bosch ließ sich auf dem Stuhl neben ihr nieder. „Was?“

„Ich habe hier Burkharts Bewährungsunterlagen.“

Sie zog einen Ordner aus ihrer Tasche und schob ihn auf dem niedrigen Tisch vor Bosch hin. Er beugte sich darüber und las.

„Am 1. Juli 1988 aus Wayside entlassen. Meldete sich am 5. Juli bei seinem Bewährungshelfer in Van Nuys.“ Er sah Kiz an. „Dann kommt er also infrage.“

„Unbedingt. Er kommt hierfür unbedingt infrage.“

„Hast du den Antrag entsprechend abgeändert, um auch ihn einzuschließen?“

„Ich habe ihn mit eingebaut, aber das direkte Bindeglied ist Mackey, wegen der Waffe.“

Bosch nickte. „Willst du das Neueste von Garcia hören?“

„Klar.“ Sie steckte den Ordner in ihre Tasche zurück.

Bosch berichtete ihr von dem Zeitungsinterview und davon, was ihm der Commander am Schluss enthüllt hatte.

„Glaubst du, er hat dir alles erzählt?“

„Nein, aber so viel, wie er mir zu erzählen bereit war. Vielleicht …“

Sein Handy begann zu klingeln. Er klappte es auf und meldete sich.

„Detective Bosch? Hier Tara Wood.“

Er hatte das Treffen bei CBS vergessen. „Tara, es tut mir aufrichtig leid. Es ist etwas dazwischengekommen. Wir müssten einen neuen Termin vereinbaren, falls Sie jetzt überhaupt noch mit mir reden wollen."

„Kein Problem. Es ist nur so, dass ein paar Autoren der Serie hier waren."

„Von welcher Serie?"

„‚Cold Case'. Wissen Sie nicht mehr? Ich habe Ihnen doch erzählt, wir ..."

„Doch, natürlich, die Serie. Also, das tut mir wirklich leid."

Inzwischen tat es Bosch aber nicht mehr so leid. Sie hatte versucht, das Gespräch mit ihm für irgendwelche Publicityzwecke auszuschlachten.

„Tut sich in dem Fall etwas? Waren Sie deswegen verhindert?"

„Gewissermaßen. Aber es gibt nichts, was ich Ihnen im Moment ... Das heißt, da ist doch etwas. Ist Ihnen was zu dem Namen eingefallen, den ich Ihnen gestern Abend genannt habe? Roland Mackey?"

„Nein, nach wie vor nicht."

„Wie sieht es mit William Burkhart aus? Oder Billy Blitzkrieg?"

Sie überlegte. „Nein, tut mir leid."

Bosch schaute auf und sah eine Frau, die ihnen von der offenen Tür des Richterzimmers zuwinkte. Vermutlich die Sekretärin der Richterin.

„Hören Sie, Tara, ich muss jetzt Schluss machen. Ich bitte nochmals um Entschuldigung." Er klappte das Handy zu, bevor sie antworten konnte, und machte es aus. Dann folgte er Kiz durch die Tür.

Die Jalousien der Fenster am anderen Ende des Raumes waren heruntergelassen. Eine einzige Schreibtischlampe erhellte das Zimmer. Hinter dem Schreibtisch saß eine Frau, die Bosch auf Ende sechzig schätzte. Ihr sympathisches Gesicht weckte in ihm die Hoffnung, dass sie das Büro mit einer unterschriebenen Anordnung verlassen würden.

„Detectives, kommen Sie rein und nehmen Sie Platz. Tut mir leid, dass ich Sie da draußen habe warten lassen."

„Das macht nichts, Euer Ehren", erwiderte Kiz.

Sie setzten sich auf die Stühle vor dem Schreibtisch. Dort sah Bosch zwei gerahmte Fotos. Auf einem waren ein älterer Mann und ein kleiner Junge abgebildet. Möglicherweise der Mann der Richterin mit einem Enkel. Auf dem anderen war ein etwa zehnjähriges schaukelndes Mädchen zu sehen. Es war ein altes Foto. Vielleicht ihre Tochter.

„Sie scheinen es mit dem Antrag ziemlich eilig zu haben", bemerkte die Richterin.

Bosch sah Kiz an. Sie sollte das Reden übernehmen.

„Ja, Euer Ehren, aus verschiedenen Gründen", begann sie. „Der Hauptgrund: Wir glauben, dass morgen in der *Daily News* ein Artikel erscheinen wird. Er könnte unseren Hauptverdächtigen, Roland Mackey, dazu veranlassen, mit anderen Verdächtigen – von denen einer in unserem Antrag aufgeführt ist – Kontakt aufzunehmen, um über den Mord zu sprechen. Wenn wir seine Telefone abhören, sobald der Artikel erscheint, können wir anhand seiner Telefonate vielleicht die anderen Beteiligten identifizieren."

Die Richterin nickte. „Und der andere Grund für Ihre Eile?"

„Der andere Grund ist, dass wir glauben, Mackey könnte nach wie vor in kriminelle Machenschaften verwickelt sein. Je schneller wir seine Gespräche abhören können, desto schneller können wir das bestätigen und auf diese Weise verhindern, dass ihm erneut jemand zum Opfer fällt."

Anerkennend stellte Bosch fest, wie raffiniert Kiz ihre Antwort formuliert hatte. Sie übte damit auf die Richterin großen Druck aus, den Antrag zu genehmigen.

„Ich verstehe", entgegnete die Richterin eisig. „Und worauf stützen Sie Ihre Annahme, dass er gegenwärtig in kriminelle Aktivitäten verwickelt ist, obwohl Sie keine konkrete Straftat aufführen können?"

„Da gibt es eine ganze Reihe von Punkten, Euer Ehren. Vor achtzehn Monaten lief Mackeys Bewährungsfrist wegen eines Sexualdelikts ab, worauf er unverzüglich den Wohnsitz wechselte, ohne dass sein Name auf einem offiziellen Dokument oder Mietvertrag aufgetaucht wäre. Ebenso wenig hat er eine neue Adresse hinterlassen. Er lebt im selben Haus wie ein ehemaliger Häftling, mit dem zusammen er früher erwiesenermaßen an kriminellen Aktivitäten beteiligt war. Dabei handelt es sich um William Burkhart, der ebenfalls in dem Antrag aufgeführt ist. Und Mackey benutzt ein Telefon, das nicht auf ihn angemeldet ist. Alle diese Punkte ergeben zusammen das Bild einer Person, die Vorkehrungen trifft, ihre Beteiligung an kriminellen Aktivitäten zu vertuschen."

„Vielleicht will er sich auch nur einer Bespitzelung von staatlicher Seite entziehen. Ist das alles, was Sie haben?"

Aus der Fassung gebracht, warf Kiz Bosch einen Seitenblick zu. Was gab es noch?

Er ergriff zum ersten Mal das Wort. „Die früheren kriminellen Aktivitäten, an denen er mit dem Mann beteiligt war, mit dem er jetzt zusammenlebt, waren Hassverbrechen, Euer Ehren. Diese beiden Männer haben eine Menge Leute bedroht und ihnen Schaden zugefügt."

„Und wie lang liegen diese Straftaten zurück?"

„Verfolgt wurden sie in den späten Achtzigerjahren. Aber niemand weiß, wie lange sie später noch damit weitergemacht haben."

Die Richterin sagte eine Minute lang nichts. Sie schien noch einmal die Zusammenfassung des Antrags zu lesen. Dann ging auf der Seite ihres Schreibtisches ein rotes Lämpchen an. Das bedeutete, dass die Verhandlung beginnen konnte, die in ihrem Gerichtssaal angesetzt war. Alle Parteien waren jetzt anwesend.

Schließlich schüttelte die Richterin den Kopf. „Ich finde einfach nicht, dass das genügt, Detectives. Sie haben ihn mit der Tatwaffe in Verbindung gebracht, aber nicht am Tatort. Der Punkt, dass er in ein Autokino eingebrochen ist, in dem das Opfer und ihre Freundinnen oft waren, ist bestenfalls weit hergeholt. Sie bringen mich hier ganz schön in Verlegenheit."

„Euer Ehren", beschwor Kiz sie, „wenn wir diesen Antrag nicht unterschrieben kriegen, entgeht uns die einmalige Chance, die dieser Zeitungsartikel für uns darstellt."

Die Richterin lächelte sie an. „Das hat nichts mit mir und dem zu tun, was ich hier zu tun habe, Detective. Das wissen Sie sehr wohl."

„Das Opfer war gemischtrassig", warf Bosch ein. „Dieser Kerl ist ein aktenkundiger Rassist."

„Aber es ist kein Zusammenhang von Beweismitteln, Detective. Es ist ein angenommener Zusammenhang von Indizien."

„Haben Sie Kinder, Euer Ehren?"

„Was hat das hiermit zu tun?"

„Dieser Kerl läuft jetzt schon siebzehn Jahre frei herum. Was wäre, wenn es Ihre Tochter gewesen wäre? Könnten Sie dann auch wegsehen? Rebecca Lost war ein Einzelkind."

Richterin Demchaks Augen verdunkelten sich. „Ich wende hier nicht den Blick von etwas ab, Detective. Und wenn Sie das Gericht noch weiter beleidigen und infrage stellen, werde ich Sie wegen Missachtung in Gewahrsam nehmen lassen."

Bosch ließ sich dadurch nicht einschüchtern. „Ihre Mutter lebt noch in dem Haus. Das Zimmer, aus dem sie entführt wurde, befindet sich noch in genau demselben Zustand wie an dem Tag, an dem sie ermordet wurde."

„Aber diese Fakten sind hier nicht von Belang."

„Ihr Vater wurde zum Trinker. Zuerst verlor er sein Restaurant, dann seine Frau und sein Zuhause. Ich weiß, dass auch das hier nicht von Belang ist, aber ich dachte, es könnte Sie vielleicht interessieren, Euer Ehren."

Die Richterin hielt seinem Blick stand, und Bosch wusste, er wanderte entweder ins Gefängnis oder verließe dieses Zimmer mit einer unterschriebenen Anordnung. Dazwischen gab es nichts. Im selben Moment sah er das Aufflackern von Schmerz in ihren Augen.

„Also schön." Sie kritzelte unten auf die letzte Seite ihre Unterschrift. „Überzeugt bin ich trotzdem noch nicht", setzte sie streng hinzu. „Deshalb gebe ich Ihnen zweiundsiebzig Stunden."

„Euer Ehren …", begann Bosch.

Kiz legte ihm die Hand auf den Arm. „Euer Ehren, wir hatten gehofft, mindestens eine Woche zu bekommen."

„Sie sagten doch, der Zeitungsartikel erscheint morgen. Dann werden Sie ziemlich schnell mehr wissen. Wenn Sie das Gefühl haben, die Frist verlängern zu müssen, kommen Sie am Freitag noch mal her und versuchen mich zu überzeugen. Ich werde nicht zulassen, dass Sie nur aufs Geratewohl Ihre Netze auswerfen. Ist das klar?"

„Ja, Euer Ehren", antworteten Bosch und Kiz wie aus einem Mund.

„Gut. Und jetzt muss ich wieder an meine Arbeit gehen."

Kiz sammelte die Dokumente ein, und sie bedankten sich. Als sie zur Tür gingen, rief ihnen Richterin Demchak hinterher: „Detective Bosch?"

Er drehte sich um. „Ja, Euer Ehren?"

„Sie haben das Foto gesehen, ja? Von meiner Tochter? Sie haben erraten, dass ich nur ein Kind habe."

„Ich habe selbst nur eins. Ich weiß, wie das ist."

Sie sprachen kein Wort, als sie das Gerichtsgebäude verließen. Es war, als wollten sie nach draußen kommen, ehe die Richterin es sich noch einmal anders überlegte.

Als sie endlich auf dem Bürgersteig standen, grinste Bosch Kiz an. „Das war knapp."

Zustimmend lächelte sie. „Du bist wirklich aufs Ganze gegangen."

Sie marschierten in Richtung Parker Center los.

„Aber wir haben es geschafft, Kiz. Willst du Pratt schon sagen, dass er die anderen zusammentrommeln soll?"

„Ja, mache ich."

Bosch klappte sein eigenes Handy auf und rief seine Nachrichten ab. Er stellte fest, dass er einen Anruf verpasst hatte.

Detective Bosch, hier ist McKenzie Ward von der News. *Ich muss Sie dringend sprechen, wegen Roland Mackey. Andernfalls muss ich den Artikel zurückziehen. Rufen Sie mich bitte zurück.*

„Mist!“, fluchte Bosch, als er die Nachricht löschte.

„Was ist?“, wollte Kiz wissen.

„Die Reporterin. Ich habe Muriel Lost eingeschärft, ihr nichts von Mackey zu erzählen. Aber offensichtlich ist es ihr doch herausgerutscht.“

Sie mussten Mackeys Namen unbedingt aus dem Artikel heraushalten, sonst tauchte er wahrscheinlich unter, ohne vorher jemanden anzurufen.

„Was willst du jetzt tun?“, fragte Kiz.

„Versuchen, es ihr auszureden. Ihr was vormachen, wenn nötig. Sie muss den Artikel bringen.“

Er rief Muriel Lost an und fragte sie, wie das Interview gewesen sei. Es sei gut gegangen, antwortete sie, und sie sei froh, dass es vorbei sei.

„Danke, dass Sie es getan haben. Der Artikel wird uns helfen. Dann hätte ich noch eine Frage. Haben Sie der Reporterin gegenüber den Namen Roland Mackey erwähnt?“

„Nein. Sie haben mir doch gesagt, ich sollte das nicht tun. Deshalb habe ich ihn auch nicht erwähnt. Warum?“

„Nur so. Ich wollte mich nur noch mal vergewissern. Danke, Muriel.“ Er klappte das Handy zu. Die Reporterin musste eine andere Quelle haben.

Sein Telefon begann zu klingeln, während er es noch in der Hand hielt.

„Detective Bosch, hier ist McKenzie Ward.“

„Ich habe gerade Ihre Nachricht erhalten. Ich war im Gericht, deshalb hatte ich das Handy ausgeschaltet.“

„Ich habe gehört, dass Sie bereits einen Verdächtigen namens Roland Mackey haben.“

„Wer hat Ihnen denn das erzählt?“

„Das spielt keine Rolle. Eine Rolle spielt dagegen, dass Sie mir eine wichtige Information vorenthalten haben. Lassen Sie mich raten. Sie halten sich beide Seiten warm und spielen diese Information der *Times* zu.“

Die Reporterin hörte sich gereizt an. Bosch musste unbedingt die Luft herausnehmen und Mackeys Rolle herunterspielen. Wenigstens hatte sie die DNA-Verbindung zwischen Mackey und der Tatwaffe nicht erwähnt. Daraus schloss Bosch, dass ihre Quelle nicht aus Polizeikreisen kam.

„Zuallererst – solange der Artikel auch wirklich morgen erscheint, sind Sie die Einzige, die diese Story kriegt. Zweitens spielt es sehr wohl eine Rolle, woher Sie diesen Namen haben, weil nämlich Ihre Information falsch ist. Sie machen einen Riesenfehler, wenn Sie diesen Namen in den Artikel setzen.“

„Wer ist dann dieser Mackey?“

Im Geist hakte Bosch die Namen der Leute ab, mit denen er und Kiz über Mackey gesprochen hatten und die nicht bei der Polizei waren. Dazu gehörten Rebeccas drei Freundinnen – Tara Wood, Bailey Sable und Grace Tanaka. Dann waren da noch Robert Lost, Danny Kotchof, die Bewährungshelferin Thelma Kibble, Schulleiter Gordon Stoddard und die Sekretärin, Mrs Atkins. Richterin Demchak war auszuschließen.

Die wahrscheinlichste Lösung war die Schule, weil hier für die Reporterin am einfachsten eine Verbindung zu dem Fall herzustellen gewesen wäre.

„Detective, sind Sie noch dran?"

„Ja, ich musste mich gerade auf den Verkehr konzentrieren."

„Also, wie lautet Ihre Antwort? Wer ist Roland Mackey?"

„Er ist irrelevant. Beziehungsweise war er das. Das ist inzwischen geklärt."

„Erklären Sie das bitte genauer."

„Schauen Sie, wir haben diesen Fall geerbt. Im Lauf der Jahre kam Verschiedenes durcheinander, sodass wir erst mal Ordung schaffen mussten. Dabei stießen wir auf ein Foto von Mackey, das lose in der Akte lag. Wir zeigten es ein paar Leuten, ob sie wüssten, wer er war und wie er da reingehörte. Wir haben nie jemandem erzählt, er wäre der Hauptverdächtige. Das können Sie mir glauben."

„Und wer ist er nun?"

„Nur ein Kerl mit mehreren Jugendstrafen, der damals in Chatsworth lebte. Aber wie sich zeigte, hatte er mit der Sache 1988 nichts zu tun. Das wurde uns allerdings erst klar, nachdem wir sein Foto herumgezeigt hatten. Tun Sie meinetwegen, was Sie wollen, aber wenn Sie den Namen dieses Kerls in die Zeitung bringen, bloß weil wir ein paar Leute nach ihm gefragt haben, könnten Sie sehr bald von ihm und seinem Anwalt hören. Übrigens, wer hat Ihnen von ihm erzählt: Gordon Stoddard oder Bailey Sable?"

Schweigen folgte. Es bedeutete wohl, dass er die Bombe entschärft hatte.

„Wir sind zur Schule gefahren, um uns das Jahrbuch anzusehen und ein paar Fotos herauszukopieren", sagte McKenzie Ward schließlich. „Wir mussten allerdings feststellen, dass Sie das einzige Exemplar für 1988, das sie in der Bibliothek hatten, ausgeliehen haben."

Das war ihre Art zu bestätigen, dass Bosch richtig vermutet hatte, ohne ihre Quelle preiszugeben.

„Das tut mir leid", entgegnete er. „Ich habe das Jahrbuch auf meinem Schreibtisch liegen. Wenn Sie es holen möchten …?"

„Dafür reicht die Zeit nicht mehr. Wir haben ein Foto von der Gedenktafel gemacht. Das wird auch seinen Zweck erfüllen. Außerdem habe ich in unserem Archiv ein Foto des Opfers gefunden."

„Wäre das also jetzt geklärt, Ms McKenzie?"

„Ja, natürlich. Ich wurde nur ein bisschen unruhig, weil ich dachte, Sie würden mir etwas Wichtiges vorenthalten."

„Etwas Wichtiges habe ich nicht zu berichten. Noch nicht."

„Na schön, dann mache ich mich lieber wieder an die Arbeit. Rufen Sie doch einfach morgen an und sagen Sie mir, wie Sie den Artikel finden."

„Mache ich."

Bosch klappte das Handy zu und sah Kiz an. „Ich glaube, wir sind aus dem Schneider."

„Also echt, Harry, langsam glaube ich, du könntest sogar einem Zebra seine weißen Streifen ausreden."

SIEBEN

Neben allen Mitgliedern von Offen-Ungelöst hatte Pratt noch vier Detectives, die für die Observierung an ihn ausgeliehen worden waren, in den Bereitschaftsraum beordert, wo Bosch und Kiz den Anwesenden einen halbstündigen Einführungsvortrag hielten. Dann übergaben sie wieder an Pratt.

„Also dann", begann er. „Wir werden in Sechserschichten arbeiten. Zwei Paare nehmen den Audioraum, zwei kümmern sich um Mackey, zwei um Burkhart. Ich möchte die OU-Teams bei Mackey und im Audioraum haben. Die vier Kollegen vom Morddezernat observieren Burkhart. Kiz und Harry wollen bei Mackey die zweite Schicht. Wir fangen morgen früh um sechs an, also dann, wenn die Zeitung ausgeliefert wird."

Übersetzt hieß das, dass sechs Detective-Paare in Zwölfstundenschichten im Einsatz wären. Schichtwechsel war jeweils sechs Uhr morgens und abends. Weil es Boschs und Kiz' Fall war, durften sie sich ihre Schicht als Erste aussuchen, und sie hatten sich dafür entschieden, Mackey jeden Tag ab sechs Uhr abends zu observieren. Bosch war sich sicher, dass Mackey, falls er etwas unternahm, dies am Abend täte. Und dann wollte Bosch zur Stelle sein.

Sie würden sich mit einem der anderen Teams abwechseln. Die verbleibenden zwei OU-Teams teilten sich ihre Zeit bei einer Privatfirma namens

ListenTech. Diese stellte eine Telefonüberwachungsanlage zur Verfügung, die von allen Polizeibehörden im Bezirk Los Angeles genutzt wurde.

„Wir sind gesetzlich verpflichtet, dass eine Person auch nur einen Anschluss abhören darf. Dass jemand zwei Leitungen übernimmt, kommt also nicht infrage", führte Pratt aus. „Weil wir nicht mehr Personal haben, müssen wir nun allerdings drei Anschlüsse mit zwei Leuten abhören. Wir wechseln also ab. Der erste Anschluss ist Mackeys Handy. Das hören wir durchgehend ab. Die zwei anderen Anschlüsse sind weniger wichtig. Sie befinden sich in dem Haus, in dem er wohnt, und an seinem Arbeitsplatz. Wir machen also Folgendes: Wenn er zu Hause ist, bleiben wir beim ersten Anschluss, und dann, von vier Uhr nachmittags bis Mitternacht, wenn er auf der Arbeit ist, schalten wir auf den Tankstellenanschluss um. Egal welche Anschlüsse wir also tatsächlich abhören, kriegen wir trotzdem 24-Stunden-Pen-Register für alle drei."

Pen-Register waren ein fester Bestandteil von Telefonüberwachungen. Während die Ermittler die Gespräche auf den überwachten Anschlüssen abhörten, wurden zugleich alle Anrufe registriert, die auf den in der Anordnung aufgeführten, aber gerade nicht abgehörten Anschlüssen ein- und ausgingen.

Marcia und Jackson meldeten sich für das zweite Straßenteam, das sich mit Bosch und Kiz abwechseln würde. Die restlichen vier teilten sich den Audioraumeinsatz, wobei Renner und Robleto die Frühschicht übernahmen und Robinson und Jean Nord die gleiche Schicht wie Bosch und Kiz. Bei ListenTech war man sehr bequem untergebracht, in voll klimatisierten Räumen mit Cafeteria und Lebensmittelautomaten. Doch manche Beamte zogen grundsätzlich die Straße vor, und Bosch wusste, dass er wie Marcia und Jackson zu dieser Sorte gehörte.

„Die Außenteams denken bitte daran, den Funk immer eingeschaltet zu lassen", mahnte Pratt. „Harry, Kiz, habe ich irgendwas vergessen?"

„Da wir nur wenig Zeit haben", sagte Bosch, „haben Kiz und ich uns was ausgedacht, um die Sache ein bisschen anzukurbeln, sollte sich bis morgen Abend nichts tun. Wir haben den Zeitungsartikel, und wir müssen dafür sorgen, dass er ihn zu sehen kriegt."

„Okay, Leute, das war's", erklärte Pratt abschließend. „Und immer dran denken: Wir haben nicht viel Zeit, nur bis Freitagabend, dann ist Schluss. Ziehen wir das durch. Wenn wir es nicht schaffen, schafft es niemand."

Bosch ging in das Abteil, das er mit Kiz teilte, und nahm die Kopie der Bewährungsakte aus dem Aktenstapel. Bisher war er noch nicht dazu gekommen, sie in Ruhe durchzusehen. Am meisten interessierten ihn die frühen Jahre.

Mackeys erste Festnahme nach Erreichen der Volljährigkeit erfolgte bereits einen Monat nach seinem 18. Geburtstag. Er wurde im August 1987 verhaftet, weil er ein Auto gestohlen und damit eine Spritztour gemacht hatte. Er lebte damals noch zu Hause.

Mackey bekannte sich schuldig. Das der Akte beigefügte Vorverhandlungsprotokoll enthielt zwar einen Hinweis auf seine Jugendstrafen, aber nichts über die Chatsworth Eights. Er wurde zu einer einjährigen Bewährungsstrafe verurteilt.

Sechs Wochen später wurde er erneut verhaftet, weil er in ein Haus in der Nachbarschaft eingebrochen war. Da seine Bewährungsstrafe noch nicht abgelaufen war, kam er bis zum Verhandlungsbeginn in Untersuchungshaft im Bezirksgefängnis. Nach 36 Tagen wurde er demselben Richter wie zuvor vorgeführt, den er um Nachsicht und eine zweite Chance bat. Laut Vorverhandlungsprotokoll war diesmal bei einem Drogentest festgestellt worden, dass Mackey regelmäßig Marihuana rauchte und begonnen hatte, mit einer dubiosen Gruppe aus der Gegend von Chatsworth zu verkehren.

Bosch war klar, dass es sich dabei wahrscheinlich um die Eights handelte. Das war Anfang Dezember gewesen, also nur wenige Wochen vor den Terrorakten. Im Protokoll stand davon jedoch nichts. Es hieß lediglich, Mackey verkehre in den falschen Kreisen. Der Richter wusste bei seinem Urteil vermutlich nicht, wie falsch diese Kreise waren.

Mackey erhielt drei Jahre Gefängnis, die jedoch mit der verbüßten U-Haft als abgegolten betrachtet wurden. Außerdem bekam er zwei Jahre auf Bewährung. Dabei musste er eine Reihe harter Auflagen erfüllen. Dazu gehörten wöchentliche Drogentests, eine feste Beschäftigung und die Bedingung, dass er innerhalb von neun Monaten seinen allgemeinen Schulabschluss machte. Der Richter gab ihm zu verstehen, dass er, sollte er gegen irgendeine dieser Auflagen verstoßen, den Rest seiner Haftstrafe in einem Staatsgefängnis verbüßen müsse.

Mackey erhielt seinen GED im August 1988, etwas mehr als einen Monat nach Rebecca Losts Ermordung.

„Irgendwas Brauchbares?"

Bosch blickte auf. Kiz stand an ihrem Schreibtisch.

„Nein, eigentlich nicht. Ich habe mir gerade die Bewährungsakte angesehen. Die frühen Sachen."

„Fahr heute Abend nach Hause, Harry, und schlaf dich mal richtig aus.

Das wirst du brauchen, weil du nämlich nächste Nacht ganz bestimmt nicht dazu kommen wirst."

Er nickte, machte aber keine Anstalten aufzustehen. „Willst du schon los?"

„Ja, außer du möchtest, dass ich zur Sitte nach Hollywood mitkomme."

„Nein, das schaffe ich schon allein. Lass uns morgen noch mal reden."

„Gut. Ich weiß nur nicht, wo ich die *Daily News* kriege. Sie ist außerhalb des Valley schwer zu bekommen. Kann sein, dass ich dich anrufen muss, damit du mir den Artikel vorliest."

„Das ist okay. Ruf mich an. Bei mir ist gleich den Hügel runter ein Zeitungskasten."

Mit gerunzelten Augenbrauen sah sie ihn an. „Bist du sicher, dass du dich so verunstalten lassen willst?" Sie spielte auf den Plan an, mit dem sie Mackey am kommenden Tag aus der Reserve locken wollten.

Bosch nickte. „Irgendwie muss ich die Nummer doch glaubhaft rüberbringen. Außerdem kann ich erst mal langärmelige Hemden tragen. Es ist ja noch nicht Sommer."

„Und wenn es gar nicht nötig ist? Wenn er den Artikel in der Zeitung sieht, sich ans Telefon hängt und wie ein Wasserfall zu reden anfängt?"

„Irgendwas sagt mir, dass er das nicht tun wird. Außerdem ist es ja nicht auf Dauer. Vicki Landreth hat mir versichert, dass es höchstens ein paar Wochen hält. Das ist nicht wie diese Henna-Tattoos, die sich die Kids am Santa Monica Pier machen lassen. Die halten länger."

„Gut, Harry, dann bis morgen früh."

Als sie gegangen war, stand er auf und klemmte sich die Akte unter den Arm. Wenn sich bei der Observierung am kommenden Tag nichts tat, gab sie vielleicht guten Lesestoff ab.

BOSCH stellte seinen Wagen auf dem Parkplatz hinter der Hollywood Division ab und betrat die Polizeistation durch den Hintereingang. Er war schon lange nicht mehr hier gewesen, und sie hatte sich stark verändert. Die von Jerry Edgar erwähnten Erdbeben-Renovierungsmaßnahmen hatten anscheinend jeden Bereich des Gebäudes betroffen. Bosch wollte im Morddezernat kurz bei seinem alten Kollegen vorbeischauen, doch ihm wurde mitgeteilt, Edgar sei unterwegs.

Die Tür zum Bereitschaftsraum des Sittendezernats im ersten Stock war abgeschlossen, aber das war nicht ungewöhnlich. Als Bosch klopfte, öffnete ihm ein verdeckter Ermittler, den er nicht kannte.

„Ist Vicki hier? Ich bin mit ihr verabredet."

„Kommen Sie rein."

Der Polizist machte einen Schritt zurück und ließ Bosch eintreten. Der Detective fand Vicki Landreth an einem Tisch unter dem Kinoplakat eines Films, den er nicht kannte.

„Hallo Vic. Hast du für so was immer noch Zeit?"

„Für dich habe ich doch immer Zeit, Süßer."

Vicki war eine ehemalige Hollywood-Maskenbildnerin. Vor zwanzig Jahren war sie eines Tages von einem der Polizisten, die außerhalb ihrer Dienstzeit als Sicherheitskräfte am Set arbeiteten, dazu überredet worden, in seinem Streifenwagen mitzufahren. Er wollte nur Zeit mit ihr verbringen, aber das Ganze führte dazu, dass Vicki sich an der Polizeiakademie anmeldete und Reservepolizistin wurde. Irgendwann erfuhr jemand bei der Sitte, was sie hauptberuflich machte, und schlug ihr vor, ihre zwei Schichten bei der Sitte zu schieben, um dort verdeckte Ermittler noch überzeugender als Prostituierte, Zuhälter, Junkies und Streuner zurechtzumachen. Bald darauf kündigte Vicki beim Film und wurde Vollzeitpolizistin.

Bosch zeigte ihr nun Fotos eines Häftlings mit den charakteristischen Tattoos der Möchtegern-Herrenmenschen, die er sich aus einer Akte besorgt hatte, und Vicki sah sie sich kurz an.

„Ich habe an die Blitze am Hals gedacht", erklärte Bosch. „Und vielleicht noch den Bizeps, falls das geht."

„Sieht alles nach Knast aus. Nichts Raffiniertes. Nur eine Farbe. Müsste zu machen sein. Setz dich mal dort drüben hin und zieh dein Hemd aus."

Sie führte ihn zu einem Schminktisch, wo er sich Hemd und Krawatte auszog. Darunter trug er ein T-Shirt.

„Sie sollen zwar zu sehen sein", erläuterte er, „aber eher dezent. Deshalb dachte ich, ob du die Tattoos vielleicht so machen kannst, dass man Teile davon sehen kann, wenn ich ein T-Shirt trage. Gerade genug, um mitzukriegen, was es für welche sind und was sie bedeuten."

„Kein Problem. Halt mal still." Mit einem Stück Kreide markierte sie auf seiner Haut, wie weit Ärmel und Kragen des T-Shirts reichten. „Das wären die Sichtbarkeitsgrenzen. Du musst mir nur sagen, wie weit drüber oder drunter du gehen willst. Und jetzt zieh dich ganz aus, Harry."

Er zog sich das T-Shirt über den Kopf und warf es auf einen Stuhl. Vicki studierte seine Brust und die Schultern. Sie streckte die Hand aus und berührte die Narbe an seiner linken Schulter.

„Die ist aber neu."

„Die ist alt."

„Ist ja auch eine Weile her, dass ich dich nackt gesehen habe, Harry. Du trugst noch eine blaue Uniform und konntest mich zu allem breitschlagen. Sogar dazu, zur Polizei zu gehen."

„Ich habe dich nur bequatscht, in mein Auto einzusteigen, nicht bei der Polizei."

Bosch war das Ganze ein wenig peinlich, und er spürte, wie er errötete. Ihr Verhältnis war damals vor zwanzig Jahren nur deshalb im Sand verlaufen, weil keiner von beiden Interesse an einer festen Beziehung gehabt hatte. Ihre Wege hatten sich getrennt, aber sie blieben locker befreundet.

„Sieh an", spöttelte Vicki. „Da wird ja einer immer noch rot. Nach all den Jahren."

„Na ja, weißt du …" Er sprach nicht weiter.

Sie rollte ihren Hocker näher an Bosch heran und machte sich an die Arbeit. Zunächst skizzierte sie die Tattoos mit einem Eyeliner-Stift auf seiner Haut und zeichnete ihm die zwei Blitze des SS-Abzeichens, die Hitlers Elitetruppe auf den Kragenspiegeln gehabt hatte, auf beide Seiten seines Halses. Dann kam der Bizeps an die Reihe.

„Welcher Arm?", fragte sie.

„Der linke."

Er dachte daran, was er mit Mackey vorhatte. Die Wahrscheinlichkeit, dass er rechts von ihm zu sitzen kam, war höher. Das hieß, Mackey hätte seinen linken Arm im Blickfeld.

Vicki bat ihn, das Foto eines Tattoos zu halten, das einen Totenkopf mit einem Hakenkreuz auf der Stirn darstellte. „Dann ist dir also das Rentnerdasein zu langweilig geworden?", erkundigte sie sich im Plauderton, während sie die Tätowierung abzeichnete.

„So könnte man es nennen."

„Was hast du denn in deiner freien Zeit so alles angestellt?"

„Ich habe mir ein paar alte Fälle vorgenommen, aber vor allem war ich viel in Las Vegas, um meine Tochter besser kennen zu lernen."

Sie lehnte sich zurück und blickte ihn erstaunt an.

„Ja, ich war auch überrascht, als ich es erfuhr", sagte er.

„Wie alt?"

„Sechs."

„Aber du kannst sie doch trotzdem noch sehen, auch wenn du wieder bei der Polizei bist?"

„Sie ist nicht mehr da. Ihre Mutter hat sie für ein Jahr nach Hongkong mitgenommen."

„Nach Hongkong? Wieso Hongkong?"

„Sie hat dort einen Job gekriegt. Einen Einjahresvertrag. Ich telefoniere einmal in der Woche mit meiner Tochter. Und sobald ich Urlaub bekomme, fliege ich hin."

Ein paar Minuten später war Vickie mit dem Skizzieren fertig. Sie öffnete ein Glas mit Tattootusche. „Das Zeug ist Hollywood pur. Ein paarmal kräftig schrubben und es ist weg, ja?"

Sie machte sich daran, die dunkelblaue Tusche auf seine Haut aufzutragen. Es dauerte nicht einmal eine halbe Stunde, bis sie fertig war. Sie gab ihm einen Handspiegel, und er betrachtete seinen Hals. Es sah insofern gut aus, als es in seinen Augen absolut echt wirkte. Und es war eigenartig, solche Hassbekundungen auf seiner Haut zu sehen.

„Kann ich mein Hemd wieder anziehen?"

„Lass es erst noch ein paar Minuten trocknen."

Während er leicht verlegen mit nacktem Oberkörper dasaß, begann sie, ihre Sachen zusammenzupacken.

„Und, was steht bei dir heute noch alles an?", fragte er.

„Bei mir? Nichts. Ich habe Feierabend."

„Du machst schon Schluss? Das tut mir leid, Vic. Wenn ich gewusst hätte, dass ich dich aufhalte, wäre ich früher gekommen."

„Das macht doch nichts. Es war schön, dich mal wieder zu sehen."

Plötzlich kam Bosch ein Gedanke. „Hättest du Lust, essen zu gehen?"

„Ich weiß nicht, ob ich in der Öffentlichkeit mit so einem offenkundigen Rassistenschwein gesehen werden möchte."

Bosch wusste, dass sie Spaß machte. Er grinste und sie grinste auch.

„Aber nur unter einer Bedingung", fügte sie hinzu.

„Und die wäre?"

„Dass du dein Hemd wieder anziehst."

AM NÄCHSTEN MORGEN wachte Bosch auch ohne Wecker um halb sechs auf. Heute war der entscheidende Tag. Er konnte nicht mehr schlafen und stand auf.

Die anderen bezogen gerade in der Mariano Street in Woodland Hills und im Audioraum von ListenTech ihre Stellungen. Während Mackey schlief, legte sich der Arm des Gesetzes um seinen Hals. Für Bosch stand außer Zweifel, dass Mackey die Mordwaffe beschafft hatte und sie auf die Spur des Todesschützen führen würde.

Bosch fuhr zu dem Zeitungskasten am Fuß des Hügels, auf dem sein

Haus lag. Als er ausstieg, starrte ihm bereits das Gesicht von Rebecca Lost aus dem trüben Plastikfenster entgegen. Jetzt ging es los.

Er warf die Münzen in den Kasten und nahm zwei Zeitungen heraus. Eine für die Akten und eine für Mackey. Zurück zu Hause setzte er Kaffee auf und las den Artikel. Das Aufmacherfoto war eine Aufnahme von Muriel Lost, die auf dem Bett ihrer Tochter saß. In der rechten oberen Ecke war ein kleines Bild von Rebecca eingefügt. Die Überschrift über dem Foto lautete: DIE LANGE TOTENWACHE EINER MUTTER. Unter dem Foto und über dem Text des Artikels stand eine so genannte Unterüberschrift, die Angaben zum Inhalt enthielt.

DER TOD IHRER TOCHTER LÄSST IHR KEINE RUHE

17 Jahre wartet Muriel Lost jetzt schon auf eine Antwort auf die Frage, wer ihre Tochter ermordet hat. In einem wieder aufgenommenen Ermittlungsverfahren steht das LAPD kurz vor der Lösung des Falls.

Bosch fand es perfekt formuliert. Wenn Mackey das sah, würde ihm der kalte Finger der Angst an seine Brust tippen. Gespannt begann Bosch den Artikel zu lesen.

Von unserer Redakteurin McKenzie Ward

Diesen Sommer werden es 17 Jahre, dass Rebecca Lost, ein hübsches junges Mädchen, aus ihrem Elternhaus in Chatsworth entführt und auf dem Oat Mountain brutal ermordet wurde. Doch das Verbrechen, das nie aufgeklärt wurde und eine intakte Familie zerstörte, lässt den polizeilichen Ermittlern und der Bevölkerung von Chatsworth auch heute noch keine Ruhe.

Aber nun gibt es für die Mutter des Opfers neue Hoffnung. Das Los Angeles Police Department hat die Ermittlungen in dem Fall wieder aufgenommen, und diesmal stehen die Chancen gut, dass Muriel Lost endlich Gewissheit über das Schicksal ihrer Tochter bekommt. Inzwischen haben die Ermittler nämlich etwas, das sie 1988 nicht hatten: die DNA des Mörders.

Nachdem einer der ursprünglichen Ermittler in dem Fall vor zwei Jahren bei der Gründung der Einheit zur Lösung alter Fälle darauf drängte, das Verfahren neu aufzurollen, hat sich die LAPD-Einheit für offene, ungelöste Fälle wieder intensiv mit dem Lost-Fall zu befassen begonnen.

„Sobald ich erfuhr, dass wir uns wieder kalte Fälle vornehmen, hängte ich mich ans Telefon“, erzählte Commander Arturo Garcia gestern in seinem Büro. „Der Fall dieses hübschen jungen Mädchens hat mich all die Jahre verfolgt.“

Genau wie Muriel Lost. Rebeccas Mutter lebt heute noch in dem Haus, aus dem ihre damals 16-jährige Tochter entführt wurde. Rebeccas Zimmer ist noch im selben Zustand wie an dem Abend, als sie verschwand. „Ich will

> alles so lassen, wie es war", erklärte uns die Mutter unter Tränen. „So bleibe ich ihr nah."
>
> Detective Harry Bosch, der jetzt mit den Ermittlungen zu dem Fall betraut ist, äußerte der *News* gegenüber, es gebe inzwischen mehrere vielversprechende Spuren. Ganz besondere Bedeutung kommt dabei den Fortschritten zu, die man seit 1988 auf technischem Gebiet gemacht hat. Im Innern der Mordwaffe wurde nämlich Blut gefunden, das nicht von Rebecca Lost stammt. Bosch erklärte dazu, der Hahn der Pistole habe den Schützen beim Abfeuern der Waffe in die Hand „gebissen", sodass Blut und Gewebe an ihr zurückblieben. 1988 war es nur möglich, diese Spuren zu analysieren, zu konservieren und die Blutgruppe zu bestimmen. Inzwischen können sie jedoch einem Verdächtigen zugeordnet werden. Jetzt gilt es nur noch, diesen Verdächtigen zu finden.
>
> „Zu dem Fall wurden damals umfangreiche Ermittlungen angestellt", erklärte Bosch. „Wir befassen uns auch heute noch einmal mit allem, aber in erster Linie ruhen unsere Hoffnungen auf der DNA. Mit ihrer Hilfe werden wir den Fall lösen können, glaube ich."

Bosch betrachtete das Foto auf der Innenseite, wo der Artikel weiterging. Darauf waren Bailey Sable und Gordon Stoddard vor der Gedenktafel in der Hillside Prep zu sehen. Bosch goss sich Kaffee in einen Becher. Dann wählte er aufgeregt Kiz' Privatnummer.

„Der Artikel ist optimal. Sie hat alles reingepackt, was wir wollten."

„Harry? Wie spät ist es?", murmelte sie verschlafen.

„Fast sieben. Es kann losgehen."

„Harry, wir müssen die ganze Nacht arbeiten."

Er wurde sich seines Fehlers bewusst. „Entschuldige bitte. Ich kann schon gar nicht mehr still sitzen."

„Ruf mich in zwei Stunden noch mal an." Sie legte auf.

Er schenkte sich noch einmal Kaffee ein und wandte sich wieder der Zeitung zu. Das Foto vom Zimmer des toten Mädchens machte ihm zu schaffen, aber er konnte nicht sagen, weshalb. Er schloss die Augen und öffnete sie wieder, aber das Foto gab sein Geheimnis nicht preis. Dann klingelte das Telefon.

Es war Kiz. „Jetzt kann ich natürlich nicht mehr schlafen. Lies mir den Artikel vor."

Als er fertig war, schien er sie mit seiner Aufregung angesteckt zu haben. Ihnen war beiden klar, dass der Artikel geradezu ideal war, um Mackey zu einer Reaktion zu verleiten. Jetzt kam es darauf an, dass er den Artikel las.

„Ich habe noch Verschiedenes zu erledigen, Harry."

„Was hältst du davon, wenn wir uns um Viertel vor sechs etwa einen Block südlich von der Tankstelle in der Tampa treffen?“

„Okay, außer es tut sich vorher noch was.“

Nachdem er aufgelegt hatte, zog Bosch frische Sachen an, die bei der nächtlichen Observierung bequem wären und auch zu der Rolle passten, in die er Mackey gegenüber schlüpfen wollte. Er entschied sich für ein weißes T-Shirt, das so stark eingelaufen war, dass es zu kurz war und die Ärmel sich eng um seinen Bizeps spannten. Er begutachtete sich im Spiegel. Vom Totenkopf war die Hälfte zu sehen, und am Hals spitzten die SS-Blitze über den Baumwollstoff. Über dem T-Shirt zog Bosch ein langärmeliges Button-down-Hemd an.

Er konnte es kaum mehr erwarten, aber es dauerte noch Stunden, bis er zum Einsatz käme. Er schlug die Mordakte auf und machte sich daran, sie noch einmal durchzugehen. Dabei hielt er vor allem Ausschau nach Einzelheiten, die er vielleicht übersehen hatte. Die Lösung eines Rätsels, glaubte er, war immer in den Details zu finden.

KIZ WAR bereits am Treffpunkt, als Bosch eintraf. Er stieg aus seinem Wagen und ging mit den Akten zu ihrem Auto, einem unscheinbaren weißen Taurus.

„Hast du im Kofferraum noch Platz?“, fragte er.

„Er ist leer. Warum?“

„Dann mach ihn mal auf. Ich habe vergessen, meinen Reservereifen zu Hause zu lassen.“

Er ging wieder zu seinem Geländewagen und verstaute den Reifen in Kiz' Kofferraum. Dann entfernte er die Nummernschilder von seinem Auto und legte sie ebenfalls in den Kofferraum. Danach fuhren sie zu dem Einkaufszentrum gegenüber der Tankstelle, in der Mackey arbeitete. Marcia und Jackson, die Kollegen von der Tagschicht, warteten auf dem Parkplatz in ihrem Auto.

Alle ließen ihre Fenster herunter, damit sie reden und die Sprechfunkgeräte austauschen konnten, ohne aussteigen zu müssen.

„Und?“, erkundigte sich Bosch.

„Nichts“, antwortete Jackson. „Sieht aus, als wäre da nichts zu holen. Es gibt keinerlei Hinweise, dass er die Zeitung zu Gesicht gekriegt hat. Vor zwanzig Minuten haben wir mit dem Audioraum gesprochen. Der Kerl hat nicht mal einen Auftrag zum Abschleppen gekriegt, geschweige denn einen über den Zeitungsartikel.“

Doch Bosch machte sich keine Sorgen. Dann musste er eben nachhelfen. „Ich wäre so weit."

Jackson nickte. „Werdet ihr Unterstützung brauchen?"

„Ich werde nur den Anstoß geben. Andererseits kann man natürlich nie wissen."

„Wir werden auf jeden Fall die Augen offen halten. Was ist euer Zeichen?"

Bosch hatte sich noch gar keine Gedanken darüber gemacht, wie er ein Zeichen geben könnte, wenn etwas schiefging und er Verstärkung brauchte. „Wahrscheinlich hupe ich einfach. Oder ihr hört Schüsse."

Er grinste, alle nickten. Dann stieß Kiz rückwärts aus der Lücke und sie fuhren auf der Tampa zurück zu seinem Wagen.

Unterwegs hatte Bosch bemerkt, dass seine Partnerin einen Sammelordner dabeihatte. „Was ist das?"

„Nachdem du mich so früh geweckt hast, habe ich über die anderen fünf Mitglieder der Chatsworth Eights Erkundigungen eingezogen."

„Sehr gut. Wohnen noch welche in der Gegend?"

„Zwei. Aber wie es aussieht, haben sie sich nach ihren so genannten Jugendsünden geläutert."

„Und die anderen?"

„Der Einzige, der anscheinend immer noch hinter diesem ganzen Mist steht, ist ein gewisser Frank Simmons. Inzwischen lebt er in Fresno. Hat allerdings wegen Verkauf von Maschinenpistolen zwei Jahre in Obispo eingesessen."

„Das kann ich vielleicht verwenden. Wann war er drin?"

„Augenblick." Sie öffnete den Ordner und zeigte ihm ein Gefängnisfoto von Simmons. „Vor sechs Jahren."

Bosch prägte sich Simmons' Aussehen ein. Er hatte kurzes dunkles Haar und dunkle Augen. Seine Haut war sehr blass und im Gesicht von Aknenarben überzogen.

„Wo hat er zum Zeitpunkt der Lost-Geschichte gelebt?"

„Keine Ahnung. Da er einer der Jüngeren war, vermutlich noch bei seinen Eltern. AutoTrack kann ihn nur bis 1990 zurückverfolgen. Und da war er bereits in Fresno."

„Sehr gut, Kiz. Fahr mir auf der Woodley zum oberen Ende des Balboa Park hinterher. Dort gibt es einen Golfplatz mit einem Parkplatz. Da könnt ihr ebenfalls parken und habt gute Deckung." Er nahm sein Dienstmarkenetui, seine Handschellen und seine Dienstwaffe heraus und legte alles auf den Wagenboden.

„Hast du was zu deinem Schutz dabei, Harry?"

„Ja, ich habe eine kleine Knarre an der Wade."

Er stieg aus und entriegelte sein Auto. Auf der Fahrt zum Park studierte er seinen Auftritt ein.

Zehn Minuten später hielt er auf dem Seitenstreifen der am Park entlangführenden Straße, stellte den Motor ab und stieg aus. Er ging zum rechten Vorderreifen und ließ durch das Ventil Luft aus. Weil er wusste, dass manche Abschleppfahrzeuge Druckluft dabeihatten, klappte er sein Taschenmesser auf und beschädigte damit das Ventil. Jetzt musste der Reifen repariert werden.

Danach klappte er sein Handy auf und rief bei Tampa Towing an. Er sagte, er brauche einen Abschleppwagen, und wurde auf die Warteschleife gelegt.

Eine andere Stimme meldete sich schließlich. Roland Mackey.

„Was gibt's?"

„Können Sie mich abschleppen? Ich habe einen Platten, das Ventil scheint hinüber zu sein."

„Was haben Sie für ein Auto?"

„Einen schwarzen Mercedes-Geländewagen."

„Machen Sie doch den Reservereifen drauf."

„Den hat mir irgend so ein Nig… Er wurde mir gestohlen, als ich letzte Woche in South-Central war."

„Also so was! Was müssen Sie da auch hin?"

„Das ging nicht anders. Schleppen Sie mich jetzt ab oder nicht?"

„Klar, natürlich. Wo stehen Sie?"

Bosch sagte es ihm.

„In zehn Minuten bin ich da."

Bosch klappte das Handy zu und öffnete die Heckklappe des Mercedes. Er zog sein Hemd aus und legte es hinten in den Wagen. Jetzt waren seine Tattoos zum Teil zu sehen. Zwei Minuten später begann sein Handy zu klingeln. Es war Kiz.

„Ich habe gerade mit den Jungs gesprochen. Mackey fährt jetzt los. Sie folgen ihm."

„Ich bin bereit."

DER ABSCHLEPPWAGEN wurde langsamer, als er sich dem Mercedes näherte. Bosch, der im Schatten der Heckklappe auf der Ladefläche saß und die *Daily News* las, blickte auf und winkte dem Fahrer mit der Zeitung zu.

Der Abschleppwagen rollte vorbei, stieß dann zurück und hielt zwei Meter vor dem Mercedes an. Mackey stieg aus.

Die Handflächen seiner Lederhandschuhe waren dunkel von Öl. Er blieb am Vorderrad stehen, ging in die Hocke und sah sich den platten Reifen an. Bosch, der immer noch die Zeitung in der Hand hielt, kam nach vorn.

„Sieht fast so aus, als ob jemand das Ventil aufgeschnitten hätte“, teilte Mackey ihm mit.

„Vielleicht ein Stück Glas von der Straße oder irgendwas in der Art.“

„Also, ich kann Sie abschleppen, und dann macht Ihnen unser Mechaniker ein neues Ventil rein.“

„Okay. Ist gebongt.“

Mackey erklärte ihm, das mache 85 Dollar fürs Abschleppen, plus 3 Dollar für jede Meile, die er abgeschleppt werde. Das Auswechseln des Ventils koste 25 Dollar.

„Okay. Ist gebongt“, wiederholte Bosch.

Mackey richtete sich auf und sah kurz auf Boschs Hals. „Machen Sie lieber die Heckklappe zu. Außer es macht Ihnen nichts, wenn Sie unterwegs alles verlieren.“ Er grinste. Abschleppfahrerhumor.

„Ich hole nur noch mein Hemd hinten raus“, erwiderte Bosch. „Geht es in Ordnung, wenn ich bei Ihnen mitfahre?“

„Klar. Außer Sie wollen ein Taxi rufen und richtig nobel gefahren werden.“

„Da fahre ich lieber mit jemandem, der Englisch spricht.“

Mackey lachte laut, und Bosch ging zum Heck des Mercedes. Dann wartete er ein Stück abseits, als Mackey sich daranmachte, das Auto anzuhängen. Es dauerte keine zehn Minuten. Als Bosch in den Abschleppwagen stieg, hatte er das Hemd über dem Arm und die Zeitung in der Hand. Sie war so gefaltet, dass das Foto von Rebecca Lost zu sehen war.

Mackey reichte ihm ein Klemmbrett mit einem Formular und einem Stift daran. „Füllen Sie das aus. Dann können wir los.“

Bosch begann, den falschen Namen und die falsche Adresse, die er sich zuvor ausgedacht hatte, in das Formular einzutragen.

Derweil zog Mackey ein Mikrofon vom Armaturenbrett und sprach hinein. „Kenny? Sag Spider, er soll noch nicht Schluss machen. Ich bringe einen Reifen rein, der ein neues Ventil braucht.“

Er steckte das Mikrofon in die Halterung zurück und ließ den Abschleppwagen an. Dann drehte er den Oberkörper nach links, um aus dem Seitenfenster sehen zu können, als er vom Seitenstreifen auf die Straße ausscherte.

Da zog Bosch rasch den linken Ärmel seines T-Shirts hoch, sodass mehr von dem Totenkopf-Tattoo zu sehen war.

Der Abschleppwagen fuhr los. Bosch sah die Autos von Kiz und dem anderen Observierungsteam auf dem Parkplatz des Golfplatzes stehen.

„Ich muss heute unbedingt noch zurück nach Hause. Nach Barstow“, sagte Bosch.

„Was haben Sie denn hier unten gemacht?“, erkundigte sich Mackey.

„Dies und das.“

„Und in South-Central? Was haben Sie dort letzte Woche gemacht, bei diesen Leuten?“

Bosch verstand, dass mit „diesen Leuten“ die Minoritätenbevölkerung von South L. A. gemeint war. Er sah Mackey an, als stellte der zu viele Fragen. „Dies und das“, antwortete er ruhig.

Er nahm an, dass Mackey seine Tattoos bemerkt hatte und jetzt auf einen Hinweis wartete, mit was für einer Sorte Kerl er es zu tun hatte. Bosch legte die Zeitung so zwischen sich und Mackey auf den Sitz, dass das Foto von Rebecca zu sehen war.

„Aber mal abgesehen davon, was ich hier zu tun hatte, kann mir diese Siffstadt gestohlen bleiben“, schimpfte Bosch. „Hier kommt es mir zu sehr wie Dritte Welt vor.“

„Da kann ich Ihnen nur Recht geben.“

„Tatsächlich? Sind Sie von hier?“

„Ja, von Geburt an.“

„Da kann ich nur sagen, nehmen Sie Ihre Familie, wenn Sie eine haben, und die Fahne und hauen Sie ab. Tun Sie sich diesen Mist nicht länger an.“

Mackey lachte wieder und nickte.

In diesem Moment unterbrach das Funkgerät die Unterhaltung. „Ro?“

Mackey griff nach dem Mikrofon. „Ja, Ken?“

„Ich fahre mal eben zur Burgerbude, solange Spider auf dich wartet. Soll ich dir was mitbringen?“

„Nee, ich schaue später selber rüber. *Out*.“

Eine Weile fuhren sie schweigend weiter, während Bosch überlegte, wie er die Unterhaltung unverfänglich wieder in Gang bringen könnte. Aber der Anstoß kam von Mackey.

„Wo haben Sie denn gesessen?“, fragte er unvermittelt.

„Wie meinen Sie das?“

„Ich hab Ihre Tattoos gesehen. Und es dürfte doch wohl klar sein, dass die entweder hausgemacht sind oder aus dem Knast. Das sieht doch jeder.“

Bosch nickte. „Obispo. Fünf Jahre."

„Echt? Weshalb?"

„Für dies und das."

„Das ist ja 'n Ding, Mann! Ich hab einen Freund, der war 'ne ganze Weile dort. Ende der Neunziger. Frank Simmons. Er war achtzehn Monate oder so da."

„Frank Simmons", echote Bosch, als versuchte er, sich an den Namen zu erinnern. „Dunkle Haare und massenhaft Pickelnarben im Gesicht?"

„Genau, das ist Kraterfresse! Das ist Frank."

Der Abschleppwagen bog in die Tampa und fuhr nach Norden weiter. Bosch bekäme in der Tankstelle, wenn der Reifen repariert wurde, vielleicht noch mehr Zeit mit Mackey, aber darauf durfte er nicht zählen. Er musste die Sache jetzt zum Abschluss bringen, solange er mit ihm allein war. Er griff nach der Zeitung und blickte auf sie hinab, als läse er die Schlagzeile. Er musste sich eine Möglichkeit einfallen lassen, das Gespräch unverfänglich auf den Lost-Artikel zu lenken.

„Ich bin übrigens Ro. Roland Mackey."

„George Reichert."

„Reichert? Deutscher Name, oder? Deshalb wohl auch der Mercedes."

„Genau. Deutsche Wertarbeit. Machen mit Abstand die besten Autos."

„Auf jeden Fall. Ich hab einen alten Camaro, aber heute würde ich nichts mehr kaufen, was aus Detroit kommt. Sie wissen, wer heute unsere Autos baut, oder? Lauter Mischlingsgesocks."

„Wenn Sie in Deutschland in eine Fabrik gehen, da hat jeder blaue Augen, wenn Sie wissen, was ich meine. Ich habe Fotos gesehen."

Mackey nickte nachdenklich. Bosch fand, es wurde Zeit, den letzten Schritt zu tun. Er faltete die Zeitung in seinem Schoß auseinander und hielt sie so hoch, dass der vollständige Lost-Artikel zu sehen war.

„Apropos Mischlingsgesocks. Haben Sie das da gelesen?"

„Nein. Was steht da?"

„Da sitzt eine Mutter auf dem Bett und flennt immer noch wegen ihrer Mischlingsgöre rum, die vor siebzehn Jahren umgelegt wurde. Und die Polizei versucht jetzt wieder, den Mord aufzuklären. Aber wen interessiert das schon, Mann?"

Mackey blickte auf die Zeitung und sah das Foto mit Rebeccas Gesicht oben in der Ecke. Er sagte jedoch nichts, und seine Miene verriet keinerlei Wiedererkennen. Um es nicht zu übertreiben, ließ Bosch die Zeitung sinken und legte sie zwischen sich und Mackey auf den Sitz. Er hatte alle

Möglichkeiten ausgeschöpft. Wenn er zu dick auftrug, riskierte er, dass Mackey Lunte roch.

Kurz darauf kamen sie an der Tankstelle an.

„Ich glaube, ich muss nicht extra in die Werkstatt fahren", meinte Mackey. „Spider soll das Rad abmontieren, solange ich Sie noch hinten hängen habe."

„Ganz wie Sie wollen", erwiderte Bosch.

Als der Abschleppwagen an der Werkstatt vorbeifuhr, tauchte aus ihrem dunklen Innern ein Mann auf und ging auf das Heck des Abschleppers zu. In einer Hand hielt er einen Pressluftschrauber, mit der anderen zog er den Luftschlauch hinter sich her. Sein Gesicht kam Bosch irgendwie bekannt vor. Ihm war sofort klar, dass er sich von dem Mann, der mit Spitznamen Spider hieß, fernhalten musste. Er nahm das Handy von seinem Gürtel.

„Ist es okay, wenn ich noch kurz im Wagen sitzen bleibe und telefoniere?", fragte er Mackey.

„Klar, kein Problem. Wird nicht lange dauern."

Mackey schloss die Tür und ließ Bosch allein. Als dieser hörte, wie die Schrauben am Rad seines Geländewagens gelöst wurden, rief er Kiz auf ihrem Handy an.

„Es lief gut, bis wir zur Tankstelle kamen", teilte er ihr leise mit. „Aber ich glaube, ich kenne den Mechaniker."

„Du meinst, er weiß, dass du von der Polizei bist?"

„Genau."

„Möchtest du, dass wir was Bestimmtes tun? Tim und Rick sind noch in der Nähe."

„Ruf sie an und sag ihnen, was los ist. Und dass sie sich bereithalten sollen, bis ich hier Entwarnung gebe."

Im selben Moment ertönte an Boschs Fenster ein lautes Klopfen. Er nahm das Handy vom Ohr und drehte sich herum. Mackey sah zu ihm herein.

„Fertig."

„Schon?"

„Klar. Sie können schon mal ins Büro kommen und zahlen, während er das Rad wieder draufmacht."

„Sehr gut."

Als Bosch ausstieg, hielt er das Handy wieder an sein Ohr, um sein Gesicht vor Spider zu verbergen. Er telefonierte im Gehen weiter mit Kiz. „Wie es aussieht, komme ich von hier weg."

„Gut. Pass auf, wenn du gehst."

„Mach ich."

Sobald er in dem kleinen Büro war, klappte Bosch das Handy zu. Mackey brauchte ein paar Sekunden, um die Kosten mit einem Taschenrechner zusammenzuzählen.

„Macht genau hundertfünfundzwanzig."

Bosch zog seine Geldspange heraus. „Könnte ich eine Quittung haben?"

Während er sechs Zwanziger und einen Fünfer abzählte, hörte er draußen den Pressluftschrauber. Der Reifen wurde montiert. Bosch hielt Mackey das Geld hin, aber dessen ganze Aufmerksamkeit wurde von einer Notiz in Anspruch genommen, die er auf dem Schreibtisch entdeckt hatte. Er griff danach und hielt sie so, dass auch Bosch lesen konnte, was darauf stand. *Ro, die von Visa haben angerufen, um sich wegen deines Antrags nach deinem Arbeitsverhältnis zu erkundigen.*

Mackey starrte ziemlich lang auf den Zettel, ehe er das Geld von Bosch entgegennahm. Er legte die Scheine in eine Geldschublade und begann nach einem Quittungsblock zu suchen.

„Normalerweise stellt Kenny die Quittungen aus", entschuldigte er sich. „Aber er ist gerade weg, Essen holen."

Bosch hörte hinter sich das Scharren eines Schritts. Für den Fall, dass es Spider war, drehte er sich nicht um.

„Okay, Ro, ich bin fertig. Du musst ihn nur noch runterlassen."

Das war der kritische Moment.

„Klar, Mann, und danke, dass du noch geblieben bist. Bis morgen."

Spider verließ das Büro, ohne dass sich Bosch zu ihm umgedreht hatte. Mackey fand, was er suchte, kritzelte etwas darauf und gab Bosch das Papier. Es war ein leeres Quittungsformular. In kindlichem Gekrakel hatte Mackey *125 Dollar* daraufgeschrieben.

„Den Rest können Sie selber eintragen." Er stand auf. „Ich lass schon mal Ihren Wagen runter. Dann können Sie los."

Als Bosch ihm nach draußen folgte, merkte er, dass er die Zeitung im Abschleppwagen vergessen hatte. Er überlegte, ob er unter einem Vorwand noch einmal hinsollte, damit er sie herausnehmen und im Büro liegen lassen konnte, wo Mackey sich aufhielt, wenn er nichts zu tun hatte. Doch er beschloss, sie zu lassen, wo sie war. Er hatte den Anstoß gegeben. Jetzt galt es abzuwarten, was daraus wurde.

Inzwischen war der Mercedes abgehängt. Bosch ging auf die Fahrerseite.

„Danke, Roland."

„Nur Ro, Mann. Kommen Sie gut nach Hause."

Mackey grinste und zwinkerte, als er seinen Handschuh wieder auszog und Bosch die Hand reichte. Dieser schüttelte sie und lächelte ebenfalls. Er sah eine winzige weiße Narbe auf dem fleischigen Teil zwischen Mackeys rechtem Daumen und Zeigefinger. Die Tätowierung einer .45er-Colt-Pistole.

„Wir sehen uns, Ro."

Bosch fuhr zu der Stelle, wo er sich zu Beginn ihrer Schicht mit Kiz getroffen hatte. Sie wartete bereits auf ihn, und er stieg in ihren Taurus.

„Das war knapp", meinte sie. „Es kann übrigens gut sein, dass du den Kerl kennst. Jerry Townsend. Wir haben das Kennzeichen seines Pick-ups eingegeben und seine Personalien gekriegt. Er wurde 1996 wegen Totschlag verurteilt. Hat fünf Jahre gesessen. Jede Wette, dein Name steht in der Akte, wenn wir sie uns ziehen."

„Jerry Townsend – sagt mir nichts. Glaubst du, er könnte was mit unserer Geschichte zu tun haben?"

„Wohl kaum. Ich glaube, der Besitzer der Tankstelle stellt gern Ex-Knackis ein. Die kosten nicht viel. Und jetzt lass uns mal sehen, was passiert."

Sie fuhr zurück zu der Kreuzung, an der die Tankstelle lag.

„Und? Wie ist es sonst gelaufen?", erkundigte sie sich.

„Eigentlich sehr gut. Hätte nur noch gefehlt, dass ich ihm den Artikel vorgelesen hätte. Es war ihm zwar nichts anzumerken, aber die Weichen sind gestellt."

„Hat er die Tattoos gesehen?"

„Klar, sie haben ihren Zweck erfüllt. Deine Informationen über Simmons waren übrigens sehr nützlich. Und egal ob uns das nun weiterbringt oder nicht, er hat eine Narbe zwischen Daumen und Zeigefinger der rechten Hand. Von dem Biss."

„Klasse, Harry, dann hat ja alles geklappt."

Als sie die Kreuzung erreichten, sahen sie Mackeys Abschleppwagen an der Ausfahrt der Tankstelle stehen.

„Er fährt weg", wunderte sich Bosch. „Warum sagt uns das niemand?"

Im selben Moment klingelte sein Handy. Es war Marcia, der ihm mitteilte, dass Mackey mit dem Abschleppwagen losgefahren sei, obwohl in der Tankstelle kein entsprechender Anruf eingegangen sei.

„Als ich bei ihm im Auto saß, sagte er, dass er sich was zu essen holen wolle. Vielleicht ist er deswegen los. Wir sind jedenfalls an ihm dran. Danke, dass ihr noch geblieben seid, Tim."

„Viel Glück, Harry.“

Sie folgten dem Abschleppwagen und beobachteten, wie Mackey vor einem Fast-Food-Restaurant parkte und hineinging.

Wieder klingelte Boschs Handy. Es war Robinson, der zusammen mit Jean Nord die Nachtschicht im Audioraum hatte.

„Bei der Tankstelle hat gerade jemand wegen eines Abschleppwagens angerufen. Darauf haben sie von dort Mackey angerufen.“

Bosch erklärte den Sachverhalt und entschuldigte sich, dass er den Audioraum nicht auf dem Laufenden gehalten hatte. „Wo wird der Abschleppwagen benötigt?“

„Ein Unfall am Reseda, Ecke Parthenia“, antwortete Robinson.

„Okay, wir bleiben bei ihm.“

Mit einem großen Trinkbecher kam Mackey aus dem Lokal. Sie folgten ihm zum Unfallort, wo ein Toyota mit eingedrücktem Kühler von der Straße abgekommen war. Mackey schleppte ihn zu einer Vertragswerkstatt am Van Nuys Boulevard ab. Während er dort war, bekam Bosch noch einen Anruf. Robinson teilte ihm mit, Mackey habe wieder einen Notruf erhalten. Diesmal musste er zum Northridge Fashion Center, wo jemand Starthilfe brauchte.

„Wenn das so weitergeht, kommt der Kerl nicht dazu, die Zeitung zu lesen“, ärgerte sich Kiz.

„Ich weiß nicht“, erwiderte Bosch. „Langsam frage ich mich, ob er überhaupt lesen kann. Das Auftragsformular fürs Abschleppen hat er mich selbst ausfüllen lassen. Und dann war da noch diese Nachricht für ihn von der Frühschicht. Von Visa hatte man wegen eines Antrags, den er offenbar gestellt hatte, angerufen, um sich nach seinem Arbeitsverhältnis zu erkundigen. Aber ich bin gar nicht so sicher, ob er das überhaupt verstanden hat.“

Kiz zog eine Augenbraue hoch. „Kommt mir komisch vor, dass er eine Kreditkarte beantragt. Das macht ihn auffindbar, und genau das will er doch vermeiden, dachte ich.“

Es war fast zehn Uhr, bis Mackey wieder in der Werkstatt zurück war. Vom Parkplatz gegenüber beobachtete Bosch durch sein Fernglas, wie er ins Büro ging.

„Vielleicht war doch nicht alles umsonst, Kiz. Er hat die Zeitung dabei.“

Was Mackey in der Tankstelle machte, war schwer zu erkennen. Das Büro war zwar verglast, aber die Werkstatttore waren geschlossen und Mackey verschwand immer wieder dorthin, wo Bosch ihn nicht sehen konnte.

Wieder klingelte Boschs Handy. Es war Jean Nord.

„Haben Sie uns nicht gesagt, dieser Typ hat seinen Schulabschluss nachgeholt, Harry?"

„Hat er auch. Wieso, was ist?"

„Er hat gerade eine Frau angerufen, damit sie ihm den Artikel vorliest."

Bosch nahm eine aufrechtere Haltung ein. Sein Plan funktionierte. „Wen hat er angerufen?"

„Eine gewisse Michelle Murphy. Hörte sich nach einer alten Freundin an. Er fragte sie, ob sie immer noch jeden Tag die Zeitung kriegt. Und als sie das bejahte, bat er sie, ihm den Artikel vorzulesen."

„Haben sie darüber gesprochen, nachdem sie ihn ihm vorgelesen hat?"

„Ja. Sie wollte wissen, ob er das Mädchen aus dem Artikel kennen würde. Er verneinte, meinte dann jedoch: ‚Aber die Waffe.' Darauf erwiderte sie, sie wolle nichts weiter darüber wissen, und damit hatte es sich."

Sie hatten einen Stein umgestoßen, der siebzehn Jahre nicht mehr bewegt worden war.

„Moment, Harry, ich rufe Sie gleich zurück. Mackey telefoniert wieder", meldete Jean Nord.

Schnell klappte Bosch das Handy zu. Aufgeregt erzählte er Kiz von Mackeys Anruf bei Michelle Murphy.

„Sieht ganz so aus, als könnte es jetzt losgehen, Harry."

Durchs Fernglas sah er zu Mackey hinüber. Der saß am Schreibtisch und sprach in sein Handy.

„Los, Ro", flüsterte Bosch. „Spuck's aus."

Doch dann klappte Mackey das Handy zu.

Zehn Sekunden später rief Jean Nord wieder an. „Er hat gerade Billy Blitzkrieg angeklingelt. Er sagte: ‚Ich könnte Ärger kriegen', und ‚Könnte sein, dass ich was unternehmen muss', und dann schnitt ihm Burkhart das Wort ab und sagte: ‚Nicht am Telefon!' Darauf haben sie sich verabredet, sobald Mackeys Schicht beendet ist."

„Wo?"

„Wie es sich anhörte, im Haus. Mackey fragte: ‚Bist du dann noch auf?', und Burkhart bejahte. Dann sagte Mackey: ‚Was ist mit Belinda?' Darauf meinte Burkhart, sie würde dann schon schlafen und er solle sich ihretwegen keine Gedanken machen."

Mit einem Schlag sah Bosch alle seine Hoffnungen zunichtegemacht, den Fall noch in dieser Nacht zum Abschluss bringen zu können. Falls sich Mackey im Haus mit Burkhart traf, könnten sie nicht hören, was dort gesprochen wurde.

„Geben Sie mir Bescheid, wenn er noch mit jemand anders telefoniert, Jean.“

Er erzählte Kiz von dem neuen Telefonat und den Problemen, die sie bekämen, wenn Mackey mit Burkhart hinter verschlossenen Türen sprach.

„Das ist keineswegs nur schlecht“, gab sie zu bedenken. „Er hat bei Michelle Murphy ein richtiges Geständnis abgelegt und bei Burkhart ein Teilgeständnis. Wir sind nahe dran. Verlier nicht gleich den Mut. Wir haben Mackeys Aussage am Telefon, dass er vielleicht was unternehmen muss. Wenn er untertaucht, könnte das von den Geschworenen als Zeichen von Schuld angesehen werden. Und mit dem, was wir bereits auf Band haben, könnte das durchaus genügen, um mehr aus ihm herauszukitzeln, wenn wir ihn schließlich hoppnehmen. Es ist also noch nicht alles verloren, okay?“

„Okay.“

„Möchtest du, dass ich mich bei Pratt melde? Er will sicher informiert werden.“

„Klar. Meinetwegen, mach nur.“

Das Warten bis Mitternacht waren die längsten neunzig Observierungsminuten, die Bosch je hinter sich gebracht hatte. Es tat sich absolut nichts. Als wären alle in Erstarrung versunken, bis es zwölf schlug.

Endlich verlosch die Außenbeleuchtung der Tankstelle. Als Mackey zusammen mit seinem Kollegen Kenny nach draußen kam, hatte er die Zeitung dabei. Bestimmt zeigte er sie Burkhart.

„Und wir müssen draußen bleiben“, murmelte Bosch.

Mackey stieg in seinen Camaro und fuhr in Richtung Süden nach Hause. Kiz wartete kurz, dann verließ sie den Parkplatz und folgte ihm. Bosch rief Jean Nord im Audioraum an, um ihr mitzuteilen, dass Mackey die Tankstelle verlassen habe und sie jetzt den Hausanschluss abhören solle.

„Oh-oh“, machte Kiz plötzlich.

Bosch sah, wie Mackeys Wagen eine rasante 180-Grad-Wende hinlegte. Er kam jetzt direkt auf sie zu.

DER CAMARO röhrte an ihnen vorbei. Bosch beobachtete, wie seine Rücklichter verschwanden.

„Glaubst du, er hat gemerkt, dass er beschattet wird?“, fragte Kiz.

„Keine …“

Boschs Handy klingelte. Es war Robinson.

„Er hat gerade einen AAA-Ruf erhalten. Er war zwar nicht begeistert, aber ich schätze, er musste den Auftrag annehmen, sonst hätten sie sich an eine andere Firma gewandt. Mit Konsequenzen. Sprich, Tampa Towing hätte das AAA-Geschäft verloren."

„Soll das heißen, er muss jemanden abschleppen?"

„Ja. Auf dem Reagan Freeway. Auf der Seite, auf der man in westlicher Richtung fährt, in der Nähe der Tampa-Avenue-Überführung."

„Gut. Dann haben wir ihn gleich wieder."

Bosch beendete das Gespräch und bat Kiz zu wenden. Mackey sei nur umgekehrt, um den Abschleppwagen zu holen.

Als sie wieder an der Kreuzung eintrafen, kam Mackey gerade mit dem Abschlepper aus der Tankstelle.

Da sie sein Ziel kannten, konnte Kiz es sich leisten, sich so weit zurückfallen zu lassen, dass er sie im Rückspiegel unmöglich entdecken konnte. Auf der Tampa fuhren sie nach Norden in Richtung Reagan Freeway, der in ostwestlicher Richtung durch den Nordteil des Valley verlief.

Die Zufahrtsrampe in Richtung Westen führte von der Tampa zum Freeway hinab. Kiz nahm Gas weg. Der Abschleppwagen bog nach links ab, und sobald er die Rampe hinunter verschwunden war, setzte Kiz nach. Sobald sie auf der Rampe waren, merkten sie, dass sie ein Problem hatten. Das liegen gebliebene Auto stand nämlich nicht – wie Robinson gesagt hatte – auf dem Freeway, sondern am Ende der Rampe. Schnell kamen sie auf den Abschleppwagen zu. Er befand sich etwa fünfzig Meter vor ihnen auf dem Seitenstreifen. Er hatte die Warnlichter am Heck an und stieß auf ein kleines rotes Auto zurück, das mit eingeschalteter Warnblinkanlage auf dem Seitenstreifen stand.

„Was machen wir jetzt, Harry? Anhalten können wir nicht. Das wäre zu auffällig."

„Fahr einfach vorbei." Bosch griff nach dem Straßenatlas und blätterte hastig auf die entsprechende Seite. „Die nächste Ausfahrt ist der Porter Ranch Drive. Bis dahin sind es weniger als anderthalb Kilometer. Dort fahren wir vom Freeway runter, dann rechts und dann noch mal rechts in die Rinaldi. So kommen wir wieder auf die Tampa zurück. Entweder warten wir dann auf der Überführung und schauen von dort, was er macht, oder wir fahren einfach ständig im Kreis."

„Ich schlage vor, wir warten auf der Überführung. Wenn wir noch mal die Rampe runterkommen, fällt ihm das vielleicht auf."

Sie hatten die Ausfahrt Porter Ranch rasch erreicht.

„Hast du dir das Auto, das abgeschleppt werden muss, näher angesehen?", fragte Bosch.

„Kleines ausländisches Modell. Nur ein Insasse, soviel ich mitbekommen habe.“

Keine drei Minuten nachdem sie an dem Abschleppwagen vorbeigefahren waren, befanden sie sich wieder auf der Überführung. Kiz fuhr an den Straßenrand und Bosch öffnete die Tür.

„Ich sehe mal nach.“ Er ergriff das Sprechfunkgerät, das Kiz ihm hinhielt.

Er lief die Überführung ein Stück zurück. Auf dem Freeway herrschte nicht viel Verkehr. Als er die Zufahrtsrampe erreichte und hinuntersah, brauchte er ein paar Momente, bis er etwas erkennen konnte, weil die Hecklichter des Abschleppwagens immer noch die Dunkelheit durchschnitten. Bei genauerem Hinsehen entdeckte er jedoch, dass das kleine rote Auto nicht mehr auf dem Seitenstreifen stand. Er blickte wieder zum Abschleppwagen. Nichts rührte sich. Von Mackey keine Spur.

Bosch hob das Funkgerät an den Mund. „Kiz? Komm mal lieber her.“ Er begann die Rampe hinunterzugehen und zog seine Waffe. Nach dreißig Sekunden leuchteten Scheinwerfer hinter ihm auf, und Kiz hielt auf dem Seitenstreifen an. Sie stieg mit einer Taschenlampe aus, und zusammen marschierten sie weiter die Rampe hinunter.

„Was ist da los, Harry?“

„Keine Ahnung.“

Von Mackey war noch immer nichts zu sehen, weder im Abschleppwagen noch in dessen Nähe. Bosch spürte, dass etwas nicht stimmte.

„Was sagen wir, wenn er hier und alles okay ist?“, flüsterte Kiz.

„Ist es aber nicht.“

Auf der Rampe rauschte ein Sattelschlepper vorbei, der sie lärmend einem dieselgetränkten Luftschwall aussetzte und den Boden erzittern ließ wie bei einem Erdbeben. Als sie den Abschleppwagen erreichten, sah Bosch ins Führerhaus. Kein Mackey. Der Motor lief noch. Bosch ging zurück nach hinten und sah auf den von den Hecklichtern erleuchteten Boden. Auf dem Kies lag einer der Lederhandschuhe, die er Mackey hatte tragen sehen.

„Kann ich die mal kurz haben?“ Er nahm Kiz die Taschenlampe aus der Hand und richtete sie auf den unteren Teil des Abschleppwagens, der im Schatten der grellen Heckbeleuchtung lag.

Auf dem dunklen Stahl blitzte Blut auf. Es war so rot und echt wie das Leben. Bosch ging in die Hocke und leuchtete unter den Abschleppwagen.

Mackey lag gegen das Hinterachsdifferenzial gekrümmt. Eine Hälfte seines Gesichts war aufgrund eines langen, tiefen Schnitts auf der linken Seite seines Kopfes von Blut überströmt. Sein blaues Uniformhemd war braun verfärbt. Der Unterarm des Arms, den Bosch sehen konnte, stand in einem unnatürlichen Winkel ab, und aus dem Fleisch ragte ein gezackter elfenbeinfarbener Knochen hervor. Der Arm war um Mackeys Brust gelegt, die sich unregelmäßig hob und senkte. Er lebte noch.

„O Gott!“, stieß Kiz hervor, die hinter Bosch kauerte.

„Ruf einen Krankenwagen!“, befahl er, bevor er so dicht an Mackey herankroch, wie er konnte. „Ro, können Sie mich hören? Was ist passiert?“

Mackeys Mund begann sich zu bewegen und Bosch konnte erkennen, dass sein Unterkiefer gebrochen war.

„Lassen Sie sich Zeit, Ro. Sagen Sie mir, wer es war.“

Mackey flüsterte etwas, aber ein vorbeifahrendes Auto übertönte es.

„Noch mal, Ro. Sagen Sie es noch mal.“ Bosch hielt seinen Kopf ganz dicht an Mackeys Mund. Was er hörte, klang wie „…sworth …“

Er schob sich zurück und richtete die Taschenlampe auf Mackeys Gesicht. Die Knochen um das linke Auge waren zertrümmert und Mackey blutete dort heftig. Er käme nicht durch.

„Ro, haben Sie Rebecca Lost umgebracht? Waren Sie an dem Abend dabei?“

Keine Antwort. Bosch schob sich wieder vor. Mackey schien tot zu sein. Bosch hielt zwei Finger an den blutüberströmten Hals und konnte keinen Puls fühlen. Vorsichtig kroch er unter dem Abschleppwagen hervor. Kiz stand über ihm, die Arme fest vor der Brust verschränkt.

„Der Krankenwagen ist schon unterwegs“, teilte sie ihm mit.

„Pfeif sie zurück.“ Er gab ihr die Taschenlampe. „Er ist tot.“

„Hat er was gesagt?“

„Es hörte sich an wie ‚Chatsworth‘. Mehr nicht.“

„Mein Gott!“, stieß sie plötzlich hervor. „Ich glaube, mir wird schlecht.“ Sie lief zu ihrem Auto zurück.

Auch Bosch war speiübel. Aber es war nicht der Anblick von Mackeys zermalmtem Körper, der seine Übelkeit erregte. Es waren die Umstände. Das war eine Hinrichtung gewesen. Und er hatte den Anstoß dazu gegeben!

Ihm war übel, weil er die Ermordung Mackeys veranlasst hatte. Und mit dessen Tod hatte er womöglich das letzte und beste Bindeglied zu Rebecca Losts Mörder verloren.

ACHT

Die Rampe war gesperrt und von Polizeifahrzeugen verstopft. Sie waren alle da: die Kriminaltechnik des LAPD, die California Highway Patrol, der Gerichtsmediziner und Mitglieder von Offen-Ungelöst. Pratt hatte sich darum gekümmert, dass seine Einheit den Fall erhielt. An sich war die Highway Patrol zuständig, die ihn jedoch nur zu gern abgab, zumal er Teil eines laufenden LAPD-Ermittlungsverfahrens war. Das Department durfte sich gern selbst um seinen Dreck kümmern.

Marcia und Jackson waren aus dem Bett geholt worden, um die Ermittlungen wegen Mackeys Tod zu übernehmen. Weil Bosch und Kiz an einigen Vorfällen selbst beteiligt gewesen waren und andere als Zeugen beobachtet hatten, wurde beschlossen, ihnen die Ermittlungen zu dem Fall nicht zu übertragen. Das war allerdings reine Formsache. Es verstand sich von selbst, dass sie weiter im Fall Lost ermitteln und dabei auch nach Mackeys Mörder fahnden würden.

Gegen drei Uhr morgens kamen alle zusammen, um die bisherigen Erkenntnisse durchzusprechen. Mackeys Leiche war gerade unter dem Abschleppwagen hervorgeholt worden, und der Tatort war ausgiebig fotografiert, auf Video aufgenommen und in Skizzen festgehalten worden.

Pratt bat David Allmand, den Ermittler der Highway Patrol, den Anfang zu machen. Er sei zum selben Schluss gelangt wie Bosch und Kiz Rider, verkündete Allmand. Mackey sei ermordet worden.

„Aus den Reifenspuren geht hervor, dass das Opfer mit dem Abschleppwagen dreißig Meter westlich von dieser Stelle auf dem Seitenstreifen angehalten hat. Wahrscheinlich weil das defekte Fahrzeug bereits auf dem Seitenstreifen stand. Danach stieß der Abschleppwagen bis zu dieser Stelle hier zurück. Falls er es eilig hatte – worauf verschiedene begleitende Informationen hindeuten –, könnte der Fahrer sofort nach hier hinten gegangen sein und das Abschleppgeschirr heruntergelassen haben. Und genau da wurde er zusammengefahren. Das defekte Auto war offensichtlich gar nicht defekt. Sein Fahrer trat das Gaspedal voll durch, worauf es nach vorn schoss und das Opfer gegen das Heck des Abschleppwagens schleuderte. Vermutlich wurde der Mann in dem Moment erfasst, als er sich bückte, um den Haken loszumachen. Er flog mit dem Kopf voran gegen die Abschleppvorrichtung. Auf dem Kranarm ist Blut."

Zur Verdeutlichung ließ Allmand das rote Auge seines Laserpointers über den Kranarm wandern.

„Dann stieß das Tatfahrzeug zurück. Das Opfer hatte wahrscheinlich schon beim ersten Zusammenstoß tödliche Verletzungen erlitten. Aber es war noch nicht tot. Vermutlich fiel es nach dem ersten Aufprall zu Boden und kroch mit letzter Kraft unter den Abschleppwagen, um dem zweiten Zusammenstoß zu entgehen. Das Tatfahrzeug krachte ein zweites Mal gegen den Abschlepper. Und das Opfer erlag seinen Verletzungen, als es unter dem Abschleppwagen lag."

Allmand beendete seine Ausführungen, indem er auf zwei Reifenspuren im Kies und auf dem Asphalt zeigte.

„Höchstwahrscheinlich ein kleines ausländisches Fabrikat. Ich habe alles vermessen, und wenn ich in meinen Herstellerkatalogen nachgesehen habe, erhalten Sie von mir eine Liste von Pkws, von denen diese Spuren stammen könnten."

Pratt dankte ihm und bat den Gerichtsmediziner Ravi Patel, über die Ergebnisse seiner ersten Untersuchung der Leiche zu berichten. Patel begann mit der Aufzählung der Knochenbrüche und Verletzungen, die bereits bei einer äußerlichen Untersuchung der Leiche zu erkennen gewesen waren. Bei dem Zusammenstoß sei wahrscheinlich Mackeys Schädel gebrochen, sein linkes Jochbein zertrümmert und sein Kiefer ausgerenkt worden. Zudem seien zusammen mit seinem linken Brustkorb seine Hüften zermalmt worden. Auch sein linker Arm und sein linker Oberschenkel seien gebrochen.

„Weiteres kann ich erst sagen, wenn ich die Leiche geöffnet habe", schloss Patel. „Aber in Fällen wie diesen stellen wir oft fest, dass durch die massive Quetschung die Lunge perforiert wurde. Sie füllt sich dann mit Blut, und das Opfer ertrinkt sozusagen in seinem eigenen Blut."

Als Nächster war der leitende Ermittler des Kriminallabors an der Reihe, der zufällig Ravi Patels Bruder Raj war. Er erklärte, Mackeys Versuch, sein Leben zu retten, indem er unter den Abschleppwagen gekrochen sei, könne zum entscheidenden Hinweis auf den Mörder verhelfen.

„Der zweite Zusammenstoß mit dem Abschleppwagen erfolgte nämlich ohne den Körper des Opfers als Puffer. Metall auf Metall. Dabei kam es in beide Richtungen zu Übertragungen von Lack und Metall, und davon haben wir mehrere Proben genommen. Wenn Sie also das Tatfahrzeug finden, können wir es dem Mord zweifelsfrei zuordnen."

Wenigstens ein Lichtblick in dem ganzen Dunkel, dachte Bosch.

Nach Patels Ausführungen begann sich die Gruppe aufzulösen. Die Ermittler fuhren davon, um auf Anweisung Pratts noch Verschiedenes zu klären, bevor sich die ganze Einheit am nächsten Morgen um neun Uhr im Pacific Dining Car einfände, um weiter über den Fall zu sprechen.

Marcia und Jackson erhielten den Auftrag, Mackeys Wohnung zu durchsuchen. Das hieß, sie mussten einen Richter aus dem Bett holen und sich einen Durchsuchungsbeschluss von ihm ausstellen lassen, da Mackey mit William Burkhart zusammengewohnt hatte. Das Haus – in dem sich Burkhart aufhielt, wie angenommen wurde – war zwar zu dem Zeitpunkt, als Mackey auf dem Freeway überfahren wurde, überwacht worden, aber Burkhart könnte auch einen Dritten beauftragt haben, den Mord zu begehen. Deshalb galt er so lange als Verdächtiger, bis feststand, dass er nichts mit der Sache zu tun hatte.

Unter den Ersten, mit denen Bosch und Kiz nach Mackeys Auffinden telefoniert hatten, waren Kehoe und Bradshaw gewesen, die zwei Detectives, die das Haus in der Mariano Street observierten. Sie waren daraufhin sofort ausgestiegen und hatten Burkhart und eine Frau verhaftet, die als Belinda Messier identifiziert wurde. Sie warteten inzwischen im Parker Center auf ihre Vernehmung, die Bosch und Kiz durchführen sollten. Als die beiden jedoch gerade zu Kiz' Auto hinaufgehen wollten, bat Pratt sie, noch kurz zu warten.

„Ich brauche Ihnen wohl nicht zu sagen, dass da einiger Ärger auf uns zukommt. Ich glaube, Sie müssen mit einer Untersuchung rechnen."

„Sollen sie ruhig kommen", erwiderte Kiz.

„Sie wollen doch sicher miteinander darüber reden."

Bosch verstand, was Pratt ihnen damit sagen wollte: Sie sollten sich ihre Geschichte so zurechtlegen, dass sie sie, auch wenn man sie einzeln vernähme, ohne Widersprüche und in einem für sie möglichst günstigen Licht wiedergeben könnten.

„Das kriegen wir schon hin", verkündete Kiz.

Pratt warf Bosch einen kurzen Blick zu und schaute dann weg.

„Ich weiß", sagte Bosch. „Wenn dafür jemand den Kopf hinhalten muss, dann ich. Das geht schon in Ordnung. Es war ja auch meine Idee."

„Erfolg lässt eine Menge Dreck verschwinden. Deshalb sollten wir diese Geschichte bis zum Frühstück geklärt haben", meinte Pratt.

DAS PARKER CENTER war verlassen, als sie dort eintrafen. Das Gebäude erwachte erst nach Sonnenaufgang zum Leben, weil dort vorwiegend Führungskräfte und unterstützende Dienste untergebracht waren. Im Aufzug trennten sich Bosch und Kiz. Er fuhr direkt zum Morddezernat hinauf, um Kehoe und Bradshaw abzulösen, während sie vorher noch in ihr Büro ging, um die Akte zu holen, die sie über William Burkhart zusammengestellt hatte.

Als Bosch den Flur zum Morddezernat entlangging, ließ ihn eine Stimme abrupt innehalten.

„Was habe ich Ihnen über Runderneuerte gesagt?"

Bosch drehte sich um. Es war Irving, der aus dem Flur gegenüber kam. Vermutlich hatte er dort gewartet. Bosch versuchte, sich seine Überraschung, dass Irving anscheinend bereits von den Vorfällen auf dem Freeway wusste, nicht anmerken zu lassen.

„Was machen Sie denn hier?"

„Oh, ich wollte heute einfach früh anfangen. Es wird schließlich ein langer Tag. Am Morgen werden die Medien über Ihr nächtliches Malheur in Kenntnis gesetzt werden. Die Reporter werden erfahren, wie Sie diesen Mackey als Köder benutzt haben und auf welch schreckliche Weise er deshalb ums Leben kam. Sie werden wissen wollen, wieso ein pensionierter Detective wieder bei der Polizei aufgenommen werden konnte, wenn dann so was dabei herauskommt. Aber keine Sorge. Diese Fragen werden wahrscheinlich dem Polizeichef gestellt, der das alles in die Wege geleitet hat."

Bosch lachte. „Ist das alles?"

„Außerdem werde ich dem Leiter der Dienstaufsicht nahelegen, eine Untersuchung durchzuführen, wie Sie diese Ermittlungen geführt haben."

Bosch machte einen Schritt auf Irving zu. „Gut, tun Sie das. Aber hoffentlich bereiten Sie den Leiter der Dienstaufsicht dann auch schon darauf vor, was ich seinen Ermittlern sowie den Journalisten über Ihre Rolle in dieser Angelegenheit erzählen werde."

„Was reden Sie da für einen Unsinn?"

„Den Mann, über dessen Tod Sie sich jetzt so entrüsten, haben Sie vor siebzehn Jahren laufen lassen, damit Sie Ihren Kuhhandel mit Richard Ross machen konnten. Mackey hätte hinter Gitter gehört. Stattdessen hat er mit einer Waffe von einem seiner Einbrüche ein sechzehnjähriges Mädchen ermordet."

Bosch wartete, aber Irving schwieg.

„Ich mag vielleicht Mackeys Blut an meinen Händen haben, Chief, aber an Ihren klebt das von Rebecca Lost. Wollen Sie damit zu den Medien und zur Dienstaufsicht gehen? Nur zu, versuchen Sie es."

Irvings Augen bekamen etwas Verkniffenes. „Sie haben Unrecht, Bosch. Diese Burschen damals hatten alle nichts mit der Lost-Geschichte zu tun."

„Wer hat das festgestellt? Green und Garcia sicher nicht. Sie wurden von Ihnen in eine andere Richtung dirigiert. Genau wie der Vater des Mädchens. Um Ihren sauberen kleinen Deal nicht aufs Spiel zu setzen, haben Sie Mörder laufen lassen."

Irvings Stimme wurde eindringlich. „Glauben Sie allen Ernstes, wir würden Mörder laufen lassen?"

Kopfschüttelnd trat Bosch zurück. „Das glaube ich tatsächlich."

„Jetzt hören Sie mal gut zu, Detective. Wir haben die Alibis jedes Einzelnen dieser Kerle überprüft. Für einige waren sogar *wir* das Alibi, weil wir sie damals noch beobachteten. Aber wir haben uns erst vergewissert, dass keiner aus der Gruppe was mit dieser Sache zu tun haben konnte, und *dann* haben wir Green und Garcia zurückgepfiffen. Und das Gleiche sagten wir auch dem Vater, aber er wollte keine Ruhe geben."

„Und deshalb gaben Sie ihm vollends den Rest, richtig?"

„Die Stimmung in der Stadt war damals extrem aufgeheizt."

„Kommen Sie mir bloß nicht mit diesem Zum-Wohl-der-Allgemeinheit-Mist! Ihnen ging es um Ihren Deal, das war alles, was Sie interessierte. Sie hatten Ross und die Dienstaufsicht in der Tasche und wollten, dass das auch so bleibt. Nur haben Sie sich gründlich getäuscht. Die DNA beweist das. Mackey steckte in der Lost-Sache mit drin, und Ihre Ermittlungen waren einen Dreck wert."

„Die DNA bringt ihn mit der Tatwaffe in Verbindung, nicht mit der Tat."

„Wer hat die Alibis überprüft?", fragte Bosch ruhig.

Irving antwortete nicht.

„Ich rate einfach mal. McClellan. Das Ganze riecht förmlich nach ihm."

Wieder antwortete Irving nicht.

„Chief, ich möchte, dass Sie Ihren Handlanger anrufen. Ich weiß, dass er noch für Sie arbeitet. Sagen Sie ihm, ich will über die Alibis Bescheid wissen. Ich will alles, was er hat, bis heute Morgen sieben Uhr, oder Sie können einpacken. Wir tun, was wir tun müssen, und dann werden wir sehen, wo die Späne fallen."

Endlich machte Irving den Mund auf. „Es gibt keine Alibiberichte."

Bosch hörte die Lifttür aufgehen, und kurz darauf kam Kiz mit einer Akte um die Ecke. Sie blieb abrupt stehen, als sie die Auseinandersetzung sah.

„Keine Berichte? Dann hoffen Sie, dass er ein gutes Gedächtnis hat. Gute Nacht, Chief."

Bosch ging den Flur hinunter, und Kiz eilte ihm hinterher. Erst als sie durch die Flügeltür des Morddezernats bogen, begann sie zu sprechen.

„Kriegen wir Ärger, Harry? Wird er es gegen den Mann im Sechsten verwenden?“

Die Mischung aus Angst und Sorge in ihrer Miene verriet ihm, wie wichtig seine Antwort war. „Nicht, wenn es nach mir geht.“

William Burkhart und Belinda Messier wurden in separaten Vernehmungszimmern festgehalten. Bosch und Kiz beschlossen, sich zuerst die Frau vorzunehmen, damit Burkhart warten und nachdenken musste. Außerdem gewannen sie dadurch Zeit, in der sich Marcia und Jackson den Durchsuchungsbefehl beschaffen und sich in dem Haus in der Mariano umsehen konnten. Vielleicht fanden sie dort etwas, was sich bei Burkharts Verhör als hilfreich erwies.

Belinda Messiers Name war bei den Ermittlungen bereits aufgetaucht. Das Handy, das Mackey benutzt hatte, war auf sie angemeldet. Außerdem hatten Kehoe und Bradshaw sie als Burkharts Freundin bezeichnet.

Sobald die Detectives das Zimmer betraten, verlangte sie einen Anwalt. Sie war eine zierliche Frau mit graublondem Haar.

„Warum wollen Sie einen Anwalt?“, fragte Bosch. „Roland Mackey wurde heute Nacht umgebracht, und Sie könnten ebenfalls in Gefahr sein. Sie befinden sich in Schutzhaft.“

„Darüber weiß ich nichts. Ich war die ganze Nacht mit Billy zusammen.“

Sie erklärte, sie habe Mackey durch Burkhart kennen gelernt. Sie sei bereit gewesen, den Handyvertrag abzuschließen und das Telefon Mackey zu überlassen, weil er nicht als kreditwürdig gegolten habe. Sie erzählte auch, Burkhart arbeite nicht und lebe von dem Schmerzensgeld, das er vor zwei Jahren nach einem Autounfall zugesprochen bekommen habe. Er habe auch das Haus davon gekauft und von Mackey Miete kassiert. Sie selbst lebe nicht in dem Haus, verbringe aber viele Nächte dort. Mit Burkharts und Mackeys früheren rechtsextremen Verbindungen konfrontiert, tat sie überrascht.

„Wissen Sie, wer Mackey umgebracht hat?“, fragte Bosch.

„Nein. Er war ein netter Typ. Das ist alles, was ich weiß.“

„Was sagte Ihr Freund, nachdem ihn Mackey angerufen hat?“

„Nichts. Er meinte nur, er würde noch aufbleiben, weil er mit Ro über irgendwas reden wollte, wenn der nach Hause käme.“

Sie setzten ihr mehrere Male und von allen möglichen Seiten zu, aber es kam nichts heraus, was für die Ermittlungen von Wert war.

Als Nächster kam Burkhart an die Reihe, doch bevor sie mit dem Verhör begannen, rief Bosch Marcia an, um sich auf den neuesten Stand bringen zu lassen.

„Seid ihr schon im Haus?“

„Ja. Bisher haben wir aber noch nichts gefunden.“

„Glaubst du, Burkhart könnte das Haus verlassen haben, ohne dass Kehoe und Bradshaw es gemerkt haben?“

„Möglich ist alles, aber die Kollegen haben ja nicht geschlafen. Wie viel Zeit ist von dem Moment, in dem es Mackey erwischt hat, bis zu dem Zeitpunkt vergangen, an dem ihr Kehoe und Bradshaw gesagt habt, sie sollen Burkhart festnehmen?“

„Nicht viel. Höchstens zehn Minuten.“

„Da haben wir es schon“, erwiderte Marcia. „In zehn Minuten vom Reagan Freeway in Porter Ranch bis zur Mariano Street in Woodland Hills? Und ohne dass unsere Leute etwas davon mitbekommen? Vollkommen ausgeschlossen. Kehoe und Bradshaw sind sein Alibi. Ich glaube nicht, dass Burkhart unser Mann ist.“

Bosch bedankte sich und legte auf, dann erzählte er Kiz die schlechte Neuigkeit. „Er mag ja vielleicht für Mackeys Ermordung nicht infrage kommen, aber immerhin war er derjenige, den Mackey anrief, nachdem er sich den Artikel hat vorlesen lassen. Für Rebecca Lost habe ich ihn immer noch auf der Rechnung.“

„Aber das ergibt doch keinen Sinn. Mackeys Mörder muss bei der Lost-Sache unter einer Decke mit ihm gesteckt haben.“

Bosch wusste, dass sie Recht hatte. „Na schön, dann lass uns jetzt zu ihm reingehen. Mal sehen, was er selbst zu sagen hat.“

Der Raum war stickig vom Körpergeruch Burkharts. Er hatte struppiges dunkles Haar, das an einem teigig weißen Gesicht herabhing. Er sah aus, als halte er sich nicht viel im Freien auf.

„Ich will einen Anwalt“, forderte er.

„Das wollen wir alle. Aber alles schön der Reihe nach. Ich bin Harry Bosch, und das ist Kizmin Rider. Sie sind William Burkhart und stehen wegen Mordverdacht unter Arrest.“

„Sind Sie verrückt? Ich war zu Hause. Meine Freundin war die ganze Zeit bei mir.“

Bosch hielt einen Finger an seine Lippen. „Lügen können Sie gleich.“

Von der Rückseite einer ihrer Visitenkarten las Kiz Burkhart seine Rechte vor. Dann übernahm wieder Bosch.

„Also, was hatten Sie gesagt?“

„Ich sagte, ich war die ganze Zeit zu Hause, und ich habe einen Zeugen dafür. Außerdem war Ro mein Freund. Wieso sollte ich ihn umbringen?“

„Wir reden hier aber gar nicht von Roland Mackey. Wir gehen jetzt siebzehn Jahre zurück zu Rebecca Lost. Erinnern Sie sich noch an sie? Sie und Mackey? Das Mädchen, das Sie den Hügel raufgebracht haben?“

„Ich weiß nicht, wovon Sie reden“, entgegnete Burkhart mit steinerner Miene.

„Wir haben Sie auf Band. Mackey hat Sie letzte Nacht angerufen.“

„Wenn es so ein Band wirklich gibt, ist da höchstens drauf, wie ich ihm sage, er soll die Klappe halten. Und was diese Rebecca Soundso angeht, darüber weiß ich nichts. Das hätten Sie lieber Ro fragen sollen, solange Sie noch Gelegenheit dazu hatten.“

So ging es noch weitere zwanzig Minuten hin und her, aber weder Bosch noch Kiz gelang es, Burkhart beizukommen.

Sie verließen das Zimmer, um über ihr weiteres Vorgehen zu sprechen. Sie hatten es mit einem Bluff versucht, aber Burkhart hatte ihn durchschaut. Jetzt mussten sie ihn entweder verhaften und ihm einen Anwalt besorgen oder ihn laufen lassen.

„Wir haben rein gar nichts, Harry. Ich schlage vor, wir lassen ihn gehen.“

Bosch nickte. Sie hatten keine rechtliche Handhabe gegen Burkhart und bekamen möglicherweise auch nie eine. Mackey, ihre einzige direkte Verbindung zu Rebecca Lost, war tot. Durch sein Verschulden. Die ganze Last des augenblicklichen Verfahrensstands senkte sich wie eine Bleidecke auf Bosch herab. Er blickte Kiz an und sah es in ihrem Blick. Es war eine einzige Katastrophe. Er hatte sie enttäuscht. Vielleicht hatte Irving ja doch Recht – vielleicht hätte er nicht in den Polizeidienst zurückkehren sollen.

Bosch fuhr nach Hause, um zu duschen, frische Sachen anzuziehen und vielleicht ein bisschen zu schlafen, bevor er zur Besprechung mit seiner Einheit in die Stadt zurückfuhr.

Er sah dem Treffen mit gemischten Gefühlen entgegen. Er stünde im Mittelpunkt. Allen von Offen-Ungelöst war klar, dass ihr Vorgehen wegen Mackeys Tod heftig kritisiert würde und im Nachhinein alle klüger wären.

Bosch hörte den Anrufbeantworter ab. Keine Nachrichten. Er hatte noch zwei Stunden, bis er losmusste. Schlafen kam nicht infrage bei allem, was ihn belastete. Er hatte die Akten mit ins Haus genommen. Damit würde er sich beschäftigen. Er musste das Ziel im Blick behalten. Den Fall.

Er machte die Kaffeemaschine an, duschte fünf Minuten und nahm sich die Mordakte noch einmal vor. Das Gefühl, etwas zu übersehen, das sich direkt vor seiner Nase befand, ließ ihm keine Ruhe. Er nahm die Dokumente heraus, las sie in willkürlicher Reihenfolge und ließ sich Zeit dabei.

Als er fünfzehn Minuten später wieder einmal auf die Tatortfotos von Rebeccas Zimmer starrte, hörte er vor dem Haus eine Autotür zufallen. Durch den Spion sah er einen Mann auf das Haus zugehen. Bosch öffnete die Tür, bevor der Mann dazu kam zu klopfen. Sein Auftreten verriet Bosch, dass er Polizist war.

„McClellan?"

Der Mann nickte. „Lieutenant McClellan. Und Sie sind vermutlich Detective Bosch."

„Sie hätten auch anrufen können." Bosch machte ihm Platz, damit er eintreten konnte.

„Ich hielt es für besser, wenn wir persönlich miteinander reden."

„War das Ihre Idee oder die von Chief Irving?"

McClellan war ein großer, kräftiger Mann mit schütterem rotblondem Haar und dicken rosigen Wangen, die auf Boschs Frage hin einen dunkleren Ton annahmen. „Ich bin hier, um mit Ihnen zu kooperieren."

„Schön. Ich sehe aber nicht, dass Sie irgendwelche Akten dabeihaben. Hoffentlich ist das kein Höflichkeitsbesuch oder einer dieser Besuche, wie Sie ihn vor siebzehn Jahren Robert Lost abgestattet haben."

„Es gibt keine Akten."

„Sind Sie gekommen, um mich mit Ihren Erinnerungen zu überzeugen?"

„Tatsache ist, dass ich mich sehr gut an diese Zeit erinnern kann. Aber zunächst sollten Sie sich über eines klar werden. Ich war Detective ersten Grades bei der PDU. Wenn ich einen Auftrag erhielt, erledigte ich ihn. In so einer Position stellt man seine Befehle nicht infrage."

„Sie haben also nur Ihre Pflicht getan. Und was ist mit den Chatsworth Eights und dem Lost-Mord? Was ist mit den Alibis?"

„Bei den Eights gab es acht Hauptakteure. Ich habe im Fall jedes Einzelnen nachgewiesen, dass sie nichts mit der Sache zu tun haben konnten – zumindest, was den Mord angeht."

„Was wissen Sie über William Burkhart und Roland Mackey?"

„Also, zuallererst: Burkhart stellte kein Problem dar. Wir haben ihn nämlich in besagter Nacht observiert. Er war gerade aus Wayside entlassen worden. Und weil wir einen Tipp bekommen hatten, dass dort oben sein Glaube an die Überlegenheit der weißen Rasse neu entfacht worden war, hielten wir es für angebracht, ihn im Auge zu behalten."

„Die PDU observierte also Burkhart. Wen sonst noch?“

„Burkhart tat sich nach seiner Entlassung mit zwei Mitgliedern der alten Gruppe zusammen. Einem Withers und einem Simmons. Am fraglichen Abend waren sie in einem Billardsalon in der Tampa und ließen sich volllaufen. Zwei verdeckte Ermittler waren die ganze Zeit mit ihnen da drin. Um Ihnen das zu sagen, bin ich hier.“

„Tatsächlich? Na schön, dann erzählen Sie mir von Mackey. Ihn hat die PDU doch nicht observiert, oder?“

„Nein, Mackey nicht. Woran ich mich im Zusammenhang mit ihm an dem Abend, an dem das Mädchen entführt wurde, erinnern kann, ist, dass er in der Chatsworth High Nachhilfe hatte. Er ging zur Abendschule, um seinen GED zu machen. Das war eine seiner Bewährungsauflagen. Aber er hatte ziemliche Probleme. Deshalb bekam er an den Abenden, wenn keine Schule war, Nachhilfe. Und als das Mädchen entführt wurde, war er bei seinem Nachhilfelehrer. Das habe ich nachgeprüft.“

„Wollen Sie mir weismachen, Mackey hatte die ganze Nacht Nachhilfe? Wer war der Nachhilfelehrer?“

„Nein, nein, sie waren nur am Beginn des Abends zusammen. An den Namen des Lehrers kann ich mich nicht mehr erinnern, aber sie waren bis spätestens elf Uhr fertig, und dann ging Mackey nach Hause.“

„Das ist doch kein Alibi! Der Todeszeitpunkt des Mädchens war zwei Uhr morgens. Wussten Sie das denn nicht?“

„Natürlich wusste ich das. Aber der Todeszeitpunkt war nicht wirklich ausschlaggebend für das Alibi. Das Haus wies keine Einbruchsspuren auf. Und der Vater hatte alle Türen und Schlösser im Haus überprüft, als er an diesem Abend um zehn Uhr nach Hause kam. Das hieß, der Mörder musste zu diesem Zeitpunkt bereits im Haus gewesen sein.“

Bosch wurde plötzlich klar, dass der Lieutenant Recht hatte. Er hatte denselben Bericht gelesen wie McClellan siebzehn Jahre zuvor, aber ihm war seine Bedeutung nicht klar geworden. Der Mörder war bereits um zehn Uhr im Haus gewesen.

Das änderte einiges.

„Demnach konnte Mackey also nicht ins Haus gekommen sein, denn er war ja bei seiner Nachhilfe“, fuhr McClellan fort. „Er kam nicht infrage. Keiner dieser Idioten kam infrage. Entsprechend erstattete ich meinem Boss mündlich Meldung, und er gab es an die zwei Detectives weiter, die den Fall bearbeiteten. Und damit hatte es sich – bis diese DNA-Geschichte daherkam.“

„Wenn Mackey nichts damit zu tun hatte, wie erklären Sie sich dann seine DNA an der Tatwaffe?"

„Das kann ich nicht erklären. Ich habe nachgewiesen, dass er am Mord selbst nicht beteiligt gewesen sein kann, aber er muss ..."

McClellan sprach nicht weiter. Er schien ernsthaft bestürzt zu sein, dass er möglicherweise dazu beigetragen hatte, einen Mörder oder zumindest jemanden, der die Waffe für einen Mord beschafft hatte, ungeschoren davonkommen zu lassen. Er machte den Eindruck, als wäre ihm schlagartig klar geworden, dass er von Irving benutzt worden war.

„Will Irving den Medien und der Dienstaufsicht in dieser Sache immer noch einen Tipp geben?", erkundigte sich Bosch ruhig.

„Nein. Er hat mir aufgetragen, Ihnen zu sagen, eine Abmachung ist nur dann eine Abmachung, wenn sich beide Seiten daran halten. Mehr nicht."

„Eine letzte Frage. Der Beweismittelkarton für den Lost-Fall ist verschwunden. Wissen Sie darüber irgendetwas?"

McClellan sah ihn an. Bosch entging nicht, dass er ihn damit tief beleidigt hatte.

„Ich musste das fragen."

„Ich weiß nur, dass immer wieder was abhandenkommt", erwiderte McClellan gepresst. „In siebzehn Jahren hätte diesen Karton weiß Gott wer verschwinden lassen können. Ich war es jedenfalls nicht." Er schien seinen Ärger über die letzte Frage hinunterzuschlucken. „Also dann, Detective. Viel Glück. Ich hoffe, Sie fassen diesen Kerl. Und das meine ich ernst."

Als McClellan gegangen war, dachte Bosch über die Möglichkeit nach, dass sich Rebeccas Mörder im Haus versteckt hatte. Er ging zum Esszimmertisch, auf dem die Dokumente aus der Mordakte ausgebreitet waren. Die Fotos von Rebeccas Zimmer lagen in der Mitte. Er suchte, bis er den Bericht über die Auswertung der Fingerabdrücke durch das Kriminallabor fand.

Am Schluss hieß es zusammenfassend, dass alle im Haus gefundenen Fingerabdrücke sowohl mit Proben von Angehörigen der Familie Lost als auch mit denen all jener Personen verglichen worden waren, bei denen ein Grund bestanden hatte, dass sie sich im Haus aufgehalten hatten. Kein Abdruck stammte von einem Unbekannten.

Doch jetzt wollte Bosch genau wissen, wo die Kriminaltechniker nach Abdrücken gesucht hatten. Der Bericht war auf den Tag nach der Entdeckung von Rebeccas Leiche datiert. Er dokumentierte eine routinemäßige Durchsuchung des Haushalts nach Fingerabdrücken. Untersucht wurden alle naheliegenden Oberflächen. Alle Türgriffe und -schlösser. Alle Fensterbänke und -rahmen. Jede Stelle, die der Täter möglicherweise berührt hatte.

Bosch sah das Schlupfloch, durch das der Mörder entkommen sein könnte, in dem, was nicht in dem Bericht stand. Die Spurensicherung war am Tag nach der Entdeckung der Leiche ins Haus gekommen, nachdem der Fall bereits zweimal falsch gedeutet worden war, zuerst als Vermisstenmeldung, dann als Selbstmord. Dazu kam, dass die Experten praktisch blind agiert hatten, denn zu diesem Zeitpunkt war noch so gut wie nichts über den Tathergang bekannt gewesen. Die Möglichkeit, dass der Mörder sich mehrere Stunden in der Garage oder sonst irgendwo im Haus versteckt gehalten haben könnte, war noch nicht ins Auge gefasst worden. Die Suche nach Fingerabdrücken und anderen Spuren wie Haaren und Fasern war daher nie über das Naheliegende hinausgegangen.

Doch jetzt war es dafür zu spät. Boschs Blick fiel auf die Fotos auf dem Tisch – und plötzlich wurde ihm etwas klar. Rebeccas Zimmer war der einzige Ort im Haus, der all die Jahre unangetastet geblieben war. Es war wie ein Museum, dessen Kunstwerke fast hermetisch abgeschlossen in Vitrinen aufbewahrt wurden.

Etwas an diesen Aufnahmen hatte ihm von Anfang an keine Ruhe gelassen. Er erinnerte sich an das Bild, das in der *Daily News* veröffentlicht worden war, und nahm die Zeitung aus dem Ordner. Er faltete sie auseinander und studierte Emmy Wards Foto, dann verglich er es mit den Aufnahmen, die siebzehn Jahre zuvor entstanden waren.

Das Zimmer schien völlig unverändert. Doch dann entdeckte Bosch einen winzigen Unterschied. Auf dem Foto in der *News* war das Bett vor der Aufnahme sorgfältig glatt gestrichen worden. Auf den alten Fotos der Spurensicherung war es zwar ebenfalls ordentlich gemacht, aber der Volant der Decke stand auf der Seite leicht nach außen ab und wölbte sich am Fußende nach innen unter das Bett.

Bosch spürte, wie sich etwas in ihm löste. „Rein und raus", sagte er zu sich selbst.

Es war durchaus möglich, dass der Volant am Fußende des Bettes nach innen geschoben worden war, als jemand daruntergekrochen war. Das legte den Schluss nahe, dass es zu der Auswärtskrümmung des Volants auf der Seite des Bettes gekommen war, als diese Person wieder darunter hervorgekrochen war.

Rebeccas Mörder könnte direkt unter ihr gewartet haben, als sie eingeschlafen war.

Im Haus waren keine identifizierbaren Fingerabdrücke gefunden worden. Das hieß nicht unbedingt, dass der Mörder Handschuhe getragen hatte. Es bedeutete nur, dass er so schlau gewesen war, keine naheliegenden Oberflächen mit bloßen Händen zu berühren. Doch selbst wenn der Mörder beim Eindringen ins Haus Handschuhe getragen hatte, war keineswegs auszuschließen, dass er sie ausgezogen hatte, als er unter dem Bett gewartet hatte.

Einen Versuch war es jedenfalls wert. Bosch ging in die Küche, rief beim Kriminallabor an und verlangte Raj Patel. „Ich brauche Ihren besten Mann für Fingerabdrücke. Er soll nach Chatsworth raufkommen."

„Jetzt?"

„Jetzt sofort. Später habe ich vielleicht nicht mal mehr einen Job."

„Und was müssen wir tun?"

„Ich möchte ein Bett hochheben und drunterschauen. Es ist wichtig. Wenn wir dort etwas finden, führt es uns auf die Spur des Mörders."

„Der beste Mann für Fingerabdrücke bin ich, Harry. Wo genau soll ich hinkommen?"

„Danke, Raj."

Er nannte Patel die Adresse und hängte auf. Er überlegte, ob er Kiz anrufen sollte. Sie schon wieder wecken? Die eigentliche Frage aber lautete: Sollte er abwarten, ob unter dem Bett tatsächlich etwas war, bevor er ihr davon erzählte und ihre Hoffnungen schürte?

Er beschloss, mit dem Anruf zu warten, bis er ihr etwas Konkretes berichten konnte. Er griff nach dem Telefon und weckte stattdessen Muriel Lost. Er sei auf dem Weg zu ihr, teilte er ihr mit.

NEUN

Zu der Besprechung im Pacific Dining Car kam Bosch zu spät. Die meisten hatten schon etwas zu essen.

Seine Aufregung musste ihm anzusehen sein. „Entweder hatten Sie Glück, oder Ihnen ist nur egal, wie tief wir hier in der Grütze stecken", sagte Pratt.

„Ich hatte Glück." Bosch setzte sich. „Aber anders, als Sie denken. Raj Patel hat gerade einen Handflächenabdruck und zwei Fingerabdrücke von einer Holzlatte unter Rebecca Losts Bett gezogen."

„Das ist gut", entgegnete Pratt trocken. „Und was heißt das?"

„Es heißt, dass wir unseren Mörder vielleicht haben."

„Wie das?", fragte Kiz.

Bosch hatte sie nicht angerufen. Er konnte bereits Anflüge von Feindseligkeit bei ihr spüren.

„Ich wollte dich nicht wecken", erklärte er. Und dann, an die anderen gerichtet: „Ich hatte mir die ursprüngliche Fingerabdruckanalyse in der Mordakte angesehen. Dabei wurde mir bewusst, dass sie gleich am Tag nach der Entdeckung der Leiche wegen der Fingerabdrücke angerückt sind. Sie kamen aber nicht noch mal zurück, als immer mehr darauf hindeutete, dass der Entführer schon früher am Tag ins Haus eingedrungen sein und sich irgendwo versteckt haben musste, bis alle schliefen."

„Und warum das Bett?", wunderte sich Pratt.

„Auf den Tatortfotos ist zu erkennen, dass der Volant der Decke am Fußende nach innen steht. Als ob jemand unter das Bett gekrochen wäre. Das haben sie damals übersehen, weil sie nicht darauf achteten."

„Sehr gut, Harry. Falls Raj einen Treffer landet, gehen wir dieser Spur nach. Aber jetzt wieder zurück zu unseren Berichten." Er wandte sich an Robinson und Jean Nord. „Was haben Sie über den Anruf in Erfahrung gebracht, mit dem der Abschleppwagen gerufen wurde?"

„Nicht viel, was uns weiterbringt", antwortete Jean Nord. „Der Anruf ging ein, nachdem wir bereits auf den Anschluss in Burkharts Haus umgeschaltet hatten. Deshalb haben wir keine Bandaufzeichnung davon. Aber wir haben die Pen-Register, und aus ihnen geht hervor, dass der Anruf aus einer Telefonzelle in der Tampa an der Freeway-Zufahrt kam. Wahrscheinlich hat er angerufen, ist dann die Rampe runtergefahren und hat dort gewartet."

„Fingerabdrücke auf dem Telefon?"

„Der Hörer war abgewischt."

„Passt. Schon mit der AAA gesprochen?"

„Ja. Dabei kam aber nicht viel heraus, außer dass der Anrufer ein Mann war."

Pratt wandte sich Bosch zu. „Können Sie uns noch was berichten, das uns Ihre Partnerin noch nicht gesagt hat?"

„Wahrscheinlich nicht. Wie es aussieht, kommt Burkhart für gestern Abend nicht infrage und auch nicht für Rebecca Lost. Er stand an beiden Abenden unter Überwachung durch das LAPD."

Mit zusammengezogenen Augenbrauen sah Kiz ihn an. Noch mehr Informationen, von denen sie nichts wusste. Er wandte den Blick ab.

„Na wunderbar", seufzte Pratt. „Und wo stehen wir jetzt damit?"

„Im Grunde war dieser Zeitungsartikel ein Schuss in den Ofen", sagte Kiz. „Roland Mackey wollte zwar über Rebecca Lost sprechen, bloß ist er nicht mehr dazu gekommen. Jemand anders hat den Artikel gesehen. Der eigentliche Mörder. Der Mann, dem Mackey vor siebzehn Jahren half und/oder die Tatwaffe besorgte. Er wurde ebenfalls auf den Artikel aufmerksam und wusste, dass das Blut an der Waffe von Mackey stammen musste. Deshalb musste der aus dem Weg geräumt werden. Und dafür suchte der Täter einen Ort und einen Zeitpunkt aus, wo Mackey allein und verwundbar war."

„Überschätzen wir diesen Kerl da nicht etwas?", wandte Pratt ein. „Woher soll er gewusst haben, dass wir hinter dem Täter her waren? Einzig und allein wegen eines Zeitungsartikels?"

Alle anderen dachten über die unausgesprochene Andeutung nach, der Mörder könne Verbindung zur Polizei beziehungsweise zu den Ermittlungen haben.

„Was noch?", fuhr Pratt fort. „Ich schätze, uns bleiben höchstens noch einmal vierundzwanzig Stunden, bis die Sache publik wird. Wenn wir bis dahin nicht alles unter Dach und Fach haben, können wir uns auf etwas gefasst machen."

„Wir nehmen die Pen-Register", schlug Bosch vor, der für sich und Kiz sprach, „und machen damit weiter."

Er dachte dabei an den Zettel mit der Nachricht für Mackey, den er am Tag zuvor auf dem Schreibtisch der Tankstelle gesehen hatte. Der Anruf von Visa, um sich das feste Arbeitsverhältnis bestätigen zu lassen. Wie Kiz ganz richtig bemerkt hatte, passte es nicht zu Mackey, eine Spur, wie sie eine Kreditkarte darstellte, zu hinterlassen. Das war etwas, was nicht ins Bild passte.

Boschs Handy klingelte. Es war Raj Patel. Er sagte, er habe eine gute und eine schlechte Nachricht.

„Die gute ist, dass wir noch alle Vergleichsmuster aus dem Haus haben. Die Fingerabdrücke von heute Morgen stimmen mit keinem von ihnen überein. Sie haben also jemand Neuen gefunden, Harry. Es könnte der Mörder sein."

Das hieß Folgendes: Alle Fingerabdruckproben von Angehörigen der Familie Lost und von Personen, die Zugang zum Haus gehabt hatten, befanden sich noch im Fingerabdrucklabor der Kriminaltechnik. Keine dieser Proben passte zu den Abdrücken, die sie am Morgen unter Rebeccas Bett entdeckt hatten. Fingerabdrücke konnten natürlich nicht datiert werden, aber die Abdrücke hatten sich auf der Unterseite des Lattenrosts befunden. Wer sie dort hinterlassen hatte, war höchstwahrscheinlich unter dem Bett gewesen.

„Und die schlechte Nachricht?“

„Keine Übereinstimmung.“

„Vielen Dank für Ihre Bemühungen, Raj.“

Bosch empfand diese Wendung als schweren Rückschlag, und es war ihm anzusehen. „Keine Übereinstimmung“, verkündete er.

Die Besprechung war bald darauf zu Ende, nachdem Pratt zuvor noch Robinson und Jean Nord die Vernehmung der Personen zugeteilt hatte, die mit Mackey an der Tankstelle gearbeitet hatten. Marcia und Jackson würden Mackeys Mordakte zusammenstellen. Als alle aufstanden, fing Bosch Kiz' Blick auf.

„Wie bist du hergekommen?“

„Pratt hat mich mitgenommen.“

„Sollen wir zusammen zurückfahren?“

„Gern.“

Draußen strafte sie ihn mit Schweigen. Bevor er losfuhr, wandte er sich ihr zu und sah sie an.

„Sag's schon endlich.“

„Du hättest mich anrufen sollen, Harry, mehr nicht.“

„Als ich dich gestern angerufen habe, warst du ziemlich sauer.“

„Diesmal war es aber was anderes, das weißt du ganz genau. Heute bist du einer Spur gefolgt. Ich hätte bei dir sein sollen. Ich hatte nicht die geringste Ahnung, was du Neues herausgefunden hast, bis du es allen erzählt hast. Für mich war das ziemlich peinlich.“

„Was das angeht, hast du völlig Recht. Es tut mir leid. Ich hätte dich auf dem Weg in die Stadt anrufen sollen. Ich war spät dran und hab's einfach vergessen.“

Sie zuckte die Achseln und er fuhr los. Auf dem Weg zum Parker Center setzte er sie über alle Details in Kenntnis, die er bei der Frühstücksbesprechung nicht erwähnt hatte. Er erzählte ihr von McClellans Besuch und wie er durch ihn darauf gekommen war, unter dem Bett nach Fingerabdrücken zu suchen.

Zwanzig Minuten später befanden sie sich in ihrer Nische in Zimmer Nummer 503 und hatten die Pen-Registerausdrucke zwischen sich ausgebreitet.

Bosch konzentrierte sich auf die Anrufe bei der Tankstelle. Viele Gespräche waren von Firmen geführt worden, bei denen bereits aus dem Namen ersichtlich wurde, dass sie der Kfz-Branche zuzuordnen waren. Außerdem war ein hoher Anteil an Abschleppaufträgen von der AAA-Zentrale eingegangen. Einige Anrufe waren von Privatanschlüssen gekommen, aber nichts, was ins Auge sprang.

Vier Einträge in der Liste waren Visa zugeordnet, alle dieselbe Nummer. Bosch wählte sie, bekam aber nur das schrille Kreischen einer Computerschaltung zu hören. Da kapierte er, dass es sich um ausgehende Anrufe gehandelt hatte, Nummern, die das Buchungsgerät anwählte, wenn man mit Kreditkarte zahlte. Das war komisch, denn es bedeutete, dass unter den eingehenden Anrufen keiner von Visa gewesen war.

Bosch wählte die Nummer von Jean Nords Handy. „Sind Sie schon bei der Tankstelle?“

Sie lachte. „Wir sind kaum aus Hollywood raus.“

„Fragen Sie nach einer Notiz, die gestern jemand für Mackey hinterlassen hat. Es ging um einen Anruf von Visa, die sich wegen eines Kreditkartenantrags bestätigen lassen wollten, dass er auch tatsächlich dort arbeitet. Fragen Sie, wann der Anruf einging, und rufen Sie mich dann zurück.“

„Ich melde mich, sobald wir den Betreffenden gesprochen haben.“ Sie beendete das Gespräch.

Bosch sah Kiz an. „Diese Visa-Geschichte geht mir immer noch im Kopf rum.“

„Ich weiß. Woran denkst du?“

„Mal angenommen, du bist der Mörder und hast die Waffe von Mackey gekriegt. Er ist der Einzige, der dir diese Sache anhängen kann. Aber siebzehn Jahre vergehen, ohne dass irgendetwas passiert, und du wiegst dich in Sicherheit, verlierst Mackey sogar aus den Augen. Dann nimmst du gestern die Zeitung in die Hand und liest den Artikel, in dem steht, sie haben DNA-Spuren. Du weißt, es ist nicht dein Blut. Demnach kann es sich nur um einen Bluff seitens der Polizei handeln, oder es ist Mackeys Blut.“

„Mackey muss weg.“

„Richtig. Aber wie findest du den Kerl? Er hat sein Leben lang als Abschleppwagenfahrer gearbeitet. Angenommen, du hättest das gewusst – dann hättest du genau das getan, was wir auch getan haben. Du hättest angefangen, alle Abschleppdienste anzurufen.“

Kiz stand auf und ging zu den Aktenschränken an der Rückwand der Nische, um das Branchenbuch für das Valley zu holen. Sie kehrte an den

Schreibtisch zurück und fuhr mit dem Finger die Einträge entlang, bis sie zu Tampa Towing kam, wo Mackey gearbeitet hatte. Von dort ging sie zum Eintrag davor zurück, einer Firma, die sich Tall Order Towing Services nannte, und wählte deren Nummer.

„Ich bin Detective Kizmin Rider vom Los Angeles Police Department. Ich ermittle in einem Betrugsfall und würde Ihnen gern ein paar Fragen stellen. Der Verdächtige, um den es geht, ist bekannt dafür, dass er bei Firmen anruft und sich als Visa-Angestellter ausgibt. Er erkundigt sich, ob ein Mitarbeiter, der angeblich einen Kreditkartenantrag gestellt hat, ein festes Arbeitsverhältnis hat. Kommt Ihnen das irgendwie bekannt vor? Uns liegen Informationen vor, dass der Betreffende gestern im Valley aktiv war. Er sucht sich mit Vorliebe Firmen aus, die mit Autos zu tun haben."

Sie wartete.

„Ja, könnten Sie mich bitte zu ihr durchstellen?"

Kiz betete die ganze Litanei wieder herunter und stellte die gleiche Frage. Dann hielt sie die Sprechmuschel zu und sah Bosch an. „Volltreffer!"

Sie konzentrierte sich wieder auf das Telefonat. „War es ein Mann oder eine Frau?" Sie notierte etwas. „Und wann war das?" Sie machte sich eine weitere Notiz.

Bosch stand auf, um es lesen zu können. Sie hatte *männlich, ca. 13.30* auf den Block geschrieben. Bosch sah im Pen-Register nach und stellte fest, dass bei Tampa Towing um 13.40 Uhr ein Anruf eingegangen war. Der Name auf der Liste lautete Amanda Sobek. Es handelte sich um ein Handy.

Kiz erkundigte sich bei ihrer Gesprächspartnerin, ob sie sich an den Namen erinnern könne, nach dem sich der vermeintliche Visa-Mitarbeiter erkundigt habe. Als sie allem Anschein nach eine negative Antwort erhielt, fragte sie: „War der Name vielleicht Roland Mackey?"

Sie wartete.

„Sind Sie sicher? Gut, danke für Ihre Hilfe."

Sie legte auf. Die Aufregung in ihren Augen hatte den ganzen Ärger darüber weggefegt, dass Bosch ihr am Morgen nichts von den Fingerabdrücken erzählt hatte.

„Sie haben einen Anruf bekommen. Exakt die gleiche Masche. Die Frau konnte sich sogar noch an den Namen Mackey erinnern, als ich ihn ihr nannte."

„In der Liste ist um 13.40 Uhr ein Anruf von einer Amanda Sobek vermerkt."

Kiz klappte ihr Notebook auf. „Mal sehen, was AutoTrack über sie hat."

Während sie den Namen eingab, meldete sich Robinson, der inzwischen mit Jean Nord bei Tampa Towing eingetroffen war, telefonisch bei Bosch.

„Harry, der Fahrer der Frühschicht sagt, der Anruf ist zwischen halb zwei und zwei eingegangen.“

„War der Visa-Mitarbeiter ein Mann oder eine Frau?“

„Ein Mann. Nachdem der Fahrer bestätigt hatte, dass Mackey hier arbeitete, wollte der Visa-Typ wissen, von wann bis wann.“

„Können Sie den Mann noch was fragen?“

„Er steht direkt neben mir.“

„Fragen Sie ihn, ob sie eine Kundin namens Amanda Sobek haben.“

Bosch wartete.

„Keine Kundin namens Sobek“, meldete Robinson gleich darauf.

Nachdem Bosch aufgelegt hatte, erzählte er Kiz, was der Kollege gerade durchgegeben hatte. „Irgendwas über Amanda Sobek?“

„Ja, hier. Sie wohnt in der Farralone Avenue in Chatsworth. Aber das ist schon ziemlich alles. Keine Kreditkarten, keine Hypotheken. Das wird alles unter dem Namen ihres Mannes stehen. Mal sehen – ich gebe die Adresse ein. Hier … Mark Sobek. Es läuft praktisch alles auf seinen Namen, und das ist nicht gerade wenig. Vier Autos, zwei Häuser, jede Menge Kreditkarten.“

„Dann fahren wir da jetzt hin. Zeit, deinen Hintern hochzukriegen und Klinken zu putzen.“

Sie stand auf. „Für jemanden, der vielleicht keinen Job mehr hat, bevor dieser Tag zu Ende geht, riskierst du eine ganz schön dicke Lippe.“

„Was soll ich denn anderes tun? Die Dunkelheit wartet. Und sie kommt, egal was man macht.“

Die Adresse in der Farralone Avenue war eine Villa im mediterranen Stil. Die Detectives hatten Gelegenheit, sich alles anzusehen, während sie am schmiedeeisernen Tor warteten, dass sich jemand über die Sprechanlage meldete. Endlich ertönte eine Stimme.

„Ja, wer ist da?“ Eine Frau.

„Amanda Sobek?“, fragte Bosch statt einer Antwort.

„Nein, ich bin ihre Assistentin. Wer sind Sie beide bitte?“

Bosch entdeckte das Objektiv. Er zog seine Dienstmarke heraus und hielt sie etwa dreißig Zentimeter davor. „Polizei. Wir würden gern Amanda Sobek sprechen.“

Das Tor öffnete sich automatisch. Sie fuhren auf das Grundstück und parkten vor dem zweigeschossigen Portikus.

„Für so ein Haus kann man schon mal den Fahrer eines Abschleppwagens umbringen“, sagte Bosch leise.

Noch bevor sie die Tür erreichten, wurde sie von einer Frau Mitte zwanzig geöffnet. Die Assistentin.

„Und Sie sind?“, fragte Bosch.

„Melody Lane. Ich arbeite für Mrs Sobek. Sie kommt gleich nach unten.“

Sie folgten ihr in ein riesiges Wohnzimmer. Kurz darauf kam eine attraktive Frau in weißer Bluse und weißer Hose in den Raum geeilt.

„Was gibt's? Stimmt irgendetwas nicht? Ist etwas mit meinen Töchtern?“

Bosch deutete auf die Sitzgruppe in der Mitte des Raumes. „Vielleicht sollten wir uns erst mal setzen, Mrs Sobek.“ Die Panik in ihrem Gesicht erschien ihm echt. „Es ist nichts passiert“, versicherte er. „Ihren Töchtern fehlt nichts.“

„Ist etwas mit meinem Mann?“

„Nein, Mrs Sobek. Soviel wir wissen, fehlt auch ihm nichts.“

Sie nahmen Platz. Bosch stellte sich und Kiz vor.

„Wir führen eine Ermittlung durch, und ich muss Ihnen ein paar Fragen zu Ihrem Handy stellen.“

„Es ist in meiner Handtasche. Wollen Sie es sehen?“

„Nein, noch nicht. Können Sie mir sagen, wann Sie gestern damit telefoniert haben?“

„Am Morgen habe ich Melody aus dem Fitnessstudio angerufen. Und ich rief meine Töchter an, um zu sehen, ob sie nach der Schule auf dem Weg nach Hause waren. Sonst fällt mir nichts mehr ein. Wenn ich zu Hause bin, benutze ich das normale Telefon.“

Boschs Befürchtungen, sie könnten auf dem Holzweg sein, wuchsen.

„Könnte sonst jemand Ihr Handy benutzt haben?“, fragte Kiz.

„Meine Töchter haben ein eigenes. Und Melody auch.“

Bosch nannte die Nummer des Telefons, mit dem bei Tampa Towing angerufen worden war. „Ist das Ihre?“

„Nein, es ist die Nummer meiner Tochter. Die von Kaitlyn.“

Bosch beugte sich vor. Das änderte die Sache noch einmal. „Wo war sie gestern?“

„In der Schule, wie gesagt. Und sie hat erst nach dem Unterricht mit dem Handy telefoniert, weil das in der Schule verboten ist.“

„Auf welche Schule geht sie?“

„Die Hillside Prep. Drüben in Porter Ranch.“

Bosch lehnte sich zurück und sah Kiz an. Eben hatte sich ein Kreis geschlossen. „In welche Klasse geht Ihre Tochter?“

„Sie ist im zweiten Highschool-Jahr.“

„Hat sie eine Bailey Sable als Lehrerin?“

„In Englisch. Aber was sollen diese ganzen Fragen? Wurde ihr Handy benutzt, um eine Drohung auszusprechen oder etwas in der Art? Hat das Ganze einen terroristischen Hintergrund?“

„Nein, Ma'am“, beruhigte Bosch sie. „Aber wir werden jetzt sofort in die Schule fahren und mit Ihrer Tochter sprechen müssen. Wir wären Ihnen dankbar, wenn Sie mitkommen würden.“

ALS SIE in der Schule ankamen, war dort gerade Mittagspause. Im Sekretariat trafen sie auf Mrs Atkins. Bosch fragte, ob Schulleiter Stoddard zu sprechen sei.

„Er isst heute nicht auf dem Campus zu Mittag. Kann ich Ihnen vielleicht helfen?“

„Ja, wir hätten gern Kaitlyn Sobek gesprochen.“

„Jetzt gleich?“

„Ja, jetzt gleich.“

„Ich gehe in die Cafeteria und hole sie.“

Mrs Atkins brauchte fast fünf Minuten, um Kaitlyn ins Sekretariat zu bringen. Das Mädchen begleitete Bosch, Kiz und seine Mutter in ein Sprechzimmer, das vom Büro des Direktors abging.

Nachdem alle Platz genommen hatten, nickte Bosch seiner Partnerin zu, worauf sie übernahm. Bosch hielt es für besser, wenn eine Frau das Gespräch mit dem Mädchen führte, und Kiz verstand das, ohne dass darüber gesprochen werden musste. Sie erklärte Kaitlyn, dass es um ein Telefonat gehe, das am Tag zuvor um 13.40 Uhr mit ihrem Handy geführt worden sei.

„Das ist unmöglich“, protestierte das Mädchen sofort.

„Wir haben den Anschluss, der damit angerufen wurde, elektronisch überwacht. Der Anruf kam von Ihrem Handy.“

„Ich war aber gestern in der Schule. Und während der Schulzeit dürfen wir keine Handys benutzen.“

Sie wirkte nervös. Bosch war klar, dass sie nicht die Wahrheit sagte.

„Kaitlyn, diese Ermittlungen haben einen sehr ernsten Hintergrund“, betonte Kiz. „Wenn Sie uns belügen, könnten Sie eine Menge Ärger kriegen.“

„Kaitlyn, sag die Wahrheit!“, befahl Amanda Sobek mit Nachdruck.

„Nur keine Aufregung, Mrs Sobek“, beschwichtigte Kiz sie. „Kaitlyn, die elektronische Registrierung ist hundertprozentig zuverlässig. Ihr Handy wurde für diesen Anruf benutzt. Ist es möglich, dass gestern jemand mit Ihrem Handy telefoniert hat?“

Sie zuckte die Achseln. „Möglich ist alles.“

„Wer könnte so etwas getan haben?“

„Das weiß *ich* doch nicht. Sie sind diejenige, die das behauptet.“

Bosch räusperte sich, und das lenkte die Aufmerksamkeit des Mädchens auf ihn. Er sah sie streng an. „Ich glaube, wir sollten besser in die Stadt fahren. Vielleicht ist das hier nicht der richtige Ort für eine Vernehmung.“ Er schob seinen Stuhl zurück und machte sich daran aufzustehen.

„Kaitlyn, was geht hier vor sich?“, stieß Amanda Sobek hervor. „Das ist kein Spaß!“

„Also schön, ich hatte das Handy nicht. Es wurde mir abgenommen.“

„Von wem?“, erkundigte sich Kiz.

„Von Mrs Sable. Wir dürfen es nach dem Läuten nicht mehr benutzen. Aber gestern kam meine Freundin Rita nicht in die Schule. Deshalb habe ich versucht, ihr eine SMS zu schicken, und dabei hat mich Mrs Sable erwischt.“

Bosch dachte fieberhaft nach, wie Bailey Sable in das Schema des Mordes an Rebecca Lost passen könnte. Die 16-jährige Bailey, die damals noch Koster geheißen hatte, konnte unmöglich den Körper ihrer Freundin den Hügel hinter dem Haus hinaufgetragen haben.

„Warum wollten Sie uns das erst nicht erzählen?“, fragte Kiz das Mädchen.

„Weil ich nicht wollte, dass sie mitkriegt, dass ich Ärger in der Schule hatte.“ Dabei zeigte sie mit dem Kinn auf ihre Mutter.

„Wann haben Sie das Handy zurückbekommen, Kaitlyn?“

„Als ich nach Hause fuhr.“

„Mrs Sable hatte Ihr Handy also den ganzen Tag?“

„Ja. Das heißt, nein. Wenn sie einem das Handy abnehmen, muss man es nach dem Unterricht im Büro des Direktors abholen. Das habe ich gemacht. Mr Stoddard hat es mir zurückgegeben.“

Gordon Stoddard. Auf einmal begann sich alles ineinanderzufügen. Bosch war in den Wellentunnel eingefahren, und der Fall mit all seinen Einzelheiten wirbelte um ihn herum. Klar und deutlich zeichnete sich das Bild ab. Alles passte zusammen. Stoddard passte. Mackeys letzte Worte passten. Stoddard war Rebeccas Lehrer gewesen. Er war ihr Liebhaber und der spätabendliche Anrufer gewesen. Mr X.

Ohne ein Wort marschierte Bosch aus dem Zimmer. Er ging an Stoddards Bürotür vorbei. Sie stand offen, der Schreibtisch war nicht besetzt.

„Mrs Atkins, wo ist Mr Stoddard?"

„Er war gerade hier, ist dann aber wieder gegangen. Ich habe ihm gesagt, dass Sie und Ihre Kollegin mit Kaitlyn sprechen."

„Und dann ging er?"

„Ja. Oh, da fällt mir gerade ein – vielleicht ist er auf dem Parkplatz. Er sagte, er habe heute ein neues Auto gekriegt. Vielleicht zeigt er es einem der Lehrer."

„Was für ein Auto? Hat er das gesagt?"

„Einen Lexus."

„Hat er einen festen Parkplatz?"

„Ja, gleich in der ersten Reihe rechts."

Bosch drehte sich um und rannte auf den Parkplatz. Da, wo Stoddards Name auf dem Randstein stand, fand er eine Lücke vor.

Gerade als er sein Handy vom Gürtel nahm, um Kiz anzurufen, sah Bosch aus dem rechten Augenwinkel einen verschwommenen silbernen Fleck. Es war ein Auto, das direkt auf ihn zuschoss.

JEMAND half Bosch, sich aufzusetzen.

„Alles in Ordnung, Harry?"

Sein Blick klärte sich und er erkannte Kiz. Benommen nickte er. „Es war Stoddard. Er kam direkt auf mich zu."

„In seinem Wagen?"

Bosch lachte. Das hatte er weggelassen. „Ja, in seinem neuen Wagen. Einem silbernen Lexus." Er versuchte aufzustehen.

Um ihn daran zu hindern, legte ihm Kiz die Hand auf die Schulter. „Lass dir Zeit. Fehlt dir auch wirklich nichts? Tut dir irgendwas weh?"

„Nur mein Kopf. Ich habe ihn mir angeschlagen, als ich auf dem Boden gelandet bin. Ich habe seinen Blick gesehen. Die Wut darin."

Kiz untersuchte seine Pupillen. „Es scheint dir nichts zu fehlen."

„Gut, dann bleibe ich hier noch ein bisschen sitzen. Du kannst dir inzwischen von Mrs Atkins Stoddards Adresse geben lassen. Aber beeil dich bitte."

Sie rannte in die Schule zurück. Bosch ließ das Geschehene Revue passieren. Stoddards Gesicht hinter der Windschutzscheibe war wutverzerrt gewesen. Doch dann hatte er das Steuer nach links gerissen, als Bosch in die andere Richtung gesprungen war.

Er stand auf und ging in Richtung seines Wagens. Auf dem Weg dorthin rief er in der Zentrale an und gab die Suchmeldung für Stoddard und dessen silbernen Lexus durch.

Er erreichte seinen Wagen, ließ ihn an und steuerte ihn zum Eingang der Schule, um sofort losfahren zu können, wenn Kiz mit der Adresse herauskam.

Endlich tauchte sie auf. „Es ist nicht weit. Aber du fährst auf keinen Fall. Das mache ich."

Bosch war klar, dass eine Diskussion Zeitverschwendung wäre. Er stieg aus und ließ sich in den Beifahrersitz sinken.

Auf der Fahrt zu Stoddards Haus forderte er von der Devonshire Division Verstärkung an und telefonierte mit Pratt.

„Wohin fährt er, was glauben Sie?", fragte dieser.

„Keine Ahnung. Wir sind auf dem Weg zu seinem Haus."

Pratt stellte noch ein paar Fragen zu unwichtigen Details und hängte auf.

„Hat sich richtig begeistert angehört", erzählte Bosch seiner Partnerin. „Er meinte, wenn wir den Kerl erwischen, hilft uns das, aus einer Zitrone Limonade zu machen."

„Gut. Wir können in Stoddards Büro oder in seinem Haus Fingerabdrücke nehmen und mit denen unter dem Bett vergleichen. Dann ist die Sache geritzt, ob wir ihn nun kriegen oder nicht."

„Keine Sorge, wir kriegen ihn."

„Die entscheidende Frage lautet, was ist die Verbindung zwischen Stoddard und Mackey? Außer der Waffe, meine ich."

„Ich glaube, es war die ganze Zeit direkt vor unserer Nase, Kiz. Und Mackey hat es mir mit seinem letzten Wort gesagt."

„Chatsworth?"

„Er hat im Sommer 1988 an der Chatsworth High seinen GED gemacht. Es war Mackeys Nachhilfelehrer, der ihm für den Abend des Mordes ein Alibi verschaffte. Aber vielleicht war es auch genau andersrum. Vielleicht verschaffte Mackey dem Lehrer dessen Alibi. Vielleicht war Stoddard Mackeys Nachhilfelehrer."

„Das sind aber viele Vielleichts, Harry."

„Deswegen müssen wir Stoddard finden."

Sie hatten das Haus des Schuldirektors fast erreicht. Vor ihnen stand ein schwarz-weißer Streifenwagen, dessen Vordertüren beide offen waren. Kiz hielt direkt hinter ihm an, und sie sprangen aus dem Auto.

Die Eingangstür des kleinen Hauses war geöffnet. Von den Streifenpolizisten war nichts zu sehen. „Detectives kommen rein!", schrie Bosch an der Tür.

Er hielt seine Waffe bereit, als er das Wohnzimmer betrat. Auf dem Couchtisch lag die *Daily News* vom Vortag. Sie war aufgeschlagen, sodass der Artikel über Rebecca Lost zu sehen war.

„Streife kommt raus!", ertönte von rechts eine Stimme aus dem Flur.

Gleich darauf traten von dort zwei Streifenpolizisten ins Wohnzimmer. Sie hielten ihre Pistolen an der Seite. Jetzt entspannte sich auch Bosch und ließ seine Waffe sinken.

„Alles sauber", verkündete der Beamte mit den P2-Streifen an der Uniform. „Die Tür stand offen, als wir kamen. Hinten ist was, was Sie sich ansehen sollten."

Der P2 ging voraus ins Schlafzimmer und deutete auf einen hölzernen Kasten, der aufgeklappt auf dem Bett lag. Der Schaumstoff, mit dem er ausgekleidet war, hatte eine Vertiefung in Form eines langläufigen Revolvers. Die Waffe war weg. Neben dem Bett lag eine Schachtel Munition.

„Gibt es jemanden, hinter dem er her ist?", fragte der P2.

„Wahrscheinlich nur er selbst", antwortete Bosch. „Hat einer von Ihnen Handschuhe dabei? Meine sind im Auto."

„Hier." Der P2 zog ein Paar Latexhandschuhe aus seinem Ausrüstungsgürtel. Bosch streifte sie über, griff nach der Munitionsschachtel und öffnete sie. Eine Patrone fehlte.

Kiz tippte ihn am Ellbogen an. Er folgte ihrem Blick zu dem Tisch auf der anderen Seite des Betts. Darauf befand sich ein gerahmtes Foto von Rebecca Lost. Sie stand auf einer Rasenfläche, hinter ihr der Eiffelturm. Sie trug eine schwarze Baskenmütze und lächelte. In ihren Augen las Bosch Liebe für die Person, die sie ansah.

„Deshalb war er auf keinem der Fotos im Jahrbuch", sagte Bosch. „Weil er sie alle gemacht hat."

„Dort nahm also alles seinen Anfang", meinte Kiz. „Dort verliebte sie sich in ihn. Meine wahre Liebe."

RASCH gingen sie zu Boschs Wagen hinaus, und wieder setzte sich Kiz ans Steuer. „Wohin?", fragte sie.

„Zu Muriel Lost. Und zwar schnell."

Kiz dachte kurz nach, dann nickte sie. „Ja."

Sie hatte verstanden. Aus dem Foto in der Zeitung wurde ersichtlich, dass Rebeccas Zimmer unverändert geblieben war. Vielleicht hatte dieser

Anblick etwas in Stoddard ausgelöst. Die Sehnsucht nach etwas lange Verlorenem. Das Foto war wie eine Oase, eine Erinnerung an einen vollkommenen Ort, an dem alles in Ordnung gewesen war.

Der Wagen schoss nach vorn. Bosch forderte in der Zentrale erneut Verstärkung an, diesmal zu Muriel Losts Haus. Außerdem aktualisierte er die Suchmeldung für Stoddard, den er jetzt als bewaffnet, gefährlich und möglicherweise psychisch instabil beschrieb. Dann wählte er Muriel Losts Nummer, aber es hob niemand ab.

Fünf Minuten später bogen sie in den Red Mesa Way ein. Boschs Blick fiel sofort auf den silbernen Lexus, der vor dem Haus der Losts stand. Kiz hielt neben ihm an, und mit gezogener Waffe sprangen sie aus dem Auto.

Die Eingangstür stand ein Stück offen. Sie verständigten sich mit Handzeichen und bezogen auf beiden Seiten der Tür Stellung. Bosch betrat das Haus als Erster. Kiz folgte ihm und sie gingen sofort ins Wohnzimmer.

Muriel Lost lag auf dem Boden. Um sie am Schreien zu hindern, war ihr Mund mit braunem Paketband verklebt worden. Auch ihre Hand- und Fußgelenke waren damit gefesselt.

Kiz hielt einen Finger an ihre Lippen. „Ist er im Haus?“, flüsterte sie.

Muriel Lost nickte. Aus ihren Augen sprach Panik.

„In Rebeccas Zimmer?“

Wieder ein Nicken.

„Sie müssen ganz still sein.“

Muriel Lost nickte mit Nachdruck, und Kiz machte sich an dem Klebeband zu schaffen.

Bosch kauerte neben ihr nieder. „Ich gehe nach oben, in das Zimmer.“

„Warte, Harry. Wir gehen zusammen rauf. Mach ihre Füße los.“ Endlich bekam sie das Klebeband von Muriel Losts Mund los.

„Es ist Beckys Lehrer“, flüsterte die Mutter. „Er hat einen Revolver.“

Kiz nahm sich ihre Handgelenke vor. „Darum kümmern wir uns gleich.“

„Was hat er vor? War er es?“

„Ja, er war es.“

Muriel Lost gab ein langes, gequältes Seufzen von sich. Ihre Hände und Füße waren jetzt frei, und sie halfen ihr auf die Beine.

„Sie müssen das Haus verlassen“, wies Kiz sie an. „Gehen Sie die Straße runter. Es sind bereits Kollegen auf dem Weg hierher. Machen Sie sich ihnen bemerkbar und sagen Sie ihnen, dass wir schon im Haus sind.“

Sie schoben Muriel Lost durch die offene Eingangstür und schlossen sie hinter ihr.

Dann stiegen sie, so leise sie konnten, die Treppe hinauf und postierten sich zu beiden Seiten von Rebeccas Zimmertür. Kiz deutete auf den Türgriff, worauf Bosch versuchte, ihn lautlos zu drehen. Die Tür war abgeschlossen.

Per Handzeichen verständigten sie sich auf einen Plan. Bosch trat zurück und machte sich bereit, neben dem Griff gegen die Tür zu treten. Er musste es mit einem Tritt schaffen.

„Wer ist da draußen?"

Es war Stoddard. Von wegen Überraschungsmoment.

„Mr Stoddard, hier ist Detective Bosch. Wie geht es Ihnen?"

„Nicht sehr gut."

„Wissen Sie was? Sie sollten sich überlegen, ob Sie nicht lieber Ihre Waffe weglegen und rauskommen. Sie können von Glück reden, dass ich hier bin. Ich wollte nach Mrs Lost sehen. Aber meine Partnerin und das Sondereinsatzkommando können jeden Moment eintreffen. Und mit dem SEK wollen Sie sich doch bestimmt nicht anlegen."

„Sie müssen nur wissen, dass ich sie geliebt habe, mehr nicht."

Bosch zögerte. Er hatte zwei Möglichkeiten. Er konnte versuchen, jetzt sofort ein Geständnis von Stoddard zu erlangen, oder er konnte versuchen, dessen Leben zu retten. Beides war möglich, aber nicht wahrscheinlich.

„Was ist denn passiert?", fragte er.

„Was passiert ist? Sie wollte das Baby behalten und begriff nicht, dass das alles ruiniert hätte. Wir mussten es wegmachen lassen, und dann sah sie hinterher plötzlich alles anders."

„Das mit dem Baby?"

„Nein, das mit mir. Alles." Nach einer Pause fügte Stoddard hinzu: „Ich habe sie geliebt."

„Aber Sie haben sie umgebracht."

„Ich habe Fehler gemacht. Ich möchte nicht über diese Nacht sprechen. Ich möchte mich an die Zeiten vor dieser Nacht erinnern."

Bosch sah Kiz an und hielt drei Finger hoch. Sie würden bis drei zählen.

Bosch ließ einen Finger sinken.

„Wissen Sie, was ich nicht verstehe, Mr Stoddard?"

Er senkte den zweiten Finger.

„Was?", fragte der Schulleiter zurück.

Bosch senkte den dritten Finger, hob sein rechtes Bein und trat gegen die Tür. Krachend flog sie auf. Bosch riss seine Waffe hoch und drehte sich zum Bett.

Stoddard hob gerade den Lauf eines langläufigen Revolvers an seinen Mund.

Bosch hörte Kiz schreien, als sie ins Zimmer stürmte und sich auf Stoddard warf. Der Raum erzitterte vom Krachen eines Schusses, als die beiden zu Boden gingen. Der Revolver fiel Stoddard aus der Hand. Mit seinem ganzen Gewicht warf Bosch sich auf den Direktor, als Kiz sich von Stoddard rollte.

„Bist du getroffen?“

Sie hielt eine Hand an die linke Seite ihres Kopfes. „Ich bin nicht getroffen!“, brüllte sie. „Ich bin nur auf einem Ohr taub!“

Stoddard versuchte sich aufzurichten. „Bitte lassen Sie mich sterben.“

Bosch packte Stoddards einen Arm, zog ihn ihm auf den Rücken und legte ihm den einen Ring der Handschellen an. Dann verfuhr er mit dem anderen Arm genauso. Als die Handschellen geschlossen waren, sagte er: „Das wäre zu einfach für Sie.“ Er stand auf und zog Stoddard hoch.

Bosch sah zu Kiz hinüber. Ihr Haar war durch den Schuss angesengt worden. So knapp war es gewesen.

Er konnte Sirenen näher kommen hören und packte Stoddard am Ellbogen. „Ich verfrachte den Kerl jetzt in ein Auto. Wir bringen ihn zur Devonshire Division und halten ihn bis zur Anklageerhebung dort fest.“

Kiz nickte, aber Bosch entging nicht, dass sie noch damit beschäftigt war, wie knapp sie dem Tod entronnen war.

Er hielt Stoddard am Arm und führte ihn die Treppe hinunter. Als sie das Wohnzimmer erreichten, begann der Schulleiter zu sprechen.

„Sie könnten es jetzt tun.“

„Was?“

„Mich erschießen. Einfach sagen, ich hätte zu fliehen versucht. Sie wollen mich doch umbringen, oder nicht?“

Bosch blieb stehen und sah ihn an. „Ja, ich würde Sie gern umbringen. Aber Sie werden zahlen für das, was Sie diesem Mädchen und seiner Familie angetan haben.“

Sie traten in genau dem Moment in den Vorgarten hinaus, als ein Streifenwagen vor dem Haus anhielt. Bosch konnte erkennen, dass es einer der neuen Wagen mit modernster Ausrüstung war, von denen er schon öfter gehört hatte. Es brachte ihn auf eine Idee.

Als er Stoddard zu dem Polizeiauto führte, sah er Muriel Lost mitten auf der Straße auf sie zukommen. Sie starrte Stoddard an. Ihr Mund war weit offen, wie in einem stummen Entsetzensschrei.

KIZ BLIEB bei Muriel Lost, um sie zu beruhigen und sich selbst von den Rettungssanitätern untersuchen zu lassen. Bosch saß mit Stoddard auf dem Rücksitz des Streifenwagens.

Die Fahrt zur Devonshire Division würde etwa zehn Minuten dauern. Bosch musste sich beeilen, wenn er Stoddard zum Reden bringen wollte. Als Erstes las er dem Schulleiter dessen Rechte vor. In Rebeccas Zimmer hatte Stoddard ein paar Geständnisse gemacht, aber ob sie sich vor Gericht verwenden ließen, war fraglich, weil sie nicht aufgezeichnet worden waren und er nicht auf scinc Rcchtc aufmerksam gemacht worden war, zu denen auch das auf Aussageverweigerung gehörte.

„Und, wollen Sie jetzt mit mir reden?“

„Was gibt es da zu sagen?“, fragte Stoddard zurück.

„Ich dachte nur, Sie möchten vielleicht etwas erklären, mehr nicht.“

Zunächst antwortete Stoddard nicht. „Schon komisch“, begann er schließlich. „Ich bin Lehrer für Naturwissenschaften und habe mit meinen Schülern die DNA behandelt. Wenn ihr die DNA entschlüsselt, entschlüsselt ihr das Leben. Und jetzt wird jemand, der DNA *durch*genommen hat, wegen DNA *fest*genommen.“

„Vorhin im Haus sagten Sie, Sie hätten sie geliebt.“

„Ja. Ich liebe sie immer noch.“

„Eine komische Art, das zu zeigen, finden Sie nicht?“

„So war es ja auch nicht geplant. Ich hatte sie beobachtet, mehr nicht.“

„Und Sie hatten die ganze Zeit den Revolver bei sich.“

„Ncin, dcn hatte ich für mich, nicht für sie. Aber … an diesem Abend … Ich sah, dass das Garagentor offen war. Ich ging rein. Warum, verstand ich selbst nicht recht. Ich dachte, ich würde den Revolver auf mich selbst richten. Auf ihrem Bett. Um ihr meine Ergebenheit zu zeigen.“

„Aber statt sich auf das Bett zu legen, legten Sie sich drunter.“

„Ich musste nachdenken.“

„Wo war Mackey? Hat er Ihnen nicht geholfen?“

„Er besorgte mir die Waffe. Wir hatten eine Abmachung. Den Revolver gegen den Abschluss. Ich war sein Nachhilfelehrer. Es war mein Sommerjob.“

„Aber er war nicht dabei? Sie haben sie allein den Hügel raufgetragen?“

„Damals war ich stark“, flüsterte Stoddard.

Der Streifenwagen erreichte die Rückseite der Devonshire Division. Der Anblick der vielen Polizeiautos schien den Direktor wieder in die Gegenwart zurückzuholen. Er wurde sich seiner Lage bewusst.

„Ich will nichts mehr sagen“, erklärte er.

„Kein Problem", entgegnete Bosch.

Er stieg aus, ging auf die andere Seite, half Stoddard heraus und führte ihn ins Gebäude. Ein Vernehmungszimmer war schon bereit gemacht worden. Bosch setzte den Schulleiter auf einen Stuhl und kettete eines von Stoddards Handgelenken mit den Handschellen an einem Ring in der Mitte des Tisches fest.

Bosch beschloss, einen letzten Trick zu versuchen. „Nur dass Sie's wissen: Ich glaube, Ihre ganze Geschichte ist erstunken und erlogen."

„Wie meinen Sie das? Ich habe sie geliebt. Ich wollte sie nicht …"

„Sie haben ihr nur mit dem einen Ziel aufgelauert: sie umzubringen. Sie hat Sie zurückgewiesen, deshalb musste sie sterben. Und jetzt, siebzehn Jahre später, versuchen Sie sich mit einer Romeo-und-Julia-Geschichte rauszuwinden. Sie sind ein Feigling. Sie haben sie umgebracht, und dazu sollten Sie sich auch bekennen."

„Nein, da liegen Sie falsch. Ich hatte den Revolver für mich dabei."

Bosch stützte sich auf den Tisch. „Ja? Was ist mit der Betäubungspistole? Die kommt in Ihrer Geschichte gar nicht vor."

Stoddard schwieg. Es schien fast, als hätte er es fertiggebracht, die Betäubungspistole aus seinem Gedächtnis zu streichen.

„Wir haben Mord ersten Grades und wir haben Auflauern", fasste Bosch zusammen. „Sie werden bis ans Ende Ihrer Tage eingelocht. Sie hatten nie die Absicht, sich umzubringen."

„Ich glaube, jetzt will ich einen Anwalt."

„Alles andere hätte mich auch gewundert."

Bosch verließ den Raum und ging den Flur hinunter zum Beobachtungszimmer. Der diensthabende Lieutenant und einer der Streifenpolizisten aus dem Auto waren anwesend. Es gab zwei Monitoren. Auf einem konnte man Stoddard im Vernehmungsraum sitzen sehen.

Das Bild auf dem anderen Monitor stand still. Es zeigte Bosch und Stoddard auf dem Rücksitz des Streifenwagens.

„Wie ist der Ton?", erkundigte sich Bosch.

„Bestens", erwiderte der Lieutenant. „Wir haben alles."

Er drückte auf einen Knopf, und das Bild begann sich zu bewegen. Bosch konnte Stoddards Stimme deutlich hören. Über dem Armaturenbrett des Streifenwagens war eine Kamera angebracht, die für Videoaufnahmen von Verkehrskontrollen und Häftlingstransporten verwendet wurde. Für die Fahrt mit Stoddard zur Division war das Innenmikrofon eingeschaltet worden. Es hatte gut funktioniert. Die Geständnisse, die er auf dem Rücksitz gemacht hatte, untermauerten ihre Beweisführung. Bosch bedankte sich bei dem Lieutenant und dem Streifenpolizisten.

Danach rief er Pratt an, um ihn auf den neuesten Stand zu bringen. Er teilte ihm mit, dass Kiz zwar etwas angeschlagen, aber sonst wohlauf sei und er sowohl für Stoddards als auch für Muriel Losts Haus ein Team des Kriminallabors für die Tatortanalyse brauche. Er erinnerte daran, dass ein Durchsuchungsbefehl genehmigt sein müsse, ehe die Spurensicherung Stoddards Haus betrete. Der Schulleiter werde in Kürze offiziell verhaftet und erkennungsdienstlich behandelt. Seine Fingerabdrücke müssten mit denen verglichen werden, die auf dem Lattenrost von Rebeccas Bett gefunden worden seien. Zum Schluss erzählte er Pratt von dem auf der Fahrt zur Devonshire Division aufgenommenen Video und den darauf festgehaltenen Geständnissen Stoddards.

„Alles erfolgte, nachdem er auf seine Rechte aufmerksam gemacht wurde."

„Sehr gut, Harry. Deswegen werden wir uns keine Sorgen machen müssen, denke ich."

„Zumindest, was den Prozess angeht."

Stoddard würde auf jeden Fall verurteilt. Nicht so sicher war sich Bosch, wie man sein eigenes Vorgehen bei den Ermittlungen beurteilte.

„Gegen Ergebnisse lässt sich schwer was einwenden", tröstete ihn Pratt.

Bosch vernahm in seinem Hörer das Anklopfsignal und verabschiedete sich von Pratt. Der Anruf kam von McKenzie Ward von der *Daily News*.

„Meine Schwester hat auf dem Funkscanner in der Bildredaktion gehört, dass für das Lost-Haus Verstärkung und ein Krankenwagen angefordert wurden", meldete sie sich aufgeregt.

„Das ist richtig. Ich wollte Sie gerade anrufen."

ZEHN

Die Küche des Metro Shelter war dunkel. Bosch ging in das kleine Foyer des angeschlossenen Hotels nebenan und erkundigte sich bei dem Mann hinter dem Glasfenster nach Robert Losts Zimmernummer.

„Der ist weg."

Etwas an der Endgültigkeit seines Tonfalls riss ein Loch in Boschs Brust.

„Was meinen Sie damit?"

„Ich meine, er ist weg. Er kam betrunken an, und das ist die eine Regel, die wir hier haben: Kein Alkohol."

„Er wurde rausgeworfen? Und sein Zimmer?"

„Das gehört zum Job. Wie gesagt, er ist weg." Der Mann deutete auf die Tür, die auf die Fifth Street hinausführte.

„Wann ist er gegangen?", fragte Bosch.

„Gestern. Ich habe gehört, dass ein Cop hier war und ihm irgendwelches Zeug erzählt hat. Was genau, weiß ich nicht. Jedenfalls zog er los und kam wieder auf den Geschmack. Und damit hatte es sich."

Die Geschichte käme am Morgen in den Nachrichten. Bosch hatte sie Robert Lost selbst erzählen wollen. Er beschloss, nach ihm zu suchen. Er wusste nicht, welche Wirkung die Nachricht auf Lost hätte. Trotzdem musste er es ihm erzählen. Die Wahrheit machte einen nicht frei. Aber man konnte über Dinge hinwegkommen. Das war es, was Bosch ihm sagen wollte. Man konnte sich auf das Licht zuarbeiten, man konnte strampeln und wühlen und sich aus dem Loch kämpfen.

Bosch stieß die Tür auf und ging in die Nacht hinaus.

DER PARADEPLATZ der Polizeiakademie schmiegte sich wie eine grüne Decke an einen der bewaldeten Hügel des Elysian Park. Er war der Tradition würdig, die der Polizeichef Bosch hier in Erinnerung rufen wollte.

Nach seiner vergeblichen nächtlichen Suche nach Robert Lost wurde Bosch um acht Uhr morgens zu einem reservierten Sitz im VIP-Zelt geführt, von dem aus man auf den Paradeplatz hinausblickte.

Bosch war in voller Uniform. Und er war früh gekommen. Er saß allein da und hörte zu, wie die Polizeikapelle alte Standards spielte. Niemand störte ihn, während andere VIPs zu ihren Plätzen gebracht wurden. Es waren hauptsächlich Politiker und Würdenträger.

Bosch wurde auf Irvin Irving erst aufmerksam, als der Kadett, der den Deputy Chief zu dessen Platz brachte, „Entschuldigung, Sir" sagte. Bosch blickte auf und sah, dass Irving der Platz neben ihm zugeteilt worden war.

Zunächst sagte der Deputy Chief nichts. Sie saßen in der ersten Reihe, auf zwei der besten Plätze. Schließlich begann er zu sprechen, ohne Bosch anzusehen.

„Was hat das zu bedeuten, Detective?"

„Das würde ich gern von Ihnen hören, Chief."

Bosch blickte sich um, ob jemand sie beobachtete. Offensichtlich war es kein Zufall, dass sie nebeneinandersaßen. „Der Polizeichef wollte, dass ich an der Feier teilnehme", erklärte er.

„Wie schön für Sie."

Fünf Minuten vergingen, bevor Irving ihm zuflüsterte: „Sie haben eine schwere Woche hinter sich, Detective. Sie landen in der Jauchegrube und entsteigen ihr stinkend wie eine Rose. Glückwunsch."

Bosch nickte. Das war eine zutreffende Einschätzung. „Und bei Ihnen, Chief? Eine weitere Woche im Büro?"

Irving antwortete nicht. Bosch dachte an die Orte, an denen er am Abend zuvor nach Robert Lost gesucht hatte. Und er dachte an Muriel Losts Gesicht, als sie den Mörder ihrer Tochter erblickt hatte.

„Und alles nur Ihretwegen", sagte Bosch ruhig.

Zum ersten Mal sah Irving ihn an. „Wie bitte?"

„Ich rede von den siebzehn Jahren. Sie haben einen Ihrer Leute die Alibis der Eights überprüfen lassen. Er wusste nicht, dass Gordon Stoddard auch der Lehrer des Mädchens war. Hätten Green und Garcia die Alibis überprüft – wie es sich gehört hätte –, wären sie auf Stoddards Namen gestoßen und hätten sich den entsprechenden Reim darauf gemacht. Das geht auf Ihr Konto."

Irving drehte sich auf seinem Sitz zu Bosch herum. „Wir hatten eine Abmachung, Detective. Wenn Sie das an die große Glocke hängen, werde ich andere Möglichkeiten finden, es Ihnen heimzuzahlen. Das ist Ihnen doch hoffentlich klar."

„Sicher, Chief. Aber ich bin nicht der Einzige, der über Sie Bescheid weiß. Wollen Sie mit jedem Ihre kleinen Deals machen? Mit jedem Reporter, jedem Cop? Mit jeder Mutter und jedem Vater, die wegen dem, was Sie getan haben, ein entleertes Leben leben mussten?"

„Na schön, dann will auch ich Ihnen was sagen. Wenn ich rausfinde …"

Er brach mitten im Satz ab, als der Polizeichef mit seiner Frau an ihnen vorbeigeführt wurde. Irving nahm eine aufrechtere Haltung ein, als die Musik lauter wurde und die Veranstaltung begann. Vierundzwanzig Kadetten mit blitzenden neuen Dienstmarken an ihren Uniformen marschierten auf und nahmen vor dem VIP-Zelt Aufstellung.

Es gab zu viele einleitende Reden. Doch schließlich kam der Höhepunkt der Feier, die traditionelle Ansprache des Polizeichefs. Locker und entspannt sprach er von einer Neugestaltung des Image und der Arbeitsweise der Polizei. Er sagte viele der Dinge, die er am Montagmorgen zu Bosch gesagt hatte. Er legte den frischgebackenen Polizisten ans Herz, niemals das Gesetz zu brechen, um das Gesetz durchzusetzen, und ihren Dienst immer in Einklang mit der Verfassung und voll Mitgefühl zu versehen.

Doch mit dem Schluss seiner Rede überraschte er Bosch.

„Zu guter Letzt möchte ich Sie um Ihre Aufmerksamkeit für zwei Männer bitten, die heute hier meine Gäste sind. Der eine von ihnen kommt, der andere geht. Detective Harry Bosch ist diese Woche nach ein paar Jahren im Ruhestand in den Polizeidienst zurückgekehrt und hat sich bereits von seiner besten Seite gezeigt. Gestern haben er und seine Partnerin einen siebzehn Jahre zurückliegenden Mord aufgeklärt. Wir heißen Detective Bosch wieder bei uns willkommen."

Aus der Menge auf der anderen Seite des Platzes kam vereinzelter Applaus. Bosch spürte, wie ihm heiß im Gesicht wurde.

„Außerdem möchte ich Deputy Chief Irvin S. Irving danken, dass er heute hier bei uns ist", fuhr der Polizeichef fort. „Er hat fast fünfundvierzig Jahre lang beim LAPD gedient. Sein Entschluss, heute in den Ruhestand zu treten und diesen feierlichen Anlass zu der letzten Amtshandlung zu machen, ist ein würdiger Abschluss seiner Laufbahn. Wir danken ihm für die Dienste, die er für die Polizei und für die Stadt geleistet hat."

Der Beifall für Irving war anhaltend und wesentlich lauter. Leute begannen zu seinen Ehren aufzustehen. Bosch drehte sich etwas nach rechts, sodass er in das Gesicht des Deputy Chief blicken konnte, und in dem Moment, in dem er die Augen Irvings sah, wusste er, dass dieser darauf nicht vorbereitet gewesen war. Er war ausgetrickst worden.

Bald standen alle und klatschten, und Bosch fühlte sich veranlasst, für einen Mann, den er verachtete, das Gleiche zu tun. Er wusste genau, wer Irvings Sturz inszeniert hatte. Wenn der Deputy Chief Einspruch erhob, müsste er mit einer von Kizmin Rider eingereichten Dienstaufsichtsbeschwerde rechnen. Und es bestand kein Zweifel, wer in diesem Fall den Kürzeren zöge. Überhaupt kein Zweifel.

Bosch wusste allerdings nicht, wann es geplant worden war. Er musste daran denken, wie Kiz in Zimmer Nummer 503 an ihrem Schreibtisch gesessen und mit Kaffee auf ihn gewartet hatte, schwarz, wie er ihn mochte. Hatte sie damals schon gewusst, zu welchem Fall der kalte Treffer gehörte und wozu er führen würde? Er erinnerte sich an das Datum des DOJ-Berichts. Es hatte zehn Tage vor dem Tag gelegen, an dem er ihn gelesen hatte. Was war in diesen zehn Tagen passiert?

Harry Bosch wusste es nicht, und er war auch nicht sicher, ob er es wissen wollte. Polizeipolitik wurde im sechsten Stock gemacht. Er selbst saß in Zimmer Nummer 503, und dort sah er auch seinen Platz. Keine Frage.

Als der Polizeichef fertig war, überreichte er den Kadetten einem nach dem anderen ein Abschlussdiplom, und die Kadetten beendeten die Feier, indem sie ihre Mützen in die Luft warfen.

Bosch dachte an die Zeit vor über dreißig Jahren zurück, als er seine Mütze in die Luft geworfen hatte. Von seinem Jahrgang war keiner mehr dabei. Sie waren entweder tot oder pensioniert oder ausgebrannt. Es lag an ihm, die Fahne und die Tradition hochzuhalten.

Als die Gäste auf den Platz stürmten, um den frischgebackenen Polizisten zu gratulieren, beobachtete Bosch, wie Irving direkt zum Ausgang ging. Er blieb bei niemandem stehen, nicht einmal bei denen, die ihm zum Glückwunsch oder Dank die Hand reichen wollten.

„Sie haben eine ereignisreiche Woche hinter sich, Detective."

Bosch drehte sich um. Es war der Polizeichef.

„Werde ich noch einen Job haben, wenn sich der Staub gelegt hat, Chef?"

„Natürlich. Wie bei jeder Ermittlung mussten auch bei dieser Entscheidungen getroffen werden. Schwere Entscheidungen. Es wird eine Untersuchung geben, aber ich glaube nicht, dass Sie Probleme kriegen werden."

Fast hätte sich Bosch bedankt, entschied sich aber dagegen. Er sah den Polizeichef nur an.

„Gibt es noch etwas, das Sie mich fragen wollten, Detective?"

Bosch nickte. „Ich habe mir so meine Gedanken gemacht. Den Anstoß zu dieser Ermittlung gab ein Schreiben des Justizministeriums, und es war schon alt, als es zu mir kam. Jetzt frage ich mich, warum es für mich zurückgehalten wurde. Ich frage mich, was Sie wussten und seit wann Sie es wussten."

„Spielt das jetzt noch eine Rolle?"

Bosch reckte das Kinn in die Richtung, in der Irving verschwunden war. „Ich weiß es nicht. Aber er wird sicher nicht so einfach aufgeben. Er wird zu den Medien gehen. Oder zu einem Anwalt."

„Er weiß, das wäre ein Fehler."

Der Polizeichef blickte Bosch forschend an, bevor er weitersprach. „Sie scheinen sich immer noch Sorgen zu machen. Wissen Sie nicht mehr, was ich Ihnen am Montag sagte? Ich habe Ihren Fall und Ihre Karriere sorgfältig studiert, bevor ich beschloss, Sie zurückzuholen. Und das meinte ich auch so. Sie sind wegen einer ganz bestimmten Sache auf dieser Welt, Detective Bosch. Und jetzt haben Sie die Gelegenheit, weiter Ihre Mission zu erfüllen. Spielt angesichts dessen etwas anderes noch eine Rolle?"

Bosch sah ihm lange in die Augen, bevor er antwortete. „Ich glaube, was ich tatsächlich fragen wollte, betrifft das, was Sie neulich sagten. Das mit den Wellen und den Stimmen, haben Sie das ernst gemeint? Oder wollten Sie mich nur anspitzen, damit ich Irving für Sie zur Strecke bringe?“

Die Wangen des Polizeichefs begannen zu glühen. Er senkte den Blick, als er seine Antwort zurechtlegte. Dann sah er wieder auf, und diesmal war er es, der Boschs Blick suchte.

„Ich habe jedes einzelne Wort ernst gemeint. Und vergessen Sie nicht: Sie kehren in Zimmer fünfnulldrei zurück und lösen Fälle. Lösen Sie sie, oder ich werde Gründe finden, Sie wieder loszuwerden. Verstehen Sie?“

Bosch empfand das nicht als Drohung. Ihm gefiel die Antwort des Chefs. Sie vermittelte ihm ein gutes Gefühl. „Ich verstehe.“

Der Polizeichef hob die Hand und fasste ihn am Oberarm. „Gut. Dann lassen wir uns jetzt mal mit diesen jungen Leuten, die heute Teil unserer Familie geworden sind, fotografieren. Vielleicht können sie etwas von uns lernen. Vielleicht können wir etwas von ihnen lernen.“

Als sie in die Menge eintauchten, schaute Bosch in die Richtung, in die Irving gegangen war. Aber er war längst verschwunden.

IN DREI der nächsten sieben Nächte suchte Bosch nach Robert Lost, fand ihn aber erst, als es zu spät war.

Eine Woche nach der Abschlussfeier in der Polizeiakademie saßen Bosch und Kiz am Schreibtisch und legten letzte Hand an den Ermittlungsbericht gegen Stoddard. Gegen den mutmaßlichen Mörder war Anklage erhoben worden, und er hatte auf nicht schuldig plädiert. Damit hatte der juristische Eiertanz begonnen, und der Staatsanwalt hatte seine Verhandlungsstrategie festgelegt. Falls sich Stoddard dafür entschied, es auf einen Prozess ankommen zu lassen, würde der Staat infolge des Umstands, dass er dem Opfer aufgelauert hatte, auf die Todesstrafe plädieren. Wenn Stoddard ein Todesurteil umgehen wollte, blieb ihm als einzige Möglichkeit, sich in einer außergerichtlichen Übereinkunft des Mordes ersten Grades schuldig zu bekennen, was ihm lebenslänglich ohne die Möglichkeit einer Haftaussetzung eintrüge.

In beiden Fällen wäre der Abschlussbericht, den Bosch und Kiz zusammenstellten, von entscheidender Bedeutung, weil daraus für Stoddard und seinen Anwalt ersichtlich würde, wie erdrückend die Last der Beweise war. Das Dokument zwänge sie zum Handeln und ließe Stoddard nur die Wahl zwischen zwei gleichermaßen unerfreulichen Alternativen.

Kiz hatte sich von dem durch den Schuss ausgelösten Schock erholt. Bosch hatte den ganzen Montag damit verbracht, das Ermittlungsverfahren mit einem Detective der Dienstaufsicht durchzugehen, und war einen Tag später von allen Vorwürfen freigesprochen worden. Er war bereit, sich den nächsten Fall vorzunehmen. Er hatte Kiz bereits mitgeteilt, er wolle sich den Fall der alten Dame ansehen, die er gefesselt und ertrunken in ihrer Badewanne aufgefunden hatte.

Pratt kam aus seinem Büro in ihr Abteil. Sein Gesicht war aschfahl. „Ist das Stoddard, woran Sie gerade arbeiten?"

Kiz bejahte. „Was ist?"

„Das können Sie vergessen. Er ist tot."

„Tot? Was soll das heißen?"

„Er wurde in seiner Zelle getötet. Mit zwei Stichen in den Hals."

„Moment", widersprach Bosch. „Er war im Hochsicherheitstrakt und sollte ausdrücklich von den anderen Häftlingen ferngehalten werden. Niemand kann an ihn ..."

„Heute Morgen hat es jemand geschafft", unterbrach ihn Pratt. „Und das ist die schlechte Nachricht." Er las etwas von seinem Notizblock ab. „Montagabend wurde auf dem Van Nuys Boulevard ein Mann verhaftet. Wegen Trunkenheit und ordnungswidrigen Verhaltens. Man lieferte ihn ins Van-Nuys-Gefängnis ein. Er hatte keinen Ausweis bei sich und gab als seinen Namen Robert Light an. Am nächsten Tag bekannte er sich in allen Punkten schuldig, worauf ihm der Richter eine Woche im Van-Nuys-Gefängnis aufbrummte. Seine Fingerabdrücke waren zu diesem Zeitpunkt noch immer nicht mit der Datenbank abgeglichen worden."

Bosch spürte Angst aufsteigen. Er wusste, was käme.

„Der Mann, der sich Robert Light nannte, wurde im Gefängnis zum Küchendienst eingeteilt, weil er behauptete, Erfahrung als Koch zu haben. Laut Aussagen zweier Wärter griff Light zwischen den Gitterstäben hindurch, als Stoddard an die Klappe seiner Zelle kam, um sich sein Essen zu nehmen. Er hielt ihn fest und stach mit einem improvisierten Messer, das durch Abschleifen aus einem Löffel hergestellt worden war, wiederholt auf Stoddard ein, bevor die Wärter ihn überwältigen konnten. Stoddards Halsschlagader wurde durchtrennt, und er verblutete."

An dieser Stelle endete Pratt, aber Bosch und Kiz stellten keine Fragen.

„Wie Sie sicher schon vermutet haben", fuhr Pratt schließlich fort, „lautet der richtige Name des Mannes Robert Lost."

Bosch fühlte sich, als hätte er einen Schlag bekommen. Er schloss die Augen und rieb sich das Gesicht. Bei den Ermittlungen war er für Lost zuständig gewesen.

„Was sagen Sie zu diesem Abschluss?“, fragte Pratt.

Bosch ließ die Hände sinken und sah seinen Vorgesetzten an. „Wo ist er?“

„Lost? Noch in Van Nuys. Das dortige Morddezernat übernimmt die Sache.“

„Ich werde gleich mal hinfahren.“

„Was willst du da machen?“

„Keine Ahnung, Kiz. Was ich eben kann.“

Draußen auf dem Flur drückte er auf den Knopf für den Aufzug und wartete. Die Schwere in seiner Brust verschwand nicht. Es war das Gefühl von Schuld, das Gefühl, dass er diesem Fall nicht gewachsen gewesen war und seine Fehler einen so hohen Preis gefordert hatten.

„Es ist nicht deine Schuld, Harry. Er hat getan, was er siebzehn Jahre lang tun wollte.“

Er drehte sich um. Kiz war ihm gefolgt.

„Ich hätte ihn vorher finden sollen.“

„Er wollte nicht gefunden werden. Er hatte alles geplant.“

Die Lifttür ging auf. Die Kabine war leer.

„Egal was du machst“, sagte Kiz, „ich komme mit.“

Bosch nickte. Wenn sie dabei war, wäre es einfacher. Er bedeutete ihr einzusteigen und folgte ihr in den Lift. Auf der Fahrt nach unten spürte er, wie eine tiefe Entschlossenheit von ihm Besitz ergriff. Die Entschlossenheit, die Mission zu Ende zu bringen. Die Entschlossenheit, Robert, Muriel und Rebecca Lost auf seinem Weg nie zu vergessen. Und das Versprechen, immer für die Toten zu sprechen.

Foto: Mojgan Azimi

„Von echten Polizisten bekomme ich grundsätzlich positive Reaktionen auf meine Bücher.“

Verbrechen sind für den 1956 geborenen Michael Connelly nicht bloß der Stoff, um in einem beliebten Genre auf Nummer sicher erfolgreiche Bücher zu produzieren. „Hätte mich diese Thematik nicht gepackt, würde ich nicht darüber schreiben“, betont er. Schließlich war er als Polizeireporter selbst einmal Teil dieser Welt. So berichtete er in den Achtzigern über die Gewaltwelle in Florida, die als „Kokain-Kriege“ in die US-Kriminalgeschichte einging. Später arbeitete er für die *Los Angeles Times*, bevor er 1992 seinen ersten, auf einem wahren Fall basierenden Harry-Bosch-Roman veröffentlichte.

Wie kam er dazu, einen modernen Großstadtpolizisten nach Hieronymus Bosch, dem berühmten niederländischen Maler aus dem 15. Jahrhundert, zu benennen? „Bosch schuf detailreiche Darstellungen von Ausschweifung, Gewalt und menschlichen Schwächen“, erläutert Connelly. „Eines seiner Werke heißt ‚Die Hölle‘. Ein Kunstdruck davon hängt vor mir an der Wand, wenn ich schreibe. Daher fand ich, dass der Name perfekt passte. Mein Bosch soll in der höllengleichen Szenerie des heutigen Los Angeles unterwegs sein. Allerdings halte ich diese Stadt nicht für die Hölle. Sie kann es an bestimmten Orten und unter bestimmten Umständen aber sein – da lasse ich dann Bosch auftauchen.“

Auch im heimischen Florida geht es nicht immer paradiesisch zu. „Ich tue viel, um die Sicherheit meiner Familie zu gewährleisten. Aber ich lebe nicht in ständiger Angst. Vor einiger Zeit wurde in unserer Nachbarschaft allerdings jemand ausgeraubt und erschossen. Wenn einem eine solche Bedrohung so nahe kommt, kann man gar nicht anders, als alles neu zu bewerten.“

Die Schach-
spielerin
Bertina
Henrichs

Eine Geschichte,
die mit dem Charme
einer sonnigen
griechischen Insel
betört

ES WURDE wieder Sommer. Wie jeden Morgen stieg Eleni den Hügel vom Stadtzentrum zum „Hotel Dionysos“ hinauf, während die Sonne gerade am Horizont auftauchte.

Von diesem sandigen, zerfurchten Hügel bot sich ein atemberaubender Blick auf das Mittelmeer und das Naxos-Tor des Apollontempels. Das antike, womöglich allzu grandios geplante Bauwerk war unvollendet geblieben. Und so gewährte das riesige Tor auf dem Gipfel der winzigen, zu Naxos gehörenden Halbinsel nur den Zugang zu Himmel und Meer. Da es Apollon am Abend keine Ruhestätte bieten konnte, empfing es – einen Gott für den anderen – die untergehende Sonne, die von den staunenden Touristen angebetet wurde. Apollon, diskreter in seinen irdischen Manifestationen, hätte sicher nur wenige Eingeweihte angelockt. Die Nichtvollendung des Tempels war also nicht zu bedauern, sondern verlieh dem strengen Eiland in der Ägäis ein seltsames Geheimnis.

Eleni hatte keinen Blick für das Schauspiel. Sie kannte es allzu gut. Ihr ganzes Leben verlief im Rhythmus dieser Gratisvorstellungen, nur die Zuschauer wechselten, ein unaufhörlicher Strom von Nomaden, die aus der Ferne kamen und in die Ferne zurückkehrten.

An diesem Morgen blies der Wind so stark, dass er die üblichen Morgengeräusche der Stadt übertönte. Eleni hörte nur das Knirschen der Steine unter ihren Füßen und das Hecheln eines streunenden Hundes, der schnüffelnd nach einem Frühstück suchte.

Um zehn nach sechs betrat Eleni das Foyer des Dionysos und wurde von einem fröhlichen *„Kalimera, Eleni! Ti kanis?“* empfangen. Die Begrüßung wurde mit so viel Inbrunst geschmettert, dass ein ahnungsloser Zuschauer hätte glauben können, einem Wiedersehen nach langer Trennung beizuwohnen. Aber die Hotelbesitzerin Maria, eine etwa sechzigjährige lebhafte Frau, empfing alle Bekannten auf diese etwas übertrieben muntere Art. Damit wehrte sie von vornherein jeden Anflug von Verdruss ab, den sie höchstens bei ihren Gästen duldete. Aber auch bei denen tat sie so, als bemerkte sie nichts, nur verstand sie plötzlich viel weniger Englisch als sonst. Wie üblich reichte sie Eleni einen Kaffee, ehe sich diese in ihrem pistaziengrünen Kittel an die Arbeit machte.

Eleni kannte jede Bewegung auswendig und führte mechanisch, in unveränderlicher Reihenfolge eine nach der anderen aus. Zwanzig Zimmer, vierzig Betten, achtzig weiße Handtücher; eine wechselnde Zahl zu leerender Aschenbecher.

Sie war Zimmermädchen geworden, wie andere Serviererin oder Verkäuferin. Als Tochter armer Bauern aus dem Bergdorf Halki, hatte sie die Schule mit 15 verlassen und die erstbeste Stelle in der Stadt angenommen. Zufällig war es die eines Zimmermädchens. Drei Jahre später hatte sie den fünf Jahre älteren Panos geheiratet, der am Stadtrand in der Autowerkstatt seines Vaters arbeitete. Die Hochzeit war ihre Sternstunde gewesen. Alle Mädchen von Naxos beneideten sie um den jungen Mann mit dichtem Haar und dunklem Blick. Sie hatten zwei Kinder, Dimitra und Yannis. Auch nach deren Geburt hatte Eleni weitergearbeitet, denn sie mochte diese Tätigkeit, bei der sie vor sich hin träumen und eine Welt berühren konnte, die fernab pulsierte.

Im Laufe der Jahre hatte sie einen guten Blick für die Gäste entwickelt. An ihrer Kleidung erriet sie mühelos die Nationalität. Sie machte sich einen Spaß daraus, die Zimmer, die sie sauber machte, den im Speisesaal frühstückenden Urlaubern zuzuordnen. Manchmal wettete sie um ein Glas Ouzo oder Weißwein. Sie irrte sich selten.

Als sie mit der 19 fertig war, ging sie zur 17. Die Zimmer mussten im Rhythmus des morgendlichen Aufbruchs aufgeräumt werden. Sie lauerte also darauf, dass sich die Türen öffneten, ohne den Eindruck zu erwecken, sie interessiere sich für das Kommen und Gehen der Gäste, Könige für einen Tag oder eine Woche. Eleni verstand es, in den Fluren aufzutauchen wie ein luftiger Geist, dessen Existenz man vergisst, sobald er verschwunden ist. Sie schien zu einer Balletttruppe in bonbonfarbenen Kostümen zu gehören und bewegte ihre sperrigen Gerätschaften voller Anmut.

Diese Suggestivkraft war umso erstaunlicher, als Elenis Erscheinung schon lange nichts Athletisches mehr hatte. Allzu reichhaltige Ernährung, zwei Schwangerschaften und die Langeweile des Inselwinters hatten aus ihr mit 42 eine Frau ohne großen Charme gemacht, weder alt noch jung. Sie hatte jene Phase im Leben erreicht, die man zuweilen die besten Jahre nennt, weil man nichts Besseres gefunden hat oder weil man sich Mut machen will. Das Sandwichalter zwischen bejahrten Eltern und pubertierenden Kindern, das Zwischenalter, da die Männer sich nicht mehr umdrehen und die Frauen nicht mehr neidisch sind. Aber Eleni war nicht der Typ, Dingen nachzutrauern, die sie nicht beeinflussen konnte.

Sie besaß eine instinktive Weisheit, erworben in den unzähligen Zimmern, die sie wieder in den Zustand der Jungfräulichkeit versetzt hatte. Züchtig beseitigte sie die Spuren des Lebens in all seinen Formen. Flecken von Blut, Sperma, Wein oder Urin verschwanden unter ihren nüchternen Händen.

Seit dem Vortag wurde Zimmer 17 von einem französischen Paar bewohnt. Eleni hatte sie ankommen sehen: gut gelaunte Dreißiger in bunter, ausgelassener Kleidung. Als Eleni das sonnendurchflutete Zimmer betrat, musste sie lächeln. Die Leute aus dem Norden waren so begeistert von der Helligkeit der Tage, dass sie nie daran dachten, die Fensterläden zu schließen. Sie hatten keine enge und beständige Beziehung zur Hitze. Während ihres Aufenthalts auf der Insel tankten sie sich damit auf und strandeten abends atemlos in der Hotelhalle, betäubt, krebsrot, aber glücklich. Manchen raubte ihre berauschende Sonnenanbetung geradezu den Verstand, eine wilde Ekstase, die den uralten Götterkulten näher war als der zivilisierten Welt, der sie entstammten.

Eleni hatte von Kindheit an gelernt, dass der gleißende Himmelskörper kein verspielter Gott war, sondern Herr über Leben und Tod, wie das Meer und die Klippen, das Schicksal und die Unausweichlichkeit.

Nach einem kurzen Rundblick, um die Menge der Arbeit zu ermessen, wandte sie sich dem Badezimmer zu. Sie putzte das Waschbecken, die Dusche, den Boden und leerte den Abfalleimer. Sie richtete sich einen Moment auf und stand still, um Atem zu holen. Dann warf sie die schmutzigen Handtücher in einen großen Korb.

Liebevoll rückte Eleni die Schönheitsprodukte zurecht, die luftige Namen in jener Sprache trugen, die sie allen anderen, die über die Insel schwebten, vorzog: Französisch. Ein kleiner Flakon auf der Konsole weckte ihre Neugier. Eleni nahm ihn in die Hand, erlaubte sich, ihn zu öffnen, und roch den würzigen Duft, der aus ihm aufstieg. Sie lächelte, während sie das winzige Fläschchen sorgsam verschloss.

Eleni kannte nur drei französische Wörter, *bonjour, merci* und *au revoir*, die für ihren Bedarf völlig ausreichten. Ihre sprachliche Annäherung vollzog sich nur über den Klang. Manchmal lauschte sie den Stimmen im Speisesaal. Es kam ihr so vor, als fehlte es dieser Sprache, und das war ihr größter Vorzug, völlig an Ernsthaftigkeit. Für Elenis Ohren hatte sie überhaupt keine Bodenhaftung. Die Worte schwebten über gewienertes Parkett, tanzten kleine Arabesken und Verneigungen, grüßten einander, zogen unsichtbare Hüte in einem Rascheln von Satin und Tüll. Das sanfte Gleiten musste wohl klare Bedeutungen verbergen, wahre Dinge bezeichnen, das sah Eleni schon ein, aber gerade dieses Paradox erschien ihr so wunderbar. Waren die tänzerischen Luftsprünge, mit denen man um Salz bat oder nach der Zeit fragte, nicht die Krönung des Luxus?

Im Fernsehen hatte sie mehrere Sendungen über Paris gesehen und jedes Mal einen kleinen Stich im Herzen gespürt, wie ausgelöst von einem weit zurückliegenden Rendezvous, das sie verpasst hatte, weil der Ausgang zu riskant erschien. Eleni war keine Frau mit Herzstichen, aber Paris war eine Ausnahme. Ihre träumerische Leidenschaft hatte sie natürlich niemandem offenbart. Das war ihr geheimer Garten.

Während sie ihren Gedanken nachhing, verließ sie das Bad und ging ins Zimmer. Sie leerte die Aschenbecher und sammelte die Papierschnipsel auf, ehe sie mit dem Besen zwischen den Gepäckstücken und den verstreuten Sachen fegte. Nach dem Fegen machte sie das Bett, als eine Idee in ihr aufblitzte. Sie würde den Bewohnern von Paris einen kleinen Gruß hinterlassen. Sie nahm das Spitzennachthemd der jungen Frau und arrangierte es sorgfältig auf dem Bett, indem sie die Taille zusammendrückte. So drapiert, gewann es wieder das Aussehen einer begehrten Ware, würdig des heraufbeschworenen Mannequins, das es überstreifen würde.

Eleni verbrachte den Abend in Gesellschaft ihrer Tochter Dimitra, die ihr beim Essenmachen und Abwaschen half. Panos aß mit ihnen und erzählte von seinem Tag, dann kehrte er zu seinen Freunden ins Café zurück. Yannis hatte angerufen und mitgeteilt, dass er unterwegs mit Freunden essen würde. Das kam oft vor. Mit 16 Jahren wurde sein Leben bereits von der Außenwelt aufgesogen. Dimitra ging früh ins Bett, und Eleni saß noch einen Moment vor dem Fernseher und sah sich zerstreut einen dramatischen Film an, den sie nicht verstand, weil sie den Anfang verpasst hatte.

Am nächsten Morgen stand sie vor den anderen auf, und nachdem sie für alle Kaffee gekocht hatte, ging sie zur Arbeit. Der Wind hatte nachgelassen. Das Meer hatte seine Schäfchen verschluckt, was einen heißen Tag ankündigte. Wie gewohnt kam sie um zehn nach sechs ins Hotel und wurde vom morgendlichen Gezwitscher der Besitzerin empfangen.

Sie hatte schon ein Dutzend Zimmer gemacht, als sie kurz vor zehn das französische Pärchen auftauchen sah. Die beiden gingen mit strahlenden Gesichtern zum Speisesaal. Eleni beschloss zu warten, bis sie das Hotel verlassen hätten. Sie mochte es nicht, in ihrer Arbeit durch Gäste unterbrochen zu werden, die vom Frühstück kamen und dann vor dem Zimmer hin und her liefen. Die Verlegenheit der anderen war Eleni immer unbehaglich.

Um halb elf konnte sie endlich in Zimmer 17. Eleni machte sich an die Arbeit, wiederholte die gleichen Bewegungen wie am Vortag, aber beim Fegen fiel hinter ihr etwas auf den Boden. Sie bückte sich und hob eine kleine Holzfigur auf. Als sie sich umdrehte, stand sie vor einem Schachbrett, auf dem schwarze und weiße Figuren aufgestellt waren. Eine begonnene Partie war unterbrochen worden.

Eleni sah sich die Figur in ihrer Hand aufmerksam an. Es war eine kleine schwarze Figur. Sie zögerte und wollte sie an ihren Platz zurückstellen, wusste aber nicht, wo sie hingehörte. Überall standen die gleichen Figuren herum. Mit ihrer Holzfigur in der Hand starrte sie auf das Schachbrett und suchte eine Logik. Schließlich gab sie auf, stellte die Figur neben das Holzbrett und beendete die Reinigung. Sie war betrübt, die laufende Partie zerstört zu haben, tröstete sich dann aber damit, dass es wohl nur ein unbedeutender Mitspieler war, weil es so viele von dieser Sorte gab. Vielleicht war es gar nicht schlimm. Als sie aus dem Zimmer ging, platzierte sie zur Entschuldigung ihren kleinen Nachthemdgruß auf dem Bett. Der Rest des Arbeitstages verlief ohne Zwischenfälle.

ALS ELENI am frühen Nachmittag in die Stadt kam, sah sie Panos auf der Terrasse des „Armenaki“, einer kleinen Taverne mit Blick auf den Hafen. Sie blieb einen Moment stehen und plauderte mit ihrem Mann und dem Wirt, einem untersetzten, ein paar Jahre älteren Mann, der sein ganzes Leben auf Naxos verbracht hatte und wegen seiner Vorfahren trotzdem von allen „der Armenier“ genannt wurde. Sie nahm das kleine Glas Ouzo an, das er ihr anbot, und trank es in Gesellschaft der beiden Männer. Obwohl die Saison gerade erst begonnen hatte, brannte die Sonne schon.

Eleni genoss den kurzen Moment der Entspannung auf der schattigen Terrasse. Sie streifte die Schuhe ab, streckte die geschwollenen Beine aus und schloss die Augen. Sie lauschte den Stimmen der Männer und dem Gesang der gelben Kanarienvögel, die der Armenier in zwei kleinen, über den Tischen hängenden Käfigen hielt. Sie jubelten in den höchsten Tönen und verständigten sich von einem Gefängnis zum anderen, als nähmen sie an einem Gesangswettbewerb teil.

Am trockenen Klappern aneinanderstoßender Holzsteine erkannte Eleni, dass der Armenier sein Tricktrackspiel herausgeholt hatte. Die Männer begannen eine Partie. Panos’ heisere Stimme, die ab und zu das Spiel kommentierte, erreichte sie nur halb, ebenso wie die helleren Ausrufe des Wirtes. Plötzlich dachte Eleni wieder an den kleinen Holzsoldaten, den sie im Zimmer der Franzosen umgestoßen hatte, weshalb er seinen Platz in den Reihen der Armee nicht wieder einnehmen konnte. Sie sah ihn wieder allein neben dem Schachbrett stehen, wie verbannt, so als hätte er einen Fehler begangen. Aus unerklärlichen Gründen berührte sie diese Vorstellung.

„Eleeeni!"

Sie war wohl eingenickt, denn erst der dritte Ruf erreichte ihr Ohr. Sie fuhr auf und sah sich orientierungslos um. Ihre Freundin Katerina stand auf der anderen Straßenseite an der Mole und winkte ihr heftig zu. „Eleeeni! Vergiss nicht, bei mir vorbeizukommen. Ich habe Baklava gemacht."

Eleni nickte, stand auf und verabschiedete sich von den beiden Männern, die immer noch über ihr Spiel gebeugt waren. Sie antworteten mit einem Brummen, ohne die Köpfe zu heben.

Katerinas Wohnung war in Halbdunkel getaucht, der einzige Garant für Kühle. Sie machte sich am Gasherd zu schaffen und überwachte den Kaffee, den sie für Eleni aufgesetzt hatte. Ein großes Tablett mit von Honig glänzendem Baklava stand auf dem Tisch mit der Spitzendecke. Diese Deckchen waren Katerinas ganzer Stolz. Sie fand, dass sie ihrer bescheidenen Einrichtung den vornehmen Charme eines wohlhabenden Hauses verliehen.

Die Frauen setzten sich und schwatzten eine Weile, während sie an ihrem süßen Kaffee nippten. Ab und zu nahmen sie ein Stück von dem klebrigen bernsteinfarbenen Gebäck, das zusammenschmolz, je länger ihr Gespräch dauerte. Sie kannten sich seit der Kindheit. Nichts, was in den Straßen der Inselhauptstadt geschah, entging Katerinas Aufmerksamkeit. Sie hatte die mehr oder weniger wortgetreue Verbreitung von Informationen zu ihrer Berufung erhoben. Überdies hatte sie genügend Zeit, sich dieser Beschäftigung mit Leib und Seele hinzugeben, weil weder ein Mann noch Kinder sie für sich beanspruchten.

Ein paar Stunden vergingen mit freimütigen Kommentaren zum Leben von diesem und jenem und Vermutungen über sich anbahnende Beziehungen. Eleni hörte mehr zu, als dass sie sprach. Sie mochte die Nachmittage in Gesellschaft ihrer Freundin wegen der erholsamen Leere, die ihrem Tagesablauf sonst völlig fehlte.

Gegen acht Uhr sah Eleni plötzlich auf die Uhr, raffte ihre Sachen zusammen und verließ Katerina. Sie eilte zur Hauptstraße, wo sie noch ein paar Einkäufe für das Abendessen erledigen musste.

Als sie eine kleine gepflasterte Gasse hinunterging, die vom Kastro, der majestätisch über dem Hafen liegenden Festung im oberen Teil der Stadt, zur Unterstadt führte, hörte Eleni die Schiffssirene. Sie beeilte sich. Panos mochte es nicht, wenn das Essen zu spät auf dem Tisch stand. Mit Hunger im Bauch zu warten, verdarb seine Laune.

Eleni beugte sich gern diesen kleinen männlichen Macken, die vom Vater auf den Sohn übergingen. Sie war daran gewöhnt. Auch ihr Vater hatte es mit den Essenszeiten, die seinem Arbeitstag den Rhythmus gaben, sehr genau genommen. Für die Männer in ihrem Leben war eine absolut regelmäßige Ernährung ein Schutzwall gegen die Zufälligkeiten des Daseins. Als könnte der Tod seinem schmutzigen Geschäft nicht nachgehen, wenn man jeden Abend pünktlich um neun beim Essen saß.

Plötzlich blieb Eleni mitten auf der Straße stehen. Ein waghalsiger Gedanke war ihr in den Sinn gekommen. *Ich werde Panos ein Schachspiel zum Geburtstag schenken. Wir können zusammen spielen lernen.*

Die Idee streifte sie, wie ein Abendkleid aus Satin im schillernden Licht der Lüster über die nackten Schultern einer Tänzerin gleitet. Sie würde nicht bei Einbruch der Nacht über die Champs-Élysées flanieren, sie würde keinen Kaffee auf den großen Boulevards trinken und diese zauberhafte Sprache nicht erlernen. Aber sie würde mit ihrem Mann Schach spielen, wie die eleganten Frauen in Paris. Es war der kühnste und verrückteste Plan, den Eleni je erdacht hatte. Er raubte ihr den Atem.

Als sie endlich mit ihren schweren Einkaufstaschen nach Hause kam, wurde sie vom demonstrativ missgelaunten Panos empfangen, der auf sein Essen wartete. Eleni entschuldigte sich nicht, sondern eilte direkt in die Küche, um die Mahlzeit vorzubereiten, die schweigend eingenommen wurde. Kaum hatte Panos den letzten Bissen geschluckt, stand er auf, küsste Eleni und Dimitra auf die Stirn und murmelte: „Bis nachher, ihr beiden." Dann verließ er das Haus.

Eleni stand ebenfalls auf und räumte den Tisch ab. Beim Abwaschen hörte sie die schmachtenden Lieder im Radio.

Bis zu Panos' Geburtstag waren es zwei Wochen. Sie musste ein besonders schönes Schachspiel finden. Dann überlegte sie sich, dass es nicht einfach sein würde. In Hora, wo jeder jeden kannte, waren Gerüchte schneller als der Wind. Eleni hatte diese vertrauliche Atmosphäre immer gemocht, in der jedes Ereignis mit Neugier und Wohlwollen kommentiert wurde. Jetzt aber störte es sie, und sie wäre der Überwachung gern entgangen.

Undenkbar, dass sie ein Geschäft in der Altstadt betrat, um ein Schachspiel auszuwählen. So etwas Ausgefallenes konnte sie nicht kaufen, ohne

Aufmerksamkeit zu wecken. Panos würde es noch am selben Tag erfahren und die Überraschung wäre dahin.

Am nächsten Tag ging Eleni in einen Souvenirladen am Hafen, dessen Besitzer sie nicht kannte, weil die Einheimischen nur selten in diesen Geschäften einkauften. Sie sah sich möglichst unbeteiligt um, fand aber kein Schachspiel. Den Verkäufer zu fragen wäre riskant gewesen. Auch wenn er sie nicht persönlich kannte, war die Wahrscheinlichkeit groß, dass er mit jemandem aus ihrer Umgebung zu tun hatte. Sie musste das Geschäft mit einem freundlichen Lächeln verlassen, ohne das Gewünschte gefunden zu haben.

Sie setzte sich in ein Café, bestellte einen Frappé und überlegte. Wen konnte sie ins Vertrauen ziehen? Ihr Bruder wäre der Geeignete. Leider hatte er Naxos vor langer Zeit verlassen, um auf Santorin landwirtschaftliche Geräte zu verkaufen. Ihre Beziehung war herzlich, aber sie trafen sich nur zwei-, dreimal im Jahr, um religiöse oder Familienfeste zu begehen.

Während Eleni ihren süßen Eiskaffee durch den Trinkhalm saugte, ging sie die anderen nahestehenden Personen durch, aber niemand schien geeignet. Frauen waren von vornherein ausgeschlossen. Blieben nur ihre männlichen Bekannten oder die Kinder. Yannis wollte sie nicht schicken: Er würde ihr Anliegen so ungewöhnlich finden, dass er außerstande wäre, das Geheimnis für sich zu behalten. Die sanfte Dimitra, ihre geliebte Tochter, stets bereit, jemandem einen Gefallen zu tun, konnte ihr bei diesem Unterfangen nicht behilflich sein. Ob ihre Tochter oder sie selbst, das kam auf dasselbe heraus. Nein, das war keine gute Idee.

Ihre Gedanken wurden von Katerina unterbrochen, die zufällig vorbeikam. Begeistert von dem überraschenden Zusammentreffen, setzte sie sich zu ihr und begann sofort, ihr alle möglichen Geschichten zu erzählen. Eleni bemühte sich zwar, dem Wortschwall zu widerstehen, verlor aber bald den Faden ihrer Gedanken.

Anders als erhofft bot auch der Abend keine Gelegenheit, einen Plan zu entwickeln. Panos beschloss zu Hause zu bleiben. Er war guter Laune und zum Reden aufgelegt. Eleni musste ihre Überlegungen auf den nächsten Tag, einen Mittwoch, verschieben.

Mittwoch war ein günstiger Tag für die Lösung des Problems, denn Dimitra kam erst abends nach Hause. Eleni beeilte sich mit der Arbeit im Hotel. Dann nahm sie den Bus nach Halki. Dem Armenier, den sie an der Haltestelle traf, erzählte sie, dass sie ihre alten Eltern besuchen werde, das war das Natürlichste der Welt. Er beauftragte sie, ihnen einen Gruß auszurichten, was Eleni versprach.

Der Bus fuhr durch Flachland und Berge. Sonst genoss sie immer die Fahrt, weil sie träumen konnte, während die Landschaft an ihren Augen vorbeizog, aber diesmal kam sie ihr sehr lang vor. Sie wollte schnell erfahren, ob sich der Plan, den sie in der Nacht entworfen hatte, verwirklichen ließ.

In ihrem Heimatdorf schlug sie nicht den üblichen Weg entlang der Olivenhaine ein, der zum Haus ihrer Eltern führte, sondern nahm eine kleine gepflasterte Gasse. Sie beeilte sich, denn die Essenszeit war der beste Moment für einen Besuch. Nachdem sie eine Weile gesucht hatte, fand sie endlich das kleine ockerfarbene Steinhaus in einem ausgedorrten Garten. Plötzlich bekam sie Angst und zögerte. Wie würde sie nach so vielen Jahren empfangen werden? Fast wäre sie umgedreht, ohne ihre Mission erfüllt zu haben, da hörte sie Schritte, die sich der Tür zu nähern schienen. Eleni holte tief Luft und drückte auf die Klingel.

Ein alter, sehr magerer Mann in Hemdsärmeln öffnete fast sofort. Er kniff die Augen zusammen und brauchte ein paar Sekunden, ehe er sie erkannte. Dann trat zu Elenis großer Erleichterung ein Lächeln in sein Gesicht. Sie deutete auch ein Lächeln an und sagte: „Guten Tag, Professor Kouros. Entschuldigen Sie die Störung."

Der alte Mann führte sie in sein Wohnzimmer. Auf dem mit einer Zeitung geschützten Tisch stand ein Teller Bohnensuppe. Ohne sie zu fragen, goss der alte Mann Eleni ein Glas Weißwein ein und bot ihr einen Stuhl an. Sie fühlte sich unbehaglich und setzte sich ganz vorn auf den Rand.

Der Alte ignorierte ihre Verlegenheit, setzte sich ebenfalls und aß weiter seine Suppe. Er bot auch Eleni davon an, aber sie lehnte höflich ab. Sie trank in kleinen Schlucken ihren Wein und überlegte, wie sie die Bitte formulieren sollte, die ihr plötzlich ganz unpassend vorkam.

Um sich zu sammeln, ließ sie den Blick durch das halbdunkle Zimmer schweifen, in dem verschiedene Holzmöbel und ein mit abgewetztem rotem Stoff bezogener Sessel standen. Nur ein paar exotische Reisesouvenirs störten den äußerst einfachen, ja geradezu asketischen Eindruck, den die Wohnung machte. Zwei afrikanische Masken über der Tür zur Diele starrten Eleni finster an. Auf einem Wandbrett stand eine große dunkelgelbe Tonschale mit Früchten. Ein schwacher Duft von Rasierwasser lag in der Luft, ein Hauch männlicher Eitelkeit, die im Gegensatz zur nüchternen Erscheinung des Lehrers stand. Der Duft erinnerte Eleni an das würzige Parfum, an dem sie im Zimmer des Pariser Paares gerochen hatte. Wenn Kouros gern reiste, war er womöglich auch in Paris gewesen. Die Frage brannte ihr auf den Lippen, aber sie hatte nicht den Mut, sie zu stellen.

Eleni hatte das Haus des Lehrers noch nie betreten. Sie hatte ihn nie anders als hinter seinem Tisch vor einer Klasse lebhafter Schüler erlebt. Er war gerecht gewesen, gleichzeitig liebenswürdig und abwesend, immer gleicher Stimmung, zumindest hatte er so gewirkt.

Er trug die gleiche schwarze Hose, die sie damals an ihm gesehen hatte. Seine ebenfalls schwarze Jacke hing über einer Stuhllehne.

Kouros brach das Schweigen und erkundigte sich nach Elenis Gesundheit. Geduldig hörte er sich die Antwort an, lächelte und konzentrierte sich wieder auf seine Suppe. Er wusste aus Erfahrung, dass seine einstigen Schüler mit wenigen Ausnahmen ein konkretes Ziel hatten, wenn sie ihn besuchten, und dass sie eine gewisse Aufwärmzeit brauchten. Meistens baten sie ihn, einen Behördenbrief zu verfassen oder ihnen die komplizierten Begriffe eines offiziellen Schreibens zu erklären, das sie erhalten hatten. Oft betraf es eine Erbschaft oder eine gerichtliche Auseinandersetzung mit dem Nachbarn um die Grundstücksgrenzen.

Eleni war vor dreißig Jahren seine Schülerin gewesen, und wenn er ehrlich war, hatte sie keinerlei Spuren in seinem Gedächtnis hinterlassen. Ihre schulischen Leistungen waren sicher mittelmäßig gewesen, und auch ihr Äußeres hatte nichts Auffälliges. Er meinte sich zu erinnern, dass sie ein kleines Mädchen ohne Besonderheiten gewesen war.

Schließlich raffte Eleni sich auf. „Professor, ich möchte gern, dass Sie ein Schachspiel für mich kaufen", sagte sie und erschrak über die plötzliche Direktheit, mit der sich die Worte aus ihr gelöst hatten.

Der alte Mann hob den Kopf und sah sie an. Er versuchte seine Überraschung zu verbergen. „Ein Schachspiel?", wiederholte er, um Zeit zu gewinnen.

„Ja, genau", entgegnete Eleni, ohne an weitere Erklärungen zu denken.

Kouros griff nach der Weinkaraffe und goss ihnen beiden nach. Irritiert machte er sich auf die Jagd nach weiteren Informationen. „Schach ist ein sehr schönes Spiel. Es gehört zu den ältesten der Welt", sagte er ausweichend. „Das Königsspiel, kann man sagen. Schwer, aber schön."

Eleni verriet sich: „Sehr schwer?", fragte sie mit einem kleinen Zittern in der Stimme.

Der Lehrer reagierte auf diese plötzliche Verzagtheit mit einer Lüge. „Nein", sagte er, „nicht allzu schwer."

Er hatte etwas wahrgenommen, irgendwas war aufgeblitzt, das ihm zur Vorsicht riet. „Für wen möchtest du das Spiel kaufen, Eleni?", fragte er.

Kouros hatte die Gewohnheit bewahrt, seine ehemaligen Schüler zu duzen, sozusagen in Erinnerung an die Verbindung, die früher zwischen ihnen bestanden hatte. Eleni antwortete hastig, es sei für den Geburtstag ihres Mannes. Der Lehrer wunderte sich über die plötzliche Leidenschaft des Autoschlossers Panos für das Schachspiel. Es gab nur sehr wenige Griechen auf den Inseln, die sich mit diesem schwierigen Spiel beschäftigten, das lange Denkpausen verlangte. Kouros hatte es in seiner Jugend eine Zeit lang gespielt, aber bald wieder damit aufgehört, weil er keinen kompetenten Partner fand. Wahrlich eine komische Idee, die seine ehemalige Schülerin da hatte.

Er hätte Eleni gern offener ausgefragt, beließ es jedoch dabei, sich freundlich zu erkundigen, ob ihr Mann das Spiel schon beherrsche. Eleni schüttelte den Kopf. Kouros nickte nachdenklich. „Vielleicht sollte man dann auch ein einfaches Lehrbuch kaufen, das die Spielregeln erklärt."

Der Vorschlag gefiel Eleni, und der Lehrer willigte ein, den Auftrag auszuführen. Eleni holte ihr Portemonnaie hervor und zögerte. Sie wusste nicht, wie viel sie ihm für das Geschenk geben sollte, da sie keine Ahnung hatte, was es kosten würde. Kouros beruhigte sie. Er würde das Schachspiel von seinem Geld kaufen. Dann könnte sie ihm den genauen Betrag erstatten. Ehe sie ging, betonte Eleni noch, dass er das schönste Spiel kaufen solle. Kouros versprach es.

Leichten Herzens machte Eleni noch einen Abstecher zu ihren Eltern, ehe sie in die Hauptstadt zurückfuhr. Ihr größtes Problem hatte eine wunderbare Lösung gefunden. Sie beglückwünschte sich zu ihrer Idee.

Die Rückfahrt war eine Vergnügungstour. Eleni fühlte sich wie an einem Sonntag in ihrer Kindheit, bei einem der seltenen Familienausflüge in die Umgebung. Alles erschien ihr besonders schön, die Vögel, die Farbe der Felder, der Himmel und der Meereswind, der die mageren Äste der Olivenbäume bewegte.

AM DONNERSTAGMORGEN kam sie früher als üblich zur Arbeit. Sie war schon um Viertel nach fünf im Hotel und brachte die Gewohnheiten der Besitzerin ganz durcheinander, weil diese nicht wusste, was sie um diese Zeit mit Eleni anfangen sollte. Kein Gast verließ sein Zimmer vor halb sieben. Eleni lief in der Halle hin und her und blätterte zerstreut in den Zeitschriften, ungeduldig, ihre Runde zu beginnen. Sie wollte vor allem in Zimmer 17, um das Schachbrett der Pariser wiederzusehen. Sie hatte Lust, die Holzfiguren zu berühren und ihre Verteilung zu studieren. Vielleicht hatte sie Glück und die Figuren waren in der Ausgangsstellung aufgebaut. Dann könnte sie lernen, sie richtig hinzustellen, und wenn Panos sein

Geschenk erhielt, wäre Eleni schon imstande, ihnen ihren Platz zuzuweisen. Das wäre ein guter Anfang, der Panos ermutigen würde, sich auf die Entdeckung des neuen Spiels einzulassen.

Zu Elenis Verzweiflung schliefen die Franzosen bis in die Puppen. Sie sind bestimmt spät ins Bett gegangen, dachte sie, als sie die beiden endlich auf der kleinen Terrasse an ihrem Zimmer frühstücken sah. Das Lachen der jungen Frau unterbrach ein leise geführtes Gespräch. Als sie sich endlich entschlossen, das Hotel zu verlassen, war es schon halb elf. Die Pariserin trug einen Hut mit schmaler Borte auf dem Kopf und ein strahlendes Lächeln im Gesicht.

Eleni beeilte sich, Zimmer 11 fertig zu machen, dann betrat sie die 17. Sie wandte sich direkt zum kleinen Tisch, um zu sehen, ob das Spiel dort stand. Sie sah es sofort, aber zu ihrer großen Enttäuschung lagen die Figuren wild durcheinander auf dem Brett. Daneben standen zwei leere Gläser, die am Vorabend Ouzo enthalten hatten. Eleni versuchte, die Holzarmeen einander gegenüber aufzustellen, gab aber schnell auf. Sie musste sich eingestehen, dass sie nicht einmal die Namen der Figuren kannte. Zwei Pferde gab es, und auch das Königspaar hatte sie erkannt, aber die kleinen Figuren mit den spitz zulaufenden Köpfen waren ihr völlig unbekannt.

Mit einem Seufzer machte sie sich an die Arbeit. Verrückt!, dachte sie. Professor Kouros hat ja gesagt, dass es schwer ist. Das ist nichts für Leute wie Panos und mich.

Sie fühlte sich seltsam niedergeschlagen, als trete ihr zum ersten Mal ihr unausweichliches Schicksal vor Augen. Die Schmerzen, die sie manchmal in den Beinen spürte, wurden stärker.

Nach der Arbeit ging Eleni langsam nach Hause und kochte eine Kichererbsensuppe. Als Dimitra aus der Schule kam, hörte sie zerstreut zu, was die Tochter zu erzählen hatte. Nach dem Essen wollte sie gerade weggehen, als das Telefon klingelte. Sie meldete sich ohne Schwung und erkannte zu ihrer großen Überraschung Kouros' Stimme.

„Eleni", sagte er, „ich bin in der Stadt. Pass auf. Ich war bei Andreas und habe ihn gebeten, in Athen ein schönes Schachspiel zu bestellen. Ich habe mir eine kleine Geschichte ausgedacht. Er ahnt nichts, mach dir keine Gedanken. Aber er hat mir von einem elektronischen Schachspiel erzählt."

Eleni setzte sich. Mit schwacher Stimme, ohne den Mut, ihrem einstigen Lehrer zu sagen, dass sie es sich anders überlegt hätte, weil das alles völlig verrückt war, antwortete sie: „Aber das ist doch sicher noch schwieriger."

„Überhaupt nicht", versicherte Kouros mit unverhohlener Begeisterung.

„Das Spiel funktioniert mit Batterien. Man kann es anschalten und allein gegen die Maschine spielen. So lernt man am besten. In meiner Jugend gab es das noch nicht. Die Technik macht unglaubliche Fortschritte, findest du nicht, meine kleine Eleni? Ich fürchte allerdings, dass das Schachspiel dann weniger schön aussieht. Du musst dich entscheiden."

Eleni musste lächeln, obwohl sie der Mut verlassen hatte. Seit fünfzehn Jahren hatte sie niemand mehr „meine kleine Eleni" genannt. Sie gab dem Lehrer, der extra für sie in die Stadt gekommen war, freie Hand.

Nachdem sie aufgelegt hatte, blieb sie noch eine Weile auf ihrem Stuhl mitten im Flur sitzen und starrte auf die apfelgrünen Wände, von denen an einigen Stellen die Farbe abplatzte. Sie teilte Kouros' Begeisterung für den Fortschritt keineswegs. Ihr kam es eher so vor, als schliche er sich heimtückisch in alle Freiräume ihres Lebens und drängte sie selbst an den Rand.

Sie fühlte sich in dieser modernen Welt zunehmend fremd. Ich kann nicht mal Auto fahren, obwohl mein Mann eine Werkstatt hat, dachte Eleni mit einem bisher ungekannten Gefühl der Erniedrigung. Und jetzt schlug Kouros ihr vor, gegen eine Maschine Schach zu spielen. Sie lachte auf, so komisch erschien ihr diese Vorstellung.

DER GROSSE TAG kam heran. Am Vorabend hatte Eleni die Schach spielende Maschine bei ihrem Lehrer in Halki abgeholt. Nicht ohne Stolz hatte ihr der Alte das schwarz-weiße Schachbrett überreicht, das die Schachfiguren in seinem Innern barg. Eleni war sehr enttäuscht gewesen, weil es so klein und nüchtern, geradezu steril wirkte, meilenweit entfernt von dem schönen Exemplar aus Holz, das den französischen Touristen gehörte. Da sie den Lehrer nicht verletzen wollte, hatte sie ihre Enttäuschung verborgen und ihm herzlich gedankt. Sie hatte ihm den Kaufpreis erstattet, der höher war als erwartet, und war mit der Teufelsmaschine und einem kleinen Handbuch unter dem Arm nach Hause gefahren. In der Stadt hatte sie schönes buntes Papier gekauft, um ihr Geschenk einzuwickeln.

Sie war früher von der Arbeit gekommen und hatte den Mittagstisch besonders schön gedeckt. Ihr Päckchen mit einer breiten Schleife thronte auf Panos' Teller. Er musste jeden Moment kommen. Eleni hatte ein Gefühl im Bauch, das sie als Lampenfieber beschrieben hätte, wenn sie den plötzlichen Adrenalinausstoß je zuvor kennen gelernt hätte. Aber sie erlebte dieses Kribbeln zum ersten Mal. Nervös lief sie zwischen Küche und Wohnzimmer hin und her, sah nach ihrem Braten, rückte die Teller auf dem Tisch zurecht.

Sie hörte, wie sich der Schlüssel im Schloss drehte, und füllte einen Krug mit Weißwein. Dimitra sprang ihrem Vater an den Hals und gratulierte ihm, Yannis schüttelte ihm männlich die Hand und Eleni küsste ihn, ehe sie in der Küche verschwand, um ihre Aufregung zu verbergen. Als sie mit einem großen Teller *Dolmades* hereinkam, war Panos dabei, das Geschenkpapier zu zerreißen. Sie stellte den Teller in die Mitte des Tisches und setzte sich hin, ohne etwas zu sagen.

Panos enthüllte das Schachspiel mit unverhohlener Überraschung. Auch die Kinder beugten sich über das dicke Schachbrett, ohne den Sinn des Geschenks zu verstehen. Verrückt!, dachte sie.

„Das ist ein Schachspiel", sagte sie.

Panos gab ein zögerndes, zustimmendes Grunzen von sich.

„Ich dachte, wir könnten es zusammen lernen", fügte Eleni schüchtern hinzu.

Panos warf ihr einen ungläubigen Blick zu, dann lächelte er breit und dankte ihr herzlich für das originelle Geschenk. Er stellte das Schachbrett auf das Regal und nahm sich Dolmades.

Trotz einiger diskreter, aber hartnäckiger Anspielungen in den folgenden Wochen blieb das Schachspiel im Regal, ohne dass jemand es anfasste. Eleni staubte es regelmäßig ab, ließ ihren Lappen über die glatte Oberfläche gleiten und dachte wehmütig an das Pariser Paar, das schon lange abgereist war und nun in der französischen Hauptstadt seinen Geschäften nachging. Eleni stellte sich ein Leben voll Konfetti unter einem Sternenhimmel auf einer Blumenterrasse mit Blick auf den Eiffelturm vor und seufzte.

AUF NAXOS erreichte die Saison ihren Höhepunkt. Manchmal stieg das Thermometer auf vierzig Grad im Schatten, und ohne den oft sehr kräftigen Wind wären die Touristen lebendig verbrannt. Nachts wälzten sich die Bewohner der Insel und ihre Gäste in feuchten Betten und suchten vergeblich Schlaf. Tagsüber schleppten sie sich träge durch die Straßen oder an den Strand.

Eleni war nicht unter ihnen. Die schlaflosen Nächte kamen sie am nächsten Tag in der endlosen Reihe der zu reinigenden Zimmer teuer zu stehen. Die Schmerzen in den Beinen gingen gar nicht mehr weg und weckten sie sogar nachts, in den seltenen Momenten, wenn sie endlich mal glücklich die Augen geschlossen hatte. Was sich jedoch als harter und glanzloser Sommer ankündigte, wurde zum großen Wendepunkt in ihrem Leben.

In einer besonders quälenden Nacht stand Eleni leise auf, um Panos nicht zu wecken, und setzte sich ins Wohnzimmer. Da sie weder las noch rauchte, wusste sie nicht, was sie mit diesen dem Schlaf geraubten Minuten anfangen sollte.

Da fiel ihr Blick auf das Schachspiel. Sie nahm es aus dem Regal, ging zum Tisch, setzte sich und ließ alle Figuren aus dem Bauch der Maschine purzeln, die noch niemand geöffnet hatte. Sie verteilten sich über den ganzen Tisch, ein paar fing Eleni auf, ehe sie zu Boden fielen.

Dann begann sie in dem kleinen Handbuch zu lesen. Zuerst bemühte sie sich, die beschriebenen Figuren zu erkennen. Sie erfuhr, dass die Pferde Springer heißen. Sie stellte beide Armeen einander gegenüber auf dem Schachbrett auf. Die erste Hürde war genommen. Zufrieden blickte sie auf ihr Werk. Das Spiel konnte beginnen.

Dann lernte sie, welche Bewegungen die verschiedenen Figuren ausführen dürfen. Die Bauern in der ersten Reihe schienen ihr nicht weiter interessant. Ihre Züge waren einfach, unveränderlich und ohne Schneid.

Der Springer mit seinen launischen und unvorhersehbaren Sätzen war wohl am schwierigsten zu beherrschen. Dreimal musste Eleni den Satz lesen: „Steht ein Springer auf einem schwarzen Feld, kann er nur die nächsten, aber nicht angrenzenden weißen Felder erreichen und umgekehrt." Sie las ihn ein viertes Mal und wollte schon aufgeben, als sie eine Zeichnung entdeckte, die alle möglichen Züge des Springers darstellte. Mit einem leisen Seufzer setzte sie ihre Lektüre fort. Verrückt!, dachte sie.

Die Figur mit dem spitz zulaufenden Kopf, die sie in Zimmer 17 nicht hatte identifizieren können, war ein Läufer. Er nahm immer den kürzesten Weg und rannte quer über das Spielfeld. Vom König hätte sie mehr erwartet. Wie konnte eine so unbewegliche Figur den König verkörpern? Sie war zwar keine Spezialistin für Könige, hatte sich aber immer ein allmächtiges Wesen vorgestellt, dessen Leben aus Luxus und Prunk bestand. Dieser König hatte nichts Majestätisches an sich. Er war unfähig, sich selbst zu verteidigen, und musste ständig von den anderen Figuren geschützt werden. Dabei entschied er über das Ergebnis des Spiels. Eleni dachte eine Weile über dieses Paradox nach.

Von der Flexibilität der Dame hingegen war sie sehr beeindruckt. Wirklich eine furchterregende Figur, die mit ihren raschen Angriffen und den vielfältigen Möglichkeiten die Partie beherrschte. Die einzige weibliche Figur hatte also die meiste Macht. Diese Vorstellung gefiel Eleni. Sie hätte beinahe laut gelacht, hielt sich jedoch zurück, um Panos nicht zu wecken. Das mit der Königin musste sie unbedingt Katerina erzählen. Sie würde ihr nicht glauben.

Eleni stand auf und goss sich ein Glas Wasser ein, ehe sie weiterlas. Als sie sich endlich wieder hinlegte, war es vier Uhr. Ihr blieb nur noch eine Stunde zum Schlafen. In ihren Träumen sah sie eine Armee von Fantasiefiguren auf sich einstürmen, die in bunten Seifenblasen zerplatzten, ehe sie sie erreichten.

An diesem Tag litt Eleni nicht unter dem fehlenden Schlaf. Sie war zu aufgeregt von ihrer nächtlichen Lektüre. Sie fegte nur oberflächlich und machte die Zimmer fertig, so schnell sie konnte. Man muss ja nicht jeden Tag ganz gründlich putzen, sagte sie sich. Zu Hause machte sie schließlich auch nicht täglich sauber. Die Touristen würden den Unterschied nicht bemerken.

Die Gäste, die erst spät das Hotel verließen, brachten sie an diesem Tag zur Verzweiflung. Los, geht schon!, hätte sie ihnen gern gesagt, genießt die Sonne und das Meer! Ihre unausgesprochenen Ermahnungen wurden nicht befolgt; die Gäste ließen sich Zeit.

Kaum war die Tortur der Arbeit und des Wartens beendet, eilte Eleni den Hang hinunter ins Stadtzentrum. Die Schmerzen in den Beinen waren vergessen. Sie lief direkt zu Katerinas Haus und klingelte Sturm, trampelte geradezu vor Ungeduld mit den Füßen. Aber niemand öffnete ihr, die Freundin war nicht da. Ziemlich enttäuscht machte Eleni kehrt und ging nach Hause. Sie bereitete ein einfaches Essen für ihre Tochter zu, dann nahm sie sich wieder das Schachspiel vor und vertiefte sich in das Lehrbuch. Sie hörte kaum, wie ihr Sohn nach Hause kam, bemerkte ihn erst, als er vor ihr stand, und gab ihm einen flüchtigen Kuss. Yannis achtete nicht darauf. Er nahm sich aus dem Kühlschrank etwas zu essen und brach gleich wieder auf. Dimitra machte in ihrem Zimmer Hausaufgaben und der Nachmittag verstrich in der konzentrierten Stille des Lernens.

Am nächsten Tag lehnte Eleni den Kaffee ab, den ihr die Eigentümerin des Dionysos wie jeden Morgen anbot. Maria war überrascht. Noch nie hatte Eleni auf das kleine Ritual verzichtet.

Maria leerte ihre Tasse allein und sah sich dabei im leeren, schon von Sonne durchfluteten Speisesaal um. Im Laufe des Vormittags traf sie Eleni im Flur. Die Frauen lächelten sich an. Es kam Maria so vor, als schiebe Eleni ihren Wagen leichtfüßiger als sonst.

Nach der Arbeit ging Eleni nicht bei Katerina vorbei, sondern gleich nach Hause, erfüllte eilig ihre häuslichen Pflichten und konzentrierte sich wieder auf ihr Schachspiel. Sie war entschlossen, den Stier bei den Hörnern zu packen, schaltete den Apparat ein und las aufmerksam die Anleitung. Man musste mit den magnetischen Figuren nur ein bisschen stärker auf das Feld drücken, auf das man gehen wollte. Sogleich registrierte die

Maschine die Bewegung und bot ihre Erwiderung an. Das Feld, das sie anvisierte, wurde durch die Blinklichter bezeichnet, die sich am Rand jeder horizontalen und vertikalen Reihe befanden. Erst markierten sie die Figur, die Eleni hochheben musste. Dann blinkte es dort, wo sie sie absetzen sollte. Bis dahin fand sie den Mechanismus nachvollziehbar.

Sie drückte auf den Knopf „Spielbeginn“ und die kleinen Lämpchen gingen an. Eleni setzte sich kerzengerade vor das Spiel. Sie musste den ersten Zug machen. Nach langem Überlegen schob sie einen der mittleren Bauern zwei Felder nach vorn. Die Maschine erfasste die Bewegung und signalisierte sofort ihre eigene Spielabsicht. Eleni führte sie aus. Jetzt war sie wieder an der Reihe. Sie machte den nächsten Zug. Der mühselige Vormarsch der Bauern ärgerte sie. Eleni wollte so schnell wie möglich die Dame ziehen. Die Bauern störten sie, aber sie ging Schritt für Schritt weiter. Die Springer ließ sie an ihrem Platz, weil sie nicht genau wusste, wie sie sie bewegen sollte, dafür zog sie die Läufer. Nach sechs Zügen holte sie die Dame hervor und stellte sie in die Mitte des Schachbretts, um so viele Felder wie möglich zu beherrschen.

Anstatt sich bedroht zu fühlen, sah der Computer die Bresche, die sie ungewollt geöffnet hatte. Er setzte sie in zwei Zügen matt. Eleni war fassungslos; sie hatte die Gefahr nicht kommen sehen. Ich muss besser aufpassen. Ich habe mich einfach übertölpeln lassen, sagte sie sich.

Sie stellte die Figuren wieder auf ihre Plätze, um neu anzufangen, da aber öffnete sich die Tür und Panos kam herein. Er rechnete damit, die Familie um den gedeckten Abendbrottisch versammelt zu sehen, und fand seine Frau um neun Uhr abends über das eingeschaltete Schachspiel gebeugt. Er war so sprachlos, dass er ihr nicht einmal Vorwürfe machte. Dann stellte er fest, dass Eleni auch nicht eingekauft hatte, also gar nichts zu essen da war. Sie sammelte hastig die Figuren zusammen und barg sie im Bauch der Bestie, während sie nach einem Ausweg suchte. Mit gespielter Fröhlichkeit erklärte sie, es sei keineswegs ein Versehen, sie wolle die Familie ins Restaurant einladen. Warum sollte man sich nicht ab und zu eine kleine Abwechslung gönnen? Panos staunte zwar über den ungewöhnlichen Vorschlag, wusste jedoch nichts einzuwenden. Und so endete der Abend in einem kleinen Fest.

Eleni machte sich insgeheim Vorwürfe über die unnötige Ausgabe, aber bald siegte ihr heiteres Wesen über die Gewissensbisse. Sie zog ihr schönstes Kleid an und half Dimitra, sich zu frisieren. Auf dem Weg zum Restaurant nahm sie fröhlich Panos' Arm. Wenn schon, denn schon; einmal ist keinmal, hatte sie sich gedacht und vorgeschlagen, bei Nikos zu essen. Unterwegs begrüßten sie einige Bekannte, dann ließen sie sich auf der Terrasse im Obergeschoss nieder, die einen wunderbaren Blick auf den Hafen bot. Sie aßen gebratene Garnelen und gefüllten Tintenfisch, tranken eine Flasche Weißwein und beobachteten die Anlegemanöver der Schiffe. Zur Verdauung spendierte ihnen Nikos noch eine Flasche Wein, und es wurde ein langer Abend. Panos war sehr charmant. Er erzählte einige Geschichten aus der Werkstatt und brachte die ganze Familie zum Lachen, indem er die Kunden nachahmte. Dimitra, die es nicht gewohnt war, abends auszugehen, schwebte im siebten Himmel.

In dieser Nacht liebten sich Panos und Eleni voller Leidenschaft, was nicht mehr sehr häufig vorkam. Am nächsten Morgen beim Frühstück waren alle bester Laune.

Trotz des offenkundigen Erfolgs dieses Abends achtete Eleni von nun an darauf, ihre neue Beschäftigung vor den anderen zu verbergen. Eine Vorahnung sagte ihr, dass die Dinge vielleicht nicht immer einen so günstigen Verlauf nehmen würden und dass Panos von ihrem Lerneifer auf die Dauer wohl nicht begeistert wäre.

Deshalb suchte sie am nächsten Nachmittag ein sicheres Versteck für ihr Schachspiel. Auf dem Magnetbrett blieben die Figuren an ihrem Platz, wenn man eine Partie unterbrechen musste. Eleni dachte mit Dankbarkeit an ihren alten Lehrer, weil er dieses Modell ausgewählt hatte. Sie zögerte lange. Die Auswahl war beschränkt. Ihr fiel nicht ein, wo sie etwas vor der ganzen Familie verstecken konnte. Sie konnte doch nicht jedes Mal in den Keller gehen, wenn sie jemanden kommen hörte. Nein, es musste ein ebenso leicht zugänglicher wie verborgener Platz sein. Nach zweistündigem Nachdenken kam ihr eine geradezu geniale Idee. Sie würde das Schachbrett in der Tiefkühltruhe verstecken. Kein anderes Familienmitglied öffnete sie jemals. Sie würde eine Fläche frei räumen, auf der sie ihr Spiel in wenigen Sekunden unterbringen könnte. Höchst zufrieden mit diesem Einfall, hoffte sie nur, dass die Kälte nicht den Batterien schadete. Sie nahm sich vor, neue zu kaufen, falls die ersten ausfallen sollten.

Zwanzig Zimmer, vierzig Betten, achtzig weiße Handtücher und eine wechselnde Zahl zu leerender Aschenbecher. Elenis Vormittage wurden weiterhin von ihrer Arbeit in Anspruch genommen. Der einzige Unterschied war, dass sie jetzt immer Marias Kaffee ablehnte, um keine Zeit zu verlieren.

Diese plötzliche Änderung weckte das Misstrauen der Hotelchefin. Zuerst fragte sie sich, ob sie womöglich etwas gesagt hatte, das bei Eleni schlecht angekommen war. Sie suchte in ihrem Gedächtnis und fand nicht den geringsten Zwischenfall, der ihr Verhältnis hätte trüben können. Schließlich fragte sie Eleni geradeheraus, doch diese bestritt eilig jede Missstimmung und führte eine Überlastung mit häuslichen Pflichten an. Maria war von diesem Argument nicht überzeugt. Die neue Situation bedrückte sie; sie störte ihr Bedürfnis nach Harmonie.

Maria erzählte ihrem Sohn von Elenis verändertem Verhalten, der aber verstand nicht, worin das Problem lag. Eleni war da, um die Zimmer sauber zu machen, das tat sie. Alles andere ging seine Mutter nichts an. Maria musste zugeben, dass er Recht hatte, trotzdem beschäftigte sie die Angelegenheit weiter. Nachdem sie verschiedene Hypothesen aufgestellt hatte, ohne zu einem befriedigenden Ergebnis zu gelangen, fragte sie sich schließlich, ob Eleni womöglich einen Liebhaber hatte. Das konnte man sich kaum vorstellen. Sie unterbreitete die neue Theorie ihrem Sohn, der sie rundweg auslachte und sagte: „Ich würde es ihr jedenfalls wünschen."

Maria fand diese Reaktion sehr unangebracht, sah jedoch ein, dass sie nicht auf ihren Sohn zählen konnte, um das Geheimnis aufzuklären.

Sie war nicht die Einzige, die sich über Eleni Gedanken machte. Katerina stellte sich die gleichen Fragen. Ihre Freundin kam nach der Arbeit nie mehr bei ihr vorbei. Sie war zwar ebenso freundlich wie früher, zeigte sich jedoch gänzlich unempfänglich für Baklava und Tratsch. Jedes Mal wenn sie sich zufällig trafen, stand ein neues Hindernis einer längeren Plauderei entgegen.

Eleni fand die verschiedensten Vorwände. Sie hätte der Freundin gern die Wahrheit gesagt, wusste aber nicht, wie sie ihr die neue Leidenschaft offenbaren sollte. Katerina würde es sicher nicht verstehen. Das war auch ganz normal. Sie selbst begriff es ja kaum. Wie sollte sie die seltsame Faszination beschreiben, das Gefühl, in eine andere Welt einzutauchen? Eleni hatte keine Worte, um ihre heimliche Flucht zu beschreiben, ein Eckchen Leben, das ihr allein gehörte, in dem sich ein bisher ungeahnter Wissensdurst offenbarte. Also schwieg sie und webte weiter an einem Kokon von Ausflüchten.

Der Lernprozess vollzog sich keineswegs problemlos. Sie kam mit der Lektüre des Handbuchs und dem Verständnis der dargestellten, immer komplexer werdenden Situationen nur langsam voran.

Auch die zweite Partie gegen den Computer war nach acht Zügen verloren, obwohl sie viel vorsichtiger gewesen war und den Schwierigkeitsgrad auf die leichteste Stufe gestellt hatte.

Die dritte Partie wurde eine Katastrophe. Ihr elektronischer Gegner sandte ihr Signale, die sie nicht verstand. Sie versuchte seinen Anweisungen zu folgen, aber die Ratlosigkeit war komplett, als er ihr anzeigte, dass er zwei Züge hintereinander ausführen wollte. Sie musste eine halbe Stunde in ihrem Buch suchen, ehe sie die Anzeige von zwei aufeinanderfolgenden Bewegungen von Turm und König verstand. Endlich fand sie den Grund dafür. Sie gewöhnte sich an die kleine, dann an die große Rochade. Die neue Entdeckung begeisterte sie: Instinktiv erfasste sie die Bedeutung, die diese List erlangen konnte, um dem Angriff des Gegners auszuweichen.

Sie kämpfte weiter mutig gegen die Gemeinheiten des Computers. Oft wurden ihre Bemühungen plötzlich von einem unerwartet heimkehrenden Familienmitglied unterbrochen. Einmal spielte Eleni gerade zwanzig Minuten, als der Computer einen unverständlichen Zug machte und ihren Bauern *en passant* schlug. Sie hatte gelernt, dass die Bauern nur diagonal schlagen konnten. Was der Computer ihr anzeigte, widersprach dieser Grundregel. Sie hielt es zunächst für einen Irrtum, aber das Gerät blinkte unverdrossen weiter. Diesmal verlor sie die Geduld. „Warum redest du nicht, verdammtes Ding!“, rief sie. Sie fegte die Figuren mit dem Handrücken vom Brett und sprang auf. Dann goss sie sich ein Glas Weißwein ein und leerte es in einem Zug. Ehe sie jedoch ihren ganzen Zorn an der Maschine auslassen konnte, hörte sie einen Schlüssel in der Tür und ließ das Spiel eilig verschwinden.

Yannis fand seine Mutter mit hängenden Armen mitten im Wohnzimmer stehend. Das bereitete ihm ein gewisses Unbehagen, aber ihr seltsamer Gesichtsausdruck hielt ihn von einer Nachfrage ab. Er begrüßte sie zärtlicher als üblich, ehe er in sein Zimmer ging. Als er sie auf die Wange küsste, roch er, dass sie mitten am Tag Wein getrunken hatte, was ihn ebenfalls überraschte. Er sagte sich, dass sie womöglich eine schlechte Nachricht erhalten hatte und dass er besser wartete, bis sie von selbst darüber sprach.

WÄHREND Eleni am nächsten Morgen ihren Wagen durch die Hotelflure schob und auf den Aufbruch der Gäste lauerte, dachte sie nach. So konnte sie nicht weitermachen, mit dem elektronischen Schachspiel als einzigem Gegenüber. Die Hoffnung, Panos als Partner zu gewinnen, hatte sie schon lange aufgegeben, er zeigte nicht das geringste Interesse für das Spiel. Mit seiner Frau Schach zu spielen, war für ihn von vornherein eine völlig absurde Idee, eine typisch weibliche Laune gewesen, unnötig, sich damit zu beschäftigen.

Zwanzig Zimmer, vierzig Betten und achtzig weiße Handtücher genügten Eleni nicht, um eine Lösung zu finden. Sie konnte schließlich nicht die

Touristen, die das Hotel bevölkerten, bitten, mit ihr zu spielen. *Das ist alles verrückt!* Sie nahm ihre Tasche, verabschiedete sich herzlich von der Hotelchefin, deren Misstrauen ihr nicht verborgen blieb, und machte sich auf den Heimweg. Langsam, immer noch in ihre düsteren Gedanken versunken, ging sie den rissigen Hügel hinunter.

Als sie an der Hafenpromenade ankam, beobachtete sie eine Weile das große Schiff *Flying Dolphin* aus Piräus, das gerade angelegt hatte und aus dem sich ein neuer Touristenstrom auf die Insel ergoss. Sie begann von einem Leben in Athen zu träumen, wo sie einmal mit Panos gewesen war und woran sie nur schwache Erinnerungen bewahrte. In Athen würde es dieses so schwer zu lösende Problem nicht geben. Sie könnte gehen, wohin sie wollte, spielen, mit wem sie wollte. Niemand würde es je erfahren. Sie könnte sich sogar in einem Schachklub anmelden.

Zum ersten Mal im Leben vernahm sie den Ruf der Ferne. Die Insel kam ihr auf einmal so entsetzlich klein vor, dass es sie geradezu erstickte. Nie zuvor hatte sie körperlich die Grenzen von Naxos wahrgenommen, ein kleines, vom Meer umgebenes Stück Land. Und ich kann nicht einmal schwimmen, dachte sie, als könnte das irgendwas ändern.

Während sie auf der Mole stand und auf das Schiff starrte, kam ihr der Zufall zu Hilfe. Eine magere, gebeugte Gestalt ging langsam auf sie zu. Eleni bemerkte sie nicht; sie kämpfte mit einem Unwohlsein. Ihr war plötzlich schwindlig und sie musste sich auf einen Poller setzen, der glücklicherweise nur einen Meter entfernt war.

Inzwischen war die Gestalt näher herangekommen und immer besser zu erkennen: Kouros. „Na, meine kleine Eleni, sehen wir uns die Schiffe an?“, fragte er, als er neben ihr stand.

Erst jetzt bemerkte Eleni den Lehrer.

„Das ist die Hitze“, verkündete Kouros, der sogleich sah, dass etwas nicht stimmte. „Du darfst nicht hier in der Sonne sitzen bleiben. Komm! Wir gehen im Schatten etwas trinken.“

Mit einer Autorität, die den einstigen Lehrer verriet und die Zerbrechlichkeit seines Körpers Lügen strafte, nahm er Eleni am Arm, zog sie hoch und führte sie zu einem Café in der Nähe, dessen Stühle unter einer weit ausladenden Platane standen. Eleni hatte noch kein Wort gesagt.

Kouros bestellte zwei Orangeaden und wartete geduldig, bis sich Eleni wieder gefasst hatte. Nachdem er ein paar Schlucke getrunken hatte, schien es ihm an der Zeit, sich ernsthaften Themen zuzuwenden. „Meine kleine Eleni, ich bin ein alter Mann. Du solltest freiheraus mit mir sprechen. Wem soll man sich sonst anvertrauen, wenn nicht den Alten, die keine emotionale Verankerung in der Welt mehr haben?"

Eleni sah ihn überrascht an. Trotz ihrer Schwäche und der Mühe, ihre Gedanken zu sammeln, fiel ihr die Wendung „emotionale Verankerung" auf, und sie fand sie sehr elegant. „Wenn ich so reden könnte wie Sie, Professor, wäre es vielleicht einfacher", antwortete sie aufrichtig, aber zurückhaltend. Sie vertraute Kouros, aber die Verehrung, die sie ihm entgegenbrachte, machte ihr das Geständnis noch schwerer. Instinktiv erfasste sie bereits, dass er vielleicht der Einzige war, der ihr helfen konnte. Trotzdem gelang es ihr nicht, ihre Verzweiflung in Worte zu fassen. Das größte Hindernis war, dass sie sich lächerlich fand und sich schämte. War sie nicht bekannt für gleichbleibend gute Laune und gesunden Menschenverstand? Und jetzt geriet sie wegen eines albernen Spiels außer sich. Was sollte der Lehrer von ihr denken? Während ihr diese Gedanken durch den Kopf schossen, schwieg sie. Dann gab sie sich plötzlich einen Ruck und sagte ganz schnell: „Es ist wegen des Schachspiels."

Kouros formulierte die nächstliegende Möglichkeit und fragte vorsichtig: „Panos hat das Geschenk nicht gefallen?"

Eleni schüttelte den Kopf. „Nein", sagte sie.

Der Lehrer holte Blättchen und Tabak aus der Tasche und drehte sich eine Zigarette.

„Aber das Problem ist nicht Panos. Das Problem bin ich", fuhr Eleni fort und war erleichtert, das Schwierigste ausgesprochen zu haben.

Kouros sah sie aufmerksam an. Diese nicht eben redegewandte Frau begann ihn zu interessieren. Es war geradezu heldenhaft, wie sie sich direkt in die Schlacht stürzte und nicht aufgab.

„Wenn du einen Partner suchst, meine kleine Eleni, will ich mich gern opfern", sagte er lächelnd. „Obwohl ich schon lange nicht mehr gespielt habe und sich das Gehirn in meinem Alter nur noch widerwillig auf neue Höhenflüge einlässt."

Elenis Gesicht erstrahlte. „Das würden Sie tun, Professor? Das wäre wunderbar!", rief sie und überhörte Kouros' letzte Bemerkung.

Der Lehrer nickte und zündete seine Zigarette an. Er war selbst ein bisschen erstaunt über den Vorschlag, den er eben gemacht hatte. Sicher war es eine gute Idee, wieder mal einer regelmäßigen Beschäftigung nachzugehen, die seine kleinen grauen Zellen stimulieren würde. Aber diese Entscheidung brachte auch eine beträchtliche Veränderung seiner Gewohnheiten mit sich. Aus Unlust oder Faulheit sah er nur wenig Menschen. Findet man sich mit der Einsamkeit ab, wird sie zur Freiheit. Es war ihm gelungen, seine Einsamkeit zu zähmen, sie sich zu unterwerfen; das war allmählich geschehen, mit den Jahren, kaum wahrnehmbar. Sein einziger Gesprächspartner zu sein war im Grunde ganz angenehm. Das reduzierte die Auseinandersetzungen. Außerdem konnte er sich seinen Grillen hingeben, wie er wollte. Seine Tage gehörten nur ihm allein. Und da man mit fast achtzig Jahren vernünftigerweise davon ausging, dass diese gezählt waren, wachte er darüber mit Argusaugen. Er hatte das Privileg erworben, sich nicht mehr in Gesellschaft zu langweilen.

Und jetzt gefährdete er, ohne lange nachzudenken, diese Zwanglosigkeit, für deren Erlangung er Jahre gebraucht hatte. Schach spielen war natürlich keine Ganztagsbeschäftigung, aber es war doch eine Verpflichtung, ein Versprechen. Hatte er das Alter der Versprechen nicht schon lange hinter sich gelassen?

Eleni wagte den Lehrer nicht aus seiner Träumerei zu reißen. Sie hätte ihm gern ihre Dankbarkeit bekundet. Es war ihr eine große Ehre, dass er bereit war, mit ihr zu spielen. Jetzt durfte sie ihn auf keinen Fall enttäuschen. Zu Hause würde sie sich gleich wieder in ihr Lehrbuch vertiefen.

Kouros unterbrach den Lauf seiner Gedanken mit der Schlussfolgerung, dass ihm eine kleine Abwechslung eigentlich nicht schaden konnte. Er lächelte Eleni herzlich an, rief den Kellner und bezahlte die Orangeade. Eleni protestierte, aber er wollte nichts hören. Dann überschüttete sie ihn mit Dankesworten, denen er ein Ende setzte, indem er aufstand und seine Sachen einsammelte.

Sie vereinbarten, dass Eleni einmal in der Woche zu Kouros nach Halki kommen würde, um eine Partie Schach zu spielen.

VON NUN AN hatte Eleni tatsächlich jede Woche eine geheime Verabredung, wie einige schon vermutet hatten. Die Treffen mit dem Lehrer waren ebenso schwer zu tarnen wie ein Liebesabenteuer. Sie musste einen Vorwand finden, um den ganzen Mittwochnachmittag, der für die wöchentliche Schlacht vereinbart war, für sich zu haben. Am Anfang verhedderte sie sich in ihrem Lügennetz, aber mit der Zeit gewöhnte sie sich daran und entwickelte ein ausgeprägtes Improvisationstalent. Darüber staunte sie selbst am meisten. In der Regel gab sie vor, ihre alten Eltern zu besuchen. Panos hatte nichts gegen diese neu aufwallende Tochterliebe einzuwenden, die er zwar ein bisschen übertrieben, aber natürlich fand.

Eleni lernte, dass sie am einfachsten verschwinden konnte, wenn sie nach der Arbeit gar nicht nach Hause kam. Wenn man sie nicht sah, konnte man sie nicht ausfragen oder zurückhalten. Ehe sie ins Hotel ging, holte sie das Schachspiel aus der Tiefkühltruhe und versteckte es in einer großen Tasche. Sobald die Zimmer fertig waren, nahm sie den Bus nach Halki.

Die ersten Partien waren anstrengend. Kouros erinnerte sich zwar an die Grundregeln, hatte jedoch alle Geheimnisse der Eröffnungen vergessen. Er musste regelmäßig im Lehrbuch nachlesen und sich zum ersten Mal seit Jahren um Konzentration bemühen. Elenis Verlegenheit wurde durch die Schweigsamkeit ihres Gastgebers und die ungewohnte Umgebung, in der die Begegnungen stattfanden, noch verstärkt. Aber allmählich entwickelten sich richtige Partien.

Jedes Mal wenn sich Eleni vor das Schachbrett setzte und die beiden Armeen aufstellte, verspürte sie ein Ziehen im Unterleib. Ihre Hände wurden feucht und ihr Blick richtete sich auf Kouros, der seine erste Zigarette drehte. War dann der Eröffnungszug gemacht, versank sie in tiefer Konzentration, die sie vom Rest der Welt trennte. Der Lehrer bemerkte ihre außerordentliche Fähigkeit, ganz in die imaginäre Welt der Schlacht einzutauchen.

Im Laufe der Treffen verlor Eleni ihre Schüchternheit und die Partien wurden länger. Sie entwickelte ein gewisses Strategiegefühl und brachte ihren einstigen Lehrer oft in Schwierigkeiten. Mithilfe des Computers, der immer seltener unverständlich blinkte, übte sie jeden Tag zu Hause.

In ihrer Begeisterung versuchte Eleni sogar, ihre Tochter für das ungewöhnliche Spiel zu gewinnen, aber Dimitra war eine erbärmliche Spielerin und merkte sich nicht mal die Bewegungen der einzelnen Figuren. Eleni verzichtete bald darauf, die neue Leidenschaft mit ihr zu teilen, nahm ihr aber das Versprechen ab, niemandem ein Wort zu sagen. Diese Vorsichtsmaßnahme war unnötig. Dimitra war von Natur aus zurückhaltend und hing sehr an ihrer Mutter. Mit ihren zwölf Jahren sah sie kein Problem darin, dass ihre Mutter Schach spielte. Der einzige Nachteil an der neuen Situation: Sie musste ihr Mittagessen jetzt oft selbst zubereiten. Dimitra nahm diesen Umsturz der bisherigen Ordnung jedoch philosophisch und gewöhnte sich an, nur ihre Lieblingsgerichte zu kochen.

In der Familie war Eleni entspannt, in gleichbleibender Laune, wenn auch gelegentlich etwas zerstreut. Manchmal verlegte sie ihre Schlüssel, und nach langer Suche, an der sich die ganze Familie beteiligte, fand Dimitra sie im Kühlschrank, wenn sie sich etwas zu trinken holte. Dann stammelte Eleni Entschuldigungen und die Sache war erledigt, nur Panos brummte: „Irgendwann verlierst du noch deinen Kopf", ohne zu wissen, dass ebendas bereits geschehen war.

Eleni bat Yannis nicht mehr, zum Abendessen nach Hause zu kommen, und versuchte Panos nicht mehr zurückzuhalten, wenn er ins Café gehen wollte. Sie reagierte stets mit einem freundlichen, für einen erfahrenen Blick eher gleichgültigen Lächeln. Sie hatte sich vorgenommen, Kouros zu schlagen. Das war ihr bis jetzt noch nie gelungen. Einmal hatte sie ein Remis erreicht, was schon ein beträchtlicher Fortschritt war. Ihren einstigen Lehrer zu schlagen, kam ihr wie der Gipfel des Ruhms vor.

Um dieses ehrgeizige Ziel zu erreichen, probierte sie neue Strategien aus. Sie hatte gelernt, dass es manchmal besser war, am Beginn des Spiels eine Figur zu opfern, um sich einen Vorteil beim Angriff oder in der Stellung zu sichern. Dieser Trick trug den hübschen Namen Gambit.

In ihrem Lehrbuch fand sie Beispiele für große Partien, die von den Meistern seit dem 15. Jahrhundert gespielt worden waren. Die verschiedenen Eröffnungen und Strategien trugen glänzende Bezeichnungen. Eleni hatte schon das „Evans-Gambit“ angewandt, das ihr sehr vorteilhaft erschien. Weniger überzeugt war sie von der „Ungarischen Partie“ und sie weigerte sich kategorisch, das „Göring-Gambit“ auszuprobieren. Es kam nicht infrage, sich auf eine Eröffnung mit diesem Namen einzulassen. Vielleicht war es eine zufällige Namensgleichheit, aber das Göring-Gambit war von vornherein ausgeschlossen. Eleni hatte ihre Prinzipien.

Die Berichte über große internationale Partien, die im Laufe der Jahrhunderte gespielt worden waren, beeindruckten sie sehr. Die Benennung nach großen Nationen, bedeutenden Städten oder Personen, die die Schachkunst weiterentwickelt hatten, schüchterte Eleni ein, es schien ihr undenkbar, sich mit all diesen Berühmtheiten zu messen. Jeden Tag musste sie ihren ganzen Mut zusammennehmen, um weiterzuspielen. Aber jedes Mal gewann ihre Neugier auf die Fortsetzung die Oberhand und erfüllte sie mit ungeahnter Hartnäckigkeit.

Vorsichtig tastete sie sich voran. Es bereitete ihr sogar ein gewisses Vergnügen, sich in der Aufzählung der Namen zu verlieren, die die Literatur den verschiedenen Spielweisen gegeben hatte: Spanische Partie, Wiener Partie, Moderne Cordel-Verteidigung oder einfach Cordel-Verteidigung, Richter-Rauser-Angriff, Max-Lange-Angriff, Sizilianische Verteidigung. Die Namen trugen sie durch die Jahrhunderte, führten sie in die Salons der Zarenresidenz im 18. Jahrhundert oder venezianische Paläste im 15. Jahrhundert.

Besonders gern hatte sie den „beschleunigten Drachen“ und den „langsamen Drachen“, deren Namen sie nach China entführten, in die Verbotene Stadt, eine rote Welt voller Geheimnisse und Zauber. Der „beschleunigte

Drachen“, den sie schon gegen Kouros eingesetzt hatte, schien ihr eine der besten Methoden, den Gegner aus dem Gleichgewicht zu bringen und Weiß sehr schnell einen Vorteil zu sichern.

Langsam, aber sicher machte sie Fortschritte bei der Aneignung einiger Strategien. Sie ließ sich aber auch gern von ihrem Instinkt leiten und löste mit Zügen, die auf den ersten Blick nicht sehr logisch erschienen, Überraschung und Verwirrung aus. Solange der Gegner Zeit mit dem Versuch verlor, ihre Pläne zu durchschauen, war sie im Vorteil.

Kouros hingegen folgte klassischeren Schemata. Er hatte sein Lehrbuch schneller gelesen und eine Reihe geschickter Kombinationen erlernt. Da er noch ein gutes Gedächtnis hatte, wandte er sie ohne große Mühe an, während es Eleni manchmal schwerfiel, eine Taktik bis zum Ende durchzuhalten. Trotzdem war Kouros nicht selten überrascht von der Kühnheit seiner früheren Schülerin. Das Spiel offenbarte eine Persönlichkeit, die sich deutlich von der unterschied, die Eleni im Alltag erkennen ließ.

Jedes Mal wenn sie am Mittwochnachmittag zu ihm kam, hatte sie eine neue Idee im Kopf. Sie hatte die Woche damit verbracht, sich neue Strategien auszudenken, und wollte diese nun schnell ausprobieren. Von Spiel zu Spiel hatte Kouros immer größere Mühe, seine Vorteile in einen Sieg umzumünzen.

An einem Mittwochnachmittag im November kam Eleni mit glühenden Wangen zu dem alten Mann. Kaum hatte sie die beiden Armeen aufgestellt, versank sie in tiefer Konzentration. Kouros fragte sie, ob sie Kaffee wolle, und erhielt als Antwort nur ein Brummen. Elenis Augen waren schon auf das Brett gerichtet: Sie wiederholte in Gedanken eine Eröffnung, die sie ausprobieren wollte. Ihr Verhalten entlockte Kouros, der sie aus dem Augenwinkel beobachtete, ein Lächeln. Der Tag, an dem sie ihn gebeten hatte, das Schachspiel zu kaufen, lag lange zurück. Während sie damals nicht einmal den Mut gehabt hatte, sich richtig auf den Stuhl zu setzen, schien sie nun gar keine Verlegenheit mehr zu spüren. Sie begegnete ihrem früheren Lehrer immer noch mit demselben Respekt, war aber viel selbstbewusster geworden.

Kouros setzte erst mal Wasser auf und erkundigte sich nach der Gesundheit der Familie, ohne eine Antwort zu erhalten, die diesen Namen verdient hätte. Dann drehte er sich einige Zigaretten auf Vorrat, ehe er sich endgültig vor dem Schachbrett niederließ und eine Tasse mit kochend heißem Kaffee neben Eleni abstellte.

Eleni holte so schnell wie möglich alle Figuren heraus. Nach dem vierten Zug hätte sie rochieren können, tat es aber nicht. Kouros erinnerte sie etwas erstaunt an die Regel, nach der man eine Rochade früh im Spiel machen müsse, um den König zu schützen und dem Turm mehr Bewegungsfreiheit zu geben. Eleni lächelte und antwortete: „Lassen Sie mich nur machen, Professor. Sie werden schon sehen."

Sie führte weiter ihre Figuren in die Schlacht, auch die Dame, die sie vorteilhaft in der Mitte platzierte, von wo aus sie viele Felder kontrollierte. Nach acht Zügen von beiden Spielern standen bei Eleni nur noch der König und die beiden Türme auf ihren Plätzen, was ihr die Möglichkeit gab, nach Belieben eine kleine oder eine große Rochade auszuführen.

Deshalb wusste Kouros nicht, von welcher Seite er angreifen sollte. Eleni nutzte sein Zögern aus. Sie brachte ihn noch mehr aus dem Konzept, indem sie eine wichtige Figur opferte, und drang durch eine Bresche ein, die Kouros aus Unachtsamkeit geöffnet hatte. Als er sich endlich entschloss, seinerseits anzugreifen, machte sie eine große Rochade und brachte ihren König in Sicherheit. Dann gewann sie die Partie in fünf Zügen.

Sie traute ihren Augen nicht. Zum ersten Mal hatte sie ihren Lehrer matt gesetzt. Kouros gratulierte ihr herzlich, fühlte sich jedoch ein bisschen gedemütigt. Das ist wohl das Alter, dachte er mit einem Hauch von Wehmut. Trotzdem holte er eine Flasche guten Wein heraus, die er für einen besonderen Anlass aufgehoben hatte, und stieß mit Eleni an, die vor Freude außer sich war. Die Gläser berührten einander mit einem zarten Klingen. Eleni küsste den Lehrer auf die Wange, worauf er heftig errötete.

Spontaner Körperkontakt, so unschuldig er auch sein mochte, hatte bei ihm stets eine gewisse Verlegenheit hervorgerufen. Solche Gefühlsäußerungen waren ihm absolut fremd. Sein Erröten erklärte sich aber mehr mit der Überraschung über Elenis unerwartete Regung. Kouros musste sich sogar eingestehen, dass er sich an die regelmäßigen Besuche der einstigen Schülerin gewöhnt hatte, die seine Zuneigung weckte. Die Schlichtheit ihrer Reaktion hatte beinahe den Geschmack einer Kindheitserinnerung, einer anderen Beziehung zu den Menschen, die einstmals möglich gewesen wäre und die tief in ihm begraben lag.

Glücklicherweise war Eleni so mit ihrem Triumph beschäftigt, dass sie die Bestürzung, die sie bei ihrem Lehrer ausgelöst hatte, nicht bemerkte. Sie trank einen großen Schluck Wein und sah ihn mit strahlenden Augen an. Sie wusste nicht, wie sie ihre Dankbarkeit ausdrücken sollte. Deshalb hob sie etwas ungeschickt ihr Glas und sagte: „Trinken wir auf das Abenteuer, Professor."

AM NÄCHSTEN TAG schien sich die Arbeit von selbst zu machen. Ein Liedchen trällernd schob Eleni ihren schweren Wagen vor sich her, begrüßte die Gäste herzlich und reinigte die Zimmer mit derselben Hingabe wie sonst. Der einzige Schatten auf dem Glück, das sie so schweben ließ, war die Unmöglichkeit, es mit jemandem zu teilen. Ein nicht wahrgenommener Sieg verliert seinen Reiz. Die riesige Freude, die Eleni an diesem Morgen erfüllte, musste ans Tageslicht und sich Gehör verschaffen, so wie der Vogel einen Ast sucht, um sein Lied zu singen.

Sie beendete ihre Arbeit mit einem kleinen Nachthemdgruß für eine junge Italienerin, die sie am Vortag in der Hotelhalle gesehen hatte. Dann machte sie sich auf den Weg zu Katerina, die sie in letzter Zeit vernachlässigt hatte. Sie kaufte einen Strauß Nelken, ließ sie hübsch einpacken und besuchte ihre Freundin, die sie überrascht empfing.

Trotz ihrer Gastfreundlichkeit spürte Eleni, dass Katerina verletzt war. Sie kochte den gleichen dickflüssigen Kaffee wie immer. Die beiden Frauen wechselten ein paar nichtssagende Sätze, während sie das schwarze Gebräu auf dem Herd überwachten. Eleni wusste, dass sie eine Erklärung schuldig war, aber wie sollte sie in ein paar Worten die tiefgehenden Erfahrungen der letzten Monate zusammenfassen? Nach langem Zögern rang sie sich zu der einzigen Strategie durch, die sie für Geständnisse kannte. Sie rückte ohne Umschweife mit der Wahrheit heraus. „Ich habe dich in letzter Zeit nicht besucht, weil ich zu sehr damit beschäftigt war, Schach zu spielen." Sie fügte hinzu: „Das ist ein Geheimnis. Außer dir weiß niemand etwas davon."

Katerina starrte sie mit offenem Mund an. Der Kaffee begann zu brodeln, lief über und ergoss sich über den tadellos geputzten Herd. Katerina nahm ihn vom Feuer, kippte ihn in den Ausguss, wusch die kupferne Kaffeekanne aus, verbrannte sich die Finger und bereitete mechanisch einen neuen Kaffee zu. Sie sagte nichts. Eleni machte sich schon Sorgen, wagte das Schweigen der Freundin aber nicht zu unterbrechen.

Katerina war zwischen verschiedenen Gefühlen hin und her gerissen. Das erste war Ungläubigkeit. Bestimmt erzählte ihr Eleni diese absurde Geschichte nur, um etwas anderes zu verbergen. Ganz kurz tauchte der Gedanke an einen Liebhaber auf. Sie blickte verstohlen zu der Freundin, während sie die Kaffeekanne füllte, und sagte sich, dass dies nicht die Erklärung sein konnte. Elenis nachlässige Erscheinung, die blonden Strähnen, die dem stumpfen Braun ihrer Haare Glanz verleihen sollten, das Alter … Es gab zwar ein neues Leuchten in ihren Augen, aber dieser Funke reichte trotzdem nicht aus, um einem Liebhaber Lust zu machen. Katerina stellte es mit einer gewissen Befriedigung fest, da sie selbst schon lange jede Hoffnung aufgegeben hatte, einen Mann zu finden. Sie wischte den Herd ab und fragte, um Zeit zu gewinnen: „Mit wem spielst du denn?"

Aufgeschreckt durch das lange Schweigen, zweifelte Eleni plötzlich an der Richtigkeit ihrer Beichte und antwortete: „Mit niemandem. Gegen die Maschine." Die vor dem Schachbrett verbrachten Stunden hatten ihre Beobachtungsgabe und ihr Misstrauen geschärft.

„Die Maschine?", wiederholte Katerina, die gar nichts mehr verstand.

Eleni erklärte, dass sie Panos ein elektronisches Schachspiel geschenkt habe und, anstatt bei ihrem Mann die Lust darauf zu erwecken, selbst von dem Spiel gepackt worden sei.

Katerina wollte ihr immer noch nicht glauben. „Schach, das ist doch dieses schrecklich komplizierte Spiel, vor dem die Leute stundenlang sitzen, den Kopf in die Hand stützen und über den nächsten Zug nachdenken?", fragte sie, um sich zu versichern, dass sie es richtig verstanden hatte.

„Genau", antwortete Eleni einfach.

Katerina füllte zwei Tassen und ging zum Tisch mit der Spitzendecke. Eleni folgte ihr. Katerina setzte sich in einen Sessel, dessen Armlehnen ebenfalls mit Stickarbeiten bedeckt waren, und schlürfte ihren Kaffee. Eleni wählte einen Stuhl mit einem flachen Kissen, auf dem ein kleiner Hund dargestellt war.

Nach mehreren Schlucken fragte Katerina: „Aber warum?"

Die Frage brachte Eleni in Verlegenheit. Sie dachte kurz nach. „Weil es mir gefällt."

Sie wusste genau, dass sie etwas anderes sagen musste. Sie hätte das Gefühl beschreiben müssen, in ein anderes Universum einzutauchen, sobald sie vor dem Schachbrett saß. Sie hätte von dem Moment sprechen sollen, da sie im Zentrum der Schlacht stand und mit ihrem Gegner zu kämpfen begann, dessen Geschicklichkeit und Kraft sie zu würdigen wusste. Sie hätte ihrer Freundin von der Vertrautheit der beiden Spieler erzählen können, die sich aneinander maßen, von der seltsamen Nähe, die sie vom Rest der Welt trennte. Sie hätte gern die erstaunlichen Fähigkeiten der Dame und die Schwäche des Königs beschrieben, aber sie tat es nicht.

Auch wenn ihr das Sprechen leichter gefallen wäre, hätte sie Katerina nicht überzeugen können, die nur das Äußere wahrnahm: ein Brett mit 64 Feldern, weiße und schwarze Figuren und zwei stumme Personen, die mit größtem Ernst und nach oft stundenlangem Überlegen ihre Züge machten.

Als sie Katerina ansah, begriff sie, dass diese ihr kleines Abenteuer als

Ablehnung der Welt betrachtete, in der sie sich ihr Leben lang bewegt hatten und die in ihren Augen unveränderlich war, ein Fels in der Ägäis. Auf keinen Fall durfte man die tragenden Säulen ihres Lebensgebäudes erschüttern, die Gewohnheit, Wiederholung und Variation hießen.

Also schwieg Eleni und begnügte sich mit einem Lächeln. Die Lust, von ihrem großen Sieg zu sprechen, war ihr vergangen. Da sie den Lehrer nicht erwähnt hatte, konnte sie auch nicht von der gewonnenen Partie erzählen.

Katerina versuchte zunächst, Eleni ein paar zusätzliche Informationen zu entlocken. Angesichts ihrer Zurückhaltung, weitere Einzelheiten preiszugeben, wechselte sie aber bald das Thema. Sie erzählte wie gewohnt den neuesten Tratsch und freute sich, dass Eleni über nichts Bescheid wusste.

Nikos' Geschäfte liefen angeblich nicht gut. Seine junge Frau gab zu viel Geld aus. Einmal im Monat fuhr sie zum Einkaufen nach Athen! Sie behauptete natürlich, es sei für das Restaurant, aber darauf fiel niemand herein. Höchstens Nikos selbst, meinte Katerina mit einem boshaften Lächeln.

In der Stadt erzählte man sich hinter vorgehaltener Hand, Yörgos' Tochter sei schwanger. Bis jetzt sah man noch nichts, aber das würde sich bald ändern. Schwer zu sagen, wer der Vater war, denn sie trieb sich ja mit jedem rum.

Katerina lauerte auf Elenis Reaktion, aber sie schien die Neuigkeit nicht angemessen zu würdigen. Sie wirkte sogar etwas abwesend, dann antwortete sie, dass man besser warten sollte, bis die Schwangerschaft bestätigt sei, ehe man sich in Hypothesen erginge. Sie hatte dieses ungewöhnliche Wort verwendet, ohne nachzudenken. Vielleicht hatte sie es bei Kouros gehört, oder es war schon immer da gewesen, hatte im Schatten gelauert, bereit, bei der ersten Gelegenheit hervorzuschießen. Eleni hätte es nicht zu sagen gewusst. Katerinas Reaktion ließ nicht auf sich warten. Sie sah sie erstaunt an, dann lachte sie los. „Wie redest du denn, meine Liebe?“

Eleni war verwirrt, ließ sich aber nichts anmerken. Sie stimmte in Katerinas Lachen ein und antwortete: „Du hast Recht. Was für ein komisches Wort! Ich habe es bestimmt im Fernsehen gehört.“

Sie setzten ihr Gespräch fort. Eleni zeigte mehr Anteilnahme und erzählte drei Anekdoten aus dem Hotel, über die sich Katerina amüsierte. Sie fanden eine Spur ihrer einstigen Vertrautheit wieder. Katerina servierte sogar ein Gläschen Ouzo und sie stießen darauf an, dass sie wieder vereint waren.

Nach einem Stündchen verabschiedete sich Eleni, weil Panos sie erwartete. Die Frauen umarmten sich und versprachen einander, sich bald wieder zu treffen.

Als Eleni die Freundin verließ, dachte sie ein bisschen traurig: Mein Geständnis hat nichts gebracht. Es war dumm von mir. Der Einzige, mit dem man sich über ein gewonnenes Schachspiel freuen kann, ist natürlich ein Schachspieler. Sie musste ihre Einsamkeit akzeptieren. Sie hatte das Abenteuer allein begonnen, sie musste es allein fortsetzen. Ihr einziger Gesprächspartner würde der Lehrer sein, den ihr der Himmel in einem Anflug von Großzügigkeit geschickt hatte.

Als Eleni weg war, wusch Katerina die Gläser und Tassen ab und bereitete ihr Abendessen zu. Schach spielen!, dachte sie. Man muss sich wirklich schrecklich langweilen, um auf so eine Idee zu kommen. Bei der Vorstellung, wie sich Eleni mit ihren abgearbeiteten Händen über ein Schachbrett beugte, musste sie plötzlich lachen. Eigentlich ist die Geschichte unglaublich komisch, sagte sie sich, während sie ihre Kartoffeln schälte.

„ELEEENI!“, brüllte Panos am nächsten Tag, als er mitten am Nachmittag nach Hause kam, was er sonst nie tat. Kaum war die Neuigkeit bis zu ihm gedrungen, hatte er die Werkstatt verlassen und war nach Hause gerannt.

„Eleeeni!“

Alarmiert von seinem Geschrei, kam sie angerannt.

„Willst du mich umbringen?“, zeterte er, als er sie sah.

Eleni, ein Staubtuch in der Hand, verstand kein Wort. In Gedanken suchte sie in ihren letzten Handlungen und Worten nach etwas, was ihrem Mann zum Verhängnis geworden war. Sie fand nichts.

„Wie konntest du so etwas nur tun?“, brüllte er und schüttelte sie.

Vielleicht verhalf ihr das Gerüttel zu plötzlicher Klarsicht. Katerina, dachte sie. „Ich weiß nicht, wovon du redest“, sagte sie ruhig zu Panos, der sie losgelassen hatte und ihr geradezu flehend in die Augen sah.

„Ganz Hora redet darüber, dass du deine Zeit mit Schachspielen verbringst.“

„Und? Was ist daran schlimm?“

„Der ganze Hafen lacht über mich!“, jammerte er.

„Ich verstehe nicht, weshalb“, antwortete Eleni voller Würde. „Das hat doch nichts mit dir zu tun.“

„Wenn du dich lächerlich machst, machst du mich auch lächerlich. Sie halten mich für den Mann einer Verrückten. Mein Ruf ist hin! So ist es nun mal. Das weißt du genau. Man muss sich an die Regeln halten.“

Eleni antwortete nicht. Es gab nichts zu sagen. Es stand nicht gut für sie.

Sie wusste genau, dass es für Panos unerträglich war, dem Spott der Leute ausgesetzt zu sein. Aber sie wusste auch, dass es nicht lange dauern würde. Bald würden sich die Leute daran gewöhnen. Andere, lustigere Neuigkeiten würden diese verdrängen.

Panos, der eigentlich nur ungern mit Eleni stritt, beendete das Schweigen, das sich zwischen ihnen breitgemacht hatte. „Also gut. Wir müssen eine Lösung finden. Letzten Endes ist das Ganze einfach Quatsch. Wenn du sofort mit diesem Spiel aufhörst und sagst, dass es nur ein blödes Gerücht, eine Erfindung der Schwatztanten war, verzeihe ich dir."

„Niemals", hörte sie sich sagen.

Die Reaktion ließ nicht auf sich warten. Panos wurde dunkelrot und schlug so heftig mit der Faust auf den Tisch, dass die Deckenlampe erzitterte. Eleni drehte sich um, ging ins Wohnzimmer und wollte weiter sauber machen. Panos stürmte ihr nach und begann polternd Schubladen und Schranktüren aufzureißen, um den Tatgegenstand ausfindig zu machen. Die Möbel knallten in alle Richtungen, verschiedene Dinge flogen durch die Luft und fielen zu Boden. Eine Vase, ein seit 25 Jahren sorgsam gehütetes Hochzeitsgeschenk, zerbrach. Eleni stand unbeweglich mitten im Zimmer und sah zu, wie Panos immer mehr außer sich geriet. Natürlich fand er nichts. Das Schachspiel stand schön frisch in der Tiefkühltruhe.

Nach einer Stunde vergeblicher Suche verließ Panos türenknallend das Haus. Eleni machte sich ruhig daran, die auf dem Boden herumliegenden Gegenstände aufzuräumen.

In den nächsten Wochen wechselten Panos und Eleni kein Wort und vermieden jeden überflüssigen Kontakt. Diese Lebensweise erwies sich als schwierig, aber machbar.

Paradoxerweise musste man dazu den Tagesablauf des anderen besser kennen und ihm mehr Aufmerksamkeit widmen. Die getrennten Partner mussten einander nachspionieren, um zu wissen, wann der andere kam und ging. Sie kommunizierten nur, wenn es unumgänglich war, und auch dann nur über die Kinder. Yannis fand die neue Situation eher amüsant, versuchte aber trotzdem, sich so oft wie möglich aus dem Staub zu machen. Die Kommentare seiner Freunde, die von Elenis neuer Beschäftigung erfahren hatten, machten ihn wütend. Er ärgerte sich über seine Mutter, die sich ihr Leben lang tadellos verhalten hatte und nun mit einem Schlag ein so befremdliches Verhalten an den Tag legte. Er war gewohnt, dass sie ausgeglichen und gut gelaunt ihre täglichen Pflichten erfüllte. Sie hatte sich bisher weder für die Zeitung noch für eine andere geistige Betätigung interessiert.

Yannis hatte nie ein Buch im Haus gesehen, abgesehen von Schulbüchern und einem Kochbuch, das Eleni von einer Verwandten zur Hochzeit bekommen hatte. Sie hatte das Geschenk als persönliche Beleidigung angesehen, das Buch war in der Tiefe eines Schrankes verschwunden und nie wieder ans Tageslicht gekommen. Für Yannis' Eltern war das Lernen an dem Tag beendet, an dem sie die Schule verlassen hatten, also sehr früh. Deshalb war diese Leidenschaft für das Schachspiel in Yannis' Augen nur noch ungehöriger.

Panos wiederum hatte unauffällig Nachforschungen angestellt, und das Ergebnis ließ keine Zweifel zu: Kein Bewohner von Naxos hatte je von einem Zimmermädchen gehört, das eines Tages angefangen hatte, Schach zu spielen, und das diese Aktivität als unveräußerliches Recht für sich beanspruchte. Ausgerechnet ihn musste es treffen.

Der ganze Hafen sprach darüber und alle lachten. Panos konnte keinen Schritt mehr gehen, ohne dass ihm ein Bekannter eine spöttische Bemerkung nachrief. Selbst als Hahnrei hätte er sich besser gefühlt. Ehebruch war ein schändliches Verbrechen, aber vorstellbar. Ein Verrat aus Liebe war nicht zu akzeptieren, durfte aber ausgesprochen werden. Dafür gab es einen Ehrenkodex. Hier aber stand er hilflos dem allgemeinen Hohn gegenüber. Sollte er einfach behaupten, dass seine Frau den Verstand verloren hätte? Er zögerte. Mit einer verrückten Frau zu leben war noch unangenehmer als mit einer untreuen.

Dimitra, die keine Möglichkeit hatte, sich der belastenden Atmosphäre im Haus zu entziehen, litt besonders unter dem Schweigen, das jetzt über ihnen lag. Sie hätte ihre Mutter gern verteidigt, da sie nicht verstand, welches Verbrechen sie begangen hatte. Aber sie konnte auch nicht nachvollziehen, weshalb sich Eleni auf ihre Position versteifte. Noch nie in ihrem ganzen Leben hatte sie ihre Mutter etwas mit solchem Nachdruck für sich beanspruchen sehen. Dieses Spiel, das Dimitra so langweilig fand, war ein komischer Grund für solche Feindseligkeiten.

Eleni war voller Mitleid für den Kummer ihrer Tochter. Dass Dimitra unter diesen unglücklichen Umständen zu leiden hatte, erschien ihr unzumutbar. Das arme Kind wurde unschuldig zur Geisel. Eleni wusste es, konnte ihr aber nicht erklären, weshalb sie nicht nachgeben wollte. Sie hatte es mehrmals versucht, aber vor Dimitras freundlichem Unverständnis den Mut verloren. Große Worte waren noch nie ihre Sache gewesen. Beim Schach soll man schweigen, anstatt sich in heiklen Erklärungen zu ergehen.

ELENI durchlebte eine Zeit großer Mutlosigkeit. Mehrmals war sie im Begriff, den Kampf aufzugeben und öffentlich zu verkünden, alles sei nur eine Lüge, niemals habe sie etwas so Lächerliches getan wie Schach spielen. Aber das Unglück war geschehen. Was sie auch sagen konnte, niemand würde ihr noch glauben. Katerina hatte ordentliche Arbeit geleistet. Eleni kannte sie gut genug, um zu wissen, dass sie keine halben Sachen machte. Ein dauerhaftes und unwiderrufliches Gerücht zu verbreiten, war ihr größtes Talent.

Abgesehen von ihrem getreuen Lehrer, der sie oft anrief, erhielt Eleni keinerlei Freundschaftsbekundungen. Die Leute starrten sie an wie ein seltsames Tier. Sie konnte in der Stadt keinen Schritt gehen, ohne dass man sich nach ihr umdrehte. Sie spürte sogar die Blicke in ihrem Rücken.

Die jüngsten Ereignisse lehrten sie, dass sie in dieser Gemeinschaft, die sie bisher immer wie eine warmherzige Umhüllung empfunden hatte, keine Freunde hatte. Die Welt, in der sie groß geworden war, hatte sie nie dazu getrieben, echte Verbündete zu suchen. In einer so klar begrenzten und niemals verlassenen Umgebung werden Beziehungen selten auf die Probe gestellt. Man trifft sich täglich, grüßt, lächelt, tauscht ein paar Neuigkeiten, ein paar Küchenrezepte aus. In der fest gefügten Vertrautheit ist Freundschaft wie ein überflüssiger Luxus. Die plötzliche Offenbarung ihrer Einsamkeit überraschte Eleni. Sie hatte sich bisher möglicherweise vernachlässigt gefühlt, aber niemals allein. Ihre Arbeit und der Familienalltag hatten sie so ausgefüllt, dass sie sich nie die Zeit genommen hatte, bewusst auf die anderen zuzugehen, um mit ihnen vertraut zu werden, sie zu erobern.

Seitdem sie Panos kennen gelernt hatte, hatte sie sich nie mehr von jemandem angezogen gefühlt, gleich ob Mann oder Frau. Kein Bedürfnis hatte sie hinausgetrieben. Sie kannte den Schmerz der Zurückweisung ebenso wenig wie das Glück zu gefallen. Sogar Katerina war irgendwie eine unvermeidbare Freundin gewesen. Sie waren zusammen zur Schule gegangen, der Lehrer hatte sie nebeneinandergesetzt, und daraus war eine rein zufällige Nähe gewachsen, die durch die Gewohnheit fortgeführt wurde. Weiter nichts. Eleni hatte sich nicht nach den Gefühlen gefragt, die sie für Katerina hegte. Es tat ihr aber auch nicht sonderlich weh, sie verloren zu haben. Ihr Verrat verletzte sie nicht. Sie hatte nur Gleichgültigkeit für sie übrig.

Was sie wirklich beschäftigte, war die Schwierigkeit, Kouros zu treffen und Schach zu spielen. Eine Zeit lang hatte sie nicht viel an ihren Gewohnheiten geändert. Sie war nur etwas vorsichtiger mit ihren Ausgehzeiten geworden. Dann aber, als sie sich immer stärker überwacht fühlte, sogar von ihrem eigenen Sohn, musste sie die Taktik ändern. Bei ihrem letzten Besuch vertraute sie Kouros das Schachbrett an, der es bei sich behielt.

Angesichts ihres jetzigen Ehelebens beglückwünschte sich Eleni, dass sie nie daran gedacht hatte, ihren Beruf aufzugeben. Das Hotel war ein Anderswo, in das sie sich flüchten konnte, ein Hafen zur Welt, bewohnt von sorglosen Geschöpfen, die nichts von den Sorgen der pistaziengrün gekleideten Putzfrau ahnten, die ihren Wagen durch die langen Flure schob. Glücklicherweise blieb das Hotel auch außerhalb der Saison geöffnet. Es gab zwar weniger Arbeit, aber ein paar Städter suchten immer Erholung auf der Insel. Das Hotel Dionysos war eine gute Adresse, ein Geheimtipp mit vielen treuen Gästen. Einige Zimmer verfügten über eine Heizung und dienten den Stammgästen im Winter als Zuflucht.

Die Hotelbesitzerin hatte natürlich die Gerüchte gehört, die durch die Stadt flitzten wie Ratten durch einen Keller. Erst wollte sie es kaum glauben, dann fand sie die Vorstellung amüsant. Ihr Sohn hatte ihr geraten, Eleni nichts spüren zu lassen, was auch Maria die beste Haltung zu sein schien. Sie hatte bisher nichts gesagt und würde auch jetzt nicht damit anfangen. Trotzdem verspürte sie einen gewissen Respekt für ihre Angestellte, die den Regeln der Gemeinschaft mit ungeahnter Hartnäckigkeit trotzte.

Maria konnte sich ihr Zimmermädchen allerdings nur schwer vor einem Schachbrett vorstellen. Der Gedanke kam ihr sogar etwas lächerlich vor, aber das war unerheblich. Sie bewunderte Elenis Widerstandsgeist und hätte ihr gern geholfen.

So verstrichen weitere vier Wochen in einem feindseligen Schwebezustand. Weihnachten und Neujahr gingen vorbei, ohne eine spürbare Verbesserung in der Beziehung zwischen den Eheleuten zu bringen. Jeder irrte allein durch den Raum wie ein freies Elektron in einem Universum fester Materie. Mit schwerem Herzen, vollem Kopf und nach innen gewandtem Blick.

Panos spielte weiter den fröhlichen Spötter, war aber mit dem Herzen nicht dabei. Eleni verschanzte sich hinter gespielter Gleichgültigkeit, die Kinder trugen ihre Verstörtheit durch die Straßen der Stadt und der alte Lehrer wurde immer zerstreuter. Wenn er auf dem Markt von Halki einkaufte, mussten ihm die Händler immer wieder hinterherrennen, weil er seine Ware hatte liegen lassen. „Was willst du machen“, sagten sich die Leute, die ihn gedankenverloren vorbeischlendern sahen, „er wird alt. Er verabschiedet sich von der Außenwelt. Das ist der Lauf der Dinge.“

Sie täuschten sich ganz und gar. In Wirklichkeit hatte sich Kouros in ein höchst irdisches Abenteuer gestürzt, das ihn verjüngte. Er überlegte nur, wie er vorgehen sollte. Er wusste, welche Last auf den Schultern der armen Eleni lastete. Der Bann war die Strafe der Gemeinschaft für all jene, die sich nicht den ungeschriebenen Regeln beugten. Gerade die Vertrautheit mit der Fassungslosigkeit, die Eleni verspürte, machte ihn vorsichtig. Er wusste aus Erfahrung, dass man von der Andersartigkeit nicht in die vertraute Welt zurückkehrt wie von einem Spaziergang im Wald. „Jedes Abenteuer zieht uns in die Ferne“, sagte er sich eines Abends nachdenklich, während er die Karotten für seine Suppe schälte. „Es nimmt uns mit auf sein Boot, und wenn wir zurück ans Ufer wollen, stellen wir fest, dass es unmöglich ist. Ich hätte sie warnen müssen!“, warf er sich vor. Die Gewissensbisse quälten ihn und raubten ihm den Schlaf.

Was würde aus ihr werden, wenn sie sich von ihrem Mann trennen musste? Nichts hatte sie auf die Einsamkeit vorbereitet. Sie kannte nicht den Trost der Bücher, die ihm stets Gesellschaft geleistet hatten. Das war ein großer Unterschied. Bei ihm nahm die Lektüre sogar einen Platz ein, den er nie einem Menschen eingeräumt hatte. Warum sein Leben mit sinnlosem Alltagsgeschwätz vergeuden, wenn man in einen Dialog mit den besten, den aufregendsten Denkern aller Zeiten treten kann? Warum sein Leben mit durchschnittlichen Geschöpfen bevölkern, wenn man die Wahl hat, Platon, Seneca und Proust zu besuchen?

Schon mit dreizehn war er ein Anhänger der Philosophie, alle nannten ihn den „Intellektuellen“ und wussten, dass er etwas Besonderes werden würde. Kouros war der Erste in seiner Familie, der sein Brot nicht mit den Händen verdiente, der sein Überleben nicht der harten Arbeit auf den Feldern verdankte. Er hatte kaum erklären können, dass er diesem Weg nicht aus Not folgte, sondern eine echte Berufung verspürte. Anstatt zu fliehen, ging er auf etwas zu.

Zwei Jahre später hatte er auch jenes andere erkannt, das seinen Weg von dem der anderen unterscheiden würde. Er hatte es zunächst mit Schrecken erfahren, dann mit Resignation. Aber aus der Entdeckung dieser Neigung, die sich rasch zum Schicksal gewandelt hatte, erwuchs zwangsläufig eine Einzigartigkeit. Die Übergangsriten, die das Dasein der meisten Menschen gliederten, würden in seinem Leben ausbleiben. Kein Hochzeitsanzug, kein Taufkleid … Er würde seine Vollendung nur durch den immer engeren Umgang mit der Literatur, der Musik, den Künsten oder jeder anderen Annäherung an die unsichtbare Welt finden.

Diese etwas schmerzhafte Klarsicht war die persönliche Note seines Andersseins, dachte sich Kouros und begann mit dem Kartoffelschälen.

Seine Gedanken gingen zurück zu Eleni. Ein Eigenbrötlerdasein musste man sich leisten können. Es bedurfte einiger Vorbereitung und einer gewissen Härte. Eleni fehlte es an alldem. Kouros seufzte, stand auf, trocknete sich die Hände ab und wählte aus den unzähligen Schallplatten, die er im Laufe seines Lebens gesammelt und liebevoll sortiert hatte, „La Traviata".

Die Musik erfüllte den Raum.

Da sich seine Schülerin nicht mehr zu ihm wagte, um zu spielen, glich nun ein Tag dem anderen. Er trank seinen Morgenkaffee, machte kleine Spaziergänge, kam zurück, aß seine Suppe, drehte sich Zigaretten, lief untätig im Haus herum. Anders als Eleni vermutete, hatte er nicht einmal mehr den Mut, gegen den Computer Schach zu spielen.

Ende Januar fiel sein Blick wieder auf das eingestaubte Spiel. Er dachte an die Begeisterung, mit der sich Eleni auf ihre „beschleunigten Drachen" gestürzt hatte, an die fieberhafte Konzentration, die sie im Spiel gefangen hielt, und daran, wie sie das Brett mit ihren Träumen bevölkerte. Was sie auch tat, sie würde sich auf jeden Fall nach dem Evans-Gambit und der Spanischen Partie zurücksehnen, sagte sich Kouros.

An jenem Morgen traf er eine Entscheidung, die er umso verführerischer fand, als sie ihm äußerst gewagt erschien. Trotzdem wartete er den ganzen Tag ab, ob sie reifte, ohne dem Ansturm der Vorsicht nachzugeben. Wie erhofft hielt sich der junge, kraftvolle Entschluss.

Am Abend wählte er Elenis Telefonnummer. Glücklicherweise – oder war es Schicksal? – nahm sie den Hörer ab. Sie saß verdrossen in ihrer Küche.

„Meine kleine Eleni", verkündete er fröhlich, „du musst morgen zu mir kommen. Ich habe eine fantastische Idee."

Eleni war plötzlich ganz munter und versprach es ihm.

Kouros verbrachte einen denkwürdigen Abend. Er trank mehrere Ouzos zum Kaffee, beobachtete die Leute auf dem Platz, begrüßte seine Bekannten und ging sogar ins Kino, was er seit zwanzig Jahren nicht mehr getan hatte. Auf dem Rückweg summte er ein fröhliches Liedchen, und wer ihn vorbeigehen sah, hätte schwören können, dass er sogar ein paar Tanzschritte andeutete. Aber vielleicht war es auch nur der Ouzo, der ihn etwas schwanken ließ.

OBWOHL nur wenige Zimmer zu machen waren, verging der Vormittag für Eleni viel zu langsam, denn sie wartete ungeduldig auf die Pläne des alten Lehrers. Hatte er wirklich die Lösung für ihre Probleme gefunden?

Nach der Arbeit nahm sie gleich den Bus, um in das Bergdörfchen, das früher einfach nur ihr Geburtsort gewesen war, zu ihrem Komplizen zu fahren. Atemlos kam sie bei ihm an. Ohne sich auch nur hinzusetzen, fragte sie: „Nun, Professor?“

Kouros bereitete es ein spitzbübisches Vergnügen, den Augenblick hinauszuschieben, in dem er seine Gedanken offenbaren würde. Sie hatten Wochen gebraucht, um zu reifen. Sie hatten ihn einige schlaflose Nächte gekostet, was in seinem Alter nicht unerheblich war. Er würde sie nicht ausliefern, ohne sich noch ein wenig Spannung zu gönnen.

Er bat Eleni Platz zu nehmen, dann bereitete er mit besonderer Sorgfalt einen guten griechischen Kaffee zu. Ungeachtet aller Feindseligkeiten zwischen beiden Völkern war dieses Nationalgetränk, das sich voller Stolz griechisch nannte, dem türkischen Kaffee zum Verwechseln ähnlich. War das dickflüssige Getränk womöglich stärker als der kriegerische Geist der Nationen? Kouros dachte darüber nach, während er das Köcheln der schwarzen Flüssigkeit überwachte.

Plötzlich kam es ihm unabdingbar vor, eine Antwort auf diese heikle Frage zu finden. Die Konzentration hinderte ihn am Sprechen, und Eleni auf ihrem Stuhl, die Hände im Schoß, war von seinem langen Schweigen schon ganz beunruhigt. Der Kaffee war fertig, ehe Kouros eine Antwort gefunden hatte, aber er nahm sich vor, später in Ruhe darüber nachzudenken und sogar einen kleinen Artikel zu diesem Thema in der Lokalzeitung zu veröffentlichen, was er schon lange nicht mehr getan hatte. Die Entscheidung, die er für Eleni getroffen hatte, verlieh ihm Flügel.

Mit der Kaffeekanne in der Hand drehte er sich triumphierend um, ging zum Tisch und goss beide Tassen randvoll. Er setzte sich vor Eleni hin und sah ihr in die Augen. „Meine kleine Eleni“, verkündete er feierlich, als sie den ersten Schluck getrunken hatte, „du wirst an einem Turnier teilnehmen.“

Eleni bekam keine Luft und verbrannte sich die Zunge. Sie spürte jedoch keinen Schmerz, so fassungslos war sie. Ungläubig sah sie den alten Lehrer an. War er vielleicht wirklich schon vertrottelt, wie manche Klatschtanten in Halki behaupteten? Hatte er ihre Sorgen überhaupt verstanden?

Kouros sah, wie sie mit den Gedanken kämpfte, die wild durch ihren Kopf tobten, und lachte. „Du hast richtig gehört, Eleni. Das Turnier ist deine einzige Chance. Augen zu und durch! Seit Urzeiten ist der Angriff die beste Verteidigung.“

Eleni verstand nichts. „Aber Professor!“, wandte sie nach ein paar Minuten mit schwacher Stimme ein, „es gibt keine Schachturniere auf Naxos.“

„Natürlich nicht“, antwortete Kouros fröhlich. „Du musst nach Athen.“

Nun war Eleni endgültig überzeugt, dass der Alte geradewegs den Verstand verloren hatte.

„Wir müssen natürlich eifrig trainieren“, erklärte er. „Aber ich mache mir keine Sorgen. Du hast gute Anlagen, du kannst es schaffen.“

„Haben Sie vielleicht einen Kognak?“, fragte Eleni, als sie die Sprache wiedergefunden hatte.

Kouros holte lächelnd eine Flasche und zwei kleine, bauchige Kristallgläser aus dem Büfett und schenkte großzügig ein. Eleni nahm einen Schluck und hustete erst mal, dann gestand sie: „Ich verstehe nicht, was Sie sagen wollen, Professor. Ich weiß, dass Sie viel studiert haben, und ich vertraue Ihnen. Aber jetzt kann ich Ihnen nicht mehr folgen.“

„Meine kleine Eleni, du musst mir einfach weiter vertrauen. Ich versichere dir, dass du es verstehen wirst, wenn es so weit ist.“

„Aber wie soll ich das alles machen, Professor? Meine Situation ist sehr schwierig geworden.“

„Ich weiß“, entgegnete er. „Kümmere dich nicht mehr darum. Konzentrier dich auf dein Ziel. Ab sofort sehen wir uns zweimal in der Woche. An den anderen Tagen übst du mit deinem Lehrbuch. Du musst zuerst die Eröffnungen und die Abwehrmöglichkeiten verinnerlichen. Ich denke, in vier, fünf Monaten kannst du an einem Turnier teilnehmen.“

Die fröhliche Entschlossenheit des Lehrers berauschte Eleni mehr als der Kognak. Sie sah ein Hindernis nach dem anderen wie ein Kartenhaus zusammenfallen. Während sie den Rest ihres Kognaks in einem Zug austrank, stimmte sie zu.

„Verrückt!“, sagte sie sich auf dem Heimweg. Aber es war eine luftige Verrücktheit, die vor ihrem Geist entstand. Eine Verrücktheit in Form eines Wölkchens.

DIE FOLGENDEN WOCHEN machten den Lehrer wieder jung. Er erarbeitete eine richtige Trainingsstrategie. Gleich am nächsten Tag fuhr er nach Hora zu seinem Freund Andreas und bestellte mehrere Bücher über Schach. Er behauptete, er würde seinen Großneffen in dem edlen Spiel unterrichten. Wenn Andreas nur fünf Minuten überlegt hätte, wäre ihm gewiss eingefallen, dass Kouros keinen Großneffen hatte. Aber die Autorität des Lehrers und sein Ruf als weiser Alter sorgten dafür, dass niemand seine Worte in Zweifel zog.

Elenis Euphorie verflog sehr schnell. Schon als sie am nächsten Morgen aufwachte, bedauerte sie ihre Entscheidung. Traurig blickte sie auf den leeren Platz neben sich im Bett. Seit dem Beginn der Feindseligkeiten schlief Panos auf dem Wohnzimmersofa. Plötzlich kam ihr die Genialität des Lehrers höchst anfechtbar vor. Er hat ja schließlich nichts zu verlieren, aber ich spiele mit meinem Leben. Sie dachte an alle Frauen, die allein geblieben waren, und an ihr trauriges Schicksal. Ich werde enden wie Katerina, sagte sie sich.

Mühsam stand sie auf und ging in die Küche, um Kaffee zu kochen, den sie im Stehen, an den Herd gelehnt, austrank. Sie hatte einen so dicken Kloß im Hals, dass sie ihren Morgentrank kaum schlucken konnte. Sie war im Begriff, ins Wohnzimmer zu gehen und sich mit ihrem Mann zu versöhnen, da tauchte dieser schon zerzaust und mürrisch in der Tür auf und warf ihr einen wütenden Blick zu. Ohne ein Wort zu sagen, nahm er sich eine Tasse Kaffee und ging damit aus der Küche.

Elenis Drang, sich mit Panos zu versöhnen, erhielt durch diesen griesgrämigen Anblick einen deutlichen Dämpfer. Morgen vielleicht, sagte sie sich und sammelte ihre Sachen zusammen.

Der Wind fegte über den Hügel, und Eleni ging kraftlos den Weg hinauf. Der Tag verstrich in trüber Normalität, bis sie Zimmer 17 betrat, wo ihr Abenteuer begonnen hatte und das jetzt von einem lauten, umgänglichen holländischen Paar bewohnt wurde.

Wehmütig dachte sie an die eleganten, heiteren französischen Schachspieler, die, ohne es zu wissen, ihre Leidenschaft geweckt hatten. Sie dachte an Paris, an die Bauwerke voller Geschichte, an die blühenden Parks, die die Vorzeichen des Herbstes empfingen. Sie fragte sich, was aus ihr hätte werden können, wenn sie unter einem anderen Himmel geboren worden wäre. Sie versuchte sich an den Namen des würzigen Parfums zu erinnern, dessen Duft immer in der Luft gelegen hatte, solange die Pariser da gewesen waren. Sie hatte den eleganten kleinen Flakon in der Hand gehalten.

Der Name war ebenso schlicht und verheißungsvoll wie der Duft berauschend. Er hatte mit Natur und Freiheit zu tun. Was war es doch? Eleni blieb mit ihrem Besen in der Hand stehen und schloss die Augen. Wieder sah sie sich das Bad betreten, nach dem Flakon greifen und ihn öffnen, um am Parfum zu riechen, ehe sie ihn vorsichtig abstellte. *„Eau Sauvage!“*, rief sie.

Glücklicherweise war niemand in der Nähe, der ihren Triumphschrei hören konnte, hielt man sie doch seit Beginn ihres Abenteuers schon für wunderlich genug.

Das Parfum hatte eine ganz überraschende Wirkung. Die sumpfige Schwere des Morgens war mit einem Mal wie weggefegt. Eleni beeilte sich, ihre Arbeit zu beenden, zog ungeduldig den pistaziengrünen Kittel aus und lief den Hügel so schnell hinab, wie ihre Beine es ihr erlaubten. Zu Hause bereitete sie das Mittagessen für Dimitra vor, dann schloss sie sich mit ihrem Lehrbuch in der Küche ein und begann die Eröffnungen auswendig zu lernen. Ohne Schachbrett war das eine knifflige Aufgabe, und sie kam nur sehr langsam voran. Die ersten Züge waren bei den meisten Partien gleich und die Auswahl nicht so entscheidend. Sehr bald aber wurde es komplizierter und man gelangte zu einer nahezu unendlichen Vielfalt von Möglichkeiten. Eleni fluchte in Gedanken auf Kouros, der ihr diese Tortur auferlegte.

Trotzdem machte sie weiter. Jeden Tag paukte sie sich verschiedene Eröffnungen und mögliche Erwiderungen ein. Sie wusste nicht mehr, ob sie damit der belastenden Atmosphäre im Haus entfliehen oder ein hypothetisches Turnier gewinnen wollte. Der Strudel des Lernens riss sie mit sich. Nachts träumte sie von Figuren, die sich gegen sie verbündeten und sich damit amüsierten, in alle Richtungen auf einem Schachbrett herumzuspringen, das eher einem Irrgarten glich.

Morgens erwachte sie wie gerädert. Gemessen an dem geistigen Training waren Hotel und häusliche Pflichten geradezu eine Entspannung.

Am Mittwochnachmittag fuhr sie zu Kouros. Er hatte inzwischen das gleiche Pensum erledigen müssen, nur hatte er das Schachbrett, um die Theorie in die Praxis umzusetzen.

Von nun an probierte Kouros bei jeder Begegnung eine neue Eröffnung aus. Anfänglich mischten sich die verschiedenen Varianten in Elenis Kopf und sie verwechselte die Strategien. Vor allem die Spanische Partie und die verschiedenen Erwiderungen, die Berliner Verteidigung, die Steinitz-, Bird- oder Cordel-Verteidigung konnte sie kaum behalten.

Kouros gab sich immer strenger, obwohl er insgeheim eingestehen musste, dass die Beherrschung dieser berühmten Varianten doch sehr mühsam war. Er fragte sich sogar, wie Eleni es schaffte, dem Druck standzuhalten. Nach außen begegnete er ihren Anwandlungen von Verzweiflung jedoch mit Gleichgültigkeit. Wenn ich erst anfange, sie zu bedauern, ist alles verloren, sagte er sich. Dann findet sie nie die Kraft, gegen Widerstände zu kämpfen. Ich muss unbedingt so tun, als wäre das Erlernen all dieser Kombinationen die natürlichste Sache der Welt. Wenn Eleni einmal die Größe ihrer Aufgabe erkennt, bleibt sie stecken. Also nährte Kouros weiter die Illusion, nichts Außergewöhnliches von ihr zu verlangen.

Er wurde wieder zu dem neutralen und unbeugsamen Lehrer von einst, der keinen Fehler und keine Achtlosigkeit durchgehen ließ. Manchmal war Eleni den Tränen nahe. Dann schob sich ihre Unterlippe vor und die Brauen zogen sich zusammen. Wie ein Kind hätte sie am liebsten das Schachbrett umgeworfen und für immer aufgegeben. Aber sie tat es nicht. Wenn Kouros mit ihr schimpfte, zeigte sie anfänglich eine starke Hautreaktion, auf ihrem Hals und ihren Wangen erschienen dunkelrote, brennende Flecken. Dann tat Kouros, als wäre er kurzsichtig, und brummte nur: „Komm schon. Nimm dich zusammen. Nur das Schachbrett ist wirklich. Alles andere ist bloßer Schein.“

Im Wechselbad von Enttäuschung und Erfolg schwand allmählich Elenis leichte Erregbarkeit, was im Alltag einen angenehmen Nebeneffekt hatte. Sie wurde weniger empfindlich für die Missfallensäußerungen ihrer Umgebung und blieb unter allen Umständen seltsam gelassen, was Panos völlig aus dem Gleichgewicht brachte. Mit Boshaftigkeiten um sich zu werfen hatte jeden Sinn verloren, weshalb er sich in wütendes Schweigen zurückzog.

Auch wenn sie es nicht mehr zeigte, litt Eleni doch weiterhin unter dem Verlust der ehelichen Harmonie. An manchen Tagen hätte sie die Ereignisse der letzten Monate am liebsten vergessen, um in den Kokon der Gewohnheiten und unbeholfenen Zärtlichkeiten zurückzukehren, die früher ihren Alltag ausgemacht hatten. Aber die Situation war festgefahren, und das lag auch an ihr. Deshalb hatte sie kein Recht zu jammern. Sie schwieg und stürzte sich umso eifriger ins Lernen.

Nach anderthalb Monaten beherrschte sie die meisten großen Eröffnungen und machte sich jetzt an das Mittelspiel, das mehr Flexibilität und Initiative verlangte. Plötzlich entwickelte sie ein Handicap, unter dem sie vorher nie gelitten hatte, eine unvernünftige Anhänglichkeit an ihre Schwerfiguren, die sie nur widerwillig opferte. Wenn sie unglücklicherweise ihre Dame verlor, erschrak sie und gab die Partie innerlich schon verloren. Diese Resignation ließ sie dann einen Fehler nach dem anderen machen. Ihr wilder Siegeswille war geschwunden. Diese Entwicklung überraschte Kouros, der Eleni als furchtlose Angreiferin kennen gelernt hatte. Er schrieb diese Haltung einer neuen Einsicht in die Gefahr zu. Jetzt, da sie allmählich alle Fallen kannte, die ihr der Gegner stellen konnte, schwankte sie oft, wie sie ihr eigenes Schiff lenken sollte. Die Schwerfiguren waren gleichsam ihre Rettungsbojen im Treibsand der Hinterlist.

Kouros stand vor einem Dilemma. Er verbrachte mehrere Nächte damit, das Problem in seinem Kopf herumzuwälzen. Was konnte er tun, um Eleni aus ihrer Lähmung zu reißen? Das systematische Lernen zerstörte ihre Persönlichkeit, die wegen ihrer Originalität die einzige Chance für einen Sieg war. Er wusste, dass sie gegen viel erfahrenere Leute spielen würde, die gebildet und berechnend waren. Wenn sie ihre Frische verlor, reduzierten sich ihre Erfolgschancen nahezu auf null. Trotzdem war es unmöglich, all die Kenntnisse beiseitezulassen, über die die anderen Spieler verfügten.

Eleni befand sich tatsächlich in einer schwierigen Phase. Je mehr sie arbeitete, desto weniger überzeugend war das Ergebnis. Sie gewann keine einzige Partie mehr. Obwohl sie ihre gesamte Freizeit damit verbrachte, die Strategien der Meister zu üben, und mit tiefen Ringen unter den Augen herumlief, gab es keine Verbesserung. Das Schachbrett war zum härtesten Arbeitsplatz geworden, den sie je erlebt hatte.

Frankreich mit seiner lässigen Eleganz rückte in immer weitere Ferne. Eleni hatte sogar Schwierigkeiten, sich an die Gesichter des französischen Paares zu erinnern.

In den letzten Wochen hatte sie nicht mehr am Inselleben teilgenommen. Da sie sich bei jedem Schritt beobachtet fühlte, blieb sie nicht mehr beim Armenier oder bei einem anderen Wirt stehen, um ein Glas zu trinken. Inzwischen misstraute sie allen. Die Gerüchte um ihre Person bekamen durch diese distanzierte, unversöhnliche Haltung neue Nahrung. Sie hatte sich Hals über Kopf in eine Sackgasse gestürzt.

Das Schachspiel verlangte allerdings so viel Konzentration, dass sie darüber ihre Einsamkeit vergaß. Ob künftige Meisterin oder verirrte Hochstaplerin, sie konnte nichts halb machen. Das Universum der 64 Felder verlangte nach absoluter Unterwerfung. Eleni kommunizierte auf geheimnisvolle Weise mit den großen Erfindern der Partien. Jeder von ihnen schien ihr die Lösungen für ihre Probleme einflüstern zu wollen. Über Epochen hinweg schienen sie miteinander zu diskutieren, bestimmte Thesen je nach Temperament zu untermauern oder abzulehnen. Diese Zänkereien nisteten sich in Elenis Kopf ein. Sie wusste, dass sie all diese Herren davonjagen musste, um einem Gegner mit klarem Kopf entgegenzutreten, aber sie fühlte sich schwach, eine formbare Puppe in den Händen der großen, legendären Schmiede.

In so einer Nacht des Kampfes wurde ihr bewusst, dass alle großen Theoretiker Männer waren. Sie hatte noch nie von einer bedeutenden Schachspielerin gehört. Und trotzdem herrschte nicht der König über die Partie, ebenso wenig wie der Turm, der Springer oder die Dame. Nur im Zusammenspiel erhielten die Figuren ihre Bedeutung.

Der Bauer war die Basis des Spiels, der kleine, gehorsame Soldat, der geradewegs auf sein einziges Ziel zumarschierte: die Blockade der feindlichen Armee oder der gesellschaftliche Aufstieg. Er konnte zur Dame, zum Turm oder Springer werden, je nach Bedarf im Spiel. Wenn der Bauer die Seele des Spiels war, wie Philidor behauptete, so war die Dame das Herz.

Irgendwo zwischen dem Bauern und der Dame, dem Schwächsten und der Stärksten, zwischen Beharrlichkeit und Macht gab es einen Platz, den Eleni einnehmen konnte. Daran musste sie sich halten. Wenn es ihr gelang, das Spiel mit ihrer eigenen Fantasie zu beleben, konnte sie gewinnen. Das Feld der abstrakten Beziehungen zu verlassen und sich die Psyche dieser Figuren zu eigen zu machen, war der einzige Weg, den Sieg davonzutragen. Aber sobald sie wieder vor dem Schachbrett saß, gegenüber von Kouros, dessen Besorgnis sie instinktiv wahrnahm, kehrten die Meister des Scharfsinns und der Belehrung zurück und machten ihr das Leben schwer.

KOUROS schloss sich mehrere Tage in seinem Haus ein. Er ging nur hinaus, um auf dem Markt das Nötigste einzukaufen. Er aß so wenig wie möglich und hoffte, seinem Geist dadurch den nötigen Antrieb zu geben, ihm eine neue Erleuchtung zu schenken. Er hatte eine Verantwortung für seine einstige Schülerin übernommen. Jetzt durfte er sie nicht im Stich lassen.

Aber ihm fehlte die Inspiration. Am Ende des vierten Tages hatte er sich durch seine magere, vitaminarme Diät und wegen einer kaputten Heizung, um die er sich nicht kümmern wollte, ehe er ein Licht am Ende des Tunnels sähe, nur einen bösen Schnupfen geholt. Eleni traf ihn hustend und übel gelaunt an. Sie sorgte sich um ihn. Anstatt Schach zu spielen, kochte sie ihm eine ordentliche warme Suppe, die er gnädig aß, während er schimpfte, dass man sich um einen alten Wirrkopf wahrlich nicht kümmern müsse.

Als Eleni nach zahlreichen medizinischen Ratschlägen verschwunden war, schlief Kouros in seinem Sessel ein. Er hatte einen wirren Traum, in dem er durch ein Blumenfeld ging. Andere Personen, die er nicht deutlich erkannte, winkten ihm zu. Er ging ihnen entgegen, aber das Blumenfeld wurde größer, je weiter er sich seinen Weg bahnte. Entweder lief er nicht schnell genug, oder die Entfernung war zu groß, jedenfalls gelangte er nicht bis zu ihnen.

Schweißnass erwachte er mitten in der Nacht. Zuerst wusste er nicht, wo er war. Als er sich orientiert hatte, stand er mühsam auf und ging ins Schlafzimmer. Er zog sich aus und bettete sich mit einer unangenehmen Vorahnung, einem bitteren Geschmack im Mund, der uralten Erinnerung an etwas Kommendes, Unausweichliches.

Am nächsten Morgen erwachte der Lehrer ausgeruht, obwohl der hartnäckige Husten immer noch in regelmäßigen Intervallen seine Lungen quälte. Er machte sich einen Kaffee, den er in kleinen Schlucken trank. Plötzlich durchzuckte ihn eine Idee und war sogleich wieder verschwunden. Kouros verfluchte sein altersschwaches Gehirn. Nach einem einfachen Frühstück machte er einen Spaziergang. Er zwang sich, seine Gedanken frei schweifen zu lassen, ohne einen besonders festzuhalten. Als er nach Hause kam, fiel es ihm auf der Türschwelle ein. Die Idee war ebenso einleuchtend wie unangenehm, und Kouros war versucht, sie sogleich abzuwehren, aber sein schlechtes Gewissen gegenüber Eleni war stärker.

Er ging hinein, öffnete eine Schublade im Büfett und begann wie wild zu suchen. Nachdem er auch die zweite auf den Boden entleert hatte, griff er schließlich nach einem kleinen ledernen Notizbuch und schwenkte es triumphierend.

EINE heisere, unausgeschlafene Stimme antwortete nach dem achten Klingeln.

„Erzähl mir nicht, dass du noch schläfst“, sagte Kouros, auf alle Höflichkeitsfloskeln verzichtend.

„Ich spreche nicht mit Flegeln“, antwortete der andere und legte auf.

Ohne sich aus der Fassung bringen zu lassen, wählte Kouros die Nummer erneut. Er setzte auf die Neugier seines Gesprächspartners und behielt Recht, denn dieser nahm wieder ab. „Wer ist da?“, schrie die Stimme.

„Du weißt genau, wer dran ist, Costa“, sagte Kouros seelenruhig.

„Ich weise dich darauf hin, dass wir seit dreißig Jahren nicht mehr miteinander sprechen, und ich sehe keinen Grund, auf diese angenehme Gewohnheit zu verzichten“, erklärte der Costa Genannte würdevoll.

„Ich bin ganz und gar deiner Meinung. Ich will auch nicht mit dir sprechen. Ich will, dass du zum Schachspielen kommst.“

Ein langes Schweigen folgte. Nur Costas lauter Atem zeigte an, dass das Gespräch nicht unterbrochen war. „Du hast den Verstand verloren“, verkündete der Alte am anderen Ende der Leitung.

„Es geht nicht um mich“, erklärte Kouros. „Es geht um eine junge Frau. Eleni. Es ist dringend.“

„Ich sehe keinerlei Dringlichkeit, die für ein Schachspiel bestehen könnte“, versetzte Costa mit unbestreitbarer Logik.

„Weil es dir an Fantasie fehlt", kommentierte Kouros unverschämt. „Komm heute Nachmittag her, dann erkläre ich es dir."

„Warum sollte ich das tun?"

„Weil du sonst vor Neugier stirbst", schlug Kouros vor und legte auf. Er betete, dass er sich nicht geirrt hätte.

In den nächsten Stunden lief er aufgeregt hin und her, bis er endlich die Klingel hörte. Er stieß einen erleichterten Seufzer aus, dann öffnete er Costa die Tür.

Auch wenn sie einander seit dreißig Jahren grollten, war ihnen der Anblick ihres Alters doch keine Überraschung. Natürlich hatten sie sich auf dem Markt oder in der Stadt gesehen, das brachte das Inselleben mit sich, hatten aber nie ein einziges Wort gewechselt.

Sie begnügten sich mit einem kurzen Gruß und verzichteten auf unfreundliche Kommentare, dann bat Kouros seinen Jugendfreund herein.

Costa war untersetzt und stämmig, hatte eine gewölbte Stirn und einen Blick voller Misstrauen. Sein Leben lang war er Apotheker in Hora gewesen, seit seiner Rente lebte er jedoch in Apollonas, einem kleinen Dorf am Meer ganz im Norden der Insel. Den größten Teil seiner Tage verbrachte er in einer kleinen Taverne am Hafen, wo er je nach Saison die Touristen oder die Fischer beobachtete. Dieses ebenso erholsame wie ereignislose Leben ging ihm auf die Nerven. Er sehnte sich nach der Zeit als Medikamentenverteiler zurück, die zwar nicht gerade aufregend gewesen war, aber doch erfüllt von mehr oder weniger anregenden Gesprächen und Begegnungen.

Die beiden Männer setzten sich einander gegenüber. Costa bereitete es ein boshaftes Vergnügen, zu schweigen und dem anderen in die Augen zu sehen. Kouros fühlte sich unbehaglich. Natürlich hatte er sich auf Feindseligkeiten eingestellt, aber jetzt, als er dieser Prüfung unterworfen war, wusste er nicht, wie er die Jahre des Grolls hinwegfegen und eine Überleitung zu seinem heutigen Anliegen finden sollte. Er stand auf und holte seinen Tabak. In der lastenden Stille hörte er seine Füße über den Boden schleifen und hatte plötzlich seinen eigenen Verfall vor Augen.

Kouros kehrte zu seinem Stuhl zurück und drehte sich eine Zigarette. Es gelang ihm, seine düsteren Gedanken zu verjagen und sich auf den Bericht über Elenis Abenteuer zu konzentrieren. Costa hörte zu, ohne ihn zu unterbrechen. Dann, als Kouros fertig war, nannte er ihn rundheraus einen Schwachkopf.

Kouros hütete sich, auf die Beschimpfung zu reagieren. Er war in der Position des Schwächeren. Die erste Regel der Weisheit verlangte, den anderen einen Erfolg verbuchen zu lassen. Nach ein paar Sekunden wagte er eine Antwort. „Schwachkopf oder nicht, wir müssen etwas unternehmen. Wir können sie nicht einfach so im Stich lassen."

Costa reagierte sofort. „Mich geht die ganze haarsträubende Geschichte überhaupt nichts an. Sieh zu, wie du mit deinem Blödsinn klarkommst."

Während er Kouros so auf seinen Platz verwies, überlegte Costa, ob er irgendeine Erinnerung an das Zimmermädchen Eleni hatte, aber er fand überhaupt nichts. Als Kaufmann hatte er ein gutes Personengedächtnis. Eleni war entweder selten krank gewesen, oder sie war so unscheinbar, dass er ihre Existenz vergessen hatte, sobald sie seine Apotheke verließ. Solche durchsichtigen Leute gibt es öfter, als man glaubt, überlegte er sich.

Kouros nutzte den Moment des Schwankens, um eine Karaffe mit Weißwein und zwei Gläser auf den Tisch zu stellen. Er goss ein und reichte ein Glas seinem Gast, der es ohne Umstände nahm, zu tief war er in seinen Gedanken versunken.

„Spielt sie gut?", fragte Costa, nachdem er den ersten Schluck genommen hatte.

„Erstaunlich gut", antwortete Kouros eilig. „Aber sie braucht einen anderen Partner als mich. Sie kennt mich zu gut. Man muss sie aus der Fassung bringen. Du bist der Einzige, der ihr helfen kann, zu einem persönlichen Spiel zurückzufinden."

Costa war angenehm überrascht, nicht von dem absurden Ansinnen, aber davon, dass sich Kouros seines Talents als Schachspieler erinnerte.

Er hatte ab und zu mit Kouros gespielt. Nach ihrem Streit hatte er es noch ein paar Jahre mit Fernschach probiert, da er keinen Gegner auf der Insel fand, der diesen Namen verdiente. Man tauschte sich per Brief oder Telefon aus. So hatte er Athener, Kreter oder sogar Ausländer als Partner gehabt. Die Telefongespräche beschränkten sich oft auf die Angabe der neuen Position der Figuren auf dem Brett. Diese knappe Form der Kommunikation hatte er als sehr angenehm empfunden. Trotzdem hatte er vor einigen Jahren damit aufgehört. Die letzte Partie war unbeendet geblieben. Eines Tages hatte sein Mitspieler nicht mehr angerufen, um ihm seinen Zug mitzuteilen. Vielleicht war er plötzlich gestorben. Costa wusste es nicht. Er hatte sich nie die Mühe gemacht, nach dem Schicksal dieses Gegners zu fragen. Stattdessen hatte er das Schachbrett nach ein paar Wochen weggeräumt und diese Unterbrechung als Zeichen verstanden, dass die Zeit des einsamen Kopfzerbrechens vorbei war.

„Und wenn ich es nicht mehr kann?", fragte er.

„Dann gibt es keinen Ausweg“, antwortete Kouros schicksalergeben.

„Wann?“

„Samstagnachmittag“, antwortete der Lehrer.

Costa willigte schließlich ein. Er war doch neugierig auf diese Putzfrau, für die Kouros auf seine innersten Überzeugungen verzichtet hatte. Der Lehrer war dickköpfig wie ein Maulesel und hätte das Schweigen nicht gebrochen, wenn er nicht einen ganz besonderen Grund gehabt hätte. Costa kannte den früheren Freund gut. In seiner Jugend war Kouros in seiner außerordentlichen Höflichkeit geradezu arrogant gewesen. Er genügte sich selbst, er brauchte die anderen eigentlich nicht. Costa konnte sich nicht vorstellen, dass ihn das Alter genug erweicht hatte, um sich selbst infrage zu stellen. Aber aus welchem Grund war er dann von seinen eigenen Regeln abgewichen? Das war ein Geheimnis. Wie konnte sich Kouros, der Phlegmatiker, für das Schicksal dieser Putzfrau begeistern?

Costa verließ Kouros in einem Zustand der Verblüffung, die noch stärker war als sein Ärger.

ALS DER Apotheker gegangen war, stieß Kouros einen Seufzer der Erleichterung aus. Er ging in die Küche und steckte die Nase in ein Kochbuch, um sich ein wohlverdientes Festessen zuzubereiten. Die erste Schlacht war gewonnen. Der Gedanke, dass er noch schwierige Kämpfe ausfechten konnte, begeisterte ihn. Die körperliche Schwäche, die er in den letzten Tagen gespürt hatte, war verflogen.

Gegen jede Erwartung hatte ihm die Begegnung mit Costa gutgetan. Die Querelen der Vergangenheit kamen ihm jetzt nebensächlich vor. In seinem Alter hatte er nichts mehr zu verlieren, keinen Ruf mehr zu wahren. Costa würde ihm sicher bis ans Ende seiner Tage böse sein. Aber das war unwichtig. Aus seiner Sicht hatte Costa ja auch Recht. Das gab Kouros bereitwillig zu. Er hatte Tatsachen geschaffen und Costa keine Wahl gelassen, einfach weil derjenige, der sich verweigert, immer stärker ist als der, der sich hingibt. Die Gründe für seine Verweigerung waren im Übrigen einfach gewesen, wenn auch in den Augen des Apothekers unannehmbar.

Das Stillschweigen über seinen Umgang mit Männern war der einzige Garant für seinen Umgang mit den Dingen des Geistes, die für ihn entscheidend waren. Mehr noch als alles andere wollte Kouros sich diese Welt bewahren. Er wollte in seiner Gedankenwelt leben, eng verbunden mit Schriftstellern und Philosophen.

Es gab einen deutlichen Unterschied zwischen dem Verhalten, das die

Insulaner bei den Touristen akzeptierten, und dem, was einem Schullehrer erlaubt war, der ihre Kinder erziehen sollte. Kouros war lieber als Einzelgänger und Original angesehen worden, als sich direkt für das angreifen zu lassen, was er war. Er hatte sich mit einer Aura des Geheimnisvollen umgeben. Eigentlich war das ganz lustig gewesen.

Costa fehlte dieser Sinn für Humor. Wenn er sich aufregte, nannte er Kouros' Haltung „ohne Arsch in der Hose“. Costa wollte frei und offen leben. Ein Revolutionär also. Vielleicht ein modernerer Mensch. Kouros lächelte, wenn er an den Costa der Fünfzigerjahre dachte, ein Prahlhans, Provokateur und Draufgänger, der nie den geringsten Zweifel an seinen homosexuellen Neigungen ließ. Kouros war seine große Enttäuschung gewesen, und das tat ihm aufrichtig leid.

„Jeder ist für irgendjemanden die große Enttäuschung“, beruhigte er sich, während er drei mit reichlich Knoblauch gespickte Lammkoteletts in das Olivenöl gleiten ließ, das in der Pfanne brutzelte. Aus der Tiefe des Küchenschranks holte er einen Bordeaux 1965, den er für besondere Gelegenheiten aufgehoben hatte, und entkorkte ihn feierlich. Als er den Wein in eine Karaffe goss, bewunderte er die schöne rote Farbe und roch genüsslich den schweren, erdigen Duft. Man muss die Feste feiern, wie sie fallen. Die alte Geschichte würde ihm das heutige nicht verderben.

Später am Abend rief Eleni an, um sich nach seiner Gesundheit zu erkundigen. Sie hatte den Eindruck, als redete der Lehrer mit schwerer Zunge, schob dies jedoch auf seine Krankheit. Kouros stammelte ein paar Belanglosigkeiten, die Eleni beruhigten, dann riet er ihr, am nächsten Samstag auch pünktlich zu ihrer Partie zu kommen. Sie versprach es ihm.

ABGESEHEN von ihren Übungsstunden bei Kouros, war Eleni meist mit den Herren allein, die in ihrem Kopf ihre Partien spielten. Um sie auf Abstand zu halten, gewöhnte sie sich an, lange Spaziergänge zu machen. Am liebsten wanderte sie weit weg von Hora Wege entlang, die sie seit ihrer Kindheit kannte, zu denen sie aber in den letzten Jahren nur gelegentlich zurückgekehrt war. Ihr fiel auf, wie sehr sich die Insel verändert hatte. Überall waren weiß gekalkte Häuser aufgetaucht, und kleine Lokale markierten die Uferwege wie Bojen. Die Küstendörfer, die früher weit auseinandergelegen hatten, waren zusammengewachsen und bildeten jetzt ein fortlaufendes bunt gemustertes Band, das nach Ferien aussah.

Nahezu identische Geschäfte priesen ihre Sonderangebote auf großen, bunten Tafeln an. Diesen ganzen Werberummel hatte es in Elenis Jugend nicht gegeben. Dabei verkauften eigentlich alle mehr oder weniger das Gleiche: Badebekleidung, Sonnencreme, Postkarten, Reiseführer und Darstellungen des Naxos-Tores auf jedem denkbaren Hintergrund. Neu waren die großen Aufblastiere mit grotesken Fratzen. Auch jetzt, Anfang April, da sich kein Einheimischer in das kalte Wasser der Ägäis wagen würde, streckten erste fluorgrüne Krokodile, stahlblaue Delfine und bonbonrosa Schwäne ihre durchgefrorenen Nasen aus den Geschäften.

Wenn Eleni von ihrem Spaziergang zurückkam, machte sie sich wieder an die Arbeit. Zuerst erledigte sie ihre Haushaltspflichten, die sie nie vernachlässigte, weil sie ahnte, dass die darauf verwandte Sorgfalt der letzte Schutz vor dem wachsenden Groll ihres Mannes war.

Dann fuhr sie mit der Erkundung der diversen Stellungen im Mittelspiel fort. Sie kannte sich inzwischen mit den verschiedenen Möglichkeiten der Fesselung aus, die darin bestanden, eine wichtige Figur des Gegners ganz oder teilweise zur Unbeweglichkeit zu verurteilen. Sie studierte die siebente und achte Diagonale, die einen Angriff am Königsflügel ermöglichte, wenn die Bauern, die den König schützten, noch auf ihrer Ausgangsposition standen. Sie konnte die Beispiele aus dem Lehrbuch gut nachvollziehen, fragte sich aber immer öfter, was sie tun sollte, wenn der Gegner nicht wie vorgesehen reagierte. Kouros hatte Recht gehabt und sie wusste es. Sie hatte ihre Spontaneität verloren.

Am Samstagnachmittag nahm Eleni etwas Obst mit zu Kouros. Als sie mit ihren Einkaufstaschen bei ihm ankam, brach Costa, der schon neugierig auf seine Partnerin wartete, in Lachen aus. Diese kleine Frau mit der undefinierbaren Haarfarbe und dem Bauerngesicht war also der Grund für Kouros' Ansinnen! Er traute seinen Augen nicht. Kouros befahl ihm mit wütenden Blicken, seinen Heiterkeitsanfall zu unterdrücken, und stellte sie einander vor. Verstört von dem schallenden Lachen, das sie empfangen hatte, flüchtete Eleni wieder in ihre Schüchternheit, den einzigen Beobachtungsposten, den sie überall in Sekundenschnelle errichten konnte.

Sie war an ihr kleines Ritual gewöhnt und hatte damit gerechnet, den Lehrer allein anzutreffen. Verlegen reichte sie ihm das Netz mit Äpfeln und lächelte Costa höflich an. Dann setzte sie sich auf den Stuhlrand, wie sie es bei ihrem ersten Besuch getan hatte.

Kouros erklärte ihr schnell die Situation, legte das Schachbrett auf den Tisch und stellte die beiden Armeen auf. Costa, immer noch amüsiert, gewährte Eleni in einer Anwandlung von Ritterlichkeit die weißen Figuren. Zögernd blickte sie die beiden Männer nacheinander an. Dann sah sie ein, dass sie dieser Prüfung nicht entgehen würde, richtete sich auf ihrem Stuhl auf, konzentrierte sich ein paar Sekunden und begann das erste Manöver. Costa erwiderte mechanisch, ohne nachzudenken, als wollte er die Langeweile verkürzen, die unvermeidlich auf ihn wartete, indem er sehr schnell spielte. Unbeeindruckt setzte Eleni ihren „beschleunigten Drachen" fort und brachte Costa nach einigen Zügen in Schwierigkeiten. Dieser zog die Brauen zusammen und begann ernsthaft zu spielen. Er zündete sich die erste Zigarette an. Die Denkpausen wurden länger.

Eleni war entschlossen, nicht gedemütigt aus dieser Schlacht hervorzugehen. Sie ärgerte sich über Kouros, der sie in diese Bredouille gebracht hatte, und der Zorn half ihr, ihre Kräfte zu entfalten.

Kouros, der seine Freundin inzwischen gut kannte, lächelte, als er sie so mit gesenktem Kopf und starrem Blick dasitzen sah. Während der ganzen Partie sagte er kein einziges Wort. Er beobachtete nur die lautlosen Bewegungen der Figuren, die wütend über das Schachbrett glitten. Costa erholte sich schnell von seiner Überraschung, hatte aber Mühe, einen Vorteil zu erlangen. Sein Spiel blieb defensiv und einfallslos. Nach anderthalb Stunden trieb ihn Eleni in die Enge. Er war zwar nicht matt, konnte aber nicht mehr viel unternehmen. Sie beschlossen, es dabei zu belassen.

Kouros goss den Kombattanten Wein ein, und Costa beglückwünschte Eleni widerstrebend. Sie legten ein Datum für die Revanche fest. Kouros war bester Laune. Er hatte sein Ziel erreicht. Costa tobte innerlich, und das triumphierende Gesicht des Freundes machte die Sache nicht besser. Eleni war beruhigt. Sie lächelte und stieß mit ihnen an. Bald darauf verabschiedete sich Costa und verwies auf die lange Busfahrt nach Apollonas. Kouros brachte ihn zur Tür und dankte ihm herzlich, konnte ihn aber nicht aufheitern.

Als Eleni an diesem Tag nach Hause kam, sang sie vor sich hin. Sie konnte Schach spielen. Sie hatte den Herrn Apotheker in Schwierigkeiten gebracht. Beim nächsten Mal würde sie ihn schlagen. Den ganzen Abend genoss sie das Gefühl des Triumphes.

Als Panos sie so aufgekratzt sah, fühlte er sich noch niedergeschlagener. Er fragte sich schon seit einiger Zeit, wohin sie jetzt wohl jeden Mittwoch und Samstag nach der Arbeit ging. Solange sie mit sorgenvollem Gesicht herumlief, hatte er sich allerdings nicht besonders für diese Termine interessiert. Als er an diesem Tag aber das Liedchen hörte, das seine Frau beim Kochen summte, verlor er die Fassung. Er wartete nicht mal, bis das Essen fertig war, sondern verließ türenknallend das Haus und ging direkt zum Armenier.

DER MOMENT war schlecht gewählt. Die Taverne war voll und der Armenier rannte von einem Tisch zum anderen. Er ließ Panos ein Lammsouvlaki und eine Karaffe Weißwein bringen und schenkte ihm ab und zu ein aufmunterndes Lächeln. Als die Stoßzeit vorüber war, setzte er sich an den Tisch des Freundes, dessen verzweifelter Ausdruck sein Mitleid weckte.

„So geht es nicht weiter", erklärte Panos. „Ich lasse mich scheiden."

„Das ist vielleicht etwas vorschnell", meinte der Wirt vorsichtig. „Warte noch ein bisschen. Du wirst dich doch nicht wegen eines Schachspiels scheiden lassen."

„Ich lasse mich scheiden, weshalb ich will", brummte Panos nicht sehr überzeugt.

Der Armenier stand auf, holte eine Flasche Ouzo und stellte sie auf den Tisch. Er goss Panos ein großes Glas voll und gönnte sich selbst einen kleinen Schluck, an dem er genießerisch nippte, als könnte ihm das Anisgetränk, das er seit seinem 16. Geburtstag täglich trank, eine unverhoffte Inspiration bescheren.

„Was macht sie denn?", fragte er nur, nachdem er eingesehen hatte, dass der Ouzo bei seinen Neuronen keinen produktiven Kurzschluss hervorrief.

„Sie amüsiert sich", erklärte Panos düster.

„Wie denn?", fragte der Armenier unvorsichtigerweise.

Er hatte sich Eleni dickköpfig, aber nicht provozierend vorgestellt. Seine naive Frage hatte den Vorteil, dass sie Panos aus seiner Erstarrung riss. Wütend schrie er: „Wie amüsiert man sich wohl? So!"

Er brach in lautes, unechtes Lachen aus und klatschte sich auf die Schenkel. Die anderen Gäste drehten sich um. Dem Armenier war es ein wenig peinlich. Er setzte sein professionelles Entschuldigungslächeln auf und kratzte sich am Kopf. Die Gäste wandten sich von Panos ab, der wieder in der anfänglichen Lethargie versank.

„Sie geht ziemlich oft weg", sagte er nach einer Weile.

„Wir müssen Klarheit haben", verkündete der Armenier. „Wir werden sie verfolgen."

Panos hob den Kopf und sah forschend ins Gesicht des Freundes, der sich als weit einfallsreicher erwies, als er vermutet hatte. Seine Miene hellte sich auf. Nach dieser kurzen Aufwallung von Erleichterung und Energie versank er aber gleich wieder im Zweifel. „Es ist unwürdig, seine eigene Frau zu verfolgen", wandte er ein. „Wie sieht das denn aus?"

„Es sieht nach überhaupt nichts aus", beruhigte ihn der Armenier. „Weil es niemand erfahren wird."

Panos' Blick war immer noch misstrauisch, aber er gab zu, dass dies der einzige Weg war, ihm bei der Entscheidung zu helfen. Er hob das Glas und stieß mit dem Wirt an. „Wie heißt du eigentlich richtig?"

„Sahac", antwortete der Armenier, erstaunt über diese Frage, die ihm außer seiner Frau zwanzig Jahre zuvor nie jemand gestellt hatte.

„*Yamas*, Sahac!", sagte Panos und leerte sein Glas in einem Zug.

„*Yassou*, Panos!", antwortete dieser und tat es ihm nach.

Die beiden Männer tranken bis spät in die Nacht, und ehe sie sich trennten, verabredeten sie sich für den folgenden Mittwoch, den Tag, an dem Eleni immer verschwand.

Am nächsten Morgen lief Panos mit Verschwörermiene herum. Abgesehen von leichten Kopfschmerzen beim Aufstehen, ging es ihm deutlich besser. Seine neue Spionagemission schenkte ihm eine Lebensfreude, wie er sie seit dem ersten Streit mit Eleni nicht mehr verspürt hatte. Panos überraschte sich selbst dabei, dass er vor sich hin summte, während er den Motor eines alten Autos überprüfte. Mittags wischte er sich die Schmiere von den Händen und ging lächelnd nach Hause. Mit großem Appetit aß er das von Eleni zubereitete *Stifado*, dann kehrte er ebenso schwungvoll zur Arbeit zurück.

Eleni fand diese plötzliche Verhaltensänderung hochgradig verdächtig. Während sie das Geschirr abwusch, fragte sie sich, was wohl in der vergangenen Nacht geschehen war, ehe Panos um fünf Uhr früh nach Hause gekommen war. Das Klappern der Tür hatte sie geweckt. Es musste ein bedeutendes Ereignis sein, wenn ihr Mann nun wieder bester Laune war.

Eifersucht durchzuckte sie. Solche Empfindungen erlebte sie keineswegs zum ersten Mal, und sie waren oft berechtigt. Jetzt aber war es ihre Schuld. Sie war zu weit gegangen. Panos würde sie wegen einer anderen verlassen. Sie würde mit den beiden Kindern und ihrem Schachspiel allein bleiben. Sie würde sich für den Rest ihrer Tage in Schwarz kleiden. Sie war die Königin der Idioten.

Diese Vorstellung heiterte sie etwas auf. Idiotisch vielleicht, aber immerhin Königin, dachte sie und sah ein, dass es ohnehin zu spät war, den Rückwärtsgang einzulegen. Sie nahm sich vor, in der Kirche vorbeizugehen, die sie in letzter Zeit etwas vernachlässigt hatte.

EHE ELENI am Mittwochnachmittag zu Kouros fuhr, machte sie deshalb einen kleinen Abstecher zur Kirche. Sie betrat den göttlichen Vorhof ebenso begeistert wie einst als Kind. Das Halbdunkel des nur von Kerzen erhellten Raums, der berauschende Weihrauchduft, die Fresken und die vergoldeten Ikonen, die den schwarz gekleideten, lautlos über den steinernen Kirchboden eilenden Priestern als Hintergrund dienten, beeindruckten sie stets aufs Neue. Elenis Gänsehaut rührte ebenso von der plötzlichen Temperaturveränderung her wie vom Respekt vor diesem heiligen Ort.

Langsam ging sie durch das Mittelschiff nach vorn und ließ sich von der Inszenierung der Erhabenheit gefangen nehmen. Sie verspürte kein Bedürfnis, mit einem Priester zu sprechen. Es wäre ihr unpassend erschienen, einen heiligen Mann mit ihrer Geschichte von Schach und Ehestreit zu belästigen. Die Kirche selbst enthielt die Antwort, die sie begehrte. Man wendet sich nicht an Gott für ein Spiel, warf sich Eleni vor. Hast du an die Kinder, Frauen und Männer gedacht, die vor Hunger sterben oder im Krieg umkommen?, fragte sie sich, während sie einen Platz suchte, um sich hinzuknien. Sie ließ sich auf eine Bank fallen und begann ihr Gebet, konzentrierte sich auf das Wesentliche, bat um das Heil ihrer Seele und das ihrer Nächsten und den Frieden in der Welt. Dann kaufte sie fünf Kerzen und zündete sie an, wobei sie Gott den Allmächtigen anflehte, ihre Wünsche zu erhören.

Elenis Tun verwunderte Panos und Sahac, die sich nahe dem Eingang hinter einer Säule verbargen. Sie waren Eleni in einiger Entfernung gefolgt, wie sie es am Abend bei der Trinkerei beschlossen hatten.

„Da siehst du's", flüsterte der Armenier, „du hast dich total geirrt! Sie hat sich in die Arme der Kirche begeben, das ist letztlich eine sehr weise Entscheidung."

Panos wusste, dass seine Frau gläubig war, blieb jedoch skeptisch. Zwischen Glauben und religiöser Inbrunst lag ein weiter Weg, und er konnte sich nicht vorstellen, dass Eleni diesen Weg ohne Weiteres überwand. Sie war vielleicht verrückt geworden, aber bestimmt nicht fanatisch.

Eleni verließ die Kirche erleichtert, über die nächsten hundert Meter trug sie die wohltuende Gewissheit, ihre Pflicht als orthodoxe Christin erfüllt zu haben. Sie nahm sich vor, künftig die Messe ebenso regelmäßig zu besuchen wie in den ersten Ehejahren. Als sie an der Bushaltestelle ankam, schwand ihre Begeisterung. Während sie auf das klapprige Fahrzeug wartete, das sie nach Halki zur Revanche gegen den Apotheker Costa bringen sollte, tauchten die Sorgen mit Ehe und Spiel, die sie an den heiligen Ort geführt hatten, ungelöst wieder auf. Sie hatte sich hingesetzt und sah auf ihre leicht geschwollenen Füße in den weißen Arbeitssandalen. Vielleicht sollte sie doch wieder das Gespräch mit Panos suchen, ehe es zu spät war.

Die beiden Männer, die rauchend hinter einem Zeitungskiosk standen und sie beobachteten, bemerkte sie nicht.

Der Bus kam. Während Eleni ihren Fahrschein kaufte, wechselte sie ein paar Worte mit dem Fahrer. Dann setzte sie sich nach hinten und ließ sich durch die blühende Landschaft tragen. In dieser Jahreszeit zeigte sich Naxos von seiner schönsten Seite. Die Erde war noch nicht verbrannt, sondern frohlockte in Grün und Gelb, hier und da violett gesprenkelt.

Eleni empfand eine besondere Zärtlichkeit für die Esel, die seit Urzeiten durch die Ebenen und Berge streiften. Ihr regelmäßiger, wenn auch störrischer Gang erfüllte Eleni mit liebevoller Zuneigung. Die Esel von Naxos hatten es wahrlich nicht gut. Als magere Träger riesiger Lasten hatten sie nur wenig freie Zeit, in der sie an einem Strick neben der Straße in der sengenden Sonne standen. Ohne Hoffnung auf Erlösung sahen sie misstrauisch zu den Passanten hinüber, während sie das trockene Gras kauten. Die schwerfälligen Cousins der anmutigen Pferde wurden von den Bauern weder wegen ihrer Schönheit noch wegen ihrer Fähigkeiten als Nachtwächter geschätzt. Ihre bisweilen boshafte Schicksalsergebenheit rührte Eleni. Sie hatte diese Nutztiere, oft kaum mehr als lebendige Vehikel, immer mit Respekt behandelt, wenn sie als junges Mädchen mit ihnen durch die Weinberge oder über die Felder gezogen war.

Die Esel dieser Insel sind wie die Bauern beim Schachspiel, überlegte sie sich. Keine moderne Maschine hatte sie ersetzen können. Sie gingen Schritt für Schritt, langsam, geduldig, ohne andere Bestimmung, als zu dienen und in fetten Jahren gutes Getreide zu essen. In Paris gibt es sicher nur wenige Esel, sagte sie sich und lächelte bei der Vorstellung eines Esels, der die Champs-Élysées hinuntertrabte. Im Fernsehen hatte sie Elefanten in Bombay gesehen, die sich mutig ihren Weg durch den Verkehr eines anderen Zeitalters bahnten, aber ein Esel in der französischen Hauptstadt kam ihr unpassend vor. Diese Gedanken beruhigten sie allmählich. „Panos wird mich nicht verlassen. Wir sind in derselben Welt aufgewachsen, haben die gleichen Mühen und die gleichen Schmerzen durchlebt. Er wird nicht den Mut haben, einer anderen Frau seine Kindheit zu erklären."

Panos, der dem Bus am Steuer seines Wagens folgte, war gerade dabei, die entgegengesetzte Entscheidung zu treffen. Während der ganzen Fahrt verfluchte er sein Leben, die Frauen im Allgemeinen und seine eigene, besonders heimtückische. Sahac rauchte schweigend und lauschte zerstreut diesem Strom der Verbitterung. Er fragte sich, ob die Beschattung wirklich eine tolle Idee gewesen war.

„Kirche, von wegen!", rief Panos. „Mich kann keiner für dumm verkaufen. Du wirst schon sehen", versprach er drohend.

Eleni stieg in Halki aus dem Bus und nahm den kürzesten Weg zum Haus des Lehrers.

Diesmal war sie die Erste. Sie setzte sich an den Tisch im Wohnzimmer, und während sie wartete, dass ihr Gegner, der Apotheker, eintraf, plauderte sie mit Kouros. Dieser war zwar blass und wirkte noch hagerer als sonst, war aber bester Laune. Er stellte Eleni einige Fragen zur Spanischen Partie, die sie zufriedenstellend beantwortete.

Noch einmal erinnerte er sie an die Bedeutung der Bauern.

„Meistens eröffnet der Bauer die Partie, und oft spielt er eine entscheidende Rolle in der letzten Phase des Spiels", wiederholte er. „Der Bauer sieht nach nichts aus. Am Anfang scheint er sogar zu stören, und man neigt dazu, ihn schnell zu opfern, aber dann ist er es, der sich dem fliehenden König in den Weg stellt. Dieser einfache Soldat lässt dich womöglich die Partie gewinnen. Wenn du ihn zu nachlässig behandelst, schaffst du vielleicht ein Patt, aber ein richtiger Sieg verlangt vom ersten Zug an außerordentliche Vorausschau. Der Bauer ist der Einzige, der sich in eine Dame verwandeln kann, wenn du ihn unerbittlich vorangehen lässt. Er startet durch, wenn die Schwerfiguren das Spielfeld bereits verlassen haben."

Eleni hörte Kouros' Anweisungen kaum zu, denn sie fing schon an, sich auf die bevorstehende Partie zu konzentrieren.

PANOS und Sahac standen vor dem Seitenfenster des Hauses, von wo sie das Wohnzimmer beobachten konnten. Da sie das Gespräch nicht hören konnten, fragten sie sich gerade, was Eleni mit dem Alten machte, als sie plötzlich abtauchen mussten, weil eine dritte Person auf das Haus zuging. Sie warfen sich in die dornigen Sträucher, die heimtückisch ihre Unterarme zerkratzten. Dieser kleine Zwischenfall vergiftete die Situation zusätzlich und verwandelte Panos in einen schnaubenden Stier. Der Armenier, gelassen wie immer, verfluchte erneut die Idee, die er seinem Freund eingeredet hatte.

Als sie ihre Posten hinter dem Fenster wieder einnahmen, hatte Panos große Mühe, ruhig zu bleiben. Er trampelte von einem Fuß auf den anderen, als setzte er zum Sprung durch die Glasscheibe an, an die er die Nase presste, um die Gestalten im Halbdunkel zu erkennen.

Eleni und Costa saßen bereits vor dem Spiel, jeder ein Glas Wasser neben sich. Costa dachte über seine Eröffnung nach. Kouros stand neben dem Tisch und starrte auf das Schachbrett.

Sahac verbarg nur mit Mühe seine Erleichterung. Er hatte sich viel Schlimmeres ausgemalt als eine harmlose Schachpartie mit diesen Alten.

Beinahe hätte er losgelacht, aber er hielt sich zurück, da er bemerkte, dass Panos seine gute Laune nicht teilte, sondern wie gebannt auf die Szene starrte, die sich im Wohnzimmer des Lehrers abspielte.

Panos dachte nur daran, wie er dieser Provokation, diesem Verrat ein Ende setzen könnte, der sich, das war der Gipfel, mit seinem eigenen Schachspiel vollzog. Er hätte am liebsten gleich eingegriffen, seine Empörung herausgeschrien, die Situation unter seine Kontrolle gebracht. Aber etwas Unerklärliches hielt ihn zurück. Vielleicht war es die absolute Stille, die im Wohnzimmer zu herrschen schien, oder der Respekt, den er für den alten Mann und seinen Ruf als Weisen empfand. Er hätte es nicht zu sagen vermocht. Aber er wartete.

Sahac versuchte ihn abzulenken. „Hör mal, das kann jetzt Stunden dauern. Hier passiert nichts mehr. Wir können gehen."

Als einzige Antwort winkte Panos ungeduldig ab und lauerte weiter auf jede Bewegung im Haus.

Costa zog den ersten Bauern. Eleni begutachtete den Zug einen Moment. Es war unmöglich, jetzt schon die Pläne des Apothekers zu ahnen, aber sie wählte eine geschlossene Partie. Also führte sie wie im Spiegel die gleiche Bewegung aus. Ihre innere Spannung ließ unmerklich nach. Der Kampf hatte begonnen.

Sahac entfernte sich vom Fenster. Er machte ein paar Schritte durch den Garten, ohne die Gasse aus den Augen zu lassen. Er hatte keine Lust, dabei erwischt zu werden, wie er dem Lehrer hinterherspionierte. Sein Überleben als Geschäftsmann hing von seinem Ruf ab, er konnte sich keine Extravaganzen leisten.

Die Sorgen waren unbegründet. Zu dieser Nachmittagsstunde war die Gasse menschenleer. Nur eine getigerte Katze und ein paar dicke Eidechsen, die sich träge in der Sonne regten, hatten den Ort in Besitz genommen. Die Grillen machten ihren üblichen Lärm. Ab und zu warf der Armenier einen besorgten Blick zu Panos, der geradezu besessen war von der Szene, die sich vor seinen Augen abspielte. Zur großen Erleichterung des Wirts hatte er sich offenbar beruhigt. Panos hatte einfach den Moment verpasst, in dem er sich hätte zeigen können. Je weiter die Partie voranging, desto unangebrachter schien eine spektakuläre Aktion.

Sahac sah unauffällig auf die Uhr. Jetzt waren sie schon fast eine Stunde hier. Er hatte nicht geplant, den ganzen Nachmittag unterwegs zu sein, hielt es aber für unvorsichtig, Panos allein zu lassen.

Hätte Eleni den Kopf zum Seitenfenster des Hauses gehoben, hätte sie das

Gesicht ihres Mannes gesehen, der die Nase an der Scheibe platt drückte. Aber selbst wenn sie die Augen ab und zu vom Brett löste, nahm sie ihre Umgebung nicht wahr. Die 64 Felder hatten die reale Welt verdrängt.

Der Apotheker spielte besser als beim letzten Mal. Er hatte die letzten Tage vor der Revanche genutzt, um sich vorzubereiten. Er war ein stolzer Mann von erbarmungsloser Logik, der einige Züge im Voraus berechnen konnte. Kouros hatte ihn nicht umsonst ausgewählt. Die beiden lagen dichtauf. Eleni hatte einen leichten materiellen Vorteil, weil es ihr immer noch widerstrebte, ihre Figuren allzu schnell zu opfern, aber Costas Armee war besonders gut aufgestellt und hielt sie in Atem. Sie durfte sich nicht den geringsten Fehler erlauben.

„Ich muss mal telefonieren", verkündete Sahac schicksalergeben.

Panos nickte, ohne den Blick abzuwenden. Während Sahac beiseiteging, damit man ihn drinnen nicht hörte, fragte er sich, was Panos wohl mit solchem Interesse beobachtete. Er hatte doch selbst festgestellt, dass im Haus des Lehrers nichts passierte, man sah nicht mal das ganze Schachbrett. Der Armenier seufzte, dann wählte er die Nummer der Taverne. Eine schmachtende Bouzouki drang an sein Ohr, ehe er die Stimme seiner Frau vernahm. Er erklärte ihr die Situation so knapp wie möglich, ohne Einzelheiten zu nennen, und kündigte ihr an, dass er womöglich zur Zubereitung des Abendessens nicht zurück sein würde. Er rechnete mit Vorwürfen, aber seine Frau nahm die Neuigkeit ungerührt zur Kenntnis.

„Gewinnt sie?", fragte sie nur.

Sahac war völlig überrascht. Er hatte nicht an diese Frage gedacht, die für ihn ohne jede Bedeutung war. „Ich habe keine Ahnung", gab er zu und kehrte in den Garten zurück.

„Gewinnt sie?", fragte er diesmal Panos, der immer noch am Fenster klebte.

Panos richtete sich zum ersten Mal seit Beginn der Partie auf und sagte verärgert: „Woher soll ich das wissen?"

Sahac legte die Hand über die Augen, um die Ereignisse drinnen besser zu erkennen. Die Haltung der Protagonisten ließ keinen nahen Sieg des einen oder anderen vorhersagen. Sie starrten weiterhin auf das Spiel, ihre Gesichter verrieten keine Gefühle. Kouros, der ein paar Minuten verschwunden war, kehrte mit vollen Kaffeetassen zurück. Als er sie auf den Tisch stellte, warf er einen raschen Blick auf die Entwicklung des Spiels, dann setzte er sich in einen Sessel in der Ecke des Zimmers, die Arme auf der Lehne, die Fingerspitzen beider Hände aneinandergelegt wie eine menschliche Kathedrale, reduziert auf ihre schlichteste Form. Er verharrte in dieser Pose der Sammlung.

Eingeschüchtert von der stummen Konzentration, die im Wohnzimmer des alten Lehrers herrschte, ließ sich Panos schließlich überzeugen, vor dem Ende der Partie zu gehen.

ELENI war nachdenklich. Das Spiel hatte mit einem Patt geendet, aber der Vorteil lag klar beim Apotheker. Der hatte das Ergebnis mit einem befriedigten Lächeln kommentiert, obwohl er sich immer noch ärgerte, die Putzfrau nicht geschlagen zu haben.

Kouros hatte keine besondere Reaktion gezeigt. Er hatte beide beglückwünscht und sie ziemlich schnell verabschiedet. Der alte Lehrer war nicht unzufrieden. Der Ausgang der Partie war in seinen Augen nicht wichtig. Eleni hatte ernsthaft gespielt, ohne sich von Costas massivem Angriff aus dem Konzept bringen zu lassen. Kouros meinte, dass sie jetzt bereit war, anderen Partnern zu begegnen, weil sie sich allmählich von der Theorie gelöst hatte und ihr dennoch im passenden Moment nützliche Strategien einfielen. Die Last der Schuldgefühle wich von ihm. In den nächsten Tagen machte er keine Pläne. Er genoss einfach nur die wiedergewonnene Leichtigkeit.

Eleni hingegen kehrte in ihr trauriges Eheleben zurück. Panos hatte ihr immer noch nichts gesagt, aber den Druck, den er auf sie ausübte, auch nicht vermindert. Er schlief demonstrativ weiterhin im Wohnzimmer und behandelte sie voller Kälte. Die Flure des Hotel Dionysos und Marias fröhliches Plaudern waren Elenis einzige Zuflucht.

Als der kleine Urlaub vorbei war, den Kouros sich gewährt hatte, ging er zur Post, um ein Telefonbuch von Athen auszuleihen. Dann begann er seine Suche nach Amateurturnieren, an denen Eleni teilnehmen könnte. Nachdem er zwei Nachmittage lang telefonisch durch die Hauptstadt geirrt war, erreichte er sein Ziel. Er fand einen Schachklub, der ihm passend erschien. Der Leiter wies den alten Lehrer zunächst misstrauisch darauf hin, dass er keine externen Teilnehmer dulde und dass sich jede Person persönlich vorstellen müsse, ehe sie zugelassen werde. Außerdem bedürfe es einer mehrmonatigen Mitgliedschaft, ehe man sich für ein Turnier bewerben könne. Mit viel Takt und unter Einsatz seiner ganzen Überzeugungskraft überwand Kouros alle Hindernisse. Er erfand eine rührende Geschichte, beschrieb voller Leidenschaft die außergewöhnliche Begabung seiner Schülerin und erreichte schließlich eine sofortige Anmeldung. Das nächste Turnier würde in drei Wochen stattfinden. Eleni würde sich direkt in dem Klub im Stadtviertel

Kolonaki vorstellen. Als Kouros auflegte, nachdem er seinem Gesprächspartner herzlich gedankt hatte, liefen ihm Schweißperlen über die Stirn.

Am nächsten Mittwoch teilte er Eleni die große Neuigkeit mit. Sie erblasste. „Aber Professor“, stieß sie hervor, „ich bin noch nicht so weit.“

„Dummes Zeug“, urteilte Kouros. „Du wirst das sehr gut machen, glaub mir. Du spielst noch ein paar Partien mit Costa und alles geht gut.“

Eleni hatte nicht den Mut, dem Lehrer zu widersprechen, der sich solche Mühe mit ihr gab, aber sie war keineswegs überzeugt. Sorgenvoll fuhr sie nach Hause zurück und ließ das Abendessen anbrennen, so sehr ängstigte sie der Plan, den Kouros für sie ersonnen hatte. Aber wie konnte sie jetzt noch kneifen? Das war nicht mehr möglich.

Am nächsten Samstag bat Kouros Costa, einen Platz auf dem Schiff für Eleni zu reservieren. Er wäre lieber selbst gegangen, aber der böse Husten, der ihn schon mal geplagt hatte, war zurückgekehrt, und er fühlte sich nicht gut. Natürlich sagte er Eleni nichts davon, aber Costa musste er seine Schwäche eingestehen, ehe dieser schimpfend das Büro der *Flying Dolphin* aufsuchte und einen Platz für den Morgen des 17. Juni reservierte. Für die Putzfrau würde es sicher einfacher sein, ganz früh am Tag zu verschwinden.

Insgeheim hatte der Apotheker schon seit einiger Zeit Geschmack an der Komödie gefunden, in der er freiwillig mitspielte, auch wenn er lautstark das Gegenteil behauptete. Die Geschichte des Zimmermädchens amüsierte ihn.

Eleni erzählte niemandem von der Reise. Ihre Abreise sollte sich nicht herumsprechen, ehe sie auf dem Meer war. Sie musste also absolute Diskretion bewahren. Die einzige Ausnahme war ein Besuch beim Friseur, den sie bat, ihre Haarfarbe und den Schnitt zu erneuern. Sie konnte schließlich nicht in die Hauptstadt fahren, ohne sich um ein bisschen Eleganz zu bemühen. Sie leistete sich sogar eine kleine Verrücktheit, als sie dem Friseur vorschlug, ihre Haare kürzer als üblich zu schneiden. Dieser war zwar überrascht, beglückwünschte sie jedoch zu ihrem Entschluss, und Eleni war mit dem Ergebnis zufrieden.

Panos bemerkte die Veränderung, kommentierte sie jedoch nicht. Nur vor sich selbst gab er zu, dass der neue Haarschnitt sie jünger machte, was ihn ärgerte. Er ahnte jedoch nicht, dass die Frisur nur das Vorzeichen einer Revolution war.

Am Vorabend der Abreise packte Eleni ihre Sachen und schrieb einen kurzen Brief an ihren Mann. Sie zögerte lange, wie sie sich ausdrücken sollte. Nachdem sie mehrere Entwürfe zerrissen hatte, entschied sie sich schließlich für wenige sachliche, geradezu lapidare Sätze.

ALS DER große Tag anbrach, stand Eleni vor dem Morgengrauen auf und verließ unauffällig das Haus. Ihr Brieflein lag gut sichtbar auf dem Küchentisch. Mit dem Lederkoffer in der Hand eilte sie die Gassen zum Hafen hinunter, wo sie eine halbe Stunde zu früh ankam. Sie setzte sich etwas abseits auf eine Bank, auf der sie sich vor neugierigen Blicken möglicher Frühaufsteher geschützt glaubte, und sah zu, wie sich die mit Marmor und Schmirgel beladenen Lastwagen am Hafen sammelten.

Zum ersten Mal unternahm sie allein eine solche Reise. Die wenigen Gelegenheiten, bei denen sie die Insel verlassen hatte, ließen sich an einer Hand abzählen, und immer waren ihre Eltern oder Panos bei ihr gewesen. Nervös kontrollierte sie den Inhalt ihrer Handtasche. Sie hatte daran gedacht, ihr Schachlehrbuch mitzunehmen, falls sie eine Strategie oder eine Verteidigung nachschlagen musste. Zum vierten Mal zählte sie das Geld, das sie ins Portemonnaie gesteckt hatte. 80000 Drachmen, die für Unterkunft, Essen, Fahrkarten und die Geschenke reichen mussten, die sie ihren Kindern mitbringen wollte. Hätte sie doch wenigstens Dimitra mitnehmen können! Die Einsamkeit quälte sie schon jetzt.

Kouros hatte ihr angeboten, die Reise zu bezahlen, aber sie hatte es stolz abgelehnt. Wozu hatte sie denn all die Jahre gearbeitet, wenn sie sich nicht einmal diesen kleinen Luxus leisten konnte?

Ihre Hand glitt über die glatte, kühle Oberfläche des Geschenks, das sie sich selbst am Vortag gemacht hatte: einen kleinen Flakon *Eau Sauvage*. Dieser Kauf hatte ihre Ersparnisse schon beträchtlich angegriffen, aber er würde ihr Glück bringen, da war sie ganz sicher.

Eleni holte das teure Fläschchen aus der Tasche und öffnete es. Der Duft stieg zu ihr auf, verjagte alle vertrauten Hafengerüche und hüllte sie in eine Wolke des Luxus. Sie strich sich zwei Tropfen hinter die Ohren und richtete sich auf. Dann machte sie den Flakon wieder zu und steckte ihn sorgfältig ein.

Eleni schloss die Tasche, presste sie auf ihre Knie und sah sich um.

Der Kai füllte sich, je näher die Abfahrtzeit rückte. Eleni erkannte das Auto eines Kunden von Panos, ein Landwirt und Eigentümer eines großen Olivenhains. Sie kauerte sich auf ihrer Bank zusammen, damit er sie nicht bemerkte. Sie wollte nicht in letzter Minute alles verderben.

In der Ferne sah sie das Schiff kommen. Es wirkte sehr klein, aber als es sich näherte, verwandelte es sich in den riesigen *Flying Dolphin*, den sie so oft bewundert hatte. Diesmal kam er ihretwegen. Es war ihr Schiff.

Die Schiffssirene ertönte, und die Fähre presste ihr gewaltiges Hinterteil gegen den Kai, ehe sie ihr Inneres offenbarte. Ungeduldig griff Eleni nach dem Koffer und ging auf den Bauch des Walfisches zu. Sie stellte sich ans Ende der Schlange, die sich sogleich gebildet hatte. Als sie an der Reihe war, zeigte sie ihren Fahrschein dem Kontrolleur, der ihn einriss, ehe er sie vorbeiließ. Eine kleine Treppe führte in die erste Etage, und sie suchte in den langen Sitzreihen ihren Platz. Ein höflicher Steward kam ihr zu Hilfe und geleitete sie zu ihrem Sessel. Sie wollte sich nicht von ihrem Gepäck trennen und klemmte es zwischen die Beine. Das war nicht sehr bequem, aber sie unterwarf sich gern diesen Umständen.

Als Eleni sich endlich an ihrem Platz eingerichtet hatte, holte sie tief Luft. Sie würde wirklich wegfahren. Die Menschen, die am Kai zurückgeblieben waren, kamen ihr sehr klein vor.

Nach einer Viertelstunde ertönte die Sirene ein zweites Mal, das Schiff erbebte und fuhr hinaus aufs Meer.

KOUROS war früh aufgewacht und sah auf die Uhr. Eleni war unterwegs. Er freute sich für sie. Als er aufstehen wollte, um sich Kaffee zu kochen, gaben seine Beine nach. Er hustete heftig und beschloss, ein paar Minuten mit dem Aufstehen zu warten. Er fühlte sich, als habe er Fieber. Trotzdem wollte er den Tag wie immer verbringen. „Fieber ist was für Kinder“, verkündete er sich selbst. Seit mehr als sechzig Jahren hatte er diese Symptome nicht mehr gespürt.

Auch Panos erwachte früher als üblich, mit dem vagen Gefühl, dass irgendetwas nicht stimmte. Als er den Zettel auf dem Küchentisch fand, stieß er ein wütendes Heulen aus, das an die Schiffssirene erinnerte. Von seinem Gebrüll alarmiert, rannten die Kinder herbei, aber ihr Vater war schon im Flur. Mit dem Zettel wedelnd, stürmte er auf die Straße, ohne eine Erklärung abzugeben. Yannis und Dimitra standen im Pyjama an der Tür und sahen einander fragend an. Dann gingen sie durchs Haus und stellten fest, dass sie allein waren. Sie zogen daraus keine voreiligen Schlüsse, sondern machten wortlos Frühstück. Die letzten Monate hatten sie an die Eskapaden ihrer Eltern gewöhnt, und keiner von beiden wollte als Erster eine unerfreuliche Hypothese aussprechen. Also aßen sie ihr Brot und lächelten sich hin und wieder zu, als wollten sie sich gegenseitig ermutigen.

Panos stürzte zu der Taverne des Armeniers, die noch geschlossen war. Er wusste, dass Sahac in einer kleinen Wohnung über seinem Restaurant wohnte, obwohl er ihn dort noch nie besucht hatte. Wie rasend trommelte er gegen die Tür. Nach ein paar Minuten öffnete ihm der Wirt zerzaust und mit roten Augen. Wortlos winkte er ihn herein und führte ihn in ein spartanisch möbliertes Wohnzimmer. Er bot ihm die einzige bequeme Sitzmöglichkeit an, einen abgewetzten Samtsessel in verblichenem Ocker, und verließ das Zimmer. Panos blieb einen Moment allein mit seiner Wut und seiner Fassungslosigkeit. Er konnte sich immer noch nicht vorstellen, dass Eleni wirklich ausgerissen war, und las zum wohl hundertsten Mal den knappen Brief, den ihm seine Frau hinterlassen hatte.

> Lieber Panos, ich bin nach Athen gefahren, um an einem Schachturnier teilzunehmen. Bis bald. Eleni

In schwarzer Hose und blauem T-Shirt trug Sahac ein reichliches Frühstück herein. Seine Frau folgte ihm mit Kaffee und Tassen. Nachdem sie den Gast begrüßt hatte, ließ sie die beiden Männer allein. Panos schob dem Armenier Elenis Nachricht zu. Dieser las sie aufmerksam, dann drehte er sie in alle Richtungen, um sich zu vergewissern, dass ihm keine Information entgangen war. „Ist sie heute früh gefahren?“, erkundigte er sich, während er Kaffee eingoss.

Panos nickte. Dann leerten die beiden Männer schweigend ihre Tassen.

„Wer weiß davon?“, fragte der Armenier nach dieser Denkpause. Er schnitt sich eine kräftige Scheibe Brot ab, auf der er schwarze Oliven anordnete, ehe er sie mit Öl begoss.

„Ich“, antwortete Panos mühsam. „Bis jetzt … Und du natürlich“, ergänzte er, um Genauigkeit bemüht. „Kouros, vermute ich. Bestimmt hat er das alles ausgeheckt.“

„Wenn ich du wäre, würde ich den Lehrer außen vor lassen“, antwortete Sahac mit vollem Mund.

„Trotzdem … ich würde ihm gern einen kleinen Besuch abstatten, diesem Heuchler …!“

Nach dieser Beschimpfung, die ihm schon seit Langem auf den Lippen gebrannt hatte, fühlte Panos sich etwas besser. „Warum soll man die Dinge nicht beim Namen nennen?“, fügte er hinzu und nahm sich eine Olive aus der weißen Schüssel.

„Natürlich soll man das“, sagte der Armenier. „Aber darum geht's jetzt gar nicht.“ Sahac kaute seelenruhig an seinem Brot. „Seit unserem Ausflug nach Halki habe ich über die Frage nachgedacht. Meiner Meinung nach gibt es nur zwei Möglichkeiten. Die eine ist, dass du dich scheiden lässt. Willst du dich scheiden lassen?“

Panos brummte etwas Unverständliches vor sich hin, aus dem Sahac das Wort „gewöhnt“ herauszuhören meinte.

„Das habe ich mir auch gedacht."

„Und die andere Lösung?", fragte der leidende Ehemann.

„Du findest dich damit ab. Mehr noch: Du bekennst dich dazu!"

„Kannst du vielleicht etwas deutlicher werden?", explodierte Panos, dessen Geduld endgültig erschöpft war.

„Sei stolz auf sie! Dazu hast du übrigens allen Grund."

Ein Blitz schoss durch Panos' Gehirn. Sahac war schon wieder ganz und gar mit dem Frühstück beschäftigt.

Am liebsten hätte Panos den Gedanken rundheraus abgelehnt, den ihm der Armenier da einreden wollte. Während sich in seinem Innern ein wahrer Titanenkampf abspielte, beschloss er, sich erst einmal zu stärken, nachdem er das Frühstück auf dem Tisch bisher weitgehend ignoriert hatte. Manchmal bringt das Essen ebenso Rat wie der Schlaf, überlegte er sich, während er sich eine Mahlzeit zusammenstellte.

MARIA, die Besitzerin des Hotel Dionysos, sah schon zum dritten Mal auf ihre Uhr. Es war Viertel vor sieben und Eleni war immer noch nicht da. Sie begann sich Sorgen zu machen. Noch nie hatte ihre Angestellte ihre Arbeit versäumt, ohne Bescheid zu geben. Die ersten Gäste kamen in den Speisesaal, um zu frühstücken. Vorläufig musste sie hier auf ihrem Platz bleiben. Sie bat ihren Sohn, bei Eleni anzurufen und mit dem anderen Zimmermädchen eine Lösung zu suchen. Während sie zerstreut ihre Gäste bediente, zeigte sie nach außen gute Laune. Sie war nicht wütend, sondern machte sich Sorgen. Ihr Sohn kam zurück und berichtete, dass bei Eleni niemand abnehme und sie bestimmt schon unterwegs sei. Maria blieb skeptisch, rang sich jedoch ein Lächeln des Dankes ab.

Um halb neun öffnete sich die Hoteltür, und ein etwa 15-jähriger Junge, den sie vom Sehen kannte, kam herein. Eingeschüchtert von den Blicken der Touristen, blieb er am Eingang stehen. Maria ging ihm entgegen. Erleichtert reichte ihr der Junge einen Brief, den sie hastig an sich nahm. Sie gab ihm etwas Kleingeld, der Junge bedankte sich und verschwand. Ungeduldig riss Maria den Umschlag auf. Die sorgfältige Schrift offenbarte die fehlende Übung des Schreibers. Mit einem Blick überflog sie die kurze Nachricht:

> Ich muss Ihnen leider mitteilen, dass meine Frau, Eleni Pannayotis aus Naxos, heute nicht zur Arbeit kommen kann, weil sie in die Hauptstadt gefahren ist, wo sie unsere Insel bei einem Schachturnier vertreten wird. Wir bitten um Entschuldigung für mögliche Unannehmlichkeiten. Hochachtungsvoll, Panos Pannayotis

Panos und der Armenier hatten lange über die passende Formulierung nachgedacht und beschlossen, dass man zu „Eleni" „aus Naxos" hinzufügen müsse, damit das Bekenntnis mehr Gewicht bekam.

DAS NAXOS-TOR verschwand am Horizont und machte der blauen Weite Platz, in der Himmel und Meer ineinanderflossen. Eine undeutliche Trennlinie, die eher die Spuren zwischen den Elementen zu verwischen schien. Ganz Naxos wurde vom schillernden Blau verschlungen.

In der ersten Stunde blieb Eleni auf ihrem Platz und blickte auf das Wasser, das um den Rumpf des Schiffes schäumte. Sie freute sich am Widerschein der Sonnenstrahlen auf der bewegten Meeresoberfläche.

Zuerst waren sie an Paros vorbeigefahren, das sie gut kannte, weil ihre Cousinen in Naoussa wohnten, einem kleinen Fischerdorf im Norden der Insel. Wenn sie mit Panos und den Kindern zu Besuch kam, aßen sie immer in einer Taverne am Meer gegrillten Tintenfisch. Bei jeder Bestellung wählte der Wirt ein Tier aus dem Fang des Morgens, der auf einer Leine in der Sonne trocknete. Eleni mochte dieses kleine Ritual.

Je weiter sich Eleni von ihrem Heimathafen entfernte, desto öfter zweifelte sie bei den Namen der Inseln, die sie passierten. Natürlich erkannte sie Delos, Mykonos und Syros, aber dann sah sie in der Ferne, links vom Schiff, eine kleine Insel, deren Namen sie vergessen hatte. Ich müsste sie alle mindestens einmal besuchen, sagte sie sich. Die Leute kommen vom anderen Ende der Welt, um sie zu sehen, und ich kenne sie nicht mal.

Sie beschloss, ihren Koffer am Sitzplatz zu lassen, und vertraute ihn der Nachbarin an, mit der sie ein paar Worte gewechselt hatte. Auf dem hinteren Deck wehte ein kräftiger Wind, es war beinahe kalt. Die vom Meer gespiegelte Sonne blendete. Eleni lehnte sich an die Brüstung, schloss die Augen und atmete tief durch.

EIN BREITES Lächeln trat auf Marias Gesicht, als sie Panos' Brief gelesen hatte. Sie stellte sich die langwierigen Mühen vor, die so würdige wie elegante Wendungen hervorgebracht hatten.

Welches Ereignis mochte diese spektakuläre Verhaltensänderung hervorgerufen haben? Sie konnte sich sehr gut vorstellen, welche Überwindung Panos die Entscheidung gekostet hatte.

Diese Wendung erstaunte sie sehr. Sie kannte Elenis Mann seit vielen Jahren. Wie die meisten Einheimischen ließ sie ihr Auto bei ihm reparieren; er galt als der geschickteste Mechaniker der Insel. Sie hatte ihn immer nur im blauen Overall gesehen, die Hände voller Schmiere, oder abends in der Taverne des Armeniers, wo er ein Gläschen Ouzo trank und mit Freunden spielte und diskutierte. Das war nicht der Typ, der die Traditionen über Bord warf. Und dennoch hatte er es getan.

Maria bedauerte, dass sie die große Neuigkeit über so einen Umweg erfuhr. Wenn Eleni nur mehr Vertrauen gezeigt hätte, hätte sie sie bei ihrem Abenteuer aktiv unterstützen können. Das hätte ihr Spaß gemacht. Einen Moment lang war sie zwischen Kränkung ihrer Eigenliebe und Freude hin- und hergerissen. Dann gab sie ihrem tiefen Bedürfnis nach Harmonie nach und entschied sich für Letztere. Wenn sich der Autoschlosser überwunden hatte, konnte sie auch etwas einstecken. Sie war nicht nachtragend.

Maria faltete den Brief zusammen, steckte ihn in ihre Schürze und ging zurück in den Speisesaal. Sie wusste jetzt, welchen Gefallen sie ihrem Zimmermädchen tun konnte. Ruhig nahm sie ihre Arbeit wieder auf, lobte das gute Wetter, servierte Kaffee und erzählte den Touristen von Elenis Großtaten. Dann informierte sie den Briefträger nüchtern darüber, dass Eleni die Insel bei einem großen Schachturnier vertrete. Er traute seinen Ohren nicht. Maria bemühte sich, jedem die Neuigkeit mitzuteilen, allerdings ganz natürlich, wie nebenbei. Sie sprach von Elenis Begabung, als wäre sie persönlich bei jeder gespielten Partie dabei gewesen.

Als die letzten Gäste gegangen waren, zog sie die Schürze aus, bat ihren Sohn, das Aufräumen zu übernehmen, verließ das Hotel und ging den Hügel hinunter ins Stadtzentrum. Am ersten Kiosk kaufte sie sich eine Zeitung. Sie setzte sich gut sichtbar auf die Terrasse eines Cafés und bestellte einen Frappé. Während sie darauf wartete, dass die ersten Bekannten auftauchten, schlug sie die Zeitung auf und überflog sie zerstreut.

In Sachen Buschfunk stand Maria Katerina in nichts nach. Sie war auch ein Profi, obwohl sie ihr Talent normalerweise nicht für Klatsch einsetzte. Das Ergebnis ließ nicht auf sich warten. Vor dem Mittag wusste ganz Hora, dass Eleni ihnen die Ehre erwies, die Insel bei einem erstrangigen europäischen Schachturnier zu vertreten, das in diesem Moment in Athen stattfand.

Gegen zwei Uhr am Nachmittag sah Panos die ersten Neugierigen in der Werkstatt ankommen. Alle fragten nach Einzelheiten, und er hatte Mühe, sich etwas auszudenken. Sein Bericht war recht knapp. Diese Zurückhaltung schrieb man der Schamhaftigkeit zu und dem Unbehagen, im Rampenlicht zu stehen. Die Glückwünsche nahm er jedoch gern entgegen.

NACHDEM er sich den ganzen Tag erbärmlich gefühlt hatte, ließ sich Kouros am Abend endlich dazu herab, den Arzt anzurufen. Dieser stellte ohne Mühe eine akute Lungenentzündung fest und ließ seinen Patienten trotz heftiger Proteste sogleich ins Krankenhaus von Hora bringen. Kouros wurde vom Räderwerk der Medizin verschluckt, das sich in Gang setzte, sobald seine Trage über die Schwelle gelangt war. Eine Mannschaft aller Dienstgrade paradierte vor seinem Bett: Oberärzte, Assistenzärzte, Krankenschwestern, Pfleger. Die einen gaben mit leiser Stimme Anweisungen, die anderen führten sie schweigend aus. In einem endlosen Strom beugten sich besorgte, gleichgültige, mitleidige Gesichter über ihn. Schläuche wurden angebracht, Medikamente verabreicht, Behandlungen verordnet. Dann überließ man den alten Mann seiner Einsamkeit und seinem lauten Atem.

Kouros verbrachte eine schlechte Nacht. Trotz der Medikamente hatte er starke Schmerzen in der Brust. Neben dieser Qual gab es eine zweite, die fast noch schlimmer in ihm wühlte. Er war wütend, dass er seine Einweisung ins Krankenhaus nicht hatte verhindern können. Er hasste diesen Ort, er war allergisch gegen den Geruch von Desinfektionsmitteln, der die Gänge verpestete, den süßlichen Ton, in dem die Krankenschwestern mit ihm sprachen, und das leichengrüne Licht, das sein Zimmer erhellte. Wie hatte er sich nur so blöd reinlegen lassen können? Dabei war er doch auf die Möglichkeit einer plötzlichen Krankheit vorbereitet gewesen. Er wusste, was er hätte tun müssen, aber er hatte es nicht getan. Sein Wille hatte in letzter Minute schlappgemacht. Jetzt blieb ihm nichts anderes mehr übrig, als auf sich selbst böse zu sein.

Trost spendete Kouros nur die Gewissheit, dass Eleni in Athen war. Aus Vorsicht hatte sie sich in Piräus ein Taxi genommen und war nun beeindruckt vom Gewimmel und Gewirr der Straßen in der Hauptstadt. Sie ging in ihr Hotel, wo sie sich entzückt überzeugte, dass der Fernseher funktionierte und dass ihr die Direktion ein Stück Seife ins Bad gelegt hatte.

Nach einer Erfrischung nahm sie ihren ganzen Mut zusammen und ging zu dem Klub, in dem sie ihre erste Partie spielen sollte. Sie fühlte sich überall unbehaglich, lief dicht an den Hauswänden entlang, stotterte am Eingang ihren Namen, bedauerte hundertmal, gekommen zu sein, bis sie dann vor dem Schachbrett saß. Vorsichtig schob sie ihren ersten Bauern vor und betrat damit den Raum, den sie sich zu eigen gemacht hatte, den Raum der 64 Felder, die für ein paar Stunden die Welt ersetzten.

Sich Eleni im Stadtviertel Kolonaki mitten in Athen vorzustellen, wie sie mit völlig unbekannten Leuten Schach spielte, erfüllte Kouros mit Freude. Er begann zu dösen. Auch wenn sie alle Partien verlor und schon in der ersten Runde ausschied, was sehr wahrscheinlich war, hatte das nicht mehr die geringste Bedeutung. Sie hatte die Reise gemacht.

AM NÄCHSTEN TAG riefen Panos und der Armenier bei dem alten Lehrer an. Sie ließen es lange klingeln, aber niemand nahm ab. Sie hatten gehofft, ein paar Informationen zu ergattern, um die Geschichte auszuschmücken, die Panos den Neugierigen erzählen musste. Sie wunderten sich über die Abwesenheit des Alten und nahmen sich vor, es später am Tag wieder zu versuchen. Dann vergaßen sie es, waren beide zu beschäftigt: Panos damit, seinen Bericht zu verschönern, während er vorgab zu arbeiten, und Sahac, seine Gäste zu bedienen, die in dieser Jahreszeit sehr zahlreich waren.

Am späten Nachmittag des zweiten Tages im Krankenhaus wurde Kouros' Zimmertür aufgestoßen, ohne dass der Eindringling wenigstens die Höflichkeit besessen hätte, vorher anzuklopfen. Eingeschläfert von starken Schmerzmitteln, döste Kouros in seinem Bett. Zusammenhanglose Träume trugen ihn davon, warfen ihn hier und da an die Grenze seines Bewusstseins.

Costa schenkte den Abwesenheiten seines Freundes keinerlei Aufmerksamkeit, sondern stürzte sich direkt auf das Telefon auf dem Nachttisch und schüttelte es heftig. „Und das, was ist das?", schnauzte er Kouros an. „Als du vor zwei Monaten wolltest, dass ich mit deiner Eleni Schach spiele, wusstest du noch sehr gut, wie das funktioniert."

„Es ist nicht angeschlossen", antwortete Kouros, den das Geschrei des pensionierten Apothekers aus seiner Betäubung gerissen hatte.

„Alter Schwachkopf!", versetzte Costa und ließ sich polternd auf den einzigen Stuhl fallen, der für Besucher bestimmt war. „Du wirst dich niemals ändern." Aus der letzten Bemerkung war der Ärger gewichen, der ihn bisher gelenkt hatte. Es war eine bloße Feststellung.

„Ich hatte nie die geringste Absicht, mich wie eine Schlange zu häuten, und jetzt weniger denn je", versetzte der alte Lehrer mit der ihm eigenen verletzenden Arroganz. Nur seine schwache, krächzende Stimme verriet den alarmierenden Zustand, in dem er sich befand. „Das wäre nicht nur absurd, sondern geradezu pathetisch", meinte er hinzufügen zu müssen. „Ich werde dich doch nicht für mein letztes Röcheln herbestellen!"

Er verwandte den Begriff mit einer Prise Humor und der Liebe für das treffende Wort, die ihn stets bewegt hatte. „Das ist doch kein Schauspiel, für das man Einladungen verschickt." Seine abschließenden Worte wurden von einem Hustenanfall begleitet.

„Wie du sehen kannst, bin ich trotzdem gekommen", sagte der Apotheker schließlich und überspielte seine Bestürzung, indem er umständlich die Jacke auszog. „Und bei deinem ausgeprägten Widerspruchsgeist traue ich dir ohnehin zu, dass du davonkommst."

Kouros beantwortete diesen Gedanken mit einem Lächeln.

„Wenn du angerufen hättest, hättest du verhindert, dass ich den Ermittler spiele und all deine Nachbarn aufscheuche", erläuterte Costa nach kurzem Schweigen friedlich. „In diesem Moment weiß ganz Halki, dass der Apotheker Costa, dessen Ruf man kennt, verzweifelt seinen alten Freund Kouros gesucht hat. Keine Ahnung, ob das pathetisch ist, aber absurd ist es auf jeden Fall." Diese Bemerkung konnte er sich nicht verkneifen, falls dem Lehrer die Lächerlichkeit der Angelegenheit entgangen sein sollte.

„Was macht das jetzt noch?"

Kouros' rhetorische Frage verlangte keine Antwort. Der Apotheker gab sie trotzdem. „Ich fürchte, dass die Größe des Kranzes reduziert und die Reden verkürzt werden", erklärte er beinahe fröhlich, ohne die Rücksicht, die sensible Menschen am Bett von Sterbenden normalerweise an den Tag legen. „Das hast du alles deiner Putze zu verdanken, die nach Athen gefahren ist, um sich zu amüsieren."

„Das solltest du besser auch machen, anstatt mich in einem entscheidenden Moment meines Lebens aufzuhalten", antwortete Kouros scherzhaft.

„Du hast mich entehrt, viel mehr wirst du nicht aus mir rausholen. Hier bin ich, und hier bleibe ich", erklärte Costa und holte eine Zeitung aus der Tasche seiner absichtlich etwas auffällig gewählten Jacke.

„Mac-Mahon", kommentierte Kouros fast automatisch.

„Was?", fragte Costa.

„Mac-Mahon, Duc de Magenta. Diesen berühmten Satz soll er am 8. September 1855 während des Krimkrieges gesagt haben", erklärte der alte Lehrer mit größtem Ernst, dann schlummerte er ein. Costa blieb allein mit den Nachrichten des Tages und seinem Ärger. Der alte Schwachkopf hatte die Pedanterie so weit getrieben, ihm auch noch eine Geschichtslektion zu erteilen.

DIESER denkwürdige Wortwechsel war ihr letztes Gespräch. Kouros' Gesundheitszustand verschlechterte sich rapide. Trotz der Bemühungen des Krankenhauspersonals konnte sein Körper die Krankheit nicht besiegen. Nach zweitägigem Kampf mit den Drachen, die ihm die Lunge zerfraßen, starb Kouros in Zimmer 8 des Krankenhauses von Hora. Costas Dickfelligkeit wurde auf eine harte Probe gestellt.

Er tat, was nötig war, und zog sich zurück, als Kouros' lärmende Familie heranstürmte, um einen Platz einzunehmen, den sie zu seinen Lebzeiten nie beansprucht hatte. Das Zimmer, in dem der Lehrer lag, stank bald nach Weihrauch, dessen Schwaden sich mit dem Dunst geflüsterter Spekulationen über mögliche Reichtümer mischten. Nur gelegentliches Kindergeschrei wie aus dem Nichts störte die zeremonielle Geschäftigkeit. Es war höchste Zeit zu verschwinden.

Costa fuhr nach Hause. Als sich der erste Kummer gelegt hatte, fiel ihm plötzlich Eleni ein. In den Wirren der letzten beiden Tage hatte er sie völlig vergessen, aber sie war immer noch in Athen, und man musste ihr die Nachricht zukommen lassen. Mit Bedauern schob er den Gedanken beiseite, einfach ihr Hotel anzurufen. Man musste schon ein Rohling sein, um so zu handeln, und auch wenn Costa sich gern so gab, war er es nicht.

Er dachte lange nach, sah aber keine andere Lösung, als das erste Schiff nach Athen zu nehmen. Er packte seine Tasche und verfluchte sein Schicksal. Mit welchem ironischen Taschenspielertrick hatte es ihn nun zum düsteren Boten in dieser Angelegenheit auserkoren? Wie konnte es passieren, dass ihm die „Putze" als einziges Erbe des Verstorbenen blieb?

Die Überfahrt kam Costa kurz vor, denn er fürchtete die Ankunft. Diesmal hatte Athen nichts von einer Verheißung. Er würde Elenis wortreichem Schmerz begegnen müssen. Er konnte sich die Szene sehr gut vorstellen. Sie schluchzend auf dem Bett in ihrem Hotelzimmer, während er ungeschickt nach Papiertaschentüchern suchte. Das hätte ihm Kouros wirklich ersparen können!

Als sich das Schiff dem Land näherte, ging er trotz seiner Befürchtungen an Deck und lehnte sich an die Reling. Er wollte den Moment nicht verpassen, da der orangegraue Nebel, der die Stadt an manchen allzu heiteren Tagen einschloss, mit einem Mal zerriss und die grünen und grauen Hügel enthüllte, die mit den weißen Häusern der Athener Vororte übersät waren.

Das Schiff legte an. Piräus empfing ihn mit der gewohnten Lebendigkeit. Er rief ein Taxi und gab die Adresse von Elenis Hotel an, die er kannte, weil er es zusammen mit der Schiffspassage auf dem *Flying Dolphin* gebucht hatte. Er passte genau auf, welche Strecke der Fahrer nahm, denn er hasste es, wie ein Idiot behandelt zu werden, den man durch die Gegend kutschieren konnte, um den Preis der Fahrt zu erhöhen. Kouros hätte sich nicht dazu herabgelassen, auf den Weg zu achten, dachte er plötzlich. Aber der Schmerz, der immer etwas später kam als der Gedanke, konnte sich nicht ausbreiten, weil der Chauffeur zu schwatzen begonnen hatte und das

Wetter, die Zahl der Touristen und die neuen architektonischen Großtaten der Hauptstadt kommentierte. Er fragte Costa, woher er komme, und beklagte sich, dass er viel zu wenig Zeit auf Santorin verbringe, woher er stammte.

Costa ließ den Wortschwall bereitwillig über sich ergehen. Der Mann setzte ihn vor dem Hotel ab, und das Auto verschwand, wurde sogleich vom Athener Verkehr verschlungen, gegen den es sich hupend verteidigte. Costa seufzte und betrat das kühle Foyer.

Der Portier teilte ihm mit, dass Eleni ausgegangen sei. Das hatte er geahnt. Costa überzeugte ihn ohne große Mühe, dass er in ihrem Zimmer auf sie warten durfte, schließlich kannte man ihn doch im Hotel, und er rief sich dem jungen Mann ins Gedächtnis, indem er ihm ein anständiges Trinkgeld zuschob.

Er war erleichtert, dass er noch einen Aufschub hatte, um seine Rede vorzubereiten. Aus dem Zimmer blickte man auf einen kleinen, schlecht erleuchteten Innenhof, aber es war sauber. Als er Elenis Sachen sorgfältig aufgereiht auf dem Schreibtisch sah, packte ihn die Rührung. Das Schachlehrbuch lag neben dem Stadtplan von Athen und dem elektronischen Schachspiel mit beiden aufgestellten Armeen, jede Figur auf ihrem Ausgangsfeld. Eleni hatte auch ein Foto ihrer Kinder in Sommerkleidung aufgestellt, beide lächelten an einem Sonnentag in die Kamera. Hinter ihnen erkannte man in der Ferne das Tor des Apollontempels. Abgesehen von diesen Dingen schien das Zimmer unbewohnt.

Costa nahm das Foto und betrachtete es einen Moment, dann stellte er es genau an die Stelle zurück, wo er es gefunden hatte, und setzte sich auf den unbequemen Stuhl vor dem Schreibtisch.

Die Stille im Zimmer wurde noch durch den Lärm verstärkt, der im Hof ertönte. Er hörte das Geschrei von Kindern, die aus der Schule kamen, Motorendröhnen, eine Sirene, die weiter entfernt aufheulte.

Schließlich wurde es zu viel für seine strapazierten Nerven. Es hielt ihn nicht mehr auf seinem Stuhl, er begann im engen Gang zwischen Schreibtisch und Bett hin- und herzuwandern und ärgerte sich, dass er nichts zu lesen mitgenommen hatte. Er hatte das Gefühl, bei jedem Schritt in dichte Einsamkeit einzudringen, die ihm das Atmen schwer machte.

So lief er eine Stunde herum und rauchte eine Zigarette nach der anderen. Die letzte ließ ihn plötzlich an Kouros' rasselnden Atem in seinem Krankenhausbett denken, und er drückte sie angewidert aus. Eleni war immer noch nicht da. „Was treibt denn die Putze bloß?“, fragte er sich laut.

Da er nicht wusste, wo das Schachturnier stattfand, konnte er nicht hingehen. Plötzlich kam ihm eine Idee, die er einfach brillant fand, denn sie bot ihm Gelegenheit, der unangenehmen Situation, in die er sich gebracht hatte, ein Ende zu setzen. Dafür war nur ein einziger Handgriff erforderlich. Wenn sie so schlau war, wie Kouros behauptet hatte, würde sie es verstehen. Wenn nicht, Pech für sie.

Costa führte den Handgriff aus, dann sammelte er seine Sachen zusammen und verließ rasch das Zimmer. Nachdem die Entscheidung, Eleni nicht zu begegnen, einmal getroffen war, hatte er es sehr eilig.

Er gab dem überrascht dreinblickenden Portier den Schlüssel zurück, murmelte irgendeine Erklärung und ging durchs Foyer. Als er auf der Straße stand, holte er tief Luft und wandte sich den Hügeln der Akropolis zu. Er war glücklich, der Enge des Zimmers entronnen zu sein. Die große Erleichterung, mit der er gerechnet hatte, blieb jedoch aus. Sie stellte sich erst nach drei Gläsern Wein ein, die er in einer Taverne in der Plaka trank, während er die jungen Leute vorbeigehen sah.

„Es ist ganz einfach“, beschloss er bei diesem schönen Anblick. „Ich lehne seine Erbschaft ab.“

ELENI kam zwei Stunden nach Costas Aufbruch zurück. Sie war an diesem Morgen ausgeschieden, in der dritten Runde, gegen den Meister von Koukaki, einen freundlichen Herrn mit einem Ziegenbärtchen. Das Ergebnis war keineswegs beschämend. Es war sogar besser als alles, was sie erhofft hatte, als sie am ersten Tag den großen Saal betrat, der von prächtigen Kristallleuchtern erhellt wurde und in dem vier Tische, jeder mit einem Schachbrett, auf die Teilnehmer warteten.

Nachdem ihr Ausscheiden offiziell verkündet und die Formalitäten erledigt waren, ging sie ein letztes Mal durch die Tür des Schachklubs und fand sich in der Gasse wieder, durch die sie in den letzten Tagen jeden Morgen mit klopfendem Herzen gekommen war. Sie war etwas betäubt. Sicher, sie hatte sich wacker geschlagen. Trotzdem versetzte ihr das Ausscheiden gegen jede Vernunft einen Stich der Enttäuschung. Nächstes Mal mache ich es besser, schwor sie sich, während sie langsam die Straße hinablief.

Sie traute sich nicht, sofort nach Naxos zurückzukehren. Ohne Geschenke konnte sie sowieso nicht heimkommen. Also raffte sie all ihren Mut zusammen und stürzte sich in das betäubende Leben der Hauptstadt, um wunderbare Dinge zu finden, für die man ihr die heimliche Abreise verzeihen würde.

Unvorsichtigerweise hatte sie ihren Stadtplan im Hotel gelassen, und ihre Einkäufe trieben sie weit vom Heimathafen fort. Als sie endlich wieder ihr Zimmer erreicht hatte, war es zu spät, um das Schiff nach Naxos zu nehmen. Sie stellte ihre großen Einkaufsbeutel neben die Tür, setzte sich auf das Bett und zog mit einem Seufzer der Erleichterung die Schuhe aus. Erst dann bemerkte sie den starken Zigarettengeruch, der das Zimmer verpestete. Mehr verwirrt als empört stand sie auf und sah, dass der Aschenbecher voller Kippen war. Sie rief in der Rezeption an und bat um eine Erklärung. Die Empfangsdame hatte ihren Dienst erst eine Stunde zuvor angetreten, ihr Kollege hatte sie nicht über einen Besuch informiert. Sie stammelte Entschuldigungen und versicherte Eleni, dass sie sofort jemanden schicken würde, um den Aschenbecher zu leeren.

„Das ist nicht nötig", antwortete Eleni. „Ich habe Sie nicht deshalb angerufen, sondern um zu erfahren, wer in meinem Zimmer war."

Die Empfangsdame versprach sich zu erkundigen und sie so schnell wie möglich zu informieren. Eleni untersuchte den Inhalt ihres Schrankes, um festzustellen, ob etwas fehlte. Das war schnell erledigt. Alle Sachen waren an ihrem Platz.

Sie ging ins Zimmer zurück und nahm den Aschenbecher, um ihn zu leeren, als ihr Blick auf das Schachbrett fiel. Eleni sah sofort, dass der schwarze König umgefallen war. Sie dachte an eine Ungeschicklichkeit, wie sie ihr im Zimmer der Franzosen passiert war. Mechanisch richtete sie die Figur wieder auf, leerte den Aschenbecher in den Papierkorb, stellte ihn auf den Schreibtisch zurück, öffnete das Fenster und streckte sich auf ihrem Bett aus. Von Müdigkeit überwältigt schlief sie ein.

Der lallende Gesang eines Nachtschwärmers riss sie aus ihren Träumen. Eleni war zunächst völlig orientierungslos. Sie machte das Licht an und sah auf dem Wecker, dass es zwei Uhr morgens war. Sie hatte Hunger, aber es war viel zu spät, um essen zu gehen. Sie zog sich aus, streifte das Nachthemd über und nahm sich ein kleines Paket Salznüsse aus der Minibar.

Sie setzte sich aufs Bett und begann zu knabbern, als sie plötzlich ein Gedanke durchzuckte. Sie stieß die Decke zurück und angelte eine Kippe aus dem Papierkorb. Ihr Verdacht wurde bestätigt. Es waren die gleichen Zigaretten, die Costa während ihrer Begegnungen geraucht hatte. Es gibt Tausende, die John Player's Special rauchen, sagte sie sich, um sich zu beruhigen, aber die Sorge blieb. Der Apotheker war hier gewesen, und er hatte die Reise sicher nicht ohne Grund gemacht.

Von Panik erfüllt stürzte sie zum Telefon und wählte die Nummer des Lehrers. Sie ließ es fünfmal klingeln, dann legte sie auf. Sie wollte schon zu Hause anrufen, besann sich aber eines Besseren. Panos, Yannis und Dimitra mitten in der Nacht zu wecken, nachdem sie sich bisher nicht gemeldet hatte, hätte keinen Sinn.

Niedergeschlagen stellte sie das Telefon wieder auf den Nachttisch, setzte sich auf das Bett und machte sich die schlimmsten Vorwürfe. Niemals hätte sie den alten Lehrer allein lassen und gerade dann weggehen dürfen, als er sie am meisten brauchte. Eleni fühlte sich traurig, leer, erbärmlich. Das Gefühl, alles falsch gemacht zu haben, hinderte sie sogar am Weinen. Sie verbrachte eine schlaflose Nacht, der Schmerz saß wie ein Kloß in ihrer Kehle.

Im Morgengrauen zog sie sich an, sammelte ihr Gepäck zusammen und ging hinunter ins Foyer. Sie bezahlte ihre Rechnung, nahm ihre Sachen und ging zum Ausgang, als sie plötzlich eine Gestalt erblickte, die sich auf dem Ledersofa neben der Tür regte.

Mit zerknitterter Kleidung, einem grauen Dreitagebart und wirrem Haar zeigte sich der alte Apotheker nicht von seiner besten Seite. Er stand mühsam auf, seine Glieder waren steif von der unbequemen Position, in der er geschlafen hatte. Er stieß einen Fluch aus, dann begrüßte er Eleni knapp. Sie grüßte zurück, ohne etwas hinzuzufügen.

Gemeinsam gingen sie hinaus auf die Straße und warteten auf das Taxi, das der Portier für Eleni bestellt hatte. Es kam bald und sie stiegen ein, ohne ein Wort gewechselt zu haben. Costa sagte dem Fahrer, dass sie nach Piräus wollten, dann versank er wieder in Schweigen. Eleni stellte keine Frage. Es war nicht nötig. Beim Anblick des Apothekers waren all ihre Vermutungen zur Gewissheit geworden. Sie wäre lieber mit ihrem Schmerz allein gewesen. Beide sahen auf ihrer Seite aus dem Fenster, wo die leeren Straßen der noch schlafenden Stadt vorbeiflogen.

Ehe sie am Hafen ankamen, entschloss sich Costa endlich, das Wort zu ergreifen. „Er ist vor zwei Tagen im Krankenhaus gestorben. Es war nichts mehr zu machen. Er hat mich beauftragt, Ihnen zu sagen, dass Sie seine beste Schülerin waren und dass er glücklich war, Sie getroffen zu haben.“

Sogleich bedauerte er diese armseligen Sätze, aber etwas Besseres war ihm nicht eingefallen. Schließlich war er Apotheker, kein Literat. Innerlich verfluchte er einmal mehr den verstorbenen Lehrer, der zu Lebzeiten aller Welt mit seinen gedrechselten Sätzen auf die Nerven gegangen war, aber am Ende getürmt war und es ihm, Costa, Ironie des Schicksals, überlassen hatte, seinen Abschiedsgruß zu erfinden. Er wollte noch etwas wie „Er war stolz auf Sie“ hinzufügen, eine ziemlich widerliche paternalistische Feststellung, vielleicht aber wirkungsvoll. Dann, als er einen verstohlenen Blick zu Eleni warf, stellte er fest, dass es unnötig war. Seine kleine Lüge hatte den gewünschten Effekt gezeigt. Er hatte die Mission erfüllt.

Eleni war zu bewegt von dem, was sie gehört hatte, um den hohlen Nachhall des Satzes im gepolsterten Innenraum des Taxis zu spüren. Ihr Gesicht erstrahlte. Der Kummer blieb, aber das schlechte Gewissen fiel von ihr ab wie ein trockenes Blatt. Sie sah ein, dass sie den Wunsch des Lehrers erfüllt hatte. „Danke", sagte sie nur.

In Piräus half Costa Eleni beim Aussteigen. „Ich wünsche Ihnen eine gute Reise", sagte er.

„Fahren Sie nicht zurück?", fragte sie. Eleni war ziemlich erleichtert, dass sie nicht die ganze Überfahrt in Gesellschaft des Apothekers verbringen würde, der sie offensichtlich nicht gerade ins Herz geschlossen hatte.

„Nein, ich habe hier noch was zu erledigen. Bis bald."

Sie reichten sich unbeholfen die Hand, und Eleni ging auf den Schalter zu, um ihre Fahrkarte zu kaufen. Nach ein paar Schritten holte Costa sie ein. „Wie ist es eigentlich gelaufen?"

Eleni sah ihn verständnislos an.

„Das Turnier", erklärte er.

„Ich bin in der dritten Runde ausgeschieden, gegen den Meister von Koukaki. Er hatte ein Ziegenbärtchen", fügte sie hinzu, als hätte sie diese Eigenheit in der Physiognomie des Gegners so verwirrt, dass sie ihre Niederlage erklärte.

Costa musste unwillkürlich lachen. Das Ziegenbärtchen gab der Szene, die er sich vorstellte, etwas Surreales. Außerdem schien Eleni nicht bewusst zu sein, dass ihr Ergebnis eine Leistung war. Kouros hatte Recht gehabt. Sie war trotz allem ziemlich unglaublich, diese „Putze".

„Er wäre stolz auf Sie gewesen." Der Satz war ihm entschlüpft, als hätte sich die Eselei gegen seinen Willen einen Weg gesucht und gefunden. Er musste zugeben, dass diese Worte ganz sicher genau das ausdrückten, was der alte Lehrer empfunden hätte. Costa zuckte kurz die Schultern, schenkte Eleni ein letztes aufmunterndes Lächeln und verschwand mit rüstigem Schritt im Hafengewimmel.

EINE STUNDE SPÄTER ging Eleni die kleine Treppe zum Obergeschoss des *Flying Dolphin* hinauf. Diesmal überließ sie ihr Gepäck dem Steward, der ihr ihren Platz zeigte. Das Schiff füllte sich schnell mit einer bunten Menge von Reisenden. Einige setzten sich ordentlich hin, andere liefen lärmend hin und her, um etwas zu essen oder Bekannte zu suchen. Dieses Durcheinander betäubte Elenis Kummer.

Die Sirene ertönte, der „fliegende Delfin“ legte ab und ließ damit ihr Athener Abenteuer zur Erinnerung werden. Der Steward ging durch die Reihen und bot den Reisenden Orangensaft und Kekse an. Eleni nahm den Imbiss dankbar an, denn sie musste sich eingestehen, dass sie Hunger hatte. Sie leerte ihr Glas in kleinen Schlucken und sah dabei auf das von den riesigen Schrauben aufgewühlte Wasser.

Die Müdigkeit überwältigte sie, und sie schlief ein. Einige Zeit später wurde sie von einem Mädchen in rotem Kleid geweckt, das auf seinem Weg durch den Gang ihren Ellbogen streifte. Es erinnerte sie an Dimitra, die sie mit Panos' schlechter Laune allein gelassen hatte. Die Zukunft erschien ihr plötzlich wie eine bedrohliche Flut. Die Seifenblase des Schachspiels, die sie während ihres Aufenthaltes in der Hauptstadt umhüllt hatte, zerplatzte und sie wurde von der bevorstehenden Rückkehr in ihren Alltag überwältigt. Eleni hatte ihren einzigen Freund verloren. Sie würde sicher arbeitslos werden, ihr Mann würde sie verlassen. Niemals würde er diese Kränkung überwinden.

Trotz ihrer Müdigkeit machte Eleni kein Auge mehr zu. Sie richtete sich in ihrem Sitz auf und erwartete ängstlich die Ankunft, den Augenblick der Wahrheit, der sie in elende Einsamkeit werfen würde. Ihr Leben war vorbei. Verrückt, dachte sie und empfand zum ersten Mal das düstere Gewicht des Wortes, das bisher immer den Geschmack eines Frühlingsnachmittags im Jardin du Luxembourg gehabt hatte. Und dennoch jubelte etwas Unaussprechliches in ihr, wie eine fröhliche Weise, die man nicht mehr vergessen kann. Eleni holte ihr Parfum heraus und tupfte sich einen winzigen Tropfen hinter jedes Ohr.

ZU DIESER ZEIT schnarchte Panos noch im Ehebett, von dem er wieder Besitz ergriffen hatte. Er schlief den Schlaf des Gerechten, erschöpft vom endlosen Strom der Besucher, die er jeden Abend empfangen hatte, seitdem das Genie des Armeniers und Marias Talent seine Frau zur Heldin gemacht hatten. Die bunte Girlande, die er über die Tür ihres Hauses gehängt hatte, um ihm ein festliches Aussehen zu verleihen, vollführte im Wind, der vom Meer kam, einen kleinen Tanz.

Foto: Sylvia Biscioni

Verliebt in Paris

Nicht nur die Inseln der Ägäis haben es Bertina Henrichs angetan, sondern auch ihre Wahlheimat Paris, in die sie sich als 18-Jährige „richtig verliebte". Wie die 1966 in Frankfurt am Main geborene Filmemacherin erzählt, erschien ihr aber der Gedanke, dort zu leben, völlig unrealistisch. „Im Rahmen eines Austauschprogramms kam ich dann als Romanistikstudentin erneut nach Paris. Eigentlich sollte ich nach einem Jahr nach Berlin zurückziehen, was ich nicht getan habe. Ich habe diese Entscheidung nie bereut, aber es ist natürlich harte Arbeit, sich in ein fremdes Land völlig zu integrieren. Es dauert einige Jahre, bis man die Sprache so beherrscht, dass man in ihr schreiben kann."

Wie gut Bertina Henrichs dies mittlerweile gelingt, bewies sie mit ihrer Erzählung *Die Schachspielerin*, die sie auf Französisch verfasste, damit ihre Familie in Paris sie ohne Übersetzung lesen konnte. Auch bei der Fachwelt fand das Buch so viel Anklang, dass es für den Literaturpreis der Zeitschrift *Elle* und für den *Prix de France Télévision* nominiert wurde. In der Übersetzung von Claudia Steinitz erhielt *Die Schachspielerin* überdies den Corine-Buchpreis des deutschen Buchhandels für das beste Debüt des Jahres 2006.

Wie die Autorin bekennt, spielt sie selbst zwar Schach, „aber leider ziemlich schlecht". Dennoch ist sie von dem Spiel ebenso fasziniert wie von der griechischen Inselwelt: „Der Himmel, die Erde und das Meer scheinen direkt ineinander überzugehen. Auf Naxos hatte ich immer den Eindruck, die griechischen Götter könnten eines Tages herabsteigen und sich mit den Menschen amüsieren. Und vielleicht tun sie das auch mit Eleni, indem sie einen winzigen Zwischenfall in ihrem Leben in ein persönliches Schicksal verwandeln."

Übersetzer:
Vergessene Stimmen: Sepp Leeb
Die Schachspielerin: Claudia Steinitz

Illustrationen und Fotos:
Das Echo der Schuld: S. 4 (links), 6/7: Frauenporträt: mauritius images/April Santiago,
Herrenhaus: Ingolf Pompe/LOOK-foto
Sturmlegende: S. 4 (rechts), 208/209/210: picture-alliance/dpa
Die Schachspielerin: S. 5 (rechts), 512/513: Schachspiel: mauritius images/age, Haus: F1 ONLINE/Kotulla;
514: Schachspiel: mauritius images/age, Landschaft: mauritius images/Bryan Reinhart

Die ungekürzten Ausgaben von „Das Echo der Schuld“, „Sturmlegende“, „Vergessene Stimmen“ und
„Die Schachspielerin“ sind im Buchhandel erhältlich.